# EM BREVE TUDO SERÁ MISTÉRIO E CINZA

A marca FSC® é a garantia de que a madeira utilizada na fabricação do papel deste livro provém de florestas que foram gerenciadas de maneira ambientalmente correta, socialmente justa e economicamente viável, além de outras fontes de origem controlada.

ALBERTO A. REIS

# Em breve tudo será mistério e cinza

COMPANHIA DAS LETRAS

Grafia atualizada segundo o Acordo Ortográfico da Língua Portuguesa
de 1990, que entrou em vigor no Brasil em 2009.

Capa
Victor Burton

Preparação
Márcia Copola

Revisão
Isabel Jorge Cury
Carmen T. S. Costa

Os personagens e as situações desta obra são reais apenas no universo da ficção; não se referem a pessoas e fatos concretos, e não emitem opinião sobre eles.

Dados Internacionais de Catalogação na Publicação (CIP)
(Câmara Brasileira do Livro, SP, Brasil)

Reis, Alberto A.
Em breve tudo será mistério e cinza / Alberto A. Reis. — 1ª ed. — São Paulo : Companhia das Letras, 2013.

ISBN 978-85-359-2312-4

1. Literatura brasileira 2. Romance histórico I. Título.

13-07187 CDD 869.93081

Índice para catálogo sistemático:
1. Romances históricos : Literatura brasileira 869.93081

[2013]

EDITORA SCHWARCZ S.A.
Rua Bandeira Paulista, 702, cj. 32
04532-002 — São Paulo — SP
Telefone: (11) 3707-3500
Fax: (11) 3707-3501
www.companhiadasletras.com.br
www.blogdacompanhia.com.br

*Ao Ado, meu amigo*

*Não tem altura o silêncio das pedras.*

Manoel de Barros

# Sumário

# LIVRO PRIMEIRO

## Por terras e por mares

# 1. A partida

Quando o coche se moveu, Mme. Honorée sentiu um baque no estômago. Era início de outono. O frio e a bruma úmida da madrugada arrematavam a tristeza da despedida. Da janela do terceiro andar do prédio, em frente ao número 2 da Rue aux Fèves, Mme. Nicole, com o gordo ventre estufado dentro do vestido preto, envolta num xale em madras, agitava, com gestos miúdos, um lenço na ponta dos dedos. Seus olhos balançaram três furtivas piscadelas oblíquas antes que ela lançasse pelas janelas abaixo, num gritinho estridente e mal sufocado, um "Bon voyage, Mme. Dumont", levando imediatamente o pano branco à boca, que se enrugou num quase choro no rosto afogueado. Da esquina da Rue de la Calande, Mme. Honorée curvou-se como pôde e, logrando passar o braço pela janela do veículo, lhe acenou com simpatia. Ao seu lado, François Dumont acomodou-se melhor no banco, esticou as pernas e espremeu seu irmão, Victor, contra a portinhola do coche. Em seguida, apalpou as costas, sorriu candidamente para a esposa, ignorou o olhar angustiado do sogro e o mutismo da sogra, cerrando pausadamente as pálpebras. Mergulhado numa sonolenta escuridão, François Dumont passou a desenhar no fundo opaco da mente a imagem do sombrio escritório da sobreloja da oficina de joias, alinhavando os contornos dos primeiros e repetidos enredos da cena que lhe amargara a existência nos últimos oito meses.

Logo Paris já estava longe. Apagada. A viagem durou poucos e longos dias. Durante todo o trajeto, o sogro permaneceu emburrado e melancólico, enquanto a sogra sorvia a paisagem como se estivesse num outro mundo.

O cortejo que singrara solitário os campos do norte, cortando as brumas das madrugadas, chegou ao Havre-de-Grâce no meio de uma tarde de chuva fina. A região das imediações do porto estava apinhada de coches, seges, cabriolés, plaustros, carruagens, carroças, charretes, cavaleiros agitados que tentavam abrir caminho entre amontoados de caixas, baús e malas cobertos por grossas lonas. Numa esquina, o cortejo parisiense se desfez. François e Honorée espicharam simultaneamente os olhos em direção à carroça que os havia seguido e rumava agora, com as malas e baús pesados, para o armazém do porto. No dia seguinte, Mme. Honorée, François e Victor embarcariam no *Le Diamant*, uma gigantesca construção flutuante de madeira, ferro, cordames, mastros e velas equipada de estreitas acomodações abafadas.

— Meu genro, o nome desse navio é uma premonição. Espero que você volte logo, carregado de sucesso. Cuide de minha filha, é tudo que lhe peço. No Brasil, você terá toda a ajuda do Murat e, sobretudo, não se esqueça de visitar nossos amigos no Recife — Thierry esgoelou em direção à chalupa que transportava o trio para o *Le Diamant*.

— Pode contar comigo, meu sogro! Eu vou surpreendê-lo, o senhor verá! Vou cuidar com todo o carinho da nossa pequena Honorée. Nosso Victor vai nos ajudar nos negócios — berrou de volta François, referindo-se ao rapaz espinhento, de rosto assombreado por incipientes costeletas desordenadas, que se mantinha empertigado dentro de sua roupa de seda.

— Vocês estarão em melhor situação nas selvas do que eu aqui na civilização! — gemeu o velho Thierry.

No navio, o pequeno aposento destinado ao casal Dumont era guarnecido com uma minúscula mesa, um baú, catre, urinol e bacias. Victor, instalado no nível inferior, dividia, com outros passageiros de idades diversas, um compartimento desprovido de qualquer conforto.

Das amuradas do tombadilho, Honorée divisou seu pai e sua mãe, pequenininhos, na distância do porto. O velho acenou-lhe. François pousou a mão sobre seu ombro, em seguida a abraçou num gesto consolador que ela, se esquivando, retribuiu com um olhar endurecido pela violência de seus pensamentos: "Essa dor nas costas desse desgraçado! Como vou ficar se algo lhe ocorrer? Eu, nesse mundo perdido longe de tudo, como vou ficar? E papai e mamãe? Não sei se um dia vou ainda revê-los. Estou indo para um exílio sem ter cometido crime, degredada sem pena. E esse idiota, que vai para o matadouro sem esboçar reação alguma".

Honorée subitamente se desgarrou de François. Saiu correndo para trancar-se na cabine, onde se jogou no catre, abafando no travesseiro o pranto que até então havia conseguido prender no peito. François seguiu-a afoito, tomado por um nervosismo que se lhe colara na alma desde que se deixara convencer pelo sogro a fazer aquela viagem insana. Victor, perdido no convés, não sabia se seguia o irmão e a cunhada ou se ficava acenando para os sogros do irmão.

A francesa permaneceu no pequeno cômodo, deixando a alma vagar entre o sono e o devaneio. Acomodado numa cadeira, François observava sua agitação. Ela transpirava febril e, às vezes, se encolhia como se seu corpo estivesse sendo atravessado por um vento frio.

Honorée sonhava-se no meio de uma paisagem enfumaçada. Viu-se deitada no interior de uma casa de madeira que flutuava no meio do La Garonne. Subitamente, ouviu um estalo de madeira rompida que a fez sobressaltar-se. O chão cedeu sob seus pés. Sua queda cessou quando repentinamente o abismo sem fundo se transformou num tubo negro que se virou pelo avesso. Dele nasceram braços, pernas e uma cabeça, transmutando-se na figura de um homem de contornos incertos mas no qual se podia distinguir uma corcunda.

O ser disforme veio em sua direção. Ela o repeliu com asco. Correu desesperadamente ao encontro do pai, que surgiu avermelhado, no fundo do corredor, tateando as paredes. Com horror, se deu conta de que seu velho estava cego. No lugar dos olhos havia duas manchas escuras que se assemelhavam a pedras de carvão ou a bolas de esterco. Desnorteado, Thierry arremessava a bengala ao léu, até que logrou arremetê-la contra as costas do corcunda. A bengala de madeira se rompeu com um grande estalido. Desarmado, apenas com um toco de pau que lhe restara nas mãos, Thierry recuou, trôpego e patético. Nesse momento, seu corpo se espiralou e se transformou num tubo, e o tubo, num abismo no qual ela de novo se precipitou.

Honorée lutou a noite inteira dentro do pesadelo feito de imagens vivas e sem sentido. Ao acordar, no dia seguinte, estava em pandarecos. Mal reconheceu o recinto onde havia passado a noite. Sossegou quando pôde ver, na penumbra, a figura de François, que ressonava na pequena cadeira de cana-da-índia.

Na manhã de 30 de setembro do ano de 1825, já com a

claridade difundida na bruma, ninguém conseguia mais avistar a costa. O monstro navegava, ganhando uma linha contínua e monótona acompanhada de um som rascante causado pela vibração dos cabos e velames e do gemido cadenciado da madeira. Os passageiros vomitaram por algum tempo, até que se acostumaram com o balanceio do chão. Ainda no terceiro dia, François e Honorée foram surpreendidos por uma voz carregada de sotaque da Europa Central quando contemplavam duas crianças que corriam pelo tombadilho.

— Travessas! Mas boas crianças! A viagem é a maior aventura de suas vidas. Da nossa também.

Os franceses sobressaltaram-se. Viram atrás de si um casal sorridente. O homem tinha suíças ruivas emoldurando os olhos, que pareciam flutuar no meio de duas profundas olheiras. Havia algo de cativante no contraste existente entre seu físico delicado, o ar enfermiço de sua silhueta e a vivacidade de seu espírito.

— Desculpe-me a intromissão. Sou o professor Jaräzeski, Joseph. Esta é a sra. Jaräzeski, Helena, minha esposa — disse o homem das suíças ruivas, indicando a jovem mulher enganchada em seu braço. — As crianças que vocês estão olhando são Nicolas e Teresa, nossos filhos. Estamos indo para o Brasil. Vocês estão indo para Portugal, não é verdade?

— Muito prazer! Eu sou o sr. Dumont, François, e esta é minha esposa, a sra. Honorée Dumont — o francês se apresentou, sem responder à pergunta.

Enquanto François fazia um meneio de cabeça de certa formalidade, a sra. Helena Jaräzeski tomou a dianteira, abraçando Honorée Dumont com uma intimidade que não seria embaraçante se fossem velhas amigas. A polonesa, em seguida, estendeu a mão a François, exibindo um largo sorriso. Desarmado, François retomou a conversa:

— Nós também vamos para o Brasil. Meu irmão caçula

viaja conosco. O pobre estava assustado no início, mas agora se enturmou com gente de sua idade. Achávamos que seríamos os únicos seres civilizados ou loucos a fazer esta viagem — respondeu, esforçando-se para disfarçar o embaraço que o nome impronunciável do casal e a extraordinária beleza da sra. Jaräzeski lhe causavam.

Helena Jaräzeski tinha um rosto delicado, cabelos negros amarrados em tranças ao redor de uma cabeça bem formada que realçavam a transparência de dois olhos profundamente verdes, um corpo esguio e um sorriso aberto.

Em pouco tempo, na estreiteza desconfortável do barco, em meio à multidão diversificada de pessoas, as duas famílias passaram a formar um mundo à parte. Honorée se encantava com as duas crianças, vendo-as brincar desassossegadas em relação ao futuro que se descortinava misterioso diante delas. Teresa, com seus seis anos, e o pequeno Nicolas, com os ainda indecisos cinco anos, haviam herdado a beleza da mãe.

Os dois casais passavam as monótonas horas da viagem em intermináveis conversas a três, já que Mme. Jaräzeski ignorava todo idioma que não fosse o cassúbio ou o alemão. Helena acompanhava as conversas sorrindo com seus dentes claros e alinhados, fingindo compreender o que se dizia. Mas, na verdade, isso pouco a incomodava: a conversa que não entendia a entretinha. No início, o professor Joseph ainda traduzia para ela o que se conversava, mas com o tempo abandonou o esforço, passando a fingir que a esposa compreendia o que se falava.

— Meu sogro possui um florescente negócio de joias em Paris e em Bordeaux, sr. Jaräzeski. As demandas por esses objetos de puro luxo têm aumentado consideravelmente, sobretudo com as transformações que vêm ocorrendo na França nos últimos dez anos. O país vem se recuperando rapidamente das tragédias que o afetaram.

— Sem dúvida. E o meu país talvez tenha sido um dos que mais sofreram...

— Com a independência do Brasil do domínio português, meu sogro acredita que poderemos abrir grandes canais de comércio, com a condição de que estejamos fisicamente presentes no momento das transformações econômicas que por certo virão. Estou viajando como enviado comercial da Gerbe D'Or. E o senhor?

Sem ouvir a pergunta do francês, Joseph chamou a esposa acenando-lhe com apressados movimentos dos braços e das mãos. Quando Helena se aproximou, ele começou a lhe falar em cassúbio, cadenciando as palavras com gestos cheios de entusiasmo e excitação.

— Desculpem-me, mas a coincidência das coisas é tão grande que não pude me conter. Meu sogro também é um importante comerciante e fabricante de joias na Polônia! — exclamou o professor, voltando-se para os Dumont.

François retraiu-se, desconfiado. Com cuidado na voz, indagou:

— E vocês estão indo para o Brasil pelo mesmo motivo que nós?

— Não, meu caro François, meus motivos são outros, muito embora na origem estejam associados ao seu. Acabei de licenciar-me do posto de assistente de botânica na Universidade Jaguelônica. Não pude resistir à tentação de aceitar o convite feito pelo próprio imperador d. Pedro I para fazer o levantamento das espécies florais da região central do Brasil.

— Mas você disse que na origem esteve associado ao comércio de pedras preciosas e ourivesaria, se bem o compreendi!

— Não! De fato, não. Foram minhas pesquisas sobre fósseis vegetais que me levaram à região da Pomerânia. Lá, naturalmente, conheci o maior comerciante de âmbar de Danzig, meu futuro sogro. Foram as joias que me fizeram conhecer Helena! — disse, sorrindo, Joseph, enquanto beijava delicadamente a mão da esposa, que saltitava ao seu lado.

François interrogou-o sobre o solo, a flora e a fauna brasileira. Por fim, ficou decepcionado ao compreender que o polaco não sabia grande coisa daquele país. Ambos iam ao encontro de terras e de gentes que ignoravam por completo.

Os dias na embarcação se sucediam com os dois casais tão diferentes se identificando nas histórias e nas angústias da aventura, até que, no fim de uma manhã de sol, as pessoas começaram a se agitar dentro da nau. Davam-se ordens, desciam-se e subiam-se as velas, mudavam-se as flâmulas.

Avistaram-se terras portuguesas que logo se abriram em dois grandes braços, deixando entrever a cidade do Porto. O barco deslizou pelo Douro adentro, descobrindo à esquerda uma cidade triste que descia escura pelas encostas de um morro. Na margem oposta, estendia-se uma planície lamacenta amontoada de armazéns, tonéis de vinho e de azeite. O *Le Diamant* foi reabastecido. Recebeu mais um lote de passageiros. Os antigos viajantes puderam pisar novamente em terra firme, movimentaram as pernas, por algumas horas, em caminhadas pelas vielas de Vila Nova de Gaia, mas a maioria logo pediu para subir a bordo; seus corpos haviam assimilado o balanço do mar, de forma que, quando puseram os pés em terra, era a terra que mexia, ondulava mole, causando-lhes desconforto e enjoo.

No dia 9 de outubro, o navio parou diante do porto de Lisboa. Não tardou para que uma falua se aproximasse trazendo autoridades alfandegárias e soldados. O chefe deles, um tal de sr. Antônio Inácio Manique Netto, foi o primeiro a subir a bordo. Sem perder tempo nem o atrevimento, o chefe alfandegário achacou o coitado do almirante francês como pôde e bem entendeu. Por fim, o português ainda passou a mão na garrafa do Pineau des Charentes, do qual, poucos minutos antes, havia desdenhado um cálice. Despediu-se do almirante apalpando um grosso molho de bilhetes de libras que enfiara na casaca. Quando o sr. Manique Netto já descia para sua falua, o almirante abriu os braços, flexionou ligeiramente o corpo para a frente e exibiu um grande sorriso, ao mesmo tempo em que repetia baixinho, entre os dentes:

— Vai, filho da puta, ca-na-lha — rosnava, separando lentamente as sílabas e meneando o corpo para a frente. — Vai, vai, vai, filho da puta, vai gastar meu dinheiro. Espero que o faça com médicos, drogas e funerais!

No Tejo, o navio recebeu nova leva de passageiros, e os modos e as falas que se ouviam no tombadilho mudaram ainda mais. Entre eles havia um jovem casal com dois filhos, em tudo parecido com os Jaräzeski, não fossem a pele morena e os olhos escuros. Ele tinha um nome longo que soava pomposo: Gil Brandão Pires Nunes Carvalho. A mulher chamava-se Inês. Os pequenos Nunes Carvalho logo se uniram às duas crianças polonesas.

Os Jaräzeski, os Dumont, os Nunes Carvalho despediram-se para sempre da Europa quando o navio apontou a proa para o grande oceano.

## 2. A tormenta

Quando a nau, arrastada por um vento fraco, se distanciou de Portugal, Helena chamou os filhos à parte. Parecia ralhar-lhes em sua língua, como se os dois tivessem cometido sérias travessuras. As crianças se recolheram a um canto e, daquele dia em diante, nunca mais brincaram com os pequenos Nunes Carvalho. Em poucas semanas, com as terras desaparecidas do horizonte, um grande calor envolveu a embarcação, sufocando seus passageiros, que mal respiravam dentro dos pequenos aposentos. Quase todos se queixavam de uma opressão surda na cabeça e cãibras no estômago. Tudo piorou quando as águas começaram a se encrespar. Em pouco tempo, sob um céu carregado, o barco passou a ser jogado violentamente de um lado para outro.

A maioria dos embarcados exibia olheiras que pareciam comer-lhes os olhos. Quase todos punham os bofes para fora, se emporcalhando de vômito, dispostos a trocar um braço ou uma perna por um instante em terra firme. O médico a bordo, o dr. Bizet, não cessava de receitar o mesmo remédio: laranjas cortadas ao meio que eram esfregadas na ferrugem da âncora, das correntes e dos ferros.

O tempo piorou ainda mais. O almirante tomou firmes providências, ordenou que se ferrassem as velas e se esvaziasse o convés. O mestre calafate dava voltas no navio, martelando as madeiras à procura de vazamentos. Finalmente, uma tempestade despencou dos céus, enchendo o convés de pedras de gelo do tamanho de ovos de pomba.

O navio pareceu ter perdido o controle. As águas subiam em estrondos pelas vigias do castelo de proa, inundando os porões. As vigias se quebravam. Por todos os cantos do navio ouviam-se imprecações guturais, ais e uis, sons indistintos. O suplício do mar não cedeu, e não poucos começaram a temer um naufrágio. O professor Joseph adoeceu mais do que os outros. Vomitava um líquido verde, viscoso. Em dois dias, seus pés incharam. Não conseguia pisar nem se sustentar. Todo o ânimo do corpo se esvaía por orifícios que não existiam. Sentia um cansaço que, de tão intenso, o acalmava. A urina parecia-se com a água brava do oceano que espumava violentamente contra as amuradas do barco. No quinto dia, o inchaço dos pés subiu para as pernas, alcançando os quadris e a barriga, formando grandes calombos flácidos no seu corpo. O frágil professor virou um gigante inflado, disforme e inerte cujos olhos afundavam no rosto subitamente arredondado. Seu pulso submergia.

François permaneceu junto ao amigo. Enxugava-lhe a testa, dizia-lhe coisas que não eram ouvidas. Honorée tentava consolar a angústia de Helena Jaräzeski, que, desesperada, agarrava-se às duas crianças, que não sabiam se se amedrontavam mais com a revolta do mar, com a condição do pai ou com a aflição da mãe. O polaco, à medida que seu corpo inchava, sentia seu ser se esvaziar. Às vezes se debatia, assustado.

O mundo pesado das águas engolia o navio em estrondos violentos. Com o olhar desvairado, não sabendo em quem nem a que se agarrar, o polaco segurava a camisa de François, repetindo, na sua semiconsciência, algumas poucas palavras incompreensíveis:

— *Jestem chory, jestem chory.* *

Helena, amordaçada pelos seus duros idiomas, torcia a faixa do vestido que lhe cingia a cintura. Olhava desesperada ora para François ora para Honorée, que a abraçava sem saber como sossegá-la. Procurava por palavras que não lhe existiam e as substituía por gestos semicompreensíveis.

François, constatando que o estado de saúde do amigo piorava rapidamente, tomou Victor pelo braço e foi pedir ajuda ao almirante.

— Sr. Dumont, nada posso fazer. Todo o barco está vomitando e só tenho um médico à disposição. Até meus marujos estão pondo os bofes para fora! Além do mais, sr. Dumont — berrava-lhe no ouvido o almirante —, em breve ninguém precisará de médico, mas de um milagre para salvar o barco!

* "Estou doente, estou doente", em polonês.

— Mas, senhor almirante, o professor não está sofrendo com o mar, ele está morrendo, ele vai morrer se ninguém fizer nada por ele. Ele é um convidado do imperador brasileiro. Será sua responsabilidade se algo de pior lhe acontecer.

Furioso, o almirante voltou-se para seu imediato, um jovem bretão cuja beleza o desmazelo causado pela tempestade não conseguia esconder:

— De Brissac, ajude o sr. Dumont a encontrar aquela porcaria do dr. Bizet. Veja se o inútil está em condições de fazer seu ofício.

Sem nem mesmo se cobrir adequadamente, o jovem oficial saiu da cabine de comando acompanhado por François e Victor, que mal conseguiam se equilibrar em pé.

O velho médico, cansado e bêbado, recusou-se a sair de seu aposento. Temia que, no tombadilho, uma das enormes línguas de água o levasse para o fundo do mar. François então o agarrou pelo colete.

— Se o senhor não sair imediatamente e não for ver o professor, eu mesmo, neste exato momento, o jogarei amurada afora!

Victor também gritou, com sua voz indecisa, algo assemelhado. O oficial De Brissac, sem pronunciar nenhum som, jogou sobre os ombros do dr. Bizet um grosso casaco marrom-acinzentado, que dançava dependurado num prego, e o empurrou vigorosamente porta afora em direção ao temporal que castigava o navio.

Ao ver o médico entrar ladeado pelos três homens, a sra. Jaräzeski pressentiu nele a salvação de seu marido. A polaca lhe implorou com os olhos que o curasse. O dr. Bizet examinou os pés, as pernas, as virilhas, as axilas, os braços do professor. Apertou-lhe o ventre. Depois vestiu de novo o casaco, estufou a pança e, com os dois polegares enfiados nos bolsos do colete de seda florida emporcalhado de manchas de vinho e gordura, assumiu uma pose importante.

— O professor não está sofrendo de *mal de mer.** A tormenta só contribui para agravar o seu estado. Ele foi atacado por ratos ou baratas ou até mesmo por piolhos de corpo, que infelizmente infestam a nau. Com o balanço do navio, essas pragas se assanham. Mas a tormenta deve cessar em dois dias. Depois disso, ele se sentirá mais confortável — disse-lhes com segurança.

— Mas o que podemos fazer até lá? — François indagou num tom mais calmo.

— Até lá, lavem o professor, deem-lhe banhos de salmoura. Administrem-lhe tártaro e ruibarbo. Se este inferno que está se abatendo sobre todos cessar e o barco não soçobrar, ele irá se recuperar. Há casos assim o tempo todo, creiam em mim.

O dr. Bizet, sentindo o efeito de suas palavras, aproveitou a calmaria das aflições para agarrar o braço do oficial e voltar correndo para a cabine, onde poderia, sem mais amolações, enxugar sua garrafa de rum. Honorée abriu um sorriso para Helena. A sra. Jaräzeski acariciou os filhos.

Mais tarde, o oficial De Brissac levou pessoalmente para Helena Jaräzeski os ingredientes recomendados pelo médico. Fez, ainda, com que se lhe chegasse um balde de salmoura. François se pôs a limpar as pernas, os braços e o tronco do polonês. Com seus olhos de joalheiro, acostumados a identificar jaças em pedras aparentemente perfeitas, procurou, em vão, na pele lisa e muito branca de Joseph, sinais de ferimentos, de picadas ou de mordidas.

No universo do barco, fechado e pequeno, os Nunes Carvalho mantiveram-se distantes dos Jaräzeski. Desconfiavam, igualmente, dos Dumont, que reservavam aos polacos uma estreita

* "Enjoo do mar", em francês.

amizade, embora se mostrassem gratos a Honorée, que manifestava, sempre que tinha oportunidade, uma delicada e real afeição para com seus filhos. Ao tomar conhecimento da doença do polaco, Inês Carvalho, movendo-se por cima do ressentimento, seguindo o que lhe ditava outra razão, foi até o pequeno cômodo dos Jaräzeski portando um embrulho de seda azul.

Chegou encharcada, com os cabelos escorridos pelos ombros, o que lhe deixava as orelhas à mostra. A roupa molhada, pregada ao corpo, revelava os contornos do ventre e das longas pernas. Inês voltou os olhos aciganados para Joseph, que lhe estendeu os seus, repetindo num tom de súplica e estranha intimidade:

— *Jestem chory!*

A portuguesa sentou-se ao lado de Joseph. Com mãos e gestos rápidos, começou a abrir o embrulho de seda quando, do fundo do desespero que a prostrava, Helena, aspirando um resto de forças, levantou-se. Com seus olhos verdes subitamente transformados em duas bocas de fogo de alma lisa, a pôs para fora aos empurrões. Honorée, assombrada pela violência da amiga, imaginando que o desespero lhe tivesse abolido a razão, reteve-a com um abraço envolvente. Helena, sucumbida, despencou-se aos prantos em seu colo.

A tempestade ainda rugiu ameaçadoramente por alguns dias. Sem que a intempérie tivesse cessado, os marinheiros deram vivas quando viram surgir um grupo de golfinhos que saltava sobre o mar encarapelado, anunciando o fim do mau tempo.

A tormenta cessou, tal como previra o dr. Bizet. Feito o balanço dos estragos, marujos, taifeiros, ferreiros e carpinteiros passaram, sem demora, a reparar os danos. Estavam ocupados demais em consertar a nau, de sorte que o enterro no mar veio a ser rapidamente um assunto encerrado entre eles.

O professor Joseph Jaräzeski havia falecido. Para os passageiros, a morte do polaco se transformou num mau presságio. Para o dr. Bizet, fora uma fatalidade. A Honorée, a insanidade da viagem pareceu ainda mais evidente, mas a essa altura ela já não tinha tempo nem disposição para odiar seus mentores. Dedicou seu tempo a proteger a viúva jovem, excessivamente bela, afastando os homens que se aproximavam, de súbito condoídos pela sua desgraça.

"Meu Deus, a esperança se ganha e se perde muito fácil! Onde li isso?", se perguntava Honorée.

O almirante deu mostra de sensibilidade pondo o oficial Jean-Loup de Brissac à disposição da viúva. Foi com toda a boa vontade do mundo que o belo marujo passou a executar as novas ordens que lhe foram designadas. Em retribuição, Helena apenas lhe lançava, a cada cuidado prestado, um olhar desolado e frio com seus imensos olhos verdes.

A pequena Teresa devotou ao jovem marujo uma antipatia imediata. Nicolas, ao contrário, se afeiçoou ao francês. O oficial lhe contava histórias do mar, dos pescadores da Bretanha, dos perigos das caravelas e sargaços. Passava momentos recordando junto ao menino as aventuras de sua própria infância num diminuto vilarejo bretão chamado Kerodren.

— E isso aí? — perguntou-lhe Nicolas um dia, apontando para uma grande cicatriz em forma de V invertido que subia do lóbulo da orelha esquerda ao alto da sobrancelha e descia até a base superior do nariz. A cicatriz, em vez de deformar sua bela fisionomia, lhe emprestava um ar de severidade que estruturava seus traços finos e suaves.

— Foi um cabo que se rompeu e me atingiu, jogando-me fora de uma baleeira.

Jean-Loup, como Nicolas passou a chamá-lo, contava longas histórias sobre caça à baleia, misturando pouca verdade com muitas fantasias, que o menino escutava, fascinado. O oficial ia assim divertindo a criança, fazendo-a se afastar da lembrança doída da morte do pai, preenchendo-lhe o vazio da alma.

— Sabe, Jean-Loup, meu pai também caçava animais.

— É mesmo?

— É. Ele caçava animais nas florestas. Caçava grandes ursos do tamanho de baleias. Não! Na verdade, os ursos eram maiores do que baleias.

O oficial fingia-se surpreso. Deixava o menino inventar suas próprias histórias, nas quais o pobre Joseph aparecia enorme, brilhante e vencedor.

A travessia seguiu seu rumo, com os Dumont e a sra. Jaräzeski levando consigo a alma despejada da alegria inicial.

A bonança que havia sucedido à tormenta deu lugar a uma canícula insuportável, que invadiu todos os recantos do barco.

## 3. O fantasma

O mar havia se tornado estranhamente calmo, possibilitando que o navio, empurrado por um vento constante, cortasse veloz as águas. O calor aumentava à medida que a nau vencia o mar. Dormir à noite passara a ser quase impossível, de modo que François foi adquirindo o hábito de levantar-se para se refrescar na brisa noturna na companhia de outros homens que, metidos em camisolões, vagavam pelo tombadilho.

Era uma população melancólica, que se volvia para reminiscências quando o mar abolia seus horizontes. Nelas, terras, parentes, vizinhos, a tosquia de um carneiro, uma porta de casebre, saíam das trevas para formar incertas figuras nas nesgas da memória daquele povo que bamboleava no mar sem fim. Cá e lá se viam uns e outros, ensimesmados, acostados num canto, pesando a ignorância de seus destinos.

O povo do convés adormecia no chão sujo, acordando quando a barra do dia ameaçava a escuridão da noite e a marujada, com firmes pontapés, o tocava de volta para seus cômodos. Nessas noites, François sentiu que não evoluía mais no mesmo mundo. Isso foi acontecendo aos poucos. Comentou com Victor as sensações que vinha experimentando, mas o rapaz nem sequer o escutou. Alguns homens com quem trocou ideias concordaram que havia algo diferente, perceptível quando a luz do sol se retraía. Um deles contou que tinha ouvido a alma do polonês bater na madeira do tombadilho, querendo assinalar sua presença. Por isso, uns três portugueses não dormiram mais ao relento. Preferiam ficar trancados no abafado de seus cômodos a se expor à alma errante do professor Joseph. Pediam a Deus que lhe desse abrigo e que ela os deixasse em paz.

Na quinta ou sexta noite, François, maltratado pelo calor, dirigiu-se mais uma vez ao tombadilho para se juntar à multidão de sonâmbulos. Estava angustiado pela insistência da sensação perturbadora que lhe parecia tão próxima.

Parte dos passageiros do convés foi contaminada pelo medo de perceber a presença do polaco entre os vivos. Seus sinais eram visíveis à noite. Sua alma acompanhava o barco, e passou a se mostrar numa figura enorme e rastejante. Parecia querer agarrar-se à bela esposa e aos filhos, sob a forma manifesta de um manto de luz que seguia o rastro da nau. À noite, o mar fosforescia. O navio parecia navegar num tapete de fogo. Cada vez que o casco subia e batia nas águas pelo impulso das ondas, tudo se cercava de claridade. As águas se iluminavam com milhares de pequenos olhos incandescentes. Victor começou a ficar assustado e se aproximou de François.

Com o luar crescente, a luminosidade desapareceu. À noite, François continuava a olhar o mar em busca de espumas que supunha existirem. Viu vagamente o brilho das lanternas na água empretejada. Secretamente procurou pelo fantasma de Joseph. Queria conversar com o polaco, pedir-lhe que tirasse Helena da tristeza amarga em que se havia precipitado. Mas o fantasma de Joseph não mais lhe apareceu. A alma do polaco, que os portugueses tanto temiam, era apenas uma infinidade de algas que, com o batido do casco da nau e o remexido das águas, se incandescia e fosforescia como milhares de minúsculas lamparinas, em noites de lua magra.

François, cansado, deitou-se no chão do tombadilho. Ficou olhando para as estrelas e a lua, que apareciam entre as nuvens ralas. Mas a sensação foi se tornando mais forte, mais insistente. Sabia que havia ali uma presença. Quis afastar a ideia. Sentiu um arrepio seguido de um ligeiro medo. De repente, percebeu que positivamente alguma coisa estava diferente, que algo no mundo tinha mudado.

"Como pude não ver antes aquilo que de fato estava vendo o tempo todo?", perguntou-se. "Há pelo menos quatro ou cinco dias que estou vendo com os olhos algo que minha mente se recusa a enxergar!"

Compreendeu que estava debaixo de um céu que não era o mesmo. Estava debaixo de outro firmamento, de outras estrelas, de outras constelações. Apenas a lua e o sol permaneciam iguais. Por isso, a sensação só o acompanhava quando o dia escurecia. A presença lhe vinha quando a luz se retirava e, então, sobre sua cabeça os deuses aspergiam o céu com outras estrelas. Não estava mais no hemisfério Norte: havia entrado na parte sul da esfera terrestre. Logo, as estrelas do norte iriam ficar para trás, mergulhadas na sombra invisível do globo. Ele estava margeando as beiras do outro mundo.

François deitou-se encantado debaixo do novo céu. "O firmamento do sul é mais pobre do que o céu do norte. Talvez tenha menos estrelas, talvez seja mais sujo, mais desorganizado", pensava ele, enquanto permanecia estendido no tombadilho, estabelecendo contato com as novas companheiras noturnas.

O francês pôde ver três estrelas alinhadas e, um pouco mais ao sul, umas quatro outras que desenhavam um losango. Aquilatou o brilho de cada uma delas, como se fossem diamantes no céu. Quando se cansou de olhar o firmamento, levantou-se e, vagarosamente, dirigiu-se a uma roda de pessoas entre as quais se encontrava Victor:

— Agora eu sei o que mudou. Olhem para cima.

Os homens e os rapazes olharam-no ressabiados. Aproximaram seus corpos uns dos outros, defendendo-se em grupo do espectro de Joseph.

— O céu mudou! As estrelas são outras! Estamos atravessando o equador!

Quando o dia amanheceu, o almirante, seguindo o costume do mar de celebrar a passagem para o outro mundo, permitiu que a marujada ficasse de folga e fizesse um pouco de festa. Quem havia fugido do fantasma do polonês esperou o cair da noite para admirar valentemente o novo céu. O oficial Jean-Loup, que se encontrava junto aos filhos de Helena, querendo distraí-los, apontou para o losango de estrelas que brilhavam à frente da embarcação e lhes cochichou como se contasse um segredo:

— Aquelas quatro estrelas com uma pequenininha, intrometida, no meio é a constelação do Cruzeiro do Sul. Vejam como elas formam uma espécie de cruz e seu braço mais comprido indica o ponto geográfico do sul, ela nos dá a direção do Brasil.

A pequena Teresa virou-lhe ostensivamente as costas, fazendo de conta que não se interessava pela explicação, e mirou o norte.

— Estrela intrometida é você — a menina murmurou entre os dentes.

Nicolas mantinha os olhos fixos no Cruzeiro do Sul.

Nas noites que se seguiram, sob o céu meridional, os frequentadores do convés espichavam os olhos em direção à estrela polar que ia rapidamente desaparecendo no horizonte e apagando com ela a perspectiva da Europa.

No dia 2 de novembro, Jean-Loup de Brissac pareceu ter se esquecido de seu desvelo pela viúva. Voltou-se inteiramente para o trabalho no *Le Diamant*. Chamava-lhe a atenção a presença de algumas aves que planavam acima do navio. A alegria dos passageiros, que imaginavam ter chegado à costa brasileira, contrastava com o semblante sisudo e inquieto do oficial.

— Senhor — De Brissac dirigiu-se com voz baixa ao almirante —, parece haver rochedos nas vizinhanças.

— Eu já havia percebido, oficial De Brissac. Esses pássaros são aves de mau agouro! Vamos tomar as providências de rotina. Dobre a vigilância. Mande acender as lanternas de proa à noite. Cuidado para não alarmar os passageiros, já tivemos bastante trabalho com os malditos.

Todos dormiam forte quando, pelas dez horas da noite, ouviram-se desesperados gritos do vigia, que se esgoelava no cesto da gávea:

— Escolho! Escolho! Escolho!

Homens, mulheres, crianças, passageiros misturados à tripulação, subiram ao convés vestidos como podiam, gritando em algazarra. O sono e o susto fizeram com que alguns ouvissem:

— É fogo! É fogo! É fogo!

Temendo um incêndio ou, pior ainda, um naufrágio, a multidão berrava e chorava:

— Estamos perdidos, estamos fodidos!

Homens de camisolão, mulheres desgrenhadas que tentavam se cobrir com os poucos panos, entoavam orações pedindo proteção ao bom Jesus e, fazendo o sinal da cruz, mandavam a alma do polaco de volta para o mundo dos mortos.

O almirante ordenou que virassem as velas e o navio foi parando. Os marujos corriam para cá e para lá tentando trabalhar no meio do estorvo dos passageiros. Finalmente, a nau foi desviada dos escolhos que o vigia não cessava de apontar aos berros.

O almirante ordenou que De Brissac descesse num escaler. O oficial, acompanhado de marujos, levou consigo uma bússola, água, víveres e duas lanternas. O pequeno bote, ao tocar na água, foi lançado de um lado para outro, ameaçando chocar-se perigosamente contra o navio, depois se distanciou. A grande nau o seguia, guiada pela luz de suas pequenas lanternas, que brilhavam como dois olhos de fogo, ora desaparecendo, ora surgindo ao sabor dos vagalhões.

Helena permaneceu alheia aos acontecimentos. Pouco lhe importava o que pudesse ocorrer com o bote balançante que levava o oficial De Brissac, não dava a menor importância se o navio soçobrasse e o mar o engolisse com todos os passageiros. Se houvesse um naufrágio, ela e seus dois filhinhos estariam de novo nos braços luminosos de Joseph. Tampouco se inquietou ou se comoveu quando o almirante, ao perceber que a lanchinha aberta que levava Jean-Loup de Brissac havia sumido na imensidão do mar, deu ordens para que o navio parasse novamente.

Na manhã seguinte, o escaler reapareceu. O oficial De Brissac, de novo a bordo, passou rapidamente a informação ao almirante:

— Senhor! A boreste, bem distante, afloram alguns escolhos!

— Muito bem, vamos voltear a bombordo!

Helena, que havia passado a noite em claro, perdida em si, soltou um longo suspiro e voltou em silêncio para suas acomodações. Depois do pequeno incidente, a viagem seguiu sem transtornos, até que algumas aves aparecessem sobrevoando novamente o navio.

# 4. Recife

No dia 8 de novembro, ao cabo de quarenta dias de viagem, avistou-se a costa pernambucana. As terras, adivinhadas pela abundância de aves que passaram a acompanhar o navio, se tornaram nítidas. Inês Nunes Carvalho olhava, entusiasmada, o verde das novas terras, quando sentiu deslizar pelas suas costas a sombra de Helena. A portuguesinha se fechou, mas não pôde impedir que uma ponta de pena lhe picasse o coração. Por um segundo apiedou-se do professor Joseph, privado de sua terra prometida.

Em seguida, as canoas baldearam passageiros e marujos. À medida que iam pondo os pés em terra, os embarcados, com o corpo viciado pelo molejo do mar, bamboleavam como se ainda estivessem no *Le Diamant*. Vomitavam aos borbotões, enjoados com a firmeza da terra. Da beirada do porto, um bando de pessoas risonhas acenava em direção às canoas. Os Nunes Carvalho, mal puseram os pés em terra, foram envolvidos pelo grupo de brasileiros. O patriarca da pequena multidão adiantou-se e abraçou o casal e as duas crianças. Era um homem magro, alto, de barbas esbranquiçadas, que exibia, no trajar e na farta escravaria que o acompanhava, a opulência de um senhor de engenho.

François demonstrava um nervosismo irritadiço. Impaciente, tentava em vão se livrar da indisciplinada multidão de mulatos e negros que lhe tocava as vestes e lhe puxava os braços, oferecendo-se para algum tipo de serviço. O francês esquivava-se dos soldados e guardas que se encontravam por toda parte, aturdia-se com a algazarra de negros e ambulantes, de gente que se embebedava nos armazéns. Escandalizava-se com a visão de jovens padres a lançar, desavergonhadamente, olhares lúbricos para as mulheres que caminhavam nas toscas galerias, debaixo de casas cujas varandas eram sombreadas por grandes toldos de colchas da Índia.

O oficial De Brissac foi o último a descer. Ainda no porto, trocou informações com colegas ingleses de um brigue que zarpava para o Rio de Janeiro. Passou-lhes a notícia do transcorrido com o cientista polonês, solicitando-lhes que alertassem as autoridades brasileiras.

Helena se afastou da horda de passageiros e dos cuidados do oficial De Brissac. A polaca se refugiou com os filhos numa igreja próxima ao porto, onde pôde se abrigar do calor do dia. Diante do altar da Virgem, fechou os olhos, sem evitar que se formasse, na escuridão das vistas, a imagem do corpo insepulto do marido, rolando nas espumas dos mares, vagando pelas águas do mundo, batendo em continentes longínquos, em ilhas ignoradas pela cartografia, enregelado, sem repouso. Suas suíças ruivas flutuavam como asas de arraias enquadrando um rosto arroxeado. Estremeceu e sentiu um arrepio lhe atravessar o corpo, que latejava de calor tropical. Sua alma estava aflita. Pediu a Deus e a Nossa Senhora, no segredo de seu coração, que desse um abrigo ao marido, que o protegesse daquela peregrinação sem fim, o fixasse num lugar sólido, mesmo que fosse na lama dura do fundo do mar.

Terminada a oração e o rogo, ergueu-se. Num impulso, colocou no pescoço da imagem de Santa Teresa d'Ávila um colar de âmbar que filtrava, no seu amarelo aveludado, a luz das velas. O âmbar peneirava uma luz quente e projetava suas cores sobre a face da santa. Na lateral escura da igreja, acreditou por um segundo ter visto surgir o rosto de Joseph, com suas suíças acobreadas, a se confundir, num sorriso alegre, com a face dolorida de Santa Teresa. Pareceu-lhe até mesmo que Joseph tinha, num átimo, lhe mostrado zombeteiramente a língua.

No meio da visão quase profana, ela se convenceu de que

na igreja do Recife, no calor dos trópicos, entre as palmeiras e a infinidade de famílias de plantas que Joseph descreveria e apresentaria a um auditório de sábios da Universidade da Baviera, sob os pés da santa ornamentada com o âmbar, estava, a partir de então, cingido pelo colar, o túmulo do marido. Saiu da igreja leve, reconfortada por acreditar ter, finalmente, sepultado o marido. Sabia que, dali para a frente, tinha a si e aos dois filhos para proteger e zelar.

Não longe dali, François, depois de haver acomodado Honorée e Victor numa casa de pouso, buscou ajuda para que o conduzissem ao endereço que o sogro tinha lhe instado procurar. Segundo o velho Thierry, tratava-se de alguém imprescindível na cadeia de relações que iria construir entre o Brasil e a França. Um escravo o fez entrar e aguardar num salão do qual pareciam, por milagre, ter sido enxotados o calor e os fedores das ruas. Por uma das portas internas surgiu um homem alto, alourado, que François reconheceu como sendo o cavalheiro de barba esbranquiçada que, poucas horas antes, havia acolhido os Nunes Carvalho no porto.

— É o sr. Tobias Martins?

O senhor fez que sim com a cabeça enquanto assinalava com um gesto pausado das mãos nodosas um lugar para François se acomodar. Diante da fidalguia do sr. Tobias Martins, da temperatura amena e do ar levemente perfumado do salão, o francês pôde aquilatar a imundice dos próprios trajes e o cheiro azedo do corpo maltratado. O contraste teve por efeito a retração de François. Sua voz, nas poucas palavras que ousava pronunciar, saía raspando pela garganta. Apresentou-se e entregou ao sr. Tobias uma carta escrita pelo sogro, a qual o velho leu com atenção pausada.

Depois de haver depositado o papel sobre uma pequena mesa-escritório e mandado que lhes servissem uma bebida açucarada, o anfitrião fez, como se os dois fossem grandes conhecidos, perguntas sobre o sogro, a sogra, Paris, a Gerbe D'Or e outros assuntos e pessoas que François ignorava, com o aparente intuito de checar a veracidade de sua identidade. Assegurado, o sr. Tobias recostou-se e começou a falar como um papagaio num francês molhado e arrastado.

— Sr. Dumont. Seja bem-vindo a estas terras. Eu mesmo recebi hoje em minha casa uma família que desembarcou no *Le Diam...*, no mesmo navio que o trouxe. Tenho feito bons negócios com seu sogro e a Gerbe D'Or, os quais, infelizmente, foram interrompidos nos últimos meses, mas, como o vejo agora diante de mim, quero acreditar que nossas relações vão ser retomadas e se tornarão mais estreitas. Conheço, igualmente, o sr. Adolphe Picard, amigo e colega de seu sogro a quem ele faz referência nesta carta, de modo que entre nós não precisaremos manter segredo, afinal o senhor é o genro de Thierry Martinet. Desculpe-me se posso lhe parecer rude. Vou ser franco e direto. O que o senhor pretende empreender no Brasil é impossível. E, se fosse possível, seria extremamente perigoso. O Distrito Diamantino é interditado aos estrangeiros. A região é como se fosse um país fechado dentro do país, com regulamentação e autoridade próprias. A extração e o comércio de pedras são monopólio do poder imperial e rigorosamente controlados pelo Estado. Talvez isso mude um dia, mas, até o momento, a região é mantida com mão de ferro. O senhor não faz ideia da violência que grassa naquelas terras. Tenho tido muitas dificuldades em operar com mercadorias vindas daquela região.

François enrubesceu. Sentiu-se ainda mais embaraçado com a franqueza do sr. Tobias Martins, que explicitamente se referia, sem dizer o nome, ao contrabando. Quis dizer alguma coisa, mas apenas gaguejou um som incompreensível. O velho retomou sua arenga, lhe estendendo os olhos tão azuis quanto os seus.

— Algum motivo, que eu prefiro ignorar, o empurrou a este canto do mundo. Ninguém migra porque quer. O migrante é sempre um enxotado. Quando deixamos a terra em que nossos antepassados têm seus ossos enterrados e calcinados, onde jazem vazios os sacos de sal que comemos com nossa mulher, quando abandonamos as propriedades, as casas, as amizades, os familiares e as paisagens que fazem parte de nossos olhos, é porque uma violência, feita em nome da religião, da política ou da fome, se tornou impossível de ser enfrentada. Não sei o que lhe fizeram; sei o que foi feito à família que acabou de chegar à nossa casa e que, possivelmente, o senhor deve ter conhecido no *Le Diam*..., quero dizer, no navio, que agora fundeia no largo do porto. Eles agora estão se restabelecendo das durezas da viagem. Eu aqui recebo pessoas que são indesejáveis de um lado e de outro do oceano e providencio o envio de coisas que são cobiçadas de um lado e de outro do oceano.

François ainda cacarejou umas palavras, se reacomodou em seu assento, tentou introduzir um novo assunto e, finalmente, se calou por não ter nada a dizer. O velho, sem prestar atenção nos manejos do francês, continuou:

— Felizmente, minha família nunca teve o infortúnio de deixar suas terras. Estamos bem plantados neste país há duzentos anos. Pelo que o seu sogro me indica nesta carta, o senhor está pronto para uma aventura perigosíssima e não sei se poderei lhe ser de alguma ajuda. Mas lhe prometo que, se um dia o senhor alcançar a região diamantina, receberá meu apoio. Entretanto, se quiser aceitar um bom conselho de um velho, peço-lhe que pense bem no que pretende empreender e tire essas ideias da cabeça. Procure outra coisa para fazer neste país. Como lhe disse, caso o senhor insista e tenha êxito, terei condições de colocar suas mercadorias nas mãos de quem o senhor quiser na Europa. Dependendo dos riscos e da quantidade, nossa porcentagem não ultrapassará oito por cento. Isso não é nada se compararmos aos impostos e aos custos agregados quando essas coisas chegam a Amsterdam. De modo que, se o senhor não for pego, condenado e morto, terá suas mercadorias na Europa devidamente certificadas pelas melhores firmas a preços inalcançáveis por nenhuma concorrência. O senhor, aliás, deve saber disso, caso contrário não estaríamos aqui conversando. É evidente que isso só vale para quantidades razoáveis, o que eleva consideravelmente os riscos de sua empreitada. Digo-lhe isso porque terá que lidar com toda espécie de gente que se mete nesse negócio. Eu lhe darei preços, condições e garantias, e não se deixe enganar por espertalhões.

— Mas... mas... mas... nós estamos tão longe do Rio de Janeiro e das Minas Gerais! Como é que o senhor poderá vir em meu socorro?

O velho Tobias Martins sorriu, como se a pergunta do francês tivesse sido feita de pura ingenuidade ou produzida por um espião desajeitado.

— Não se preocupe, sr. Dumont. No Rio de Janeiro, alguém entrará em contato com o senhor. Essa pessoa se fará reconhecer de modo discreto. Preciso apenas saber onde o senhor e sua família ficarão alojados. De forma que, embora considerando sua ideia extravagante, desejo-lhe sorte na empreitada. A pessoa que providenciará o que o senhor precisa na região é alguém que lhe contará alguma história estapafúrdia sobre algum holandês.

Os dois ainda conversaram durante algum tempo até que o sr. Tobias Martins, pondo a mão sobre o ombro de François, lhe disse:

— É hora de o senhor ir se encontrar com os seus, que certamente estão ansiosos por sua volta. Há uma charrete que encomendei para levá-lo. Vá em paz, meu filho.

François agradeceu pelo tempo que havia lhe tomado, fez

ainda algumas indagações sobre o país, às quais o velho respondeu contrastando um sorriso nos lábios com um olhar entristecido. Ao se retirar do casarão, acreditou ter percebido de relance as duas crianças dos Nunes Carvalho correndo por um dos corredores.

O francês compreendeu de súbito a misteriosa razão que levara a sra. Jaräzeski a repelir brutalmente a ajuda de Inês, que, com suas ervas e unguentos secretos, poderia ter salvado a vida de seu marido. Ele entendeu o que motivara Helena a apartar os filhos do convívio dos pequenos Nunes Carvalho. O sr. Tobias Martins era um cristão-novo que de cristão não tinha nada.

No dia seguinte, os remanescentes da travessia que puderam pernoitar em terra reembarcaram e rumaram para o Rio de Janeiro. A nau contornou os arrecifes. Em pouco tempo o mar engolfou o recortado de terra.

Com todos os passageiros livres do enjoo do solo firme, reconfortados pela comida mais variada, a rotina da viagem foi retomada.

François, em companhia de Victor, havia sentado no chão do tombadilho. Com as costas apoiadas na amurada do barco, descascava gomos de um pedaço de cana-de-açúcar que enfiava na boca, sorvendo seu doce, quando Honorée se aproximou. Sem verdadeiramente olhá-lo, a francesa apoiou os braços na amurada, pondo-se a mirar um ponto no horizonte:

— Você reparou alguma coisa na Helena hoje de manhã?

— Não, não reparei nada de especial — mentiu François. — Por quê?

Como poderia não ter reparado naqueles olhos? Afinal, qual o homem que poderia não se perder naquelas profundezas? Era impossível não prender-se a eles, mesmo quando foram apagados pela tristeza, mesmo quando a dor lhes cobriu o vivo. Na tragédia, seus olhos até assumiram outra beleza, um encanto doído. Havia dentro daquela mulher um animal rondando, como uma fera na selva. O bicho estava preso, mantido encerrado. Mas seus olhos deixavam transparecer que a fera estava prestes a saltar para fora. Helena tinha aquilo que François já havia lido no gabinete de leitura de Mme. Baudot: o magnetismo animal. O fluido com certeza saía pelos olhos e influenciava pessoas. Era o movimento de seu corpo, de sua cintura, em contato com aquele meio aquoso, com aquele universo úmido, que devia produzir nela o magnetismo.

François encheu a boca com um naco de cana que lhe estufou as bochechas de cada lado para não ter que responder à pergunta da esposa.

— Você realmente não reparou em nada? — insistiu Honorée, para certificar-se de que o marido estava prestando atenção.

— Nuumm! — murmurou François, cuspindo um bagaço de cana na palma da mão e colocando outro entre os dentes.

— Nem você, Victor, observou alguma coisa de diferente?

— Não, Honorée. Mas eu não presto muita atenção na sra. Helena. Coitada! — respondeu o cunhado.

— Ela olhava para terra, para o Recife! — exclamou ela com um fio rouco de voz.

— Mas todos nós olhávamos, qual o problema nisso, Honorée? Não vejo nada de estranho — replicou o jovem espinhento.

— Mas ela não olhava para terra, ela olhava para alguém que estava lá. Como se estivesse se despedindo de alguém em terra — insistiu Honorée.

François engasgou e cuspiu longe um pedaço de cana apenas mordido.

— Ela olhava e despedia-se de alguém em terra — repetiu Honorée, com ênfase sincopada.

— Mas como você pode saber uma coisa dessas, Honorée?

— Havia saudades em seus olhos, como se tivesse deixado

em terra alguém que nunca mais veria. Estava lá dando adeus com os olhos.

Honorée foi interrompida pelos apelos ruidosos de um grupo de jovens que chamavam por Victor. O jovem espinhento pediu licença, indo se juntar a eles. François continuou a mascar seus gomos de cana.

— Sabe, não estou me sentindo muito bem. Acho que deve ter sido essa parada em terra. Já estávamos acostumados com o inferno do mar — reclamou Honorée para o marido.

— O que você tem, querida? — François indagou, mais interessado nos gomos de cana do que na esposa.

— Nada de sério. Estou um pouco enjoada, com as pernas pesadas e um pouco de dor de estômago. No Recife devo ter comido algo que não me caiu bem. Vou repousar um pouco. Não há de ser nada.

François estava esmagado pelo peso da conversa que tivera com o sr. Tobias Martins. Se antes temia a viagem, agora receava lhe ser impossível concluí-la. Afloravam em sua alma os vagalhões de pensamento que até então tinha conseguido domesticar. Sempre soubera não ter pé nem cabeça o projeto do sogro, fruto exclusivo do enlouquecimento que vinha corroendo rapidamente seu espírito depois do funesto evento que ocorrera na Gerbe D'Or. No fundo da mente, sempre tivera a certeza da impossibilidade de realizar a aventura que lhe fora imposta por um Thierry que dava sinais patentes de perda da razão, mas ele também a perdera um pouco quando passara, lentamente, a assimilar a ideia grotesca do sogro. À medida que fazia suas as doidices dele, as contradições da insanidade de Thierry iam se aplainando, o absurdo se tornava sublime, convertendo obstáculos e impossibilidades reais em anseios e probabilidades de fácil alcance. O que devia ser considerado temerário se transmutava em exaltação de alma. Nas poucas horas de conversa, as palavras do velho Tobias Martins tiveram o efeito de quebrar o encanto que havia aos poucos transformado o sogro enlouquecido num ser de encantada inteligência. E agora, impotente e esmorecido, acocorado na amurada do *Le Diamant*, François procurava em vão recolher, com seu olhar errante, os cacos do frágil projeto da viagem que acabara de se estilhaçar no muro das realidades. Mas não era apenas isso que o perturbava. Com o avançar da viagem, Honorée foi se sentindo cada vez pior. Seu ventre inchou-se. A temperatura se elevou abruptamente. Um enjoo que não era do mar lhe tomou o peito. Nada se mantinha em seu estômago nem em seus intestinos. De início evacuava em abundância uma substância líquida e fétida, depois uma água amarronzada, constante, que lhe saía rala. Perdia as forças. O rosto emaciado e os pés inchados levaram o marido a pensar imediatamente em Joseph.

— Meu Deus — exclamava ele —, como é fino o fio da vida! Joseph se foi inesperadamente, em alguns dias. E agora Honorée! Que tragédia! Eu não deveria tê-la trazido, nem eu deveria ter vindo. Como fui tolo e insano de aceitar a pressão do meu sogro. Como aquele monstro pôde nos jogar nesta aventura descabida?

François refugiava-se em cenas impróprias que lhe acalmavam o desespero. Com o turbilhão de pensamentos que lhe envolvia a mente, delirando de olhos abertos, ia cuidando da esposa.

— Victor, deixe de lado por um instante esses seus amigos, venha me ajudar. Honorée está muito doente. Temo o pior.

A pequena frase do irmão caiu como uma pesada pedra sobre a cabeça de Victor.

— Te... te... teme o quê, François? — balbuciou.

Subitamente tomou consciência de que as tragédias que via ocorrer ao seu redor podiam ocorrer consigo.

— Já chamaram o médico? — perguntou, aflito, querendo tornar-se útil.

— Já. Ele disse que ela bebeu água salobra do Recife que lhe apodreceu as entranhas, mas que em três ou quatro dias vai estar boa — respondeu François, torcendo as mãos com aflição.

— Ela vai se recuperar? É grave? — insistiu o caçula.

— O doutor disse que isso ocorre o tempo todo. Ele me garantiu que, até chegarmos ao Rio de Janeiro, ela ficará boa.

— Mas ele não lhe deu nenhuma droga, nenhum remédio?

— Receitou água de coco. Ela deve tomar bastante água de coco. Felizmente, o oficial De Brissac mandou encher o navio desse fruto no Recife.

— Água de coco?

— É. A água de coco ajuda a recuperar as águas internas. Nada melhor do que a água vegetal guardada no interior do corpo do fruto. Isso vai lhe desmineralizar as entranhas. O doutor também lhe receitou um pouco de tártaro. Acho que isso vai ajudar — François tentava acalmar a aflição do irmão e as suas.

O cheiro no interior do cômodo lhe era insuportável. As pessoas começavam a cochichar. Evitavam chegar perto de François e Victor, impregnados do fedor de Honorée. Para piorar as coisas, no Rio de Janeiro, que surgia mágico numa paisagem de grandes colunas de pedra, o tempo, que desde a proximidade da costa brasileira tinha se mostrado esplêndido, havia mudado. O céu estava anuviado e ventoso.

## 5. A capital do Império

A entrada na Barra foi uma breve passagem pelo inferno. O

*Le Diamant* jogou-se de um lado para outro. Inclinou-se nas ondas, bateu violentamente nas águas, ameaçou se chocar com outras naus que manobravam a poucos metros de distância. Depois disso, navegou placidamente, passando pela ilha das Cobras, até chegar ao porto, onde baixou as velas e fundeou às quatro horas da tarde. Na entrada do porto da cidade do Rio de Janeiro, a embarcação ficou a balançar, bojuda, nas águas agora calmas e abrigadas, entre gigantescas pilastras de pedra, envolta por uma umidade quente, pegajosa.

Do forte de Santa Cruz vieram uns oficiais da Marinha. De Brissac, por precaução, havia mandado transportar a pobre Honorée para seu próprio aposento, temendo que os oficiais brasileiros, ao vê-la em tão péssimo estado, impedissem seu desembarque.

No dia seguinte, pequenos barcos com velas triangulares, levados por remadores negros vestidos de saiote, portando turbantes e barretes de todos os tipos e cores, transportaram passageiros e carregamentos para uma longa rampa de pedra de cantaria que conduzia a uma vasta praça circundada por palácios oficiais e ricas residências particulares. Jean-Loup de Brissac, com desvelo, levou Helena e seus filhos às autoridades brasileiras. Alertado pelos oficiais do brigue inglês, o governo designou o conselheiro imperial Francisco Gomes da Silva para acolher a viúva e os dois órfãos.

Quando os Dumont desembarcaram, o ar empretejado por uma nuvem indisciplinada de moscas os deixou ainda mais desorientados do que estavam. Os franceses nem sequer puderam se dar conta de que os Jaräzeski já tinham sido levados embora. Defronte à larga praça imperial que seguia como extensão do porto, Mme. Dumont não sentia mais a si mesma. Uma dormência lhe subtraíra parte do corpo. A cabeça havia sido tomada por um embotamento de ideias e de percepções que iam muito lentamente transformando em mastros os coqueiros das praias e o chafariz no centro da praça. As pranchas do assoalho da sala da casa do porto lhe apareciam como tombadilho. O mundo, todo ele, se transmutou num imenso mar revolto. Estava prisioneira daquela trágica travessia. Apesar de estar em terra firme, não conseguia mais se livrar do mar, assim como quase não conseguira sair do pesadelo em que se viu prisioneira na primeira noite que passara no *Le Diamant*.

Não sentia o sangue escorrendo gordo entre as coxas, embebendo os panos suados com que se envolvera. Não sentia o calor abafado nem as patas pesadas das moscas que pousavam em seu rosto e mãos. Os porcos que vagavam pelas ruas lhe pareciam grandes peixes que acompanhavam o barco durante a travessia oceânica. A dormência do físico e a alma cavada estamparam-lhe no rosto um sorriso imbecil e ausente. Uma infinidade de janelas se abriu diante dela. Em cada batente apareceu uma Mme. Nicole, vestida de negro, abanando freneticamente minúsculos lenços brancos na ponta dos dedos, soltando gritos agudos:

— *Au revoir, ma douce, au revoir, ma douce.**

Victor empertigou-se todo. Aos gritos de "allez-vous-en" e "hors d'ici",** levantou-se, brandiu para cá e para lá um bastão, espantando os urubus de asas abertas que se aproximavam, ameaçando bicar a cunhada. As negras aves de longas asas de pontas brancas se afastaram desengonçadas, aos pulos, sob o riso insolente de escravos maltrapilhos que puxavam carrinhos entulhados de baús e canastras. Os negros e os urubus se mexeram assustados quando passou por eles um homem ainda jovem com uma barriga já proeminente, apertada na calça branca. O homem foi ao encontro de Zoe, um escravo forte, com uma espécie de fez

* "Até logo, minha doçura, até logo, minha doçura", em francês.
** "Vão embora" e "fora daqui", em francês.

na cabeça, vestido de saiote, que, adivinhando uma pergunta, apontou com um gesto de cabeça o casal Dumont.

— *Bonsoir*, Messieurs e Mme. Dumont. Sou o sr. Fernando Murat — disse-lhes com voz que se fingia aflita, inclinando o corpo para a frente. — Desculpem-me não ter podido chegar a tempo para recebê-los no desembarque do *Le Diamant*. Enviei meu negro Zoe para ajudá-los em tudo que fosse necessário. Espero que o negro tenha sido de alguma valia. Daqui para a frente — continuou o brasileiro —, durante todo o tempo que estiverem aqui no Rio de Janeiro, ele estará à sua disposição. Podem usá-lo como bem quiserem. Seus pertences já foram colocados na carroça. Os senhores virão comigo no meu coche.

O sr. Murat falava um francês fluente, com um sotaque molhado e chiado.

— *Bonsoir*, M. Murat — François quase gritou ao responder à apresentação, se pondo de pé num salto. — Desculpe-me, mas a sra. Dumont está... deve estar adoentada. O calor... a viagem... espero que nada de grave. Meu sogro... — continuou, sem conseguir concluir seu pensamento.

— Falaremos mais tarde — interrompeu de imediato o sr. Murat. — Não deve ser nada, apenas o tormento do navio. Há casos assim o tempo todo, creiam em mim. Seu mal deve cessar em dois ou três dias. Os senhores agora devem descansar, precisam se livrar do pesadelo da viagem. Em três dias estarão novos em folha.

Os Dumont subiram no coche estacionado próximo a eles. Acomodaram-se em frente ao sr. Murat. Honorée estava ausente, e François e Victor, apavorados. Para os Dumont, tudo balançava de novo: a terra, o mar, o estômago, as pernas. O brasileiro retirou da manga da casaca vermelha um lenço encardido e o levou elegantemente à boca, pigarreando.

— Oh, Jesus — dizia consigo —, como fedem esses franceses. Fedem mais que meus negros e meus porcos.

Tentava disfarçar da melhor maneira possível o nojo que lhe causava o cheiro de podridão exalado pela sra. Dumont, que continuava indiferente a tudo, aparvalhada.

— E o marido, que figura! Vai morrer logo nestas terras, deve ter as costas quebradas. Parece um reumático — ruminava Murat atrás do lenço que abanava diante do rosto avermelhado, enquanto o coche se movia por um caminho muito íngreme e estreito, deixando para trás a vista do mar. — E esse rapazola! Parece um janota que despencou de um barranco. Esse talvez se dê bem nestas terras. Arre! Que transtorno. Com tantos afazeres, e agora esses franceses. Mas tenho que manter boas relações com o sogro lá em Paris — murmurava entre os dentes, como se estivesse cantarolando.

— Os senhores não falam português, não é verdade? — Murat queria se assegurar de que os franceses não compreendiam seus resmungos.

— Não — respondeu François —, mas esperamos aprender a língua o mais rápido possível.

— Não será nenhum problema. Os senhores são jovens e inteligentes e o português é uma língua latina.

Em seguida, calou-se. O sol havia declinado um pouco, mas o calor não cedera. O coche, algum tempo depois, alcançou uma chácara agradável, repleta de pitangueiras e mangueiras que faziam generosas sombras em torno de uma casa de dois andares, de aspecto pesado aliviado por uma varanda cavada no meio dela.

Na eira, ao lado da entrada, postados logo abaixo da varanda, menos andrajosos que os da cidade, os negros e negras da chácara esperavam perfilados. Quatro escravos se adiantaram, correram até a carroça para descarregá-la. O sr. Murat saiu primeiro do coche, seguido de François, Victor e, por último, Mme. Honorée, a quem o anfitrião, muito civilizadamente, ajudou a descer ao mesmo tempo em que retinha um engulho.

Alguns negros deram um passo para trás quando Mme. Dumont se aproximou. Outros riram entre os dentes, desavergonhadamente, zombando da fedentina, do estado de quase loucura da mulher e da cara de desespero dos irmãos Dumont. François, de olhos arregalados, quase chorava, trôpego, mancando, curvado com as mãos nas costas.

Uma negra mais velha, Zenira, ralhou curta e secamente com os negros debochados, que, de imediato, cessaram a zombaria. Zenira adiantou-se. Avançando despachada, puxou Honorée pelos braços. Com um gesto de cabeça se fez acompanhar por três escravas adolescentes e espevitadas, com os peitinhos em broto, pontudos, cujos bicos se esfregavam numa larga e solta bata de algodão grosseiro.

— Bem-vindos a este país! — exclamou a sra. Leocádia Murat, que lhes vinha ao encontro. — Bem-vindos a este novo país! — repetiu. E continuou a frase: — Até há pouco éramos uma colônia. Agora somos um país independente, porque quem nos governa é a Inglaterra. Antes éramos uma colônia e metrópole do Reino, agora somos um país independente e uma colônia inglesa. País de pândegos. Caralhos me fodam!

Como havia falado em português, os Dumont nada compreenderam. François, adiantando-se, fez uma saudação automática.

— Nós também — respondeu, em sua própria língua. — Desejamos o mesmo à senhora. Estamos encantados, senhora. Nós agradecemos muito sua amável recepção.

Cada vez que a sra. Leocádia abria a boca, François retribuía suas palavras educadamente, julgando que toda aquela arengada fosse expressão de boas-vindas. Ela, que nada compreendia de francês, julgando os gestos do francês um incentivo à sua tagarelice, falava sem parar, pouco se importando com o fato de os hóspedes nem sequer adivinharem o que estava dizendo. Falou-lhes do clima, dos aborrecimentos do dia a dia, disse mal dos escravos, do imperador, mencionou a pouca-vergonha do Chalaça, referiu-se à gatunagem do Felisberto Caldeira Brant, injuriou os ingleses. Enquanto as malas eram desfeitas, a sra. Murat lhes serviu chá, água, suco de frutas e bolo de milho, numa mesa posta na varanda. Ficaram lá menos de um par de horas, que, para François, pareceu uma eternidade. O único com quem podia conversar era o sr. Murat, que não tinha oportunidade de abrir a boca diante da enxurrada dos assuntos incompreensíveis da esposa. Victor permanecia calado, sem saber o que dizer.

A tagarelice foi interrompida quando Zenira se aproximou da sra. Leocádia Murat e lhe cochichou algo. A gorda senhora, cheia de correntes, pulseiras, brincos de ouro, se pôs de pé e bateu palmas duas vezes. Dirigiu-se em português, primeiro a Honorée, depois a François e Victor. Os três nada entenderam, mas compreenderam diante do tom de mando que deviam se levantar e seguir a escrava.

## 6. O banho

Zenira fez um gesto para a francesa acompanhá-la. O sr. Murat solicitou que François e Victor seguissem Zoe. Entraram numa casa fresca, com assoalhos feitos de pranchas de madeira. Honorée foi conduzida a um quarto assombreado onde fumegava uma grande tina de água. Zenira a fez sentar-se num banco comprido acostado à parede. Sem cerimônias, desatou os nós dos laços do chapéu, do vestido, do espartilho, das botinas, jogando o volume de roupas e panos num canto do quarto.

Honorée se viu nua, exibindo uma brancura mole. O sangue ainda escorria fino e lento pelas suas pernas, escolhendo leitos de pele branca modelados por crostas duras e veios gelatinosos de plasma escuro. A francesa se encolheu, procurando refúgio em alguma região de si. Mas era só. Deixava-se levar a tudo sem vontade.

A negra a ajudou a levantar-se e conduziu-a para dentro da tina de carvalho, que três negrinhas mantinham aquecida trazendo, num ir e vir da cozinha ao quarto, baldes de água quente.

Zenira esfregava-lhe as costas, os seios, o pescoço, as coxas. Jogava água em sua cabeça, intrometia os dedos nela, retirando placas de sangue coagulado. Para Honorée, o mar, que não findava, continuava a balançar o barco. Mas, diferentemente, sentia-se aquecida na alma. Absorvia com delícia o contato das mãos calosas da negra. Enormes quantidades de água, em tromba, caíam mornas e generosas do céu.

Quando a francesa estava limpa, Zenira ajudou-a a sair da tina. Levantou-a com presteza ao mesmo tempo em que seis minúsculas mãos escuras a enrolaram em lençóis ásperos, esfregando vigorosamente seu corpo, fazendo-o voltar à vida, trazendo-lhe cores. Seca e limpa, untaram-lhe os cabelos de óleo perfumado. Pentearam-na, desfizeram com paciência os nós e emaranhados. Cataram-lhe os piolhos. Zenira passou-lhe um ramo de uma erva verde pelo corpo e colocou um dos raminhos de cheiro intenso atrás de sua orelha. Em seguida, introduziu-lhe um chumaço entre as pernas, que ela fechou assustada, mas deixou-se.

Aos poucos Honorée foi recobrando a ciência de si, readquirindo uma percepção mais clara das coisas ao redor. Tornaram-se nítidos os vultos das negrinhas que a vestiam e lhe acariciavam o corpo. Viu-se envolta por todas aquelas mulheres pretas. Fez um súbito movimento de recuo, sentiu asco por aquelas negras fedidas. Tentou afastar as mãos que a tocavam. O cheiro daquelas negras lhe era insuportável. Teve ânsia de vômito, e teria vomitado se seu corpo não estivesse oco.

Zenira fez, então, um sinal de cabeça para uma das negrinhas.

— Pegue as roupas da senhora. Leve-as longe daqui. Ponha-as para lavar no rio. Mande esfregar bem para tirar a catinga.

A molequinha, pequena como Teresa Jarázeski, sem se importar nem um pouco com a podridão que exalava daqueles muafos, correu para o canto do quarto. Juntou num enorme abraço as roupas e panos de Mme. Dumont amontoados no chão. Levou consigo, carregando na cabeça, uma trouxa não muito maior do que ela própria, enquanto cantarolava.

*Oi, lavadeira, tem roupa pra lavar?*
*Não, não, senhora.*
*Tem calça pra secar?*
*Não, não, senhora!*
*Camisa pra engomar?*
*Não, não, senhora!*
*Então, ela lhe agradece;*
*Se não tem o que servir;*
*Se não tem o que vestir!*
*Farim, fu-bá,*
*Farim, fu-fu,*
*Farim, fu-bá.*

O cheiro nauseabundo, a fedentina que lhe parecia vir das negras, foi se dissipando, dando lugar a um odor ácido de cinza molhada, de mato verde regado pela chuva, que Honorée sorvia com prazer.

Em outro quarto anexo à casa da chácara, para onde Zoe

havia conduzido François e Victor, estavam já à disposição algumas de suas roupas, botinas e chapéus. Ao lado, numa espécie de cubículo, também fumegava uma grande tina de água. Quando o negro fez menção de ajudá-lo, François o empurrou porta afora.

— Você também espera lá fora — disse, dirigindo-se rispidamente ao irmão.

Despiu-se, entrou na água e sentiu um calafrio de prazer percorrer-lhe a espinha. Seu corpo soltou-se. Deixou-se ir. Só saiu da tina quando a água esfriou. Vestiu lentamente a roupa limpa, jogou longe as sujas, chutando-as. Percebendo que fediam insuportavelmente, sentiu vergonha dos Murat. Victor pôde entrar e tomar um banho rápido na água suja e fria que François tinha lhe deixado na tina.

O sol já havia se posto quando o negro Zoe conduziu François de volta ao salão onde os Murat o esperavam com um chá adocicado e bolo de milho. Dessa vez o sr. Murat conseguiu falar. Dirigindo-se ao francês, num tom quase discursivo, lhe perguntou:

— Então, meu caro Dumont, como vai meu querido amigo Thierry?

— Meu sogro vai muito bem, sr. Murat. Seus negócios florescem vertiginosamente — François mentiu descaradamente. — Mandou lembranças ao senhor e à senhora.

— Eu tenho lido muitas notícias sobre a Gerbe D'Or. Não são poucos os comerciantes da rua dos Ourives, aqui no Rio de Janeiro, que comentam com admiração e inveja seu esplendor — disse Murat, já escorregando pela oratória de tribuno.

A simples menção do nome Gerbe D'Or fez com que a mente de François fosse inundada pelas imagens dos infortúnios que assaltaram o sogro e determinaram seu destino naqueles trópicos cujos mosquitos não o deixavam em paz, destino que, parecia, iria desembocar inexoravelmente num término funesto. Uma espécie de ferroada o fez levar de imediato as mãos às costas e apalpar os rins. A conversa em seguida deslizou para outros temas, Paris, as questões políticas, a censura à imprensa e a nobreza que tentava reaver seus antigos privilégios políticos com a ação do duque de Angoulême.

— Tudo isso é muito bom para o comércio de joias, sr. Fernando. Sabe como são esses aristocratas. A maioria voltou rota e cheia de empáfia da Alemanha, da Áustria e da Inglaterra. Esses nobres retornaram carregados de dívidas para com seus sobrinhos, tios e sei lá que parentada eles têm no estrangeiro. Agora estão no poder, na França, dispostos a recuperar, com fome de lobo, a fortuna perdida. Nada melhor que o poder para que uma classe possa ter suas ambições materiais satisfeitas. Mas estão brigando entre si. Há, na França, um intenso vaivém de negócios. Vendem e compram de tudo ao mesmo tempo. A crise moral na política é um incentivo aos novos negócios!

— Aqui também vivemos momentos novos. Com a Independência, os portugueses devem ceder seus comércios aos brasileiros — retrucou Murat.

— Foi isso que meu sogro pensou. O comércio de diamantes, liberado do jugo português, dará um novo impulso à economia. E ele conta com o senhor como sócio. Esse é o motivo de minha viagem. Comigo e com meu irmão no Tijuco Diamantino, o senhor no Rio de Janeiro e meu sogro em Paris, ganharemos o mundo.

— É, meu jovem. Como se pode, com essa idade, não ser ambicioso? Mas tome cuidado, meu rapaz — Murat filosofava debaixo da noite tropical —, ninguém é ambicioso inocentemente. Mas, de todo modo, tudo isso por enquanto é um sonho. É necessário ir com calma e, às vezes, é melhor se acomodar a um burro que o carregue do que a um cavalo que o derrube. Por que, no momento, o senhor não fica no Rio de Janeiro, onde pode abrir uma filial da Gerbe D'Or? Já imaginou a Gerbe D'Or na capital do Império? O senhor só terá sucesso. Talvez demore uma eternidade para que se possam explorar pedras de maneira livre, sem o controle e o monopólio do governo. Se o senhor ficar aguardando pela abertura do Distrito Diamantino, talvez vá morrer de fome.

— Mas, senhor! — exclamou o francês. — Vivemos apenas no nosso tempo. O mundo é sonho! Nossa época é a época do dinheiro, da liberdade do dinheiro e das possibilidades do dinheiro. Eu tenho que tentar, senão minha vida não terá sentido! — François tinha quase certeza de que lera isso no gabinete de leitura de Mme. Baudot.

— Sem dúvida, meu caro rapaz, é só com o dinheiro que se pode ter aquilo que nem o dinheiro compra — Murat repetiu para os franceses sua frase predileta.

A breve conversa no avarandado da casa da chácara foi suficiente para que o brasileiro começasse a formar uma opinião sobre o seu hóspede. Estimava-o um pouco louco, mas que seria do mundo se não fossem os loucos? Contudo, Murat, ao mesmo tempo em que se entusiasmava com a verve do francês, temia que pudesse ser enredado em algo perigoso. Poderia ser acusado de contrabando ou coisa pior. O que o acalmava era que considerava impossível a aventura de François, estimava que o tempo acomodaria suas ambições de modo que poderiam ambos prosperar no Rio de Janeiro levando avante alguma empreitada respeitável. A conversa corria solta entre os dois homens. A atenção da sra. Leocádia Murat, que brincava com um bando de negrinhos catarrentos aninhados a seus pés, foi subtraída pelo aparecimento de Honorée na sala. A francesinha, seguida de perto por uma corte de escravas, estava radiantemente abatida e bela. O sr. Murat se levantou de pronto, beijando-lhe reverenciosamente a mão. Sua esposa a abraçou como se fossem parentes próximos ou amigas antigas. Honorée nem parecia a mesma pessoa que havia descido do *Le Diamant*. Portava na orelha um raminho de arruda cujo cheiro adocicado se compunha com o perfume oleoso de seu cabelo e de sua pele fresca. Sentou-se ao lado da brasileira, que lhe indicou onde se acomodar batendo com a mão na marquesa. Logo depois, Victor surgiu elegantemente vestido, mas exalando um pouco de morrinha.

A sra. Leocádia se pôs a lhes falar em português, sem se incomodar com o fato de os três nada compreenderem do idioma. Falou-lhes horas a fio. Honorée fingia que a tudo compreendia, ora se arriscando a dizer um *oui* ora um *non*, como se estivesse num jogo de dados. Aconchegou-se ao som da fala de Leocádia, na entonação mole e vagarosa de suas palavras, em suas frases cheias de vogais, na cadência chiada de seus esses.

A anfitriã subitamente interrompeu sua tagarelice. Era hora de jantar. Honorée se contentou apenas com um chá amargo. Os irmãos Dumont comeram vorazmente, apesar do estranhamento diante dos sabores e da textura da comida. Refestelada, a sra. Leocádia tirava pedaços de frango da tigela e os estendia por debaixo da mesa aos negrinhos que brincavam aos seus pés. Depois da comilança, levantaram-se e foram para a varanda. A sra. Leocádia mordia e mascava pedações de torrão de fumo, guardava-os na bochecha e cuspia, deitando no chão grandes placas pretas daquela maçaroca. O calor diminuiu um pouco à noite. Leocádia silenciou por um momento. Fernando Murat bateu com as duas mãos nas coxas e gritou para os escravos, que logo acorreram. Levantou-se assinalando que era hora de se retirarem para dormir.

O casal Dumont foi levado para uma alcova e Victor conduzido a um quarto no segundo andar da casa. Os três acordaram tarde na primeira manhã brasileira.

# 7. Mr. Dresden

O primeiro gesto de Honorée, ao acordar refeita dos estragos causados pela viagem em virtude do efeito milagroso do banho proporcionado por Zenira, foi insistir com François para que descobrisse onde Helena Jaräzeski poderia estar metida.

— Vai ser a coisa mais fácil do mundo. No Rio de Janeiro tudo se sabe, sobretudo quando se trata de estrangeiros. O difícil aqui é manter a discrição. Não há anonimato na nossa cidade — retrucou Fernando Murat, quando o francês lhe transmitiu as inquietações da esposa.

Passaram-se duas semanas antes que Murat pudesse lhes trazer alguma novidade.

— Indaguei a respeito do paradeiro da polonesa e de seus dois filhos. Ouvi dizer que ela foi apresentada à sociedade carioca num baile da corte. Parece que durante a semana que se seguiu só se falava de sua presença e beleza. O próprio imperador ficou muito impressionado. Ela estava acompanhada de um jovem francês que também foi muito observado. Depois disso não se teve mais notícia deles. Talvez tenham saído do Rio de Janeiro ou até mesmo voltado para a Europa.

— Pelo menos não está jogada no mundo à mercê do destino incerto — suspirou Honorée.

Os Dumont planejavam estender por mais um mês sua estadia na capital do Império, tempo para arrumarem os papéis e documentos e prepararem a viagem para o interior das Minas. Fernando Murat dava corda aos devaneios do francês, supondo que o tempo e a realidade trariam algum juízo à sua cabeça, de modo que, mesmo sem dar crédito algum a seus projetos, não cessava de incentivá-los. Maior a altura, maior o tombo, maior o tombo, maior o juízo, e, considerando as coisas desse ângulo, empurrava alegremente François rumo ao precipício de seu desvario, imaginando que no fim da queda o pobre encontraria o solo duro da razão.

— François, compre um pequeno lote de escravos e uma boa tropa de mulas sorocabanas aqui no Rio. Mas faça o negócio com os brasileiros e evite o comércio com os lusitanos quando for adquirir as bestas. O Rio de Janeiro está infestado dessa praga, de meninos de Portugal, que vêm do Reino. Não se pode fazer nada sem que eles espiem, intriguem e atrapalhem tudo. Que independência é essa? — Fernando se exaltava e dava asas à sua oratória de tribuno, que não parecia findar. — Que voltem para seu país — arrematava grosso, batendo o indicador no braço da cadeira.

— Acho que isso não será um problema — respondeu o francês, desejoso de abreviar um assunto que não lhe interessava muito.

— A coisa não é fácil, François! Há uma escassez de tropa. O Exército imperial tem drenado toda a produção animal. Primeiro foi a guerra lá em cima, em Pernambuco, no equador; agora essa, no sul, contra os castelhanos. E os animais de qualidade vêm lá de baixo, do sul, da terra dos gaúchos. Porcaria se acha aqui mesmo. Mas os bons, só lá do sul. Os melhores jumentos são os argentinos. Há um sorocabano que vive um pouco distante daqui, nas imediações de Parati, que sempre consegue ter uma pequena reserva de bons animais. Ele prefere vendê-los aos particulares a vendê-los ao governo.

— Mas por que ele não vende ao Exército? Não é melhor negócio? — François perguntou, meio desconfiado.

— Qual! O homem tem medo de que o governo compre e não pague; ou teme coisa pior.

— Coisa pior?

— É! Tem receio de que, no meio do negócio, as autoridades os expropriem, ou que venham a persegui-lo ou achacá-lo com algum pretexto de interesse público, só para não lhe pagar o devido.

— Mas... — François ia começar uma frase que interrompeu ao lembrar-se do sr. Manique Netto, na parada em Lisboa.

— Confie em mim. O senhor não perderá dinheiro. Quando chegar à Comarca do Serro Frio, os mineiros irão lhe oferecer no mínimo o dobro do que gastou com os animais.

— Mas eu não quero ficar parado nesses lugares, vendendo mulas!

— Mas é o que o senhor fará! O senhor só poderá entrar na região diamantina como comerciante. Embora eu duvide que o senhor consiga fazê-lo. Nenhum estrangeiro, pelo meu parco conhecimento, jamais se instalou naquela região. — Por alguns instantes, Murat traía-se e dava conselhos sensatos ao francês, mas recuperava-se e voltava a empurrá-lo montanha abaixo.

— Talvez até mude de profissão — caçoou Fernando. — Se há escassez de animais por nossas bandas, imagine então nas Minas! É necessário que compre também uns escravos. Isso será fácil. Na rua do Valongo oferecem negros de todos os tipos e jeitos. Mas isso veremos depois. Vou lhe ensinar como comprar bons negros.

Os olhos de Victor brilharam. Quis saber mais coisas sobre o comércio, mas calou-se. François decidiu acatar os conselhos de Fernando. Tão logo pôde, embarcou, em companhia de Fernando, de Victor e do negro Zoe, numa sumaca que faria uma parada em Parati antes de seguir para o Rio Grande do Sul. O patachão transportava munição e armas destinadas às tropas do Exército imperial que pelejavam na Província do Oriente.

Em Parati, alugaram cavalos e rumaram para o pé da serra da Vila de Nossa Senhora da Conceição de Cunha. Chegaram a um descampado onde se escondia, nas barbas do regimento da barreira de Taboão, uma infinidade de animais. O sorocabano, de nome Mamede Fonseca de Abreu, traficava animais, comprando-os de um tenente gaúcho que os desviava do exército que se batia contra os argentinos. Os animais eram registrados e vendidos como propriedade de Mr. Norman Dresden Lewis. O inglês, usufruindo dos privilégios de sua cidadania e dos acordos existentes entre o Brasil e a Inglaterra, que determinavam que todo súdito inglês só podia ser julgado pela Justiça britânica devidamente instalada no Brasil, legalizava sem dificuldade os animais roubados pelo tenente. Mamede Fonseca os vendia aos tropeiros mineiros, paulistas e cariocas.

No imenso curral que florescia ao pé da serra da Mantiqueira e nas brechas da lei, François e Victor observavam o modo como Fernando e Zoe tomavam ciência da qualidade das mulas, quando um cavaleiro pesadão, montado num animal fogoso, os cumprimentou, pondo-se quase de pé nos estribos de prata.

— Bons dias, senhores.

— Bom dia, sr. Amador, como anda aquela Piratininga?

— Vai-se levando!

Olhou para François e Victor e lhes disse:

— Os senhores, eu não os conheço, não é verdade? Eu quase nunca me esqueço de uma fisionomia!

François tentou responder, mas foi subitamente cortado por Murat:

— Estes são os irmãos Dumont, François e Victor. Franceses. Ainda não falam bem nossa língua. São meus hóspedes. Estão querendo fazer uma expedição pelo centro do país.

— Naturalistas ou engenheiros? — perguntou o cavaleiro, sorridente, sem se importar com a frieza de Murat.

— Engenheiros! — interveio Murat sem pestanejar, interpondo-se.

— Há uma enxurrada de seus compatriotas correndo para cima e para baixo nessas Minas.

Diante do silêncio dos franceses, o cavaleiro, sem saber o que mais dizer, finalmente se apresentou:

— Caio Falcão Amador.

Antes de apertar as esporas em seu cavalo, Caio Amador virou-se para François e lhe disse, enquanto insolentemente apontava com o queixo o Fernando Murat:

— Eu poderia ser de algum auxílio, conheço bem este país, mas vejo que o senhor não precisa de ajuda, já que está bem aconselhado pelo meu amigo. Mas, se desejar algo, basta me procurar, estou sempre por estas bandas.

Em seguida, emendou:

— O senhor tem os mesmos olhos que um amigo meu, só que a pessoa a quem estou me referindo é bem mais velha, chama-se Tobias Martins. A propósito, o senhor é francês ou holandês?

François prendeu um balbucio que se transformou num tremor de queixo. Sem dar-lhe tempo de responder, o cavaleiro espicaçou seu animal.

— Esse Caio Amador é o que de pior pode haver por estas paragens. Encontra-se sempre metido em tudo o que há de ruim por aqui. Contrabandistas, assassinos, ladrões — resmungou entre os dentes Murat, enquanto homem e cavalo se afastavam.

François, tomado de surpresa, mal ouviu as palavras balbuciadas por Murat. O velho judeu do Recife conseguira localizá-lo no Rio de Janeiro! Não havia dúvida para François de que o tal cavaleiro não aparecera por acaso. Ele sabia perfeitamente o que fazia. O brutamontes era um agente do sr. Tobias Martins.

No curral do pé da serra, François adquiriu um belo tropel de dezoito animais. Acertaram com Mamede Fonseca que os animais seriam amansados, cuidados e entregues no Porto da Estrela, em dia a ser combinado. Até lá, François passaria a pagar as pastagens.

De volta ao Rio de Janeiro, no embalo dos preparativos, François comprou uma partida de negros na rua do Valongo. Honorée, após quase três meses na chácara, falava um português solto, envolvido num sotaque recortado e atonal. A francesa havia perdido um pouco da dureza no andar e seu nome se amolecera na boca das negras, transformando-se em Madimorê.

## 8. A má notícia

Fernando e François tinham acabado de se levantar das redes onde, metidos em camisolões, sonambulavam desavergonhadamente esperando que o calor amainasse e permitisse que a vida voltasse à terra, quando um escravo se aproximou dizendo que um estafeta havia chegado à chácara.

O brasileiro foi ter com o mensageiro, arrastando, de má vontade, as chinelas pelo chão. Passados poucos minutos, retornou para junto de François com um semblante carregado, trazendo consigo um papel lacrado com selo da missão diplomática francesa.

— É para o senhor.

François rompeu apressadamente o lacre.

— Estão me convocando para uma reunião com nosso delegado no Brasil! — exclamou em voz baixa, sem tirar os olhos do papel. — Vou esperar por Victor. Ele saiu cedo hoje. Deve ter ficado retido em algum lugar pela chuva.

— Não, François. Deixe o rapaz fora disso. Eu posso acompanhá-lo. Não devemos deixar que as autoridades fiquem esperando.

Os dois homens se vestiram e rumaram para o Rio de Janeiro. Fernando logo quebrou o silêncio da viagem.

— Sabe, François, o estafeta me disse que a missão diplomática francesa tem notícias de seu sogro. Não queria dizer isso na frente de Honorée. Foi bom que seu irmão não estivesse presente. Parece que aconteceu uma tragédia em Paris com sua família. Infelizmente, foi tudo que pude saber.

François levou as mãos às costas, de onde as retirou rapidamente.

— Mas que foi? Que aconteceu?

— Não sei. Não sei mais nada.

Na missão francesa, os dois foram recebidos por um tal de M. Dampierre, um diplomata cheio de tiques, com o péssimo hábito de repetir as últimas palavras de seu interlocutor.

— Meu caro Dumont, esperávamos que o senhor, seu irmão e a sra. Dumont nos fizessem a honra de uma visita de cortesia tão logo desembarcaram aqui no Rio de Janeiro.

— Monsieur, o senhor me desculpará a desatenção. Só não o visitamos porque fizemos uma viagem terrível, durante a qual minha esposa adoeceu e, ao chegar, necessitou de um longo período de convalescença. Para recuperar sua saúde abalada, foi obrigada a se retirar por um período de toda a agitação da cidade.

— Ci... ci... cidade! Eu compreendo, senhor, não estou recriminando ninguém. Mas, sr. Dumont, infelizmente tenho más notícias para lhe transmitir. Gostaria que nosso encontro fosse motivado por acontecimentos distintos destes que tenho a relatar.

— Mas, senhor, por favor, o que tem a me anunciar?

— Anun... anun... anunciar? Aportou aqui no Rio de Janeiro, há três dias, um brigue trazendo notícias de nosso querido país. Desafortunadamente, nem todas foram de alegria. Ocorreu um desastre com sua família e peço perdão se digo isso de maneira tão brutal. Parece que Paris inteira só comenta o evento. Seu sogro, o sr. Thierry Achilles Martinet, e seus dois cunhados, Louis e Hubert Martinet, foram brutalmente assassinados.

François balançou, apoiou-se no braço da cadeira em que estava sentado. O representante da missão acorreu em seu auxílio, impedindo que despencasse no chão. Gritou para um escravo que trouxesse água com açúcar.

— Mas como foi isso, senhor? Quando? Por quê?

— Por... por... por quê? Parece que ocorreu não muito tempo depois que o senhor partiu. O senhor devia estar ainda em mar quando se deu o trágico evento. Os três foram encontrados estrangulados na Rue Royale. Vou poupá-lo dos detalhes, senhor. Há algo de muito misterioso nesse triplo crime. Talvez haja uma questão de joias desaparecidas.

François tremeu.

— Mas nada muito certo. São só comentários, e a polícia, na verdade, está às cegas.

— Mas, meu senhor, o meu sogro é... sempre foi... uma pessoa íntegra. No seu ramo de negócios, a confiança é a base de toda operação.

— Ope... ope... operação! Eu sei, meu caro Dumont. Não ponho, nem por um minuto sequer, em dúvida a integridade moral de seu sogro. A Gerbe D'Or é conhecida no mundo inteiro — disse o diplomata, referindo-se à oficina e loja do sogro de François em Paris. — Eu mesmo — continuou, depois de fazer caretas e movimentos esquisitos com as mãos — sou um de seus clientes. Acontece que seus parentes foram assassinados e, para a polícia, isso tem conexões com os negócios. Em segundo lugar, e me perdoe por entrar neste tipo de detalhe, mas o senhor precisa saber, houve algo de perverso na morte dos três. Foram brutalmente torturados, mas prefiro evitar contar-lhe detalhes do suplício. Cada um de seus parentes teve os olhos vazados e os torturadores enfiaram no globo ocular esquerdo das vítimas um fragmento de âmbar. Estranho, não é? Puro sinal de vingança e castigo. A polícia está tentando compreender toda essa simbologia macabra. O senhor tem alguma ideia do que pode ter provocado tanta crueldade?

— Não, nenhuma, senhor. Tudo isso me parece um absurdo.

— Ab... ab... absurdo! Acaso tem conhecimento de algum evento, de alguma coisa que poderia contar para lançar alguma pista para a polícia?

— Infelizmente, não tenho, senhor. Os negócios de meu sogro estavam crescendo, sua oficina em Paris estava se expandindo a tal ponto que ele me enviou ao Brasil como seu representante comercial, na esperança de abrir uma sucursal da Maison. Não posso compreender como tal coisa pode ter ocorrido. Seria talvez algum ressentimento antigo, ligado ao seu passado bonapartista? Se foi isso, trata-se de uma calúnia. Meu sogro tem, entre seus amigos e clientes, nobres de todos os tipos, da antiga nobreza, da nobreza do Império, da atual nobreza, e diversos burgueses.

O representante diplomático enrijeceu-se, foi tomado de tiques esquisitos, repetindo, como sempre, a última palavra pronunciada por François.

— Bur... bur... burgueses! Sr. François, não somos polícias nem a hora é para isso. Somos apenas diplomatas, preocupados com o bem-estar dos franceses no estrangeiro, de forma que estamos aqui tão somente para lhe comunicar o trágico fato e apresentar nossas condolências.

— E minha sogra? O senhor tem notícias dela?

— De... de... dela! Parece que o coração não suportou a tragédia.

— E a Gerbe D'Or?

— D'Or... D'Or... D'Or! Isso é o mais estranho, seu sogro a vendeu, assim como tudo que possuía, dois dias antes de ser morto. Os novos proprietários são pessoas acima de toda suspeita. O dinheiro da venda, que deve ser uma quantia importante, também desapareceu. Sumiu no ar. Isso é um verdadeiro infortúnio para o senhor, que parece ser seu único herdeiro.

— Não compreendo, não compreendo. Mas então por que ele me enviou? Não. Não. Isso não faz sentido — repetia François, sem conseguir se recuperar de sua perplexidade.

Levantou-se da cadeira ainda meio tonto e se dirigiu ao diplomata num tom mais ameno, quase suplicante:

— Sr. Dampierre, vou ficar ainda uma semana no Rio de Janeiro, depois tenho a intenção de visitar as Minas; estou só à espera dos passaportes que me prometeram para breve. Vou escrever para o tio de minha mulher e lhe solicitar que tome as providências cabíveis neste caso. Peço-lhe apenas dois favores.

— Fa... fa... favores! Pois diga-os, sr. Dumont. Farei o que estiver em meu alcance, contudo espero que o senhor esteja ciente das brutais dificuldades que terá que enfrentar para obter licenças para penetrar na região das Minas, haja vista sua condição de joalheiro e de estrangeiro.

— Sr. Dampierre, não quero ser indelicado; só lhe peço como extremo favor que não revele nada disso a Mme. Dumont. Ela não suportaria a notícia. Minha esposa ainda está muito enfraquecida. É sua integridade física e mental que está em jogo. Eu mesmo lhe darei a notícia, no momento certo e lugar oportuno.

— Opo... opo... oportuno! Pode confiar em mim, sr. Dumont. Mas devo lhe sugerir manter sua esposa afastada da comunidade francesa aqui do Rio de Janeiro. As pessoas podem comentar e...

— O segundo favor, senhor, é que, caso tenha mais notícias, o senhor possa me comunicar o mais rapidamente possível e de maneira discreta. Espero que compreenda a minha situação.

— Situ... situ... situação! Farei isso, sr. Dumont. Pode contar com minha ajuda em tudo o que for necessário.

— Senhor, não sei como lhe agradecer pela sua compreensão e delicadeza.

— De... de... delicadeza. Receba mais uma vez meus pêsames, sr. Dumont, e cumprimente a sra. Dumont em meu nome e de nossa missão. Quando lhe transmitir as funestas notícias, junte a elas, neste momento tão triste para todos, nossos sentimentos. Conte sempre conosco. Caso obtenha sucesso em seus projetos, venha nos fazer uma visita antes de partirem para as Minas, sr. Dumont. O senhor deveria num momento oportuno apresentar seu jovem irmão à sociedade carioca.

— Até mais ver, senhor.

— Se... se... senhor. Até mais ver, senhor.

Murat, que havia acompanhado em silêncio toda a conversa, estava atônito e preocupado.

## 9. O segredo de Thierry

No caminho de volta, Fernando Murat interpelou o francês:

— E todo o seu projeto de ficar à espreita de mudanças na política de extração brasileira? O senhor continuará com o intento de partir para as Minas, que a esta altura dos acontecimentos, penso, perdeu o sentido, ou voltará para seu país?

— Murat! Eu vou continuar a viagem. Vou escrever para o tio de minha mulher e lhe pedir que descubra o paradeiro de minha herança. Esse evento trágico em nada modifica meus projetos. Nem os nossos. A Gerbe D'Or provavelmente acabou, mas ela ainda é um nome forte. Tenho outras pessoas e ateliês com os quais posso negociar.

Fernando Murat mudou de assunto, tentando afastar, meio sem jeito e sem graça, a sombra da tragédia que os cobria.

— Que homem mais esquisito, esse Dampierre, de fala estranha e cheio de manias. O senhor observou como parecia que ele punha os dedos numa bacia de água fervente cada vez que falava? Gesticulava pausado, depois tremelicava os dedos que nem sapo.

— É! Tudo isso é muito esquisito!

Seguiu-se um silêncio que perdurou por quase todo o caminho. François, perdido em seus pensamentos, tentava compreender o sucedido. Recapitulava os detalhes da reunião ocorrida um ano antes, na sala do escritório da Gerbe D'Or. Conversava mudo consigo mesmo. Subitamente, nas proximidades da chácara, voltou a falar com Murat.

— Como é estranha a distância das coisas! Vou lhe confessar, Fernando, que essa monstruosidade que ocorreu com minha família não me abala. Verdadeiramente, não me abala. Essa história deve ter agitado Paris, enquanto aqui, do outro lado do mundo, até o dia de hoje, ela nem sequer existiu.

Em seguida, mergulhou novamente na matéria brumosa de seus pensamentos.

O velho Thierry tinha levado para o túmulo seus segredos e suas histórias. Morrera sem que ninguém tivesse ficado sabendo do terror que lhe causara a visita dos enviados do marquês De Marsan, no início da semana que precedera seu desaparecimento. Fora dele, unicamente dele, o sentimento de quase enlouquecimento experimentado quando quatro homens de preto foram visitá-lo depois de Honorée e François terem embarcado para o Brasil. Um deles, o único que lhe falou, tinha uma fala sussurrante sempre acompanhada de um sorriso nos lábios finos. Esse homem, que se apresentou como oficial Soprot, lhe transmitiu um estado de pânico que nunca sentira. Jamais, nem durante a adolescência, na Revolução, nem durante as guerras. Havia uma realidade má em suas ameaças que Thierry captou quando entendeu o prazer, a volúpia branca com que M. Soprot as descrevia.

— Felizmente, minha amada filha está a salvo. Só Deus sabe o que me custou enviá-la para as selvas. Sonho todas as noites com alguém que vem e me arranca a pele. Mas minha querida François — era por esse nome masculino que sempre se dirigia e se referia a Honorée — pelo menos está livre das ameaças destas feras parisienses. Talvez ela e o tonto de seu marido ainda retornem para a França mais cedo do que se possa prever, talvez possam estar de volta quando as coisas se acalmarem. Caso voltem e eu me recupere do baque financeiro, me retiro para Bordeaux! Vendo a Gerbe D'Or, após o que viverei modestamente o restante dos meus dias perto da brisa do mar. Ainda bem que minha François se casou com um fraco que aceitou, sem muito espernear, ser mandado para o fim do mundo, movido por um sonho impossível de se tornar realidade. Ah! Que tolo, o palerma. Felizmente, ela está longe do alcance do marquês. Talvez o inútil do meu genro possa contrabandear, a tempo rápido e a preço baixo, diamantes ou outras pedras. Então poderei ainda negociar com o marquês e me salvar.

No caminho para a chácara, a chuva fina havia cessado. François retomou a conversa com Fernando Murat.

— Estava cá pensando no meu sogro. Era um homem que sempre se mantinha distante de mim. Mas agora, neste fim de mundo, é que me dou conta de que algo de grave devia estar ocorrendo. Nos últimos meses, antes de embarcarmos para o Brasil, a vida de nossa família, e sobretudo a vida da empresa, tinha virado um inferno. Meu sogro estava sempre exaltado, vivia saindo para visitas misteriosas. Julguei-o, por momentos, muito mal. Pensei que tivesse uma amante que lhe perturbava a vida. Mas naquela idade? Apaixonar-se? Agora entendo a verdadeira natureza de seus apuros. O velho Thierry tinha lá suas virtudes.

Nunca se enganava com os clientes. Sabia distinguir um arrogante velhaco, que lhe vinha vender porcarias, de um arrogante falido e pomposo que lhe entregava preciosidades de mão beijada. Lidava, com habilidade e cuidado, com as nobrezas, a antiga e a recente. Mantinha estreitos contatos com generais e oficiais que vinham lhe passar os saques feitos na Espanha ou na Rússia. Privava de intimidade com herdeiros, tomava chá com velhotas ingênuas ao mesmo tempo em que frequentava sevandijas, pequenos malfeitores, contrabandistas de toda estirpe que vagavam pelas ruas de Paris. Conhecia, como poucos, a miséria e a maldade dos homens. É por isso, Fernando, que não compreendo como ele se deixou prender nesse massacre. Agora, todo o segredo da morte se tornou o segredo dos mortos. Eles também, Louis e Hubert Martinet, estão calados para sempre. Desapareceram levando os segredos do pai. Talvez tenham morrido como viveram, despreocupados de tudo.

Do outro lado do mundo, perdido em divagações, François não podia saber que Thierry havia partilhado um pouco dos seus segredos com seu colega, o sr. Picard.

Após a visita dos quatro homens enviados pelo marquês, Thierry, pressentindo que o perigo percebido se transformara em realidade palpável, tomou uma sege. Como fizera já tantas vezes, atravessou a Pont au Change, avistou a igreja de Santo Eustáquio e entrou pela Rue Montorgueil, parando diante do número 29. Picard estranhou a figura abatida do colega. Quando se apertaram as mãos, Picard verificou que a de Thierry estava úmida e gelada. Sentiu-lhe um pequeno tremor.

— Meu caro Titi, que cara é essa? Tem alguma notícia ruim para nós?

— Preciso falar urgentemente com você, meu caro Adolphe. A sós. Num lugar reservado.

— Acompanhe-me até o escritório — disse Picard, conduzindo-o imediatamente a uma pequena sala, onde se trancaram.

— Meu caro, venho por três razões: aconselhar-me com o colega, confidenciar com o amigo e negociar com o profissional. Sabe de minha admiração por você. Embora sendo você um pouco mais jovem, eu o tenho por um mestre; ninguém lhe iguala em gosto e arte.

— Vejamos, Titi, não estamos aqui para essas coisas.

— Por favor, Adolphe, tenha um pouco de paciência, mas é de suma importância que esteja a par do que vem ocorrendo comigo nestes meses. Só posso contar com você, Adolphe. Não quero envolver meu irmão. O inútil não toma contato com nada. Fica enterrado no seu ateliê, fazendo gravuras de guerras que não existem mais!

— Fique à vontade, Titi. — Picard pediu licença, saiu por alguns minutos e voltou.

— Pois bem — retomou Thierry. — Há oito meses e pouco, recebi uma carta da condessa De Courcy, solicitando que eu lhe reservasse uma hora.

— Eu a conheço.

— Então não deve ignorar que ela permaneceu muito ligada aos emigrantes, embora sua família tenha sido poupada na Revolução. Durante o Império, o brilho de seu nome contrastava com a miséria material de sua vida. Ela tentava ocultar as dificuldades, conservando, na medida do possível, tudo o que podia: quadros, tapetes, joias, coches e até a maneira antiquada de falar. Mas, como você sabe, ela foi se desfazendo de seus bens e, principalmente, das joias e das peças de gosto antigo.

— Ha-ha! E como sabemos, Titi — riu Picard.

— Pois bem, Adolphe, eu a recebi, numa hora bem incomum. Todos os funcionários da Gerbe D'Or tinham saído para almoçar. Eu estava completamente a sós no ateliê. A condessa veio acompanhada de uma governanta aflita, que carregava uma caixa oculta no xale. Disse-me que trazia um segredo de Estado.

Você sabe como esses nobres falidos tentam valorizar suas porcarias, querendo nos vender o valor sentimental que depositam nos seus bens materiais. Acreditam que o fato de as quinquilharias passarem das mãos trêmulas, entortadas pelo reumatismo, de velhas damas para mãos de jovens cheirando a flor agrega valor ao ouro e ao brilhante! Querem nos vender seus sentimentos como se eles valessem alguma coisa. Vou lhe confessar, meu caro amigo, estava meio indisposto naquele dia e a escutava com má vontade, até o momento em que a condessa me passou uma caixa. Advertiu-me com aquele ar afetado e arrogante dos aristocratas de que depositava em minhas mãos uma caixa de Pandora. Que o que havia lá dentro poderia me transformar num verdadeiro deus das joias ou num desgraçado. Adolphe, eu a olhei com impaciência, ri de sua presunção e tive desprezo pela ingênua tentativa de querer despertar ambição num velho comerciante como eu. Então, quando abri a caixa, confesso que não compreendi de imediato do que se tratava. Fui pouco a pouco tomando consciência do que havia lá dentro.

Thierry falava aos borbotões, se atropelando nas palavras. O joalheiro empalideceu, olhou com desespero para Picard, quando bateram à porta. O velho amigo fez um gesto calmo no ar para assossegá-lo.

— Não é nada, apenas o nosso chá.

Uma senhora jovem, de olhar esperto, nariz comprido e arrebitado, um corpo bem-feito alterado por uma pequena barriga cujo volume mostrava uma gravidez incipiente, trouxe-lhes o chá.

— Bom dia, senhores.

— Sra. Cartier, não há necessidade de nos servir. Vá descansar e não nos incomode. Por favor, deixe a bandeja aqui. Tome cuidado para que essa criança nasça forte e bonita — disse-lhe Picard com afeição.

A empregada se retirou, fechando a porta atrás de si.

— Agora estamos sossegados, Titi, ninguém mais vai nos interromper.

— Meu caro Adolphe, dentro da caixa estavam dispostos, lado a lado, quatro enormes diamantes. Você não pode imaginar o tamanho deles. Vai pensar que estou delirando, mas, se os visse, ficaria assustado. O principal deles era maior que um ovo de galinha, quase do tamanho do punho de uma criança grande, e os três outros, pouco menores, do tamanho desses bolinhos. Mesmo assim, eram enormes; eram espantosamente grandes — disse, mostrando um bolinho que havia acabado de mergulhar no chá. — Todos eles mal lapidados. Quase brutos. Mas de uma pureza e tonalidade sem-par — completou.

— Vejamos, meu caro Titi, você está exagerando. Isso não existe! — exclamou Picard, duvidando da lucidez mental do colega.

"Esses olhos esbugalhados que não param, que vagueiam de um canto para outro como os cornos de uma vaca doente, esse tremor no corpo...", pensou. "O pobre está à beira da loucura. Talvez a partida da filha querida tenha sido um baque muito forte, talvez o sangue", conjecturava, incrédulo, enquanto olhava com piedade para o amigo.

— Não, Adolphe, não estou exagerando. É a pura verdade. Eu também não acreditei naquilo. Tanto é que pedi à condessa De Courcy um tempo para avaliar as pedras. Se fossem verdadeiras e eu as mantivesse intactas, sem cortá-las em cinco pedaços ou seis partes, não teriam praticamente preço. Seriam monumentos de uma nação. Só glória, sem valor material. Eu queria mesmo era ter certeza, verificar a autenticidade das pedras. A condessa me disse que eu poderia guardá-las por alguns dias, que o valor extraordinário dos diamantes seria uma garantia suficiente para que eu procedesse de maneira particularmente correta.

Mas eu, de verdade, desconfiava da condessa. Você sabe como esses nobres perderam o juízo quando perceberam que o mundo havia mudado. Pensei, de início, que a condessa fosse apenas mais um desses nobres, que transformaram a grandeza perdida em grandeza de imaginação. Entretanto, se aquilo fosse verdade, transformaria a minha vida. Nossas vidas, Adolphe! Transformaria a vida da França! Adolphe, eu tinha me despertado de meu desinteresse, embora fingisse indiferença, quando chegou, sem se fazer anunciar, o marquês De Marsan.

— Também o conheço. Esse é perigoso, Titi: um homem mau e violento.

— Eu sei, Adolphe, eu sei — repetiu Thierry, em pleno desespero.

Em seguida, retomou sua fala sincopada.

— De imediato não liguei uma coisa com a outra. O marquês, na verdade, estava excitado pela nova situação política da França, estava entusiasmado com a volta dos exilados ao poder, com projetos de vingança. Em particular, me consultou sobre a possibilidade de eu lhe fazer uma cruz de esmeralda que ele desejava passar a usar como símbolo da Congregação. Foi só. Depois, ele se retirou rapidamente do recinto. Mas, em vez de voltar para o lugar de onde viera, e apesar da pressa, ficou muito tempo parado dentro de seu coche, estacionado não muito longe da Gerbe D'Or. Isso eu vi pela janela de minha sala. Inicialmente achei que tinha algum interesse amoroso na condessa, não obstante sua aparência já meio comprometida e o rosto envelhecido, de modo que não dei muita importância ao fato. Pois bem, quando o marquês De Marsan se foi, pedi à senhora condessa que me concedesse um tempo, para melhor avaliar as pedras. Fechei-me no escritório e pude então perceber que eram verdadeiras e puras. Eram verdadeiras, Adolphe! Eu fiquei tonto e desnorteado. Com muito custo recuperei a calma. Como podia aquela mulher estar guardando aquele tesouro? De quem o recebera? Para que fins queria vendê-lo agora, justamente naquele momento em que o rei morrera e o duque de Angoulême estava prestes a se tornar o senhor da França e trazer de volta, com sangue e ferocidade, todos os nobres e prelados exilados e sedentos de vingança? Ela havia me falado a verdade, era um segredo de Estado. Abri a caixa de Pandora! Nunca deveria ter tido aquilo nas mãos. Adolphe, meu amigo, você e eu, nós nunca sequer sonhamos que diamantes como aqueles pudessem existir! Nem eu nem você, juntos, teríamos tanto dinheiro para poder comprá-los. Imaginei que talvez a Inglaterra os quisesse ou que poderíamos dividi-los em várias partes menores. Sei lá! Não tinha ideia ainda do que fazer, só sabia que tinha um tesouro que nunca pensei ter em mãos. Eu devolvera a caixa vazia à condessa e enrolara, quase que displicentemente, as pedras num pano de veludo. Assim que percebi o valor extraordinário que estava depositado em minhas mãos, guardei as pedras no meu cofre. À noite, antes de me retirar, ainda abri rapidamente o cofre para verificar se elas de fato existiam. Queria ter certeza de que aquilo não era um sonho. Fechei logo o cofre, para que ninguém soubesse o que guardava. Adolphe, quase não dormi! Coisa de dois dias mais tarde, enviei meu genro com uma proposta escrita e lacrada para a condessa. Não queria me mostrar açodado. Na oficina ninguém sabia da existência das pedras. Nem mesmo meus filhos e minha mulher. Não abri o bico para ninguém. Apenas a condessa e sua velha servente, além de mim, sabiam que as pedras estavam comigo.

— Qual foi sua proposta, Titi, se posso saber?

— Umas vinte ou mais vezes menos do que as pedras valiam. Mas mesmo assim não poderia comprá-las sozinho. Acontece, Adolphe, que meu genro demorou a voltar e eu estava impaciente porque sabia o que tinha em mãos. O despreocupado deve ter ido passear pela cidade em vez de voltar imediatamente para a Gerbe D'Or. Antes do fim do expediente, vencido pela curiosidade e aguçado pelo desejo de ver aquilo de novo, de passar os dedos pelas pedras, abri o cofre e, quando puxei o embrulho de veludo, quase desfaleci. Senti que aquilo não tinha peso. Sem me preocupar com ninguém, nem com os meus funcionários, retirei o pacote e o abri na mesa. Adolphe — disse Thierry, sussurrando e chorando, com o nariz pingando uma secreção que ele tentava enxugar com a manga da casaca —, nele havia bosta de cavalo!

Picard teve certeza de que o velho colega tivera um ataque, enlouquecera. Ele, com tantas coisas a fazer, estava gastando seu tempo com delírios alheios.

— Adolphe, quatro pedaços de estrume no lugar das pedras. Pensei que ia enlouquecer. Imaginei por um segundo que talvez pudesse ter guardado as pedras em outro lugar. Não, aquilo não era possível, era um sonho ruim, um pesadelo. Eu acordaria e veria que nada havia acontecido. Só o diabo poderia ter transformado os diamantes em merda! Adolphe, meu amigo! Fui roubado! Tinha sido roubado. Tiveram, ainda por cima, o cuidado de zombar de mim enchendo meu cofre de estrume.

— Mas como isso foi possível, Titi? — Picard indagou, apiedado da maluquice do colega.

— Tentei ganhar tempo com a condessa para encontrar alguma solução. Porém, aquela dama começou a me apertar e o tabuleiro foi ficando muito pequeno para minhas manobras. Tergiversei semanas a fio. Não podia imaginar quem poderia saber das joias a não ser a condessa. Quando o marquês se comunicou comigo, chamando a si a responsabilidade pelas joias, dizendo-se protetor de uma nobre senhora que a vida e os burgueses haviam feito sofrer o bastante, compreendi que os dois estavam de conluio. Dei-me conta de que as pedras estavam com eles e que eles queriam minha ruína. Tinham me feito de joguete numa intriga cujos mecanismo e finalidade eu desconhecia completamente.

— Mas, Titi — disse Picard, tomando um gole de chá —, como é que entraram na oficina, como descobriram seu cofre, como o abriram? Como é que sabiam que havia quatro diamantes para substituí-los por quatro bolas de estrume?

— Adolphe, parte disso ainda é um mistério. Eu não podia chamar as autoridades. Mas hoje, quando penso, começo a desvencilhar parte da meada dessa barafunda. A visita do marquês foi um pretexto. Fiquei com ele na sala, você sabe, numa sala como esta aqui. Ele deve, então, ter aproveitado a ocasião para olhar bem o local. No dia seguinte ao roubo, investigando por conta própria, descobri uma ponta de metal, uma lâmina de um punhal presa à janela. Alguém que conhecia o mecanismo do ferrolho interno poderia soltá-lo pelo lado de fora. Foi isso que o marquês foi fazer lá na oficina: tomar ciência do local, como reles ladrão. No salão, ele e a condessa fingiram não se conhecer.

— Isso é impossível, Titi! Os dois mantêm relações mais que estreitas.

— Eu sei. Mas, na ocasião, não prestei atenção nesses detalhes. Estava hipnotizado pelas pedras. O marquês ficou ainda um bom tempo conversando, fazendo um discurso sem pé nem cabeça no salão. Para mim ainda é um mistério como conseguiu abrir meu cofre. Eu guardo as chaves comigo, dependuradas neste cordão em meu pescoço. Tenho uma cópia de reserva encerrada num esconderijo. O esconderijo se encontra no meu relógio de pêndulo. Tem um alarme. Se alguém mexer nele, imediatamente o pêndulo da oficina atrasa as horas! E estava tudo no lugar! Tudo na hora certa! Foi isso que aconteceu, Adolphe. Agora o marquês quer que eu devolva os diamantes que não estão comigo, que na verdade estão com ele. Acusa-me de roubo. Exige que eu pelo menos pague à condessa parte de seu real valor. Adolphe, se eu vender meu ateliê com tudo o que há dentro, se eu me desfizer de todas as minhas propriedades, se eu lhe entregar, junto com isso, minhas economias, não conseguirei chegar nem sequer a um centésimo do valor das pedras.

— Thierry — disse-lhe gravemente Picard, deixando de lado o apelido carinhoso —, como posso lhe ajudar?

— Não pode! Estou só e perdido! O marquês está ameaçando a mim e à minha família. Não esperava outra coisa dele. Sei que é capaz de concretizar suas ameaças. Adolphe, não durmo mais à noite. Quando consigo dormir, tenho medo de acordar. Fico imaginando que cada cliente que bate à porta de minha oficina seja um assassino. Pensei em me matar. Mas isso não é solução, deixarei meus filhos e minha mulher jogados à sanha do marquês. Vim aqui, meu caro amigo, para desabafar. Se algo de ruim acontecer comigo, que alguém de confiança fique sabendo da verdadeira história. Tudo que lhe contei deixei registrado nestes papéis.

E tirou do bolso interno da casaca um grosso pacote de papéis envolto numa fita verde.

— Quero que guarde estes documentos, Adolphe. Se algo ocorrer comigo, abra o pacote e leia o que escrevi. Você irá encontrar algumas instruções. Só em você posso confiar.

Picard estendeu a mão, certo de que estava lidando com um homem que havia perdido o juízo.

— Meu caro, desejo lhe propor um negócio. A esta altura, eu sei que, de qualquer jeito, ficarei sem meus bens. Esse é um dos motivos da trama armada pelo marquês e pela condessa: querem se apropriar da Gerbe D'Or e de tudo mais que puderem. Perderam o medo. Vêm com um apetite de trinta e cinco anos. Vou passar minha oficina para seu nome, Adolphe. Vou voltar para Bordeaux. Ficarei escondido por lá com minha família. Depois, um dia, você me devolverá metade do que agora lhe passo, metade de minha parte.

— Mas, Titi, vejamos, não posso aceitar isso.

— Pode e deve, se for meu amigo. É a única chance que tenho de preservar um pouco de tudo o que consegui na minha vida, de tudo por que lutei durante minha existência. Fui injusto, sem piedade, me humilhei, sofri, renunciei. Você sabe, meu querido Adolphe, tudo que nós passamos para construir nossos negócios neste mundo em que o demônio resolveu morar.

Thierry foi se acalmando. Tomou o resto de chá que a empregada havia deixado na bandeja. Os dois joalheiros permaneceram conversando por algum tempo. Depois saíram. Picard passou o braço por cima do ombro do colega e o levou até a porta, consolando-o. Ainda na porta do ateliê, Thierry lhe disse:

— Meu caro amigo, no fim da semana que vem volto a procurá-lo. Adeus.

— Até mais vê-lo, Titi!

Thierry ainda procurou seu amigo uma e outra vez, antes que a sociedade parisiense ficasse chocada com a notícia que passava de boca em boca. Os jornais publicavam detalhes da tragédia que ocorrera na Rue Royale: três corpos, cruelmente desfigurados, foram encontrados em condições misteriosas. Fora isso que o sr. Dampierre dissera a François.

Murat pouco compreendia a reação do francês. "Esses europeus não têm sentimentos", repetia mentalmente durante o trajeto. "Como são frios!"

François, no entanto, estava triste. Sentia-se só no mundo. Havia perdido, em poucos segundos, o sentido de sua viagem e a herança do sogro. Mas de que esta lhe valeria? Ele nunca teria uma parte significativa daquilo. Mesmo que a tragédia não tivesse ocorrido, tudo iria para Louis e Hubert. No melhor dos casos, ele e Honorée recolheriam apenas algumas migalhas da riqueza do sogro. Talvez ainda pudesse escrever ao tio da esposa. Tentar salvar ainda alguma coisa. Ficaria no Brasil. Acharia enquanto isso seus diamantes e, em breve, voltaria para Paris, rico, muito rico, cheio de histórias parecidas com aquelas que até pouco antes absorvia no clube de leitura de Mme. Baudot. Seriam suas as aventuras dos livros. Sentia pena do sogro, da sogra, dos cunhados, que não mereciam ter morrido daquele jeito, com tanto sofrimento. Condoía-se, embora o pesar lhe atiçasse a revolta. A mágoa e a raiva que sentia do sogro e dos cunhados faziam dele quase um cúmplice de suas mortes. Não era a primeira vez que esses engulhos de revolta que nunca externava o submergiam. Honorée devia saber que seus sentimentos pela família não eram tão límpidos quanto os dela, que devotava uma obediência sem limites ao pai, um amor que, em seu silêncio, lhe afogueava o peito. Dilacerava-se entre a ternura pelo marido e o amor pelo pai. Não compreendia a razão pela qual seu pai e os dois irmãos tratavam François com desprezo. Desde que se casou, os irmãos o exilaram na sobreloja. Não gerenciava nada, não passava de um empregado pouco mais considerado que os outros. Diante dos Martinet, ele não passava de um Dumont!

Na minúcia da miséria do cotidiano, os irmãos Martinet foram criando as condições para impedir que François reivindicasse o direito ao quinhão de participação que cabia a Honorée na distribuição dos lucros da empresa. Pagavam-lhe um salário. Para a família Martinet, o pago aparecia como uma espécie de favor. Para os artesãos e funcionários da empresa, um privilégio que realçava a incompetência dos protegidos. Aos poucos, os irmãos iam construindo uma história familiar destinada a excluir o casal da legitimidade da herança.

— Sabe, Fernando — disse de chofre François, saindo do torpor no qual mergulhara —, meu sogro e minha sogra eram boas pessoas. Sinto muito por eles. Mas meus cunhados, não que os quisesse mal, sempre os quis bem, mas aqueles dois não valiam muita coisa. Viviam como duques, trabalhavam pouco e festejavam muito.

François calou-se. Fechou-se no interior das imagens que lhe povoavam a mente, depois as espantou para longe e as substituiu pela decisão de apressar sua partida para as Minas. Era só apressamento. No fundo de seu pensamento sabia que a agitação de alma, a impetuosidade de ânimo, se espatifaria no mundo de impossibilidades que ele parecia ignorar. Contudo, a situação havia ficado insustentável: permanecendo no Rio, não poderia manter para Honorée o segredo do desfecho trágico da família; por outro lado, sua condição de estrangeiro o pregava na capital. A recente ideia, que dormitava em sua cabeça, de abrir uma filial da Gerbe D'Or no Rio de Janeiro agora estava definitivamente varrida para fora. Em todo lugar para onde olhava, em todo canto para onde corria, via se lhe fecharem janelas e portas.

Ao chegar à chácara, rumou direto para o pequeno cômodo que Murat usava como escritório, onde escreveu algumas cartas. Quando terminou, saiu para encontrar Honorée, que o esperava, aflita, na sala com os anfitriãos.

— Parece que nossa amiga Helena sumiu do Rio de Janeiro em companhia do jovem Jean-Loup. A missão francesa imagina que foram para o sul do país.

François misturava os pedaços de informações que colhera ao pé da serra de Cunha com o pouco que pescara na conversa do esquisito M. Dampierre.

— E de papai, você trouxe alguma correspondência, querido? Alguma notícia?

— Sim, isso é o mais triste. Era isso que queria conversar com você, mas antes tinha que tomar umas providências e escrever algumas cartas para Paris.

Murat, que havia concordado em manter segredo sobre a

tragédia, olhou atônito para o francês, que ignorou seu sobressalto. Honorée empalideceu, arregalou os olhos. Seu nariz pareceu ter se encompridado um pouco.

— Diga-me o que houve. Alguma tragédia?

— Sim, houve uma tragédia.

— O que foi? Diga-me logo. Aconteceu alguma coisa com papai? — perguntou, exaltada, levando as pequenas mãos ao colo do pescoço à medida que seus olhos arregalados brilhavam cheios de água prestes a se derramar face abaixo.

Leocádia, posta a par dos segredos, estendeu seus olhos interrogativos para o marido, que se levantou assustado da cadeira longa onde se refestelara. "Esse francesinho é completamente louco!", pensou.

— Não propriamente — François respondeu, tomando entre as suas as mãos de Honorée. — Houve um naufrágio perto da Bahia, parece que um navio francês bateu nuns rochedos que afloram no mar. Perderam-se baús, encomendas e correspondências. Pior aconteceu com as pessoas cujos parentes desapareceram no mar. O Rio de Janeiro está uma tristeza. Só vou lá porque preciso.

— Pobres dos passageiros. Temos que ir à cidade, levar uma palavra de conforto aos nossos conterrâneos. Nessas horas, a presença de alguém faz diferença e pode amenizar a dor. Pobres! — suspirou Honorée.

— Eu sei bem disso, minha querida. Pude falar com um dos nossos compatriotas. O problema é que há uma epidemia braba de bexiga. A peste chegou com um navio negreiro. Não adiantou a quarentena. Os negros que desembarcaram estavam tão apodrecidos que espalharam a doença pela cidade inteira.

— A culpa é desses ingleses — vociferou Leocádia Murat. — Ficam fazendo pressão contra o comércio negreiro, incentivando pirataria. Se o tráfico fosse livre de entraves, poderia ser feito com mais paciência e humanidade.

— Devemos partir o mais rapidamente para as Minas. É muita sorte a nossa estarmos abrigados na chácara do Fernando, distante das pestes que se alastram pelas ruas do Rio de Janeiro. Nossa longa permanência já está parecendo um abuso.

— Nunca esqueceremos a bondade de vocês! — exclamou Honorée, que já nada mais indagava sobre os pais.

— Vou dar ordens para que desta chácara só se saia para o Rio de Janeiro em caso de maior necessidade! — proclamou Fernando, num tom de tribuno.

Desacorçoada pelas funestas notícias, Honorée se agarrou à corda que o marido lhe lançara. Passou a falar entusiasticamente dos preparativos para o *desertão*. Victor, que nada sabia da tal epidemia, engolia em seco, com temor de ser interpelado. Murat voltou ao seu lugar, recostou-se na parede, pasmado com o sangue-frio de François, com sua capacidade de enganar.

## 10. A segunda notícia

As chuvas, antes contínuas, começavam a dar alguma trégua. A lentidão burocrática das autoridades brasileiras permanecia inabalável. Tudo era moroso quando se tratava de liberar as autorizações de viagem para o Distrito Diamantino. A cada demanda renovada, François via se esboçar no rosto dos funcionários, que em geral lhe estendiam vagarosamente os olhos compridos, uma expressão de incredulidade, como se tivessem deparado com um caso excepcional de obtusa teimosia diante de uma realidade clara como água de rocha. Depois davam de ombros, carimbavam o papelico que o francês lhes entregava cerimoniosamente e encerravam a tratativa com uma expressão lacônica que soava quase como um muxoxo: "Agora é só esperar, vamos encaminhar!".

A única coisa que François lograra, com a devida cumplicidade de Victor, fora manter Honorée afastada da cidade do Rio de Janeiro, inventando notícias de sucessivas epidemias de sarna, tifo, formigueiro. Como era quase verdade, ninguém desmentia a desmesura. Honorée, enfurnada na chácara, sentia falta do ambiente da loja Vivienne, onde encontrava um pequeno fragmento de sua Paris. François, que não ia mais às compras no Charles Durant, restringia-se às desgastantes peregrinações às repartições do governo e à missão diplomática francesa.

— O senhor acha que o fato de eu ser um ourives e joalheiro francês, querendo me instalar no Distrito Diamantino, pode parecer suspeito aos olhos das autoridades brasileiras? Por acaso elas imaginam que eu seja um traficante? Um contrabandista? Que eu queira esbulhar os negócios dos brasileiros?

— Provavelmente — respondia com paciência Fernando Murat. — Mas logo elas hão de mudar de ideia.

Cada vez que François ouvia a mesma resposta, mais se amofinava. Resmungava entre os dentes e, como bom francês, bufava para o infinito. Começou a ter insônias. Nas noites que passava em claro, arquitetava uma infinidade de planos vazios, incongruentes, que, em vez de o acalmarem, o angustiavam ainda mais.

— Meu querido, o que está acontecendo? Por que não vamos logo para o Tijuco Diamantino? — indagava às vezes Honorée, saindo de seu mutismo. — Vejo que esta espera está destruindo sua saúde.

— Minha doce, os brasileiros aprenderam com os portugueses tudo que não presta. Desconfiam de tudo. São uns estroinas e indolentes. Ah! Mas, quando estão atrás de um balcão de repartição pública, transformam-se em gigantes. Imagine que a semana passada circulei por todo o Rio de Janeiro, bati em cada repartição do governo. Em cada uma eu era enviado a outra. Só parei quando percebi que haviam me endereçado à primeira!

— E tem notícias de papai? Por que não respondem às nossas correspondências? Existem navios que chegam o tempo todo!

— Isso é o pior! Nossos amigos da missão diplomática foram contaminados por esse miasma social do Rio de Janeiro. Eu me esqueci de lhe contar. Meu Deus! Como pude? Onde estou com a cabeça, meu santo Deus? Fiquei sabendo na missão diplomática que todas as correspondências do meu sogro que chegaram ao Brasil foram reendereçadas à Martinica. Tenho gastado semanas e semanas preenchendo papeladas para que elas possam ser remetidas de volta para o Rio de Janeiro. Já mandei notícias desta grande confusão para o seu pai, que a esta altura já deve tê-las recebido. Meu Deus! Veja em que estado estou. Meu bem, escreva você também para eles contando que está sem notícias mas que em breve terá todas as cartas. Isso os tranquilizará.

— Mas como isso pôde ter acontecido?

— Provavelmente, algum burocrata ou um serviçal ignorante ou algum marujo iletrado confundiu Martinet com Martinica. Com medo do tifo, os altos funcionários deixam tudo nas mãos de qualquer um.

Honorée se acalmava com as falsas notícias. Apenas se inquietava com a possibilidade de o marido pôr em risco sua saúde, indo ao Rio de Janeiro. François tinha certeza de que toda aquela farsa estava prestes a desmoronar. Fernando também se inquietava. Fora uma enrascada se meter com o francês. Mas agora era tarde. Tanto ele quanto a sra. Murat haviam se afeiçoado aos Dumont. E, além disso, não podiam pô-los porta afora.

O mês de maio já corria avançado. As chuvas de março haviam se despedido, o calor, declinado. Os franceses ainda se lembravam das lindas tardes de abril, quando um estafeta do

Império trouxe uma intimação para que François comparecesse ao Rio de Janeiro na manhã seguinte. A angústia e o desalento do francês se transformaram em medo cru. Não era costume que enviassem funcionários para dar boas notícias. O governo só não mede despesa para notícia ruim.

## 11. A cobra

Sentada na varanda, Honorée tentava puxar conversa com Leocádia, que, por algum motivo, estava emburrada e impaciente.

— Sabe, minha amiga, por que nossos esposos saíram tão apressados?

— Não, não sei. Fernando nunca me diz nada. Se sente ofendido quando quero saber de seus negócios. Provavelmente, estão resolvendo a questão dos papéis para as Minas. As autoridades ainda controlam de todas as formas possíveis as viagens e as entradas naquela região. Nesse caso, nem os malditos ingleses têm regalias — respondeu ela, sem perder a oportunidade de aferroar os estrangeiros que tanto detestava. — Seu cunhado não sabe de nada? — perguntou de volta.

— Acho que não. Victor saiu hoje de manhã, disse que tinha que verificar umas mercadorias que serão enviadas ao Cais dos Mineiros. De todo modo, ele nunca sabe de nada. François o trata muitas vezes como se ele fosse uma criança.

— Não se preocupe tanto com nossos esposos. Tudo dará certo, minha amiga, tenha fé em Nossa Senhora e em são Bento — Leocádia respondeu automaticamente, sem prestar muita atenção no que a outra dizia.

A conversa morna das duas mulheres foi interrompida pela

negra Zenira, que chegou às carreiras dizendo que uma cobra havia picado um escravo de sinhô Medimon, que era como chamava M. Dumont. A francesa saiu em disparada, seguida por Leocádia Murat, que caminhava com dificuldade, em direção a uma construção ampla, sem paredes internas. Lá dentro jazia um negrinho mirrado, sacudido por tremores. Honorée o conhecia, fazia parte do lote de cinco escravos que François adquirira na rua do Valongo. Lembrava-se dele porque sentira pena de ver um menino tão miúdo sendo jogado no meio dos escravos de lida.

Deitado na terra amarronzada, com o braço morto e inchado como uma abóbora de corda, Maquim tinha os olhos saltados pelo terror. Seu pavor pareceu aumentar ainda mais quando sua dona se aproximou.

O negrinho gemia. Perdia-se em vertigens, a cabeça e o nariz prestes a explodir. Convulsionava-se no chão frio, em meio a uma queimação nas costas. Os olhos exorbitados tinham se avermelhado por injeções de sangue. Uma espessa salivação fervia nos cantos da boca. Afogado num poço de envenenamento, Marcos Maquim ainda pôde ver a figura da francesa curvando-se em sua direção, deixando à mostra o colo dos seios.

"Ela irá me matar", repetia mentalmente o escravo, arqueando o peito. "O que ela faz aqui?", tentava gritar em desespero, sem que nenhum som saísse de sua boca arquejante.

Como que atendendo a sua súplica, uma negra miúda, tomada por uma falta de respeito que desafiava a chibata, empurrou Honorée para longe de Maquim, que se retorcia no chão. Zenira, que guardava distância do tumulto, correu até onde estava a francesa. Tomando-a pelas mãos, retirou-a, com presteza, do meio da multidão de negros que cercava o moribundo. Enquanto ia sendo afastada, viu carregarem o corpo trêmulo do negro para dentro de um casebre escuro, onde o trancaram.

— A senhora não pode ficar perto dele, sinhá Madimorê, senão ele morre.

— Mas por quê?

— Porque a senhora é mulher.

A chusma abriu caminho para o médico africano, que chegou quase nu, carregando potes de água, um braseiro, gravetos e lenhas, uma braçada de raiz-preta, loco, erva-de-santana, picão, botão-de-ouro, caçamba de cachaça e colares de miçanga. O feiticeiro se fechou com o jovem ofendido no interior do barracão. Permaneceu mergulhado na escuridão enfraquecida pela luz tímida do braseiro que fumegava num canto. O negro bochechou cachaça, chupou a ferida do braço. Cuspiu longe o sangue empretejado. Maquim gemia de dor com o contato da boca banguela e ardida do velho. O curador, murmurando suas rezas, aplicava folhas maceradas no inchaço do cotovelo, que havia se tornado grosso como um abacate.

Maquim se esforçava para bebericar o chá de ervas e raízes que o feiticeiro gotejava calmamente em sua boca escancarada. Sufocava-se com a fumaça que emanava das folhas que ardiam no braseiro. Quando o doente esmorecia, as folhas eram embebidas em cachaça e esfregadas no seu peito ofegante. O africano repetia com paciência seus gestos. Finalmente, Maquim começou a transpirar, vomitar, defecar. Então, o velho entoou um lamento.

Honorée e Leocádia tinham voltado para a varanda da chácara. De longe, assistiam à lenta movimentação da escravaria em torno do barracão escuro onde jazia o negrinho. A francesa, ainda assustada por todo aquele alvoroço, esforçava-se para evitar pensamentos e lembranças que não mais queria. Tentava apagar a figura do pobre Joseph Jaräzeski, que surgira como que do nada, quando foi interrompida por Zenira:

— Me desculpe, sinhá Madimorê, mas tem uma negra que queria lhe falar. Se a senhora lhe der permissão.

Honorée olhou para Leocádia, que aquiesceu com um gesto lento da cabeça.

— O que ela quer?

— É a negra que foi atrevida com a senhora.

— Está tudo bem, Zenira. Diga a ela que não tem importância. Mande-a embora.

— Mas ela quer falar com a senhora, sinhá Madimorê — insistiu Zenira. — A negra é Marica, mãe de leite do ofendido pela cobra — explicou, antes de descer os degraus da varanda.

A negra pequena não tinha idade suficiente para ser mãe do moleque. A benguela veio, como contrapeso, no lote que François adquirira na rua do Valongo. Era baixota, de pernas arqueadas. Diante da varanda, a benguela foi sendo empurrada por Zenira. Aos tropeções, subiu a escada. Foi logo tomando as mãos de Honorée, beijando-as, derramando-se em desculpas e lágrimas, num linguajar quase incompreensível.

— Eu mereço o castigo que a sra. Madimorê quiser me dar, mas Maquim eu criei. Se tem mulher bonita e viva por perto, ele morre. Desculpe-me, não queria magoar a senhora. Eu queria salvar meu menino — disse, tilintando como vara de bambu verde.

Diante da perplexidade de Honorée, que pouco compreendia daquilo tudo, Zenira se adiantou. Traduziu para ela todo aquele mafuá de palavras incongruentes que a negra disparava em sua direção.

— Madimorê — disse, meio irritada e meio complacente com a benguela —, ela está tentando lhe dizer que, quando uma mulher olha para um homem picado de cobra, o veneno da mulher, sobretudo quando ela é bonita como a senhora, se mistura com o veneno da serpente. Quando isso acontece, não tem jeito, nem remédio, nem mandinga. O ofendido morre. Ela não teve intenção de desrespeitar a senhora, só queria salvar a vida do menino. Ele é seu filho! Bem, isso é o que ela diz. Vai saber!

— Eu criei Maquim — repetia Marica, afogada em lágrimas. — Eu prometo, ele não irá faltar. Quando ficar bom, ele vai pedir perdão por não ter tomado cuidado. Vai trabalhar dobrado para a sra. Madimorê e para o sr. Medimon.

Honorée tentou despachar a negra com um sorriso. Conseguiu sossegá-la. Marica grudou em sua mão, beijando-a sem cessar. Constrangida, a francesa tentou retirar a mão. Leocádia pôs fim à cena, que, segundo ela, já estava durando muito. Mandou a negra embora com firmeza.

## 12. A terceira notícia

François e Fernando galgaram rapidamente as escadarias do ministério. Entraram, controlando o fôlego.

— Queira esperar aqui fora, por obséquio, sr. Fernando Murat. Apenas o sr. Dumont. Senhor, faça a gentileza de me acompanhar.

Os recém-chegados se entreolharam. O francês foi conduzido a uma sala mobiliada com uma mesa adornada de entalhes delicados em frente à qual se dispunham, em semicírculo, quatro cadeiras de palhinha com almofadas de veludo verde. O alto funcionário, detrás da mesa, ajeitou sua peruca e, sem se levantar, dirigiu-se a François:

— Sente-se, por favor, sr. Dumont.

— Obrigado.

— O senhor tem feito solicitações insistentes para viajar para as Minas. Não estamos mais sob o jugo português, temos transações com todos os países do mundo. Apreciamos muito esse comércio. Mas o Império do Brasil, como toda nação soberana, deve tomar certos cuidados. Deve, naturalmente, zelar pelos seus interesses.

— Senhor, esteja seguro de que os meus interesses são coincidentes com os dos brasileiros.

— Por aqui têm andado viajantes de grande envergadura intelectual e moral, que têm feito investigações preciosas sobre nossa flora, fauna, costumes, geografia. Compatriotas seus como Jean du Mont-Levant, Guy de Marlière, Auguste de Saint-Hilaire e outros tantos fizeram e têm feito muito pelo nosso país.

O funcionário perorava, pronunciando os nomes próprios com uma afetada entonação parisiense.

— Todos eles — continuou, puxando com enfado o ar pelo nariz cada vez que mencionava um dos feitos daqueles grandes homens — ajudaram e têm colaborado na construção de nossas forjas de ferro, em nossas navegações, na civilização de nossos índios, na manutenção da segurança de nossos caminhos, na descrição de nossas plantas e nossa fauna, na construção de nossos edifícios.

François ouvia a maioria daqueles nomes pela primeira vez. Fazia de conta que concordava com o funcionário, o qual prosseguia sua falação martelando cada uma das palavras:

— Mas temos também, infelizmente, deixado desembarcar em nossa pátria alguns ladrões, bandidos, malfeitores, contrabandistas, proxenetas e assassinos que, fugindo de suas terras, onde cometeram os piores delitos, vêm para cá para se abrigarem e tentar dar continuidade às suas ações malévolas conforme a deformação de sua índole incoercível, abusando da benevolência deste novo país e da boa-fé de seus cidadãos.

— Senhor! — François replicou, querendo demonstrar indignação. — O senhor não está querendo dizer que...

— Não, sr. Dumont. Não estou querendo dizer nada além do que estou a dizer. Apenas sabemos que o senhor foi ter com um tal de Norman Dresden Lewis, um inglês que...

— Mas esse senhor fez algo de errado? — o francês fingiu-se surpreso. — Se o fez, por que não o prendem? — indagou ainda, provocativamente.

Estava apavorado e acuado. Já se imaginava associado à morte do sogro, extraditado, obrigado a embarcar no primeiro brigue de volta à França. Vendo-se sem saída, sem ter para onde recuar, avançou. Elevou ligeiramente o tom da voz e, muito enfático, continuou:

— Sim, eu estive de fato com esse senhor, que, aliás, me pareceu, na ocasião, um perfeito cavalheiro. Posso lhe garantir, nunca tive motivos para desconfiar de algo irregular de sua parte. Tudo que fiz foi comprar animais de sua propriedade, devidamente legalizados pelo seu governo! Se o inglês é um delinquente, como o senhor parece saber ou suspeitar, eu não o sabia. Os documentos de nossas transações me pareceram perfeitamente legais. Se não o são, o senhor deve me dizer sem rodeios. Se fui logrado na minha boa-fé, vou solicitar às autoridades brasileiras que o prendam e o julguem.

François sabia perfeitamente que os ingleses no Brasil não podiam ser julgados pelos tribunais nacionais. Tinha pleno conhecimento de que o representante da Justiça inglesa encarregado de julgar os súditos da Coroa britânica no país era leniente com aqueles cidadãos. Sabia que o magistrado, além de nutrir um especial desprezo pelos brasileiros, inocentava sistematicamente todo inglês acusado de qualquer tipo de delito. A atuação do juiz, vista como uma afronta pela maioria do povo, contribuía para alimentar a raiva generalizada dos brasileiros contra os ingleses.

— Pois bem, François — o funcionário dirigiu-se a ele familiarmente.

— Sr. Dumont, por favor — corrigiu-o o francês, arqueando as sobrancelhas.

— Como queira, senhor... Dumont. A história que se abateu sobre seu sogro ainda repercute tanto aqui como em seu país...

François pensou em Honorée. Suas mãos gelaram. Sentiu um medo lhe pegar as entranhas.

— O senhor tem mais notícias do infortúnio que se abateu sobre nós? Se tiver, gostaria de conhecê-las.

— Não. Na verdade, não.

— Não compreendo, senhor, a menção à nossa desgraça...

— O senhor tem amigos poderosos aqui no Brasil — emendou o alto funcionário, desviando-se do assunto que mal havia começado.

François silenciou. Ficou à espreita, esperando saber para onde o funcionário iria conduzir a conversa. Devia ser mais uma provocação do canalha. Não tinha amigo algum. Não possuía nenhum conhecido digno de nota a não ser Fernando e Leocádia Murat. A não ser que o longo braço do velho judeu do Recife estivesse bulindo as coisas no coração do governo do Rio. Não, impossível! Talvez saísse dali preso. Deportado. Mas não iria permitir que aquele pulha o engabelasse. O funcionário, então, abriu uma gaveta, da qual retirou um maço de papéis amarrados por uma fita verde e amarela.

— Tenho aqui comigo todos os documentos e cartas de recomendação que lhe serão necessários para a viagem às Minas Gerais. Tenho as permissões para sua instalação no Distrito Diamantino. Foi-lhe concedida, apesar de sua condição de estrangeiro, uma licença especial para explorar e negociar ouro em toda a Demarcação Diamantina onde não houver possibilidade de encontrar diamantes. Em geral, essas cartas não são obtidas facilmente. São raríssimas e excepcionais. Para ser mais claro, elas nunca foram concedidas a um estrangeiro para se instalar naquela região, muito menos para explorar e comercializar ouro. O senhor é o primeiro a obter tais favores. Entretanto, sr. Dumont, a extensão exorbit... — o alto funcionário interrompeu a frase cujo tom denotava sua revolta pessoal contra as regalias que beneficiavam o francês e das quais ele, por dever de ofício, havia sido incumbido de se tornar porta-voz. Pigarreou, se recompôs e retomou a fala num tom afetadamente brando.

— Saiba, entretanto, sr. Dumont, que a concessão generosa desses inéditos privilégios se deve à intercessão de uma senhora que tem gozado de grande estima por parte do nosso imperador e que dedica também ao senhor uma grande amizade. Tão logo suas demandas lhe chegaram aos ouvidos, ela as portou diretamente a Sua Majestade para que o senhor obtivesse, além desse benefício excepcional, tudo que fosse oficialmente necessário. Os argumentos que ela usou em favor de seu pleito, senhor, foram irremediavelmente convincentes aos... ouvidos do imperador. Essa grande e nobre senhora, que só posso dizer que é sua conterrânea, deseja manter-se no anonimato, de forma que, quando o senhor decidir partir, faça-o com discrição, e pedimos que não deixe notícias nem registro de sua viagem para a Demarcação Diamantina. Isso poderá lhe ser muito incômodo. Essa é a única recomendação que temos a lhe transmitir.

Após uma breve pausa, prosseguiu:

— Fiquei ainda encarregado de adverti-lo de que os limites já exorbitantes das concessões com que o senhor foi agraciado findam nas jazidas de ouro onde não se encontram diamantes. Se o senhor tiver a oportunidade de encontrar algum diamante, deverá entregá-lo imediatamente às autoridades da Real Extração dos Diamantes. Se o senhor apenas relar, inapropriadamente, a ponta dos dedos em alguma dessas pedras, ninguém poderá lhe salvar a pele. Será considerado um contrabandista sobre quem os Dragões lançarão suas pesadas mãos. Os diamantes, sua extração e comércio, são monopólio da Real Extração dos Diamantes, da Administração Diamantina. Sr. Dumont, nunca se deixe tentar pela cobiça! Digo isso para o bem e a segurança do senhor e das pessoas com as quais se vê obrigado.

— Eu sei. Eu nunca decepcionei minha amiga e assim procederei — respondeu o francês sem convicção, embora não tivesse a menor ideia de quem era a anônima senhora a que o oficial se referira.

Provavelmente, ele tinha sido tomado por outra pessoa. Alguém com o nome assemelhado ao seu. Talvez alguém importante, uma dessas gentes de missões culturais. Agarrou-se ao equívoco. Não seria ele que iria desmentir o erro que a imperial incompetência e a divina Providência haviam cometido em seu favor.

— Desejo-lhe boas aventuras no nosso país — concluiu o funcionário.

— Muito obrigado — agradeceu François de modo cortês e seco.

O alto funcionário acompanhou-o até a sala de espera, onde um Murat suando em bicas o aguardava, passando sem cessar o lenço pelo rosto. Os dois percorreram em silêncio o corredor, desceram a escadaria do prédio e chegaram à porta do edifício, pela qual se viam os mastros dos navios balançando no porto. Uma vez na rua, Fernando perguntou, ansioso:

— Então, o que queriam?

— Queriam me desejar boa viagem, meu amigo — disse François quase aos gritos, abraçando e levantando do chão o pesado Murat. — Tenho aqui comigo todas as licenças, recomendações e muito mais do que pedi.

— Mas depois de tantos entraves, François? Como é que você conseguiu isso? Ninguém nunca conseguiu tais permissões! — exclamou Fernando Murat, exibindo total incredulidade.

— É você que deve entender seus compatriotas, não eu — gritou o francês, rindo de felicidade, enquanto saltava ágil como um gato sobre a sela de seu cavalo, desabalando rumo a São Cristóvão.

Os dois apertaram o trote dos cavalos quando avistaram a casa da chácara. A negrinha Marica ainda estava descendo a escada da varanda quando Leocádia e Honorée ergueram os olhos atraídos pelo surgimento de dois cavaleiros que se aproximavam no alto da estrada, levantando nacos de barro no trote. Quando Fernando e François apearam, Honorée, sem nada perguntar do que foram fazer na cidade, disse de supetão:

— Marcos Maquim foi mordido de cobra!

— Quem?

— O moleque que você comprou no mercado de escravos da rua do Valongo.

— Morreu?

— Ainda não.

— Depois vou ver. Não sei quem é. Mas temos boas e grandes novidades.

François estava exultante e excitado. Falava aos borbotões, sem esperar por respostas às suas perguntas nem aparentemente conectar uma ideia a outra.

— Conseguimos as licenças, partiremos logo. Onde está Victor? Não sei como agradecer a você e a Leocádia pelo acolhimento, por todo esse tempo que nos hospedaram, por toda a dedicação e paciência conosco! — exclamou eufórico, virando-se para Fernando, que estava ao seu lado. — Seremos eternamente gratos. Em breve, espero poder retribuir muito concretamente a amizade de vocês.

— Amanhã vamos trabalhar duro, ajustar as coisas. Temos que preparar também uma noite de despedidas, propiciar uns divertimentos aos amigos para que possam se lembrar de nós com saudades — interveio Fernando, também excitado.

— Vou lhes pedir apenas um último favor, meus amigos. Vamos fazer uma noite de despedidas, sim, mas sem convidados. Algo mais íntimo. Tivemos muitos contratempos.

— Mas, meus amigos, todos vão querer vir. O jovem Victor deixará muitas senhoritas saudosas e elas desejarão vê-lo uma última vez.

Leocádia olhou fixamente para o marido, que só então se deu conta de que François tentava manter Honorée ao abrigo das notícias que corriam pelo Rio de Janeiro.

— Está bem, meus amigos. Algo íntimo e familiar.

Fernando ia começar um de seus longos e inflamados discursos, cheios de prosopopeias em que as cachoeiras iriam chorar a partida do casal, quando foi interrompido pelos soluços da sra. Leocádia Murat, que se lançara em prantos nos ombros de Honorée.

## 13. A partida para o sertão

Victor rumou para Cunha com ordens de conduzir até o Porto da Estrela a tropa que o irmão havia adquirido. Antes que o mês de maio se fechasse e a madrugada do seu último dia findasse, Fernando e o casal Dumont subiram numa canoa no Cais dos Mineiros. Uma falua os aguardava no meio da água modorrenta. François não tirava os olhos da outra canoa que os seguia transportando duas pequenas canastras, baús e caixas. Não eram tão somente as pequenas canastras que ele fixava com olhos rasos d'água. Para além delas, via se agitarem as cenas que vivera nos últimos meses em Paris antes de embarcar no *Le Diamant* e ser empurrado para uma aventura que, fora de toda probabilidade de acerto e sensatez, começava a se delinear possível. As imagens se congelaram no assassínio de seus cunhados e sogro, nos estertores da sogra.

— Meu amigo, parece que está com medo de que o negro fuja pelo mar afora, levando suas canastras — brincou Fernando.

François riu, sem graça. Terminado o transbordo, a falua se pôs lentamente em movimento à força de remos. Ao meio-dia, com a viração do mar e com ela um vento, os marujos maltrapilhos abriram as velas e a embarcação foi ganhando uma velocidade inesperada, de tal sorte que, ao passar pela ilha do Governador, parecia que o pedaço de terra no meio do mar estava se movendo para trás. À tarde, o barco penetrou na foz do rio Estrela. Logo atracou no seu porto. Os Dumont e Fernando avistaram de imediato Victor e o capataz Gonçalo, que os esperavam junto à tropa e aos escravos. Ao lado deles estava Sembur Orando, um negro que Murat havia adquirido ainda moleque e posto no serviço da casa da chácara, apartando-o dos escravos de lida. O negro, de tom preto aclareado, era alto, gordo. Tinha um olhar doce que contrastava com seu porte físico. Já em terra, Fernando chamou Orando de lado:

— Cuide desses estrangeiros como se estivesse cuidando de mim. Eles são sua responsabilidade daqui para a frente.

— Não tem o que temer. Vou cuidar deles como cuido do senhor.

Fernando se despediu dos Dumont, que, com sua pequena tropa de mulas, preparavam-se para se embrenharem no *desertão*:

— François, é melhor você não se atardar, senão terá que passar a noite neste lugar — disse, pousando carinhosamente uma das mãos sobre o ombro do francês.

François olhou para o terreno coalhado de animais, homens, escravos e de um amontoado de mercadorias trazidas de Minas e destinadas ao Rio de Janeiro, Rio Grande do Sul e Buenos Aires. Diante da confusão reinante na vila movimentada e miserável, decidiu tomar imediatamente o rumo do Caminho Novo. Apertaria o passo na tentativa de chegar ao pouso do Córrego Seco ao escurecer.

— Você está parecendo um mineiro rico — Fernando ainda gracejou, antes que o francês se pusesse em movimento.

François trajava uma jaqueta de cotelão preta, colete branco com botões de ouro, calça de pano de Manchester, e calçava botas altas de couro fixadas acima do joelho por fivelas. Cobria-se com um chapéu de feltro de aba longa, ajustado por cima de um pano de chita que lhe cingia a cabeça. Ao lado do corpo, levava uma espada. Cruzando-lhe as costas, uma espingarda. Estava contente com sua figura. Envaidecia-se com a prataria dos estribos, freios, punhos da espada e do punhal escondido no cano da bota. Victor, vestido de modo menos rico e já marcado pelo pó e pela dureza do trajeto que vencera entre Cunha e o Porto da Estrela, nem fazia figura de molecote.

— Em Roma, como os romanos — François respondeu a Murat, quando se enforquilhava, decidido, em seu cavalo alto.

O francês nem de longe guardava semelhança com o homem alquebrado e sujo que descera do *Le Diamant* alguns meses antes. Sua testa alta, os olhos claros e transparentes, a pele muito branca matizada pelo sol e os cabelos alourados faziam-no ainda mais bonito quando, emprumado, cavalgava trajado como um habitante das Minas. Honorée, um pouco apreensiva, ia montada de lado, num silhão de veludo vermelho guarnecido de prata, protegido por uma alça de ferro fino que lhe sustentava as costas. Vestia-se com uma larga amazona azul. Portava uma cartola curta, encimada por um adorno de penas de papagaio azuis, verdes e vermelhas, que se equilibrava sobre um pano de chita que lhe protegia a nuca e os ombros. Na barra da roupa-branca, que transparecia no rodado da amazona, trazia, bordado em ponto de cruz, um verso: "Je touche de mon pied le bord de l'autre monde".*

* Verso do poeta francês Maynard (século XVII): "Eu toco com meu pé a margem do outro mundo".

O verso lúgubre era todo alegria e esperança nos tornozelos de Honorée. Ao seu lado ia Marica, a mãezinha de Maquim, enforquilhada no lombo de um jumento, os pés apoiados sobre dois pequenos baús. Sua figura miúda parecia ainda mais achatada pelo chapéu de palha que a protegia do sol. Victor cavalgava ao lado de François. Atrás do quadrado seguia um conjunto formado por três grupos de quatro burros e mulas. Cada conjunto estava sob a responsabilidade de um negro e os três negros eram comandados pelo amulatado Orando, que assumia com orgulho sua função de capataz, tropeiro e arrieiro.

Quando a tropa passou pela fazenda Mandioca, já anoitecia, de maneira que, ao chegarem, exaustos e enregelados, ao pouso do Córrego Seco, era tudo um breu.

— Meu Deus, este pouso não passa de uma venda miserável e úmida! — exclamou François. — Orando, veja se consegue um telheiro para nos abrigarmos — ordenou, inquieto.

Orando arrumou com cuidado um lugar para os Dumont repousarem, administrando como podia o desconforto e zelando da gerência da segurança.

Quando acordaram, antes de o dia raiar, Marica havia preparado um café adocicado, cozido mandioca e fritado uns nacos de carne salgada que os ajudaram a espantar o frio. François reabasteceu-se na venda. Pagou o pasto e o pouso. O grupo partiu, na manhã gelada e azul.

Antes de completar meia légua de trajeto, um dos animais, pouco acostumado às cargas, deitou-se no chão, esmagando duas caixas de galinhas presas na cangalha. As aves sobreviventes, meio aleijadas, com pernas, asas e pescoço quebrados, cacarejando como condenadas, esvoaçaram tortamente e fizeram uma algazarra dos infernos. Isso assustou os outros burros, que zurraram, empinaram e escoicearam, pondo abaixo caixas e baús.

A calma da comitiva transformou-se num pandemônio. Dois

burros enlouquecidos destamparam mato adentro. A mula que levava Honorée se agitou e corcoveou, lançando-a fora. Três escravos correram atrás dos animais com gritarias que os assustavam mais ainda. Marica saltou rápido do jumento, acudindo a francesa, que jazia no chão descomposta, com o chapéu amassado meio de lado, suja de barro, coberta de escoriações. Sem se importar com os animais que disparavam para todos os lados, François rompeu direto contra o pequeno jumento que a negra havia abandonado. Assim que conseguiu segurar a corda de embira que lhe servia de rédea, amarrou-a à sela de seu cavalo e, rapidamente, desembainhou a espada, de olho nos escravos, precavendo-se para que não fugissem junto com os burros. O gigante Orando embrenhou-se no mato, saltando como um louco atrás dos animais desaparecidos. Durou quase meio dia o trabalho para recompor a tropa, contabilizar os estragos e trazer de volta as bestas fujonas.

Honorée, toda arranhada, recusou-se a continuar montada de lado no silhão. Substituiu-o por uma sela, colocou por baixo do vestido uma calça de homem e, como Marica, enforquilhou-se na montaria. Jogou longe o penacho que enfeitava a cabeça do animal, partindo decidida, embora magoada, junto com a tropa.

Com a jornada, François decidiu voltar para o Córrego Seco com a intenção de retomar a viagem no dia seguinte. Antes de anoitecer, Marica, que havia passado a tomar conta de Madimorê com um desvelo amoroso, aplicou-lhe nos ombros, nos braços e nas coxas arroxeadas um unguento de folhas. As ervas verde-escuras maceradas na cachaça, misturadas no fubá quente, formavam uma papa cujo efeito apaziguador foi imediato. Honorée, em troca, ofereceu-lhe uma porção de rapé, que a negra recusou.

— Não precisa, fiz pela senhora, sá Madimorê.

As escoriações da francesa, embora superficiais, doíam. Machucou-se mais sério no ombro, mas os remédios de Marica conseguiram estancar um filete de sangue que insistia. Antes do raiar do dia, a tropa retomou seu caminho e seu destino.

## 14. A dança batuque

No primeiro registro, o chefe do destacamento examinou os papéis de viagem de François. O alferes, tão logo decifrou o significado das cartas de recomendação, mandou que se interrompesse a vistoria da tropa. Não quis nem mesmo cobrar os dois mil-réis de imposto por animal e os mil-réis por negro bronco. Despediu-se dos franceses com muitas mesuras e excessos de cortesia, assegurando-lhes que, com a recomendação que acompanhava seus documentos, não precisaria visar os passaportes nem verificar o itinerário traçado.

O francês, na sua fala muda, não deixava de cogitar: "Em nome de quem teriam sido expedidas essas ordens tão largas e liberais? Pobre do funcionário quando descobrirem o engano cometido. Devem ter trocado os nomes na hora de escrever os documentos. Felizmente, a sorte decidiu dar outro destino às bondades dos poderosos. Talvez um dia, quem sabe, eu encontre o verdadeiro destinatário dessas benesses na Demarcação Diamantina?". Em seguida, seu pensamento voou para a tragédia que se abatera sobre o sogro. Um frio lhe percorreu a espinha quando se pôs a recordar os detalhes das cenas que transformaram seus últimos meses em Paris no vestíbulo do inferno. Depois disso, levou as mãos às costas e apalpou os rins.

Seguiram caminho. Pararam em fazendas e pousos. Repousaram em lugares que nada deviam ao conforto da chácara. Em outros, miseráveis de fazer dó, dormiram acomodando-se como podiam. Quando não os confundiam com ingleses e os sabiam franceses e, sobretudo, quando tomavam ciência de que uma mulher jovem, bonita e elegante estava viajando por aqueles lados do Brasil, em todos os ranchos e casas abriam-se-lhes as portas. Em quase todos os lugares os recebiam com simpatia e regalias. Não raro lhes eram oferecidos espetáculos em que as filhas de algum fazendeiro cantavam, tocavam algum instrumento ou recitavam versos. Os preferidos pelas jovens sinhás eram os de um poeta inconfidente, Gonzaga,* que fazia grande sucesso nos saraus mineiros. Depois de algum tempo, François não suportava mais os versos que Victor, de tanto ouvir, havia aprendido e não cessava de murmurar:

*Não foram, Vila Rica, os meus projetos*
*Meter em férreo cofre cópia d'ouro*
*Que farte aos filhos e que chegue aos netos:*

*Outras são as fortunas que me agouro,*
*Ganhei saudades, adquiri afetos,*
*Vou fazer destes bens melhor tesouro.*

François imaginava que o caçula queria agredi-lo, desviar-se de seus projetos, ao cantarolar pelos caminhos afora os malditos versos.

Num pouso mais acanhado, foram-lhes oferecidos os aposentos na casa miserável. À noite, uma fogueira ao lado do terreno espantava o frio. Hóspedes, anfitriãos, negros, bugres e brancos se acomodavam em torno de um batuque. Enquanto uns

* Tomás Antônio Gonzaga.

dançavam, outros tomavam água com cachaça, enrolados em mantas ou couro de boi. Talvez devido ao cansaço da viagem, ao frio que, à noite, começava a penetrar cortante, ou até mesmo ao efeito do aquecimento brusco da cachaça, Honorée foi se sentindo mal, a respiração encurtando. Seu ventre latejava. Transpirava inteira um suor gelado. A francesa tirou o pano de chita que lhe cobria os cabelos acobreados, abriu um pouco o alto da gola para fazer cessar o desabalado do coração. Hesitou em se levantar da esteira onde havia se acomodado como podia. O cheiro do suor das coxas das negras e dos negros, que se remexiam como cobras escuras, lhe entorpecia a mente. Tonteava e, nesse torpor, veio-lhe, como num raio, a imagem de Maquim fora de si, estrebuchando.

Em volta dela, batiam-se palmas, ria-se, sobretudo, das obscenidades escondidas nas canções. Honorée arregalou os olhos quando rente a ela passou uma negra alta, de canelas finas e cintura grossa, que requebrava como uma pata. Entreabriu a boca, tentando sorver um pouco do ar que lhe faltava. O ardido da fogueira, o som dos instrumentos, as pernas em frenesi, iam se confundindo num todo de som, imagem, calor e cheiros. Orando, em geral tão indiferente às mulheres, encarou a negra com um brilho no olhar que Honorée jamais havia pressentido existir naquele mulato morno. A francesa fez um esforço e se levantou. A negra alta continuava a dançar obscenamente, estalando os dedos por cima da cabeça e diante dos seios. Um negro jovem, torso nu, se aproximou dela em requebros suados. Chegava muito perto, se afastava, voltava. Todos riam. Honorée começou a amolecer. Ao seu lado, uma negrinha fazia trejeitos caricatos que levaram as pessoas em volta do batuque a bater os pés no chão para conter as gargalhadas. Só então Honorée percebeu, num misto de horror e espanto, que a mulher alta e rebolante era um negro efeminado e travestido. Seu par, com toda a sua grandeza de corpo, estava hipnotizado como um passarinho que, diante de uma cobra, tremula e se fascina antes de se deixar abocanhar. A francesa, estonteada, se aproximou do marido, que quase pulou de susto quando ela lhe tocou a mão. Cochichou-lhe algo. Ficaram conversando, um ao ouvido do outro. François, um pouco aborrecido por não poder continuar vendo aquela dança esquisita, pôs-se de pé e foi ter com o casal dono da tapera. Agradeceu-lhes a acolhida, elogiou o espetáculo, pediu licença e se retirou, com a esposa, para o interior da choupana.

— Meu Deus, que modos são aqueles? Que dança! — exclamou Honorée, chocada com o espetáculo. Dentro da casa, meteu-se na cama feita de nove paus fincados no chão e atravessada por varas forradas de palha sobre a qual se estendia um pano encardido de algodão grosseiro.

— São seres primitivos, querida. Aprenda que esses são seus costumes e acostume-se — François murmurou, antes de virar de lado e dormir.

Honorée teve um sonho confuso com Helena Jaräzeski. No sonho, também apareceu Maquim, que se fundia a Helena. Depois lhe veio de novo a falta de ar. Dessa vez, era ela, Honorée, que havia sido picada no ombro por uma serpente negra. Envenenada, tremia e estrebuchava, ofegante. Helena se aproximou. Primeiro, lambeu-lhe a ferida, depois lhe chupou delicadamente o veneno do ombro. Então, deslizou vagarosamente os lábios até seu pescoço. O calor da boca da polaca a despertou. Estava nua em cima de François. Cavalgava enforquilhada em sua coxa, retorcendo os quadris como os negros. O marido acordou espantado com os gestos fortes da mulher, que tinha levantado sua camisola e, curvada, lhe chupava os mamilos. O sexo de François estava ereto e duro. Sentia a pele doce e úmida de Honorée, macia como um figo aberto, que se esfregava nele como uma desatinada, na cama impregnada de catinga de negros. O prazer o invadiu, e ele excitou-se com a excitação da mulher. O estrado da cama, mal equilibrado nos paus fincados no chão, balançava e rangia, prestes a se desmontar. Honorée subia e descia sobre a coxa encharcada de François, num vaivém doido. Os gemidos, o ronco seco do peito, o rangido da cama misturavam-se. Ele tapou-lhe a boca. Ela lhe cravou os dentes na almofada da palma da mão. Ele fez uma careta de dor, retirando a mão. Ela a tomou de volta. Meteu-a quase toda na boca, pondo-se a chupar-lhe os dedos com tanta sofreguidão que os enfiou inteiros até a garganta. Teve um engulho. Socou novamente a mão do marido garganta adentro. Quando a retirou, conduziu-a até entre suas coxas. François sentiu-lhe o sexo encharcado. Honorée retomou-lhe a mão. Ficou lambendo-a e sugando seu próprio suco, espalhando-o pelo rosto inteiro. Surpreso, o francês não mais se continha. Sem deixar-se perder no meio da intensidade dos corpos, pensou que naquele momento não podia ter uma mulher prenhe e colocou o membro entre as coxas de Honorée. Ela, em transe, continuava a sacudir-se. Procurava-lhe a boca, sorvia-lhe a língua, inundava-o, esparramava-lhe seu líquido viscoso, mordia-lhe os ombros e o pescoço. Procurava com as mãos suas coxas duras, alisando-as, arqueando-se e arquejando. Começou a gemer rouca até que desabou em cima do corpo de François, que lhe inundou as coxas. Quando acordaram com a noite ainda presente, se arrumaram sem se falar. François estava feliz e solto; Honorée, muda. Antes de partir, o francês beijou com ternura a mulher, que virou discretamente o rosto, abreviando o contato.

A viagem prosseguiu no seu ritmo e rotina. Honorée reservou-se em conversa com Marica, tomando distância do marido. Esquivava-se quando ele se acercava, ainda tocado pelos embalos da noite anterior. Finalmente, François desistiu de agradar a esposa e voltou a se ocupar da viagem. Pouco variaram a toada, continuaram a marchar de pouso em pouso. Os franceses iam, assim, assimilando os contrastes das coisas que existiam no fundo do novo mundo.

## 15. Ouro Branco, Ouro Preto

A Freguesia de Ouro Branco, com exceção de sua igreja, era de uma modéstia de fazer dó. Nas suas imediações, às margens de um rio de águas rasas, situava-se a fazenda do sr. Hermógenes, onde os Dumont puderam se hospedar. O dono do lugar falava um francês rascante. Seus modos contrastavam com a dureza da dicção. Mostrava-se verdadeiramente feliz em poder acolher os estrangeiros na propriedade que exibia uma surpreendente biblioteca com obras de Rousseau, Voltaire e Hume. Interessava-se particularmente por Napoleão e Kant. Do primeiro, dizia que era a razão montada a cavalo; do segundo, o corcel da razão. François só conhecia o imperador francês e seu cavalo. No início, foi de poucas palavras, preferindo não dilatar muito a conversa por sentir-se inferiorizado pelo sertanejo, que nunca havia deixado aquele fim de mundo mas conhecia mais da Europa do que ele.

Hermógenes sabia quase tudo. Falava com desprezo de Carlos x e elogiava com entusiasmo um jovem jornalista francês, um tal de Thiers, do qual começara a ler os primeiros volumes de uma *História da Revolução* e de quem seu hóspede jamais ouvira falar.

— O senhor verá, o futuro está nas Américas — disse, dirigindo-se a um François mudo, que se refugiava na sonolência.

— Os Estados Unidos receberam de braços abertos as ideias francesas, sobretudo a confiança na razão, no indivíduo assenhoreado e na liberdade do povo. Não só acolheram, mas, ao contrário de vocês, passaram a acreditar nelas e têm feito delas seu modo de vida. Em breve a razão não permitirá que haja, nas Américas, homem algum que venha a se submeter ao arbítrio, não haverá homem se curvando docilmente aos desvarios da irracionalidade tirânica. O continente será atravessado por carroças que se moverão sem cavalos e bois, o Atlântico se unirá ao Pacífico na Federação Centro-Americana.

O velho, que mais parecia um desses profetas que vagavam pelos sertões mineiros anunciando guerras do fim do mundo, se exaltava à medida que falava. Previa um futuro fantástico para as Minas Gerais. Em seguida, pôs-se a discorrer sobre as noções de razão e experimentação, enquanto uma nuvem de escravinhas agitava grandes abanos acima da cabeça dos presentes para espantar as moscas e ventilar a sala fechada.

— O sábio Immanuel Kant é incomparavelmente superior a Hume e Locke, pois sabe sair da representação realista do mundo e vem nos mostrar como se pode articular entre si a realidade, a razão, a experimentação, a moral e o apavorante silêncio eterno daquilo que o homem nunca saberá.

Ao perceber que François lutava para manter as pálpebras abertas, inquiriu o francês:

— E o sr. Dumont, que acha disso?

— Sr. Hermógenes, eu sou um homem prático. Não tenho muita propensão para as grandes ideias, mas... o que o senhor pensa a respeito do magnetismo animal? — Aquilo lhe saiu meio sem querer. Falou no susto.

O mineiro levantou-se, num pulo que despertou definitivamente François da sonolência. Voltou minutos mais tarde trazendo consigo dois volumes: o *Dissertatio physico-medica de planetarum influxu* e o *Resumo histórico dos fatos relativos ao magnetismo animal*, de Mesmer.

— Esse é o mestre do magnetismo e nestes dois volumes encontra-se todo o seu segredo. Mas, sabe, sr. Dumont, não sou muito versado em ciências aplicadas do espírito. Infelizmente — e nisso soltou um afetado suspiro de consternação — só as almas finas se interessam por esse tipo de assunto. Eu sou de constituição mais bruta, voltado para a história, a química e a física. As ciências do espírito pertencem genealogicamente à nobreza, que não depende de recursos nem do trabalho braçal e pode voltar os olhos para o éter, enquanto as ciências da matéria e do mundo sensível, a química e a engenharia, foram desenvolvidas, em primeira mão, pelos servos, acostumados e obrigados que eram a viver do trabalho da terra e da realidade das coisas. O senhor, contudo, poderá conversar com um conhecido meu, o sr. Nazareno, que tem uma fazenda perto da serra de Itaperava, dos lados de Catas Altas. Ele se interessa muito por essas questões. É esquisitão, mas tem uma prosa agradável. Vou lhes escrever uma carta de recomendação.

— Muito obrigado. — O francês pensava mais no possível conforto das acomodações do que na conversa do doido.

Honorée, ao contrário do marido, encantava-se com o mineiro. Sua idade avançada, sua sabedoria e atualidade eram um bálsamo que lhe apaziguava as manchas roxas deixadas na alma pelas pancadas da viagem. François impressionava-se com as lavras bem organizadas do sr. Hermógenes e com a escravaria de fazer inveja a um marajá de Mumbai. Pediu-lhe explicações sobre seu modo de gerência. Conversou com real interesse sobre questões de mineração.

François muito se instruiu durante os quatro dias em que usufruiu da hospitalidade do fazendeiro. Honorée foi quem mais se entristeceu quando teve que deixar a sofisticada companhia do velho Hermógenes. Embora triste, distanciou-se com a sensação de repleção que havia muito não sentia.

Demorou pouco para que se acercassem de Ouro Preto, a capital da Província de Minas. Voltearam de olho na montanha prata-esverdeada que assinalava o rumo da cidade. Não mais que uma légua antes de chegar a Vila Rica de Ouro Preto, a tropa parou numa venda de aspecto arruinado mas cheia de animação. O lugar festivo era o último ponto para aqueles que faziam o trajeto do Rio de Janeiro a Ouro Preto. Aproveitavam a parada para se lavarem e enfeitar os jumentos e cavalos. Embonecaram a mula-madrinha, arrumaram o desmazelo da tropa para entrarem bonitos na capital das Minas. Marica ajudou Madimorê a vestir-se com o que havia de melhor nas canastras. Honorée abandonou a sela, se arrumou no silhão, ajeitando na cabeça a cartola enfeitada com plumas de papagaio.

Os habitantes da capital, que aproveitavam o fim do dia para passear pelas ruas tortuosas da cidade, pararam para assistir ao desfile da tropa encabeçado por Honorée e pelos reluzentes irmãos Dumont. A névoa do entardecer imiscuía-se por entre os baixos dos morros e, por todos os lados, surgiam torres de igrejas que competiam entre si pela proeminência no lugar. A profusão de igrejas disputava certamente não a alma dos viventes, mas o prestígio, o poder e o dinheiro das diversas corporações, irmandades, freguesias, congregações, profissões e classes sociais locais.

— Quanto desperdício! — foram as únicas palavras que François pôde dizer sobre a capital da Província de Minas.

A decepção que ia se instalando no rosto dos três franceses desfazia o aprumo de seus corpos. Eles, que haviam se agalanado para entrar na Vila Rica de Ouro Preto esperando estar à altura dos imaginados luxos do El Dorado mineiro, da Potosí brasileira, se depararam com uma cidade decadente e sem imponência. As vielas íngremes e tortuosas, com pavimentação mal alinhada, deixavam passar o tropel que a cada passo se amofinava. Com exceção de Orando, risonho e exibido, o restante sentia-se um pouco envergonhado por haver se trajado ricamente para percorrer tanta pobreza.

Nada na recém-promovida capital da Província das Minas permitia antever a recuperação de seu brilho de outrora. Notavam-se apenas, aqui e acolá, algumas obras de reforma que se desenvolviam acanhadas, sob um clima pachorrento. Onde havia trabalho, juntava-se uma turba ociosa e pasmada que observava, com olhos vazios, a labuta alheia. Escravos, negros e mulatos viciados vagavam pelas ruas, estendendo miseravelmente as mãos em direção ao pequeno tropel. Orando espantava, com pontapés desferidos do alto de sua mula, os que faziam menção de tocar nas botas de François. Nas ruas e vielas não havia sombra de presença feminina. De fêmeas, apenas as negras, sacolejando tabuleiros, tinas e balaios na cabeça.

— Só mesmo o amor pelo ouro pode fazer alguém vir morar nesta tristeza de cidade! — exclamou Orando.

— Ninguém pediu sua opinião, seu enxerido — resmungou alto Marica.

O negrão deu de ombros e, escoiceando ao léu, continuou a afastar, com suas enormes pernas, os miseráveis que se aproximavam da caravana.

A tropa acampou nos arredores da cidade. Enquanto os negros montavam um rancho provisório, François e Honorée foram procurar junto ao vigário da matriz do Pilar informações sobre onde poderiam passar dois ou três dias. A igreja estava fechada, uns doze escravos reconstruíam seu frontispício.

— Onde posso encontrar o vigário? — inquiriu o francês, do alto de seu cavalo, a um mulato, e este lhe indicou a casa paroquial.

O padre recebeu os estrangeiros e os aconselhou a se dirigirem à casa de uma senhora viúva e asseada que poderia, além de lhes alugar uns cômodos, servir-lhes refeições por uma quantia módica. O casarão do vigário da matriz do Pilar era todo encanto e ordenamento. Bem mobiliado, com marquesas entulhadas de almofadas de tafetá róseo coberto de musselina rendada, seu interior era protegido do sol por cortinas adamascadas. Comparada com ele, a casa da viúva, onde os Dumont se acomodaram, era de uma simplicidade eclesiástica.

Os olhos de Victor brilharam de espanto ao encontrar nas vendas algodão de Manchester, tecidos de Gaza, meias de Hingham e facas de Sheffield em grandes quantidades e a preços mais baixos que os praticados na Europa. Honorée se encantou com as cerâmicas envernizadas produzidas em Saramenha, uma região próxima a Ouro Preto.

— François, veja esse material. Se este povo fosse mais diligente, poderia transformar isto numa Sèvres. Imagine o que um Brongniart não faria aqui!

— Poderiam transformar isto numa indústria moderna, em vez de ficarem admirando seus anjos barrigudos e seus santos narigudos — acrescentou o marido.

Dois dias de permanência na cidade foram suficientes para que a opinião dos franceses começasse a mudar. O lugar já lhes parecia menos sórdido. Descobriam recantos aprazíveis, locais dotados de interesse e beleza. Perceberam que as casas dos ricos de Ouro Preto eram melhores que as dos ricos do Rio de Janeiro. As pequenas descobertas foram espantando pouco a pouco o ânimo depressivo que lhes havia tomado a alma. Deixaram-se penetrar por uma nesga de esperança de encontrar no fim do mundo, no Tijuco Diamantino, na extrema curva do caminho extremo, uma cidade um pouco civilizada.

Retardaram-se na capital apenas o necessário para se aprovisionarem. O caminho era longo. Dali em diante, as cidades tornar-se-iam mais escassas; as gentes, mais duras. Na madrugada da terceira noite, deixaram Ouro Preto embrulhada na névoa escura.

## 16. Padre Custódio

Após um dia de marcha batida, os franceses hospedaram-se na fazenda do Cocho d'Água, propriedade do padre Custódio. O prelado era um cavalheiro e sua casa, senhorial.

— Hoje os senhores descansam — o padre dirigiu-se ao casal Dumont, prolongando seu olhar mole em direção a Victor. — E você pode retirar-se junto com os outros negros, que aqui eu tenho gente para cuidar de tudo, vai, vai, vai! — disse, empurrando Orando porta afora, depois de o negrão ter depositado as pequenas canastras na alcova de François.

O padre Custódio teve uma antipatia imediata pelo grandalhão, que a retribuía com um olhar assustadiço. Honorée sentia um íntimo prazer cada vez que o prelado maltratava o escravo. Desde o episódio da dança do batuque, em que surpreendeu os olhos brilhantes de Orando fixados no travesti negro, desenvolveu por ele um nojo que se aproximava do asco.

Honorée estranhou que no interior da casa não houvesse escravas fêmeas, mas apenas uma infinidade de escravos, todos muito meninos, que faziam a inteireza do serviço doméstico. Os querubins de ébano estavam sempre muito agitados, com olhos que brilhavam como jabuticabas. Havia esmero de sacristia por toda parte, sobretudo no trajar dos jovenzinhos, que, apesar dos pés no chão, vestiam saiote, como pajens angelicais dos quais emanava até mesmo um discreto perfume de alfazema. Somente na cozinha eram permitidas mulheres. "Coisas da Igreja", pensou a francesa.

Quando François disse que intentava partir cedo no dia seguinte, o padre levantou as mãos na altura das orelhas, sacudindo-as no ar como se quisesse afugentar as palavras de seu ouvido, e, quase exaltado, protestou:

— Não, não e não! Faço questão! Os senhores ficarão aqui dois dias, pelo menos. Não permito recusas! Não se pode submeter uma doce criatura como essa a um ritmo de tropeiro bronco — estendendo os dois braços em direção a Honorée. — Isso é pecado! E eu, como homem de Deus, lhe garanto: não é venial!

— Obrigada pela gentileza, *mon père*.*

— Ah, ele vai ficar, sim. Sim, sim e sim! Sr. François, deixe sua afoiteza para outras coisas. Amanhã faço questão de lhe mostrar a operação de minhas lavras. Acredite-me, não se deixe cair na tentação de querer aplicar na região do Distrito Diamantino o que vou lhe mostrar. Poderá ser-lhe fatal.

François não precisou mais que isso para se deixar convencer. A advertência sobre a fatalidade das tentações fez imediatamente que dançasse diante de seus olhos o destino funesto do sogro; sua ambição desmesurada e o conluio descuidado com gente sem escrúpulo que o levaram ao fim trágico. Impediu a continuidade de tais lembranças afastando-as da mente com um gesto de mão, como se estivesse espantando uma mosca. Honorée, que havia ficado encantada com a recepção do sr. Hermógenes em Ouro Branco, não desgostou nada quando o marido aquiesceu ao convite do padre, imaginando que repetiria os prazeres sorvidos de uma conversa culta e dos encantos das declamações de Villon e Maynard, muito embora não tivesse

* "Meu padre", em francês.

percebido no meio de tanta prata e faiança, de tanta seda e espelhos, de tantos brocados e rendas, nenhuma biblioteca que indicasse riqueza intelectual ou uma vida mais devotada a Deus, a não ser um breviário roto.

No dia seguinte, após a refeição matinal, o padre disse muito eclesiasticamente:

— Vamos ver as lavras, François. Você também, meu jovem Victor. A senhora, por favor, sinta-se em casa e, sobretudo, repouse neste último e modesto conforto. Os senhores ainda terão pela frente um pedaço pesado de estrada que em tudo se mostrará escasso. Não digo que será uma via crucis, mas um descanso agora lhe será conveniente.

Nas lavras, os irmãos assistiram às explosões de pedras, ao cabo das quais os escravos corriam com enormes cestos de taquara, onde colocavam três ou quatro calhaus, que carregavam por uma passagem íngreme até os moinhos. Um engenhoso sistema hidráulico, feito de cochos de água, movia os pilões que trituravam as pedras e as transformavam em pó de minério. O pó corria por canaletas e se despejava em peneiras automáticas, que separavam as pepitas de ouro do restolho. O padre Custódio empregava pouca mão de obra, mas havia vigias por toda parte para impedir o furto. Intrigado e maravilhado com o sofisticado sistema de engenharia, François não pôde evitar fazer uma sugestão ao clérigo.

— Padre, por que o senhor não se utiliza de carrinhos de mão ou vagonetes para transportar as pedras? Seria mais eficiente do que transportá-las na cabeça dos negros.

— Meu caro amigo — respondeu o padre, com a segurança de quem já havia se debruçado infinitas vezes sobre o assunto —, mas o que eu faria com meus negros? Iria libertá-los, por acaso?

À noite, para se despedir dos hóspedes, um coro de negrinhos vestidos com saias apresentou-se, cantando com voz fina delicadas pastorinhas. Durante a apresentação, dois escravinhos se aproximaram do padre Custódio. Seguindo um ritual que parecia ter sido ensaiado muitas vezes, abraçaram, um de cada lado, os ombros do prelado, que lhes envolveu a cintura com seus braços. Com a ponta dos dedos gordos e muito brancos se pôs a tamborilar nos ventres escuros, cadenciando o ritmo das canções e revirando os olhos, como uma Santa Teresa d'Ávila, enlevado pela música. Um terceiro negrinho se aproximou por trás e se recostou sem cerimônia no pescoço do clérigo, apoiando-se em seu ombro com os cotovelos magrinhos e ossudos. Logo veio outro, de canela fina e bunda grande, sentar-se em seu colo. O religioso pôs-se a acompanhar o ritmo das canções, cadenciando as notas com batidas dos calcanhares no chão.

O padre estava feliz entre seus querubins de ébano, a cerveja Porter que fazia servir sem parcimônia e a companhia dos franceses. François então compreendeu que o padre Custódio podia ser muita coisa na vida, menos um homem de Deus.

## 17. A Iluminação

Após o Cocho d'Água, foi a vez de pararem na propriedade do sr. Nazareno, cuja visita fora indicada pelo sr. Hermógenes. A fazenda tinha o curioso nome de Iluminação. O proprietário, cujo aspecto era o de um Cromwell sertanejo, por algum misterioso motivo havia sido expulso do Distrito Diamantino, vindo se estabelecer nas imediações da Vila de Santo Antônio do Ribeirão de Santa Bárbara. Fixou-se, finalmente, em Catas Altas, à sombra de uma imensa montanha azulada. Sua fortuna parecia maior ainda que a do padre Custódio, mas, diferentemente do prelado, era contido, econômico e caridoso. Sua riqueza provinha um pouco do ouro, de algum cultivo, e muito da procriação de escravos que vendia para os proprietários de lavras, gentes do Rio Doce ou do sul.

— Então — disse-lhes de imediato — os senhores conheceram meu amigo, o sr. Hermógenes? É a única pessoa nessas léguas com quem se pode conversar.

— De fato, é uma pessoa extraordinária — respondeu François.

— E estão se dirigindo à Demarcação Diamantina! Cuidado com aquela gente. Sobretudo, mantenham-se prevenidos contra o povinho da Vila do Tijuco. É um povo intrigante e muito mau. São gentes novidadeiras que adoram uma maledicência!

— Vamos tentar explorar um pouco daquelas riquezas.

— Hoje em dia, o ouro e a mineração são tolices.

O ermitão jogou uma tina de água fria no entusiasmo de François. Vendo o ar desfeito do jovem aventureiro, apressou-se em lhe acalmar a alma.

— Os diamantes e o ouro ainda irão enriquecer muita gente, depois virão outras pedras e metais, finalmente virá o ferro. Minas continuará provendo seus filhos com os produtos de suas entranhas. Na minha propriedade, o ouro é, a bem da verdade, uma distração, um vício. Minha verdadeira riqueza vem da criação de negros, da colheita de um pouco de milho, de mandioca e feijão. Eu me ocupo quase que exclusivamente da produção de força motriz. Para isso, sr. Dumont, instituí um rigoroso sistema por meio do qual seleciono minhas matrizes fêmeas, baseando-me em quatro princípios derivados da terra, do fogo, do ar e da água.

— Que interessante! Mas como podem esses princípios atuar na reprodução de escravos? — François indagou ironicamente.

— Eu lhe explico. Quando uma negra pare, a primeira coisa que observo é o estado da cria, porque a qualidade dos frutos revela a qualidade da terra. Terra boa, fruto bom! Negras que pariram machos fortes são telúricas. É a força da terra demonstrada na qualidade da colheita. Em segundo lugar vem o fogo. Isso só se vê um pouco mais tarde. São negras de dentes bons, canelas finas, ancas largas e fogo no traseiro. São matrizes parideiras. Além desses dois princípios da terra e do fogo, é necessário seguir outro, que é o ar. Não se deve cansar em demasia a fêmea. Tem gente que mata e prejudica uma boa negra, de tanta vara. É necessário observar um intervalo razoável entre cada prenhez. O ventre tem que respirar. Esse é o ar. O quarto princípio é a água. Este último elemento representa a idade física da fêmea. Seus humores devem fluir. Elas não podem ser velhas secas nem marias-mijonas muito úmidas.

— Mas, sr. Nazareno, o que o senhor faz com as outras negras que não correspondem aos quatro princípios? — indagou François, interessado na sua sistemática.

— Bem, sr. Dumont, as fêmeas que não correspondem a esses quesitos são apartadas e descartadas. Fazem o serviço corriqueiro da fazenda, trabalham na lavoura. Mas o mais comum é eu vendê-las para serem negras de paga nas cidades. As que não consigo negociar permanecem na minha propriedade, mas são rigorosamente proibidas de copular, para não contaminarem meu plantel com produto de segunda classe. Aqui só admito do bom e do melhor.

— Não podem ter sexo? — espantou-se François. — Mas como o senhor pode controlar isso? Já que está falando de fogo e água, o senhor deve saber que negra do rabo quente ninguém segura!

Honorée baixou os olhos, fingindo-se envergonhada com a grosseria gaulesa do marido. Victor, meio ressabiado e cansado da falação anterior do padre Custódio, alegou uma pequena indisposição e se retirou para sua alcova. O proprietário da Iluminação, depois de ordenar que uns escravos acompanhassem Victor e o servissem de comodidades noturnas, retomou a conversa com o francês.

— Eu sei, sr. Dumont. Essas negras, eu as aparto numa senzala que se chama Gomorra — explicou orgulhosamente o sábio. — Dentro do meu sistema, só as fêmeas matrizes podem se reproduzir com os negros destinados a esse fim. Escolho como procriadores os maiores, os mais fortes e os mais jovens. Aos outros é proibido o acesso às fêmeas.

— Esses outros também não podem ter contato sexual com as negras? E vivem, por acaso, numa senzala denominada Sodoma, sr. Nazareno? — gracejou François.

— Exatamente! O senhor é muito arguto.

Nazareno sorriu, deixando transparecer nos olhos brilhantes um breve sentimento de envaidecimento. O velho fazendeiro pouco se importava com o vício da escravaria. Considerava aquilo como uma consequência lógica de seu sistema, perfeitamente alinhado à sua filosofia.

— Essa é minha contribuição ao progresso e ao destino glorioso de Minas. Preste atenção, sr. Dumont. Com o tempo o senhor compreenderá meus dizeres. Não tente definir estas terras, apenas sinta e absorva o espírito de suas montanhas. Aproveite a estadia em Minas para se aproximar das manifestações de Secchina.*

— Secchina, sr. Nazareno? O que é isso?

* "De acordo com a cabala, Secchina é a substância feminina de Deus. Alguns cabalistas, para fugir da fúria tanto da Igreja católica quanto da ortodoxia judaica, disfarçavam a prática do culto à Secchina na adoração à Virgem Maria." In: *Meus demônios*, de Edgar Morin (Rio de Janeiro: Bertrand Brasil, 1997).

— Sim, Secchina. A substância feminina da divindade que a censura extirpou da Bíblia.

— Censura?

O fazendeiro imaginava que seria naquelas terras que o espírito feminino de Deus se restauraria, dotando seus filhos de uma compreensão intuitiva do mundo, propiciando-lhes fecundidade e abundância material.

— Sr. Dumont — continuou o sábio sertanejo, com uma voz tão suave quanto a expressão de seu olhar —, o senhor me parece um bom cristão, apesar de francês. O senhor acredita em Deus e, portanto, concorda que antes dos tempos só existia Deus.

— Acho que sim! Acho que sim! — repetiu François, lançando um olhar divertido para Honorée. — Deus, o Pai Eterno, criador de todas as coisas! Claro que acredito.

— Sim. Nós todos acreditamos, como bons cristãos, que antes dos tempos, antes que fossem criadas todas essas maravilhas que nos cercam, só existia Deus na sua imensa presença. Não é verdade? Entretanto, nas Escrituras está assinalado que Deus criou o mundo a partir do caos. Não é verdade também?

— É! Pelo que me lembro, Deus criou o mundo a partir do caos. A terra foi separada das águas. A luz se fez e tudo o mais — François respondeu automaticamente, demonstrando todo o seu enfado, com o intuito de acelerar o raciocínio do maluco. Seu único e verdadeiro interesse era repousar o melhor que conseguisse na fazenda daquele homem esquisito, para seguir viagem descansado.

— Ora, sr. Dumont, se antes havia, além de Deus, o caos e a escuridão vazia, devo concluir que, em grande parte do universo, não havia nenhuma luz, nem presença divina — continuou o sr. Nazareno, sem se dar conta da impaciência do jovem francês. — A pergunta que eu, então, me faço é a seguinte: além de

Deus, de cuja presença não duvido um segundo sequer, do que era constituído o éter? Do eterno silêncio de seus espaços infinitos? De frio absoluto? Do nada?

François reteve um bocejo e esfregou os olhos, enquanto Honorée seguia atentamente as indagações do velho.

— Sinceramente, não sei.

— Onde estava Deus? Num canto? Retirado, como eu, num cantinho perdido? Porventura Deus foi o criador do caos original? Ou esse caos era contemporâneo de Deus na sua origem infinita? Caso contrário, por que teria Ele criado, em seu primeiro ato, a desordem? Isso não faz muito sentido. O senhor não concorda comigo, sr. Dumont?

— Acho que sim. — O francês tentava lutar contra o sono que a noite e a conversa do sr. Nazareno lhe traziam.

— Por que Deus teria criado o caos para depois criar o cosmo? Porventura errou e depois consertou? Arrependeu-se?

— Sr. Nazareno, nós não podemos admitir que Deus tenha errado, embora exista muita coisa errada no mundo — disse muito seriamente Honorée, intrometendo-se na conversa dos dois homens.

Os olhos do maluco voltaram-se surpresos para a francesa.

— Então a única alternativa que nos resta é acreditar que o caos era contemporâneo de Deus. Somos obrigados a pensar que, desde sua origem, o universo é habitado tanto por Deus como pela desordem. Mas, se pensarmos isso, seremos obrigados a negar a onipresença do Divino, criador de todas as coisas. E isso também não faz sentido.

— Sr. Nazareno, não vejo muito bem aonde o senhor está querendo chegar.

— Parece que tudo que os santos livros nos têm ensinado está desprovido de sentido.

— Mas o senhor não aceita os ensinamentos da Igreja?

— Eu aceito absolutamente tudo o que me é ensinado pela Santa Igreja, apenas considero que há um suplemento que não nos chegou às mãos. Há uma parte do livro Gênesis que se perdeu. Essa parte perdida falaria sobre o que havia antes do caos. Eu não desejo recusar os ensinamentos da Igreja, quero é aceitar outros. Há lições que não nos foram passadas mas que seguramente foram reveladas aos nossos antepassados. Talvez tenha havido um furto que não tenha deixado traço, suspeito nem culpado.

Diante da menção de furto, François acordou de sua sonolência, passando a seguir com interesse o raciocínio do velho amalucado.

— Mas por quê? — perguntou Honorée. — Por que a luz se retiraria?

Dessa vez foram os olhos de François que miraram Honorée. O marido nunca imaginou que ela pudesse se interessar tanto por questões daquela natureza. No breve silêncio da noite, enquanto o francês olhava admirado para a esposa, o ermitão estendeu o braço, trazendo para junto dos lábios a caneca de ágata. Sorveu um gole de cachaça, estalou a língua e continuou sua prosa.

— Veja à sua volta, sr. Dumont. Estamos na escuridão da noite e, para conversar, acendemos estas lamparinas. Seria insensato se, envolvidos pelo breu do escuro, estivéssemos conversando, cada um acomodado em seu canto. Se todas as luzes se apagassem, iríamos dormir.

François, de repente, achou que seria uma boa ideia se todas as luzes se apagassem.

— O sono, irmão da morte, é protegido pelo escuro — continuou o dono da fazenda Iluminação. — Se não houvesse luz no mundo, não haveria frangos, tatus, jaguatiricas, macacos, vacas e jumentos. Não cresceria couve, feijão, jiló, café, taioba, milho e mangaba. A luz é criação e não luminescência inerte! Ela é a realização do princípio criador. Sem ela, tudo seria morte, frio e esterilidade. Ela é impulso criador. O senhor não concorda? Onde há luz, tudo se põe obrigatoriamente a criar. No seu país, sr. Dumont, tudo dorme durante o inverno, quando a luz míngua, só voltando a viver e a proliferar sob o sol da primavera.

— O que o senhor está dizendo me parece que faz sentido.

— Então, sr. Dumont — exclamou, ligeiramente exaltado, o velho sábio —, a luz criou a sombra! A luz sempre cria sombras. Deus é luz. Deus é luz sem sombra porque é presença infinita. A sombra é sua filha. Filha bem-amada. Jesus Cristo é a sombra de Deus no mundo. A luz se retirou num ato criador e a partir daí a sombra e seus efeitos se fizeram presentes no mundo. Cristo, filho da luz, sombra do pai, sempre esteve presente, desde o início dos tempos. Essa parte retraída da luz, esse vazio que se criou, foi posteriormente degradado no relato incompleto do Gênesis que chegou a nossas mãos.

— Sr. Nazareno — interrompeu François com seu sotaque molhado —, deveríamos imaginar que havia uma luta original entre a luz e a sombra? Isso não seria uma versão materialista de Mani, que pregava a divisão entre o bem e o mal?

— Sr. Dumont, o senhor está mais bem informado do que pensei.

— De fato, sr. Nazareno. Em Paris, me interessei um pouco pelo magnetismo animal e, consequentemente, pela imposição das mãos. Por isso cheguei a Mani.

— É verdade? Que fantástico! — se entusiasmou o sábio. — Mais tarde vou lhe mostrar meu laboratório. Por estas bandas, com exceção de meu amigo Hermógenes, é praticamente impossível encontrar algum interlocutor. Vez ou outra surge algum franco-maçom.

François quase chorou de tristeza quando o velho doido lhe

sugeriu a visita ao seu laboratório. Queria se mortificar por ter aberto a boca e abordado o assunto do magnetismo. O que mais desejava naquele momento era se esticar numa cama e dormir.

— Seu laboratório?

— Sim. O senhor terá uma ilustração muito lucrativa da dualidade do mundo, morte e vida. Vou lhe mostrar um pequeno segredo que nunca revelei a ninguém. Vou lhe ensinar como extrair ouro de quartzo usando um poderoso veneno.

François recobrou um pouco de seu ânimo.

— Vou tentar me explicar melhor. A história que conhecemos, como eu já disse, parte do caos. Mas isso não é verdade. Os textos que nos chegaram às mãos dizem que, no início, o mundo era sem forma e vazio, quando, de fato, era pleno e povoado de plena luz. Aí, sr. Dumont, tiveram que inventar essa história pueril de anjos se revoltando contra Deus. Pura pilhéria. Lúcifer é o cheio de luz, sua resplandecente luminosidade está intimamente associada às trevas e à beleza. Como pode o inferno ser trevas se é fogo eterno e se fogo é luz? Não se deram sequer o trabalho de apagar essas pequenas incongruências. Além disso, por que Lúcifer se revoltaria? Revolta dos anjos? Qual! Logo ele, Lúcifer, o arcanjo cheio de luz. Por que os anjos se revoltariam? Por acaso meus negros se revoltam contra mim, que não sou Deus nem eles anjos? Sabem por que não se revoltam? Porque aqui no Brasil, em minhas propriedades, pelo menos, vivem melhor do que na África. Estão mais protegidos do que na sua violenta África natal, onde se fizeram prisioneiros! Onde amargavam a escravidão mais torpe na mão dos maometanos, antes de serem negociados para os portugueses.

François foi aos poucos acordando da sonolência induzida pela conversa do velho doido. Queria ver como é que era aquela história de extrair ouro usando veneno.

— Como a luz obriga que tudo se ponha a criar, sr. Dumont, a luz criou a sombra. A sombra não existe sem a luz. A luz se retirou do mundo num ato criador! Essa parte retraída, originária, foi chamada de caos pelos escribas falsificadores. Os santos livros nos dizem que Deus pôs ordem no caos.

A essa altura os argumentos do sr. Nazareno começavam a ficar confusos na cabeça do francês, que, embalado, bebia canecas de cachaça atrás de canecas de cachaça.

— Sr. Dumont — com voz sussurrante, o fazendeiro continuou expondo aquilo que François julgava um delírio acabado —, o que temos é um mundo imperfeito, em contínua transformação criativa. Escória de sombras misturada a fragmentos de luz. A sombra não é para ser descartada e amaldiçoada, ela é efeito e parte integrante da luz. Deus fez da sombra seu filho bem-amado. Os chineses de Macau que zanzavam aqui por Catas Altas faziam verdadeiras obras de arte com as sombras. Divertiam-se com um teatro de sombras. A verdadeira história, sr. Dumont, é que temos um mundo imperfeito, feito de escória de sombras misturada com fragmentos de luz — repetiu o velho. — Essa é a presença inteira de Deus no mundo real. A sombra é efeito e parte da luz, é a filha de Deus. Há lugares no mundo nos quais essa verdade aflora. Lugares nos quais encontramos sinais materiais da história seminal do mundo. Podemos encontrá-los na Índia sagrada e nas zonas diamantíferas do Brasil. Aqui, nestas terras mineiras, sr. Dumont, se concentram testemunhos da verdade originária do mundo.

— Sr. Nazareno, o senhor me desculpe. Talvez sejam as altas horas da noite, mas confesso que não estou compreendendo muito bem aonde o senhor intenta chegar. — François percebeu que estava diante de um perfeito lunático, perdendo seu tempo e seu sono.

— Diamantes, sr. Dumont. Diamantes!

— Diamantes? — repetiu o francês, subitamente interessado na conversa do velho.

— Diamantes são luzes materializadas, ordem absoluta misturada na escória da terra. Dureza que decorre da fraqueza do carvão, luz, transparência e brilho advindos da negritude opaca do carbono. Ordem piramidal. Diamantes, sr. Dumont, são luzes esparsas nas profundezas obscuras do mundo. O ato inicial do mundo depositado nas terras de Minas. É dever divino de alguns homens extrair, polir e exibir para o mundo essas luzes primordiais. Essa é a tarefa de anjos, de mineiros e de joalheiros.

— Mas, sr. Nazareno, o senhor não disse há pouco que não se interessava pela mineração?

— Não, sr. Dumont. O senhor me compreendeu mal. Disse que os diamantes e o ouro estão se esgotando. Que comercialmente, em breve, eles serão tolices. Só isso! Lavrar é uma devoção, não uma profissão.

Essa parte final da pregação do anacoreta provocou um estado de angústia dolorida no peito de Honorée, que o interrompeu timidamente:

— Sr. Nazareno, o senhor acredita que os sonhos têm algum significado para alguém?

François teve certeza de que a loucura do velho havia contagiado a esposa. Começava a compreender por que o insano tinha sido expulso da Demarcação Diamantina. O sujeito era perigoso!

— Sra. Dumont, vejo que nesta noite encantadora o destino nos proporcionou a manifestação de Secchina. A substância feminina da divindade se fez presente. Posso perceber isso na sua pergunta. Os sonhos, sra. Dumont, são luzes fugidias na escuridão do sono. São reminiscências da criação do mundo que se atualizam em cada um de nós. Não são substâncias físicas, mas extensão do espírito. O que ocorre no mundo tem seu correspondente na alma humana. Os minerais da lua influenciam as marés, assim como os astros, as pessoas. Os sonhos são diamantes espirituais enterrados na materialidade orgânica do corpo.

— Então o senhor acredita que eles têm um significado?

— Vou responder à sua pergunta. Pelo pouco que conheço das coisas, os sonhos são vozes daquilo que sabemos sem que ninguém nos tenha contado ou revelado. São histórias do passado e do futuro. São compreensões intuitivas do mundo. Preste atenção em seus sonhos, sra. Dumont; eles são inteligências das coisas que vagueiam na escuridão do que chamamos consciência.

— Eu tenho tido um sonho muito perturbador, cujas imagens me perseguem desde que cheguei ao Brasil. Não sei o que elas podem me informar, elas só me deixam nervosa e assustada. No meu sonho, vejo um corcunda lutando contra meu pai cego. No lugar de seus olhos estão dois pedaços de carvão ou de, me desculpe o palavreado, estrume. É horrível — disse ela, escondendo o rosto entre as mãos.

François arrepiou-se inteiro. Lembrou-se de que na missão francesa o sr. Dampierre havia relatado que seu sogro e cunhados tinham sido torturados antes de morrer e que seus cadáveres foram encontrados com lascas de âmbar enfiadas nos globos oculares. Hesitou entre beber mais cachaça e mudar de assunto.

## 18. O veneno do ouro

— Apesar do adiantado da hora, gostaria que os senhores viessem conhecer meu laboratório. Acho que isso lhe fará muito bem, sra. Dumont. E o senhor me disse há pouco que se interessava por magnetismo animal, não é verdade?

— Sim — respondeu François, considerando que a essa altura a vaca já havia ido para o brejo.

— Então me acompanhem, por favor.

O dono da Iluminação chamou dois escravos.

— Mas já é muito tarde, sr. Nazareno — replicou Honorée, um pouco temerosa.

— Venha conosco, não demorará muito. Tenho certeza de que a senhora se sentirá melhor.

Saíram na noite gelada, iluminados por tochas que indicavam o caminho de uma construção nos fundos da casa. O laboratório era abarrotado de uma intrincada parafernália, de sinais cabalísticos, estantes ocupadas por uma infinidade de potes que iam sendo descortinados pela luz das lamparinas. No meio da sala havia uma meia barrica cheia de água, coberta por um tampo maciço de carvalho perfurado. François se aproximou de uma das estantes e, antes mesmo que fizesse qualquer gesto, Nazareno gritou-lhe:

— Cuidado! Não toque em nada disso. Há coisas muito perigosas.

François deu um passo para trás. O velho se aproximou, procurou por um dos frascos e o retirou da estante com o auxílio de uma grande pinça de ferro.

— Veja isto, sr. Dumont. Isto aqui, em ínfima quantidade, pode matar um bando de gente. Dilua uma pequena quantidade disto numa bebida e o senhor dizimará uma multidão. Mas, se o senhor triturar quartzo e banhar o pó de pedra com esta substância, verá, como que por milagre, ouro puro e reluzente separar-se da escória da pedra. Luz e escória, veneno e riqueza, vida e morte.

— E o que vem a ser isso, sr. Nazareno?

— Cianureto, sr. Dumont. Cianureto, também conhecido como cianeto. O mundo ainda não está preparado para isto. Talvez daqui a uns sessenta anos!

O velho enigmático voltou-se para a tina no meio da sala do laboratório. Ordenou aos escravos que levantassem o tampo que a cobria. A meia barrica, cheia de água, tinha o fundo coberto de limalhas de ferro, cristais e uma coleção concêntrica de garrafas. Nazareno mandou que se pusesse o tampo perfurado de volta e se introduzissem hastes de ferros em seus orifícios. Depois disso, solicitou que cada um segurasse a extremidade das barras. Andou para lá e para cá. Passou as mãos nas costas de cada um deles. Em poucos segundos, um dos negros começou a tremer e a se urinar perna abaixo. François, que apenas havia lido alguma coisa sobre magnetismo animal, presenciava pela primeira vez sua realidade manifesta. Honorée se pôs a respirar fundo. Veio-lhe à mente a imagem do corcunda. Escutou estalos de madeiras se rompendo como se o barulho viesse da tina. Viu novamente a imagem do pai, mas dessa vez acompanhado dos dois irmãos. Cada um deles, no lugar de olhos, tinha um carvão enfiado na órbita esquerda e um diamante na direita. Sentiu um enjoo forte. Aos poucos, entretanto, a aflição de Honorée foi se apaziguando, até que todas as imagens se apagaram e se transformaram num peixe nadando num riacho. Quando a sessão terminou, Nazareno tinha os olhos cobertos por uma película gelatinosa.

— Sr. Dumont — disse o sábio, com uma voz cavernosa —, o senhor tem um imenso tesouro em suas mãos. Pude sentir sua manifestação. Cuidado.

François soltou assustado a barra de ferro da tina, como se estivesse incandescida. Em seguida, levou as mãos às costas e apalpou os rins.

— Impressionante! — foi a única palavra que saiu do fundo de sua garganta, num tremolo desafinado.

Quando voltaram para a casa-grande da Iluminação, Honorée, ainda transtornada, tomou as duas mãos do velho Nazareno e as apertou entre as suas.

— O senhor me proporcionou uma experiência que eu julgava impossível. Estou certa de que só quem vive experiências assim pode acreditar nelas. No início, as imagens que têm me perturbado tomaram conta de mim, mas no final alcancei uma grande calma. Minha mente foi ocupada pela visão que muito me acalmou. Agora estou muito cansada, muito cansada. Vou pedir a permissão de meu marido para me retirar.

— Foi a visão do peixe!

— Como? — A francesa sobressaltou-se.

— Fique só mais um pouco em nossa companhia, minha senhora. Prometo-lhe que não vou mais aborrecê-la com minhas ideias tolas — insistiu o sr. Nazareno.

— O senhor não me aborreceu nem um pouco. Passei uma noite muito... — Honorée na verdade não conseguia descrever suas sensações.

— Então permaneça um minuto. Tenha um pouco de paciência para escutar um pequeno poema, antes de dormir.

— Fique apenas um pouco mais — François, que havia desistido de dormir, reforçou o rogo do sr. Nazareno.

O fazendeiro, então, se pôs a recitar no velho dialeto ladino:

*Todas las aves dormían*
*Cuantas Dios criara y más.*
*Non dormía Melisera,*
*La hija del emperante.*
*Vueltas daba en la su cama*
*Como un pez vivo en la mare.*

— Muito obrigada, sr. Nazareno. Agora vou pedir permissão ao meu marido para me retirar.

— Boa noite, minha doce. Eu também vou pedir permissão ao nosso ilustre e sábio anfitrião para me retirar — emendou o francês.

Partiram de madrugada. François deixou que Victor, descansado e alerta, conduzisse a tropa. Ele e Honorée, mais mortos que vivos, balançavam-se sonolentos sobre seus animais. François havia aprendido como exercitar o magnetismo animal e conseguido o segredo do veneno para extrair ouro do quartzo. Partia cheio de ideias para pôr em prática no Distrito Diamantino. Honorée ainda se interrogava intrigada sobre o poema do velho Nazareno.

— Como é que ele pôde referir-se ao peixe se eu não lhe havia relatado minha visão?

O marido não prestou atenção na pergunta. Estava um pouco ressabiado em relação a Sembur Orando. O grandalhão tinha sumido por todo o tempo em que permaneceram na Iluminação, largando a vigilância sobre a tropa. O gigante escuro só reapareceu na madrugada da partida, a tempo de pôr a tropa em ordem. François sentia-se inseguro naquela estrada perigosa. No início do caminho, Honorée também percebeu que havia algo estranho com o arrieiro, apesar de ele estar feliz e um pouco ausente, perdido em pensamentos.

— Por que está mancando? — indagou-lhe, quando apearam não longe da fazenda Iluminação.

— Caí numas pedras, sra. Madimorê. Machuquei um pouco as ancas. Mas não foi nada de sério.

— Cuida dele mais tarde, Marica.

— Eu sei que queda foi essa! Sei que pedras foram essas. Foram pedras da senzala Sodoma — resmungou, entre os dentes, a negra.

Os três escravos, que vinham atrás, sufocaram um riso.

A partir do vilarejo de Catas Altas do Mato Dentro, o caminho se despovoou. Apenas mato, trilhas íngremes, alguma roça de milho. Aqui e acolá, umas tigueras. A terra que percorriam parecia cansada, infestada de samambaias. O caminho escarpado acabou descadeirando uma das mulas. Tiveram que parar. Permaneceram acampados num vale tristonho. François, irritado, queria sacrificar o animal. Orando salvou a besta aplicando-lhe clisteres e emplastro de resina.

## 19. O Batido da Lata

À medida que rompiam caminho, a vegetação, as pessoas e as caças foram mudando de aspecto. Eram gentes rudes e retraídas. As árvores, menores e retorcidas, o solo, pedregoso, as trilhas, estreitas e ainda mais íngremes. A caça ficou pequena. Comiam muito tatu. Ao vencerem em definitivo a serra do Espinhaço, descobriram a cabeça da Comarca do Serro Frio: uma vila empobrecida, com vestígios de exuberância.

— Estão chegando! Estão chegando! — gritou um escravo esbaforido, pingando suor por todos os poros.

O coronel Antônio da Cruz Machado tinha tomado conhecimento da aproximação dos estrangeiros antes mesmo que os Dumont houvessem avistado os cerros da Vila do Príncipe. O coronel mandara prevenir os prelados, as autoridades maiores e menores, sem deixar de instar ao povo miúdo que se comportasse com dignidade, pelo menos uma vez na vida.

— São pioneiros. Trata-se de um portentoso momento, este que estamos testemunhando. Pela primeira vez na história de nossa pátria, estamos vendo estrangeiros prestes a se fixarem na região diamantina. São franceses que vêm se instalar no Arraial do Tijuco Diamantino da Comarca do Serro Frio com recomendação direta do imperador. Seguem as pegadas de Saint-Hilaire — ensinava, com voz alterada, a quem quisesse saber.

O coronel, que havia calculado com precisão o tempo que a tropa levaria para chegar, mandou que, no início da manhã, se ajeitassem cadeiras na sacada e se estendesse um tapete arraiolo, coberto de florões, sobre a madeira roliça e lustrosa que enfeitava as ferragens do parapeito da sacada central de seu sobrado.

Os franceses desciam encolhidos, enregelados, as ladeiras da Vila do Príncipe do Serro Frio. Na entrada da vila, erraram o caminho, mas em pouco tempo alcançaram, pelo lado oposto, a rua da Cavalhada, que cortava a cidade ao meio, desenhando uma longa curva oblíqua. À direita da rua, a atenção da tropa foi atraída para uma infinidade de escravos mergulhados no barro, como se fossem estátuas vivas de argila. Os negros estavam terminando a construção da nova matriz do lugar. As estátuas fizeram uma grande saudação aos viajantes, pondo-se de joelhos, tal como foram ensinados pelo vigário Leovigildo dos Reis, sob recomendação estrita do coronel Da Cruz Machado.

Quando ganharam o centro da alameda, toda a família Da Cruz Machado estava a postos na sacada. Muito perfumado, o coronel trajava roupa de seda. Ao seu lado, a esposa, d. Maria José, segurava a mão do filho menor, um menino de cinco anos. Atrás do menino, dura como um anjo de madeira, sua filha, um ano mais velha que o caçula, mal se mexia dentro de um vestido longo, preocupada em equilibrar no alto da cabeça o diadema que prendia finas rendas portuguesas a enfeixar-lhe os cabelos gordurosos.

— Não vamos fazer feio na frente dos ilustres hóspedes — dissera o coronel.

D. Maria José da Cruz Machado achava aquilo meio esquisito. Preocupava-se com a excitação do marido, que transparecia no vermelhão do rosto. Ele sempre fora parlapatão, mas era circunspecto diante de estranhos. Um colosso de orgulho salpicado de timidez.

— Qual! Que hóspedes que nada! Hóspedes de quem? Hóspede é parente distante ou autoridade — resmungava d. Maria José, na vã tentativa de minorar a importância da coisa. — Não sei por que tanto farol para uns aventureiros que vão se enterrar na desgraceira destas terras. O homem deve estar começando a variar. Isso sim! — repetia, enciumada.

Um sol ameno fazia brilhar os pavimentos arredondados da rua quando o grupo de pessoas montadas em animais quase trôpegos surgiu diante dos olhos do coronel. À frente ia Honorée, ladeada pelos irmãos Dumont. Para o coronel Antônio da Cruz Machado era a França que desfilava, montada em burricos no fundo da Cavalhada! Surgiam Napoleão, Wateau, Couperin, Joséphine, Marie Antoinette, Junot, Villon. Todos aqueles nomes que aprendera nos livros e em folhetos estavam subitamente materializados nas ruas da Vila do Príncipe! Aos poucos, seus olhos puderam perceber com maior nitidez o contorno das figuras do trio que abria o cortejo.

François havia se aprumado na sela. Vestia sua jaqueta de cotelão, calçava as botas de cano alto. Não se descuidara de enfeitar a montaria com arreios de prata. Victor ataviara seu animal da melhor forma. Honorée, a contragosto, tinha ordenado que Orando selasse sua mula com o silhão e vinha de lado, balançando-se ao ritmo lerdo dos passos do animal. Usava sua cartola curta, enfeitada de penas de papagaio, deixando a descoberto, na barra da saia, o pedaço branco da anágua em que se liam os versos: "Je touche de mon pied le bord de l'autre monde".

O coronel Antônio, no alto da sacada, estava inquieto. Tirava sem cessar do peito do colete um lenço branco com que enxugava a testa. Ao seu lado, d. Maria José se abanava com um leque, tentando espantar o mau humor que a esquisitice do marido lhe provocava. As duas crianças mantinham-se imóveis, acostadas à mãe. Atrás do coronel, postava-se um escravo descalço, metido numa libré, equilibrando no alto da carapinha uma cartola adornada de fita branca. O coronel fizera questão de colocá-lo ali para ressaltar a importância de sua pessoa. O negro era magro e comprido demais para as roupas, que ficavam muito curtas nas pernas e nos braços. O pobre corria para lá e para cá como um capote atormentado, tentando dar conta das infinitas solicitações disparadas a todo momento pelo coronel.

— Ajeite esse tapete, que não está aparecendo o suficiente! Traga suco para as senhoras e senhoritas! Aprume-se! Afaste-se! Não fique em cima de meus ombros como um urubu desengonçado! Chegue mais perto, palerma! Se você fica enfurnado aí atrás que nem um tatu, ninguém vai vê-lo!

A tropa passou por debaixo da sacada do sobrado, enfeitada pelo arraiolo e adornada de pinhões de louça azulada e de lanternas de vidro vermelho, as quais o coronel havia mandado acender mesmo sendo dia claro. Os cabelos arruivados de Honorée escapuliam pelas bordas da pequena cartola, caindo sobre a nuca, a saia levantava-se a meio tornozelo e os seus seios acobreados pelo sol davam pulinhos a cada passada do animal. O coronel Antônio da Cruz Machado entontecia.

— Tanta dignidade e tanta indecência — suspirava.

Pôs-se de pé para ler os versos que a francesa trazia na barra da anágua. Não os conseguia ler de cabeça para baixo, mas esforçava-se, balbuciando algumas sílabas como um menino que aprendesse o bê-á-bá. No esforço para ler, envergava-se cada vez mais sobre o parapeito. Tentava, no meio de tanta literatura, não perder nenhum dos embalos movediços do pequeno colo saltitante da francesa. Apoiou-se sobre o arraiolo e se inclinou como se quisesse recostar as faces entre aquelas meias-luas rosadas salpicadas de sardas. Aqueles seios balançantes eram mais belos do que tudo que tinha visto em toda a sua vida. Talvez porque houvesse se inclinado exageradamente, ou porque o arraiolo no qual se apoiava tivesse deslizado sobre a madeira roliça do parapeito da sacada, o fato foi que o coronel despencou lá do alto, só não se partindo no chão em virtude da ligeireza do escravo, que o abraçou pelas pernas enquanto o pobre homem gritava, abanando os braços no ar, sem largar o lenço. A algazarra assustou o tropel de François, que disparou pela rua afora.

Na sacada, d. Maria José escancarou-se num berreiro, enquanto os filhos, apavorados, gritavam:

— Papai caiu, papai caiu. Salvem papai. Meu Jesus! Minha santa Rita!

Ouvindo a gritaria, os escravos da casa acorreram. Com certo esforço, ajudaram o magricela a puxar de volta a figura descomposta do coronel. Resgatado, o homem partiu para cima do escravo, esmurrando-lhe o rosto com as costas dos punhos. O negro tentava se esquivar escondendo a cabeça entre as mãos, enquanto o coronel gritava, exorbitado:

— Safado! Safado! Não esconda a cara! Animal! Assassino! Assassino! Salafrário. Empurrou-me para me matar. Assassino! Terrorista! Jacobino! Tirem esse negro daqui. Ponham-lhe ferros!

Uma hora mais tarde, chamaram o médico. O coronel estava febril, agitado, os olhos vitrosos, com uma conversa desconexa em que misturava algumas palavras em francês. O médico preparou uma sangria, aplicou-lhe uma sessão de clisteres, recomendou repouso e alimentação leve.

— Não o contrariem — disse antes de sair, prometendo voltar depois da sesta para acompanhar o estado do paciente.

No final da Cavalhada, onde o morro de Santa Rita impede a continuação da rua, Orando e François conseguiram controlar os animais e conduzir a tropa até a beira de um riacho que corre na parte baixa da cidade. Na praia do córrego, com os animais tranquilizados, os escravos do francês improvisaram rapidamente um telhame de paus tortos e folhas de bananeira, sob o qual Honorée se acomodou.

Os acontecimentos da manhã na sacada da casa do coronel se transformaram em notícias alarmantes, que se espalharam pela Vila do Príncipe do Serro Frio como fogo num rastilho de pólvora. As novidades queimavam a língua dos frequentadores da venda do Batido da Lata, cujo dono, Francelino, fazia pose de bem informado.

— O coronel teve um insulto cerebral! Está bobo, com metade do corpo morto. Duro que nem pau. Coitado! Coitada também da d. Maria José, com dois filhos pequenos para criar.

— Quem lhe contou?

O homem mal olhou para Juca de Guidinha. Não ia dar atenção para molecote.

— Pior é a mulher. Viúva de homem vivo — continuou, fazendo cara de dó.

— Nem fale! Tão jovem! No fim das contas, a gente fica pensando: para que tanta riqueza e tanto poder se não se tem saúde? Para Deus, a importância não vale nada. Debaixo da terra, somos todos iguais — disse outro freguês, que àquela hora já estava pronto para se embebedar.

— Está nas últimas — suspirou Francelino. — O vigário está preparando a extrema-unção. Vai ser à tardinha.

— Logo vamos ter notícias do Zé Molecão — interveio de novo o freguês, limpando com o braço o molhado da boca.

— Ei! Eu estou aqui! — gritou um preto torto, sentado na mureta da varanda da venda, com uma caneca de flandres de cachaça pela metade.

— Então, Zé, se apresse! Se apresse que o homem não dura muito.

— E eu não sei do meu ofício? Eu conheço muito bem meu fazer, sim, senhor! De minhas obrigações, ninguém sabe melhor do que eu. Não careço de aviso. Eu já tocava o sino para os mortos antes mesmo que vocês tivessem nascido — retrucou com voz pastosa. — Eu sei quantas badaladas devem ser dadas. Conheço o modo e o jeito como um homem tem que ser enterrado. Eu conheço a tradição. Os pés têm que estar voltados para o altar. Não pode ser o contrário, porque na ressurreição final, quando o homem for se levantar para prestar contas ao juízo de Deus, quando tiver que pesar seus pecados na balança do Senhor, ele tem que estar virado para o Santíssimo. Olho no olho, mas com respeito! Se não estiver na posição certa, então ele vai se levantar dando as costas para o Sagrado, e aí então estará perdido. Sem resgate.

Na praia do riacho, François deixou Honorée sob os cuidados de Victor. Deu ordens expressas para que Orando ficasse de olho nas duas pequenas canastras. Sem nem mesmo sacudir a poeira do corpo, o francês partiu em busca de informação que lhe propiciasse um lugar adequado para hospedar sua tropa. Viu a venda do Batido da Lata apinhada de gente numa hora em que o sol já bem levantado deveria ter esmorecido o ânimo do povo. Foi direto ao dono da venda. O homem pigarreou, curvou cerimoniosamente o tronco, ajeitando o pano vermelho que lhe prendia os cabelos, calçou as chinelas e mandou que chamassem sua senhora, que era ela quem cuidava dos negócios.

Em pouco tempo, tudo estava arranjado. Por uma quantia honesta, François alugou por um período de quatro dias uma casa desleixada, num canto de uma ladeira perpendicular à rua da Cavalhada. O edifício possuía uma pequena senzala desmantelada, onde Orando dispôs os escravos. Orando, como era de seu costume, se aboletou num lugar qualquer.

— Orando e Marica — disse François, imperativo —, quero que vocês tomem conta dos pertences de Mme. Dumont. Fiquem de olho neles, vocês dois.

— Sim, senhor — responderam em coro.

— Que mania! — resmungou Orando. — Tanto zelo por duas canastrinhas.

— Cala a boca, negro enxerido — chiou Marica entre os dentes, dando uma cotovelada fina no alto da coxa do gigantão. — Faça o que seu dono manda!

O negrão encolheu a cabeça entre os ombros como se fosse se defender de algum sopapo e, com um pequeno tremor no lábio inferior, apenas murmurou, como se a recriminação de Marica tivesse partido de seu patrão:

— Me desculpe, senhor.

François nem sequer ouviu a voz do negro.

— Vá até a venda e chame o proprietário, que eu quero ter dele algumas informações.

Orando saiu numa carreira desabalada. Voltou trazendo consigo a esposa do dono da venda, acompanhada de uma escrava miserável de fazer dó.

— Boa tarde. Meu marido não pode deixar a venda. A senhora está bem acomodada? — indagou a mulher, dirigindo-se a Honorée. — Falta alguma coisa? Infelizmente, a casa...

— Não. Está tudo bem... — interrompeu François, sacudindo impacientemente as duas mãos espalmadas à frente do rosto. — A casa está ótima.

— Então, em que posso lhes ser útil? — perguntou a mulher com desconfiança.

— Desejo apenas uma pequena informação. Talvez o senhor seu esposo possa me ajudar. Gostaria de fazer uma visita de cortesia ao coronel Antônio da Cruz Machado e não sei exatamente onde encontrá-lo.

— Impossível — retrucou, fazendo o sinal da cruz.

— Como, impossível? — berrou François, irritado com o enxerimento da senhoria, a quem ele não pedira nem permitira opinião. — O coronel, provavelmente, sabe de minha chegada e...

A mulher, assustada com o grito do francês, deu um passo

para trás e gaguejou até que conseguiu produzir uma frase que saiu assoviando, fina e estridente:

— É que ele está nas últimas, senhor!

— Quê?

— A estas horas o padre deve estar encomendando sua alma!

François arregalou os olhos e estancou a impaciência. Sorriu estranho. Um fino frio percorreu-lhe as costas. Contava com o auxílio do coronel para que o intendente do Tijuco Diamantino desse os vistos em seus documentos, registrasse seu domicílio e, assim, lhe liberasse a entrada na Demarcação Diamantina. A memória da coorte de empecilhos e peregrinações à qual se submetera no Rio de Janeiro o tomou de pronto, como se fosse uma golfada amarga de vômito. Seus olhos encheram-se de lágrimas. O francês temia que, agora, quando estava tão perto do sucesso, sua empreitada viesse a fracassar.

A senhoria se refez do susto, lasseou o espírito. Tomou-se de compaixão diante do sofrimento do jovem, que lhe pareceu ainda mais belo do que era. "Meu Deus! Oh, minha Nossa Senhora da Conceição, o homem deve ser parente europeu do coronel! Que maçada! Vir de tão longe, enfrentar o sertão carregando mulher e irmão para se deparar com o tio moribundo!", pensou.

A mulher ficou imóvel, sem saber o que fazer, até que começou a chorar. François, diante daquela cena insólita, imaginando que o povo miúdo chorava a morte de seus senhores, fez sinal para que ela se retirasse.

— Muito obrigado, senhora — foi tudo o que conseguiu balbuciar antes de se retirar e se jogar, desconsolado, no catre do quarto.

Do colchão de capim, no qual havia enterrado a cara, subiu um cheiro de mofo que invadiu suas narinas, fechando-lhe os brônquios. François levantou-se num pulo, chiando, puxando ar para dentro de si como se estivesse a se afogar. Conseguiu ainda chamar Orando com um fio de voz que saiu assoviando, rouca:

— Deixe Marica tomando conta da casa. Vá andar por aí para descobrir onde mora o médico que está tratando do coronel. Vá rápido, que eu não tenho tempo a perder. Quero ficar o menor tempo possível neste ninho de piolhos. Verifique se é um médico ou um barbeiro-sangrador que está cuidando do homem. Seja lá quem for, se o coronel ainda tiver um sopro de vida no coração, talvez o médico possa ainda me ser de algum auxílio.

O mulato saiu arrastando o corpanzil. Voltou quando o dia esmaecia, lépido e fresco, com as roupas molhadas, indiferente ao frio rascante. Vendo-o naquele estado, o francês teve ímpetos de moê-lo a pancadas.

— Então, conseguiu alguma informação? — François, com mau humor, foi logo inquirindo o gigantão.

— Sim, senhor.

— Então desembucha, homem de Deus! — exclamou o francês, impaciente diante da moleza do mulatão, que sorvia as delícias da importância da informação que retinha.

— O coronel está bem. Teve um mal súbito. Quase morreu, mas agora está se recuperando rapidamente. Parece que é um homem jovem e forte. Está, graças a Nossa Senhora do Rosário, completamente fora de perigo.

— E quem lhe contou tudo isso? Onde obteve essa informação? — inquiriu François, para verificar o bem fundado da notícia.

— Foi um dos próprios escravos do coronel, que encontrei na praia do rio.

— Muito bem — disse o francês, aliviado. — Dê uma caneca de cachaça para ele — ordenou, endereçando-se a Marica.

— E precisava ficar se banhando nu com a escravaria? —

resmungou Marica, à medida que lhe estendia uma caneca de cachaça.

François mandou armar uns couros de boi no chão do quarto para não ter que dormir no colchão de capim. No dia seguinte, retirou de uma das pequenas canastras pena, vidro de tinta, o estojo de pó dourado e, numa folha de papel encimada por um brasão em que se via um feixe de espigas ladeado por dois animais em pé sobre as patas traseiras, começou a escrever uma carta ao coronel.

*M. d. 10 de julho de 1826*

*Ilustríssimo Senhor*
*Coronel Antônio da Cruz Machado*

*Tenho a honra de comunicar a V.Sa., em primeiro chefe, minha chegada à Vila do Príncipe da Comarca do Serro Frio. Minha permanência nesta aprazível e culta Vila será, infelizmente, breve. Não me faltarão, contudo, ocasiões para melhor conhecê-la, assim como à sua gente, uma vez que planejo, juntamente com minha esposa, Mme. Honorée Francine Dumont, e meu irmão, o sr. Victor Dumont, permanecer no Arraial do Tijuco do Distrito Diamantino desta Comarca. Ainda no Rio de Janeiro, fui, em diversas ocasiões, recomendado, assim que chegasse à Vila do Príncipe, a saudar-vos pessoalmente. As recomendações advieram não só da parte de M. Dampierre, grande funcionário de nossa missão diplomática, onde vosso nome é conhecido e vossa pessoa altamente estimada, como do lado do sr. Fernando Murat, que muito vos respeita e tem por V.Sa. uma admiração sem-par. Minha grande expectativa de conhecer, de imediato, tão admirada figura do Império foi, contudo, miseravelmente frustrada. Ao chegar ontem à vossa bela cidade, fiquei sabendo da aflição que todos os habitantes da Vila do Príncipe passaram ao tomarem conhecimento de desconforto físico que vos acometeu mas que, para alegria de todos, no rol dos quais minha família se inclui em primeiro lugar, foi passageiro. Essa alegria, queria eu, na impossibilidade de manifestá-la pessoalmente, ao menos transmiti-la por esta missiva, juntando a ela minha simpatia e os votos de vosso pronto restabelecimento. Intento não prosseguir viagem até que, passado vosso período de convalescença e descanso, possa ter, finalmente, a honra de vos visitar para vos cumprimentar, se isso vos for oportuno.*

*Com toda a honra e consideração*

*O servo mais obediente de V.Sa.*
*Dumont*

*Joalheiro em Paris*
*La Gerbe D'Or,.Maison de confiance*
*fondée en 1797*

Pronta a carta, François ordenou que Orando vestisse roupa de gente e fosse levá-la à casa do coronel.

A resposta veio mais rápido do que se poderia supor.

*M. d. 10 de julho de 1826*

*Ilustríssimo Senhor*
*François Dumont*

*Recebi vossa agradável missiva cheia de atenções às quais agradeço. De fato, tive um pequeno desconforto atribuível, segundo o dr. Marcílio, nosso médico e amigo, ao excesso de trabalho. Apenas uma fadiga passageira da qual me recuperei plenamente graças ao milagre de uma boa noite de sono. Eu e nossa família desejamos tê-lo, assim como vossa esposa e vosso irmão, presentes em nosso almoço, amanhã, se assim for de vosso agrado.*

*Com toda a consideração e honra*

*Coronel Antônio da Cruz Machado*

*Vila do Príncipe do Serro Frio*

Antes das onze horas, acomodados num pequeno plaustro alugado na praça do mercado, os estrangeiros dirigiram-se à casa do coronel, que, rodeado da família, os recebeu calorosamente. A mulher, troncuda, baixota, com um buço que lhe escurecia o alto dos lábios, quase desaparecia ao lado do marido alto e esbelto. D. Maria José, com um penteado à francesa, recendendo *huile antique*, cravejada de brilhantes, chacoalhando pesados cordões e pulseiras de ouro, não escondia a decepção por ver que Honorée não ostentava, como imaginara, todas as suas joias de Paris. A feiura da serrana aliava-se a uma força de caráter estampada no semblante severo e mal-humorado. Agarrados à mãe, seus dois filhinhos olhavam desconfiados para os visitantes. François, que esperava encontrar uma autoridade encanecida, deparou-se com um homem tão jovem quanto ele. O coronel exibia uma testa larga e tentava disfarçar sua nervosidade com gestos amplos e pausados.

Ao tomar a mão de Honorée e inclinar-se para beijá-la, seu coração, dentro do peito apombalado, desabalou numa bateção desconexa. Durante todo o tempo em que permaneceu em companhia dos Dumont, o coronel lutou contra seus olhos para que eles não procurassem pela francesa.

— Já tomaram conhecimento de nossa cidade? — dirigiu-se a François.

— Infelizmente, ainda não. Mas notei que estão terminando a construção de uma grande igreja.

— São arremates finais, temos ainda que construir um paredão de vigas para protegê-la de deslizamentos de terras. Isso atrasou um pouco as obras. Venha, sr. Dumont, da minha sacada o senhor poderá ter uma visão geral de nossa querida Vila do Príncipe.

O coronel arrastou o convidado pelo braço, deixando Victor em companhia das duas senhoras.

François, quase um palmo mais baixo que seu anfitrião, foi conduzido ao balcão de onde, dois dias antes, o coronel havia despencado. Da sacada, pôde apreciar a extensão da rua principal da cidade. O francês falava sem parar, quase sussurrando, enquanto o outro o escutava atentamente, franzindo o cenho e aquiescendo com gestos de cabeça. A única frase que se pôde distinguir da conversa dos dois homens foi: "O senhor poderá ficar tranquilo quanto a isso!", proferida pelo coronel ao voltar para a sala. Em seguida, o serrano cochichou algumas palavras na orelha de sua esposa.

O aparecimento do coronel em companhia de François no alto do sobrado causou um verdadeiro alvoroço entre os frequentadores do Batido da Lata.

— Meu marido acabou de me lembrar que os senhores devem estar sedentos! — exclamou d. Maria José. Fez um pequeno gesto com as mãos, movimentando, como num passe de mágica, a escravaria letárgica, que se pôs a trazer, apressada, toda espécie de refrescos, bolos e abanos de pena de ema para conforto dos convivas.

— Então, sr. Dumont, ficamos sabendo que o senhor pretende se instalar no Distrito Diamantino para desenvolver nossa indústria mineradora — disse o coronel Da Cruz Machado, movido por uma curiosidade desconfiada que não conseguia conter.

— Se por atividades mineradoras o senhor estiver se referindo a diamantes, isso seria impossível, já que sua exploração e comércio são de domínio exclusivo da Coroa. Minhas pretensões são modestas. Como o senhor sabe, nosso imperador me agraciou com licenças especiais para exploração de ouro. Pretendo, pelo momento, me fixar no ouro e ser, no futuro, a extensão do braço da Gerbe D'Or no Brasil.

O coronel pigarreou quando ouviu François referir-se ao sogro. Pareceu perturbar-se.

— E o sr. Victor? — dirigiu-se paternalmente ao caçula. — Participará da mesma atividade?

— Não. Não, senhor, coronel. Não tenho talento nem vocação para isso. Pretendo abrir um comércio.

— Muito bem. Muito bem. Vejo que é um rapaz ajuizado. Com a decadência da mineração assistimos a uma grande atividade fabril, agrícola, pastoril e comercial nas Minas Gerais — disse, sorrindo, o coronel.

Honorée conversava miúdo com d. Maria José e ambas seguiam o falatório dos homens. Mesmo depois de passarem à mesa, generosamente regada a fortes vinhos portugueses, d. Maria José continuou de poucas palavras, enquanto seu marido, sob o efeito do álcool, algazarreava e gesticulava, cheio de simpatias, com o olhar saltando intermitentemente de François para Honorée, que lhe parecia envolta num halo de pura sublimação.

Os Dumont cearam na casa do coronel todos os quatro dias em que permaneceram na Vila do Príncipe do Serro Frio. Partiram quando um escravo a pé voltou à cabeça da Comarca com a ordem de passagem livre obtida junto à autoridade diamantinense, deixando um grande vazio na vida do coronel Antônio da Cruz Machado.

# 20. Eufrásia

Milho Verde poderia ser apenas um povoado engastado na curva do rio, não fosse o fato de que a estrada, depois de cair por um declive pronunciado e subir vagarosamente os cerros, atravessava um posto que formigava de guardas. Era o registro estratégico que fechava e vigiava, daquele lado, a fronteira da Demarcação Diamantina. A importância que desempenhava se traduzia na insolência da soldadesca e no desmando de seu comandante. Quem saía era minuciosamente revistado. Quem entrava não escapava do olhar atento e das mãos rápidas dos guardas.

François, Victor e Honorée puderam assistir à revista de uma longa tropa prestes a deixar a Demarcação. Tudo era inspecionado. As canastras e a matuletagem da tropa estavam sendo reviradas. As linguiças, carnes e peixes secos, perfurados pelas lâminas das espadas. As orelhas, crinas, bocas e ânus dos burros, os orifícios dos escravos, machos e fêmeas, por dedos e mãos ágeis. Nada passava sem a vistoria da soldadesca.

Não longe dali, um escravo, preso num cubículo de taquara, gemia sem parar. O negro retorcia-se de dor de barriga, esvaindo-se numa caganeira sem fim, por obra de uma garrafada que os guardas lhe administraram sob a suspeita de que seu dono o fizera engolir diamantes para contrabandeá-los.

François estava lívido. Somente na parada do *Le Diamant* em Lisboa, quando o navio fora inspecionado pelo chefe alfandegário Manique Netto, é que Honorée o tinha visto tão transtornado. Voltara a ter dores nas costas e a apalpar os rins.

O francês ficou rubro quando os guardas, com mãos negras e encardidas, começaram a esvaziar as duas pequenas canastras de Honorée.

— Senhor alferes — disse ele, trêmulo —, isso é realmente necessário?

— São formalidades, senhor!

Quando estavam se aproximando da palhoça dos guardas, ouviu-se do outro lado da cerca do registro uma algazarra.

— Está sangrando! Está sangrando! Logo elas vêm. Vão sair. Vão aparecer!

A soldadesca correu, armas à mão, em direção aos gritos. Em torno do cubículo onde haviam prendido o escravo suspeito, passaram a berrar no ouvido do pobre-diabo de cócoras.

— Força! Força! Não para, não. Se parar, vamos abrir sua barriga com sabre. Ou o cu ou a pança, pode escolher qual dos dois quer abrir. Isso, negro. Força! Caga em cima da peneira! Vamos, caga. Tudo que entra, sai!

O negro gemia, chorava e se espremia. De seu ânus pendia uma tripa avermelhada que pingava sangue. O alferes seguiu os guardas, deixando os Dumont falando sozinhos. Pulou para o outro lado da cerca. Desembainhou o sabre, empurrou os guardas e se aproximou do escravo que se contorcia em cima da peneira de taquara.

— O que esse negro tem aí?

— Veja, senhor!

— Onde?

— Bem ali no meio.

O alferes levou a ponta do sabre até debaixo da bunda do negro e remexeu o líquido pastoso.

— Que fedentina!

Rodou a ponta do sabre no centro da peneira até sentir, no meio da massa mole amarronzada, a dureza de duas pedras alvas. Retirou o sabre da imundice, limpando sua lâmina na carapinha do negro, que não parava de gemer baixinho.

— Deve ter muito mais. Esprema esse negro. Vamos, vamos. Prendam a tropa inteira. Confisquem tudo. Vão todos para a prisão perpétua.

Os soldados, se antecipando, já traziam cordas, correntes, peias para atar tropeiros e escravos que aguardavam, mudos e trêmulos, com os olhos fincados no chão.

— Acomodem as canastras no lombo dos animais desta outra tropa — ordenou, apontando com a ponta do sabre empesteado para o grupo de François. — Liberem os ingleses! O senhor pode ir, Mister. Temos coisas mais importantes hoje. Além disso, o senhor está entrando, e não saindo. Dê recomendações ao coronel! Desculpem o incômodo, mas são formalidades. Estas terras são tão ricas que os negros defecam diamantes — disse, rindo cinicamente. Fez uma continência e deu as costas aos franceses, que julgava ingleses. Victor e Honorée estavam assustados; François, aliviado por estar, finalmente, pisando na terra pedregosa da Demarcação Diamantina.

François queria se afastar o mais rápido e o mais longe que pudesse da fronteira da Demarcação Diamantina, apavorado com a forma como tinha visto serem detidos e tratados os contrabandistas de diamantes. Sua tropa só estancou no fim do dia, diante de uma casa que se podia dizer grande para a pequena São Gonçalo do Rio das Pedras. O vilarejo não tinha mais que três ruas mal pavimentadas. O resto eram caminhos com algumas choças esparsas. Antes mesmo que François desmontasse por completo, tentando desembaraçar-se do estribo que lhe enroscara no salto da bota, um velho troncudo abriu a porta de sua casa e permaneceu mudo, com os olhos fixos no francês, que saltitava, desengonçado. Quando se livrou do estribo, transpirava grossas gotas que desciam pelo rosto afogueado, apesar do vento frio que levava os escravos a se encolherem em cima das montarias. Para se desfazer do constrangimento que o apeio desastrado lhe causara, François pulou, leve como um gato, os cinco degraus que separavam a porta da casa do chão da rua, estendendo rápido a mão.

— Sr. Manuel Ferraz?

— Sim!

— Me chamo François Dumont, e esta — disse com seu forte sotaque, voltando-se para Honorée, que, com a ajuda de Marica, descia de sua mula — é minha esposa, Eufrásia Dumont. E este moço é meu irmão, Victor Dumont.

— Eu sei quem os senhores são. O senhor coronel Antônio Machado me comunicou que passariam por aqui. Será um prazer acolhê-los em minha casa. Façam como se minha morada fosse sua casa em Paris — respondeu o velho, lhe estendendo de volta a mão enrolada num pano amarelado em cujas beiradas se deixavam adivinhar feridas avermelhadas na pele muito branca.

François hesitou e agarrou o antebraço do homem, como se fosse sua mão, e o sacudiu.

— Mas como o coronel poderia...? — O francês deixou sua indagação no ar.

O sr. Manuel, sem muito se preocupar, desceu os degraus da pequena varanda, indo ao encontro de Honorée. A francesa lhe estendeu a mão, que o anfitrião tomou com a sua esquerda e beijou.

Uma vez dentro de casa, o velho indicou dois pequenos cômodos onde os hóspedes poderiam descansar e dormir.

— A noite aqui é muito fria, de modo que, antes de os senhores se deitarem, mandarei colocar braseiros sob as camas. Espero que possam descansar nesta casa sem luxo.

Ao se ver a sós com o marido, Honorée lhe perguntou sussurrando, com um sorriso maroto nos lábios:

— Que ideia é essa de me apresentar como Eufrásia? Você nunca gostou de meu primeiro nome!

— Daqui para a frente vou chamá-la de Eufrásia. Chega

de Madimorê para cá, Madimorê para lá. Em breve, se deixar seu nome na boca desses negros, você ficará sem nome. Sei lá de que ainda a chamarão. Será d. Eufrásia, daqui para a frente.

Eufrásia deu-lhe três tapinhas na mão. No dia seguinte, bem cedo, Orando já havia juntado os burros e os escravos. Antes de partir, o sr. Manuel Ferraz se aproximou de François e lhe sussurrou no ouvido:

— Depois de se acomodar no Tijuco, procure com discrição uma viúva, d. Maria da Lapa, que foi casada com homem de sua terra, na verdade um holandês. Ela poderá lhe ser bastante útil.

François, que no dia anterior, em Milho Verde, havia testemunhado a maneira como eram tratados os contrabandistas, arregalou os olhos e, se pudesse, taparia os ouvidos para não ser obrigado a escutar os conselhos cifrados que saíam da boca do velho. Se pudesse voltar no tempo, não teria ido visitar, no Recife, o judeu Tobias Martins, que lhe passara a senha da rede de contrabandistas que operava ao longo de todo o Caminho Novo e dos Diamantes.

Quando cruzaram o pequeno trecho do rio das Pedras, Eufrásia ainda se voltou para acenar para o velho Manuel Ferraz.

## 21. A negrinha do Vau

Seguiram ladeando o rio. Descansaram no Vau. François deixou a tropa junto à porção do rio que passava à direita de um arremedo de capela.

— Descansem um pouco! Vou até onde os negros estão procurando diamantes. Venha comigo, Victor. Talvez tome gosto pela coisa.

Orando fez menção de retê-los, mas, antes que pudesse esboçar qualquer gesto, os dois irmãos já haviam espicaçado suas mulas e trotavam riacho abaixo, aspergindo alto a água clara que corria sobre os seixos. Dentro do rio, uma dúzia de negros, compartimentada no interior de um estrado de madeira dividido em baias, ignorava o sol no lombo. Curvados sobre as bateias enfiadas numa lâmina d'água, não cessavam de mover o dorso num molejo arredondado, vigiados por quatro guardas sentados em cadeiras de pernas longas fincadas no leito do rio, que se protegiam do sol debaixo de pequenos toldos de sapé. Ao perceberem a aproximação dos franceses, os guardas levaram as mãos às armas, que descansavam sobre seus joelhos. Um deles então gritou em direção aos escravos:

— Parem o trabalho!

Os negros imediatamente soltaram as bateias, que ficaram flutuando, rodando no alto de suas coxas. Levantaram os braços para o alto, desencarquilharam os dedos, abriram a boca e puseram a língua para fora. Os Dumont retiveram o trote dos animais.

— Bons dias. Venho em paz, senhores. Estamos indo para o Tijuco Diamantino e paramos um pouco para descansar.

Os homens nada compreenderam do que o francês dizia com seu sotaque gutural.

— Venho em paz, estou viajando para o Arraial do Tijuco com a senhora minha esposa, meu irmão e uns escravos. Queria apenas apreciar o trabalho...

Não pôde terminar a frase. Os guardas levantaram as armas até os ombros e miraram os dois irmãos. Orando, que ainda não havia apeado de seu burro, era o único a observar a cena de longe. O mulato remexeu dentro de seu alforje, de onde retirou uma pistola que escondeu na palma da mãozorra. Postou a montaria na direção da tropa apeada, ordenando indistintamente a

Marica, a Eufrásia e aos escravos num tom intolerável de voz, que lhe saía esganiçada por entre os dentes:

— Vocês todos. Montem já!

— Mas como se atreve? — Eufrásia retorquiu, mais indignada que surpresa.

— A senhora também. Monte já. Sem fazer alarde — retrucou o gigantão.

Eufrásia empalideceu quando percebeu a arma escondida na palma de sua mão. Orando nem sequer olhou para ela, apenas repetiu o mando no detalhado:

— Montem devagar, um de cada vez. Já!

A francesa demorou a encontrar o estribo de seu animal. As pernas tremiam em desgoverno.

"Logo agora", exclamou consigo mesma, ajeitando o pé trêmulo no estribo, "que estamos perto do destino, prontos para aportar fixo nas terras diamantinas, depois de tanto andar, quase no findo da travessia, na beira do tento, nesta extrema curva do caminho do fim do mundo, as coisas vão desandar!"

Procurou François e Victor com os olhos. Só então percebeu, da distância em que estava, que com eles também as coisas haviam se complicado.

— Me dê isso que eu tomo conta! — Marica rompeu o silêncio no qual se mantivera por quase todo o longo trajeto.

O mulato se aproximou da escrava, passando-lhe a arma. A negra miúda puxou o cão da pistola.

— Que ninguém se movimente! — advertiu, olhando duro para os escravos, que tremiam.

"Nesse mulatão gordo eu nunca confiei", ruminava a apavorada Eufrásia. "Sempre soube que não prestava. Traidor e bandido. Vi seus olhos lúbricos no pouso em que a negrada dançava aquela dança imunda. Depois desapareceu à noite na fazenda Iluminação. Desde que passamos por Milho Verde ele ficou esquisito. Mas Marica? Como pode? Sempre se mostrou devotada. Servil."

— Marica, como você pode? Você sabe, por acaso, que será condenada à morte por porte de arma? Largue isso quando ainda é tempo. Não vá desgraçar mais ainda sua vida. — A francesa tentava aconselhar a mucama, ao mesmo tempo em que escondia o ódio e o medo que sentia do casal de negros.

— Fique calada e quieta, senhora — esganiçou miúdo a escrava, com o rosto escondido debaixo de seu chapelão.

Orando deixou os reféns sob o controle de Marica. Deu um puxão no arreio de seu burro, contornou a tropa e foi descendo vagarosamente o rio.

Na lavra, os quatro guardas apoiaram os pés nas baias onde estavam os escravos, paralisados como górgones enegrecidas, passando a observar a aproximação do mulato. Ao acercar-se de François, o grandalhão dirigiu-se aos guardas com sua voz de falsete:

— Esse senhor é meu patrão. Ele é estrangeiro. Da França. Está indo para o Tijuco.

— E você? Quem é?

— Não está me reconhecendo, Damião? — retrucou Orando, endereçando-se a um dos guardas.

— Não! Como sabe meu nome?

— Sou eu, Sembur.

— Quem?

— Orando. O Zé Orando Parajesus. O Senhor!

— Orando? Não é possível, menino! Comeu fermento para ficar desse tamanho? Cruz-credo! Agora o estou reconhecendo, negro!

O guarda virou-se para os outros, repetindo em eco:

— Gente, é o Orando.

Os outros três começaram a rir.

— Orando, vejam só! — continuou aquele que o mulato chamara de Damião. — Saiu vendido daqui menino!

O gigantão abaixou a cabeça. Teria corado se a cor natural o tivesse permitido.

— Meu senhor — Damião dirigiu-se então a François —, o senhor não faça mais isso, não. Não se aproxime assim, sem mais, de um sítio de extração. O senhor deve sua vida a esse safado — disse, apontando o cano da arma, agora indicativo, para Orando. — Por favor, o senhor se afaste para que esses negros possam continuar a lavrar.

— Me desculpem — retrucou o francês —, não queria promover desordem no trabalho. É que me interesso por diamantes.

— Todos se interessam por diamantes, senhor. Mas todos eles pertencem à Coroa. Se o senhor quiser ganhar algum dinheiro, alugue seus escravos para a Real Extração dos Diamantes, é assim que as pessoas aqui enriquecem com os diamantes. As lavras estão cada vez mais difíceis, mas no fundo dessas águas escuras ainda rola muita pedra. Dentro de uma hora os negros vão parar para tomar cachaça, venha conversar conosco.

— Eu voltarei.

— Trabalhando! — esgoelou Damião para os negros, que puseram a língua para dentro da boca e agarraram as bateias para de novo fazê-las girar à flor da água.

François, Victor e Orando cavalgaram lentos em direção a Eufrásia.

— Senhor, estas terras são muito perigosas. Não se pode ir sem cuidado. Não se deve aproximar das lavras assim.

— Orando, você não me contou que era daqui! Que havia nascido aqui. Quando começou a adivinhar os caminhos, pensei que fosse uma espécie de feiticeiro — disse Victor, ainda tremendo de medo.

A francesa ainda mantinha os olhos arregalados, sem compreender o ocorrido. A pobre não se recuperara inteiramente do susto e tinha certeza de que, vítima de uma rebelião de escravos ou de emboscada de assaltantes mancomunados, havia chegado ao seu fim. Marica lentamente desarmou o cão da pistola, devolvendo-a ao mulato gigante.

— A sra. Madimorê me desculpe, mas não dava para explicar. Se os guardas tivessem matado o sr. Medimon e o sr. Victor, eu teria que defender a senhora, além de conter esses três desgraçados — assinalando com um movimento de queixo os escravos que ainda tremiam.

Eufrásia desabou num pranto, sacudindo-se inteira em inconsoláveis soluços em cima de sua mula. Subitamente parou e gritou na direção do esposo, que se aproximava:

— E você nunca mais me deixe sozinha! Vamos embora, não quero ficar mais aqui.

— Vamos. Agora está tudo certo, querida. Só descanse um pouco.

— E eu é que não quero me meter nesta porcaria de mineração — Victor afirmou num resmungo. — Isto é para gente doida!

François tirou do alforje uma garrafa do horrível vinho com o qual Manuel Ferraz o havia presenteado em São Gonçalo.

— Vamos beber um trago. Acho que todos nós precisamos nos esquentar um pouco antes de prosseguir viagem.

Serviu-se de meio caneco de folha de flandres, bebeu alguns goles, fez uma careta, passando o restante para Victor. Voltou a encher seu caneco. Levou-o para a esposa, que havia descido da mula e lavava o rosto numa caçamba aberta na margem do rio.

Por cima das costas arqueadas de Eufrásia, ele estendeu os olhos na direção de um grupo de negras que batiam uns trapos nas pedras da beira do rio. Tomado por um imenso desprezo por aquelas quase gentes, que o assustaram, o francês não escondia a irritação diante das risadinhas sufocadas daquele povinho mulambento. Olhava com desolação para as velhas banguelas, varicosas, agachadas nas pedras. Mirava desgostoso a criançada que labutava com elas, até que suas vistas estacaram nas pernas finas de uma negrinha que ainda não havia atingido os onze anos.

Sua pele preta e fosca brilhava onde estava salpicada de areia e água. A moleca se curvava e bufava na cadência das batidas dos trapos. Cada vez que socava a roupa, deixava à mostra o sexo no folgado do pano que trazia enrolado entre as pernas. Nessa parte do corpo, menos escura, se adivinhavam esparsas penugens salpicadas de gotas d'água que, no contraste do negro, brilhavam como diamantes. O torso descoberto por completo mostrava dois pequenos caroços, pretos como jabuticabas, que ameaçavam se tornar seios. François tentou desviar o olhar, que se fixava naquela criatura absorta no socado da roupa. Sentiu seu sexo latejar dentro da calça apertada.

"Meu Deus, como pode uma negra despertar meu corpo?", pensou, confuso.

Não sabia se mantinha os olhos na menina, no caneco ou na esposa. Resolveu ficar parado, com o vinho na mão, olhando de viés a negrinha, esperando solícito por Eufrásia.

A francesa levantou-se, ajeitou uma mecha de cabelo atrás da orelha. Estendeu a mão em direção ao caneco, que tremia na mão de François.

— Acho que é você quem está precisando — disse, sorrindo.

— Volte para junto de Marica, que eu logo a alcanço. Estou necessitando esvaziar a bexiga.

Embrenhou-se rápido no mato ralo para, depois de algum tempo, reaparecer acalmado.

Recomposto, o pequeno povo de François seguiu caminho. Pôs-se a subir morros que o afastava da solidão do vale do Vau. Ninguém mais parecia se lembrar dos guardas desaforados. O susto já começava a se transformar em troça.

— Marica, pensei que você estivesse de conluio com esse abobado — disse Eufrásia.

— Eu, com isso aí? Nem que minha vida durasse mil anos.

Orando, que agora passava a ser visto com simpatia por Eufrásia, fingia-se de ofendido, exibindo um beiço de mágoa. Só François trazia seriedade no cenho. O francês carregava consigo a imagem do sexo semiexposto da menina, das gotículas de água que iluminavam suas penugens no contraste da escuridão da pele. Brigava com as imagens que insistiam em lhe aparecer. Ora se via rolando na água com a criança que ria acanhada, ora a perseguia correndo pelo rio adentro, no meio da água gelada. Outras vezes era a menina que, com suas mãos diminutas, se aproximava dele e lhe retirava o membro de dentro das calças. Seu sexo enrijecido pulsava e lhe incomodava a montaria. Arrepiava-se na tentativa de abolir os desejos que o repugnavam.

"A negrinha era apenas uma criança", dizia consigo.

O sol da tarde fazia brilhar os filetes de água clara que corriam em meio à vegetação escassa, curta e dura. O cortejo serpenteava lentamente pelo terreno, contornando aqui e acolá pedras de uma inquietante coloração rosa, assemelhadas a pontas de lança, que, brotando do chão, erguiam-se como se fossem monumentos prestes a explodir contra os céus. Orando olhou para trás para ver, ainda uma vez, a torrezinha da igreja de São Gonçalo, que logo sumiu das vistas do negro amulatado.

— Logo vamos chegar à mina de salitre. Podemos andar mais um pouco e, se o senhor desejar, podemos ataviar os animais para entrarmos no Arraial do Tijuco — informou Orando.

— Já estamos tão perto assim? E como é que você sabe? — perguntou Eufrásia.

— Esse safado é daqui. Nasceu aqui, foi vendido e acabou no Rio de Janeiro — contou François.

— Mas nem ele nem o Fernando Murat nos disseram nada! — exclamou Eufrásia.

— Pensei que meu patrão tivesse dito — respondeu Orando.

Pouco mais de algumas léguas adiante começaram a encontrar sinais da cidade, gente que ia e vinha por uma estrada modesta, carros de boi gemendo pelo caminho, aqui e ali algumas roças em torno de casebres miseráveis. Na borda de um filete de água, François ordenou que parassem.

Victor se agalanou. Os escravos lavaram a carapinha. Eufrásia trocou a sela pelo silhão e as roupas de viagem pelo vestido com a anágua bordada. Substituiu pela cartola achatada a chita que trazia em torno da cabeça. Os escravos enfeitaram a cabeça das mulas com penas de um galo cantador que haviam trazido de São Gonçalo. Cuidaram com especial apreço da mula-madrinha, embonecando-a.

— Orando — inquiriu Eufrásia, que tinha dissolvido sua prevenção contra o mulato gordo —, como é que, sendo daqui, você foi parar no Rio de Janeiro?

— A senhora me desculpe, d. Madi... d. Eufrásia... mas, se a senhora me permitir, não gostaria de falar nisso, não.

— Como você quiser, Orando. Outro dia você me conta.

— Mulato besta — resmungou Marica.

Arrumados e enfeitados, entraram na Vila do Tijuco do Distrito Diamantino da Comarca do Serro Frio. Eufrásia surpreendeu-se com seu calçamento bem-feito, suas igrejas mais leves que as de Ouro Preto, suas casas harmoniosas e claras. Por algum tempo, François livrou-se da imagem das gotículas que pendiam dançantes das penugens da negrinha do Vau. Respirou aliviado.

— Depois de quarenta dias exatos — disse, dirigindo-se a Victor —, entramos no Tijuco Diamantino. Ninguém imaginaria que atravessaríamos esse desertão.

— Se o senhor me permite — Orando intrometeu-se na conversa do dono —, não é desertão, é sertão.

— E o que é sertão? — retrucou o francês, animado e alegre.

— Sertão. Sertão? Sertão é esse desertão verde que acabamos de atravessar.

— Ah! Não me amole e volte para seu lugar — disse François, dando por encerrada a conversa com o mulato.

## 22. A revelação

No Arraial do Tijuco Diamantino, François procurou pelo Dino Bibiano. Indicaram-lhe um sobrado, com grandes janelas enfileiradas, quase no meio da cidade. Antes que tivessem amarrado os animais, apareceu o sr. Bibiano, ladeado por três mulheres que exibiam no rosto mapas de aflição.

— Finalmente vocês chegaram! Estávamos inquietos e preocupados com essa viagem perigosa — disse uma delas, já abraçando Eufrásia. — Só quando soubemos que haviam chegado à Vila do Príncipe do Serro Frio é que nos tranquilizamos. Estejam à vontade. Temos rezado todas as tardes por vocês. Finalmente, chegaram ao seu destino, e é isso que importa. Graças a Deus e a Maria Santíssima!

Quem assim falava era d. Margarida, esposa do sr. Dino. Mais uma vez, François se surpreendia, tanto com a recepção familiar de gente que nem conhecia quanto com as notícias que chegavam sempre mais depressa do que os viajantes.

— Preparamos acomodações para vocês aqui em nossa casa desde que recebemos a carta do nosso amigo Fernando Murat. Mal podemos acreditar que estrangeiros tenham penetrado nesta região. Para nós é sinal de que as coisas começam a mudar, isso é o princípio de uma liberdade que tanto almejamos. Fico muito honrado em poder receber em minha humilde casa os primeiros a furar o bloqueio da Capa Verde — disse o sr. Dino.

— Oh, minha pobre — continuou, dirigindo-se rapidamente a Eufrásia, enquanto levava um lenço à boca e piscava para enxugar um excesso de lágrimas que havia inundado seus olhos.

No dia seguinte, François foi ter com o intendente Caetano Ferraz Pinto para fazer a inscrição dos membros de sua família, lhe agradecer os desembargos e oficializar sua instalação no Distrito Diamantino, deixando com Victor a tarefa de acompanhar Eufrásia pela Vila. No Tijuco, diferentemente do que ocorria em Ouro Preto, viam-se nas ruas numerosas mulheres respeitáveis, as quais, embora muito cobertas, deixavam transparecer beleza.

— Marica — Eufrásia se dirigiu à negra, que a seguia meio passo atrás —, eu tenho a impressão de que o povo desta cidade nos espreita em todas as ruas. Preste atenção para ver se eles não cochicham por onde passamos. Acho que atrás de cada gelosia há uma multidão de gente apinhada.

— É que os senhores são franceses.

— Eles já sabem disso?

— Eles sabem de tudo, Madimorê. Nunca um estrangeiro pisou definitivo nestas terras.

A francesa entrou saltitante numa pequena loja de joias, estampando no rosto a felicidade fresca de ter encerrado a longa marcha que a fizera atravessar os limites do mundo. As vitrines acanhadas de madeira escura lhe evocavam, por contraste, a opulência da Gerbe D'Or. Seus olhos se fixaram por um momento nos singelos brincos de brilhante, cordões de ouro, pingentes de água-marinha. Voltaram-se, em seguida, para um amontoado de joias, tristes e austeras, feitas de uma combinação de casca de coco enegrecida, brilhantes e ouro avermelhado. Depois, sempre acompanhada do cunhado, deixou a loja de joias. Dirigiu-se a outra, onde se ofereciam tecidos ingleses de Manchester, musselinas, rendas da Madeira, zibelinas, meias finas, chapéus franceses, filós bordados de ouro e prata, casimiras, retroses, pomadas, azeite clarificado, marroquim. Sentia-se bem na cidade. Victor imaginava-se comerciante na Vila, livre da agitação das metrópoles. "Nada melhor do que uma vida pequena e segura. Melhor ser cabeça de pulgão do que rabo de leão", dizia consigo mesmo.

Na manhã do segundo dia, os Dumont acordaram friorentos e restabelecidos. Quando os galos começaram a cantar, antes mesmo que a luz do dia se tivesse aberto larga, quando era ainda só um nadinha que se azulava esparso detrás das montanhas, d. Margarida já comandava um batalhão de negras e negrinhas que reviravam o sobrado de cabeça para baixo. Tudo deveria estar conforme para o sarau. Toda a gente de bem havia sido convidada. Os franceses seriam apresentados de acordo com a importância que tinham.

Na casa paroquial, o padre Divino da Luz da Mãe dos Homens passou o dia de mau humor por não poder se furtar ao sarau dos Bibiano. Resmungava. Não tinha mais idade para festejos que invadiam a noite. Aceitava com prazer um convite para almoçar. Uma cachacinha, talvez. Mas os saraus, que na sua mocidade o agradavam tanto, ele já não os apreciava. Toda a sociedade do Tijuco estaria reunida no solar para receber, honrar e consolar os franceses. E ele teria que dar sua bênção aos infelizes estrangeiros.

Ao entardecer, o padre escolheu sua melhor sobrepeliz, dobrou-a nos braços, passou o ferrolho na porta da casa paroquial e, com certa dificuldade, se pôs a subir a ladeira. O empoeirado homem de Deus ia curvado. Gemia a cada passo, carregando a pequena bossa que foi se formando em suas costas à medida que, com o passar dos anos, arqueava os joelhos e esticava o pescoço como um velho peru cansado. Parou no meio do caminho, amaldiçoou seu encargo, puxou um pouco mais de ar para os pulmões, passou um lenço na fronte e seguiu em frente.

Ao chegar ao solar dos Bibiano, foi levado imediatamente aos franceses. O padre apenas esboçou um sorriso, quase um esgar, balançou a cabeça afirmativamente para François, Victor e Eufrásia, que se inclinou, graciosa, para lhe beijar a mão.

— *Mon père!*

Sem perder tempo, o homem de Deus a benzeu pelo alto. Com os olhos semicerrados, sussurrou-lhe uma bênção. Eufrásia colocou-se agilmente em posição ereta e, abrindo um sorriso encantador, agradeceu ao padre.

— Tenho certeza de que, com sua bênção, seremos muito felizes nestas terras.

O padre Divino sentiu-se ultrajado com a alegria exibida pela estrangeira. Retirou-se imediatamente a um canto de uma mesa, onde mergulhou a mão numa travessa e agarrou uma coxa de frango. Depois de beber e comer, sussurrou algumas palavras para a pequena roda de pessoas que lhe abriram um espaço no salão.

— Vamos inicialmente rezar um terço.

As pessoas se ajoelharam onde puderam. Aquilo ia além de tudo o que Eufrásia e François poderiam imaginar. Nunca pensaram que iriam passar uma noite em meio a gente tão aborrecida. Ainda tinham que suportar as rezas daquele padre cheirando a morrinha e sebo, que recitava suas orações num tom monótono e maçante enquanto limpava os dedos gordurosos na faixa da batina. Quando o salão entoou o último amém, Eufrásia recuperou o bom humor e levantou-se sorridente. Os olhares se voltaram, circunspectos, para ela. O religioso, fazendo um vago sinal com os braços, então disse:

— De pé, senhores e senhoras!

Eufrásia riu faceira por detrás do leque que trazia à mão. O velho padre ergueu o braço macilento e, com o resto de força que ainda guardava no peito, pronunciou num tom subitamente grave:

— *Circumdederunt me dolores mortis et pericula inferni invenerunt me et nomen Domini invocavi!** 

— Amém.

— Meus queridos irmãos, meus caros viajantes que aqui vieram bater, enfrentando a dor, deixando de lado o que seria comum aos homens. Na celebração de um ofício fúnebre, de um funeral, a qualidade da sepultura mais é consolação dos vivos que socorro aos mortos. O que importa, na impossibilidade do culto, repousa no respeito à memória dos antepassados que cada um cultiva no coração até que, quando as condições de sua realização de novo se apresentam, o homem, que finalmente se aquieta na terra prometida, pode, na renovação constante que a liturgia da Igreja lhe oferece, construir para o ente querido um monumento, singelo que seja, sob a forma de algum óbolo ao altar de sua escolha. Desta forma, sr. e sra. François Dumont, os senhores, que tiveram que suportar, sem meios de presenciar, o desaparecimento trágico da inteira família Martinet, podem, finalmente, ter na nossa matriz a possibilidade de lhes dar sepultura, mesmo que simbólica. A morte já distante do querido pai, da querida mãe e dos adorados irmãos da sra. Euphrasie Françoise Honorée Dumont, *née* Martinet, queridos sogros e cunhados do sr. François Felix Dumont e...

Eufrásia sorriu amarelo, franziu o cenho fino. Sem compreender o sentido daquela caduquice do padre, olhou interrogativa para François, postado não muito distante. Victor, que, absorto pela beleza de uma das jovens no salão, cantarolava mentalmente os versinhos "Outras são as fortunas, que me agouro/ Ganhei saudades, adquiri afetos,/ Vou fazer destes bens melhor tesouro", foi despertado de seus enlevos amorosos e acercou-se da cunha-

* Dores de morte me cercaram e perigos de inferno se apoderaram de mim e invoquei o nome do Senhor.

da. Seu irmão, lívido e duro como as pedras espetadas ao longo dos caminhos do Tijuco, evitava o olhar de Eufrásia. Ela sentiu-se caindo num túnel vazio, mas logrou atravessar desabalada os poucos metros que a separavam do marido.

— François, que maluquice é essa desse padre gagá? — perguntou-lhe a meia-voz, sacudindo-o pela casaca de seda negra.

Pego de surpresa, ele balbuciou:

— É que... querida... eu ia lhe contar...

— O quê? O quê? O que você ia me contar?

François não esperava que aquele povo tão distante soubesse de tudo aquilo que, no Rio de Janeiro, conseguira manter em segredo para a esposa. Que povinho enxerido! Bem que o velho Nazareno o prevenira. Como é que a notícia havia chegado naquele fim de mundo antes dele? Meu Deus! E agora? Na sacada do solar da família Da Cruz Machado, ele tinha conseguido prevenir o coronel, obtivera sua simpatia para que não comunicasse nada a Eufrásia.

No salão repleto do casarão do sr. Bibiano, a francesa não perguntava mais nada. Apenas balançava violentamente a cabeça de um lado para outro. Desmantelava penteado e adereços enquanto esmurrava furiosamente o ombro e o peito do marido.

O que era aquilo? Que povo era aquele que dizia, entre sussurros, que seu paizinho havia morrido? Quem era o homem de negro que vinha ao seu encontro?

O padre Divino, assustado, interrompeu o ofício. As mulheres do sarau se espremeram contra as paredes. Os homens acorreram em direção a François, que apenas levantava os cotovelos para proteger o rosto das pancadas de Eufrásia. Victor tentava inutilmente conter a cunhada.

A francesinha de repente parou. Esmoreceu. Cansou de bater e gritar. Uma fadiga se apoderou de sua alma e ela vagarosamente escorregou pelo corpo do marido. O pesadelo que a tomara de assalto no navio voltava a assombrá-la. Pior do que o sonho era a realidade daquele maldito sarau, que lhe invadia os olhos semicerrados no embaçado das luzes dos lampiões.

De novo Eufrásia se precipitava num abismo em queda livre. Queria gritar, mas a voz não lhe saía, por mais que tentasse se esgoelar. O mesmo ente disforme, com a bossa nas costas, que lhe aparecera na primeira noite na cabine do *Le Diamant* e, depois, no laboratório do velho Nazareno, vinha ao seu encontro, caminhando por um corredor estreito. Ela, com asco, fazia de tudo para repeli-lo. No fundo do corredor, seu pai surgia, cego e avermelhado, tateando as paredes.

François, apalermado, tentava levantar a esposa desfalecida. D. Margarida Bibiano abriu energicamente caminho em meio à multidão que se aglutinava em torno de Eufrásia e ajudou o francês a acomodá-la numa marquesa.

— Tragam água com açúcar para a pobre criança — gritou para uma das negras de olhar esbugalhado que fazia o nome do padre. — Tragam uns panos úmidos!

Perdida na inconsciência, Eufrásia respirava fundo, esboçando um sorriso estranho enquanto balbuciava num filete de voz:

— Meu paizinho não morreu. Ele está ali, no fundo do corredor.

O padre Divino veio então reconfortá-la, e ela passou a se debater como se quisesse espantar uma nuvem de moscas. O corcunda ressurgia, se aproximava dela, querendo beijá-la. Seu pai, mesmo cego, tendo no lugar dos olhos duas manchas escuras, talvez pedras de carvão ou bosta de cavalo, na impotência das suas trevas, a defendia, distribuindo a esmo cacetadas com sua bengala. Por fim, acertou um golpe seco na bossa do corcunda.

Assustado, o velho religioso deu um passo para trás. D. Margarida rodeou com seus braços os ombros do padre Divino, sussurrando-lhe delicadamente:

— Vamos deixar essa pobre criança repousar um pouco, reverendo — disse, afastando-o de Eufrásia, que parecia ver nele a imagem do demônio.

— Talvez necessite de exortação. O demônio...

— Não, padre Divino, não há nenhum demônio. Ela está em choque — interrompeu-o d. Margarida.

Depois, voltando-se para François, perguntou-lhe, olhando-o direto nos olhos:

— Ela não sabia da tragédia? E o senhor? Sabia?

— Não, não, senhora, ela não sabia. Só tomei conhecimento do infortúnio quando deixávamos o Rio de Janeiro. Não havia muito que fazer, então decidi adiar a coisa e só lhe contar quando julgasse o momento oportuno. Esperava acomodá-la primeiro, deixar que ela se restabelecesse do esgotamento da viagem. Mas veio esse padre...

— Sr. François, o padre Divino não tem culpa. Nós todos sabíamos da história. As notícias do Rio de Janeiro chegam aqui antes mesmo que se espalhem pela capital do Império.

## 23. A vida em Guinda

A francesa havia se recolhido. Distanciara-se das pessoas, da sociedade, do cunhado e do marido. Seus olhos, como se quisessem protegê-la do mundo, cobriram-se de uma película gelatinosa que só se dissipava quando ela se dirigia a Marica. Foi-lhe confortável, se isso lhe cabia, estabelecer-se a uma légua do Arraial do Tijuco. No vilarejo de Guinda, a casa modesta se apoiava sobre uma pedra enegrecida na qual Eufrásia, esvaziada de vida, sentava-se no fim do dia.

A vida dos franceses passou a correr escassa. Os homens dedicavam-se ao trabalho, e Eufrásia à tristeza. Não longe da casa, separado pelo galinheiro, François ergueu um barracão com chão de tábuas que chamou, imitando o velho Nazareno, de laboratório. Do outro lado, mandou construir uma vivenda para os negros, a senzalinha. Marica fazia companhia a Eufrásia, zelando por ela.

Distante algumas léguas, uma lavra de ouro, devidamente certificada junto à Real Extração e comprovadamente isenta de diamantes, foi adquirida por François. Em seu centro uma queda-d'água formava um poço que, na época da estiagem, transformava-se num pequeno olho-d'água no fundo de uma enorme panela de pedra. De acordo com essa geografia, denominou sua propriedade de Poço Seco. Guardara consigo o que vira na fazenda do padre Custódio, nos sistemas administrativos de Hermógenes, nas lições de Nazareno. Retivera as palavras do bronco Damião, no Vau, que ficaram nítidas, boiando no meio da lembrança do terror que sentira quando ameaçado pelos guardas da mineração: "no fundo dessas águas escuras ainda rola muita pedra".

Nas ocasiões em que François deixava a lavra e vinha para casa, Eufrásia, engolida pela tristeza, estendia seu olhar opaco através da janela até o barracão onde a luz das lamparinas bruxuleava. O movimento de sombras indicava as agitações do marido em torno de experimentos nos quais misturava química, engenharia e magnetismo animal. Orando o secundava. Servia de cobaia e auxiliava-o a misturar sais e a triturar carvão, enxofre e salitre.

No Poço Seco, o francês pôs para trabalhar a negrada que trouxera consigo. Desviou um trecho do riacho de seu curso, expondo-lhe o leito pedregoso. Construiu um sistema de canaletas de madeiramento rijo, de bicames, de alavancas, de eclusas, de monjolos e pilões hidráulicos. Precisava de mais escravos. Como o comércio de negros era interditado no interior do Distrito Diamantino, ele conseguiu, com a ajuda do coronel Da Cruz Machado, comprar por procuração, na Vila do Príncipe, três machos e uma fêmea. Veio com esse lote, como cortesia do comerciante, uma molequinha de seis anos a quem François deu o nome de Melissera.

— Isto vai é me dar trabalho, isso sim — resmungou Marica, quando recebeu a pretinha.

Sem se despreocupar da crise econômica, da inflação e dos impostos, François investia e se desdobrava no trabalho. À noite voltava a Guinda, onde se enterrava no laboratório com Orando. Victor, desgostoso, se via engolfado nos assuntos de mineração.

Uma madrugada, depois de terem passado a noite em claro, fechados no laboratório, François e Orando saíram acompanhados dos escravos em direção ao Poço Seco, com mulas carregadas de pequenos sacos cuidadosamente dispostos em alforjes sobrepostos e uma infinidade de tubos de flandres.

Tinha chovido à noite, coisa passageira. Logo de madrugada as águas pararam de cair e, em seguida, um vento varreu o céu.

— Chuva assim fora de hora não presta — resmungou Marica. — Todo mundo sabe que é coisa do malefício!

Com a manhã avançada, o povo de Guinda olhava para o céu azul em busca da nuvem de chuva.

— Como é que o céu troveja, se o dia é claro? Não há sinal de chuva em canto algum do céu. Está tudo azul! Nem uma nuvenzinha! — resmungava Marica.

Eufrásia também achava aquilo esquisito. A francesa começava a se tornar supersticiosa. Não só ela. Era influência do derredor, das casas de Guinda, todas cheias de imagens, fitas, oratórios. Os domingos tinham procissões em direção à igrejinha acanhada ou gente que descia em lombo de animal, carro de boi, charrete ou a pé para as missas no Tijuco. Em época de trovão e aguaceira queimavam-se folhas de ramos. Chuva fora de hora até podia, mas chuva sem nuvem nunca tinham visto, só podia ser desastre de água doida.

Longe dali, François acomodara os sacos de pólvora que, semanas a fio, havia fabricado no laboratório, fazendo explodir o leito desaguado do riacho do Poço Seco, fragmentando as pedras.

— Vamos agora! Vamos! Corram. Mais rápido! — O francês dava ordens como um endemoniado.

Três escravos obedeceram, puxando as carriolas morro acima em direção ao lugar onde, antes do furor da explosão, um riacho corria e caía cristalino entre as pedras. Depois dos estrondos tudo havia se transformado em fumaça, desordem de rochas e água sem rumo. Os negros jogavam calhaus e lama dentro das carriolas para descerem o morro, desembestados. Na altura dos primeiros tanques cavados na pedra, esvaziavam os carrinhos. Pedaços inteiros de rochas explodidas convertiam-se, no socado dos pilões hidráulicos, em pedras, pedregulhos, pedrinhas, e derramavam-se em outros tanques cavados no chão, que se abriam num jogo de eclusas movimentado pelas alavancas nas mãos ágeis de outros escravos, retendo e liberando o material conforme o solicitado. A massa mineral enrolada numa aluvião negra descia em solavancos, chocando-se nas laterais das calhas para verter nas grandes peneiras, onde se sacudia, esparramava e dividia num entroncamento calibrado de corredores de madeira. O madeirame tremia, numa barulheira infernal, sob o peso das pedras que iam saltando pelos veios e alamedas projetados por François. No término, tudo desembocava em tanques rasos à espera da catação, das mãos e bateias dos escravos.

No extremo da maquinaria, François, ladeado por Orando

e Victor, esperava a primeira leva. Chegou, primeiro, um veio de areia grossa que se esparramou sereno pelos tabuleiros terminais, forrados por couro de pelos pretos retorcidos. No negrume da fina lâmina do pó, livre do cascalho, luziam, aqui e acolá, uns granulados escuros e dourados retidos nas entranhas da pelagem do couro.

François olhou para Orando, que ria com seus dentes brancos reluzindo no meio da cara gorda e preta. Depois voltou os olhos para o tabuleiro. Era pouca coisa. Atrás deles viria o resto. Ninguém esperava por resultados tão prontos. Quis abraçar o negro, mas não conseguiu. Reteve-se. Apenas balançou afirmativamente a cabeça, várias vezes, sem desgrudar os olhos da massa que se movia, lenta. Realizava o início de seu tento. Sua vista se escurecia na areia tremulante, no eriçado curto dos pelos do couro de boi, e nela foram se desenhando os contornos do corpo da negrinha do Vau. O desenho formado dentro de seus olhos foi se preenchendo do negrume glabro, adornando-se das gotículas brilhantes que se dependuravam nos finos fios, despontados escassos pela pele afora da negrinha. François estendeu o braço, acariciando demoradamente o gelado da água. Enfiou os dedos na maciez molhada da areia preta, roçou a ponta dos dedos no pelo do couro, sentindo, no contraste, o duro arredondado do ouro que rolava, de um lado e de outro, embaixo da palma de sua mão. Surgiu do nada a memória da noite que passara na companhia arremansada do amalucado sr. Nazareno. Pôs-se, como se estivesse num outro mundo, a balbuciar os versos que ouvira na noite em que delirava sobre os fragmentos de luz e a origem das coisas:

*La hija del emperante*
*Vueltas daba en la su cama*
*Como un pez vivo en la mare.*

De repente, sentiu um solavanco no braço. Victor havia puxado violentamente sua mão, impedindo que fosse ofendida pela enxurrada de pedras que seguia a aluvião afinada. O francês olhou aparvalhado, por um átimo, ao redor, como se tivesse acabado de ser acordado. Deu-se, então, conta do estrondo da avalanche de pedras e água que rolavam canaletas abaixo e retomou-se:

— Vamos ao trabalho. Olho vivo!

François podia dar amplo voo à sua imaginação criativa naqueles espaços de fim do mundo. Realizava-se. Em pouco tempo, os resultados começaram a aparecer. Nada de extraordinário, mas melhor que as outras lavras. No Poço Seco, não havia nem número nem gemido de escravos atolados até a cintura na água fria dia inteiro, se estragando de cachaça para esquentar o corpo. Mantinha-os disciplinados e vigiados com os métodos da Gerbe D'Or, aos quais alinhou as lições aprendidas com o fazendeiro Hermógenes e com o sr. Nazareno. De sua lavra, nenhum negro saía sem ser revistado entre os dedos, na carapinha, nas bochechas. Orando enfiava-lhes, com gosto, o grosso dedo no ânus e ficava ali fuçando, devagar. Ninguém ia embora até que todos defecassem. Havia roupa de saída e roupa de trabalho.

— Se comportem — dizia. — Vocês terão aqui uma vida melhor do que em qualquer lugar. Eu trato seus corpos, e vocês, minha alma. Esse é o trato — martelava o refrão.

# LIVRO SEGUNDO

# Tempo de guerras

# 1. A fuga de Maquim

Após setenta dias de agonia, Maquim voltou para o meio dos seus, exibindo um tom de pele acinzentado e músculos chupados. Não tardou para que recuperasse as carnes e o viço. Se seu corpo havia encontrado aprumo, sua alma permaneceu ofendida. A serpente tinha lhe atravessado o caminho. Sem Marica, sentia-se perdido no meio dos benguelas, cabindas, moçambiques e brasileiros.

A cobra havia se deslizado para dentro de seu espírito, se escondera no oco de seu físico. Podia senti-la aninhada. Nos dias de luz intensa, quando os olhos do escravo se escureciam, ele escutava, dentro do vazio da cabeça, o barulho do chocalho do réptil. Adivinhava no escuro da mente o focinho úmido, a língua fria, a cabeça cravejada de dois olhos impassíveis, cortados no meio por uma tira preta, que brilhavam em cores diferentes, uma brasa, outra carvão.

O veneno que o feiticeiro extirpara de seu sangue havia lhe impregnado a alma. Maquim não era mais o mesmo. Macambúzio, passava o tempo a acariciar os cachorros da chácara. Brincava com eles esfregando-lhes no focinho um grosso pano de algodão. Rolava no chão, metendo-lhes a mão dentro da boca, arrancando-lhes os carrapatos.

Os negros se irritavam com sua xumbregação com aqueles bichos danados. Vez ou outra, algum moçambique passava por ele e lhe lançava com desprezo:

— *Mbwana! Munghanu wa mbwana!**

Maquim permanecia alheio e mouco. Trabalhava mudo, comia apartado. De dia, quando podia, se esticava ao sol. À noite se esgueirava para perto do fogo, enrolava-se de mansinho, calado.

— Esse negro mahii se finge de bobo para ganhar vantagens! Antes tivesse morrido, o infeliz! Vagabundo! — lançava-lhe Gonçalo, que se divertia com a palermice do menino.

Foram precisos exatos seis meses e vinte dias para que o humor de Gonçalo se transformasse. Mudou, do largo para o estreito, quando Maquim fugiu da chácara, numa noite sem lua, escapando dos tormentos do capataz, livrando-se dos insultos dos negros.

De noite, como um gato, esgueirou-se até a despensa na cozinha da casa da chácara. Quando atravessou o terreiro, os cachorros arreganharam-lhe os dentes. Maquim os acalmou. Os bichos ficaram abanando o rabo, enquanto o moleque furtava dois embornais, um de paçoca de carne-seca, outro de cachaça, além de um facão de açougueiro.

Saiu por onde entrou. Quando Maquim ganhou o pátio

* "Cadela! Amigo de cão!", em changana, uma das línguas faladas em Moçambique.

atrás da casa, a cobra se mexeu dentro de sua cabeça. Quis insultar Gonçalo, Zenira e os Murat. Voltou para a despensa, não sem antes catar grandes troços de fezes moles e quentes dos cães espalhadas pelo chão. Embrulhou-as no pano que trazia à cintura. Tomou tempo para dependurar a trouxa no lugar de onde tinha subtraído os embornais. Riu como quase já havia se esquecido. Só então desabalou no mundo.

Fugiu em definitivo. Rastejou e serpenteou, silencioso, através da cerca de espinheiro, ganhando o mato. Correu desembestado até o dia irromper, espantando a noite. Sob a luz do sol nascente, deitou-se na terra. Pôs-se a rolar no chão, contorcendo-se de barriga e de costas, esfregando-se na terra úmida, sujando-se de barro como podia. Parecia um cachorro feliz. Passou terra barrenta na cara, na carapinha, transformando-se num ser de terra, confundido com o chão. Estava agora definitivamente junto com o mundo, abraçado e envolvido por Vó Missã, com Nanã Buruku, tornado em natureza. E assim, coberto de barro, misturado ao chão do mundo, se enfurnou num buraco, cobrindo-se de mato e galhos. Dormiu protegido na sombra da terra, quando o mundo começava a despertar.

Naquela mesma hora, na senzala da chácara, metido em calças listradas, vestido com seu colete amarelo, Gonçalo chutava as negras onde mais lhes doía.

— Onde está aquele negro filho da puta? Onde se meteu o safado? — esbravejava, espumando seu ódio. — Negro fujão, negro fujão, fujão filho da puta! Olha o que aquele negro safado me fez! Onde vou enfiar a cara? Até hoje nenhum negro me escapou. Agora, aquele safado faz isso comigo! Aquele pedaço de merda vai se arrepender de ter sido parido. Vou lanhá-lo e só vou parar quando ele não tiver mais força nem para ganir. Ah, se vou! O filho da puta vai se arrepender do dia em que foi parido!

Exausto de tanto esbravejar, saiu fungando em direção à

casa-grande da chácara, balançando a cabeça, chutando longe o que via pelo caminho. Estancou em frente à casa, ruminando sua raiva.

— Que cara é essa, Gonçalo? Aconteceu alguma coisa? Desembuche, homem! — Fernando Murat gritou do alto da escada da varanda, assim que avistou o capataz macambúzio.

— Foi aquele negro do Maquim, patrão.

— O que aquele negro aprontou de novo, Gonçalo?

— Fugiu!

— Como? O quê?

— É... fugiu. Deve ter sido no começo da noite. Ninguém sabe direito, senhor... É que nem os cachorros latiram. Se pelo menos um tivesse feito algum barulho, eu teria acordado.

— Ele matou os cachorros? — urrou, vermelho, Fernando.

— Não, senhor. Eles só não latiram.

— Gonçalo, pegue uns laços, tome uns negros e vá atrás dele, imediatamente. Corre, vai, antes que ele se distancie. Pegue umas boas mulas. Aquele safado vai se arrepender.

— O que é esse alvoroço aí fora, logo de manhã? — indagou a sra. Murat, arrastando-se pesada pela sala, apartando uma ou duas negrinhas que rodopiavam à sua volta.

— O safado do negro que o François deixou aqui, o lazarento que foi mordido por cobra, fugiu. Fugiu!

— Mal-agradecido! — foi tudo que a sra. Murat disse, e deixou Fernando falando sozinho.

— Arre, meu Deus, como vou ficar? Que maçada! Um negro me fazendo passar vergonha diante de estrangeiros. Negro fujão perde preço. Viciado! Depois de capturá-lo, corrijo-lhe o vício e o devolvo ao francês. Ele que se vire com negro fujão.

A sra. Murat, dentro da sombra da casa, ficou cogitando por um tempo: "O que deu na cabeça daquele safado? Por que o moleque foi se perder no mundo?".

Levantou os olhos para o forro de taquara, manchado aqui e ali por águas de chuva velha, e abriu a boca para chamar sua negra com toda a força dos pulmões:

— Zenira!

Imediatamente, virou-se para uma das negrinhas ao seu redor e ordenou, zangada:

— Vá chamar a Zenira. Vá, vá, vá. Corra.

A negra chegou rápida, imponente.

— Você está sabendo o que aconteceu esta noite, Zenira?

— Sei, sim, senhora. O Marcos Maquim fugiu. Eu sempre disse para a senhora não dar confiança para essa negrada. Negro bem tratado é negro safado. Vocês ficam cheios de xodó com essa molecada. Nunca vi isso na minha vida, xodó com negro! Depois, aprontam quizumba, e vocês ficam aí se queixando e se lamentando.

Deu meia-volta e, ignorando a dona, emendou:

— Olha, eu tenho mais coisa para fazer do que ficar me preocupando com negro fujão.

Deu um safanão numa das negrinhas rodopiantes e retirou-se, resmungando entre os dentes:

— Sai da frente! Sai, chispa do meu caminho!

Não demorou muito para que fosse a vez de Zenira se pôr a gritar. Assustada, a sra. Murat levantou-se e arrastou seu corpanzil até a cozinha. Chegou esbaforida para assistir ao aranzel armado.

— Veja só o que o maldito fez! — Zenira urrava, enquanto sacudia acima da cabeça uma trouxa de fezes. — O sem-vergonha, filho de uma cadela, roubou comida, roubou cachaça, roubou faca e deixou essa imundice junto com a comida.

— Safado, safado e safado! Ratoneiro! — repetia a sra. Murat, enquanto uma veia lhe saltava à testa.

Do lado oposto da cozinha, em frente à casa, Gonçalo, armado de espingarda e ladeado por dois escravos munidos de cacetes e montados em mulas altas, se postou diante de Fernando.

— Patrão — disse —, estamos prontos, só esperando sua licença para ir atrás do negro.

— Vão. Mas antes me encontre também um capitão do mato. Mande-o vir aqui na chácara ainda hoje. Mas um vestido com roupa de gente. Não quero um qualquer.

— Pode deixar, patrão. Mas acho que o senhor não vai precisar de nenhum capitão do mato — retrucou o feitor, mostrando os dentes.

— Mas, mesmo assim, me encontre um bom. Não quero correr o risco de perder o negrinho.

Fernando voltou para dentro da casa, aborrecido. O moleque havia lhe estragado o dia.

— Maçada, que maçada — repetia, enquanto sumia na soleira da porta.

No meio do dia apareceu, montado num cavalo branco, bem arreado, com a crina da cauda varrendo o chão, um negro forte que calçava esporas de prata no pé nu. Fernando mandou que ele se aproximasse.

— Quem é você? — inquiriu, seco.

— Sou João Pereira Filho, senhor. Meu apelido é Anselmo. Capitão do mato.

— Há quanto tempo é capitão do mato?

— Renovei agora, tenho aval. Fui reinvestido por ordem escrita do imperador. Tenho mais de um ano de feitos — respondeu o homem, sincopado.

— Onde vive?

— No Riachão, senhor.

— Em que freguesias você atua, Anselmo?

— Por todo o recôncavo da Guanabara. Santo Antônio da Jacutinga, Nossa Senhora do Pilar, da Piedade de Iguaçu, da Conceição de Marapicu, da Guia de Pacobaíba. Atuo em São João de Meriti, nesta freguesia e também no trecho do Caminho Novo.

— Tem referências?

— Tenho, sim, senhor. Aqui estão. — O negro estendeu, com cuidado, um papel sebento que havia retirado do alforje da sela do cavalo.

— Você foi escravo fujão, Anselmo? — perguntou Fernando, ao examinar a papelada.

— Fui, sim, senhor. Não desminto. Agora sou útil. Nunca mais cometi crime. Não tenho nenhum embaraço, tanto é que sou alforriado. Conheço todas as práticas e caminhos. Não há grota, nem manha, nem mumunha, nem esperteza de escravo que eu não atine. Sou um verdadeiro cachorro perdigueiro, sr. Murat! — exclamou o homem, emprestando um tom de orgulho à última frase.

— Muito bem. Pago-lhe o devido para trazer meu moleque. Seu nome é Marcos Maquim, tem catorze anos, é novo, magro, tem um ferimento no cotovelo. O negro é seco, mas bem batido. Fugiu esta noite.

— Não tem problema, senhor. Fique descansado. Nunca perdi negro fujão. O senhor quer que eu machuque ele, senhor?

— Faça como quiser, contanto que não me traga o moleque aleijado; não quero negro imprestável.

— Pode deixar, senhor. Eu sei fazer negro sofrer sem prejudicar — completou Anselmo com voz mansa.

O capitão do mato deixou a chácara ligeiro. Seguiu com seu chapéu de feltro na cabeça, capa jogada nos ombros, assentado, forte, decidido, pronto para fazer seu trabalho e cumprir seu destino.

Fernando teve razão em convocar um capitão do mato, porque já escurecia o dia quando Gonçalo voltou de mãos vazias. O capataz não sabia onde enfiar a cara. Se pudesse, teria se mafumbado em algum lugar, em vez de se apresentar para o sr. Murat desprovido do moleque. Não se resignava com a derrota. Não achara nem fumaça do negrinho, mas fez questão de jurar ao patrão que o encontraria no dia seguinte.

— Deixe isso de lado, Gonçalo. Vamos deixar isso para quem sabe do ofício. O capitão, aquele... como se chama, meu Deus? Anselmo! Sim, Anselmo... veio aqui. Deixe que ele tome conta disso. Preciso de você aqui na chácara, onde me é mais útil. Não quero que perca tempo correndo atrás de negro. Quando ele for apanhado, aí você o castiga. Agora, vai dormir — disse paternalmente ao capataz.

Gonçalo foi se deitar.

— Amanhã pego essa negrada de jeito! — resmungou, antes de pegar no sono.

Os escravos estavam insones. Zanzavam na noite. Uma fuga era um desastre para os que ficavam. A comida iria minguar. As pancadas iriam sobrar até mesmo para quem era bom! A maioria maldizia Maquim.

— Esse negro mahii, desde que chegou, só trouxe confusão — queixavam-se uns.

— Cachorreiro — xingavam outros.

— Somos nós que vamos pagar por esse safado — reclamavam muitos.

— Malcriado — diziam todos.

A escravaria não conseguia pegar no sono. Uma parte dela ficou do lado de fora, na eira da senzala, formando uma roda em torno de um braseiro. Os negros se puseram a cantar para espantar o medo. Cantavam baixinho. De começo, quase um resmungo ritmado, pontuado de mansinho pelas batidas do atabaque. De dentro da senzala, veio um negro trazendo um canzá e se juntou à roda. Aos poucos, as pancadas no couro do atabaque e o raspado do reco-reco foram ficando mais fortes, e seu som se alastrou através da noite.

Os que haviam permanecido na senzala foram saindo, se levantando, molambentos, desistindo do sono que não vinha. Não tardou para que a negrada se pusesse a rodopiar. Espantavam, na escuridão da noite, seus temores, cantando e rebolando. Dançavam lentos, meio estropiados. Inácio, um negro velho banguela, riscava alheio o chão de terra com um graveto, quando decidiu entoar do fundo rouco do peito um ponto.

*Teu cabrito deu um berro*
*Destrancou cerca de arame*
*Explodiu portão de ferro*
..........................................
*Sant'Onofre é feiticeiro*
*E Benedito mandingueiro.*
..........................................

Aquilo despertou a escravaria, dando origem a um frenesi de danças. A negrada saltava como cabritos em transe.

*Teu cabrito deu um berro*
*Destrancou porta de arame*
*Explodiu portão de ferro*
*E que Exu o acompanhe.*
*Sant'Onofre é feiticeiro*

No meio da noite avançada, o povo escuro estava feliz, havia afugentado o medo, soltado o coração. Valente, pedia agora a Exu que abrisse os caminhos do moleque:

— Vai, rompe porta, vai, rompe ferro, vai, fura-mundo. Corre, cachorreiro bamba! *Mbwana! Mbwana! Mbwana!*

*Teu cabrito deu um berro*
*Destrancou porta de arame*

..................................................

Alertado pelo destempero que ecoava da senzala à casa-grande, o precavido Murat reforçou a vigilância sobre os escravos. Armou com cacetes dois negros de confiança e ordenou a Zenira que não permitisse a presença de negro de lida perto da casa. Terminada a primeira hora de trabalho, mandou aumentar a ração dos escravos, que comeram desconfiados. Na segunda hora, com o sol abrandado, deu a eles meia caneca de cachaça com água. Tratou bem, durante um tempo, seus negros. Gonçalo, que amargava ressentimento pelo fato de Maquim ter lhe escapado das mãos, foi proibido de descontar no lombo dos escravos sua desmoralização.

## 2. A captura de Maquim

Do fundo do buraco onde se metera, Maquim estendeu os ouvidos. Por entre as frestas das folhas que o protegiam da luz do dia, acreditou vislumbrar o capataz Gonçalo com dois negros, um benguela, outro cabinda, zanzando bem ali. "Como conseguiram chegar tão rápido?", pensou.

Permaneceu impassível dentro do escavado, esperando que o dia fosse embora. Com a proteção da noite, pôde se desenroscar. Estava se aprumando, passando as alças dos embornais de atravessado pelos ombros, quando um peso lhe caiu em cima. Um cacete de pau rijo esmagou sua nuca, partindo-lhe as costas. Desfaleceu. Quando acordou, viu-se manietado, sangrando pelo ouvido. As mãos presas na frente da barriga e os braços atados junto ao tronco dificultavam-lhe a respiração. Na boca, uma focinheira, um freio de animal feito de uma tira fina de embira, lhe rasgava os beiços e as gengivas, impedindo que ele gritasse, chorasse ou mordesse. Um laço no pescoço estrangulava-o. Sua cabeça zunia e um enjoo lhe subia pelo peito. Seus olhos viam o mundo apenas pela metade, fosco, meio cego.

Estonteado, sem compreender o acontecimento, contorcia-se de dor. Tentou se pôr de joelhos, mas um calcanhar baixou com violência sobre suas costas, derrubando-o de novo no chão. Sem fôlego, tentou puxar um pouco de ar para os pulmões, mas, em vez de respirar, vomitou. A tira de embira impediu que o líquido saísse pela boca, desviando-o para o alto da garganta. Um jato gosmento saiu assoviando pelo nariz, sufocando-o.

Maquim tremia de frio, dor e pavor. Tentou afastar da mente a procissão de horrores que iria experimentar dali para a frente: o tronco, o pelourinho, os anjinhos, as gargalheiras, os vira-mundos, as peias, as marteladas nos dentes. Arrepiava-se com a imagem do ferro em brasa marcando-o como um negro fujão. Tentava, em vão, afastar-se das alucinações que lhe traziam aos nervos o cheiro de carne queimada, os ardidos das orelhas cortadas e do sal grosso, o desespero da fome e da sede, o calafrio do suor das febres.

Estava ainda aturdido quando um negro troncudo o ergueu, dando-lhe um chute na bunda nua para pô-lo em marcha. Andaram a noite inteira. Maquim caminhava trôpego, assustado, mirando de soslaio aquele negro mudo que surgira do nada e se abatera sobre ele como um gavião.

O negro ia guiando-o através do mato com o porrete, enfiando-lhe com força a ponta do cacete na bunda para lhe apressar o passo. Assim governado, Maquim foi se aproximando do murmúrio de uma fonte, cujo som o encheu de uma melancolia infinita, até que, no breu da noite, seus pés tocaram as águas de um riacho. O negro deu-lhe um violento golpe de pau na parte traseira das pernas que fez com que elas se vergassem, seguido de outro mais violento, nas costas, que o fez deitar-se dentro da água fria.

Maquim, de mãos e braços amarrados, se debatia, curvando o tronco para cima, levantando a cabeça para não se afogar na água miúda. O negro soltou os laços de embira que lhe rasgavam a boca, permitindo que choramingasse e bebesse. Em seguida, ajoelhou-se ao lado do jovem fujão. O barro com que o menino se besuntara foi saindo na água, levado pela fonte, misturado com o sangue que grudara seco no nariz e nas orelhas. O negro começou a lavá-lo com esmero. Enchia, repetidas vezes, o côncavo da palma da mão com a água gelada do riacho e derramava lentamente sobre a carapinha de Maquim. Passava com cuidado os dedos úmidos no rosto do negrinho. A água ia amolecendo nacos gelatinosos de pele que se desprendiam dos cantos da sua boca. O negro enfiava os dedos grossos nas orelhas de Maquim, retirando sangue e terra. Tudo ia sendo levado pela fonte. Depois de lhe ter lavado a cabeça, o pescoço e o tronco, o negro puxou do embornal de palha que trazia a tiracolo um trapo grosseiro e o mergulhou na água fria do riacho. Torceu-o com vagar e se pôs a esfregar delicadamente o corpo do mahii, que tremia. Repetia com paciência a operação, mergulhava o trapo no riacho, torcia-o e limpava o menino. Passava com suavidade o pano encharcado nas suas pernas, pelas quais, à noite, lhe desceram fezes ressecadas. Aquilo tudo corria triste.

Depois de tê-lo limpado, o negro o puxou pela carapinha, pondo-o de pé. Com pontaria certeira, adestrada por muita prática, lançou, por cima de um galho de árvore, a corda que o prendia pelo pescoço. Num átimo, a vida de Maquim passou-lhe diante dos olhos. O negrinho lembrou-se de quando ele e a mãe foram feitos prisioneiros perto de Tado, sua aldeia no Daomé. Foi muito tempo mais tarde que, no entreposto, viu Marica pela primeira vez. A negra miúda o puxou para si e o escondeu sob os braços quando olhava para sua mãe morrendo e logo depois para o corpo dela sendo balançado pelos pés e braços para ser jogado ao mar, onde os tubarões faziam festa. Veio-lhe a figura da noite em que Marica, acorrentada na sua frente, conseguiu que um português permitisse que ela o ninasse cantando uma canção triste da qual ele nada compreendia. Surgiu a imagem da pequena negra cabinda protegendo-o como podia no navio negreiro, fazendo-se passar por sua mãe na Bahia, falando-lhe numa língua que ele fingia compreender.

Recordou cada um dos adultos de sua tribo dispersa e extinta, cada um dos companheiros de infância correndo na poeira vermelha do chão da África, cada um dos guerreiros, com seus arcos, diante de casas arredondadas com altos telhados de sapé e muros de adobe com inscrições brancas que sempre lhe pareceram misteriosas. Iria ser enforcado sem rever Marica. Aquele negro, na sua frente, iria dependurá-lo no galho da árvore e deixá-lo balançando, gelado, dentro da noite.

Uma bofetada seca, de mão aberta, desviou o rosto de Maquim quando ele olhou dentro dos olhos do negro. O sopapo ensurdeceu seu ouvido esquerdo de tal forma que ele mal escutou a voz do carrasco, que ecoava como se viesse do interior de uma grota:

— Respeito, moleque!

Foi a primeira vez que ouviu um som humano produzido por aquele homem. De cabeça baixa, atravessada por um zunido fino de voo de muriçoca, o jovem gritou para ele, não em palavras ditas, mas na fala muda da cabeça: "Meu corpo já não tem medo da morte, seu negro estúpido! Quantas vezes poderá me matar? Mais de uma? E, uma vez a coisa feita, estará feita. E aí é só esperar pela sua. Você acha que vai viver para sempre? Que diferença faz, na hora do derradeiro, a extensão da vida? Que diferença faz se você vive duas horas, dois dias, duas semanas, dois meses ou dois anos mais? A morte só se conta no final. Toda a minha gente de Tado não está mais aqui. Todos morreram. Eu sobrevivi e agora vou morrer. E qual foi a vantagem disso? Daqui a trinta ou cinquenta anos, todas as pessoas do mundo, das chácaras, das fazendas, das senzalas, das casas-grandes não estarão mais aqui. No lugar delas haverá outras que nem sequer se lembrarão dos que aqui um dia viveram, mataram e morreram. O homem, depois da morte, só vive no pensamento dos vivos. Se o espírito vagueia, é porque o pensamento dos viventes o força existente. Só poucos vão continuar a viver, mesmo depois de mortos, porque haverá gente se lembrando deles. Mas nós? Nós dois, neste mato escuro? Quem se lembrará de nós? Você está tão morto quanto eu! Mais. Mais morto. Eu tenho Marica, que irá ainda por algum tempo se lembrar de mim. Depois, Marica também vai morrer. E, nesse dia em que ela fechar os olhos, eu não vou mais ser presença no mundo. Não vou mais viver na cabeça de ninguém. Só se Marica contar de mim, de algum feito meu que a um vivente interessar para se lembrar. Senão, vou desaparecer, virar areia, vento, barulho de folhagem. Mas tenho certeza de que vou viver mais do que você. Um dia você vai morrer, e pronto. Vai acabar sem ninguém saber de você, porque seu mundo, suas gentes, sua vida são feitos de gente que você destrói e mata. Gente que não sobra no mundo. A única coisa que você vai me retirar, daqui a pouco, é a resposta da pergunta que eu não fiz a Marica. Por que ela tomou conta de mim? Me protegeu durante todo esse tempo? Essa pergunta, que eu nunca fiz, não vou mais poder fazer a ela!".

Maquim tremia de angústia quando terminou seu falar mudo. Cerrou os olhos. Esperou que o pescoço estalasse, que os pulmões se fechassem quando o negro puxasse a corda e o deixasse balançando mole no galho.

Em vez de pendurá-lo pelo pescoço, o algoz desatou os nós que prendiam suas mãos e braços. Lançou-lhe um rolo de panos coloridos e lhe ordenou, firme:

— Vista esse saiote, negro fujão. Esconda suas vergonhas. Se tentar fugir, eu puxo a corda e o enforco. Agora ponha esse fez. Se você o derrubar, apanha.

Maquim obedeceu. Havia deixado de querer compreender o que o negro lhe fazia.

— Agora, ponha as mãos para a frente, como um anjinho.

O negro, então, manietou de novo Maquim, apertando os nós da embira. Depois, prendeu seus braços junto ao corpo, dificultando-lhe a respiração. Deixou de lado a focinheira. Por fim, puxou de volta a corda que pendia do galho da árvore e, segurando-a pela ponta, ordenou:

— Andando, negro fujão.

Os dois caminhavam rápido pelo mato. Maquim, menos trôpego, começou a andar mais solto no escuro das árvores e, talvez por isso ou por outro motivo, o negro lhe deu um golpe de cacete nas costelas que o fez gritar.

— Se gritar de novo, apanha! E lhe passo a focinheira.

Antes mesmo que terminasse suas ameaças, o negro deu-lhe outra vergastada, dobrando a força e a violência do golpe. Maquim chorou miudinho e se urinou. Melhor seria se tivesse sido enforcado na árvore!

Avançaram por toda a noite, adivinhando os atalhos e obstáculos, saltando as raízes imaginadas das árvores.

Quando o som do mato começou a aumentar e a luz do dia a se infiltrar entre os cipós, os dois chegaram a uma enorme picada, com árvores derrubadas por toda a volta. O lugar era um descampado imenso, pontilhado de fornos de carvão que se distribuíam em torno de uma fortaleza amurada e mal-ajambrada. Um cheiro insuportável de pântano morto pairava no ar. O lugar fedia a carne apodrecida de gente e de bichos. Dentro, o espaço era coalhado de casas de negros.

Maquim pensou que tinha enzuretado de vez. Teria voltado para um vilarejo da África? Será que havia sido enforcado? Teria morrido e sua alma não tinha percebido que seu corpo ficara balançando dependurado no galho da árvore? Será que seu espírito voltara para seu povo e sua terra?

Uma multidão ia se aproximando à medida que seu caçador o empurrava em direção à grande casa no meio do cercado. Diante dela estava postado um negro alto e emplumado, com uma pele de jaguatirica atravessada no peito, que segurava na mão esquerda um espanador de rabo de burro e, na outra, um escudo curto de pele de jacaré e uma lança.

O jovem mahii viu-se diante de um soberano de sua terra, embora quase todos ali fossem cabindas e benguelas, com alguns macuas e tewes entre eles.

— Meu rei — disse o negro troncudo para o negro emplumado —, apanhei esse mahii fujão.

— De onde vem? — o rei dirigiu-se a Maquim.

— Da chácara São Cristóvão.

— Para onde estava indo, negro?

— Para as Minas, encontrar minha mãe, Marica, e minha dona, Madimorê, e meu dono, Medimon.

— Ponha um vira-mundo nesse negro, coloque-o junto com os outros escravos na roça — ordenou, seco, o chefe de todos, olhando com desprezo para o fez que ainda se equilibrava sobre a cabeça de Maquim.

Seu caçador deu um tranco na corda que atava o menino

pelo pescoço, levando-o para a senzala do quilombo. Um braço esperto roubou-lhe o fez. As crianças iam se aproximando em algazarra, cuspindo-lhe, jogando pedras e dando-lhe com pau nas pernas.

A vida de Maquim não podia ser pior. Restava-lhe se matar, rasgar a goela quando pudesse. O menino renunciou ao seu intento, rendendo-se ao conformado, no dia em que viu os canhemboras torturando um escravo deles que havia tentado o suicídio. Primeiro, os galinhas fizeram de tudo para salvar o coitado. Trataram de sua ferida aberta no pescoço, empenhando todo o cuidado. Quando o infeliz se restabeleceu, fizeram abater sobre ele todas as maldades existentes no mundo. O pobre implorava para morrer. Maquim, a partir desse dia, se entregou à condenação de viver.

## 3. O desafio

O capitão do mato finalmente deu sinal de vida. Apareceu na chácara de mãos abanando. Desculpou-se, desenxabido, diante de Fernando Murat, que estava em companhia de Gonçalo:

— O sr. Murat há de me perdoar, mas o moleque escapou!

Sua voz mansa tremia na garganta.

— Mas como?

— Alguém o ajudou. Deviam estar esperando, ninguém caminha sem erro no mato. Só conhecendo.

— Mas quem? O garoto parecia apalermado!

— Os galinhas! — respondeu rápido Anselmo.

— Quem?

— Os negros galinhas que montaram um quilombo nos morros do Tinguá — explicou o capitão.

— E como é que você sabe disso?

— Tenho gente lá. Gente que trabalha para mim.

— Gente? — perguntou, indignado, Murat.

— Negros! — corrigiu Anselmo. — Talvez o menino seja filho de rei — completou em seguida.

— Que rei que nada! Aquilo é uma merdinha que o sr. François nunca deveria ter aceitado. — Gonçalo interveio na conversa com um indisfarçável ar de prazer, saboreando a humilhação do capitão, que havia fracassado tanto quanto ele. Mas ele não era do ramo. O capitão, sim.

— É, sr. Gonçalo — retrucou Anselmo, sem sequer se virar em sua direção —, mas agora o menino está protegido no guardado do Tinguá.

— Você pode se retirar — ordenou, impaciente, Murat. — Se precisar de novo de seus serviços, mando o Gonçalo procurá-lo. Pegue com ele o que lhe é devido.

— Não é devido nada, não, sr. Murat. Eu é que lhe devo o moleque. Eu é que falhei!

O capitão foi se retirando cabisbaixo, encolhido em seu cavalo matungo. Pela primeira vez em toda a sua vida de capitão do mato, havia sido burlado. O negrinho tinha colado uma nódoa no seu nome. Ele, que sempre zelara por sua fama, havia perdido um moleque! Ele, que ia atrás, que se encarniçava, que não largava o osso, que grudava no calcanhar, ia ter que viver, dali para a frente, com a mancha de frouxo.

Anselmo sempre tivera um medo fino de que isso pudesse suceder um dia, mas não esperava que fosse tão ligeiro; mais tarde talvez, quando estivesse desvalido. Mas antes disso se retiraria, ainda no alto da fama, e então compraria um sítio, na região das Minas. Juntaria uns escravos. Sabia lidar com a corja melhor do que ninguém e, assim, viveria em paz.

Mas ter sido destruído, apanhado em pleno voo, por um negrinho de nada, um moleque à toa? Não, não ia se conformar! O diacho era que o menino estava com os canhemboras, protegido. Não ia conseguir pôr a mão no desgraçado, o moleque estava guardado.

Fernando ficou na varanda vendo Anselmo se afastar. Estava vermelho, inchado como um sapo-cururu. Subitamente, num ataque de ira, começou a espancar com seu chicote de rabo de tatu a pilastra da varanda, fazendo voar lascas de reboco para todos os lados, bufando e exclamando, a cada chicotada:

— Eles agora estão nos desafiando! O que acham que são? Gente? Isso é guerra! Acham que podem sequestrar meu negro?

— Para com isso, Fernando! Onde já se viu? — repreendeu, severa, a sra. Murat. — Dando espetáculo na frente de todos! Isso não vai lhe trazer o moleque de volta. Arre! Ou traga o negro de volta, ou destrua o mocambo, ou tome um negro da chácara como exemplo, ou se acalme e se conforme. Mas, pelo amor de Deus, pare com isso, homem!

Fernando se recompôs sob o olhar duro da esposa. Entrou pela casa batendo as chinelas no chão, com o camisolão esvoaçando, e se enfurnou no escritório. Saiu algum tempo depois, ainda avermelhado pelo ódio, com um molho de cartas na mão.

— Chame imediatamente o Gonçalo aqui — ordenou a Zenira, que passava pela sala aparentando não ter se dado conta do destempero do patrão.

A negra desapareceu da sala e minutos depois o feitor entrou, constrangido, se curvando, pedindo licença.

— Você e o Zoe, me localizem o Caio Falcão Amador. Aquele paulista boçal deve estar no Rio de Janeiro. Estava há dois ou três dias, ainda não deve ter voltado. Depois procure pelo inglês, o Mr. Dresden Lewis, e aquele seu sócio, o Mamede. E vá ao encalço daquele turco, o Ciro Zorobabel. Entregue a cada um deles estas cartas. Estão na ordem. Eles devem estar todos no Rio por causa das festas.

## 4. A confabulação

Nos dias que se seguiram, o mau humor de Fernando encontrou eco no ressentimento de Gonçalo. Os negros voltaram a maldizer Maquim. Depois, todos se cansaram. Uns se esgotaram de tanto bater, outros de tanto apanhar, de modo que, no dia em que os convidados do sr. Fernando chegaram à chácara, respondendo ao seu convite, tudo estava acomodado como de costume.

Na chácara, havia muito não se viam tantas seges, cavalos, mulas e caleches. Os convidados foram entrando e se acomodando na grande sala da casa, provocando uma correria entre os escravos, todos muito arrumadinhos, encantados com aquela agitação e festa. A sra. Murat se retirou quando Mr. Dresden Lewis chegou.

— Não vou estender mão para inglês — saiu, pesada, falando para quem bem quisesse ouvir. — Chamar esse tipo de gente para nossa casa? Onde já se viu isso?

Atrás, retraídos entre a sala e a cozinha, estavam Zoe, Gonçalo e o capitão do mato Anselmo, aguardando, silenciosos, o início da reunião.

Fernando fez um solene brinde com licor de jenipapo.

— Meus amigos, queria agradecer a cada um dos senhores a gentileza e a presteza com que atenderam ao meu convite, pois sou sensível ao fato de que tenham abandonado seus afazeres, que sei que são muitos, para virem até minha pequena e modesta morada. O que tenho a lhes comunicar são coisas gravíssimas. E espero e rogo que Deus todo-poderoso nos ilumine nos caminhos que porventura tenhamos que tomar. Tais fatos aos quais aludi são elementos que em pouco tempo solaparão as bases do nosso país, nossa ainda frágil independência e nossas instituições imperiais. Todos sabem que temos inimigos por toda parte, que cobiçam nossas riquezas. Além-mar há nações que nos querem de novo colônia. Ao sul, nossos exércitos lutam valentemente, rechaçando os castelhanos, ao preço impagável de valiosas vidas ceifadas na flor da idade. E, como se não bastasse, agora temos uma guerra interna. Isso mesmo, senhores. Não se espantem! Uma guerra intestina. Um inimigo interno à espreita, que se move solertemente no interior de nossas fronteiras. É a pior das secessões, porque rasga o tecido social, cria fronteiras de crenças. Nossos negros!

Fernando ia aumentando o tom tribunício à medida que se entusiasmava com suas palavras.

— Nossos negros, base de nossa expansão econômica, alicerce de nossas instituições, a quem civilizamos, educamos e inculcamos o temor a Deus, Nosso Senhor Jesus Cristo, estão sendo raptados, estão sendo solertemente influenciados, convencidos, deturpados em suas intenções por um fuxico enganoso, de pé de ouvido. Estão sendo, enfim, incentivados a fugir, a se reunirem em mocambos, ajuntamento de gente sem Deus e sem princípios cristãos que se autodenominam quilombolas. Lá, voltam ao estado de negros brutos, boçais e africanos. Nesses lugares horríveis, praticam toda sorte de feitiçaria e maldades. Todos que lá estão são obrigados a aprender arte guerreira e luta de pés. Esses canhemboras roubam nossos negros, acolhem os que fogem, os doutrinam em credos abomináveis, os retrogradam, os transformam em bestas-feras e, estejam certos, senhores, em breve atacarão nossas propriedades, nossas chácaras e nossas fazendas. Irão destruir tudo, queimar tudo, matar tudo que encontrarem pelo caminho: gente, galinha e porco. Aqui mesmo, no Rio de Janeiro, debaixo de nossas barbas, existem, ao arrepio da lei e dos costumes, vários desses quilombos, desafiando a ordem e a vida em sociedade.

Fernando estendeu-se em toda sorte de considerações. Outros falaram, se queixaram, e todos concordavam com ele.

— Torna-se necessária uma ação enérgica para pôr fim a esse estado de coisas! — afirmou César Lampreia, um alcaide de Muxabomba, que seguia atento, marcando com sucessivos gestos de aprovação, o discurso de Murat.

No meio do congraçamento, Mr. Dresden Lewis, com seu sotaque espremido e carregado, tomou a palavra.

— Sr. Murat! — disse o gringo, interrompendo a exaltação reinante. — Vim até aqui respondendo ao seu convite, pois muito me honra e me alegra ser recebido em sua casa. Não poderia me furtar a isso, não me perdoaria por não atender a sua amável *invitation*. Minha ausência poderia ser interpretada como uma descortesia ou até mesmo uma afronta, e por nada neste mundo eu deixaria que isso acontecesse. Eu o considero e o estimo, assim como a todos os que estão reunidos aqui, mas não faço negócios que possam me envolver, direta ou indiretamente, com escravos. Meu país e meu soberano não me perdoariam nem eu tenho estômago para isso. Eu espero que o senhor possa compreender minha posição, assim como entendo perfeitamente a sua. A despeito dessa questão que nos divide, desejo muito poder continuar contando com sua estima e sua amizade. Tenho certeza de que continuaremos a fazer outros negócios.

Com sua intervenção, o inglês jogou um balde de água fria na fervura das retóricas.

— Compreendo, entretanto, sua preocupação e a de todos

os senhores cavalheiros. Por último, desejaria lhes deixar uma sugestão — emendou Mr. Dresden Lewis, retomando o fio de seu raciocínio.

Todos se calaram, à espera da proposta do Mister, que arrematou seu discurso com uma pergunta:

— Por que não deixam isso para o Exército imperial, senhores?

— Porque o Exército se recusa a caçar escravos, Mr. Dresden! — retrucou-lhe, seco, César Lampreia, com sua voz cavernosa, à qual sempre emprestava uma solenidade trágica.

— É uma pena! — exclamou o inglês. — Para deixá-los à vontade, para que eu, na condição de estrangeiro, não seja um estorvo para os senhores, vou me retirar. Espero que encontrem uma solução razoável para esse problema. Boa sorte e boas tardes.

— Boas tardes — responderam em coro os presentes.

Fernando acompanhou Mr. Lewis e eles se despediram como dois cavalheiros. Ao voltar, bateu com a mão espalmada na mesa e berrou:

— A sra. Murat tem razão. Não poderia esperar outra coisa desse inglesinho de merda!

Em seguida, retomou sua arenga.

— Meus senhores, o que estou lhes propondo é uma ação exemplar. A restauração de nossa dignidade, a proteção da propriedade privada, como bem assinalou nosso amigo César Lampreia. Estou propondo a organização de uma expedição para pôr fim à presença do inimigo no seio de nosso país. Estou propondo recuperar os negros perdidos, estou propondo uma ação punitiva contra o quilombo de Tinguá, em nome de Deus, de nossos filhos e esposas. Em nome de nossos sagrados princípios, de nossos bens. Agora, quem quiser acompanhar o inglês que o faça — bravateou por fim, batendo com violência o indicador no tampo da mesa, que estalou num ruído seco.

Todos continuaram em silêncio. Fernando fez passear pela sala seus olhos marejados. Ninguém se mexeu.

— Já que estamos de acordo, irmanados nesta sagrada empreitada, vamos a partir de hoje nos reunir. Congregaremos os que desejarem firmemente lutar ao nosso lado. Vamos angariar recursos, organizar e planejar a guerra!

Depois do falatório, marcaram-se, entre vivas e aplausos, reuniões para os dias seguintes. Todos se retiraram exaltados, prontos para a batalha.

— *De bello tinguesica!* — exclamou o padre Joaquim da Santa Devoção, fazendo troça, com seu latim de pé-quebrado.

À noite, Fernando gemia e choramingava, com a mão mergulhada numa bacia de salmoura, o indicador inchado e vermelho como uma linguiça de porco temperada de urucum.

— Ai, ai, ai, ai! Quebrei meu dedo por causa daquele inglesinho de merda.

Nos dias seguintes, pessoas de todo tipo que viviam na redondeza foram se agregando. Umas ofereciam a participação de feitores, outras contratavam capitães do mato, outras, ainda, dispunham seus escravos. Fernando liderava a malta, dando ordens e estabelecendo contabilidades com o indicador enfaixado. No fim, a multidão de proprietários, homens de mão e escravos de lida formavam um verdadeiro exército.

Traçaram planos, enviaram espiões para as cercanias do quilombo de Tinguá. Montaram expedições que, na verdade, não passavam de grupos de três ou quatro capatazes que ficavam assuntando ao pé da serra de Tinguá, comendo linguiça de porco e bebendo cachaça nas vendas. Uma das expedições voltou trazendo consigo um mulato que veio amarrado atrás de uma besta. Diziam ser um traficante de armas que trocava espingardas e facões por carvão, madeira e farinha de mandioca com os negros galinhas do Tinguá. O mulato tremia de medo e protestava, dizendo-se mascate.

— Mascate uma ova! — retrucavam. — Contrabandista, isso sim. Agente dos galinhas!

Deram uma coça no homem, interrogaram-no sobre as fortificações dos negros, expropriaram sua tropa de mulas e o entregaram à guarda. Pelas confissões extraídas do prisioneiro, estimavam haver pelo menos seiscentos guerreiros, aos quais se juntaria a escravaria dos quilombolas, perfazendo um milhar de combatentes. Anselmo duvidava de tudo aquilo. Considerava a confissão um exagero, inflacionada pelo incentivo das pancadas.

## 5. A expedição

As mulheres dos comandantes davam o melhor de si para se mostrarem à altura dos eventos: rezavam o rosário quatro vezes por semana e cosiam braçadeiras. A mais imaginativa, cansada de tanta monotonia, decidiu bordar as letras MR em formas maiúsculas numa das braçadeiras.

— Milícia Redentora! — exclamou, quando apresentou seu projeto ao marido.

As outras se tomaram de entusiasmo. Em breve, em todas as braçadeiras se podia admirar, em ponto de cruz, o dístico. As poucas letras de que eram dotadas não impediam que, tão logo findavam o bordado, ficassem a alisar com enamoramento as garatujas.

— Copiar letras é como bordar uma flor — suspirou uma delas, em meio a novelos de linhas, agulhas, ovos de madeira e retalhos de pano que dividiam entre si.

A milícia juntou trezentos e cinquenta combatentes. O todo, formado por fazendeiros, escravos, capitães do mato, homens de mão, aventureiros e nove padres, foi se reunindo nas proximidades do maciço do Tinguá. Um grupo acampou no pé da serra do Santana, outro na subida da serra dos Caboclos e, mais distante, ainda outro se aboletou na serra de Gericinó. Davam tiros para o ar para se fazerem notar.

O mundaréu finalmente se aglutinou e se pôs a caminho. Os homens alcançaram os limites do quilombo, vencendo dificuldades que não tinham previsto. Mal começou a cair o dia, foram atacados por um exército de mosquitos. À noite, com o corpo coberto de calombos, tremendo de febre, um terço dos soldados estava posto fora de combate pela ação dos inimigos voadores. Diante da investida dos bichos, o alto-comando se dividiu. Uma ala era de opinião que se devia organizar melhor os homens e proceder ao ataque com ordem e planejamento. Foi apelidada, sabe-se lá por que motivo, de recifense, para se distinguir da outra, chamada de bate-paus, que desejava partir imediatamente para a ação e quebrar de vez os negros. Venceu a ala dos bate-paus, de modo que se decidiu agir no dia seguinte.

Os canhemboras estavam perdidos. Haviam se reunido naquele cafundó para viver. Fundaram o terreiro, construíram seus muros em busca de uma existência que lhes fosse própria, dando-lhe o nome de quilombo de Tinguá. No dia a dia, comerciavam com os tropeiros, prestavam algum serviço de carpintaria para a freguesia rara e distante. Tinham até uma escravaria rentável, com senzala e tudo o mais. Com a chegada da milícia, a estrada da vida fechou-se para eles. A multidão de homens armados e barulhentos era como um portão de fogo que lhes barrava o caminho.

Muito antes que a milícia se apresentasse, as notícias de suas reuniões e providências haviam circulado pelas senzalas e chegado ao quilombo de Tinguá. Assustados, os negros se prepararam como puderam. Espionavam e perguntavam. Compravam e ajuntavam o que se fizesse necessário para resistir. Os quilombolas reuniram os escravos e apartaram os mais fortes. A maioria estava imprestável, muda e esquiva. Os galinhas conheciam bem as manhas e matreirices de seus escravos. Sabiam que não iriam lutar. A maioria os trairia na primeira oportunidade. Não hesitariam em virar-lhes as armas. Os demais estavam sem serventia: tão desconjuntados pelo trabalho, pelos açoites e pela fome, eram incapazes de atirar uma pedra mais longe do que uma escarrada. Alguns estavam adoentados, velhos e bichados. Restavam poucos com validade efetiva.

Entre os escravos dos canhemboras, havia um pelo qual tinham um respeito reservado. M'Bow era um negro maduro, bem batido na sua idade. Outrora, se dizia príncipe. Foi provavelmente por ciúmes, temor talvez, que Samba, o Leão de Tinguá, o fez escravo no quilombo, submetendo-o a toda sorte de humilhações. Um dos quilombolas lhe estendeu uma lança. O príncipe africano recusou a arma. Meneou negativamente a cabeça.

— Por que lutaria? Foram meus irmãos africanos que me aprisionaram. Um dia atacaram minha aldeia na Nigéria, fizeram guerra e me levaram escravizado. Por muito tempo atravessei a vastidão de terra na África. Fui vendido e trocado um sem-número de vezes, negociado numa variedade de línguas, conheci uma infinidade de deuses. Diferentes mercadorias e moedas mudavam de mãos à medida que eu trocava de donos. Passei de mão em mão até que vieram os portugueses e eu mudei de continente. Depois, fui coisa dos baianos, em seguida dos cariocas, e agora estou nas garras desses miseráveis negros galinhas do Tinguá, prestes a cair nas mãos dos novos donos, que estão vindo armados e zangados. Não tenho preferência de dono — concluiu baixinho, surdo, só com a voz para ouvir dentro de sua cabeça, quando vieram lhe dar a possibilidade de brigar. Não falou para ser escutado, apenas abaixou a cabeça e desviou os olhos da azagaia que lhe era oferecida.

O quilombola, irritado com a recusa, lhe deu com a lança no ombro, onde brotou de imediato um calombo, e o empurrou em direção ao amontoado de negros sem serventia. Passou por outros escravos. Chegou a Maquim, que aceitou a lança. O quilombola retirou-lhe então as correntes do pé. O jovem segurou a arma com desajeito, ao mesmo tempo em que deitava um olhar de desprezo ao velho M'Bow, que mirava fixo o chão.

Assim que os canhemboras se afastaram, Agostinho de Jesus, um negro forte com quem Maquim havia sido acorrentado nas primeiras semanas de cativeiro, o reteve.

— Você vai lutar?

— Eu vou! Você não vai? — respondeu-lhe o jovem, ríspido e acusador.

Agostinho nutria total indiferença pelos quilombolas, que, por sua vez, já não prestavam atenção em nada, a não ser nos preparativos da luta. Com sua voz amortecida, perguntou-lhe de volta:

— Por que lutar? Para que você vai lutar? Vai defender o quê? O cativeiro negro é melhor que o cativeiro branco? A tortura do negro dói menos que a tortura do branco? Se você quiser sobreviver, Maquim, é melhor que fique aqui, acorrentado. Os galinhas estão perdidos, vão ser castigados e mortos, os que sobreviverem serão vendidos para gente do sul. Quem não for preso de arma na mão, quem for encontrado como escravo dos galinhas vai receber a misericórdia dos sinhozinhos. Nós não nos tornamos quilombolas, estamos aqui porque fomos feitos escravos. Nós não fomos atrevidos nem insolentes!

— Eu fui, Agostinho! Eu fui insolente. Meus donos, que nem eram meus donos, nunca irão me perdoar e... — Maquim ainda completou seu dito — foi a melhor coisa que fiz na minha vida!

— Meu filho — uma vez mais, Agostinho quis advertir o jovem —, tudo vai ser desigual nessa luta. Aqui só tem gente acostumada a apanhar. Todo mundo já esqueceu como se bate.

— Mas desde quando o mundo é igual? Sempre houve rei, escravo, tribo inimiga, gente miúda e gente graúda.

Livre das correntes que o prendiam, Maquim atravessou o terreiro do quilombo de Tinguá. Nos muros do quilombo, ao lado dos guerreiros, postou-se perto do João Antônio de Jesus, o negro que o fizera prisioneiro. João de Jesus o havia espancado durante toda a primeira semana de cativeiro, para deixar bem claro quem era seu novo dono. Iria servir na guerra junto com o negro que o fizera passar pela agonia da morte, quando julgara que seria enforcado no galho de árvore na noite escura do mato. Sentia-se protegido ao lado de seu algoz. Suas feridas e cicatrizes latejavam, o sangue batia-lhe nas têmporas. O ódio por M'Bow vinha-lhe porque compreendia sua recusa em lutar, entendia seu menear de cabeça, a descrença. Que sentido poderia haver naquele descampado de terra preta, naquele amontoado de choças, de negros que não tinham para onde ir? Se um dia acabassem os brancos, os mulatos, os portugueses, os brasileiros, o que aqueles negros fariam? Estavam irrevogavelmente perdidos numa terra sobre a qual não brilhavam as estrelas do céu da África! Que sentido havia naquele mundo de negros, de peias, de carvão, de correntes? Que sentido havia naquele espaço em que as negras se vendiam, aprisionavam seus corpos na prostituição para comprar-lhes a liberdade? Que sentido havia naqueles negros sem fala, remelentos, piolhentos, que ficavam catando cacos de histórias, de músicas, de danças e de deuses na tentativa inútil de construir nada? Seus mundos eram como aquele quilombo de Tinguá, mal-ajambrado, torto, desmuniciado, prestes a ser engolido pelos homens armados que se achegavam.

Seu torturador estava ao seu lado, com as ventas alargadas, respirando o ar da guerra. Maquim estava perdido no mundo sem sentido em que fora despejado. Ficar ao lado de seu algoz, lutar ao seu lado, era a única referência, carnal, que lhe restara.

Havia também a esperança, cada vez mais apagada e rala, de rever Marica.

Os guerreiros se postaram, distribuídos ao longo das muralhas. Eram ao todo trinta capoeiristas, todos ornados de fitas amarelas e vermelhas, comandados por Samba, o rei do quilombo de Tinguá. Aos trinta se juntou uma tropa de trezentos e sessenta combatentes formada por homens muito novos e muito velhos, mulheres de todas as idades, crianças em idade de jogar pedra e mais quarenta escravos, entre os quais se encontrava Maquim, empunhando arcos, flechas e lanças.

No descampado, além da cerca baixinha de galhos emaranhados e estacas pontudas, do lado de fora do muro acanhado de adobe, apareceu um cavaleiro altivo, pesadão, chapéu de feltro largo jogado sobre a capa que lhe pendia às costas. O homem puxava pelo chão um fardo amarrado ao seu cavalo. Subitamente, fincou os calcanhares nas costelas do animal, que empinou e saiu em disparada, desfilando seu galope diante do campo dos quilombolas. O pacote escuro levantava poeira, rolava e pulava cada vez que batia em alguma pedra, tronco ou buraco. Depois o cavaleiro parou, apeou. Desatou o laço da sela, ergueu aquela coisa mole nos braços e a amarrou em cima da cangalha de um burro velho, que um escravo da milícia segurava pelo cabresto. Bateu com a planta do facão na anca do animal, que saiu trotando em direção ao quilombo, sacudindo o fardo no lombo. A besta trazia o corpo rasgado de uma negra, quase sem pele. Estava tão disforme que Samba foi incapaz de reconhecer o corpo da filha, que desaparecera de Tinguá quando os milicianos subiram a serra.

Caio Falcão montou de novo. Ficou manejando o ginete em frente ao quilombo. Samba manteve o sangue-frio, retendo o ímpeto dos guerreiros para que não desembestassem contra os milicianos. Controlou, seco, suas emoções e seus homens.

Deu instruções para que não retirassem o corpo do lombo do burro. A jovem ralada, quebrada, parecia haver sido bonita e ter pouca idade. O que lhe sobrara de seios deixava adivinhar que eram brotos. O rei de Tinguá, sem tocar no corpo da menina, ordenou que enrolassem feixes de capim seco no rabo do animal e, aproximando uma tocha, ateou fogo naquilo. A fumaça e as chamas subiram pelas ancas do burro, que, desesperado, se soltou. O animal, coiceando, galopou na direção do acampamento da milícia. O burro ardia. Corcoveando, jogava para o alto e para baixo o corpo da jovem, até que, como uma tocha viva, entrou no acampamento da milícia, onde usou de suas últimas forças para quebrar cerca, destruir barracas, derrubar caldeirões de feijão com toucinho, causar correria e confusão. Provocou um desmantelo geral no acampamento, até que o abateram e apagaram o fogo que lhe consumia o rabo e lhe fumegava no lombo.

Fernando considerou o episódio como uma estupidez típica da índole sádica de Caio Falcão, que não conseguia controlar seus instintos perversos. Para o bem da unidade da milícia, engoliu seu ódio e aproveitou a ocasião para discursar para os combatentes, que olhavam, sem compreender coisa alguma, o animal estrebuchante e a negrinha estraçalhada.

— Vejam, senhores, diante do que estamos. Esta é uma ocasião propícia, na véspera de nossa gloriosa refrega, para meditarmos sobre o sentido sagrado de nossa missão. Aqui sob meus pés, amarrada a esse burro fumegante, está a filha daquele negro boçal que se autodenomina rei de Tinguá. Negro que, com seu título africano, só quer insultar nosso imperador. Ousa pretender destruir a sagrada ordem de nossa sociedade e seus valores cristãos no intuito de estabelecer a anarquia. É um ser sem piedade e sem comiseração que, em vez de se desesperar com a morte da dileta filha, de chorá-la, como caberia a todo pai de família digno desse nome, de enterrá-la em sepultura cristã, a usa como arma de guerra e, assim, não hesita em utilizar-lhe o corpo nu e indecente para nos atacar, como se a morada da alma fosse peça de artilharia. Esses seres que estão entrincheirados nesse quilombo são seres que não dão a mínima importância à vida e à dignidade humana.

Estava no meio de sua fala, que os milicianos escutavam contritos, quando chegou em desabalada carreira um dos nove padres da milícia. Era o padre Joaquim da Santa Devoção. Desesperado e transfigurado, o prelado lançou-se sobre a besta enfumaçada, afastou o pé de Fernando, que se apoiava nas costelas do animal, e abraçou o monte disforme de carnes da negrinha. Sacudido por soluços que nenhum santo podia consolar, o padre não cessava de beijar o que antes eram seios.

— Minha querida Chiquinha, que fizeram com você? Procurei por você a noite inteira, imaginando que me havia fugido. Meu doce coração! Você está aqui, neste estado! Agora, quem poderá me dar o que você foi a única a me oferecer? Fui tolo em trazê-la para esta aventura, devia tê-la deixado na igreja, protegida na sacristia. Ah! Mas não conseguia viver longe de você, não tinha forças para me afastar de você, e agora veja como está! Quantas maldades lhe fizeram!

Diante daquela cena, Fernando não sabia o que fazer nem o que dizer. Bateu por fim o rebenque na coxa e, incontinente, ordenou:

— Arrumem tudo! Enterrem o animal e... isso — designando o corpo disforme da negra, que o padre Joaquim, enlouquecido, cobria de beijos enquanto rasgava desesperadamente sua batina.

Fernando se retirou apressado, cogitando que era hora de começar a batalha, antes que mais desgraças viessem a ocorrer. Era entrar, prender e rebentar o quilombo.

— Vamos ao combate, a guerra vai estourar já! — gritava, no meio do acampamento, para uma gente aparvalhada.

## 6. A primeira batalha

De todos os lados do mato vieram fumaça e barulhos. Os milicianos atiraram para valer. Os quilombolas protegiam-se agachados atrás dos muros e dos montões de terra. Os outros não poupavam pólvora. Cansados de atirar sem logro, saíram do mato e, no limite do descampado de Tinguá, se puseram a insultar os negros, ameaçando-os com o fogo de todas as iras: o do inferno e o do ferro de marcar boi. Cansados de arengar, voltaram a atirar, e os negros tornaram a esconder-se. Encolhiam-se quando os chumbos lhes passavam zunindo acima da cabeça.

— Será que ainda estão lá? — indagou o alcaide de Muxabomba, que, de ordinário muito falante, no limiar da guerra havia se transformado em homem de poucas palavras. — Será que não nos estão fazendo de bobos? Talvez tenham cavado um buraco, um túnel, e fugiram. Que será que esses negros estão preparando?

— Claro que estão lá — retrucou Ciro Zorobabel com impaciência, tentando controlar seu cavalo, que não obedecia. — Estão nos aguardando, sabem que não podemos atingi-los daqui. Querem nos ter por perto para nos lançarem flechas. Por ora estão com medo, mas, se deixarmos a situação como está, vão começar a criar coragem. Temos que fazer alguma coisa, achar a distância adequada para acabar com essa laia.

Quando tudo se acalmou, os negros escalaram suas muralhas. Brandiram, em algazarra, lanças, flechas, facões, azagaias e fundas. Os milicianos, irritados, voltaram a atirar contra os muros do quilombo, agora vazios.

— Insolentes. Estão querendo nos exasperar. Querem que gastemos nossa munição, querem continuar nos dando prejuízo — gritou César Lampreia.

Temendo que a inutilidade das ações empreendidas minasse o espírito combativo dos milicianos, os chefes acharam por bem se reunir num telheiro na clareira do mato e refazer os planos da guerra. Até então, os únicos ataques eficazes se tinham dado por conta dos mosquitos, que desesperavam os milicianos. Aquilo que deveria ter sido um passeio, uma ação rápida, transformava-se num impasse doloroso. O que Caio Falcão fizera com a amante do padre Joaquim havia causado um péssimo efeito no moral da tropa. Um mau presságio rondava o acampamento. Todos sabiam que mexer com mulher de padre dá azar.

— Vamos nos aproximar lentamente, organizados em linhas estruturadas — bradou César Lampreia, assumindo pose de estrategista. — Eles serão obrigados a se defender, a se mostrar, e só então faremos descargas sobre eles.

O combinado foi feito. Os milicianos ressurgiram do mato, em linhas organizadas. À frente iam os escravos; na linha do meio, os feitores, mulatos e forros; atrás, seguiam os capitães do mato, negreiros e senhores, aprumados em suas montarias.

Quando a milícia chegou suficientemente perto, os quilombolas que guardavam a face sul de Tinguá lançaram uma nuvem escura e densa de flechas que subiu alto e, voando por cima da primeira fileira composta de escravos, despencou reta do céu, atingindo a segunda fileira, e assim matando e machucando feitores e capatazes, forros. Espicaçados pelas flechas, estes tentaram recuar, mas bateram contra a fileira bem-posta de chacareiros e fazendeiros montados a cavalo, que lhes barrava o caminho. Assustados e presos, os homens da segunda fileira passaram a agredir desesperadamente o focinho e o pescoço dos cavalos com tudo que tinham em mãos. Os animais agredidos começaram a escoicear e corcovear, derrubando um ou dois cavaleiros. Os escravos na primeira fila, vendo a confusão, os gritos e a balbúrdia atrás deles, se apavoraram e correram para onde puderam.

Tudo se desmontou na linha de frente. Os quilombolas, aproveitando-se do tumulto, venceram os muros de adobe e lançaram sobre os inimigos lanças, azagaias e fundas, varando-lhes as costas. A terceira fileira de milicianos, formada pela cavalaria, tentou reagir, mas só conseguia aumentar a confusão, porque já estava sendo atropelada pela primeira e pela segunda fileira, que a empurravam em desespero mato adentro. Ciro Zorobabel deu um tiro torto que por pouco não matou seu companheiro ao lado. As alas leste e oeste, que avançavam um pouco mais disciplinadas, não compreendiam nada daquele aranzel. Vendo os escravos correrem para todos os lados, alguém gritou:

— Os quilombolas estão fugindo pelo sul. Abriram uma brecha!

Os milicianos, agrupados do lado oeste, então acorreram; desfizeram suas próprias linhas e atiraram nos companheiros, imaginando-os quilombolas em fuga. Zoe, antevendo o desastre, avançou para fora das linhas. Sacudindo os braços acima da cabeça, tentou pôr ordem nas coisas. O negro berrava feito um desatinado:

— Parem de atirar! Parem de atirar! Estão acertando nos amigos.

Enquanto gesticulava, um chumbo assoviou por cima de sua cabeça e lhe arrancou um dedo.

— Filhos da puta, filhos da puta — gritava, chorava e gemia de dor, segurando o braço e a mão da qual lhe fora amputado o mindinho.

A decomposição e a matança das fileiras do sul e do oeste não atingiram as falanges que avançavam pelo leste. Percebendo a fraqueza da defesa dos quilombolas, que havia desguarnecido as muralhas orientais, os milicianos das falanges do leste investiram, como um só homem, soltando gritos de guerra, em correria brava. Atrás dos escravos a pé, Gonçalo e o capitão do mato Anselmo lideravam a cavalaria em trote acelerado. Estavam prestes a arrebentar o muro e entrar no refúgio dos negros quando um grupo de quilombolas emergiu do lodo do pântano. Confundidos com a natureza apodrecida do barro imundo, ocultos no meio das taboas, os guerreiros do Tinguá lançaram uma chuva de projéteis que estancou o ataque da infantaria. A cavalaria, embalada, a atropelou. Uma multidão de quilombolas saltou dos muros e correu de peito aberto, brandindo facões e lanças em direção à cavalaria, que se assustou com aquele destempero.

Sem perder tempo, retendo seu sangue-frio, o capitão do mato Anselmo esporeou o cavalo, que desabalou para cima dos canhemboras levando consigo uma cachorrada arreganhada.

De longe, Anselmo mirou um jovem, quase um menino. Intuiu que era o mahii fujão e foi, medonho, ao seu encontro. O moleque quase nu estava na frente dele, correndo em sua direção. No embalo, o capitão do mato, apontando o jovem com o cano de seu trabuco, ainda gritou para o capataz Gonçalo, que cavalgava ao seu lado:

— Quem é aquele?

— É ele, o amaldiçoado — Gonçalo, exaltado, berrou-lhe de volta.

— Deixa que ele é meu!

Aquela coisinha de nada, fiapo de gente, é que lhe havia desgraçado o nome. Teria sua vingança, restauraria parte de sua fama. Iria trazer o negro no cabresto. Que se danasse o sr. Fernando Murat, que não queria o moleque prejudicado. Devolveria o negro ao dono, mas não sem antes lhe cortar as orelhas e lhe queimar o corpo. Depois disso, seria de novo o que sempre fora. Seria de novo um capitão do mato respeitado.

O cavalo atropelou os chuços fincados no chão e se aproximou do muro de adobe, pronto para entrar no antro dos negros e pôr tudo abaixo. A cobra agitou-se dentro da cabeça de Maquim, empurrando-o na contracorrente dos quilombolas, que refluíam ao mocambo. Quando Anselmo, desabalado, chegou perto de Maquim, o escravo dos canhemboras fez voar uma lança. O cavalo e o capitão do mato bolearam-se e embolaram no chão, levantando poeira e dispersando para todos os lados a cachorrada assustada. A azagaia, num baque seco, havia arrancado o nariz do homem e rasgado sua cara de lado a lado. O capitão ficou deitado, estatelado, exibindo no lugar do rosto uma massa disforme. Ele, que sempre fora sisudo, parecia agora que ria do mundo, com as dentuças saindo pela carne aberta.

— Que maldição! Que praga foi essa que me enviou essa porcaria de gente para me atravessar a vida? Arre!

Depois desse galreio, em que as palavras saíam fofas junto com golfadas de sangue, Anselmo mergulhou na escuridão.

O capataz Gonçalo ainda teve tempo de laçá-lo pelo braço que se estendia suplicante para o céu e o arrastou pelo chão, afastando-o das proximidades do quilombo. Carregou-o vivo, salvando o que restava de Anselmo. Seu nariz, que pendia do rosto por uma pele transparente, caiu no chão e foi devorado pela cachorrada, que agora seguia o corpanzil inerte do capitão.

Sem comando e sem apoio das outras alas, os milicianos do leste começaram a recuar para o mato. A refrega terminou com uma rotunda derrota dos milicianos, que passaram a se insultar no meio dos gemidos dos corpos e das almas. Os quilombolas, novamente, estavam escondidos, em silêncio, atrás dos muros de sua cidadela.

A milícia redentora, humilhada, tinha recebido uma coça dos selvagens estouvados. O pobre do capitão do mato implorava por água. Quando lhe davam de beber, o líquido escorria e se perdia pelo buraco da bochecha que lhe arreganhava a cara, deixando ver uma língua seca se agitando dentro da caveira. Zoe chorava, com o braço direito inchado, retorcendo-se de dor, sem seu mindinho. Havia pelo menos sete mortos a serem enterrados e os galinhas permaneciam entrincheirados, incólumes. Parte dos milicianos se pôs a debandar. Tudo era desordem e confusão entre eles. Por pouco não começaram a se entrematar, esquecendo-se, pelo momento, da luta contra a anarquia negra.

## 7. A segunda batalha

No pé da serra, um grupo de dezoito homens se preparava para subir para o Tinguá quando chegou a notícia de que os negros haviam massacrado a milícia. Quatro deles se destacavam pela pouca idade, o ar emproado, o trajado elegante e o mesmo modo de agir e falar. Os catorze restantes, de condição social inferior que se revelava na rusticidade dos gestos, eram um pouco mais velhos. O grupo levava consigo uma tropa de mulas de primeira qualidade e algumas parelhas de bois.

— Chegamos tarde!

— Talvez não. Podem ser só boatos, contrainformação — respondeu um que parecia ser o chefe. — Mande um batedor — ordenou num tom de comando.

Os habitantes do lugar, que se espalhavam pelas encostas do morro, amaldiçoavam o grupo dos dezoito da mesma forma como praguejaram contra a milícia quando ela apareceu no Tinguá.

— Bem feito! — ouvia-se de boca em boca, quando a notícia da derrota correu pelas vendas onde o povinho miúdo se reunia para beber uma cachacinha e se abastecer. — Não deviam ter bulido com os galinhas. Que mal fizeram, os pobres? Esses metidos a besta do Rio ficam procurando sarna para se coçarem! Por que querem acabar com o quilombo? Um quilombinho de nada, meu Deus? Os negros não fazem nada, não atrapalham ninguém, sempre viveram em paz conosco. Se conseguirem prejudicar os galinhas, quem é que depois vai nos vender carvão e lenha? Quem é que vai nos comprar sal, rapadura ou cachaça? Por que vieram lá de longe para aprontar essa zoeira aqui perto da gente? Só querem atrapalhar a economia!

Em pouco mais de quatro horas o batedor voltou, cheio de novidades, relatando o certo. A milícia de fato sofrera uma derrota, havia muitos feridos e uns mortos. Os milicianos não tinham causado nem sequer um arranhão nos canhemboras.

— Bah! O único problema real é que os homens da milícia... lá em cima... é que já tem homens desertando — relatou o batedor, dirigindo-se aos quatro jovens.

— Então vamos subir — ordenou o que aparentava ser o chefe.

O grupo começou a galgar o morro com vagar, tangendo os bois. Mais eficiente que os milicianos, abria picadas no mato e aplainava o terreno, permitindo que as parelhas de bois, que traziam caixotes compridos e pesadões, subissem a serra. Ao atingirem o acampamento, foram vistos com desconfiança. O grupo de chefes da milícia recebeu-os com cordialidade formal.

— Os senhores vieram juntar-se a nós, espero — disse Caio Falcão, tomando a dianteira com seu jeito despachado.

— Viemos ajudá-los, senhores — o jovem replicou, seco, estufando o peito, ajeitando o cabelo atrás das orelhas e se lordoseando na sela do cavalo. — E imagino que chegamos na hora certa — completou.

— E quem são os senhores, podemos saber? — retrucou, grosseirão, o paulista, que visivelmente não simpatizara com o rapaz alourado, com sotaque gaúcho.

— Sr. Caio Falcão Amador, quem nos enviou foi um amigo teu. Ele é também muito amigo do sr. Fernando Murat e de muitos dos senhores que aqui estão sofrendo na mão dos negros canhemboras!

O paulista se assustou e abrandou o tom. Nunca vira aquele moço empertigado, nem sequer se apresentara a ele. E ele parecia saber tudo sobre todo mundo.

— O nosso amigo comum, infelizmente, não pôde, por razões muito delicadas, tomar parte nesta guerra, mas quero assegurar que a ação dos senhores tem tido sua simpatia. Eu e meus companheiros gostaríamos de conversar com vossas excelências num lugar mais adequado, na tenda do comandante em chefe, talvez...

Caio Falcão, Ciro Zorobabel, Fernando Murat e César Lampreia se entreolharam, sem saber o que dizer nem que decisão tomar, até que João Mourão da Costa, um fazendeiro de aparência néscia, que tinha terras de café no Rio de Janeiro e lavras de ouro na região das Minas, se adiantou e disse:

— Os senhores podem falar conosco, somos todos comandantes da milícia.

— Quer dizer que vós não tendes um... che... fe...? — o jovem indagou, surpreso. Só então prestou atenção no estado de desolação do acampamento. Havia gente gemendo por toda parte, gente estropiada no meio de uma desarrumação de fazer dó.

— De onde veio aquilo? — perguntou um dos quatro, indicando com a ponta do queixo o cadáver do burro, cuja bunda fumegava no meio da clareira.

— Aquilo foi um acidente, não foi nada — retrucou rápido César Lampreia, enquanto tomava a iniciativa de convidar os jovens cavalarianos para sua tenda armada não muito distante dali.

Tratava-se mais de um telheiro, uma choupana sem paredes, uns paus fincados no chão, cobertos de folhas de palmeira, onde todos se espremeram.

— Senhores, meu nome é Carlos Magalhães de Barros. Aqui comigo estão meus companheiros, o sr. Humberto Trigueiro Guedes, o sr. Emílio Nepomuceno e o sr. Olímpio Margarida Figueiredo de Vasconcellos.

À medida que iam sendo apresentados, os jovens batiam os calcanhares e moviam num gesto curto a cabeça para baixo e para cima. Faziam isso sem mexer um músculo sequer do corpo esticado e tenso. Caio Falcão, acostumado a prender vadios pelas estradas de Minas, desclassificados do ouro, coçou a cabeça, achando aquilo meio esquisito. Reconhecia, confusamente, aqueles trejeitos. Talvez já tivesse visto em algum lugar os recém-chegados. No Rio Doce, talvez. Teriam estado com o sr. Guido Marlière? Aquele francesinho filho da puta, protetor dos bugres? Não, impossível! "Deixa para lá", pensou.

— Senhores, como disse, viemos vos ajudar! Viemos porque um amigo comum nos pediu. Mas viemos, sobretudo, porque temos nossos ideais. Estamos correndo riscos incalculáveis vindo em vosso auxílio. O Exército imperial nunca poderá saber de nossa presença entre vós. Por isso, a única coisa que pedimos em troca é vossa discrição. Estamos dispostos a vos auxiliar a pôr a negraria no seu lugar. Acabar com esses antros de superstição e desordem que se espalham a cada dia pelo Brasil afora sem que ninguém se insurja contra este estado de fatos.

Caio Falcão foi superando sua antipatia pelo moço. Os chefes da milícia foram se juntando, se espremendo uns contra os outros. A fala curta e direta do jovem, ladeado pelos três companheiros, ia dando nova disposição à empreitada que ameaçava se decompor.

— Sr. Magalhães de Barros, meu nome, como o senhor já

sabe, por ter dado a entender, é Fernando Murat. Eu sou o chefe, o... comandante da... redentora, da milícia... do... — gaguejou, tentando se empertigar, mimetizando os jovens, pondo para a frente sua pança apertada nas calças, procurando, sem achar, as palavras que julgava adequadas para expor a titularidade do comando da milícia.

Magalhães de Barros, diante da hesitação de Fernando, não perdeu tempo.

— Então, muito bem, já que estamos acertados — anunciou alto para todos os ouvidos —, vamos reorganizar tua milícia, sr. Fernando! — pondo ênfase no "tua". — A primeira coisa que temos que fazer, de imediato, é dar sepultura cristã aos que aqui tombaram. São heróis, senhores! Arrumem uns homens para enterrar os mortos. Enterrem os mortos, cuidem dos feridos e alimentem os vivos! Que ninguém fique sem fazer nada! Todos devem trabalhar. A ociosidade faz mal à tropa — sentenciou num tom mais baixo para, em seguida, encher os pulmões e proclamar: — Meus homens providenciarão para que não haja leniência com os ociosos. Construam, de imediato, um barracão para prender quem não obedecer!

A milícia parecia desconhecer o significado de leniência, mas, como sabia o que era cadeia e obediência, se pôs imediatamente a derrubar mato, fazer cercas e abrir picadas que não levavam a lugar algum.

Aos poucos, a coisa parecia estar entrando nos eixos. Um novo entusiasmo tomou conta dos homens, que iam se organizando sob as ordens dos homens de Magalhães de Barros. Um milagre feito de trabalho e empreendimento acontecia naquele lugar miserável, infestado de mosquitos. Aos poucos, foram surgindo no acampamento uns poucos habitantes das encostas do Tinguá. Eram em sua maioria carvoeiros e tropeiros em busca de ocupação, e junto com eles vieram negras velhas oferecendo suas quitandas. À noite, eram substituídas por mulheres jovens, que se punham a rodear os bivaques. Eram negrinhas muito novas, quase meninas, todas muito sujas, cobertas de poeira de carvão. Chegavam rindo, escondendo, no alarido, a vergonha e a timidez, bulindo com os granadeiros, que se alegravam com as mariposinhas alvoroçadas.

Na madrugada, os milicianos foram despertados por um toque de corneta. Quando se levantaram, viram os dezoito perfilados no centro do acampamento. Um deles ordenou então que se abrissem com cuidado as caixas que haviam arrastado morro acima.

— Venham cá. Vamos baixar essas peças aqui — disse, apontando para os grandes caixotes trazidos pelas parelhas de bois.

Os milicianos acorreram, extasiados com a presença de duas bocas de fogo ainda marcadas pelos selos do Exército português, expulso do Brasil.

— Agora, sim, temos uma verdadeira guerra! — exclamou Fernando, olhando admirado para os jovens guerreiros.

Descarregaram barris de pólvora, lotes de bolas de pedra de cantaria e de ferro. Tinham trazido também uma diminuta bombarda italiana. De outras caixas saíram rifles, pontas de lança, sabres em quantidade.

Em seguida, os quatro jovens, acompanhados por seus comandados, passaram a enquadrar a milícia, atribuindo-lhe divisões, funções e hierarquias. Formaram corpos de cavalaria, de infantaria, de artilharia. Montaram uma intendência e um quartel-general.

A artilharia foi dividida em leve e pesada. Formou-se uma cavalaria agregando quem tivesse cavalo, mula, jumento ou cachorro, e, por último, a infantaria. Organizada a milícia, os quatro jovens passaram a planejar a estratégia da luta. A guerra seria pelo sul, deveriam arrombar a entrada do quilombo e estourar o covil sem deixar que nenhum canhembora escapasse. Para isso, os chefes milicianos se encarregariam de cercar as alas leste e oeste. Ficariam no mato, atirando em todo negro que aparecesse. Não precisariam se inquietar com o norte, apenas pôr alguns olheiros para vigiar o pântano intransponível.

— Quem desobedecer às ordens e operar por conta própria será fuzilado — Magalhães de Barros advertiu, antes de urrar para a multidão de milicianos: — Vitória! A guerra é nossa!

Na madrugada do terceiro dia, a artilharia pesada foi a primeira a se postar. Armaram a pequena bombarda italiana, que mais parecia um brinquedo. Deram um tiro com ela na direção do quilombo. O projétil voou e, para decepção geral, caiu no meio do descampado.

Os quatro jovens voltaram apressados para uma mesa improvisada. Debruçaram-se sobre uma papelada, fizeram cálculos e ordenaram nova carga. O tiro lançou uma bolinha de ferro que subiu alto, atravessou zunindo os céus do quilombo e mergulhou fofa no barro do pântano que se estendia ao norte, levantando um cheiro de podridão logo dissipado pela brisa. De novo correram para a mesinha e refizeram os cálculos.

Os quilombolas olhavam com curiosidade aquele foguetório, enquanto preparavam novas armadilhas para os milicianos.

Magalhães de Barros, de seu lado, ordenou que os dois canhões baixados das parelhas de bois fossem arrastados até o centro do campo aberto. Em seguida, dividiu a cavalaria em dois blocos que flanquearam as bocas de fogo. César Lampreia não parava. Excitado, ia e vinha, traduzindo o linguajar esquisito do jovem em palavras compreensíveis para os milicianos. Sentia-se enlevado, como se tivesse sido transmutado no verdadeiro Marte.

Do outro lado da mata, fechando o quilombo numa pinça, a leste e a oeste foram postadas a infantaria e a artilharia leve. O fundo do quilombo, aberto para o pântano fétido, infestado de serpentes e ratazanas, formava uma zona intransitável por onde toda fuga era impossível.

Na frente sul, as bocas de fogo foram municiadas e fincaram-se tochas no chão. Os quatro jovens, como se tivessem acertado os gestos e a voz em estrita harmonia, desembainharam compassadamente seus sabres e bradaram a plenos pulmões:

— Ao meu comando, soldados!

Os milicianos olharam ao redor, procurando pelos soldados.

— Os soldados somos nós, animal! — berrou César Lampreia, exasperado com o insucesso de sua função de tradutor, dando um safanão na orelha de um de seus empregados, que também procurava com olhos interrogativos um exército invisível.

— Artilharia, leste! — gritou Magalhães de Barros. — Fogo!

Ouviu-se um estrondo medonho e um rolo de fumaça subiu aos céus. Tucanos e maritacas revoaram, os macacos aprontaram um berreiro esganiçado e a cachorrada ladrou, desesperada.

— Artilharia, oeste! — o jovem repetiu as ordens, e a cada uma delas levantava e abaixava o sabre: — Fogo!

Os dois canhões, à direita e à esquerda, troavam alternadamente e lançavam fogo, ferro, fumaça e desgraça, seguindo as ordens do moço de traje impecável que gritava, alucinado, mas sem se mover, tanto que nem sequer um fio de cabelo escapava de seu penteado arrumado. Os estrondos assustavam os animais postados ao lado dos canhões. Para desespero dos jovens comandantes, os homens não conseguiam controlar seus cavalos e as fileiras começavam a se desorganizar. Dois ou três cavaleiros foram jogados para fora da sela.

— Ponham essas merdas em seus lugares — esgoelava Magalhães de Barros, à beira de um colapso dos nervos diante da indisciplina da milícia.

Os canhões faziam um estrago danado no quilombo. Os

muros de adobe do cafundó dos negros saltavam aos pedaços e deslizavam como barrancos na chuva. As defesas de madeira explodiam, lançando lascas contra os quilombolas. A cada tiro desmoronavam as montanhas de carvão, fazendo chover uma chuva de pó negro que a tudo obscurecia. Os fornos de carvoaria se desmanchavam como broas de fubá.

Os canhemboras, sob a tempestade de fogo, se apavoraram e, abandonando escudos, flechas, espingardas, azagaias e lanças, saíram em disparada. Pularam os muros como puderam, fugiram como lhes foi possível. Por toda parte havia negros de olhos arregalados pelo terror, desabalados em correrias doidas. Rumavam para onde o céu parecia não desabar sobre eles. Os que se aventuravam no pântano eram tragados pelo lodo imundo. A maioria desembestou pelo descampado afora, fugindo na direção diversa do sul, para o lado oposto de onde o inferno abrira suas portas. Os quilombolas estavam a meio caminho da fuga, prestes a ganhar o mato, quando, do leste e do oeste, vozes estridentes e seguras no comando gritaram:

— Artilharia, atenção, fogo!

Todas as armas milicianas, escondidas entre as árvores, dispararam da orla do mato. Os galinhas foram colhidos por um fogo cerrado de espingardas e voos de lanças que lhes iam varando o corpo. Sem saída, refluíram ao mocambo. A cratera aberta nos muros da frente sul do quilombo deixava que as bolas dos canhões passassem sem resistência, explodindo e arrebentando tudo que encontravam pelo caminho.

De novo Magalhães de Barros subiu o sabre e bradou:

— Artilharia, atenção, cessar fogo!

Como os canhões continuaram atirando, o jovem correu até o da esquerda, bateu-lhe com o sabre e gritou:

— Porra! Parem de atirar, que eu já dei ordem!

As bocas de fogo silenciaram. Do mato, os milicianos prosseguiam com os disparos. Quando todo aquele estrondo cessou, ouviu-se um comando berrar, quase histérico:

— Cavalaria! Atenção! Preparar! Atacar!

A terra, perto dos canhões que ainda fumegavam, tremeu quando o tropel passou por eles em disparada. Ao barulho do estouro dos animais juntavam-se os urros dos cavaleiros exorbitados. A massa de gente e bicho entrou pela brecha do muro. Um pequeno grupo de canhemboras, no qual se encontrava Maquim, ficou postado, solitário, no centro do quilombo, à espera do inimigo.

A tropa caiu em cima do pequeno grupo, atropelando-o. Os outros quilombolas sobreviventes se ajoelharam, e de mãos postas puseram-se a chorar e pedir clemência. Outros, desesperados, passaram a faca no próprio pescoço, preferindo o suicídio ao que os esperava. Ao ver a cavalaria dentro do quilombo, os homens da infantaria saíram do mato e, assanhados, desabalaram para lá. Os milicianos se refestelaram e se vingaram, matando e descadeirando negros, arrematando a carnificina.

— Ainda tem negro no pântano — gritou Caio Falcão, com a camisa encharcada de sangue e suor.

Os milicianos, animados, foram ao encontro deles como caçadores de perdiz, levando seus cães. Das margens, atiravam nos quilombolas como se estes fossem frangos-d'água. Quase no fim do dia, a luta estava consumada, o triunfo completo. Apenas as muriçocas atacavam.

Setenta negros haviam sido mortos, duzentos feridos ou aleijados. Nenhum miliciano sofreu um só arranhão na refrega, a não ser um dos cavaleiros, que deslocou a bacia ao cair do seu animal quando os canhões começaram a atirar. O que restou dos quilombolas foi um amontoado de negros machucados, que tremiam de pavor e dor e, amarrados uns aos outros, sentados no chão, recebiam chutes e socos desferidos por uma multidão enfurecida de soldados de ocasião.

O pequeno grupo de Magalhães de Barros, ao qual se juntou César Lampreia, entrou cavalgando no quilombo, triunfante, orgulhoso do feito e da eficiência de sua técnica de guerra.

— Sr. César — disse-lhe Magalhães de Barros —, acho que agora cabe ao senhor organizar os prisioneiros.

O simpático alcaide de Muxabomba ordenou então que se separassem os negros em três lotes. Num dos lotes, foram dispostos os quilombolas válidos; no segundo, os feridos e doentes; e, no último, os escravos dos galinhas que sobreviveram aos tiros dos canhões, ao desabamento e ao incêndio da senzala.

Samba, o Leão de Tinguá, fora pego atolado no pântano. Puseram-lhe ferros e meteram-no numa jaula. Os poucos negros que tinham logrado fuga foram apanhados mais tarde pelos capitães do mato.

Terminada a guerra, os milicianos levantaram acampamento. Desmontaram os telheiros e guardaram as armas. Os quilombolas, acorrentados uns aos outros, foram levados morro abaixo. Na passagem pelas vendas da serra, os carvoeiros e tropeiros davam vivas entusiasmados aos milicianos, esquecendo-se de que, pouco antes, os maldiziam.

Fernando chorava de emoção durante a missa que, no pé da serra, os padres celebraram em ação de graças pela vitória alcançada. Dela só estava ausente o padre Joaquim, que enlouquecera. Após a cerimônia religiosa, os combatentes improvisaram um acampamento onde repousaram, antes de dissolverem a força armada. Cansados, mas tocados pela fraternidade guerreira, conversaram satisfeitos noite adentro, exibindo com orgulho as braçadeiras bordadas com as letras MR.

— Esta eu vou guardar para o meu neto — disse um jovem imberbe, mal chegado aos dezesseis anos, orgulhoso do dístico preso ao braço.

Os milicianos, misturados ao povinho das vendas do Tinguá, aos ribeirinhos do Lajes, do Guandu e do Santana, que se achegavam de mansinho, bebiam cachaça e se prolongavam em conversas em redor das fogueiras, recapitulando e memorizando, uns para os outros, os feitos da luta.

Caio Falcão estava exausto, havia lutado bravo na refrega. Estava quase saciado de tanto negro que quebrara. Seu único pesar era que seu cavalo mancava.

— Um cavalinho tão bonzinho que até parece gente! — se apiedava o paulista. — Mas agora, que maçada, perdi o animal! — reclamava consigo, enquanto rumava para a tenda onde os chefes festejavam com cerveja Porter, que mandaram buscar no Rio de Janeiro. De longe, na contraluz dos fogos, foi distinguindo o grupo alegre que se acotovelava em torno de Magalhães de Barros.

— Mas é claro! — exclamou subitamente, batendo a mão na coxa, ao ver de longe a silhueta do jovem Carlos Magalhães de Barros, na qual se destacavam a cabeça redonda e o pescoço fino e comprido. — Agora sei de onde o conheço, o vi não mais que duas vezes pela janela da casa da fazenda confabulando com Mr. Dresden Lewis. É ele, o tenente que o abastece com as mulas e os burros vindos do sul do país. É ele, o contrabandista que desvia os animais do Exército. O sócio do gringo. Sim, senhor! Foi o inglês que o enviou. O amigo comum é o gringo, que fingiu não querer se meter com negro escravo!

De madrugada, César Lampreia, acompanhado de alguns milicianos, examinava paternalmente os negros acorrentados. Aproximou-se de cada um dos feridos. Conversou com os idosos e com os doentes. Acalmou-os e até os acalentou. Apartou-os dos outros, deu ordem para que não fossem maltratados. Mandou que o tropel formado de perrengues, aleijados e velhos subisse em carros de boi que os levariam às margens de um rio, feito da junção do rio Santana com o ribeirão dos Caboclos, chamado

Guandu. Quando chegaram, distribuiu canecas de água com cachaça para que se aquecessem, sorrindo-lhes afavelmente. No meio deles estava Agostinho de Jesus. O escravo dos quilombolas, que tentara demover Maquim de seu intento de lutar, se ferira quando a senzala desabou e um tronco do telhado lhe quebrou as duas pernas na altura dos joelhos.

Lampreia ordenou que se transportassem os feridos para a margem oposta do rio, onde brilhava o lume de algumas fogueiras. Não seriam punidos como os demais, garantiu-lhes.

Os negros foram apinhados em longas canoas. O alcaide quase se desculpou pela precariedade do transporte. Os coitados nem sequer tremiam, retendo a respiração, com medo de que as embarcações virassem, e ajeitando com cuidado as correntes que os prendiam uns aos outros. As embarcações, atadas umas às outras, foram empurradas para as águas sombrias do rio Guandu. O último negro foi amarrado por uma comprida corda de piaçava, cuja extremidade os milicianos seguravam no pontão. Tão logo se distanciaram da margem, os milicianos deram um tranco na corda. As canoas foram emborcando uma depois da outra. Os berros dos negros iam silenciando na medida em que estes iam sendo, um a um, tragados pelas águas do Guandu. Com a manhã já alta, César Lampreia não tinha mais que lidar com mercadoria avariada. Quando voltava para o acampamento, o alcaide de Muxabomba ainda cruzou com um grupo de milicianos que transportava o capitão do mato Anselmo numa maca. Parecia que iria sobreviver, irreconhecível e medonho, sem cara.

O quilombo de Tinguá não existia mais. Em seu lugar, por todos os cantos só havia pedaços de gente e gente morta. Durante o dia, os cães disputavam com os urubus e varejeiras as carnes dos negros destroçados. À noite, o cheiro putrefato, cada vez mais intenso, atraía uma multidão agitada de ratos e tatus.

No meio da animação noturna, alguma coisa se mexeu no barro do charco. Uma figurinha fina se levantou do lodo e percorreu, esgueirando-se, aquele campo da morte. Aproximou-se de cada corpo inteiro. Deteve-se num deles, sentiu que não fedia e ouviu um fiapo de respiração. Arrastou-o para o pântano.

Uma semana depois, numa grota no meio do mato, Xangana, a filha de Samba que Caio Falcão confundira com a amante do padre Joaquim, cuidava de Maquim.

— Sobramos nós dois — sussurrou Xangana. — Não há mais Tinguá!

Maquim não fazia ideia de onde estava nem de quem era aquela negrinha esguia, de testa arredondada e olhos grandes. Em sua última lembrança estava ao lado de João Antônio de Jesus, em pé, no centro do quilombo de Tinguá, quando todos haviam debandado e a massa de animais enlouquecidos se precipitava sobre eles. Ainda vira o Leão de Tinguá fugindo. O rei do quilombo tinha abandonado as armas e pulara os muros na direção do pântano. Foram as últimas cenas que permaneceram nos seus olhos. Depois fora engolfado pela escuridão.

— Onde estou? — o menino gemeu.

Maquim não conseguia respirar sem sentir dores que lhe entravam como lanças pelas costelas. A cabeça parecia inchada, tinha sede de um ribeirão e ferimentos purulentos por todo o corpo.

— Pensaram que você estava morto, como os outros. Deixaram seu corpo para os cachorros. Não sobrou ninguém, os que não morreram foram levados — respondeu a molequinha.

— E você? — perguntou Maquim, baixinho, quase como se não falasse.

— Sou Rosa Xangana, filha de Samba. Eu e meu pai conhecíamos uma trilha secreta no pântano por onde podíamos entrar e sair. Quando o quilombo explodiu, meu pai tentou fugir por esse caminho, mas foi pego antes. Agora deve estar morto ou aleijado. Eu conhecia esta grota e sabia onde andar pelo charco sem me afundar. Antes que os homens atacassem, meu pai me mandou procurar saber o que os sinhozinhos queriam, como iam agir. Então, eu tinha saído para me encontrar com uma escrava para quem o dono não tinha segredos. Eu a conheci no pé do morro, antes que a milícia subisse. Era Chiquinha, uma escrava do padre. Sabia de tudo e tudo me contava. Mas, mal cheguei, mal começamos a falar, os homens nos rodearam no mato, caíram em cima da gente. Eu ainda os escutei dizer: "Peguem a filha de Samba!". Mas eu consegui fugir, me esgueirei por debaixo de uma raiz, quase pisaram em mim. Não sei como sabiam quem eu era. Mas o certo é que eles sabiam que eu rondava por lá. Pensei que fosse Chiquinha que me havia traído, mas a pobre sofreu muita maldade e não disse que não era ela a filha do rei do quilombo. Guardou silêncio para me proteger e proteger o quilombo. Ficaram procurando pela outra negra, que era eu. Mas agora o que sei é que havia delatores e traidores dentro do quilombo, gente que servia aos sinhozinhos. Então, permaneci escondida no mato, zanzando devagar que nem bicho matreiro. Aí, tudo desembestou bravo. Tudo trovejou e o quilombo acabou num minuto. Quando os homens foram embora, entrei no pântano para ver se havia algum negro perdido por lá. Vi uns mortos com lança e tiros e outros afogados no barro, picados por serpentes. Estava tão sozinha que resolvi, antes de me embrenhar nos grotões do mundo, olhar pelo terreno de Tinguá, mas no seu lugar só havia um cemitério. Tudo fedia muito, porque os negros estavam apodrecendo na noite. Quando passei por você, pensei que também estava morto, mas achei estranho porque não cheirava apodrecido. Então senti que ainda estava vivo, por um fio.

— Vó Missã! Nanã Buruku! — exclamou Maquim.

— Então o arrastei. Achei que não ia ter forças. Pensei que ia deixá-lo afundar no lodo. Arrastei você a noite inteira. Você não ia sobreviver, mas não queria deixá-lo morrer no quilombo, no meio daquela tristeza.

## 8. Rosa Xangana

No fundo de uma grota de Tinguá, a filha de Samba cuidava de Maquim, lavando-lhe as feridas, atando-lhe tiras de cipó ao redor dos locais onde os ossos ardiam. Após três semanas, os urubus não mais volteavam no céu. Os cães e os ratos começaram a se retirar, abandonando o terreno onde já minguava a fartura dos restos da guerra. Permaneceram apenas os que se acomodaram, valendo-se do que havia de natural. Aos poucos, tudo se acalmou. O matagal retomou seus direitos e passou a cobrir os rastros da presença dos homens.

Aliviada a graveza das feridas e esfriada a quentura da sezão, Maquim, apoiando-se num bastão, se aventurava ao redor da grota. Tentava ajudar Xangana no que podia, compensando, na altura de seu desempenho, o trabalho da menina. Mas tudo era instável no Tinguá e a tristeza do lugar os amofinava.

Os dois jovens, finalmente, se deram conta de que era hora de abandonar o campo onde se abrigavam. Partiram cautelosos, assuntando cada quadra de terreno, tarefa após tarefa. Nem o corpo quebrado de Maquim nem a sabedoria de Xangana permitiam que se adiantassem além da toada e, assim, foram seguindo num vagar que lhes foi ficando espantoso, porque a vida vivida sem sofrimento lhes acontecia. Depois soltaram o corpo. Andaram semanas a fio. Às vezes rumavam em direção a um pico de montanha, outras vezes seguiam o inverso do curso de um ribeirão. Nessa errância, avistaram do alto de uma serra um grande rio que corria largo, repartindo um vale. Cortando o rio havia uma ponte coberta e, em torno dela, um acampamento. O tremor de horror que lhes perpassou o corpo era o movimento causado pelos passos da procissão de misérias e sofrimentos que parecia ser destino dos negros e que a solidão do mato e a companhia cuidadosa um do outro quase começavam a desmentir. Era necessário evitar os homens. Para fugir-lhes, marcharam rio acima. No distanciamento, se apartaram das trilhas batidas, das marcas de rastros, passagem de tropa, lugar pastado. Pararam quando se julgaram fora do alcance dos tropeiros e dos soldados do registro.

— Acho que aqui está bom — Maquim foi dizendo, quando encontraram uma grota arenosa e erma.

Uma areia branca, coberta por um mato espetado, se espalhava pela entrada do buraco. Das paredes da grota corria um filete de água. À noite, na caverna, o frio foi tão duro que Maquim começou a chiar fininho. Xangana o envolveu com seus braços finos e ossudos e ele, de volta, passou-lhe por cima do quadril seus gambitos e se enrolou no corpo dela, procurando o calor que lhe faltava.

De manhã, Maquim, que acordara na mesma posição em que adormecera, deu um pulo assustado e vistoriou em torno. Assegurou-se do lugar. Só então desceu até o rio e entrou na água. Avaliou seu tamanho e fundura. Sentiu a força do puxão da água. Quando voltou para a grota, trazia uma penca de bananas e, na ponta de uma azagaia, um peixe.

— Quem lhe deu seu nome? — inquiriu Xangana, rindo e mostrando os dentes claros, enquanto comia o peixe cru.

— Não sei. Marica sempre me chamou assim.

— Quem?

— Marica. Marica, que eu vou encontrar.

O riso parou no rosto da jovenzinha, que voltou a devorar o peixe.

— E o seu?

— Não, eu não tenho ninguém.

— Xangana! Quem lhe deu esse nome?

— Meu nome?

— É!

— Meu nome é minha língua. É a fala que eu falo. Xangana. Ninguém me deu meu nome, ele que me deu vida. Nós fomos feitos prisioneiros quando meu pai perdeu a guerra em Moçambique. Não somos macuas. Viramos escravos porque perdemos a guerra. Meu nome então me acompanhou da África ao Rio de Janeiro. Eu sou a filha da terceira mulher de Samba. Minha mãe? Não sei dela. Meus irmãos? Acho que morreram. Em Moçambique ou no Rio, eu sou a guardiã, no nome, de nossa língua.

— Mas você não trabalhava em outra fazenda?

— Trabalhava na casa-grande da fazenda. Uma noite meu pai foi até lá e me levou para o quilombo de Tinguá. Me libertou porque eu era sua continuidade. Esse é meu nome, nossa língua.

Maquim achou que havia muita resposta para pouca pergunta. Só queria saber quem lhe dera o nome, mas mesmo assim resolveu continuar a indagação.

— Por que...?

— Você está perguntando muito. Coma seu peixe.

Maquim obedeceu, calou-se.

— Por que vai se encontrar com ela? — após um longo silêncio, foi a moleca que indagou, esquiva.

— Por quê?

— É, por que está correndo atrás dela que nem cachorro à procura de dono? Ela. Sei lá que nome que tem.

— Marica?

— Acho que é.

— Porque ela é a única pessoa que tenho no mundo e ela prometeu...

Xangana levantou-se abruptamente. Jogou para um lado a folha de taioba com restos de peixe; saiu da grota, pisando duro. Subiu seus degraus pedregosos e embrenhou-se no mato. Maquim permaneceu sentado.

— Acho que não gostou do peixe. Amanhã pego um de outro tipo — decidiu-se.

O peixe estava gostoso, embora ele sentisse falta do sal. O único sal que comiam era o que às vezes lambiam nos barreiros das onças. O moleque se recostou no chão frio. Ficou olhando, satisfeito, os desenhos e a textura das manchas que os liquens faziam nas paredes da caverna. Suas pálpebras foram pesando e, por fim, adormeceu.

Ao acordar, demorou a reconhecer onde estava. Olhou em torno procurando por Xangana. Não havia sinal da moleca. Com o passar do tempo sua apreensão virou agonia, e a agonia, pânico. Disparou para dentro do mato, foi até o rio, voltou à grota. Nada. Decidiu ir até os arredores do registro. De longe observou que a passagem do rio estava apinhada de gente dos dois lados, mas não havia nenhuma agitação entre os soldados indicando que alguém fora encontrado ou capturado. Só havia tropas que passavam indolentes de um lado e de outro, soldados armados de fuzis e sabres que vistoriavam baús e papéis. Então voltou outra vez à grota. Estava enfurecido com aquela moleca idiota, quando ouviu um farfalhar nas folhagens dos guaimbés que cobriam a entrada da caverna. Recolheu-se num canto de pedra ao ver Xangana chegar faceira, molejando as ancas no alto das pernas finas e compridas. Quis correr para abraçá-la, mas a raiva do susto que ela lhe pregara o impediu.

— O que é isso? — indagou em seguida.

— Isso o quê?

— Isso! — disse Maquim, apontando para o lagarto que Xangana havia trazido.

— Um teiú.

— Seria bom se houvesse fogo.

— É, seria bom — respondeu a menina, indiferente.

Quando o sol declinou, comeram bananas em silêncio. O calango os acompanhava no mutismo, mole, jogado em cima de uma pedra. Mal terminaram, Maquim se pôs de pé.

— Vou assuntar perto do registro. Você fica aqui. Se chegar gente, suma no mato. Volte para a grota de Tinguá.

O negrinho sentia a cobra chocalhando no vazio do seu corpo.

— Eu vou dormir. Não faça besteira que me ponha em perigo — Xangana resmungou em sua direção.

Maquim vagou mato adentro. Aproximou-se cauteloso das imediações do registro. Subiu no alto de uma árvore, de onde podia adivinhar, na luz mortiça do dia findado, toda a extensão das terras e do rio. Quando a noite se adensou e o barulho do mundo mudou para o noturno, o menino se esgueirou em direção ao registro.

Dois cachorros latiram. O negro rastejante os esperou. Passou-lhes a mão na cara. Logo estava rolando e se estirando no chão com os bichos. Ladeado pelos mastins, Maquim se arrastou para dentro do povoamento. O coração parecia querer sair pela sua boca. Estava tão perto das pessoas do registro que podia sentir a morrinha dos tropeiros nas ventas, escutar a voz sonolenta dos soldados, cujas falas lhe chegavam como se lhe fossem sussurradas nos ouvidos. Percorreu o acampamento escondendo-se entre caixotes e fardos. Identificou um rancho guardado a poucos passos por dois homens e um escravo armados de longos chuços. Percebeu que dentro do rancho tudo era inerte.

— O que se esconde é aquilo a que se dá valor!

Maquim trazia consigo os cães. Dentro do rancho não havia indícios de gente. Saltou a muralha de baús de tropa e se apertou entre os fardos. Sem ver muito nítido, sentindo pelo tato e pelo cheiro mais que enxergando pelos olhos, foi roubando o que podia.

Do lado de fora, um dos guardas se levantou, deu uma volta em torno do rancho e passou pelos cães, que rosnaram. Em seguida, a sentinela retornou para perto da fogueira onde se esquentava. Maquim pulou para fora, levando consigo um saco que quase não podia sustentar. Foi se acobertando em cada canto do acampamento do registro, até ganhar a orla do mato. Quando chegou, Xangana não havia pregado o olho, estava de pé, esfregando as mãos e os ombros, friorenta.

— Onde estava todo esse tempo? — com a voz mais amansada, tentava disfarçar a aflição.

— Trouxe algumas coisas para nossa viagem — foi a resposta do menino.

Maquim pôs no chão o saco quase de sua altura. Desamarrou a boca do pano grosso de algodão e foi tirando sal, rapadura, pólvora, carne-seca, pedra de fazer fogo, facas, fubá, grossos panos de lã, fumo, óleo de lamparina, linguiça, uma lona dobrada, banha de porco, cordas, uma cabaça de cachaça, calças, camisas, sandálias, chapéus e capas.

Xangana ria quase descontrolada à medida que ele ia dispondo no solo a riqueza. Depois, arrumaram a tralha num canto. Com a lona surrupiada, Maquim cobriu a entrada da grota. Em seguida fez um pequeno fogo que iluminou e aqueceu o recinto. Sem perder tempo, abriu o calango, retirou-lhe as tripas, deixou de lado as patas gordas e o rabo, guardou a pele e jogou o restante fora. Pacientemente, cortou a carne em tiras, untou-as com banha de porco, salgou os bocados. Maquim usava a faca com prazer. Comeram a carne quente e salgada, regada com um pouco de cachaça. Sem tardar, apagaram a fogueirinha, com o temor de que alguém pudesse ver o lume no breu do mato ou sentir a fumaça. Deixaram-se levar pela alegria da fartura. Havia muito que viviam como bichos, comendo verme vivo e raiz, sentindo frio e dor. Comemoravam, trocando a precaução por um gozo de pedaço breve de vida, desleixando a segurança.

Maquim pegou a lona que pusera na entrada da caverna, forrou com ela o chão de areia fria, dispôs os panos de lã por cima, e os dois dormiram abraçados, não mais por necessidade de esquentar o corpo, mas para o regalo da alma, saciada de sal e carne, de cachaça e rapadura. Maquim dormiu pouco e bem. Levantou-se antes da madrugada, ainda assustado pelo arrojo de seu tento. Sem esperar o dia clarear, voltou para sua árvore, de onde podia divisar o largo do registro. Estava inquieto. Cravou os olhos na pequena fortaleza de canastras que tinha visitado à noite.

Com o dia mal clareado, os tropeiros foram trazendo seus animais, juntando a escravaria, em meio aos rolos de fumaça que saíam dos fogões improvisados dos telheiros. Maquim sentiu o sangue apertar forte na cabeça quando viu os soldados acorrerem com a gritaria dos vigias. Antes que os homens decidissem bater o mato no encalço do ladrão, Maquim correu de volta para a grota a tempo de acordar Rosa, e os dois juntaram todas as coisas e se afundaram no matagal. Logo a quietude foi desmantelada por soldados, que passaram a percorrer todos os desvãos do mato num grande vozerio.

Os jovens se embrenharam no mato o mais que puderam, até que acharam um oco de raiz para se aninharem.

— Vamos ficar amoitados aqui. Depois, quando os guardas cansarem de procurar, vamos atravessar o rio. Temos que ir para as Minas. Não podemos continuar aqui, ficou perigoso.

— Sempre foi, e do outro lado não vai ser mais fácil nem menos perigoso — retrucou Xangana.

— É, mas lá está nosso destino.

— Nosso destino? Meu destino acabou em Tinguá!

— Mas eu tenho que encontrar Marica!

— Por quê? — gritou-lhe Xangana com raiva. — Por quê? Por que enfrentar toda essa agonia? Por que não fica comigo?

— Mas eu estou com você, eu vou ficar com você. Eu sei que Marica vai gostar de você.

— Mas quem... quem é Marica? — indagou a menina, abrandando o tom.

— Marica é aquela que cuidou de mim.

— Mas eu também não cuidei? Não salvei sua vida? Não perdi meu tempo tratando de suas feridas, em vez de ir atrás de meu pai e de minhas gentes? — inquiriu ela, de novo enfurecida.

— Mas você virou minha companheira, minha amiga, e Marica é minha mãe.

— Sua o quê?

— Minha mãe. Ela que cuidou de mim.

Xangana pulou no pescoço de Maquim, cobrindo-o de beijos, como se não houvesse mais perigo, no meio da confecção da tratativa da sobrevivência. Sussurrava em sua orelha um amontoado de palavras que não tinham nexo para o menino.

— *Mina ni lava kuku lhayissa! Vutoni bwamina hinkwan bu!**

Depois se desgarrou dele e, dando pulinhos na sua frente, gritou:

— Vamos atravessar.

— Vamos! — repetiu Maquim, que desistiu de compreender o que se passava na cabeça daquela negra maluca.

* "Daqui para a frente, eu quero ser cuidada por você por toda a minha vida! Não fuja mais de mim!", em changana.

## 9. A travessia

Por algum tempo, Xangana e Maquim permaneceram escondidos, longe do registro. Depois tomaram tento. À noite, se acercaram do rio. Maquim montou uma balsa com galhos de árvore, cabaças e pau de pita, e amarrou sobre ela os tesouros que colhera. Agarrados aos fardos, sentiram o puxão violento das águas. Era mais que um rio, um oceano. O monte de gravetos ameaçava desfazer-se com o volume pesado das águas rolando. Deixaram-se levar porque não podiam se governar. A balsa rodopiava, jogava de um lado para outro, desconjuntava-se na escuridão. Subitamente, avistaram luzes de fogueiras.

— O registro! — sussurrou Maquim, num acréscimo de pânico.

Logo a balsa atingiu a altura do pouso. Xangana fechou os olhos e encolheu a cabeça para dentro dos ombros, esperando que fossem varados por balas ou atravessados por lanças quando passassem por baixo da ponte. Maquim, com as mãos grudadas na balsa, podia contar um a um os soldados recostados por toda a sua extensão, cujas figuras, iluminadas pelo enfileiramento de tochas, se refletiam balouçantes nas águas. Ao passarem sob a ponte, o menino sentiu uma chuva quente caindo sobre sua cabeça. Ergueu o rosto e viu um soldado urinando n'água, olhando para cima, admirando o escuro do céu.

Os dois moleques ainda tremiam quando rapidamente as luzes da ponte do registro se apequenaram. O rio volteou para a direita e a balsa foi ganhando a margem esquerda, alcançando águas mais calmas, onde Maquim pôde se afundar na água fria para se livrar da sujeira do soldado. Desceram ainda bastante tempo por aquele Jordão abençoado.

Maquim e Rosa Xangana, depois de descarregarem a jangada, empurraram-na para o meio do rio para que ela continuasse seu curso e se encravasse em algum lugar mais distante, disfarçando-lhes os rastros e o rumo. Exaustos, mal conseguiam, através do breu da noite, arrastar seus bens. Pararam num lugar que lhes pareceu ser uma clareira protegida. No dia seguinte, com a luz mostrando a distinção das coisas, se deram conta de que estavam no meio de uma roça.

— Temos que sair daqui! — exclamou Xangana baixinho, espreitando o roçado.

— Vamos secar as coisas, depois partiremos. Acho que não tem muito perigo ficar durante a manhã por aqui.

Do outro lado, as terras pareciam diferentes. Os dois se vestiram com as roupas furtadas no registro. Engolidos pelas enormes capas de tropeiro, pareciam ainda mais mirrados. Na clareira, dispuseram o material transportado. A pólvora, a pedra de fazer fogo e o sal estavam preservados. A rapadura e o fumo ficaram melados. Improvisaram um jirau onde guardaram suspensos as carnes, o sal e a maçaroca de rapadura e fumo. Deixaram os panos de lã e a lona estendidos ao sol que penetrava no aberto do milharal. Depois, Maquim se ocupou, meio preguicento, em fabricar umas azagaias. Antes que o sol se levantasse a pino, decidiram partir, aquilo era lugar plantado e cuidado. Enquanto Marcos Maquim juntava as tralhas, Xangana foi assuntar os arredores. Ao voltar, viu seu companheiro paralisado diante de um bugre que rodava, ameaçador, um cacete na mão.

— Negro ladrão, quem deixou você roubar a roça dos outros?

O bugre, meio curvado, circundava o menino, à espera do melhor momento para lhe acertar a borduna.

Quando o homem passou pelo local onde Xangana havia se aboletado, a menina se pôs de pé e, com vagar, pousou a ponta fina da azagaia no pescoço do índio, que parou instantâneo. Maquim tomou-lhe com cuidado o porrete da mão. O bugre, ao se perceber rendido por uma molequinha à toa, passou do acobreado para o pálido e tentou reagir. Maquim quebrou-lhe as costas com uma cacetada forte e depois lhe afundou o crânio.

— E agora, que vamos fazer?

— Nada — respondeu Rosa Xangana. — Vamos largar com ele algum vestígio do que tomamos no registro. Depois, vamos deixá-lo aí para os bichos. Logo os soldados vão ver os urubus volteando e virão aqui. Vão achá-lo e parar de procurar pelo ladrão.

— É. Bugre não presta!

Deixaram o corpo do índio no meio da roça, com a cabaça de cachaça, um pedaço cortado de lona e a rapadura melada. Seguiram caminho.

— Do que você está rindo que nem um macaco? — indagou, desconfiada, Rosa Xangana.

— Você, com essas roupas, está parecendo um tamanduá.

— E você, um espantalho!

## 10. A altercação

Na Demarcação Diamantina, o frio havia cessado. As noites foram se tornando quentes e secas, dando pouco conforto para o sono. As relações entre os homens se tornavam áridas como a terra. Não era de espantar que, nessas condições, e sobretudo porque a inflação tinha comido metade de suas economias, o sr. João Hermenegildo Caldeira Brant estivesse de humor mais azedo do que seu habitual. Como se não bastasse, havia uma semana que uma crise de hemorroidas não lhe dava tréguas.

No salão de seu sobrado, abanado por escravos que não logravam dar vazão ao calor, rodeado dos dois irmãos e envolto por uma nuvem de amigos, o patriarca vociferava, fazendo a conversa avançar noite adentro. Remexia-se de um lado para outro, tentando aliviar a dor e a ardência. Curto e cambaio de pernas, longo de tronco e com o peito estufado como o de um pombo, Hermenegildo preferia, por pura vaidade, ficar sentado e enfrentar as dores do rabo a permanecer de pé. Acomodado na poltrona de palha, seu físico mostrava-se mais favorecido e se impunha melhor. De pé, era mais baixo que os outros homens.

Em suas reuniões, congregava a boa gente da sociedade diamantinense. Às vezes, esses encontros, de pura conversa fiada, terminavam em risadas, alguma canalhice ou em desavenças logo esquecidas. Quando graves, estas deviam esperar uma ou duas semanas para se resolverem. O certo é que dessas discussões ninguém saía enriquecido nem engrandecido.

Naquela noite, o falatório, que não passava de uma burundanga, foi sendo monopolizado pelo vozeirão do sr. Hermenegildo e assumindo ares de comício.

— Estamos perdendo o controle de tudo. Não se vê mais resultado do empenho.

— Mas, meu querido Hermenegildo — tentava argumentar Genésio Silveira —, os diamantes já não são um negócio tão lucrativo por estas bandas. A Real Extração se vê cada vez com mais funcionários, escravaria, enquanto, ano após ano, estamos vendo decair sua produção. Os terrenos estão mexidos. Até na estação da seca, as grupiaras, que se encontram por toda parte, rendem pouco. Está tudo cavoucado. No longo prazo, precisamos de inovações para tornar as lavras produtivas. A questão é que ninguém tem dinheiro suficiente para investir nisso. O Estado se desinteressa.

— É falta de controle. Não há mais lei. Está-se permitindo

tudo. Os estrangeiros chegam sem pedir licença, os escravos se enriquecem nas lavras clandestinas, negro forro negocia com fujões nas grimpas. Tem contrabandista e falsificador de todo tipo. A Demarcação virou um território sem lei. As cadeias estão em ruínas. Genésio, o que não pode continuar é esse estado de coisas. Temos que restabelecer o controle no Tijuco e em seus arredores. Verificar as licenças, ter o domínio brasileiro sobre as terras. Restabelecer a autoridade do intendente, valorizar a Real Extração dos Diamantes. A tarefa que a hora impõe aos brasileiros é a de assumir em mãos próprias o destino do país ou a de entregá-lo de vez para o estrangeiro. Que os ingleses voltem para a Inglaterra e será feliz a nossa terra!

— Hermenegildo, é muito nobre e patriótica de sua parte a defesa do que é nosso, mas, com estrangeiros ou sem estrangeiros, o fato é que necessitamos que se abram, definitivamente, as fronteiras da Demarcação Diamantina. Que o Estado cesse seu controle corrompido e ineficiente sobre as lavras e o comércio. Faz-se cada vez mais necessário entregar a exploração aos particulares...

— Não sei se você é um neocolonialista ou um republicano, Genésio! — o senhor do sobrado, com voz baixa e grave e um repentino arqueamento de sobrancelhas, interrompeu a fala do amigo.

— Se ser colonialista ou neocolonialista ou republicano, meu caro amigo, for permitir que cada um possa agir de acordo com sua consciência ou iniciativa, livre dos entraves burocráticos ou do mandonismo que tem grassado por este país, não me incomodo de assim ser chamado — disse o outro, sorrindo simpaticamente na direção de seu velho compadre.

— O que você deseja, Genésio? Acabar com o Livro da Capa Verde? Acabar com toda a regulamentação da Demarcação Diamantina? Acabar com a Real Extração dos Diamantes?

Com o monopólio imperial? Jogar na falência nossos conterrâneos, retirar a fonte de sustento do bom e honesto povo do Arraial do Tijuco, que aluga seus escravos para a Real Extração dos Diamantes? É isso que você quer, Genésio? A desregulamentação? A anarquia?

— As velhas regulamentações e a vigilância autoritária não servem para mais nada. São miudezas destinadas à manutenção de funcionários voltados para a função de tudo proibir, quando poderiam se dedicar a tarefas mais úteis e menos estéreis. O compadre me permitirá, mais uma vez, discordar de suas ideias, mas é minha opinião que temos que nos associar. Ousar. Olhar para a frente. E para isso temos que abrir as fronteiras da Demarcação, que é uma coisa do passado português. Colaboração e cooperação são os ingredientes que farão nosso futuro possível. Ninguém sobreviverá se não se adaptar às exigências dos novos tempos. Existem companhias inglesas que, querendo entrar no negócio, trarão seus métodos e técnicas aplicados na Índia. Eles dispõem de corredores comerciais diversificados. Se vierem para estas bandas, devemos lhes cobrar impostos justos e, no fim, todo mundo lucrará. Devemos abrir e não fechar. Nossa crise não se deve aos estrangeiros, mas à inflação desenfreada. Enquanto isso, a produção de diamantes, que é de real valor, é apropriada pelo governo, e o único benefício que recebemos são algumas moedas que não valem o cobre cunhado em troca de escravos que alugamos para ele.

— A inflação. Qual! Há inflação, isso é verdade, mas ela se deve, Genésio, ao fato de os estrangeiros não pagarem impostos e nos inundarem de quinquilharias. Vou lhe dar um exemplo que outro dia me assombrou. Na Vila do Príncipe, na venda do Batido da Lata, estão vendendo uns calçados com sola de metal que dizem servir para deslizar no gelo! Os ingleses querem nos arruinar, isso sim. Querem soltar nossos negros para que nos transformemos em seus servos. São usurpadores, isso sim! Há pouco que nos livramos dos portugueses, e agora você quer convidar esses filhos da...

Hermenegildo olhou em volta, sentiu a presença das mulheres, reteve-se e continuou:

— ... esses filhos da p... p... p... pérfida Albion. Você deseja nos impor outros estrangeiros? É isso que você deseja, Genésio? Eu considero crime de lesa-pátria a permissão para que gente estrangeira se estabeleça onde o interesse maior da nação brasileira se fulcra! O ouro assim como o diamante é nossa independência econômica. Diamante, meu caro, não é pé de mandioca, que se colhe e se planta. Não é como negro, que, se morre um, imediatamente nasce outro. Tirou, acabou. Não cresce outro. Diamante não é safra de mandioca, nem de milho, nem pé de marmelo.

— Os únicos estrangeiros que ele suporta aqui são os africanos que ele aluga para a Real Extração dos Diamantes — cochichou o jovem padre Gonçalves Chaves no ouvido do Dino Bibiano, que, sem se mexer, sorriu da pilhéria.

— O senhor disse alguma coisa, reverendo? — indagou Hermenegildo, arqueando ameaçadoramente as sobrancelhas, não porque tivesse ouvido algo, mas porque percebera o sorriso do Dino.

— Não. Não, senhor. Eu apenas disse que no mundo há outros estrangeiros além dos ingleses.

— E os senhores acham que não sei. Infiltram-se. Bem debaixo de nossas barbas há um desses. Eles penetraram no torrão virgem da pátria! Pela primeira vez na história desta nação estamos assistindo ao estabelecimento de estrangeiros nesta região, que até agora foi preservada em toda a sua pureza. Uma família de franceses acabou de chegar para se aboletar por aqui e nos explorar com licença especial da corte. Ingleses e franceses são todos gente da mesma laia. Metecos que desejam apenas o próprio bem e desdenham o interesse do nosso país e de nossa gente. O safado ainda folga a vida dos negros, dando mau exemplo para os restantes.

— Hermenegildo, o francês ao qual você se refere foi hóspede do Dino Bibiano, aqui presente. É seu amigo. Veio só, apenas acompanhado da jovem esposa e de um jovem irmão, e trouxe uma pequena leva de negros. E, como o senhor bem disse, ele tem uma licença especial e excepcional do imperador. Veio para cá como vieram nossos pais e nossos avós do Alentejo, da Ilha Terceira.

— O senhor está sendo insolente na minha casa, sr. Genésio. Por acaso veio aqui para me contrariar? É sua intenção me desacatar? — respondeu ríspido Hermenegildo, enquanto coçava o traseiro.

— Em absoluto, meu caro amigo.

O tom da conversa subitamente se crispou. Genésio baixou a voz, amansou a fala. Mesmo picado pela grosseria do Hermenegildo, não tinha o menor interesse em acompanhar seu mau humor.

— Isto é uma reunião de amigos e cavalheiros. Tenho certeza de que todos aqui reunidos querem o bem do Brasil, do Império e da Demarcação — disse o padre Chaves, pondo-se de pé e estendendo as duas mãos em sinal de paz.

— O francesinho é um franco-maçom do rito vermelho! Isso mesmo, reverendo. É bom que o senhor, como homem da Igreja, o saiba! O senhor com certeza deve ignorar que esse estrangeiro tem uma loja maçônica no fundo de sua casa, lá no arraial de Guinda, onde realiza sessões secretas e cerimônias cabalísticas. O senhor também parece não querer saber que ele, sob nossas barbas, está em constante conluio com aquela contrabandista, a d. Maria da Lapa — gritou na direção do padre, que estampou toda a sua surpresa na cara redonda e alegre.

— Ah! O senhor está surpreso, padre? Pois muito me espanta! Quando é que o senhor viu esse franco-maçom pisar numa igreja? Já o vi no teatro; mas na igreja, nas procissões... nunca o vi! Diga-me quando é que a francesa, a esposa, acompanhou alguma das senhoras de Diamantina nos ofícios, nas novenas ou, simplesmente, nas santas missas? Seu cunhado... vá lá. Parece um bom moço, que gosta do convívio com nossa gente do Tijuco. Mas o casal?

— Ora, meus senhores, não vamos nos alterar. Estamos conversando para achar a melhor solução para nossa Demarcação — disse Bernardo Rabello, um jovem rábula que achava sempre estar em situação advocatícia.

— Não se meta, Rabello. Até onde sei, você é um rapaz de bem, de forma que não pretendo me opor a você. Tenho muito respeito pela senhora sua mãe e por seu irmão, mas você é melhor que se cale! Caso contrário, vai merecer o mesmo pito que alguns aqui já receberam.

O rapaz emudeceu, engolindo seu arroubo tribunício.

— Hermenegildo — retomou Genésio, sentindo que o senhor do sobrado estava passando dos limites —, somos todos homens de bem aqui.

— Todos, não — gritou, exacerbado, Hermenegildo. — Todos, não! O senhor me parece ter o figurino ideal de um canalha corcunda!*

— Mas o que é isso, Hermenegildo? — protestou o padre Gonçalves Chaves.

— Canalha! Canalha! — berrou Hermenegildo exorbitado, levantando-se da cadeira, com suas pernas arqueadas, e apontando o dedo em riste na direção de Genésio Silveira, enquanto

* "Corcunda": denominação pejorativa para designar os liberais; o mesmo que "chimango".

seus dois irmãos, imediatamente, o flanqueavam. Sua irmã, Augusta, veio correndo da cozinha e encarou, desafiadoramente, a esposa do Genésio Silveira, que escondia a boca trêmula atrás de um lenço de cambraia de linho.

— O senhor está me insultando, sr. Hermenegildo! Exijo que peça desculpas, mesmo estando em sua casa.

— O senhor bem disse, sr. Genésio. Eu estou na minha casa. E o senhor me insultou. Teve a ousadia de me destratar na minha residência, na minha propriedade. Diante de minha mãe, diante de minha esposa, diante de minha irmã, diante de meu cunhado, diante de meus irmãos e diante de meus amigos. O senhor me insultou e, assim, destratou a todos eles.

— Não o insultei nem o destratei. Nem tive a intenção de fazê-lo; muito menos insultei seus parentes e seus amigos, que por sinal são igualmente meus amigos.

— Canalha e covarde. Eu responderei pelas armas ao insulto que perpetrou em minha casa. Espero que tenha a coragem de defender-se como homem. E, quanto aos seus pretensos amigos, que fiquem sabendo que daqui em diante quem for seu amigo será meu inimigo.

— Mas fui eu o insultado! — exclamou Genésio, ainda incrédulo ante o rumo que aquela reunião entre amigos havia tomado.

— Pois, se assim entende as coisas, considere-se insultado!

Genésio e a esposa retiraram-se assustados da casa de Hermenegildo, sem entender o motivo do desacerto. Dino Bibiano, sem saber o que fazer, olhava ora para o padre Gonçalves Chaves ora para o amigo Hermenegildo. No salão, os homens permaneceram em silêncio. Por fim, Manuel Domingues Macua, um mulato enriquecido com negócios de escravo, levantou-se e, respeitosamente, dirigiu-se a Hermenegildo:

— O senhor pode contar comigo e com nossa família para o que der e vier.

— Então agradeço o apoio do amigo. Você será meu padrinho de duelo. Para causa honrada, homem honrado! — Hermenegildo clamou em alta voz, emprestando pompa ao dito.

Os demais, acompanhando o mulato, foram se acercando e cerrando-se em torno de Hermenegildo, que voltou a sentar-se em sua cadeira, entorpecido pela dor no rabo. No salão, o silêncio inicial virou consternação. Aquilo parecia que não ia ter mais volta. A consternação se transmutou em indignação, que se transformou logo em bravatas exclamadas aos berros pelos quatro cantos do salão. As mulheres acorriam assustadas, servindo café, broas de milho, torresmo e cachaça, num ambiente de guerra, circulando com os olhos marejados de aflição entre os homens, que não cessavam de protestar amizades ao senhor do sobrado. As mais velhas agarraram uns rosários nas mãos trêmulas. A todos que se aproximavam, oferecendo-lhe proteção contra tocaias e assaltos, Hermenegildo agradecia.

Apenas Dino Bibiano e o padre Gonçalves Chaves destoaram dos presentes.

— Sr. Hermenegildo, o senhor sabe o quanto prezo o senhor e sua família, mas é meu dever de sacerdote lembrá-lo de que os duelos são contra a lei dos homens e contra a lei de Deus. Amanhã vou rezar a missa bem cedo, como é de meu costume. Vou pedir a Nossa Senhora da Conceição que interceda junto ao seu Santíssimo Filho, que, com a ajuda do Espírito Santo, haverá de demover os dois amigos dessa ideia insensata e mal inspirada.

— Padre Chaves — respondeu Hermenegildo, ríspido —, agradeço as preces, mas o senhor se meta com suas coisas e as de sua igreja, que eu cuido das minhas e das da minha casa.

— Eu vos abençoo. Mas agora devo me retirar. A santa missa me espera amanhã cedo.

Hermenegildo não se deu o trabalho de olhar nem de acompanhar o padre.

— Também devo me retirar, senhor — disse Dino Bibiano, sem, contudo, se preocupar em se explicar.

Hermenegildo fitou-o com olhos frios, apenas lhe dizendo:

— Boa noite, senhor.

## 11. A tocaia

O casarão dos Caldeira Brant acordou em polvorosa, com um entra e sai de gentes. O clima sulfuroso do sobrado se espalhou pela cidade junto com a luz da manhã. Nas esquinas da Vila do Tijuco havia mais soldados. As grandes famílias se preveniam armando-se. Mais mulheres rezavam nas igrejas e mais padres confabulavam nas vendas.

No solar dos Silveira, d. Maria Rita, com tom suave de voz, dirigiu-se ao marido como se ele não estivesse rodeado de inúmeros amigos, da parentada e, provavelmente, de alguns espiões do adversário:

— Genésio, não foi uma coisa sábia ter se atritado com o Hermenegildo. Mas, as coisas tendo chegado aonde chegaram, você não pode mais recuar. Quem não defende sua posição nem opiniões não tem o direito de mantê-las. E é mais que tempo de o Tijuco saber que Hermenegildo e sua família não têm mais mando aqui. Eles podem ter as relações que quiserem na corte do Rio de Janeiro, mas aqui, na Vila do Tijuco de Diamantina, as influências são outras.

D. Maria Rita Silveira, enquanto falava, coçava a base do coque por cima da nuca, como se estivesse desconfiando de alguma coisa. Seu tom de voz foi se tornando mais áspero.

— As autoridades permitirão esse tipo de enfrentamento?

Essa coisa anunciada e cheia de não me toques, com padrinho, hora marcada e sei lá eu mais o quê? Isso é coisa de homem ou é Festa do Divino? Duelo? Onde já se viu? Homem que é homem mata ou morre sem cerimônia.

— As autoridades não sabem ou fingem não saber, minha querida. Se elas quiserem, poderão impedir o embate e será melhor assim — respondeu o marido.

— Isso é estranho! — arrematou d. Maria Rita.

Em seguida, Genésio e seus cunhados aboletaram-se num canto da casa onde, juntamente com o Dino Bibiano, passaram a confabular.

— Então, o que temos? — indagou Genésio.

— Na qualidade de seu padrinho, conversei com o Manuel Domingues Macua — respondeu Dino Bibiano.

— O que aquele mulato pretensioso tem a ver conosco?

— Conosco, nada. O Hermenegildo o escolheu para seu padrinho.

— Ah. É com esse tipinho de gente que agora ele se acotovela?

— Ele me disse que o Hermenegildo já escolheu as armas.

— Ah! Escolheu? E o que ele escolheu?

— Pistolas.

— Para mim está bom.

— Também achei, por isso não impus dificuldades. Estamos de acordo nisso.

— E o duelo? Vai ser para quando?

— Depois de amanhã, às dez horas.

— Por que tão tarde?

— Também não sei. Mas estive pensando: se ele quiser armar alguma covardia, não há de ser às dez horas. Assim tarde do dia, não haverá névoa nem bruma, e se poderá ver ao longe. Além do mais, numa hora tão adiantada, com o povo todo na rua, com a cidade se mexendo, fica difícil armar alguma velhacaria.

— É esquisito, mas você tem razão de pensar assim. Vocês combinaram o terreno do duelo?

— Acertamos que o melhor lugar seria no lajeado próximo à cachoeira do Sentinela.

— É seguro?

— O lugar é seguro. Tem água. É descampado, o terreno sólido, de forma que não há oportunidade para esperteza. Só a trilha para chegar lá que é velhaca, um pouco desmantelada. Mas foi o melhor terreno. Eu mesmo o sugeri.

— Muito bem. De toda maneira, acho que eles não ousariam fazer nada contra nós.

— Pode ser. Mas é melhor que eu ponha uns homens para assuntar a região — interveio Luiz Sereno dos Reis, o irmão mais velho de d. Maria Rita Silveira, que, até então, acompanhava a conversa em silêncio. — Essa gente do Hermenegildo é má e embusteira.

— Está certo, Luiz — disse Genésio. — Você fica encarregado de varrer os campos e providenciar a segurança.

Pouco mais de uma hora passada, Luiz Sereno havia mandado postar escravos armados de cacetes em torno do solar. Não se descuidou de enviar igualmente uns negros para reforçar a casa do Dino Bibiano. Aprontada a segurança, rumou para sua lavra, distante algumas léguas da Vila do Tijuco de Diamantina. Ao chegar, chamou imediatamente à sua presença dois negros de confiança. Um era baixotinho e seco e respondia pelo nome de Chico do Sagrado; o outro, parrudão, atendia pela alcunha de Neco-Neco.

— Arrumem-se. É coisa para três dias.

Nenhum dos negros perguntou nada, pareceram ter compreendido tudo. Os três partiram sem pôr pressa nas mulas. Cavalgaram através do breu da noite, dando uma extensa volta pelos descampados, até que chegaram a uma grota onde confinaram os animais. Depois seguiram a pé, passando com intimidade de conhecimento por riachos e ravinas, procurando se mover onde o chão fazia relevo. Pouco antes da madrugada, pararam para descansar.

— Vou dar uma volta — disse Chico do Sagrado. — Já faz um tempo que tenho a sensação de estar sendo espreitado. Parece que há gente nos seguindo a noite inteira.

O negro seco ficou rezando por um tempo suas africanices; jogou umas conchas no chão e buliu-as com a ponta dos dedos, desaparecendo em seguida no mato ralo, rumo aos morros de pedra. Retornou quando o sol já havia aparecido.

— E então? — perguntou Luiz Sereno.

— Nada. Mas a sensação não me largou. Estou quase certo de que tem gente que nos segue no passo miúdo. E é mais de um, mas não é bando. Vou ficar de olho.

Puseram-se de novo a caminhar. Às vezes, Chico do Sagrado parava e olhava para trás, procurando algo escondido no descampado sem vida. No meio do dia, se aproximaram pelos fundos da região da cachoeira da Sentinela. Chico do Sagrado foi o primeiro a ver. Fez sinal com a mão para que Luiz Sereno e Neco-Neco se abaixassem, indicando com a ponta do queixo miúdo o lugar onde pouco mais de meia dúzia de vultos, embuçados e armados até os dentes, estavam reunidos.

— São homens de Hermenegildo. Estou vendo um que parece ser o Manoel Gonçalves, o safado do marido de d. Augusta — disse Luiz Sereno. — Covardes! Vamos voltar. Tenho que avisar o Genésio.

— Não haverá tempo — retrucou Chico do Sagrado.

— O que o senhor intenta fazer? — perguntou Neco-Neco. — Podemos pegá-los por trás quando forem atacar o sr. Genésio.

— Por ora, acho melhor ficarmos aqui. São em maior número. Estão mais municiados que a gente — Luiz Sereno cogitava em voz alta.

O dia já estava indo embora. Os três continuavam acoitados na observação do bando, até que o Chico do Sagrado se afastou novamente, perdendo-se no descampado.

— O negro está cismado — disse Neco-Neco.

Passado um tempo, o escravo miúdo e seco voltou. Desembrulhou suas tralhas, foi dispondo umas pedras e umas cabaças no chão. Ficou macerando umas frutinhas e sementinhas sob o olhar dos outros homens. Rezou suas esquisitices. Depois encheu a boca de cachaça, que sorveu de uma enorme cabaça que havia trazido consigo, até as bochechas estufarem. Assoprou aquilo para cima, recebendo de volta uma chuva babenta que escorreu pelo seu peito nu. Em seguida, ajambrou uns trapos na cintura. Desapareceu na escuridão da noite. Permaneceram os dois, Neco-Neco e o sr. Luiz Sereno, deitados entre as pedras e as canelas-de-ema, olhando para as estrelas do céu.

Luiz Sereno virou-se de barriga para o chão. Cravou os olhos na solidão do escuro, procurando o que não se mostrava, até que viu o lume de bingas faiscando.

— Vão alumiar os pitos — adivinhou. — Um, dois, três e sete — calculou. — É. São sete. Não passam de sete. Eram sete durante o dia e são sete durante a noite. Ninguém saiu pelo descampado, estão bem acoitados.

Os homens à frente deles, embuçados em suas baetas, cientes de sua força, davam larguezas à prevenção. Lasseando a segurança, não se empenhavam em escrutinar o terreno. Luiz Sereno teria que se aproveitar do descuido para gorar a traição.

No início da madrugada a névoa invadiu os planos mais baixos do terreno. O embaçado flutuava por toda a extensão, deixando a paisagem úmida e fria. No opaco do nevoeiro, Luiz

Sereno pôde divisar, por entre as falhas da bruma, algo que se movia. Ele cutucou Neco-Neco, deitado ao seu lado, que rolou para mais perto. O negro apertou os olhos para identificar longe, no começo da estrada, uma quase sombra na paisagem sem sol.

Um negro amolambado vinha trôpego, em passadas desconexas que ora se aceleravam, ameaçando jogá-lo num canto da estrada, ora estancavam, fazendo-o voltar a ficar sobre os calcanhares. O vadio, sujo como um chiqueiro, encostou-se a um cupinzeiro. Tentou retirar, com mãos que se rebelavam diante de sua intenção, o toco de sabugo que fechava a boca de uma gorda cabaça que trazia amarrada à cintura. Permaneceu longamente pelejando, se ajeitando no morro de barro, até que um braço surgido do nada o tomou pela garganta. O negro rodopiou e foi jogado ao chão.

— Você é negro de quem?

O preto olhava como se mirasse o nada. Mudo.

— Você é negro de quem? — repetiu, num sussurro rouco, o homem que o derrubara. E acrescentou: — Para onde vai?

O vadio parecia assustado, mas sorriu. Levantou o dedo para o alto, sem apontar para coisa alguma. Em seguida pôs o indicador diante dos beiços. Depois de mexer a boca banguela, o negro, bêbado como um gambá, respondeu:

— Sou forro. Não sou de ninguém. Sou de quem me quiser — riu, achando graça na própria resposta. Repetiu mais uma vez o dito.

O forro ria idiotamente, com o corpo inteiro banhado em cachaça. À sua volta, sete homens debaixo de pesados feltros o olhavam de cima. Um deles puxou uma faca de lâmina curvada e curta. O bêbado novamente levou o dedo bamboleante à boca. Num golpe curto, a lâmina cortou o couro que atava a cabaça, enquanto o negro bicudo, atrapalhado, se pôs a apalpar-se, errático, para ver onde o haviam furado. Quando percebeu que estava sem a cabaça, quis agarrá-la num gesto que riscou lento o ar vazio e se prolongou em direção ao homem da faca. Tentou se levantar, mas se esborrachou no chão como uma abóbora. Meio deitado na terra que parecia prendê-lo, com a mão estendida, implorou com voz pastosa:

— Tudo menos isso! Os senhorzinhos me devolvam, pelo amor que vocês têm a Nossa Senhora do Rosário, minha cabaça. É tudo que tenho para beber.

Devolveram-lhe tabefes e pontapés.

— Suma daqui rápido, safado, antes que...

— Não! — exclamou, mais precavido, um deles, brandindo no ar uma pistola prateada. — Vamos dar uma assuntada no terreno. Vocês dois — continuou, organizando suas ordens —, acompanhem o rastro do negro; você, suba a trilha, veja se tem alguma coisa lá em cima. E vocês, cada um de um lado, vasculhem entre as pedras e verifiquem se tem sinal de gente. Se perceberem alguma coisa, gritem ou atirem. Eu e o Tomásio ficamos aqui com o bêbado.

O batedor da esquerda foi se aproximando do lugar onde Luiz Sereno estava acoitado. Ele e o negro Neco-Neco, deitado ao seu lado, respiravam pela boca para não fazer barulho com as ventas. Luiz Sereno lentamente deslizou a mão até o cabo do facão. O batedor do mato levantou o queixo e cheirou o ar que lhe chicoteava a cara. Estava tudo ainda meio opaco para os olhos poderem perceber alguma coisa. O homem se abaixou, pegou umas pedrinhas no chão, jogou-as à direita e à esquerda. Uma delas caiu ao lado de Luiz Sereno, fazendo um barulhinho de pedra com pedra. A cada vez que jogava uma pedra, o homem parava e estendia as orelhas como se esperasse uma resposta. Como pouco obtivera, deu meia-volta. Seus companheiros também retornaram sem novidades das rondas. Tudo estava igual na quietude da noite esmaecida. O forro continuava macaqueando, apesar de já estar de cara inchada e sangrando pelo nariz. Quando os sete se ajuntaram, Manoel Gonçalves, o chefe deles, levantou o negro pela carapinha.

— O negro não sabe onde está. É só um vagabundo. Podem soltá-lo — ordenou. — Chispa daqui!

O forro não queria ir embora. Insistia em querer ficar. Foi convencido a se afastar pela força de pontapés na bunda.

A quentura estava muito boa. A cachaça tinha um gosto amargo, mas parecia até melhorada. Descia em grandes talagadas peito abaixo, espantando o frio num arrepio ardido. A cada gole tomado, os homens tremiam o corpo, se espanavam felizes como cachorros saídos da água. Ninguém mais prestava atenção no forro, que seguia morro acima, tropeçando onde podia. Escutaram por um tempo sua voz mole, tentando cantar um jongo entre resmungos. Depois ele desapareceu. Os sete homens estavam felizes com a cabaça de cachaça surrupiada que agora passavam de mão em mão.

— O negro estava bem fornido! Tem cachaça para uma vida inteira!

Distante, Luiz Sereno tentava adivinhar, através da densidade das brumas, o movimento dos embuçados. Às vezes ouvia o riso deles quando o vento soprava suave na direção das pedras.

— Que será que estão preparando para o sr. Genésio? — indagava-se, impotente.

O opaco da madrugada foi indo embora cada vez mais depressa. Com o calor, que apenas se anunciava na luz do sol, as brumas foram se dissipando e, com elas, o eco longínquo dos risos. Os homens deviam estar à espreita, preparados para a tocaia, porque era como se não existisse presença humana nas paragens. Só se ouvia o barulho próprio do lugar: o ruído dos bichos, os piados dos pássaros que aumentavam no avolumado da claridade.

Aqui e ali, entre as pedras e canelas-de-ema, as aves foram levantando voo, subindo, descendo e pousando, espantadas pelo gemelhicado.

Os sete se contorciam e gemiam. Procuravam água e agarravam o ventre com os braços. Logo se puseram a gritar e a chorar. Suas bocas e beiços incharam e encardiram. Sem conseguir se pôr de pé, eles se arrastavam pela terra e estrebuchavam quando Luiz Sereno e o escravo Neco-Neco se aproximaram com cautela e vagar. O forro bêbado e molambento reapareceu no alto da montanha e desceu o caminho de volta numa carreira direta e decidida. Chegou perto.

— Eh-eh, gostaram do que beberam? — perguntou Chico do Sagrado.

— Pelo amor de Deus, me salve — gemeu um.

— Me mate de uma vez, seu filho da puta! — escolheu outro.

— Vocês vão continuar bebendo isso no inferno, em companhia de Satanás! — respondeu Luiz Sereno, se acocorando junto aos sete que se retorciam no chão, transformados em ninhada de filhotes de cobra. — Principalmente você, filho de uma cadela — disse, dirigindo-se ao chefe deles, Manoel Gonçalves, o cunhado do Hermenegildo. — Pode deixar que vou cuidar da d. Augusta, sua viúva.

Depois se calou e assistiu, impassível, à agonia do bando. Cada um dos sete foi silenciando, esbugalhando os olhos no próprio ritmo. Quando se certificaram da ausência de vida, os três se retiraram sem ajeitar nem esconder os cadáveres. Neco-Neco ainda viu na cintura do corpo inerte de Manoel Gonçalves uma pistola de cabo de prata marchetada de fios de ouro, que brilhava na luz indecisa da manhã.

— Deixa aí, no lugar onde está! — ordenou, seco, Luiz Sereno, diante da menção do negro de tomá-la para si.

— Mas, sr. Luiz, abandonar uma riqueza dessa? Ninguém tem uma beleza assim.

— Por isso mesmo! Deixa no lugar.

Foi com o coração apertado que Neco-Neco deixou a joia desperdiçada na imprecisão do terreno. Abandonaram os sete sem mexer em nada, na posição que o espontâneo decidira. Chico do Sagrado pegou a cabaça de cachaça e despejou o que tinha sobrado, um nadinha no fundo, na terra.

— Tenho que dar um sumiço nisto.

Quando os três estavam atravessando a garganta da montanha ao encalço dos animais que haviam confinado na grota, duas cabecinhas apareceram no alto das pedras e observaram seus movimentos.

Luiz Sereno, Neco-Neco e Chico do Sagrado cavalgaram rápido. A todo o galope, rumaram, sem os volteios da ida, para o Tijuco. Antes de entrarem na Vila, Luiz Sereno mandou que seus dois negros seguissem direto para a lavra.

No casarão dos Silveira, a parentada e os aliados que não haviam ido ao sítio do duelo aguardavam, aflitos. Luiz Sereno cumprimentou a todos e se dirigiu a d. Maria Rita:

— Ritinha, minha irmã, acabei de chegar e fiquei sabendo da partida do Genésio. Você quer que eu vá ao seu encontro?

— Não! Fique aqui conosco. Meu marido sabia que você não poderia acompanhá-lo. Insistiu para que os amigos e parentes ficassem aqui, esperando sua volta.

As mulheres fizeram o sinal da cruz.

— Luiz Sereno, meu irmão, e como vão as coisas nas suas lavras? — indagou, com desinteresse, d. Maria Rita.

— Tivemos alguns problemas com uns negros traiçoeiros. Mas felizmente demos conta deles, de forma que, agora, está tudo pacificado, e o terreno, limpo. Você não deseja mesmo que eu vá ao encontro do seu marido? — Luiz Sereno emendou a pergunta na resposta como se se tratasse do mesmo assunto.

— Não, meu irmão. Fique aqui. Agora é com a divina Providência. Fizemos o que tinha que ser feito — retrucou, enigmática, d. Maria Rita Silveira. — Os senhores, por favor, sirvam-se da quitanda. Eu vou com minha irmã rezar na igreja.

D. Rita e a irmã ordenaram que lhes trouxessem as liteiras e as levassem até a igreja de Nossa Senhora das Mercês. Foram uma atrás da outra, balançando-se na cadência dos passos dos negros carregadores, trajados de casaca, calça de babado e cartola enfeitada de fita branca. Seguindo-as, ia uma procissão de mucamas, moleques e negros de carga, portando guarda-sóis debaixo do braço.

Nas escadarias da igreja, uma pequena multidão de mucamas, negros e negrinhas descansava próximo à liteira encostada na parede da porta de entrada. Eram negros pertencentes aos Caldeira Brant, que se afastaram quando as duas irmãs puseram os pés no chão. Ao entrar no átrio, d. Rita pôde ver na penumbra da igreja o perfil oblíquo da esposa do Hermenegildo, que estava ajoelhada no genuflexório do altar-mor. A Caldeira Brant, indiferente a tudo, continuou a balbuciar sua reza, agarrada ao terço e ao missal, que ela nem abria porque não sabia ler. As irmãs dirigiram-se aos genuflexórios da família Silveira. As três mulheres, cingidas pela fé comum, pediam à santa que desse força, coragem e habilidade aos seus homens, para que um acabasse com a raça do outro. As mucamas e escravinhas de umas e da outra se fuzilavam mutuamente com olhares de ódio. As Silveira e a Caldeira Brant mal se mexeram quando um grupo de padres esbaforidos, alertados por um ajudante, irrompeu da sacristia, percorrendo a nave quase a trote, para impedir que, defronte à porta principal da igreja, os escravos carregadores das duas famílias rivais se engalfinhassem.

## 12. O duelo

— Vamos! — Cândido, o temporão, ordenou com impaciência.

— Não. Vamos deixar o sol se aprumar melhor. Além disso, você não vai. Quero você aqui — Hermenegildo dirigiu-se num tom seco ao irmão caçula, que, àquela hora da manhã, transpirava como um jumento de carga.

— Alguma notícia do Manoel Gonçalves? — sem aparentar ter prestado ouvido, Cândido indagou então afoitamente à irmã, d. Augusta.

— Pode ficar tranquilo que ele dará conta do devido. Meu marido é homem acostumado. Quem tem que ter medo de alguma coisa é o Genésio Silveira.

— Aqui no Tijuco já tomei todas as providências — Hermenegildo assossegava a irmã pousando ternamente a mão ossuda em seu ombro. — Nossas casas estão protegidas. O intendente é nosso absoluto aliado, já neutralizou a guarda e conversou com quem tinha que conversar. Em casa de Josefino, há uma escravaria, um montão de forros e feitores preparados de cacetes e calhaus. Estão todos acoitados. Quando a notícia se espalhar, os feitores vão soltar a malta para atacar o solar dos Silveira. A guarda será acionada pelo Ferraz Pinto, que irá fechar o Arraial do Tijuco para restabelecer a ordem.

— Eu temo por você, meu irmão — disse d. Augusta, inclinando a cabeça para tocar com seu rosto a mão de Hermenegildo.

— Minha irmã, não precisa temer, não haverá embate. A esta altura, Genésio e seus amigos estão mortos. Seu marido já deve ter dado cabo deles.

— Eu sei! — exclamou d. Augusta, e fechou ternamente os olhos.

— Que história é essa? Quem matou o filho da puta do Genésio? Não vai haver mais duelo? Que história é essa de atacar o solar dos Silveira? Não vai haver mais duelo? — perguntou, excitado, Cândido, olhando ora para o rosto da irmã ora para o do irmão.

— Fale baixo. Cale-se — ordenou, rascante, d. Augusta. — E lave essa boca, que anda suja! Quer pôr tudo a perder?

— Cândido — disse Hermenegildo, como se tivesse repentinamente se lembrado de alguma coisa —, vá conversar com o Jeremias, que ele tem tudo organizado. Eu pedi para ele lhe explicar. Vá! Ele deve estar precisando de sua ajuda.

Cândido não hesitou um segundo. Estufou o peito e saiu resoluto ao encalço de outro irmão.

— Hermenegildo pediu para procurar você! — informou com brutalidade, sem ter ainda decidido se havia sido menosprezado ou enaltecido pelo chefe da família.

— Para quê?

— Para saber dos planos, no detalhe.

— Escuta, então. Providenciamos para que, antes de o Hermenegildo e as testemunhas chegarem ao lajeado da cachoeira da Sentinela, no meio do caminho, só se vai encontrar gente morta e acabada. O Manoel Gonçalves está com um grupo armado para eliminar a cambada inteira antes de haver duelo. O plano, no resumo, a ser delatado na cidade, é o seguinte: Hermenegildo, em duelo limpo, feriu profundamente Genésio, matando-o. Quando o grupo ia voltando, o bando dos Silveira, inconformado com a morte do canalha, veio atrás. Os nossos revidaram. A turma dos Silveira foi morta em luta aberta, em legítima defesa. O juiz vai detalhar e confirmar o sucedido.

— Ninguém vai acreditar nisso! — retrucou Cândido.

— É bom que não acreditem. Uma negrada está escondida na casa de Josefino, e outra, na do Baltasar. Quando a notícia do ocorrido se espalhar pelo Arraial do Tijuco Diamantino, os negros sairão acompanhados de alguns capatazes às ruas, revoltados com a covardia dos Silveira. Ninguém vai ficar procurando detalhes. Todo mundo vai acreditar que mereceram o fim que lhes foi dado. Os guardas serão chamados para pôr ordem na cidade. Mas a ordem é para que tumultuem ainda mais as coisas. Eu, o Zeferino e o Nicodemos vamos atear fogo ao solar dos Silveira. Temos um espião lá que já preparou palha, algodão, azeite e alcatrão no porão.

— E depois?

— Vamos trazer nova ordem para a Demarcação. Restabelecer a autoridade, construir uma cadeia nova. Vamos repartir as licenças das lavras, expulsar os estrangeiros, restaurar o Livro da Capa Verde, que anda bastante esquecido nestes tempos novidadeiros.

— Vou junto. Eu mesmo quero atear fogo na casa daqueles filhos da puta!

— Pode vir. Leve mais alcatrão.

No mesmo momento em que seus dois irmãos confabulavam seus planos, Hermenegildo gritava com voz de mando:

— Pronto, agora é a hora. Vamos.

Partiram altivos em suas montarias rumo ao lajeado da cachoeira da Sentinela. Hermenegildo foi ficando aflito à medida que galopava para o chapadão. O nervosismo tomou conta da tropa. Os cavaleiros, no anseio de saber o que os aguardava, cravaram as esporas nas ancas das éguas. Desabalaram morro acima. Estava tudo deserto e limpo. Continuaram cautelosos, olhando para os dois lados da estrada, temendo algum bote. Nada. Foram sendo empurrados pela marcha em direção ao sítio. Do alto, divisaram Genésio em pé, recostado a uma árvore, protegendo-se, na sombra, da longa espera e do cansaço que o sol trazia. O juiz, que se chamava José Roberto de Toledo, andava de um lado para outro.

Antes de descer a encosta, Hermenegildo estancou e aglutinou os seus.

— O que sucedeu? O que deu errado? — perguntou em voz baixa para seu padrinho, Domingues Macua. — Onde está o Manoel Gonçalves?

— Não sei, senhor. Vou averiguar.

— Nada disso. Depois. Agora fique aqui. Não dê na vista. Quando algo dá errado, é melhor não mexer porque piora! Não é hora de se dispersar.

Os homens se entreolharam. Aprumaram-se na sela e desceram em direção ao desafeto. Hermenegildo tremia diante do imprevisto. Não de medo, mas de raiva ou de aflição. Ao chegarem, apearam ressabiados. Os dois padrinhos apresentaram-se ao juiz, que, suando em bicas, arregalou os olhos interrogativos para Hermenegildo, que apenas mordeu as pontas do bigode. Ao lado de cada padrinho postaram-se as quatro testemunhas. O juiz mandou que as outras pessoas que haviam acompanhado Hermenegildo se retirassem para mais distante.

— Os senhores estão de acordo que as armas a serem utilizadas serão pistolas inglesas, de um tiro só, sem gancho à esquerda?

— Sim. Foi isso o proposto e foi isso o aceito.

— Os senhores querem propor algum tipo de reconciliação?

Dino Bibiano, na qualidade de padrinho do desafiado, tomou a palavra:

— Sr. Macua, diga ao sr. Hermenegildo Caldeira Brant que o sr. Genésio Silveira foi, até recentemente, seu amigo. Comunique-lhe que esta história não faz sentido. E que o fato de o sr. Genésio discordar de suas opiniões não configura nenhuma ofensa. Ainda é tempo de velhos amigos se entenderem.

Domingues Macua pediu licença. Recuou uns passos e foi ter com o patriarca, com quem confabulou por poucos minutos. Voltou, pondo fim às impaciências:

— O sr. Hermenegildo Caldeira Brant não aceita os pedidos de desculpas do seu Genésio.

— Não houve pedido de desculpas, mas de reconsideração de uma decisão insensata.

— A resposta é não, sr. Dino Bibiano — cortou, seco, o mulato.

— Então vamos ao duelo, senhor juiz! — respondeu Dino Bibiano, não se dirigindo mais ao colega padrinho.

O juiz leu, com voz esganiçada, as regras anotadas que haviam sido acordadas pelas duas partes.

— Seguiremos as regras adaptadas do código irlandês para este enfrentamento. Os senhores duelistas permanecerão um de costas para o outro, mantendo entre si uma distância de exatas catorze passadas, com os braços dobrados em ângulo reto, armas apontadas para o alto, acima da altura dos ombros. Somente quando eu, juiz José Roberto de Toledo, secundado pelas testemunhas que aqui estão, disser "atirem!" é que os duelistas que aqui se enfrentam estarão livres para disparar suas pistolas. Antes disso, será facultado a cada um dos contendores dar um passo para trás como passo de desculpa, que será imediatamente e obrigatoriamente acatado pelo adversário, encerrando-se o desafio, de modo definitivo, pelo motivo presente. A cada um é facultado um e apenas um tiro. Executada a ação, o duelo se encerrará na independência de seu resultado. Não haverá profanação de corpos, caso haja a infelicidade de ferimento mortal. Nenhum dos dois lados, sejam quais forem os danos e consequências, dará queixa ou noticiará as autoridades do que aqui se passa e se terá passado. Cada corpo ferido será entregue aos cuidados do seu padrinho e das suas testemunhas. Podem carregar as armas! Que a justiça de Deus prevaleça!

Cada um dos padrinhos carregou a arma na frente do outro, colocando em cada pistola a mesma quantidade de pólvora, socada quatro vezes.

— Os senhores desejam intercambiar as armas?

— Não será preciso — respondeu Dino Bibiano.

— Senhores, ocupem seus lugares.

O sol já estava alto, mas ainda oblíquo. Hermenegildo se pôs de frente para o lugar onde a cachoeira da Sentinela se formava, uma montanha cujas paredes de pedra lisa brilhavam contra a nuca de Genésio Silveira.

— Atenção, senhores. Preparem-se. Atirem! — gritou o juiz, como uma gralha.

Hermenegildo girou mais rápido o corpo. O brilho da montanha confundiu-se com a explosão da pólvora ante os olhos de Genésio, que sentiu uma picada de abelha no lado esquerdo do tronco. Só então ele puxou o gatilho de sua pistola. Por um momento, os duelistas permaneceram imóveis, escondidos atrás de rolos de fumaça. Hermenegildo caiu inteiro. Desabou duro de costas, como um grosso tronco de árvore. Em frente a ele, Genésio soltou a pistola, que foi ao chão, e o punho esquerdo da sua camisa se avermelhou. Cambaleou, mas se manteve em pé. Diante dele, Hermenegildo foi, imediatamente, rodeado por seus pares, que o alçaram do solo. Carregaram-no pelas pernas e braços, e a cabeça mole pendia para trás. Zequinha Sechem, que havia acompanhado seu compadre, vendo aquele estrago, dizia incrédulo, querendo confirmar para si o que os olhos não deixavam que negasse:

— Oh! Oh! Oh! Me... me... me... meu De... De... Deus, i... i... i... isso não po... po... pode estar acontecendo, i... i... isso nã... nã... nã... não e... e... e... era pa... pa... para a... a... a... acontecer.

Tomado de pânico, o gago pulou na sela da égua, partindo a todo o galope pela trilha que conduzia ao Arraial do Tijuco. Sem esperar por ninguém nem olhar para trás, repetia baixinho, como uma reza:

— Ma... ma... ma... mataram... me... me... meu com... com... com... compadre sr. Heeeeer... menegildo!

Foi no socadinho da garganta que a notícia se esparramou líquida pelo Arraial. No lajeado da cachoeira da Sentinela, Genésio, curvado sobre o pescoço do cavalo, passou ao lado do terreno onde Hermenegildo jazia, envolto pela sua gente. Genésio Silveira, Dino Bibiano e suas duas testemunhas trotaram uma distância que os colocasse fora das vistas do grupo de Hermenegildo. Quando estavam a salvo do olhar dos amigos do falecido, desmontaram Genésio. Levaram-no para a sombra de uma pedra. Rasgaram-lhe a camisa, lavaram a sangueira no antebraço, no qual o chumbo da arma de Hermenegildo havia feito um buraco de lado a lado. Amarraram-lhe ataduras e o puseram de volta na sela.

— Não há de ser nada — disse-lhe Dino. — O chumbo entrou e saiu. Está tudo limpo. Só percorreu o mole, passou longe do osso. Só está sangrando onde o chumbo saiu, na entrada está cauterizado. Depois de umas gemadas e uns bifes de fígado, você vai estar novo em folha. Só vai doer um pouco.

O pobre mal via o que se passava. Um enjoo lhe subia pelo peito enquanto uma pasta gorda escorregava braço abaixo. Sentia um pesar imenso de ter sido enredado naquela trapalhada, de ter atirado no homem que era gente de bem e respeitado. Não tinha nem desejo nem gosto de perguntar pelo Hermenegildo. Quando chegou ao Arraial do Tijuco, foi imediatamente levado à sua alcova, onde o dr. Epaminondas se pôs a cuidar de seu ferimento. Luiz Sereno deu ordens para que a guarda da casa fosse reforçada com escravos armados de cacetes.

— E o Hermenegildo? — perguntou d. Maria Rita Silveira.

— Morreu. Levou um tiro no peito. Caiu instantâneo. Foi Zequinha Sechem que chegou aqui chorando e gritando a notícia — respondeu um dos presentes.

— Vão querer se vingar — disse, impávida, a esposa de Genésio.

— Já providenciei proteção. Vamos aguardar. Nada de provocações, nem valentia, nem covardia — agora era Luiz Sereno que falava, enquanto olhava com feliz compaixão para o cunhado, recostado na cama no fundo da alcova.

## 13. O ataque ao Poço Seco

O silêncio e a desolação no casarão dos Caldeira Brant contrastavam com o barulho intenso da faina de algumas horas antes. Josefino e Baltasar, que haviam preparado seus homens para iniciar uma balbúrdia no Arraial, trataram de desarmar o mais rápido possível a malta aglutinada nos porões do sobrado.

— Mas o que não deu certo? — perguntava d. Augusta, com os olhos perdidos dentro de duas fossas negras.

— Não sei — disse Jeremias com um fio de voz.

— Que aconteceu com meu marido e suas gentes? Ai, meu Deus, estou com um pressentimento ruim — d. Augusta repetia sem cessar, fungando pelas enormes ventas.

— Também não sei o que aconteceu. Só sei o relatado pelo Zequinha Sechem. Vamos esperar pelo Manoel Gonçalves, para que nos diga o que não deu certo na emboscada.

Ao lado dos irmãos, Cândido chorava, desesperado. Os escravos mal se aproximavam do adolescente, temendo levar pancadas.

— Eles vão me pagar! Isto não vai ficar assim! — exclamava, levantando ameaçadoramente o punho cerrado contra o forro de taquara da sala. — Desgraçado, desgraçado. Tudo culpa daquele gringo filho da puta. Desde que chegou aqui, só apronta confusão!

O temporão, depois de muito berrar, desapareceu pelos corredores da casa, chutando o que encontrava pela frente.

— Vai cuidar do menino — disse Jeremias à irmã, assumindo ares de patriarca.

Tão logo terminou a frase, Cândido passou diante dele todo armado, batendo as esporas no chão de madeira. Augusta correu atrás do caçula.

— Jeremias, não deixe que ele saia. Pelo amor de Deus! Retenha o menino, chega de desgraça nesta família.

— Cândido! — Jeremias gritou.

— Não me detenha, que eu vou vingar nosso irmão.

— Espera que eu vou com você.

— Pelo amor de Deus, não façam isso! Jeremias, não vá você perder a cabeça. Você agora é o mais velho. Tente pôr um pouco de juízo nesse desmiolado do Cândido.

D. Augusta lançou-se ao chão e abraçou as pernas do irmão, que a levantou delicadamente.

A mãe deles, d. Matriciana, perdida no fundo da sala, sem expressão que se adivinhasse nos olhos avermelhados e secos, trajada de preto da cabeça aos pés conforme o luto que guardava desde que enviuvara, saiu de seu mutismo.

— Esses dois pelo menos poderão morrer como homens! — resmungou na sua boca murcha, sem sequer se virar na direção do galope dos últimos dois filhos machos, que já se enforquilhavam no lombo de suas éguas.

Jeremias e Cândido deixaram o Arraial do Tijuco como dois demônios. Rumaram para Guinda sem se importarem com o sol da tarde, que, misturado com o sal das lágrimas, lhes queimava as faces. No interior do solar dos Caldeira Brant, Augusta contorcia seu rosário, tentando esganar a dor.

Os irmãos atravessaram o vilarejo de Guinda como coriscos. Ao avistarem a lavra do Poço Seco, deram uns tiros de pistola para o ar, espantando a escravaria, que fugiu para as grimpas. Apearam às pressas. Munidos de grandes porretes, puseram-se a quebrar as armações e as maquinarias de François. Destruíram tudo que conseguiram, até que, exaustos, se retiraram como chegaram. Deram-se por vingados. Lavaram na carga de cavalaria a honra do irmão que morrera numa poça de sangue.

Quando retornaram, o solar era pura festa. Antes mesmo que apeassem, o povaréu dos Caldeira Brant, com d. Augusta à frente, se amontoou em torno dos cavalos.

Jeremias e Cândido aprumaram-se na sela, envaidecidos. Cândido sorria um sorriso aberto. Jeremias franziu o cenho, ponderando ser de mau gosto fazer festa quando o corpo do irmão mais velho não tinha ainda esfriado.

— Hermenegildo não morreu. Está vivo! Graças a Deus. Graças a Deus! Deus é pai! Milagre! Foi santa Rita, que nunca nos abandonou — gritou d. Augusta ao pé da égua.

— Como? Que história é essa? — indagaram os dois, em uníssono.

— Não morreu nem se feriu!

O sorriso de Cândido e a indiferença fingida estampada no rosto de Jeremias deram lugar a um esgar amarelado. Meio decepcionados com a notícia, que subitamente os fazia menos heróis ou, quiçá, coisa pior, os dois correram, abrindo caminho em meio ao amontoado de gente, até a alcova do irmão, que gemia deitado na cama.

O chumbo atingira o botão metálico da casaca. O impacto do projétil havia comprimido com tamanha violência o peito de

Hermenegildo, acima da boca do estômago, que ele perdera os sentidos de imediato. A confusão originada, o boato de sua morte, foi tudo culpa do desassossego doentio do Zequinha Sechem. A casaca com o botão achatado pelo projétil foi prontamente apresentada para quem quisesse admirar a prova material e irrefutável do milagre da intercessão do Divino, que se colocava decididamente ao lado da família Caldeira Brant. Enquanto mandava exibir a casaca do filho, d. Matriciana dava ordem para que as escravas sumissem com suas calças fedidas.

— Ainda bem que o sr. Hermenegildo usava calça marrom! — comentou, entre melancólica e zombeteira, a negra encarregada de dar sumiço à peça.

Marrom ou não, o fato é que a calça borrada e fedida desapareceu e a casaca azul-escura, com o botão transformado numa pataca côncava, passou a ser exposta, heroicamente esticada na prateleira de cristal do salão, como um manto sagrado, para quem quisesse se lembrar da história do duelo e da valentia do sr. João Hermenegildo Caldeira Brant.

A alegria no solar dos Caldeira Brant foi curta. Cessou quando chegou a notícia da descoberta dos sete mortos no descampado. O corpo de Manoel Gonçalves foi velado e sepultado com pompas. A família Caldeira Brant não podia deixar de revelar certo constrangimento com a curiosidade malévola do povinho que se espremia diante do féretro só para ver e comentar a cor do cadáver do marido de d. Augusta. Não trazia marcas de violência, de modo que não se podia culpar ninguém pela morte. Só sua cor era esquisita. Ninguém, até aquela data, tinha visto um vivente digno virar, depois de morto, finado de cor preta, ventas largas e beiço grosso. Nos dias subsequentes ao enterro de Manoel Gonçalves, d. Augusta caiu em desespero confuso.

— Eu tenho que agradecer à mãe misericordiosa de Deus por ter operado o milagre que desviou o chumbo do coração de meu querido irmão, mas por que, por que, meu Deus, ela permitiu que levassem meu marido? Isso não é justo, meu Deus. Por que o Divino permitiu que eu ficasse viúva tão jovem? Quem poderá substituir o corpo de meu Manoel Gonçalves? E perder o marido na covardia? Isso é o pior! Pior, não! Pior é ficar impotente, pior é ficar acuada, sem poder de vingança.

D. Augusta Caldeira Brant Gonçalves cerrou-se em luto fechado. Abandonou a devoção que tinha por santa Rita. Ficou com ódio da santa só porque a esposa de Genésio Silveira portava o mesmo nome. Apegou-se a são José, o de botas, porque o outro, sem botas, era meio coió.

— Não se acabrunhe, minha irmã, você terá sua vingança. Eu vou descobrir o responsável pela judiação — repetia-lhe Hermenegildo.

— Mas nada disso trará meu Manoel de volta. Oh, meu Deus, morreu, e morreu tão feio! Você viu a cara dele? Tinha virado preto. Você viu, Hermenegildo, de que cor ele ficou? Nem parecia meu Manoel. Será que virou escravo do coisa? Não posso nem pensar. Morreu preto. Às vezes não quero nem pensar no que pode estar acontecendo com sua alma. Queimo velas e mando rezar missa todos os dias pela sua salvação. Meu irmão, descubra logo quem fez essa maldade com ele, porque eu quero que os covardes que fizeram isso paguem nesta vida, antes de pagarem na outra.

— Fique tranquila, vou achar o culpado — reiterava o irmão, condoído pelo sofrimento inconsolável de d. Augusta.

O fracasso do duelo e, mais ainda, o mistério da morte de Manoel Gonçalves resultaram num temor generalizado que tomou conta da casa dos Caldeira Brant. Os funestos acontecimentos cobriram de desolação o solar onde, havia poucas semanas, mal cabia a quantidade de amigos que para lá acorriam. Seus aliados, refugiados nos próprios domínios, não davam mais as caras no Tijuco. Os que ficaram no Arraial se desdobravam para inventar desculpas para não comparecerem aos jantares e saraus. Pior de tudo foi o deboche do populacho. Não se sabe ao certo como a coisa começou, se por conta das pernas zambras e curtas de Hermenegildo ou se porque, após o duelo, os amigos tinham amarrado dois laços de cipó no meado de suas coxas atarracadas para evitar que, no balanço da charrete, a merda que lhe saíra escorresse pelas pernas, mas o fato é que, algum tempo depois do confronto com o sr. Genésio, o povo, perdendo-lhe o respeito, passou a se referir ao patriarca dos Caldeira Brant como Perna de Kyrie Eleison.

## 14. D. Maria da Lapa

Quando as poucas nuvens se avermelharam nas beiradas das montanhas do poente, François se pôs de pé. A mulher, de cujo corpo as varizes nas pernas grossas e os pés de galinha no rosto haviam expulsado a juventude, estendeu a mão ao francês, que a beijou com quase cerimônia. D. Maria da Lapa se encantava cada vez que se despedia dele: "Que modos! E com que naturalidade!".

François, que começava a se inquietar com a diminuição do numerário que trouxera consigo, embora a inflação continuasse a ajudá-lo, aumentando o valor das suas libras, viera, mais uma vez, se aconselhar com a mulher que o sr. Manuel Ferraz, na passagem pelo vilarejo de São Gonçalo do Rio das Pedras, assinalou ser, no Distrito Diamantino, o contato da rede de contrabando do velho judeu do Recife. Na Demarcação Diamantina, poucas pessoas conheciam mais o negócio de pedras preciosas do que d. Maria da Lapa. Segundo a lenda, que ela própria criara, aprendera o ofício com o amante, um holandês de origem alemã chamado Gerhard Müller, que o povo humilde decidiu aportuguesar da melhor forma: seu Nogueira Mula. Um dia d. Maria da Lapa recebeu a notícia de que seu belo alemão morrera nos fundos das Minas Gerais.

A viúva tinha simpatizado com o francês, em cujos olhos azuis enxergava o reflexo de seu Gerhard, e cuidava de Eufrásia como de uma filha. O defunto companheiro de d. Maria da Lapa parecia ter sido um geólogo e naturalista que se perdera por aqueles sertões afora. De passagem pela Vila do Príncipe, o holandês caiu de amores pela jovem Maria. O patriarca da família Vasconcellos, que podia tolerar quase tudo na vida, não havia suportado a ideia de ver a única filha casada com alguém que não fosse de puro sangue lusitano. Os dois enamorados passaram então a se ver às escondidas: se olhavam nas missas, até o dia em que o batavo a raptou. O amor durou pouco. O geólogo foi se aventurar pelas bandas do Araçuaí e, na estação das cheias, ao atravessar o rio, sua canoa virou. As águas levaram consigo a alegria da vida de d. Maria da Lapa. Depois da morte do amante, a jovem Maria quis voltar para a casa dos pais, mas de nada lhe valeram as súplicas e os chorosos pedidos de perdão. Nunca mais pôde retornar ao seio dos Vasconcellos. Maria conservou o sobrenome paterno só por receio de ser chamada de Maria Mula.

Desamparada e sem lugar no mundo, d. Maria decidiu se instalar numa propriedade que adquiriu em torno da Lapa do Alvarenga no Arraial do Tijuco, onde estabeleceu um negócio de tropas. Enriqueceu vendendo, comprando, trocando, alugando e preparando tropas de distintas qualidades de animais. Transformou-se na rainha dos transportes, na rainha dos tropeiros, e comandava uma rede de interesses que seguia por todos os caminhos reais e clandestinos do país. Sua riqueza e seus contatos com as diversas regiões do Brasil não tardaram a despertar a inveja dos homens do Arraial do Tijuco, da Vila do Príncipe e do vilarejo de Guinda que dela dependiam para seus negócios legítimos e escusos e que a ela, com igual intensidade, odiavam por causa de sua condição familiar e sua insolente independência de mulher.

Assim ficou d. Maria. A vida amorosa não mais lhe sorriu. Nostálgica dos tempos dos amores plenos, a doce amada do bávaro se tornou, com o passar dos anos, uma espécie de virago amarga, bebendo além da conta para se aquecer nas longas noites solitárias. Nas intermináveis conversas encachaçadas e sem nexo nas quais chorava seu amado e sua juventude, Maria da Lapa falava dos maços de anotações deixados por seu Nogueira Mula. François, ávido pelos mistérios do mundo, a escutava com uma atenção que ninguém mais lhe dedicava. D. Maria comentava que o amante fizera inúmeros mapas do oeste mineiro, onde havia diamantes grandes como ovos de pomba.

Naquela tarde, ao se despedir de sua amiga, François deixava o olhar se deslizar para as nuvens avermelhadas e o ouvido abrir-se para o gorjeio dos pássaros, quando viu aparecer no alto do morro uma figura que lhe pareceu ser Orando. Com os bofes para fora, o mulato desabalou serra abaixo. Chegou arrastando os pés e balançando a pança. O gigantão mal conseguia respirar. Entre inspirações e expirações, o gordo Sembur batia no alto do peito e arquejava:

— Destruíram tudo. Quebraram tudo. O pessoal do Arraial do Tijuco.

— O que você está dizendo, homem de Deus? Que história é essa? Quem quebrou o quê? Onde? — o francês perguntava, nervoso.

Enquanto o grandalhão tentava recuperar o fôlego, d. Maria da Lapa acalmava o amigo.

— Deixa para lá. São coisas do Arraial do Tijuco. Devem estar brigando para ver quem fica com um naco maior dessas misérias. Deve ser coisa dos Caldeira Brant e dos Silveira. Eles que se matem!

O negrão gordo teve então tempo de se recuperar um pouco da carreira. Jogando, de socadinho, a cabeça para trás e para a frente, escancarando as beiçolas em busca de ar, tentou dizer alguma coisa:

— Os irmãos... os irmãos, os irmãos Caldeira Brant. Jeremias e Cândido.

— Tomara que tenham morrido — Maria da Lapa completou a frase que o negro não conseguia concluir.

— Não, não, não. A nossa... a nossa... a nossa... a nossa lavra!

— Quê? — gritou François.

— Dê água para o miserável — gritou Maria da Lapa para uma de suas escravas.

— Onde está Victor? Foi ferido? — perguntou o francês.

— Não. Fugiu para o mato junto com a escravaria.

Mal terminado o relato que Orando produzia no entrecortado do fôlego, François, sem esperar, enforquilhou-se em sua montaria, desatando num galope morro acima. D. Maria da Lapa correu até seus homens e mandou que quatro deles fossem ajudá-lo. O francês passou pelas lavras do Poço Seco sem deter-se. Apenas olhou de relance o desmantelamento das peças. Seguiu galopando direto para o vilarejo de Guinda. Rompeu no povoado como um raio, abriu a porta da casa e viu na salinha os olhos arregalados de Eufrásia, ainda assustada com o corre-corre de fim de tarde que tirava a paz daquelas três ruazinhas no fim do mundo.

— Você está bem? — François abraçou a esposa, pouco se incomodando com o distanciamento que ela interpusera entre eles ao saber da morte de sua família, e beijou-a com aflição.

— Que está acontecendo?

— O importante é que você esteja bem.

Depois, atravessou a casa e saltou as cercas, correndo em direção ao laboratório. Só então um assossegamento lhe surgiu no rosto. A porta estava trancada e intacta; a janela, aferrolhada.

Eufrásia ficou ainda mais assustada quando os quatro negros de Maria da Lapa pararam diante de sua casa. François acalmou-a:

— Esses negros vieram nos proteger. São da d. Maria da Lapa.

— Que houve?

— Os desgraçados dos irmãos Caldeira Brant destruíram mais de três meses de trabalho.

— Mas por quê?

— Sei lá eu. Eu não tenho nada a ver com as brigas desses brasilenses filhos da puta. Sei lá por que agora decidiram descontar em cima de meu lombo. Oh, meu Deus!

Escoltado pelos negros de Maria da Lapa, o francês voltou ao Poço Seco, onde pôde constatar o efeito da passagem destrutiva dos dois irmãos: algumas canaletas quebradas, bicames rompidos, decantadores e agitadores fendidos, pilastras postas abaixo, monjolos deslocados de seus pinos.

— Meu Deus, que pode ter sido isso? — perguntava, para responder ao insólito.

Vieram-lhe à lembrança as palavras já longínquas do amalucado Nazareno, da fazenda Iluminação: "Aquele povinho da Vila do Tijuco é mau e fuxiqueiro". Como se se tratasse de um aviso carregado de maus pressentimentos, sua mente foi tomada pelas imagens que passara a fabricar a respeito do assassínio do sogro e dos cunhados. A família de sua mulher fora, provavelmente, massacrada por ter se envolvido com gente ambiciosa. Não havia como não pensar que os motivos eram os de sempre:

cobiça e traição. Teriam, ele e a esposa, encontrado a mesma fatalidade se não tivessem saído a tempo da França. Entretanto, François pressentia o afago da mão cruel da perseguição e do crime; por mais que os Dumont tentassem fugir do destino, por mais que dele tentassem se distanciar, a morte e a violência reapareciam, sempre ameaçadoras.

Aos poucos, a escravaria, em companhia de Victor, foi se aproximando do vilarejo.

— Quem fez isso?

— Foram os irmãos Caldeira Brant — Victor respondeu. — Não sei por que aqueles malditos vieram até aqui para fazer isso! Sempre me dei bem com eles. Nunca tive rusga, ao contrário.

Duas semanas depois de Manoel Gonçalves ter sido enterrado, o coronel Da Cruz Machado, da Vila do Príncipe do Serro Frio, apareceu no Arraial do Tijuco Diamantino. Mandou avisar que gostaria de conferenciar com Hermenegildo Caldeira Brant e Genésio Silveira.

Dirigiu-se primeiro ao solar dos Silveira, onde foi recebido com circunspecção.

— O amigo está se recuperando satisfatoriamente?

— Estou me recuperando muito bem. Foi só um arranhão. Mas muito obrigado pelo interesse — respondeu Genésio.

— Sr. Genésio — disse o coronel, indo diretamente ao assunto —, espero que o senhor escute minhas palavras e nelas distinga o apreço que reservo ao senhor e à sua esposa, d. Maria Rita. Eu vim até sua casa para lhe dizer que não fica bem nem é do interesse da nossa região que atitudes belicosas e espetáculos sangrentos como os que ocorreram recentemente neste Arraial se repitam. Eu vim aqui, como amigo, para lhe dizer que isso não será mais tolerado daqui para a frente.

— Coronel — respondeu, firme, Genésio —, eu não quis o duelo. Fui desafiado. Meu padrinho propôs uma desistência digna para os dois campos, que foi recusada pelo outro lado. Posteriormente ao enfrentamento, descobri indícios de que havia planos para meu assassínio, massacre de minha família e incêndio de minha propriedade.

O coronel levantou a mão espalmada diante do rosto, interrompendo a fala de Genésio, e disse:

— Sr. Genésio, estou a par de tudo. O senhor não deve nem tem que me dar explicações. Agradeço ao senhor por ter me escutado.

O coronel ficou ainda algum tempo em conversa com o sr. Genésio.

Dirigiu-se depois ao solar dos Caldeira Brant. Foi recebido pelo sr. Hermenegildo. Estavam com ele, além da esposa, os dois irmãos, Cândido e Jeremias, d. Matriciana e a triste e inconsolável Augusta. O casarão estava fechado e enegrecido, de luto pelo desaparecimento do sr. Manoel Gonçalves. O coronel, depois de consolar a viúva e recordar a velha amizade que unia sua família à dos Caldeira Brant, trancou-se com o patriarca numa pequena sala. Foi logo dizendo com voz pausada:

— Sr. João Hermenegildo, assim como sou amigo de sua família, sou grande amigo de outra família que muito recentemente veio se instalar nos arredores da Vila do Tijuco, mais precisamente no vilarejo de Guinda.

O outro, ao ouvir referência aos franceses, empertigou-se inteiro na cadeira.

— Essa família, sr. Hermenegildo, está sob minha maior proteção. Qualquer mal que venha a ocorrer a ela ou a suas propriedades será considerado um atentado à minha pessoa. Sei que o senhor é conservador como eu, de sorte que, de alguma maneira, nós dois pertencemos a uma mesma família política. Então, desejaria solicitar-lhe, bem como aos seus irmãos, que nenhum mal nem constrangimento de espécie alguma venham a ocorrer com a família Dumont.

O senhor do sobrado engoliu as inesperadas palavras do coronel, que arrematou:

— Cenas de violência e barbarismo não serão mais toleradas. O que passou está passado. Não podemos recuperar os estragos nem ressuscitar os mortos. É de bom juízo esquecer as querelas e enterrar os ressentimentos, sr. Hermenegildo. Estou providenciando para que a Autoridade, que falhou na manutenção da ordem, seja substituída por alguém que se porte à altura do interesse público. Houve duelos, tentativas de sedição, sem que se tomassem medidas coibitivas contra essas ilegalidades. A Autoridade fracassou em sua tarefa de manter a paz na região e de assegurar o sossego da população.

— As pessoas que estão do nosso lado são todas pessoas de bem, distintas...

O coronel não deixou que o outro continuasse a frase. Com a impetuosidade de sua juventude e a ciência de seu poder, o interrompeu:

— Não estou aqui, sr. Hermenegildo, para julgar ninguém nem tenho mando para tal. Estou aqui muito além de minha jurisdição. Se aqui vim, é porque foram detectados sinais de revolta contra a ordem imperial. Mas, se se trata de homens de bem e distintos cavalheiros, como o senhor mencionou, eu não incluiria, nesse rol, um tal de Domingues Macua. Tampouco consideraria uma meia dúzia de negros ladinos armados até os dentes, enterrados às pressas numa beira de barranco, uma demonstração de distinção humana.

O coronel retirou-se, sem se prolongar em conversas. Voltou para a Vila do Príncipe do Serro Frio com o coração apertado por estar impedido, pelas circunstâncias políticas que envolveram sua ida ao Arraial do Tijuco, de visitar os Dumont em Guinda.

Depois da intervenção do coronel Da Cruz Machado, François pôde reparar sem empecilhos os estragos causados pela violência dos irmãos Caldeira Brant.

O ano de 1826 terminava. Vieram as chuvas, tornando as trilhas intransitáveis e permitindo que as grupiaras rebrotassem por toda a Demarcação Diamantina como brotoejas na cara dos bexiguentos. Após a virada do ano, François recebeu uma longa correspondência de Fernando Murat, que estava preocupado com a situação financeira do Império. Relatava a guerra do Tinguá, lamentando a morte do negrinho Maquim. O francês mostrou a carta a Eufrásia. Esta contou à negra Marica o ocorrido com Maquim. A negra afundou-se num banzo do qual não mais se livrou.

Junto com a correspondência enviada por Fernando Murat veio um molho de antigas e novas cartas e documentos que o tio de Eufrásia lhe mandara e que por um motivo qualquer ficaram retidas em algum lugar do Rio de Janeiro. Em várias delas lia-se o carimbo "Martinique". François leu-as para Eufrásia. Nelas encontrava-se o relato superficial e chocante da tragédia ocorrida com seu sogro e cunhados. Em termos mais detalhados, explicava o destino dado ao que sobrara da fortuna de M. Thierry Martinet. O que foi apurado era incompreensivelmente pouco. No volume de correspondências havia um grosso maço de documentação que François organizou dias a fio. No meio dos papéis, chamou-lhe a atenção um intrigante manuscrito do sogro, escrito num estilo de alguém aparentemente fora de seu juízo. O papel não estava nem sequer datado. Depois de examiná-lo com cuidado, entregou-o à mulher, que o leu e releu.

*Meus filhos adorados*

*Na hora em que vos escrevo estas graves palavras, me encontro tomado pela mais funesta das apreensões, esmagado sob o peso da certeza de que nunca mais vos verei, uma vez que a maior e mais violenta das maldades está prestes a se abater sobre minha pessoa e sobre o restante de nossa família. Sabeis, meus seres queridos, que os responsáveis diretos por esta ignomínia são o marquês De Marsan e a senhora condessa De Courcy, que se juntaram para perpetrar um dos piores crimes de que a Europa teve conhecimento até hoje. Esses crápulas me roubaram tudo.*

*Eu vos devo, entretanto, uma confissão, meus filhos queridos. Espero que me perdoeis depois de terem compreendido todos os meus motivos. Ireis entender a razão profunda e a única razão para que eu vos tenha empurrado a essas terras selvagens: eu tinha que vos colocar fora do alcance das mãos e da sanha desses dois monstros aristocratas.*

*Perdoai-me, minha doce filha. Perdoai-me, François. Entretanto, tudo o que fiz, todas as minhas decisões foram para afastar-vos, colocar-vos à distância do odioso marquês e de sua cúmplice, a senhora condessa.*

*Meu querido amigo, o sr. Picard, que François conhece bastante bem, é a única pessoa no mundo a quem revelei os detalhes dessa história sórdida. Sob sua guarda estão meus segredos, que ele um dia vos revelará, caso o pior me aconteça. Podeis confiar nele.*

*Eu vos beijo ternamente.*

*Thierry*

Eufrásia, ao terminar a leitura, permaneceu de olhos fechados, apertando o papel contra o peito, até que, sem nada dizer, se levantou e abraçou François. Tomando-o pela cintura, sentiu o macio de seus rins e o estreitou com uma força que a fez tremer.

— Esta carta não é de uma pessoa em perfeito juízo, Eufrásia! Isso não pode ser verdade. Será que seu pai não começou a imaginar coisas e suas fantasias acabaram assumindo uma dimensão trágica?

— François, quem ficou louco foi você! Eu prefiro me lembrar de meu pai tal como ele era. Lúcido, esperto, bom comerciante e artesão. O que me aconteceu foi duro demais para que eu possa querer pensar diferente. E, para dizer a verdade, nem me interessa mais. A França não me interessa mais. Vou ser brasileira, viverei nestas cidades tristes até o fim de meus dias.

O marido quis ainda argumentar, mas decidiu calar-se. Beijou-lhe a testa. O círculo se fechava, a história se concluía. A carta punha o preto no branco: o sogro e os cunhados (e, por que também não dizer?, a sogra) morreram atacados pelos longos braços de um marquês e de uma condessa que perpetraram um roubo misterioso. François levou as mãos às costas e apalpou nervosamente os rins.

O novo ano trouxe consigo um apaziguamento dos ânimos na Demarcação Diamantina. François havia reconquistado a simpatia do Dino Bibiano e granjeara a do padre Gonçalves Chaves e a de seu grupo liberal, bem como havia mantido a estima e a proteção do conservador coronel Da Cruz Machado. Os negócios tinham evoluído satisfatoriamente, embora aquém do imaginado. A vida familiar se normalizava rapidamente à medida que Eufrásia abandonava o embotamento afetivo no qual se enfiara. Victor estava meio enrabichado por uma das filhas da família Miranda. Os laços dos Dumont com d. Maria da Lapa se estreitaram. Não era raro que, algumas vezes por semana, antes de findar o dia, Eufrásia, acompanhada pela sorumbática Marica, se pusesse a caminho da casa da viúva para ter com ela conversas de puro prazer. A francesa despedia-se com delicadeza e tato, sempre antes de d. Maria mergulhar no álcool.

As visitas a Maria da Lapa faziam parte das muitas atividades de François: laboratório, visitas sociais, vida familiar, contabilidade, trabalho nas lavras, longo preparo para as missas, que passou a frequentar desde que travara amizade com o padre Divino, o teatro. Aos domingos, descia a trilha de Guinda até o Arraial do Tijuco. Atrás, vinha gemendo um carro de boi com toda a sua escravaria, que o acompanhava em procissão até a entrada da igreja. No restante dos dias, era a dureza do trabalho.

— A vida na lavra está me matando — disse numa das vezes em que voltou para casa. — Talvez eu devesse mudar de vida. Não vale a pena eu me sacrificar tanto assim, ficar longe de casa dias a fio. Se tivesse achado uma fortuna, valeria a pena. O que consigo só dá para viver bem. Victor é que está certo. Entrosou-se com os Miranda. O velho o trata como um filho. Logo estará no comércio.

— O que você poderia fazer? Quer virar comerciante neste fim de mundo? — retrucou Eufrásia.

— Não. Não sirvo para isso. Deixo isso para o Victor. Vamos esperar que o país mude. Há de mudar! Há de se acabar com o anacronismo da regulamentação diamantina, com as interdições rezadas pelo Livro da Capa Verde. Há de se permitir o livre acesso a esta região e o livre acesso às lavras de diamante com tecnologia moderna de extração. Estamos bem postos. Não tem cabimento haver praticamente um país dentro do Brasil. Quando esse dia chegar, estaremos aqui, bem postos.

Entretanto, o sonho secreto de François era encontrar na clandestinidade de suas ações uma canga. Uma, não: duas ou três pedras enormes. Conseguir contrabandeá-las com os recursos logísticos da d. Maria da Lapa, cujas tropas rasgavam de norte a sul as estradas do Brasil, e colocá-las no mercado europeu por meio dos préstimos do judeu de Pernambuco.

"E, quando achar, nós vamos sair daqui. Vamos voltar para Paris ou viver em Bordeaux", dizia consigo mesmo.

## 15. A pistola do cabo de prata

D. Augusta Gonçalves se mudou, com armas e cuias, para o casarão dos Caldeira Brant. Pouco estranhou. A casa de sua infância, transferida por herança para Hermenegildo, nunca havia deixado de ser dela. Pertencia-lhe porque uma parte da alma de Augusta se via nas paredes e corredores. Sua memória se fazia presente na rachadura do adobe, na tramela torta da porta do quarto, em tudo aquilo que sempre estivera do mesmo jeito desde que ela nascera.

Nas primeiras semanas, dedicou-se a rezar e a arrumar em silêncio o seu quarto, que passou a chamar de "seu cantinho". Mas o reviramento para dentro era só saudade de seu Manoel e vergonha da condição de viúva. Depois, ela foi dilatando sua presença, espalhando ordens e organizando a rotina do solar.

Na ausência de descendência, desobrigou-se rapidamente do nome Gonçalves, que era só de casamento. Sentindo-se plenamente uma Caldeira Brant no solar dos Caldeira Brant, viu-se à vontade para se impor onde houvesse gente para ser mandada. O casarão logo se conformou à sua rotina. Mal alumiavam as primeiras horas, d. Augusta, depois de tartamudear "bom dia", indagava ao irmão, forçando a voz no "por que":

— Por que vocês não conseguiram ainda achar o assassino de meu marido?

Fazia a pergunta sem olhá-lo e, todas as manhãs, Hermenegildo pacientemente respondia de modo igual:

— Calma, minha irmã, nós vamos encontrá-lo. Mais dia, menos dia, pegamos o safado.

D. Augusta não escutava a resposta. Perguntava, escancarava as ventas e remoía o mingau de fubá que fazia questão de preparar pessoalmente, antes que a casa acordasse. Hermenegildo, com o tempo, deixou de responder. Apenas mordia a ponta do bigode. Para afastar a gana de pular no pescoço da irmã para que ela fechasse de vez a matraca, arrastava as chinelas até a janela do sobrado, onde ficava fungando, sentindo o cheiro de lenha queimada que de manhã se espalhava pelas ruas do Tijuco. Àquela hora, um ou outro tropeiro passava madrinhando jumentos. Às vezes, um cavaleiro partia em direção a uma lavra distante ou um negro de paga gritava, solitário, suas ofertas de venda. Da meia-porta, Hermenegildo retribuía os cumprimentos de acordo com a valia social do transeunte. Um dia em que fungava igual, um forro apareceu diante de sua janela.

— Bom dia. A bênção, sr. Hermenegildo — cumprimentou-o a uma distância respeitosa, amassando entre as mãos um gorro colorido que havia pouco lhe cobria a cabeça.

— Deus o abençoe, Zé Tetê. Então, o que você tem hoje para mostrar? — o patriarca dos Caldeira Brant foi logo perguntando com seu vozeirão rouco, fazendo o olhar passear muito além da figura esfarrapada do negro.

— Ah, sr. Hermenegildo, hoje eu lhe trouxe algo mais valioso do que algumas pedrinhas.

— Não tenho tempo a perder. Se tiver alguma coisa, mostre logo, senão chispa daqui, que não quero ver negro fazendo sujeira na porta da minha casa.

— Sr. Hermenegildo — o forro respondeu apressado, tentando se fazer escutar quando o outro, com ar aborrecido, já lhe virava as costas e desaparecia da janela —, tem uns negros nas redondezas da cachoeira da Sentinela que andam exibindo a pistola de cabo de prata do finado sr. Manoel Gonçalves.

A figura do patriarca reapareceu inteira, ocupando o quadro da janela.

— O que você está me contando, seu negro? Entre aqui,

contorne a casa. Entre pelos fundos, traga esse burro junto. Não deixe o animal aí na frente fazendo sujeira.

O forro puxou seu burro magro pelo quintal adentro, apertando numa das mãos o gorro ensebado.

— O que você estava me contando? — Hermenegildo, arqueando as sobrancelhas, retomou a conversa interrompida.

— Sr. Hermenegildo, eu tenho andado pelos lados da cachoeira da Sentinela procurando umas pedras, que, como o senhor sabe, estão cada vez mais difíceis de achar, e nisso vi dois ou três negrinhos. Um deles está com a pistola do finado sr. Manoel Gonçalves. Então, deixei meu trabalho e vim lhe contar, porque achei que o senhor gostaria de saber.

— Tem certeza? E como sabe que o safado está com a pistola do meu cunhado? Como sabe que é a pistola do Manoel? — perguntou, exaltado, Hermenegildo.

— Eu vi. Vi com meus olhos! Vi e fiquei pensando: essa pistola que o seu Manoel tanto acarinhava, ele tinha um xodó de todo tamanho por ela, parecia que era a coisa que mais gostava na vida, essa pistola está agora nas mãos sujas desses negros! Era ela, com aquele cabo de prata todo bordado de ouro na ponta. Estavam querendo negociar, trocar a arma por comida. Os negrinhos chegaram quando eu fazia um negocinho com uns contrabandistas. Mas, quando os garimpeiros reconheceram a arma, não quiseram mais saber de nada. Mandaram os negrinhos, que eram dois, sumir e desaparecer. Achei que o senhor estaria interessado na informação. Então, perdi uns dias de trabalho para vir aqui lhe dar o relato. Nem fiz negócio. Pensei para mim mesmo: se o sr. Hermenegildo quiser me compensar pelo trabalho que deixei de fazer, só tenho que agradecer sua bondade; mas, se não quiser, não tem importância, porque o que mais desejo nesta vida é que a justiça seja feita. A arma era do sr. Manoel Gonçalves e o sr. Hermenegildo é que deve cuidar dela, e não esses negros que nem sabem o valor que a pistola tem para d. Augusta, que sofre, coitadinha, até hoje com a morte do marido.

— Perdeu quantos dias? — o senhor do sobrado cortou, seco, a arenga do negro.

— Três dias, mais uma mula que quebrou a pata quando atravessou uma pinguela. A coitadinha sofreu muito. O senhor sabe como é. Animal de carga, quando sofre, não chora nem geme; só fica deitado, tremendo num lugar do corpo. Mas a gente sabe que ele está sofrendo, porque ele fica com os olhos grandes, piscando devagarzinho, sem olhar para lugar nenhum, carregando neles uma pergunta vazia. Então, eu matei a mula com umas pauladas na cabeça para acabar com o sofrimento, porque sofrer é pior do que morrer. A mula estava magra e acabada, mas ainda me fazia muito serviço. A pobre andou por essas Minas mais do que qualquer homem ou animal. Carregou e viu de tudo nessa vida.

— Vou lhe pagar pelos três dias, Zé Tetê. Se eu pegar os negros, se eles estiverem com a pistola de cabo de prata como você está me dizendo, lhe compenso a mula.

— O senhor quer que eu ajude a procurar os negrinhos?

— O preço da mula, que você diz que perdeu, está incluído no seu trabalho de rastreamento.

— Mas, sr. Hermenegildo, aí então eu vou perder mais tempo de trabalho. Porque, como o senhor bem sabe, se a gente sai por aí fuçando traço de negro, demora. Então, o trabalho que é da rotina fica para trás. Negro fujão não deixa traço nem rastro limpo. Se enfurna em lugares onde nem o cão moraria.

— Então, nada feito. Suma de minhas vistas! Não vai receber nada, seu tratante. Saia já de minha casa.

— Sr. Hermenegildo, eu quero é ajudar. O senhor não precisa me pagar os dias que eu for perder. Os três dias mais a mula e fica tudo certo. Eu quero é ajudar quem merece. Colaborar com quem sempre foi bom comigo. Gente como o senhor e como Nossa Senhora do Rosário tem me ajudado na minha vida pequena.

— Então apareça aqui amanhã de manhã. Mas preste atenção, seu negro de uma figa, se você estiver metido em alguma trapaça, traição, ou me enrolando, vai se arrepender de ter nascido.

Hermenegildo não perdeu tempo. Mandou chamar os irmãos para lhes relatar o dito do Zé Tetê. O patriarca dormiu mal. Aquilo não lhe fazia bem: rever e retraçar o caminho do duelo onde fora humilhado e quase morto. Percorrer novamente o trajeto da cachoeira que tinha evitado desde o fatídico dia lhe era tormentoso. Andar por onde cada pedra, cada torrão de terra parecia debochar dele, cada canela-de-ema, cada bromélia na fenda das pedras o fazia imaginar a morte esquisita do bando inteiro de Manoel Gonçalves. As lembranças o levavam a se encolher num canto da cama para se esconder de sua amaldiçoada fraqueza. Acordou inúmeras vezes. Sobressaltou-se cada vez que o medo sentido no duelo insistia em revisitá-lo, intacto, e acariciar-lhe o ventre.

"E se for uma traição do negro?" Engoliu em seco, pensando que poderia ter o mesmo destino de Manoel Gonçalves.

Na manhã seguinte, os irmãos de Hermenegildo apareceram em frente à porta do sobrado dos Caldeira Brant, acompanhados cada um de um pequeno grupo de homens que olhavam enviesadamente para o Zé Tetê. Cândido e Jeremias subiram as escadas e foram direto para a cozinha, onde fervia um mingau de milho. Hermenegildo mordia a ponta do bigode e olhava baixo para o chão, já vestido da cabeça aos pés.

— Não vai tomar o mingau? — perguntou Augusta, ignorando a presença dos outros irmãos.

— Não — respondeu Hermenegildo apressado, não dando

tempo para que Cândido e Jeremias abrissem a boca. — Estão ocorrendo uns problemas na minha lavra, os dois trouxeram uns homens para me ajudar. Estou precisando de gente para pôr ordem nas coisas. Vou ficar um tempo fora.

Sem esperar pelo mingau, despediu-se da irmã, que mal respondeu. Quando se distanciaram das últimas casas do Tijuco, virou-se de banda na montaria e gritou para os homens que o seguiam, apontando o rebenque para o negro que ia balançando socadinho em cima de seu burro magro:

— O Zé Tetê disse que tem pista sobre um bando de negros que estão com objetos de meu cunhado. Ele vai nos levar até onde diz ter avistado os negros. Se estiver mentindo ou se estiver nos conduzindo a alguma cilada, vamos lhe cortar as orelhas, ferrar-lhe o lombo e ele se arrependerá de ter nascido. Olho nele! Se estiver dizendo o certo, será recompensado.

Ninguém se manifestou. Hermenegildo se ajeitou em cima da égua e, ladeado pelos irmãos, seguiu em frente. Nas redondezas da cachoeira, armaram um telheiro. Fizeram um quadrado de caixas e cangalhas, montaram um jirau e dependuraram uma fartura de comida. O plano era permanecer uma semana, até que pudessem ver os negrinhos se aproximarem. À noite, em volta do fogo, os três irmãos combinaram a trama para agarrá-los.

— Como é que são? — Jeremias perguntou ao negro delator.

— São uns magricelas. Uns quase nada, famintos e perdidos por estas bandas.

— E quantos são?

— Eu vi dois. Um ficou distanciado. O outro se aproximou e ofereceu uma pistola aos contrabandistas das grimpas, que eu reconheci porque era aquela que todo mundo no Tijuco sabe que era do seu Manoel. A do cabo de prata. Quando viram a arma, os contrabandistas ficaram com medo e espantaram os negros. Mandaram que sumissem da frente deles com a pistola

— repetiu a informação que no dia anterior havia dado a Hermenegildo.

Em seguida desamarrou uma cabaça de cachaça que trazia a tiracolo, oferecendo-a ao patriarca. Hermenegildo verteu uma boa quantidade no côncavo da palma da mão e bebeu com gosto. Seus irmãos fizeram o mesmo. Depois, chamou os outros negros e feitores que estavam mais distantes, e a cabaça passou de mão em mão. Cada um bebia no bojo, estalando a língua. Quando a cabaça voltou para a mão do negro, já estava vazia. O forro emborcou-a, sacudiu-a e riu amarelo.

Os homens foram se acomodando nos cantos, se enrolando nos couros de boi. Duas sentinelas ficaram fora do cercado, se esquentando no fogo, de olho no negrume, pensando que teria sido melhor se tivessem trazido pelo menos um cachorro. Quando Zé Tetê fez menção de se aboletar num canto, o patriarca chamou um negrão alto como uma árvore e forte como um jumento e ordenou que ele fosse dormir junto com o forro.

— Sebastião, você não desgruda dele. E você, Zé Tetê, obedeça a ele que nem um cachorro. Tudo que ele mandar você faz, senão morre aqui mesmo.

Logo, quase todo o acampamento roncava. O negro passou seu pesado braço por cima do tronco do forro e lhe cochichou no ouvido:

— Encoste-se em mim, Zé Tetê. Se você tirar meu braço de cima de você, lhe quebro o pescoço.

O forro obedeceu e se ajeitou.

No Arraial do Tijuco, a saída dos Caldeira Brant à frente de um pequeno exército chegou logo ao conhecimento dos Silveira.

— O que os safados estão aprontando desta vez? — indagou Luiz Sereno dos Reis.

— Não dá para saber. Podemos mandar um negro espião

atrás deles. Estou achando isso muito esquisito. Vamos ficar de sobreaviso, mandem reforçar a guarda. Avisem a d. Maria da Lapa e o francês em Guinda. A qualquer notícia nos ajuntamos — disse Genésio, enquanto uma ruga de preocupação se intrometia entre suas sobrancelhas.

— Não seria melhor avisar o coronel Da Cruz Machado? — perguntou o padre Chaves com sua cara redonda iluminada.

— Nem ele nem o intendente Ferraz! — cortou Luiz Sereno. — Onde já se viu, qualquer coisinha aqui, qualquer titica que bicho faz, nós corremos para a Vila do Príncipe ou vamos chorar nos braços do intendente? Isso é cá conosco.

— O Luiz está certo — interveio Genésio. — Por enquanto não temos nada de sólido, só a notícia de que meia dúzia de safados entraram armados pelo mato adentro. Se eles quiserem quebrar a trégua, vai ser pior para eles. Mas você, Luiz, fique mais atento, fique farejando o ar para não sermos surpreendidos e, sobretudo, tome cuidado com você.

— Pode deixar que de mim eu cuido. Se os Caldeira Brant aparecerem pelas minhas redondezas, terão o que estão procurando. E desta vez o Perna de Kyrie Eleison não vai borrar só as calças.

— Cuidado, Luiz. Não vá bancar o valentão, que eles têm gana de você. Se qualquer um de nós perceber alguma coisa, se acontecer alguma coisa com qualquer um de nós, que os outros sejam avisados imediatamente.

Luiz Sereno sorriu.

— Eu vou prevenir os Dumont. Os Caldeira Brant já destruíram uma vez as engenhocas do François, é bom que ele se prepare. Não é que eu goste do francês, mas, se os Caldeira Brant são contra ele, então temos que ser a favor. Vou pedir a ele que avise a vadia da Maria da Lapa.

Na casa de Maria da Lapa, enquanto o francês, assustado,

lhe detalhava as ocorrências, seus olhos se alongavam em direção a um ponto perdido no horizonte.

— François — a viúva lhe disse depois de um suspiro —, as coisas na Demarcação Diamantina nem sempre são o que parecem. Há muito vidro que parece diamante, muita pirita que passa por ouro. Cuidado para não se deixar ser manipulado e ficar preso entre dois fogos. Aqui não existem amigos nem cidadãos, só existem famílias. Vocês, como estrangeiros, e eu, como exilada no meu próprio mundo, não pertencemos a nenhuma das famílias, não temos lugar neste mundo. Essas famílias às vezes se opõem, às vezes se compõem. Nada do que se vê é real.

— É, mas foi bem real o que os dois, Cândido e Jeremias Caldeira Brant, fizeram com minha lavra — respondeu François.

— Pode ficar tranquilo, vou deixar um negro de confiança para ajudar Orando enquanto durar esse problema.

Maria da Lapa mandou chamar um negro jovem, de olhar esperto, músculos fortes e corpo esguio.

— Siga o sr. François até o Poço Seco. Fique de olho na lavra. Se houver algum problema, ajude Orando com a escravaria e corra imediatamente até aqui.

Orando, ao receber o reforço, sorriu como raramente fazia.

— Que está acontecendo? — indagou-lhe Eufrásia.

— Houve uma movimentação de gente no Tijuco. Os irmãos Caldeira Brant saíram da cidade com um bando de gente armada. E as pessoas estão se coligando para se defenderem caso ataquem a propriedade de algum de nós.

— Já não era sem tempo — resmungou Marica na cozinha.

— François! — a francesa dirigiu-se nervosamente ao marido. — Não vamos nos meter com essa gente, vamos ficar no nosso canto. Lembra-se do que o velho Nazareno da Iluminação nos disse a respeito das gentes do Tijuco? Disse que era gente intrigante. Lembra-se? Se nós nos envolvermos, vamos acabar como ele, expulsos do Tijuco, ou pior. Aqui nós somos ainda estrangeiros, somos gente que não tem raiz nem filho brasileiro. As pessoas daqui são como cupins, cada um tem sua torre de barro, sua família, numa barafunda de relações que nós não entendemos.

## 16. A captura dos assassinos

Por todos os cantos da Demarcação, a noite transcorreu tranquila. Nos arredores da cachoeira da Sentinela, o acampamento dos Caldeira Brant se cobriu de silêncio. Habitualmente, àquela hora da madrugada, as pessoas já deveriam estar se movendo. O Zé Tetê era o único que havia se mexido, prensado contra o chão pelo peso do braço inerte do negrão, que, com o avançar da noite, parecia cada vez mais pesado e gordo. Mesmo esmagado, ele tentou se virar. Voltando-se com cuidado para seu parceiro de couro de boi, sussurrou:

— Agora posso me mexer?

— Pode — respondeu o outro, que assuntava com os olhos avermelhados o movimento dos seus companheiros. O negro se pôs de pé e, com ele, todo o acampamento. O grupo partiu para um curso de água não longe dali.

Os dias e noites iam transcorrendo como se esperava, os homens comiam, fumavam, bebiam, conversavam, dormiam e acordavam na roda dos acontecimentos iguais. Hermenegildo, a cada oportunidade, relembrava ao negro Sebastião que devia ficar de olho no Zé Tetê, o qual se agoniava à medida que o tempo passava. Nada de negrinhos. Seu medo aumentava sobretudo durante o dia, quando imaginava o que o esperava se os danados não dessem sinal de vida. À noite, o forro se espremia contra o corpo do negrão para acalmar o desespero.

Uma semana se passou. Quando a segunda já começava a se completar, Hermenegildo chamou o negrão com sua voz rouca.

— Amanhã, mate o Zé Tetê. Melhor é simular um acidente no córrego, ou então sufoque o negro falador durante a noite. Ele nos enganou. Vamos levantar acampamento e voltar para o Arraial.

O negrão fez um sinal afirmativo com a cabeça, afastando-se em silêncio.

Quando a noite chegou, cada um desenrolou seu couro de boi para se deitar. O forro se estendeu no chão com um pressentimento que lhe apertava o coração aflito e se aconchegou ao negrão. Tremia. Aquela magreza bamba foi dando uma irritação no negrão, que empurrou ligeiramente as costas do outro, apartando a grudação de si. Depois Sebastião desceu a mão espalmada pelas pernas do forro, apalpou-as, passou-a pela bunda e a fez subir até a cintura, ganhando-lhe as costas. À medida que a mãozorra se elevava pelo seu corpo, Zé Tetê lordoseava. Os dedos de aroeira do negrão envolveram-lhe a nuca, o polegar para baixo foi se enfiando no mole da carne entre o pescoço e o ombro. Zé Tetê, com a pressão daquele cutucão grosso, levantou os ombros e entortou a cabeça de lado. Era só dar a torção e ouvir o estalo do osso se partindo. Ia aparecer um calombo no pescoço, como se fosse um papo fora do lugar. Sebastião já tinha feito isso tantas vezes que sabia de cor a história da ocorrência. O forro ia ejacular, sujar seu couro de boi com aquela meleca branca. Ficaria ainda um tempo sacudindo o corpo, mas seria só manifestação do nervoso. O negrão puxou um pouco de ar pelas narinas e retesou o músculo do braço quando ouviu um estampido surdo.

Um alvoroço se formara do lado de fora do acampamento, perto do jirau onde alguém havia disparado com arma de fogo.

A luz das tochas mostrava os vigias trazendo consigo um negrinho que tentara roubar comida. Descobriram outro escondido atrás de umas pedras. As coisinhas estavam tão fracas que mal conseguiram correr. Eram ossos e pele que se descompassavam no chão. Passaram pelo acampamento tropeçando no nada, sob os empurrões e solavancos das sentinelas. A luz da fogueira, ao lado do telheiro, lhes iluminou o rosto cavado e a barriga inchada. O acampamento virou uma festa. Acenderam tochas pelos quatro cantos. Todos se aproximavam daqueles dois fiapos de gente. Lambarizinhos. Os três irmãos levantaram-se nervosos e excitados.

— Veja, sr. Hermenegildo, o que encontrei com esse desgraçado. Ele ainda tentou atirar em mim. Quase me mata, mas o safado é ruim de arma.

— E esse outro?

— Esse outro, sr. Hermenegildo, é outra. Olhe.

A sentinela levantou os trapos enrolados na cintura do segundo negrinho e aproximou a tocha para mostrar que era uma fêmea.

— Cubra essa porcaria, senão a gente acaba perdendo o gosto — ordenou Hermenegildo.

A magreza da negrinha avolumara seu sexo e apagara no torso os sinais de mulher.

— E o melhor é isto! — o outro sentinela brandia alto uma pistola que reluzia prateada, refletindo a luz das tochas.

A negrada, os capatazes, os irmãos urraram vivas. Gritaram no silêncio da noite, comemorando o feito. Ainda deitado no couro de boi, incapaz de se mover de imediato, o Zé Tetê chorava de felicidade. De alívio, se urinava todo. Os negrinhos, perdidos de si no meio da multidão do acampamento, permaneciam paralisados. Em um lugar ou outro de seus corpos magros um músculo insistia em tremer autônomo. Os dois miravam com olhos maiores que a cara o breu da noite, piscando os olhos vazios com a lentidão de pouso de mosca gorda.

O Zé Tetê, que finalmente conseguira se levantar e passara terra nas pernas para secar a urina que lhe havia escorrido corpo abaixo, se aproximou do bando que se espremia em torno dos negrinhos.

— Vamos lhes meter as gargalheiras, mas sem maldades com esses filhos da puta, que quero expô-los como exemplos — Hermenegildo proclamou com sua voz cheia de rouquidão da noite, retendo pelas palavras o ímpeto sádico de Cândido Caldeira Brant, que já se movia em direção aos negrinhos com a navalha aberta.

Antes mesmo que o patriarca tivesse findado seu discurso e recolhido os passos do irmão caçula, Zé Tetê saltou para cima dos negrinhos, desferindo-lhes pancadas a torto e a direito, tomado por um ataque de nervos entremeado de choro que só cessou quando o negrão Sebastião lhe acertou um tapa no ouvido, prostrando-o no chão.

— Calma, Zé Tetê, que ninguém lhe permitiu bater em ninguém! Você vai receber sua recompensa. Não precisa mostrar zelo.

## 17. A Moça dos Babados

A entrada do pequeno exército dos Caldeira Brant na Vila do Tijuco foi triunfal. O povo do Tijuco veio em peso, no calor do meio da manhã, receber os bravos, abanando ramos de palmas de buriti. Hermenegildo ia à frente. O cortejo parou diante da residência do intendente Ferraz Pinto, que àquela hora estava reunido com o comandante da guarda. O patriarca dos Caldeira Brant apeou. Diante do aranzel armado, o intendente e o comandante apareceram à porta do sobrado. O Perna de Kyrie Eleison, então, se empertigou na sela de sua montaria, porque em cima do animal parecia mais alto do que quando apeado no chão, e se pôs a discursar:

— Fiz o que deveria ter feito a guarda deste país. Capturei os bandidos que desgraçaram minha família. Apenas não sei se estes negros mataram meu querido cunhado a mando de alguém ou apenas movidos pela índole selvagem de sua raça. Espero que tudo seja apurado e esclarecido. O povo de Arraial do Tijuco merece explicações. Cabe às autoridades investigar a coisa, e não tenho dúvida de que assim elas o farão, porque se trata de homens retos. Povo do Tijuco! Saiba que nossas autoridades merecem o respeito de todos. Minha doce irmã ficará para sempre sem o consolo, a proteção e o cuidado de meu saudoso cunhado, assassinado por estes desclassificados. Mas a vida, sendo o que é, não podemos fazê-la voltar para trás. Nada trará o nosso Manoel Gonçalves de volta. Espero tão somente que se faça justiça. Estes negros que agora entrego na mão das autoridades foram mais bem tratados do que muita gente aqui presente.

Em vez de trazer os negrinhos amarrados atrás de uma égua, Hermenegildo os fez entrar montados num burrico.

— Mata! Mata! Esfola! — gritou a multidão enfurecida.

O Perna de Kyrie Eleison estendeu a mão, pedindo silêncio. Comparar o tratamento fidalgo oferecido aos negrinhos com a existência miserável e sofrida do povo havia produzido o efeito pretendido. Virou-se em seguida na direção do comandante e continuou seu discurso, sem perder a pose grave:

— O que desejo é viver em paz. Mas, para tanto, precisamos

de ordem. Espero que o senhor proceda com isenção e tenho confiança em que o fará. Puna exemplarmente estes criminosos. Comunique-se com o ouvidor! Entrego-lhe juntamente com os assassinos do esposo de minha irmã, d. Augusta Caldeira Brant Gonçalves, a prova do crime.

Descendo da égua, o Perna de Kyrie Eleison estendeu a pistola de cabo de prata ao comandante:

— Senhor, esta pistola, que pertencia ao meu cunhado, foi encontrada em poder deste negro maldito, que ainda a usou para atentar contra a vida de um dos nossos. Espero que o senhor, o ouvidor da Vila do Príncipe e o digníssimo inquisidor do crime tomem as medidas que o povo espera que sejam tomadas.

— Mata! Mata! Ao pelourinho! — gritou de novo a multidão, sem desgrudar os olhos da pistola que brilhava ao sol.

E foi da arma prateada que todos os olhares se retiraram quando desceu de uma charrete uma mulher alta e espichada, de uma brancura de lírio, vestida toda de babados, guarda-sol na mão. A bela dama se aproximou da chusma. Vinha desacompanhada. Apesar da fofura dos babados, suas pernas bem torneadas se deixavam adivinhar nas formas do vestido. Sua súbita presença entre os homens na rua, seu modo mole de andar, suas maneiras delicadas, competiram de imediato com a gravidade que o Perna de Kyrie Eleison havia emprestado à situação. Nem o povo parecia mais escutar as palavras gritadas por Hermenegildo nem ele mesmo parecia mais controlar-lhes o sentido. A Moça dos Babados a todos roubava o interesse. De todos os presentes, o caçula Caldeira Brant foi quem mais se assanhou. O moço, normalmente nervoso, ficou tão siderado que nem a firme cotovelada de Jeremias em suas costelas o despertou do fascínio hipnótico com que a graça alva da Moça dos Babados lhe prendia os olhos. Foi necessário que o Perna de Kyrie Eleison batesse firme o solado das botas no chão de terra para granjear de novo para si a atenção do povaréu. Para não correr risco de esmaecer o brilho de sua arenga, o patriarca resolveu encerrar o aranzel estendendo a mão para o horizonte e proclamando num tom acima do que empregara até então:

— A justiça, na dependência da coragem e decisão dos homens de boa vontade, tarda, mas não falha! Muito obrigado, senhores!

Assim encerrou sua fala diante da multidão perplexa e, subitamente, muda. A Moça dos Babados quebrou o silêncio emocionado com aplausos e vivas, que inicialmente soaram isolados mas logo foram acompanhados pela efusão popular. E, não fosse a recusa mal-humorada e furiosa do Perna de Kyrie Eleison, teria sido ele carregado nos ombros do povo. Hermenegildo, livrando-se aos tapas das mãos do populacho que tentava elevá-lo, num lampejo abraçou o comandante com uma força que mais parecia um agarrão, enquanto sussurrava desesperado no seu ouvido:

— Pelo amor de Deus! Prenda logo esses negros, antes que a situação se torne incontrolável.

O comandante pigarreou e, se desvencilhando dos braços do Perna de Kyrie Eleison, chamou a guarda. Os negros foram para o calabouço e metidos em ferros. Hermenegildo deixou os dois irmãos nos braços do povo e galopou sozinho para o solar dos Caldeira Brant. Entrou excitado pela porta, chamando a irmã com seu vozeirão aberto:

— Augusta, Augusta, Augusta!

A irmã atendeu, se acercando dele em passos lentos, enrolada em seu xale preto.

— Já voltou? O que é agora? Por que...

Hermenegildo não deixou que completasse a frase que parecia fazer parte de sua garganta.

— Eu lhe prometi, eu cumpri. Dei-lhe minha palavra de

que, mais dia, menos dia, eu agarrava o desgraçado. Procurei, achei e prendi o assassino de seu marido.

O rosto da viúva iluminou-se pela primeira vez desde que soubera da morte do esposo.

— Quem é o desgraçado? — ela perguntou, repuxando a boca num esgar que dava a impressão de ser um sorriso esquisito e deixando o xale preto escorregar pelos ombros e cair atrás de seus calcanhares.

— Um negro boçal. Feiticeiro!

— Oh, meu são José de Botas nos proteja! Como pôde meu Manoel, tão forte, tão homem, ter sido morto por um negro? Como pôde um negro ter matado tanta gente? Mas meu Manoel não estava sozinho, Hermenegildo, estava rodeado de gente brava.

— O negro também não estava sozinho.

— Eram muitos?

— Não. Estava acompanhado de uma mulher. Feiticeira. Não sei como fizeram, mas foram os dois. Devem ter se associado aos homens do Manoel no caminho da emboscada. Com toda a certeza ficaram lá assuntando até que deram o bote. Manoel não devia ter permitido gente estranha no bando, mas você conhecia bem seu marido, um coração mole! Não tomaram cuidado, agora o resultado está aí. Todo mundo morto.

— Mas por quê? A mando de quem? Do Genésio?

— Não, de ninguém. Deixe o Genésio fora disso. Mataram para roubar. Roubo puro. Acharam a pistola de cabo de prata com o negro, que foi preso nas imediações da cachoeira da Sentinela. Só pode ter sido ele.

— Oh! Meu Manoel gostava tanto daquela pistola. Eu ainda o vejo aqui, coitadinho, sentado na cadeira, com suas pernas compridas esticadas, acariciando o cabo de prata da pistola enquanto fechava os olhos. Parecia que sonhava, esfregando para lá e para cá a mão no cabo de prata. Ficava horas a fio naquele vaivém. Às vezes até cuspia na palma da mão para dar brilho no cano. Não parava de esfregar. De repente se retesava, levantava a arma, olhava dentro do cano e, numa ligeireza afoita, puxava a vareta e a socava na alma da pistola. Só então se assossegava, quando a livrava do carvão de pólvora. Ainda vejo o Manoel ali, sentindo a força da mola com aquele tique-taque que fazia, puxando para a frente e para trás o cão com o polegar.

— Foram os negros que os mataram. Talvez os tenham envenenado.

— E como é que, de repente, você sabe que morreram envenenados? Os negros confessaram?

— Até agora não disseram nada. O macho parece ladino, e a fêmea africana, boçal. Mas nem precisam confessar, Augusta! — Hermenegildo dirigia-se a ela com uma paciência pedagógica. — Não foi você mesma que disse que seu querido Manoel morreu preto? Tinha ferimento de faca, de chumbo, de facão ou de cacete? Não tinha! Estava todo mundo inteiro! Então, só podia ser veneno para derrubar um homem como Manoel Gonçalves — concluiu com um tom de voz inquestionável.

— O que vocês vão fazer com os negros?

— O inquisidor do crime vai condená-los à morte. Uma vez tudo esclarecido, a normalidade voltará ao Tijuco. Poderemos reatar com algum de nossos amigos.

— Mas vai ser assim? Tão simples? Os negros não vão sofrer?

— Já estão sofrendo. Mas deixe primeiro que tudo transcorra como o rezado na lei, depois a gente se desforra. Vão se arrepender de ter nascido. Vão implorar a Deus para morrerem.

D. Augusta sorriu, alargando as ventas. Os dois irmãos Caldeira Brant chegaram ao solar quase no fim do dia. Bêbados. O Perna de Kyrie Eleison andava de um lado para outro do salão e as escravas começavam a acender as lamparinas.

— Que foi aquilo? De onde surgiu aquela rola? Quase que pôs tudo a perder. Veja se não é mais uma estrangeira ou coisa pior que vem aqui nos azucrinar.

Na manhã seguinte, os irmãos haviam se trancado no pequeno escritório do casarão. O assunto que tanto os ocupava era o mesmo que mobilizava todas as outras conversas da Vila do Tijuco: a prisão dos negros assassinos e a punição que deveria ser dada a eles. Os Caldeira Brant desejavam formas exemplares, que expressassem desagravo.

— Não podemos deixar que tudo isso se passe em branco. A prisão dos negros nada encerra; ao contrário, deve abrir um novo capítulo no livro da história do Tijuco — conjecturou Hermenegildo.

— Que tipo de história nós vamos querer escrever nesse livro? Podemos punir os negros pelo mal que fizeram, mas isso qualquer um pode fazer — retrucou Jeremias.

— Nós não somos qualquer um.

— Justamente. Nós, os Caldeira Brant, temos que tirar todo o proveito possível da punição dos negros. Podemos obrigá-los a denunciar os mandantes do crime e baixar a crista dos Silveira. Nesse caso vamos começar uma nova guerra. Será uma desforra. Se, entretanto, decidirmos que só os negros são culpados, devemos fazer de tal forma que nossa família seja compensada e que venhamos a recuperar nossas forças, que no momento andam enfraquecidas.

— Que enfraquecidas, que nada! — replicou, subitamente exaltado, Cândido.

— Calma, meu irmão. Fique quieto. O Jeremias tem razão.

O caçula calou-se, emburrado, batendo o calcanhar na tábua do chão.

— Antes de tudo, temos que estabelecer a culpa dos negros. Oficialmente.

— Como, estabelecer a culpa? — interveio de novo Cândido.

— Qualquer um poderia estar com a pistola, qualquer um poderia tê-la achado, jogada no descampado da Sentinela. Aliás, me espanta muito que os assassinos tenham deixado todo aquele armamento lá, espalhado pelo chão. Esses negrinhos infelizes são como barro em nossas mãos, podemos modelá-los como quisermos — explicou Hermenegildo, diante da cara de espanto do caçula.

— Então, para eles serem condenados, é só eles confessarem, e pronto. Dois mais dois são quatro. A confissão e a prova do crime são iguais à forca. E vão confessar logo. Me deixem meia hora com eles que eles dirão tudo que quisermos.

Hermenegildo suspirou fundo e puxou o ar embolorado do escritório para os pulmões antes de explodir com Cândido:

— Cale a boca! Pelo amor de Nossa Senhora, ponha alguma inteligência nessa cachola, seu pateta. Nós temos que decidir o que queremos fazer e qual a melhor decisão a ser tomada! Os negrinhos não têm importância nenhuma.

— Eu sou a favor de que eles sejam acusados do crime — arrematou Jeremias. — Depois veremos se agiram por conta própria, como reles assaltantes, ou se foram instruídos por alguém do Tijuco. Vamos ter que negociar, tirar o tutano do osso desses filhos da puta da Demarcação.

— Está bem assim — concluiu Hermenegildo, dirigindo-se a Jeremias e ignorando o idiota do caçula. — Temos que definir os detalhes. Os negrinhos terão que receber uma punição exemplar, que repercuta em toda a Comarca do Serro Frio, em Sabará, em Queluz, Vila Rica e Rio de Janeiro. A honra de nossa família, no momento, depende disso.

— Se quisermos um barulhão grande, desse tipo, teremos que inventar uma coisa que nunca foi feita até agora na história deste país! Não podemos mais esquartejar os corpos dos negros, e salgar e espalhar os pedaços pelas estradas. Isso se faz o tempo todo pelo Brasil afora — Jeremias conjecturou com ar sábio.

— Os negrinhos estão tão magrinhos que só conseguiríamos espetar uns ossinhos aqui e ali — interveio, rindo, Cândido.

— Eu não tenho ideia do que poderíamos fazer de diferente — disse Hermenegildo, coçando os fundilhos. — Qualquer coisa que pudéssemos fazer com os negros, todo mundo faz. A não ser que eles acusem os Silveira, mas isso, pelo momento, não nos interessa. Agora chega, mais tarde conversaremos de novo. Vamos comer.

LIVRO TERCEIRO

# Batalhas cívicas

# 1. A inspiração

Durante a refeição, Hermenegildo, sem levantar o rosto mergulhado no prato, murmurou alto:

— Terá que ser um julgamento como nunca houve. Com todas as pompas. Juiz, testemunha, escrivão, júri, meirinho e advogado de defesa! — exclamou, dando ênfase ao último ator, cujo papel parecia ter definido numa grandiosa cena de teatro.

— O que você está dizendo, meu irmão? — indagou d. Augusta, alargando as ventas.

— Estou pensando que temos que estabelecer um tribunal popular para julgar os negros. Já tivemos uma Assembleia Constituinte faz pouco mais de três anos. O imperador instituiu os tribunais do júri, que ainda são letras mortas em todo o país. É isso! Eureca! — exclamou o patriarca, pondo-se de pé e batendo a mão espalmada na mesa. — Vamos revolucionar o Império. Vamos implementar, aqui no nosso Arraial, no Tijuco de Diamantina, as ideias do imperador. Vamos tomar a frente da história deste país sem deixarmos de ser conservadores!

— Meu irmão, se estou bem compreendendo, você está pensando em fazer um tribunal como os ingleses? Ou, como já ouvi dizer, como na América Unida? Um tribunal popular, aqui, no Tijuco? Num arraial? Dentro da Demarcação Diamantina?

— Isso mesmo! — exclamou Hermenegildo, que ainda não havia pensado no mundo. Só no Brasil.

— Acho que meu irmão perdeu o senso e está sonhando com o mundo da lua. Melhor ouvir bons conselhos.

— Nesse tal tribunal, haverá defesa para os negros? — indagou Cândido.

— Sim, claro! Sobretudo isso. Defesa. Vamos valorizar e garantir o direito de defesa dos negros. É isso que causará espécie e dará relevo ao evento — respondeu Hermenegildo, que voltou a sentar-se, recuperando a imponência do físico, prejudicada pelas pernas curtas.

— Defesa! Defesa? Defesa para esses negros? Eu compreendi bem, meu irmão? Onde já se viu isso? E quem vai querer defender essa negrada? Se algum filho da puta ousar levantar um mindinho a favor da negrada, eu mato de pau — esbravejou o caçula.

— Cala a boca, imbecil. Se você, de novo, pronunciar um nome feio na frente de nossa irmã, eu o quebro — gritou Hermenegildo, olhos injetados, tremendo de ódio. — Será que você só sabe fazer isto? Matar a pau! Será que não consegue ver um milímetro na frente do nariz? Já não chegam as asneiras que você fez, quebrando a lavra do francês? E eu aqui, tendo que me humilhar diante daquele coronel serrano, filho de uma égua. Tudo isso por causa dessa sua cabeça oca. Será que você não entende que, para melhor punir os negros, para lavar nossa honra, reassumir as posições que nossa família sempre gozou na Vila do Tijuco, temos que aparecer como vítimas desse barbarismo ao qual teremos dado todas as condições legais de defesa? Será que isso é difícil de entrar nessa sua cabeça de vento, nesse corpo estouvado? Pelo amor de Deus! Tenha a santa paciência!

Cândido ficou olhando para baixo, mordendo os lábios e batendo com o calcanhar da bota no chão.

— E para com essa martelação do pé! Aliás, já obteve as informações da Moça dos Babados que lhe solicitei? — o outro lhe inquiriu, irritado.

O caçula enrubesceu, sem nada responder.

— Quem é essa Moça dos Babados? — perguntou Augusta, que assistia aflita à discussão áspera entre os irmãos.

— É uma rola que apareceu aqui no Tijuco, ninguém sabe de onde veio. Dizem que é do Peçanha ou da fazenda das Almas de Guanhães. Ela quase estragou a festa da prisão dos negros — Jeremias rompeu o silêncio em que havia mergulhado, pensativo.

Na mesma noite, não distante dali, os Silveira juntaram os amigos. Depois da triunfante captura dos negrinhos pelos Caldeira Brant, o número de convivas nas recepções dos Silveira havia diminuído bastante. O pretexto da reunião era a visita do juiz de fora da Vila do Príncipe, o dr. Francisco de Paula Monteiro de Barros, e do sr. José de Ávila Bettencourt, que vinham tomar conhecimento oficial do fato de terem sido encontrados os verdadeiros culpados do massacre da cachoeira da Sentinela.

— Isso espanta a dúvida. Dirime de vez as suspeitas peçonhentas que essa cambada dos Caldeira Brant começou, à boca pequena, a espalhar pelo Tijuco, deixando entender que foi nossa gente que acabou com a corja do Manoel Gonçalves — Genésio repetia o mesmo refrão em todas as rodas que se formavam no salão. Luiz Sereno, que o ladeava, balançava afirmativamente a cabeça, confirmando no gesto a veracidade das palavras do cunhado.

— O importante é que não obriguem os negrinhos a delatar inocentes, inventando histórias sem pé nem cabeça — interveio com sabedoria Dino Bibiano, quando ouviu pela quarta vez a mesma frase do amigo Genésio.

Nas tavernas do Tijuco, o povo miúdo se esforçava para imaginar os modos de uma vingança que fizessem os negros pagar pela covardia e malvadeza praticadas contra um homem decente como o sr. Manoel Gonçalves.

— A morte é pouco. Morreu, parou de sofrer. Isso é até um alívio para a desgraceira de vida que eles têm. Essa gente não dá o menor valor à existência. Tem que cortar em pedacinhos, mas bem devagarzinho; derramar um fiapinho de chumbo derretido dentro do ouvido; colocar no formigueiro. Fazer sofrer para que eles paguem o que fizeram — resmungou uma velha escrava que comprava quatro medidas de azeite de mamona.

— Isso mesmo! — exclamou um jovem. — A sabedoria está com os mais velhos! O seu Manoel morreu, acabou. Deve estar no céu. Mas e a pobre d. Augusta? A pobre está aqui, sofrendo e penando no seu desamparo de viúva. Quem é que vai pagar pelo seu sofrimento?

A captura dos negros assassinos apagava o interesse que a misteriosa presença da Moça dos Babados poderia despertar no Arraial. No vilarejo de Guinda, foi Sembur Orando que levou a notícia dos negrinhos para Marica. Encontrou-a batendo roupas na beirada do córrego. A escrava, quando viu o mulatão se aproximando, ergueu o rosto interrogativo:

— Está fazendo o quê, aqui, a esta hora?

— Sabe de uma coisa? — disse o negrão, esbaforido.

— Não sei nem quero saber, negro enxerido. Vai, suma daqui, vai caçar serviço, vagabundo.

— Pegaram o Maquim e, junto com ele, uma negrinha.

Marica ficou imóvel, com um trapo suspenso na mão.

— O que você está me dizendo, seu negro sem-vergonha?

— Prenderam o Maquim e uma negrinha.

— Meu filhinho está morto, vagabundo! — resmungou a negra, subitamente sombria. — Suma daqui, safado!

— Se não for o Maquim, é seu irmão gêmeo. Como Cosme e Damião. Eu vi com estes olhos que santa Luzia ilumina. É ele.

— Não brinque comigo, seu defeituoso de uma figa. Se estiver com graça, juro que mato você. Meu menino. Oh, meu Deus! Salubá. Salubá.

A negra desembestou em direção à casa de Eufrásia, largando o pano, que ficou rodando na água do rio.

— Madimorê, Madimorê — gritava enquanto corria, topando nas pedras da trilha.

O coração de Eufrásia disparou quando ela ouviu o berreiro de Marica.

— Meu Deus, que será que aconteceu agora?

— Meu filho, meu filho!

— Que será que essa negra maluca quer?

— Maquim, Maquim.

— Que tem ele?

— Está vivo.

— Vivo coisa nenhuma, Marica. Pare com essa história. Você tem que compreender a realidade. Pensa só um pouco com essa sua cabeça vazia, Marica.

— Foi Orando que disse. Garantiu. Madimorê, me deixa ir até o Arraial só para ter certeza?

— Que história é essa, Orando, que você enfiou na cabeça dessa negra? — Eufrásia endereçou-se ao negro, que vinha sacolejando seu corpanzil, seguindo a carreira de Marica. — Não tem vergonha de ficar inventando moda que maltrata os sentimentos dos outros?

— Mas eu não estou inventando, não, senhora! É ele! Tenho certeza. Eu mesmo vi quando entraram com ele no Tijuco, montado num jumento.

— É ele, Madimorê! É ele. Ele prometeu que viria, para eu entregá-lo ao sr. Medimon, quando ele ficasse bom da ofensa da cobra — repetia Marica.

— Está bem — se conformou a francesa, condescendente com a negra. — Vou me arrumar. Só para você tirar essa cisma.

Eufrásia ordenou que Orando preparasse a charrete. No Arraial do Tijuco, confirmou a notícia da prisão de um casal de negros fujões, que já havia tempos rondavam, roubavam e matavam pelas imediações do Biribiri. Depois foi até o comandante da guarda pedir permissão para ver os negros. O comandante se prontificou a acompanhá-la pessoalmente ao calabouço.

— A senhora é, hoje, a segunda pessoa distinta, quero dizer, senhora distinta, que se interessa pelos negros.

— Senhor — disse Eufrásia —, posso lhe pedir um favor todo especial?

— Tudo o que estiver ao meu alcance.

— A minha negra pode me acompanhar?

— Infelizmente, minha senhora, negros escravos não são permitidos em hipótese alguma neste recinto.

Eufrásia não insistiu. Desceram as escadas que levavam ao calabouço. Na portinhola que conduzia aos corredores rebaixados da masmorra, ela cruzou com d. Augusta e seu irmão Hermenegildo. Ambos a cumprimentaram muito educadamente.

— O que essa francesinha está fazendo aqui? — perguntou Augusta ao irmão.

— Não sei, mas gostaria de saber — respondeu o Perna de Kyrie Eleison.

No porão abafado e fétido, Eufrásia pôde ver, quando seus olhos se acostumaram à penumbra, um menino negro machucado, prostrado ao lado de uma negrinha que ela não conhecia. Estavam no tronco, deitados sobre umas esteiras apodrecidas, separados um do outro por um gradil de madeira. O negro se endireitou como pôde. Depois de se recompor do susto, encarou Eufrásia com um olhar comprido e sustentado. Perturbada, a francesa fez um sinal com a cabeça para o comandante. Virou-se e saiu apressada pelo corredor afora. Era ele, não havia dúvida.

— Era ele, o jovem que eu vi de bem perto, face a face, estrebuchando no chão do terreiro da chácara de Fernando Murat, de olhos arregalados e injetados, debatendo-se contra o veneno da cobra que o picara. Não há dúvida — balbuciava, enquanto procurava a saída. — Como é que ele chegou aqui?

— O que a senhora disse? — indagou o comandante, que a seguia curvado, evitando que sua cabeça batesse no teto.

— Nada, não disse nada.

— Sra. Dumont, posso me atrever a lhe perguntar qual o interesse que a senhora tem nesses negros?

— Me pareceu que se trata de uns negros de minha propriedade. São dois negrinhos que se perderam em nossa viagem para o Tijuco.

— São seus? Se perderam ou fugiram?

— Se perderam, senhor comandante. A canoa em que estavam virou quando atravessamos o Jequitinhonha. Os dois foram arrastados correnteza abaixo. Eu achava, até o presente momento, que haviam se afogado. Hoje cedo, meu negro Orando, quando os viu entrando na cidade, acreditou que eram eles, e eu, por curiosidade, quis me certificar.

— E são eles, senhora?

— Sim. São eles, comandante!

— Não vamos espalhar essa notícia, sra. Dumont, em benefício de seus próprios interesses. Esses dois são acusados de assassínio. O senhor que eles mataram não era um qualquer.

Eles são os assassinos do sr. Manoel Gonçalves, esposo da d. Augusta Caldeira Brant Gonçalves, com quem a senhora cruzou minutos atrás.

— Senhor comandante, isso é muito doloroso. Espero que tenha havido um equívoco. Rezo para que não tenha sido meu... meus negros. A última coisa que desejo na vida é problema com os Caldeira Brant. Mas, se for apurado que foram esses negros seus algozes, não posso fazer nada, a não ser ir visitar a sra. d. Augusta, prestar a ela minha solidariedade, pedir-lhe perdão pelo crime dos meus negros. Mas gostaria que não os punisse de imediato, antes de haver se certificado da autoria do crime. Se porventura forem libertados, não gostaria de receber negro inválido.

— Pode contar comigo. Mas posso lhe adiantar que dificilmente escaparão da forca e dos castigos. O inquisidor do crime, o sr. Bettencourt, já está plenamente convencido da culpa dos negros.

— O senhor é um grande cavalheiro — disse a francesa, estendendo a mão para que o comandante a beijasse.

Eufrásia não se atardou na Vila do Tijuco de Diamantina. Em cada ruela, Marica a azucrinava.

— É ele? É ele? Me diga, por favor, Madimorê, se é ele.

— Cala a boca, sua negra burra. Ponha-se atrás de mim. Se continuar nessa impertinência, vai pôr tudo a perder.

Marica abaixou a cabeça. Mal subiu na charrete, a francesa voltou-se para a negra e disse:

— Orando não inventou nada. É ele. Acho que me reconheceu. A negrinha, que estava com ele, não sei quem é. Mas é ele. Como é que pode, meu Deus, seguir tanto caminho atrás da gente? Temos que falar imediatamente com François.

— Ele me prometeu. Ele me deu sua palavra de que viria entregar-se ao sr. Medimon, seu dono por direito. Vivo! — suspirou Marica, depois se calou. Só retorcia as mãos, espremendo a felicidade, como se obedecesse às ordens do Senado da Vila do Príncipe do Serro Frio e do Tijuco, que havia proibido aos negros manifestações ruidosas de alegria.

## 2. A visita ao coronel

— Que história é essa, Eufrásia, de nosso negro aqui no Arraial do Tijuco?

— Prenderam um casal de negros. Eu fui lá ver. O macho é Maquim. O comandante da guarda me informou que eles estão sendo acusados de ter assassinado o Manoel Gonçalves.

— Ai, meu Deus! Mas que história mais estranha! Não pode ser ele! É melhor que não seja ele! O Fernando Murat me escreveu comunicando que o moleque havia morrido naquela confusão, que eu não entendi direito. Você tem certeza de que é ele? Se eu tivesse que reconhecê-lo, não conseguiria. Mal me lembro dele. Entre tantos negros, como é que eu guardaria a fisionomia de mais um?

— É ele. Eu me lembro muito bem de sua cara. Talvez o negro tenha fugido e o Fernando tenha inventado toda essa história para não perder a cara.

— Tem certeza de que é o mesmo negrinho que comprei na Valongo, Eufrásia?

— Absolutamente, François.

— Mas por que o Fernando teria me mentido? E o que você disse para o comandante?

— Disse que os negros eram nossos. Que os perdemos na viagem.

— Mas, Eufrásia, por que você disse isso? Por que inventou toda essa história? Isso pode complicar as coisas para nós, minha doce. Afinal, a esta altura, esse negro nos é de pouca serventia. Não vamos nos meter em confusões desnecessárias, sobretudo com os Caldeira Brant. Teria sido melhor ignorá-lo.

— Não, François. Basta! — disse a mulher, de modo suave mas firme. — Não continue nesse caminho, François. Pelo amor de Deus. Nós não somos negreiros. Se temos escravos, é porque neste país não dá para viver e trabalhar de outro jeito. Aqui não se conhecem outros valores além dos da escravidão. Maquim é filho de Marica. Ele veio atrás de nós, fez uma viagem doida, que nós fizemos em condições privilegiadas, simplesmente porque contraiu uma dívida moral com Marica. Enfrentou condições que nós não podemos imaginar, não para ser homem livre nem para melhorar de vida, mas para virar nosso escravo. Escravo de gente cuja índole ele mal conhece, só porque empenhou sua palavra, só porque é grato a Marica. Se nós não tivermos uma atitude diferente da que é esperada pela sociedade do Tijuco, ficaremos numa posição muito abaixo da desse escravo.

No dia seguinte, François comunicou a Eufrásia que iria até a Vila do Príncipe.

— Vou me aconselhar com o coronel. Acho que essa história de Maquim pode ser muito grave. Eu fiquei matutando sobre o que você me disse ontem à noite. Lembra-se do velho Nazareno da Iluminação? Lembra que ele dizia que essa gente do Tijuco é má?

— Quer que eu vá com você?

— Pode ser. Será bom se distrair. Sair deste buraco de Guinda. Vá, então, se preparar para partir amanhã bem cedo.

Com o caminho castigado pelas chuvas contínuas, a viagem para a Vila do Príncipe durou dois dias inteiros. O pior trecho foi a subida na saída do registro de Três Barras. O coronel ficou encantado com a visita dos Dumont. Era todo atenção para com Eufrásia, que ele insistia em chamar de Honorée. Seu filho, bastante crescido, dava mostras de haver herdado a sagacidade do pai, e a filha, a força e, infelizmente, os traços físicos da mãe. François fechou-se com o coronel Da Cruz Machado por mais de uma hora, enquanto Eufrásia tomava chá com d. Maria José.

— Devemos ter cuidado com essa história, agora que as coisas se tranquilizaram na Demarcação. A escravidão é uma instituição sagrada neste país. O Manoel Gonçalves era cunhado do Hermenegildo, de modo que ele estaria no direito de entender como provocação qualquer iniciativa em favor de seus negros. E tudo indica a culpa dos negros. Acharam com o macho a pistola de cabo de prata. Um negro armado já é em si um crime; além disso, ele tinha a posse de objeto alheio. É um negro ladrão. A paz vale o prejuízo de um negrinho, François. Sinto muito, meu amigo, mas nesse caso não posso intervir.

— O coronel tem razão. Mas o senhor há de compreender que eu tinha que vir até aqui para acalmar as inquietações de minha esposa.

O coronel puxou longamente uma grande quantidade de ar para os pulmões, como se estivesse inspirando o rarefeito perfume de uma flor resistente ao seu olfato.

— Eu sei como são essas coisas. Eu o compreendo, meu amigo. Ah! As mulheres! Eu sei por mim, é mais fácil combater adversários e destruir inimigos do que enfrentar a d. Maria José. Mas não há de ser nada. Vamos agora reencontrar nossas esposas e expor, em detalhes que elas possam compreender, a situação que a prisão desses negrinhos envolve. Sua esposa poderá assim ficar mais tranquila.

Levantou-se, abriu a porta do escritório e deu passagem para François. Os dois se juntaram às mulheres. O francês começou, com muito tato, expondo a d. Maria José os motivos que o trouxeram à Vila do Príncipe do Serro Frio. O coronel Da Cruz Machado, com voz macia e olhar cálido, interveio em seguida, ponderando os prós e os contras de uma intervenção a respeito do negrinho do amigo. Quando estava no meio de sua peroração, muito didática, foi bruscamente interrompido por Eufrásia.

— Coronel, permita-me discordar do senhor, que tem sido nosso mais fiel e protetor amigo.

Da Cruz Machado enrubesceu ao ouvir daquela voz cheia de sotaque a expressão "mais fiel e protetor amigo". Seu coração disparou. Eufrásia se pôs vigorosamente de pé, fazendo saltitar na frente do seu nariz os lindos seios. O coronel apertou a mão de d. Maria José, sentada ao lado dele.

— Me desculpe, coronel. Mas isto que vocês estão expondo é uma ignomínia. Não quero a liberdade de meu negro a qualquer preço, porque isso seria ignomínia de igual ou de pior teor. Seria um favorecimento e subtrairia à família do ofendido e, sobretudo, a d. Augusta Gonçalves uma reparação merecida, caso meu negro seja um assassino. Só almejo que lhe assegurem uma investigação justa. Se ele for culpado de crime de morte, que seja punido e morra. Mas, coronel, o senhor francamente acredita que um quase menino poderia trucidar ou enganar sete homens armados até os dentes, acostumados às tocaias e maldades, prontos para assassinar gente de bem? Isso faz sentido para o senhor? Tudo indica que encontraram, sim, com ele a pistola de cabo de prata. E daí? Mas também não acharam facões, lanças, pistolas e espingardas espalhados pelo terreno? Aqueles que descobriram o arsenal disperso foram, por acaso, acusados de assassínio? O mais provável é que dois negros fujões tenham tropeçado naquele monte de malfeitores quando estes já estavam mortos, cobertos de varejeiras. Tiveram a infeliz ideia de guardar para si a pistola de cabo de prata. Talvez sejam outros delitos, esses, não delitos de sangue. Coronel, o senhor precisa impedir que eles sejam mortos. Não tenha dúvida de que, se o senhor não intervier, crescerá como político, mas diminuirá como homem; brilhará no presente, mas se apagará no futuro.

Ninguém nunca ousara falar com o coronel naqueles termos, muito menos uma mulher. François, lívido, levou as mãos às costas, retendo uma careta dolorida. D. Maria José, tremulando o buço, franziu o cenho enquanto acompanhava Eufrásia com o canto dos olhos, deixando transparecer na face severa um discreto sinal de que se divertia com a impertinência da francesinha, ao mesmo tempo em que apertava, solidária, a mão gelada do marido.

— Sra. Dumont! — disse, de modo incisivo, Da Cruz Machado.

— Coronel, eu tenho certeza de que não foi a intenção... minha mulher não quis dizer exatamente... — François interveio, na tentativa de salvar a situação.

O coronel Antônio da Cruz Machado retirou a mão que a esposa segurava. A francesa manteve-se de pé, ofegante. O homem lançou um olhar, de baixo para cima, na direção do rosto avermelhado de Eufrásia.

— Deixe-me concluir, meu caro amigo François. Quando alguém, sobretudo no interior de minha casa, se manifesta nos termos da sra. Dumont, é porque tal pessoa perdeu o juízo ou, então, porque as palavras lhe vêm da exigência da alma. Honor... quero dizer, sra. Dumont, a senhora e seu marid... e meu amigo, o sr. Dumont, terão meu apoio. Mas devo lhe dizer que tudo dependerá, em última instância, das autoridades do Tijuco Diamantino, sobre as quais minha influência, embora importante, é limitada. Tudo dependerá da boa vontade do ouvidor aqui na Vila do Príncipe, do intendente, do comandante da guarda no Arraial do Tijuco e da maneira como vou me arranjar com os Caldeira Brant. Mas serei de pouca valia. Seus escravos já estão condenados. Posso interceder para que não judiem deles em demasia. Vou ver o que é possível fazer além disso.

— Oh, senhor! — exclamou Eufrásia, ajoelhando-se e se

atirando sobre o colo de d. Maria José, que a envolveu com seus braços e a beijou com ternura. O coronel, pela primeira vez na vida, invejou a esposa.

## 3. Uma ideia impossível

O padre Gonçalves Chaves confabulava com Dino Bibiano, Genésio Silveira e Luiz Sereno dos Reis numa sala entulhada de móveis cobertos por toalhinhas brancas. As irmãs do religioso e uma negrinha de gambitos finos iam e vinham, trazendo broinhas e nacos de torresmo em pratos de porcelana de bordas lascadas e servindo sem parcimônia cerveja Porter em canecas de folha de flandres.

— Estão tramando — disse o padre, passando a língua pelos lábios finos em busca dos restos de espuma da cerveja amarga grudada no seu buço. A voz mansa saía com uma gravidade que contrastava com o rosto redondo e imberbe.

— E qual a informação que o reverendo tem? — indagou Bibiano.

— Pouca. Devem usar os dois negrinhos. Os assassinos do Manoel Gonçalves.

— Irão obrigá-los a nos acusar? — perguntou Luiz Sereno, saindo de seu mutismo.

— Não. Isso não. Não acredito. Isso não lhes interessa. Querem trégua conosco. Não querem rusgas. As únicas coisas que desejam é botar a mão sobre o Distrito Diamantino, dominar o Tijuco e continuar mamando nas tetas da Real Extração dos Diamantes. Estão loucos para deitar o ferrolho na Demarcação e colocá-la sob a batuta do Paço do Imperador. Mantê-la sob as ordens do Rio de Janeiro, que é onde se acautela a corja de sua parentada e de onde se irradia seu mandonismo. Aqui, querem ser prepostos, para agirem como desejam. Para conseguirem isso, devem nos neutralizar e matar no ovo a autonomia que se desenha pouco a pouco no horizonte do Distrito Diamantino. Até que os negrinhos sejam enforcados, irão deixar pairar sobre nossa cabeça a ameaça de acusação de mando de morte. Irão nos ameaçar com a possível denúncia dos negrinhos. Uma vez enforcados os bandidos, não haverá mais jeito de desenterrar o assunto da cachoeira da Sentinela. Essa chantagem de usar os negrinhos contra nossa gente não passa de movimento diversionista. É coisa preparada para nos paralisar, para nos guiar para outros lados. Querem que corramos para os lados opostos àqueles nos quais eles têm interesse — foi o próprio Genésio que respondeu no lugar do prelado.

— Fiquei sabendo que estão aprontando uma pantomima. Querem agora montar um circo, um Tribunal do Júri. Essa corja nunca esteve interessada em justiça civilizada. São dependentes do arbítrio, do mandonismo e do conservadorismo. Conhecendo essa caterva como nós conhecemos, é impossível cogitar que eles queiram sinceramente um júri, composto de pessoas da sociedade, julgando e decidindo no lugar de um juiz. Qual! Por que iriam querer uma coisa dessa? Eles têm os juízes nas mãos. Por que iriam querer mudar as coisas? Isso é contra a natureza deles. O que eles desejam é desmoralizar as instituições democráticas. Tomam a iniciativa, posam de progressistas, nos arrebatam uma bandeira, atraem a simpatia do povo e se apoderam dos privilégios. É esse o desenho da estratégia deles — concluiu o padre Chaves, riscando o ar com o dedo indicador.

— É uma ignomínia terem em suas mãos sujas uma ideia tão limpa. Nós não podemos ir contra a ideia de um Tribunal do Júri! Me espanta que possam ter tido uma ideia dessas. Eles ousaram. Isso não existe no Brasil! — exclamou o Dino, avermelhando o rosto, repetindo, confundindo e cuspindo as palavras junto com o farelo das broinhas.

— Eles conseguiram nos sacanear. Nos estrepamos direitinho, eles nos encurralaram. Tiraram o chão de sob nossos pés. Desta vez, talvez o melhor a fazer seja fingir de morto e ceder o ponto — Genésio murmurou, esmorecido. As palavras lhe saíam baixas, afogadas na banha do torresmo que ele não lograva triturar com os molares.

— A menos... a menos que...

— A menos que o quê, padre? — indagou, impaciente, Luiz Sereno.

— A menos que encampemos a ideia e a subvertamos a nosso favor.

— Tenha paciência, reverendo, eles zombarão de nós! Como poderíamos influenciar o tribunal? Elegendo ou escolhendo os jurados? Impossível! Será o juiz de fora quem os escolherá. E o homem é conservador. Arrumando um advogado de defesa para os negros? Isso é loucura. Não nos interessa a absolvição dos malditos.

— O povo já condenou os desgraçados. Arrumar-lhes um advogado é cair em desgraça. Mesmo que porventura quiséssemos isso, não encontraríamos ninguém em sã consciência que se dispusesse a assumir um papel suicida dessa ordem. No Tijuco há muitos lunáticos, mas não burros para entrar numa esparrela dessas — acrescentou Dino Bibiano.

— Não nos resta alternativa. Temos que dar corda à cambada, ficar de sobreaviso, esperar por um tropeção deles. E só. Perdemos a iniciativa, essa é a verdade — ponderou Genésio.

— Já que eles querem fazer do Tribunal do Júri uma tribuna, por que nós não fazemos uma tribuna para erigir um tribunal? — sugeriu Dino Bibiano.

Genésio olhou para o amigo como se este estivesse bêbado. Talvez estivesse mesmo. O homem era fraco. Seria melhor encerrar a conversa, mudar de assunto e ir para casa. Conversar coisa séria com gente tonta nunca dava certo.

O padre, ao seu lado, baixou os olhos, constrangido com aquele palavrório desatinado. "Deve ser a cerveja. O homem está acostumado com aguardente. É só dar uma coisinha um pouquinho melhor para essa gente que eles começam a querer fazer um *Te Deum* sem conhecer o latim", pensou.

— Você me perdoe, Dino — disse Luiz Sereno, com meio sorriso estampado no rosto —, mas eu não compreendi muita coisa do que você explicou.

— Acho que ninguém compreendeu, Luiz. Expliquei-me mal. A ideia ainda não está redonda, por isso saiu canhota. Estava pensando que podíamos fazer um jornal. Como existem na França, na América Unida, na Inglaterra, no Rio de Janeiro, e talvez já haja um ou dois em Minas. Por meio dele, poderíamos influenciar as pessoas, iríamos denunciar os crimes, os desmandos. Dirigir os pensamentos; conclamar o povo. Com o jornal, faremos ecoar nosso pensamento.

— Aqui no Arraial do Tijuco? Na Demarcação? Na Comarca do Serro Frio? Uma imprensa? Impossível!

— Impossível? Impossível por quê? Não faremos sozinhos. Vamos arregimentar os homens que tenham alguma identificação com nossas ideias. Vamos nos coligar. Um jornal, senhores, pode receber colaboração de pessoas distantes. Podemos traduzir os estrangeiros. Vamos convocar as gentes de letras. Dar notícia das festas, dos santos, do comércio, mostrar o que o Senado da Câmara está fazendo para nossa Comarca do Serro Frio, para a Demarcação.

A voz do Dino foi aumentando de tom, e o homem se inflamando à medida que alinhava seus argumentos.

— Padre Chaves, eu imaginava que o senhor pudesse ser

um exaltado, mas, comparado com nosso Dino Bibiano, que até agora era um homem pacato, o senhor parece um moderado! — disse Genésio às gargalhadas.

O prelado não riu. Ergueu o queixo, que coçou vagarosamente. Depois, cruzou as mãos delicadamente diante de si e alisou a toalha branca na borda da mesa, sem prestar muita atenção no gracejo do Genésio.

— É isso! A imprensa! A imprensa! Com ela, o Tribunal do Júri irá para as ruas, será exposto ao povo. Nós controlaremos as ruas. O jornal levará nossa voz para todos os cantos — proclamou o padre, levantando-se da cadeira como se tivesse ressuscitado.

Chamou as irmãs e lhes pediu que trouxessem mais cervejas.

— Tragam também a aguardente — ordenou.

A conversa subitamente tomou outro rumo, acalorou-se e se coloriu. Fizeram uma lista das pessoas a serem convidadas para participar da empreitada. Os quatro homens celebraram até a hora do Ângelus, quando o padre Chaves, bêbado, retirou-se para suas orações. O religioso roncou feliz até a madrugada seguinte.

## 4. O Liberal do Serro

A ideia vingara. O casarão dos Silveira se abriu iluminado para receber festivamente o povo que acorria de todos os recantos da Comarca do Serro Frio. Da Vila do Príncipe veio quase uma multidão. Juntou-se a ela um vereador, Jorge Benedito Ottoni, que morava pelos lados do Bota e Vira, dizendo que não se apresentava sozinho, pois trazia consigo a presença do espírito dos filhos, que estudavam no Rio de Janeiro. Chegaram os Ávila e os Nunes. Do Arraial do Itambé veio um ourives inquieto, acompanhado de uma índia troncuda e miúda que ele, encantado, apresentava a todos, declinando por inteiro seu nome, d. Raymunda Nonata Pereira de Andrade Pacheco de Melo.

— Um nome tão comprido para uma botocuda tão curta! — gracejou, às suas costas, um padre.

Aos do Arraial do Tijuco se juntaram o Manoel Sabino Lopes e o Rabello, o rábula. De São Gonçalo do Rio das Pedras, um homem falador se apresentou como José Paulo Dias Jorge. Havia também o padre Justiniano da Cunha Pereira, amigo do reverendo Chaves, que parecia ter mais interesse mundano nas mulheres do que na empreitada que se articulava. Apenas os irmãos Dumont não compareceram. François alegou uma indisposição da esposa; Victor anunciou que devia viajar a negócios para os Miranda.

Antes de começarem os discursos, rezaram uma ave-maria e um padre-nosso. Findos os améns, Genésio expôs a situação política da Comarca e, em particular, a da Demarcação. Falou dos constrangimentos aos quais os cidadãos eram submetidos, da ausência de liberdade e justiça, mencionando por fim a necessidade de um jornal, que seria a voz do povo e eco das ideias serranas. Manteve-se cordial, sem citar o nome de seus adversários nem insultá-los. Os que mais falaram, além do padre Chaves, foram o Zé Dias e o Jorge Benedito Ottoni.

Diante de tanta discurseira vazia, o padre Justiniano da Cunha Pereira levantou-se e, com um sorriso dependurado nos cantos dos lábios e gestos afetados, indagou alto:

— Tudo isso é muito bonito. E folgo em ver que se prepara, neste Arraial, uma revolução liberal que pretende colocar a monarquia do Brasil no ritmo das modernidades do progresso do mundo. Sei que daremos exemplo à França e lições em Carlos x.

É com o coração alegre que aqui encontro homens da melhor qualidade, grandes chefes de família da região, todos movidos pelas melhores intenções. Mas permitam-me, nestes poucos minutos, externar uma aflição presente no meu coração. Como é que os senhores pretendem concretizar as suas empreitadas jornalísticas? Vão importar uma prensa, trazê-la a tempo do Rio de Janeiro, ou farão cópias a bico de pena em ramas de pergaminhos que serão distribuídas aos iletrados do Serro Frio por pombos-correios? É assim que pretendem publicar o jornal? Se assim for, posso, modestamente, sugerir-lhe um nome: *A Águia do Serro Frio*. Uma ave que voa nas alturas e no ninho só deixa penas, piolhos e guano!

Um murmurinho correu pelo salão. O deboche do clérigo caiu como uma pedra sobre o entusiasmo dos presentes. Temendo o ridículo apontado pelo padre bandalho, ninguém mais ousava expor a grandeza das ideias de liberdade e autonomia.

Uns e outros já começavam a procurar os barretes, bicornes, chapéus, cartolas e bengalas para se retirarem, imaginando que haviam perdido tempo suficiente, quando o homem inquieto que viera com a índia botocuda se pôs de pé.

— Meu nome é Geraldo Pacheco de Melo. Sou do Arraial do Itambé. Eu faço o jornal. Monto as máquinas, construo a prensa e fundo os tipos. Farei um jornal melhor do que qualquer um existente no país.

— Você tem certeza de que seria capaz disso, Geraldo? — perguntou Genésio, dirigindo ao homem um olhar em que brilhava um hesitante lume de esperança.

— Eu não seria capaz, Genésio. Eu sou capaz. Dentro de um mês vocês terão a primeira edição de um jornal que, diferentemente de como sugeriu o reverendo, poderá se chamar não *A Águia*, mas sim *O Liberal do Serro* — respondeu, com voz grave e seca.

Ao lado do ourives, a botocuda cadenciava cada uma de suas palavras com gestos socados e afirmativos da cabeça. O religioso riu amarelado, arqueando a sobrancelha esquerda como se duvidasse do tento, mas logo parou de prestar atenção no ourives, indo se distrair com uma molequinha que passava uma travessa de paçoca entre os convivas. O padre Justiniano pegou um bocado e, antes que a negrinha levasse a guloseima, disse-lhe baixinho:

— Espere que quero limpar a mão — pondo-se discretamente a esfregar os dedos brancos no avental do vestido da menina, na altura do seu sexo. A escravinha riu encabulada diante da demora do reverendo em purificar as mãos da gordura do doce.

Nas ruas próximas podiam se ouvir os hurras e vivas que saíam do solar dos Silveira:

— Viva O *Liberal*! Viva Geraldo Pacheco de Melo, o Gutenberg serrano! Viva Genésio Silveira!

## 5. O cortejo constituinte

Atrás da mesa do escritório, a fisionomia do Perna de Kyrie Eleison era de plena placidez. Dirigia-se a Jeremias, suavizando sua rouquidão:

— Ah! Aquilo é besteira! Inveja! Despeito puro. Disfarce. Fiquei decepcionado com Genésio. Pensava que fosse mais arguto. Da sua inteligência sempre duvidei, mas nunca de sua esperteza. Acho que me enganei, meu irmão. O Genésio está passando recibo, na frente de todos, de que foi obrigado a engolir nossa proposta. Coitado! Foi constrangedor aquele espetáculo que propiciou ontem no seu casarão, envolvendo gente tão distinta! Eu teria ficado com vergonha. Qual! É mais do que tempo. Vamos instituir, vamos inaugurar no Brasil, o Tribunal do Júri! Depois da cena ridícula do Genésio, só nos resta agir firme e calmamente. E aquele foguetório todo? Meu Deus, que barulheira mais estapafúrdia.

— Mas o que vamos fazer se eles conseguirem montar o jornal? — Jeremias, que o escutava de pé, mostrava-se inseguro.

— Qual! Isso é fantasia. Como é que vão conseguir? Com que maquinaria? Vamos deixá-los com seus papiros!

— O ourives. O Pacheco de Melo disse que é capaz!

— Coitado. Deixa o lunático para lá. Aquilo só consegue fazer umas entalhaduras de Cristo na cruz. Que se distraiam com seus brinquedinhos, assim nos deixam em paz enquanto trabalhamos sério. Temos que nos preocupar é em inaugurar, no Brasil, o Tribunal do Júri. O imperador nos deu uma Constituição e um Código. Vamos pô-los em prática. Pegar de calças curtas esses anarquistas de salão. Pode ficar tranquilo, Jeremias, eu plantei uns espiões no salão do Genésio. Estou sabendo de todos os seus passos. Estão na defensiva. Se parecem mais com um formigueiro em cima do qual alguém mijou. Não sabem para onde correr. Vamos apertar devagarinho o tarugo.

— Mas eles contam com apoios importantes na Vila do Príncipe.

— Qual! Seus apoios são mais de circunstâncias que de realidade. O importante é instituir o Tribunal do Júri. Condenar exemplarmente os negrinhos, assando-os nas formalidades da lei e, por fim, mostrar, com todo o rigor, que liberdade não é anarquia. A pena legalmente proferida contra os negros deverá ser tão pesada que eles sentirão saudades do arbítrio.

— Mas num tribunal desse tipo será que não corremos o risco de ver os negros inocentados? Porque, aqui entre nós, todos sabemos que não foram eles, não é?

— Homem de Deus! Você está muito preocupado. O juiz, o inquisidor do crime e os jurados serão nossos, escolhidos a dedo. Vamos impor e espalhar a ordem legal na Demarcação Diamantina. Vamos processar e condenar, de acordo com a lei, todos que estão contra nossos interesses. Vamos expulsar os estrangeiros. Vamos devolver a terra aos brasileiros, aos seus ascendentes diretos, os portugueses desta terra. Vamos trazer a ordem do Império para estes grotões ermos. Conservar as tradições dos que fundaram este país.

— Mas, Hermenegildo, será que vai dar certo? Nós quase nos danamos quando tentamos botar fogo no casarão dos Silveira e fechar a Demarcação.

— Aquilo foi um erro. Erro, não, um equívoco. Os Caldeira Brant nunca erram. Foi um equívoco de avaliação querer provocar a revolta na Demarcação para impor nossa vontade. Estava meio atormentado pelo duelo com o maldito Genésio e acabei armando aquela confusão toda. Mas foi culpa da incompetência do Manoel Gonçalves. Nosso cunhado era um estroina. Cá entre nós, aquilo nunca prestou para nada, um brocha punheteiro que nem para fazer filho serviu! Olha que o plano era bom, mas o caminho da legalidade é mais consistente para se dar golpes. Ainda bem!

— E eu ainda me deixei levar pelo cabeça de vento do Cândido e fui quebrar a lavra do francês. Hoje, quando fico pensando... mas deixa para lá.

— Falando nisso, onde anda nosso irmão? — indagou o Perna de Kyrie Eleison, sem dar de fato muita importância ao fato.

— Não sei, não o vejo mais — respondeu Jeremias, juntando as sobrancelhas.

— Estava sempre aqui, na barra da saia da Augusta. Agora não para mais em casa. Passa a noite fora. Fique de olho e cuide de que o menino não apronte nenhuma bobagem, não quero me preocupar com isso. Basta de amolação. Vou ter muito trabalho para preparar a reunião que vai convocar um Tribunal do Júri.

Não tardou para que os Caldeira Brant respondessem aos festejos e foguetório dos Silveira. No seu casarão se reuniu um grande número de famílias do Arraial do Tijuco, da Vila do Príncipe do Serro Frio, de São Gonçalo do Rio das Pedras. Veio gente de Guanhães e do Peçanha. O intendente Ferraz Pinto e o juiz de fora Monteiro de Barros, além do coronel Da Cruz Machado, foram recebidos com atenções especiais. D. Augusta Gonçalves, ainda enlutada, não só não deixou de acolher a todos com muita simpatia como ofuscou completamente a esposa de Hermenegildo. Como o salão começava a ficar apinhado, o Perna de Kyrie Eleison puxou Jeremias de lado e perguntou-lhe:

— Onde está o Cândido?

— Não sei.

— Vá perguntar à Augusta. Talvez ela saiba do paradeiro do menino.

— Ela também não sabe onde aquele cabeça de vento se meteu.

— Isso é um desaforo. Toda essa gente ilustre aqui, e ele me faz essa desfeita. Veio todo mundo, até o Rabello, o rábula. Ninguém faltou, e o filho da puta de nosso irmão não comparece.

— Aliás, vou pôr o Rabello para fora de nossa casa aos pontapés. O safado foi à reunião na casa dos Silveira. E agora vem aqui com essa cara lambida. É um sujeitinho de duas caras e aproveitador. Deve ser espião do Genésio.

— Não. Fique quieto. Eu o convidei.

— Você? Mas como? Por que o convidou? É um judas. Um homem é ou não é! E esse fedelho me parece que não é! Ontem se mostrava como uma prostituta para os Silveira, hoje está aqui, se rebolando todo para nós. Traidor de uma figa. Fedelho pretensioso e medíocre — Jeremias mastigava suas palavras entre os dentes, mal podendo conter a ira que aquela figura posuda lhe despertava.

— Eu sei. Eu é que mandei o paspalho ir até a casa do Genésio.

— Espião? Nosso?

— Não. A porcaria não serve para isso. Vou usá-lo de outro jeito.

A conversa entre os dois irmãos foi interrompida pela voz trêmula do padre Divino da Luz da Mãe dos Homens, secundado pelo novo vigário. O venerando pediu silêncio e sugeriu que, antes de se iniciar a reunião, se rezasse um terço. Quando a reza terminou, todos puderam beber e comer. O velho prelado disparou pelo salão afora, balançando a corcunda em direção a uma travessa de frango frito. Hermenegildo Caldeira Brant, depois de coçar vigorosamente os fundilhos, também pediu silêncio. Podia-se escutar o chiado dos siriris e das aleluias queimando-se no lume das velas e lampiões. O patriarca limpou a garganta, cuspiu numa escarradeira e se dirigiu aos presentes com seu vozeirão rouco:

— Senhores! É com grande honra que recebo, em minha modesta casa, as autoridades religiosas, civis, militares e as mais ilustres famílias da Comarca do Serro Frio. É com alegria que vejo aqui diversos amigos de nossa região e fiéis correligionários. Como os senhores não ignoram, a noite de hoje é um momento solene que atrairá em breve os olhares do Brasil, quiçá do mundo, para o Arraial do Tijuco. As atenções do Brasil e do Império em breve se fixarão neste ponto alteroso do Serro Frio. Os filhos destas terras são homens de ação; mas não de ação irrefletida, que esta é lote de anarquistas e jacobinos. São homens cujos atos, pautados numa firme ponderação intelectual e moral e imbuídos de profunda fé religiosa, vão ao encontro das iniciativas pioneiras de nosso bem-amado imperador. São homens respeitosos da lei, obedientes à autoridade maior, fiéis às instituições e ousados nas decisões que certamente farão deste país uma grande nação. Como cada um aqui presente bem sabe e com isto concorda, temos que aperfeiçoar nossas instituições e romper com um passado que, embora glorioso, não responde mais às exigências do presente. Romper para dar continuidade às nossas melhores tradições. Construir sem destruir.

Hermenegildo gostou daquela última frase, que saiu de improviso, no calor do entusiasmo. Repetiu a fórmula, quase para fixá-la para si mesmo. Mais tarde pediria ao padre Divino que a vertesse para o latim. Faria dela um dístico.

— Construir sem destruir! Sim, estamos aqui, senhores, para anunciar que a partir do dia de amanhã, na Comarca do Serro Frio, no Arraial do Tijuco da Demarcação Diamantina, será concretizada, pela primeira vez no país, a ordenação ditada pelo nosso grande senhor, o imperador do Brasil, d. Pedro I, que nada mais é do que a instituição do Tribunal do Júri. Sim, o Tribunal do Júri. Chega de injustiças e desmandos, chega de impunidade. Viva o Tribunal do Júri! Viva o povo brasileiro! Viva a Justiça brasileira! Viva nosso amado imperador d. Pedro I!

Depois falou o juiz Francisco de Paula Monteiro de Barros.

— Meus amigos e correligionários. Venho lhes trazer boas notícias. Há pouco estive com meus familiares em Congonhas do Campo. Levei-lhes a ideia do nosso estimado Hermenegildo Caldeira Brant acerca do propalado Tribunal do Júri. Confesso que eu mesmo duvidava do bom senso da coisa. Ficaram assombrados. Confidenciaram-me que a iniciativa ia ao encontro dos anseios do imperador, que, aliás, se impacienta com a lentidão das coisas no Brasil. Disseram-me ainda que, no Rio de Janeiro, o Desembargo do Paço e a Mesa da Consciência e Ordens já operam como um só tribunal. A Casa da Suplicação tem já seus dias contados. Incentivado por tudo isso, estudei profundamente a questão e devo lhes dizer que o artigo 163 da Constituição nos abre todas as possibilidades para que criemos pela primeira vez algo que nunca se viu neste país: o Tribunal do Júri. Vamos arrombar as portas da inércia. Vamos fazer uma revolução conservadora, vamos dar uma lição de tal vulto que o Brasil seguirá os passos altaneiros da Comarca do Serro Frio, do Arraial do Tijuco. Temos apoios! Asseguraram-me pessoalmente que, no Rio de Janeiro, o dr. Fragoso, ao tomar conhecimento das iniciativas do sr. Hermenegildo Caldeira Brant aqui no nosso Arraial do Tijuco, emocionou-se até as lágrimas. Temos todas as ordens e autorizações para bem proceder.

Quem foi às lágrimas foi a audiência que acompanhava atenta a fala de Monteiro de Barros. Jeremias, aproveitando-se da emoção, debruçou meio corpo na janela do sobrado. Fez um amplo sinal com seu chapéu, dando início a um foguetório que iluminou o céu escuro do Arraial do Tijuco. Cessados os estrondos, falaram ainda o ouvidor Afonso Caldeira, o intendente, o antigo comandante da guarda que havia sido apeado do cargo pela firme intervenção do coronel Da Cruz Machado. O jovem vigário Bernardino de Senna Camargo abençoou a todos. Por fim, Rabello, o rábula, que não perdia uma ocasião, se aproximou da mesa querendo também falar.

— Chega! — disse-lhe Hermenegildo, empurrando-o de lado com a mão espalmada sobre seu peito. — Já falou quem devia ter falado. Não vamos mais cansar as pessoas que estão aqui. Você volte para seu lugar.

Na semana que se seguiu, foi aprovado e, solenemente, instituído o Tribunal do Júri com sede na Vila do Príncipe da Comarca do Serro Frio. As personalidades do Arraial do Tijuco presentes no casarão dos Caldeira Brant se deslocaram em peso para a cabeça da Comarca para ver o Senado sair, incorporado, em procissão. À frente ia seu presidente, trajando saio, capa e volta, levando a vara vermelha. Acompanhava-o o juiz de fora. Atrás iam os vereadores, funcionários, cada um com sua respectiva vara na mão. No fim da fila, a fanfarra e o povo miúdo seguiam, emocionados, o cortejo constituinte.

## 6. O advogado de defesa

— Hermenegildo — disse o alferes Quintiliano Caldeira —, você está ciente do que está fazendo? Este Tribunal do Júri não se encontra no nosso ideário. Entre nossos correligionários conservadores, há muitos que estão preocupados com o rumo que as coisas estão tomando. Alguns dizem que o imperador inventou esse tal de Tribunal do Júri só para ferrar com a imprensa no Rio de Janeiro, e não para julgar gente!

— Meu caro, não há com que se inquietar. Vamos mudar para conservar. Construir sem destruir. Temos o povo conosco. Arrancamos por completo toda bandeira de luta dos desgraçados liberais.

— É, mas entre nossos correligionários existem muitos que não concordam com esse tribunal.

— Mas como? A ideia do tribunal é que permitirá a superação das intrigas que eles destilaram, que facultará o desenlace dos nós das teias com as quais nos envolveram. Fecharemos as chagas, secaremos as feridas. Foi com lágrimas nos olhos e alegria no coração que vi o coronel Da Cruz Machado e o ouvidor Afonso Caldeira cerrarem as mãos. E voltamos a reunir em torno de nossa família amigos que os últimos infortúnios haviam afastado.

— Mas nem todos os conservadores estão seguros. Acham

essa ideia do Tribunal do Júri muito revolucionária, coisa de liberais. Coisa novidadeira.

— Deixa para lá, eles logo vão compreender. Se não agirmos nesse sentido, logo perderemos o poder.

— Nossos amigos estão nos apelidando de Turma da Fanfarra. O senhor, o Bilac, o dr. Correa Pinto.

— Meu caro alferes Quintiliano, diga aos nossos correligionários que o próprio coronel Da Cruz Machado está apoiando a ideia do Tribunal do Júri. Agora temos que organizar o tribunal. Mostrar ao povo sua importância. Nada melhor para isso do que começar por julgar e condenar os negros na boa forma da lei. Para tanto, temos ao nosso lado uma das melhores cabeças jurídicas do país, o meritíssimo dr. Francisco de Paula Monteiro de Barros — Hermenegildo apontou para o magistrado ao seu lado.

— Podem ficar sossegados, eu vou escolher os jurados o mais rápido possível — disse o juiz de fora.

— Meritíssimo — interrompeu o patriarca dos Caldeira Brant —, vamos fazer isso juntos. Com cuidado e discernimento. Caberão ao senhor, dr. Monteiro de Barros, todas as honras na condução desse processo momentoso. Mas vamos proceder com cautela. Em primeiro lugar, devemos escolher os jurados por sorteio.

— Sorteio, sr. Hermenegildo? — indagou o juiz, soltando um grito agudo. — Onde já se viu uma ideia dessa? Mas o senhor perdeu o juízo? Qualquer um poderá ser jurado. Além disso, onde estarão minhas prerrogativas? Onde vamos acabar? Onde vai terminar minha autoridade? Saiba, sr. Hermenegildo, que isso eu não vou permitir. Não concedo. Não concedo.

— Calma, dr. Francisco de Barros — o Perna de Kyrie Eleison tentou amansar o magistrado, que, já de pé, brandia a bengala negra sobre a qual, instantes antes, apoiava as duas mãos cruzadas diante das pernas abertas. — Deixe-me explicar. Nada arranhará sua autoridade. Ao contrário, seu nome permanecerá em primeiro lugar nos anais jurídicos da história deste país. Em breve, o senhor estará não mais nesta Comarca, perdida nestes cerros, escondida pelos grotões, mas na capital do Império, frequentando os salões do Paço ou lecionando em São Paulo ou em Pernambuco, ou quem sabe atuando num futuro Supremo Tribunal de Justiça, que, tenho certeza, nossa iniciativa inspirará.

O vermelhão da testa do outro foi virando para o rosa.

— Então vamos ter que sortear os jurados de uma lista preparada de antemão, na qual irão figurar os homens honrados de nossa Comarca — disse o juiz, repentinamente esquecido de suas dúvidas anteriores.

— Isso mesmo, meritíssimo. Vamos proceder desse modo. O sorteio será mera formalidade, dr. Monteiro de Barros. Vamos sortear os já escolhidos. Os jurados serão apenas músicos a ler partituras e a seguir sua batuta. O senhor será o grande maestro que conduzirá essa orquestra afinada, cujos sons despertarão os ouvidos do país e cuja coda, entoada sob seu comando, receberá os aplausos do Império.

O magistrado voltou a sentar-se e a apoiar as mãos sobre o castão de ouro da bengala.

— Mas para isso precisamos que a coisa seja convincente. Temos que arranjar um advogado de defesa para os negrinhos. Alguém que se apresente para defendê-los — arrematou o Perna de Kyrie Eleison.

O juiz de fora arqueou interrogativamente as sobrancelhas, não ousando mais se manifestar de forma intempestiva. Não hesitou, entretanto, em intervir de modo contundente:

— Isso é pura fantasia, ninguém vai querer defender os negros. É nesse ponto que a coisa vai gorar. Nunca encontraremos um pateta para fazer esse papel. Defender os fujões assassinos será a ruína profissional de qualquer um, sem contar que no fim terá que fugir às carreiras do Arraial, perseguido pela ira popular.

— Eu vou pensar! O senhor, dr. Monteiro de Barros, se encarregue de organizar o tribunal. Tem muito trabalho a realizar na Vila do Príncipe. Depois terá que aceitar a denúncia do crime dos negros. Vou pedir ao Joaquim Viena de Pina ou ao Antônio Lins que a faça. Não! É melhor deixar isso com o inquisidor do crime, o sr. Bettencourt. O senhor está no olho do furacão. Tudo a ser construído, a ser instituído, a ser inventado neste país em termos práticos de procedimentos de justiça, daqui em diante, estará em suas mãos, meritíssimo.

— Como o crime foi realizado na Demarcação, nos arredores do Arraial do Tijuco, vou eleger o foro de reunião do tribunal aqui mesmo! Invocarei a *ratione loci*. Os malditos liberais e maçons da Vila do Príncipe ficarão assim neutralizados. Aqui no Arraial do Tijuco temos maior controle. É mais seguro, embora mais ousado!

— O senhor é uma sumidade, meritíssimo.

O juiz Francisco Monteiro de Barros levantou-se altivo, fazendo rodopiar gravemente a capa preta sobre os ombros. O Perna de Kyrie Eleison o acompanhou até a porta, onde um plaustro o esperava.

— Diacho! Onde vamos encontrar um advogado de defesa para os amaldiçoados? — indagou o alferes Quintiliano, coçando a cabeça e cuspindo no chão.

— Vamos pensar nisso mais tarde — respondeu Hermenegildo.

Após o término da reunião, os correligionários se retiraram. O Perna de Kyrie Eleison voltou-se para o irmão caçula, que havia acompanhado, inquieto, a discussão:

— Cândido, quero conversar com você.

O moço enrubesceu.

— O que está se passando com você? Outro dia me fez aquela desfeita, não vindo à reunião em que toda a sociedade da Comarca do Serro Frio estava presente. Se não posso contar com a família, com quem poderei contar? Agora são raros os momentos em que o vejo. Não para em casa. Ninguém sabe onde anda metido.

— Está tudo bem, meu irmão. Ando cuidando dos meus negócios.

— Que negócios? Você por acaso tem negócios? Só se forem negócios noturnos. Não quero que se meta em confusão, neste momento tão importante. Se entrar em enrascada, não conte comigo, que não vou tirá-lo do apuro. Agora se retire, que tenho muitas coisas importantes para fazer.

Cândido baixou os olhos, saiu batendo o solado das botas no chão e coçando os fundilhos.

— Esse menino agora vive coçando a bunda. Ele é muito moço para ter entupimento hemorroidal. Mas isso é de família. Vai ver que o pobre começou a ter seus achaques mais cedo. Tem gente que jovem já perde os cabelos da cabeça. Coitado! — murmurou para si Hermenegildo.

Quase pela madrugada do dia seguinte, Jeremias apareceu no casarão dos Caldeira Brant. Ficou na cozinha, aguardando o patriarca.

— Bom dia, Jeremias. O que o traz tão cedo a nossa casa?

— Bom dia, Hermenegildo. Tive uma noite péssima. Como não consegui mais pegar no sono, vim saborear o mingau da Augusta.

A irmã sorriu, sem deixar de girar a colher de pau na panela de pedra preta. Jeremias estava agitado. Hermenegildo puxou-o pelo braço.

— Vamos para a janela respirar um pouco de ar puro.

O irmão o seguiu.

— Que foi? O que o trouxe aqui?

Jeremias olhou de lado e lhe confidenciou:

— É o Cândido. Não quis comentar na frente da Augusta, porque você sabe como ela é apegada ao menino.

— O que esse moleque aprontou agora? Conversei com ele ontem à noite.

— Está doente!

— Doente? Como? É grave? São os entupimentos, não é? Logo soube. Se for isso, não tem jeito. Vai sofrer a vida inteira.

— Não, não é isso. Não o vejo mais. No início, fiquei imaginando que estivesse magoado conosco. Ele é muito sensível. Você não tem reparado como anda pálido, Hermenegildo? Quando se refugia lá em casa, fica fechado nos cantos, escondendo que está chorando. Eu finjo que não vejo, mas dá pena.

— O que você está me contando?

— É isso.

— Meu Deus! Que está acontecendo com o menino? Ele sempre foi meio nervoso.

— Estou preocupado. Ele fica bravo quando alguém se mete ou pergunta. Anda cismado. Já o surpreendi tapando os ouvidos com as mãos, correndo em volta do terreiro. Parece que embirutou. Acha que vai ter um ataque do coração, fica esfregando as mãos, suando frio. Depois desaparece. Fica metido não sei onde. Passa a noite fora. Anda bebendo muito. Está sempre amofinado.

— Eu não posso fazer nada, Jeremias. O menino não se abre comigo. Também não o vejo muito. Chega sempre tarde, à noite. Cuide do Cândido, que eu não tenho muito jeito para essas coisas.

Meio contrariado, mas sem dar muita importância ao relatado pelo irmão, mudou de assunto.

— Jeremias, me faça também outro favor. Chame aquele néscio do Rabello aqui em casa. Quero ter uma conversa com ele. Melhor: convide-o para cear conosco hoje à noite.

— Mas, meu irmão, para que convidar a nossa casa gente que não vale um piado de pinto?

— Vamos precisar desse idiota — foi só o que resmungou Hermenegildo.

Quando o sol se pôs, o rábula e Jeremias entraram pela porta do casarão dos Caldeira Brant. O jovem cumprimentou cerimoniosamente o Perna de Kyrie Eleison.

— Alguma notícia do Cândido? — indagou o patriarca a Jeremias, ignorando completamente a presença de seu convidado.

— Não, meu irmão. O menino desapareceu de novo.

Hermenegildo fez cara de contrariado.

— Sentem-se — estendeu o braço, indicando duas cadeiras ao lado da sua.

Rabello, o rábula, sentiu-se aliviado por ter sido de novo incluído nas atenções do Perna de Kyrie Eleison.

— Doutor, convidei-o a minha casa para uma conversa da maior importância.

Rabello estranhou a formalidade e a consideração demonstrada pelo Kyrie Eleison, que sempre o tratava como se ele fosse um zé-ninguém. Chamara-o de doutor, ainda por cima. O jovem empertigou-se, franziu o cenho e, querendo estufar o peito, jogou os cotovelos para trás. Depois, acomodou-se na cadeira. Mordeu o lábio inferior para estancar as lágrimas de gratidão. Se elas viessem, não poderia se conter. Estava finalmente colhendo o que sempre almejara: o reconhecimento da maior figura do Arraial do Tijuco, cujo nome era respeitado até além da Vila do Príncipe.

— Como o doutor não pôde ignorar, foi instaurado, na Comarca do Serro Frio, o Tribunal do Júri. O primeiro do Brasil. E quis o destino que o primeiro caso a ser julgado seja o dos negrinhos que, ao que tudo indica, assassinaram covardemente, se bem que em condições a serem esclarecidas, meu saudoso cunhado, o Manoel Gonçalves.

— Não se fala em outra coisa. Ouvi dizer que até no Rio de Janeiro...

— Sim. Eu sei, eu sei. Eu sei, doutor — o Perna de Kyrie Eleison interrompeu com impaciência a fala do rábula. — Acontece — continuou — que está reservado para o senhor um lugar de grande importância nesse tribunal histórico.

— Mas não seria justo que se derrogasse o dr. Francisco de Paula Monteiro de Barros dessa elevadíssima honra judicante, mesmo sabendo que a Justiça anseia por pessoas mais dinâmicas, jovens e fiéis.

Rabello, o rábula, pronunciou a última palavra untando-a com todo o mel que sua boca podia produzir. Declinou o inteiro nome do juiz de fora para melhor apreciar a queda do magistrado e medir a altura de sua própria ascensão.

— Derrogar quem? De onde? Do quê? O senhor ficou louco? Insano? — berrou Hermenegildo.

Rabello teria dado um pulo para trás se não estivesse sentado.

— Mas, senhor, eu compreendi que o senhor estava sugerindo que...

— Eu não sugiro coisa alguma. E não sugeri. Tal ideia só pode brotar da cabeça de um desmiolado, de um pateta como o senhor. Tenha a santa paciência. Não é possível que o senhor possa ter a pretensão de querer... Deixa para lá. O que eu quero lhe dizer é que desejo que o senhor se apresente como advogado dos negrinhos.

O rábula ficou pálido. Pôs-se a tremer, mal conseguindo balbuciar uma palavra. Respirou como pôde, retomou alguma coragem que ainda encontrou dentro de si e, meio gaguejando, respondeu:

— O sr. Hermenegildo irá me desculpar, mas devo declinar a honra. Isso iria destruir minha reputação e minha carreira. O senhor me desculpe, mas não posso aceitar o convite.

— Sr. Rabello — retrucou então calmamente o Perna de

Kyrie Eleison, sem, contudo, evitar que uma veia ziguezagueada estufasse no lado esquerdo de sua testa —, o senhor me compreendeu mal, eu não o estou convidando. Entenda bem. Eu estou mandando.

— Mas... mas, senhor... — gaguejou ainda mais o rábula. — Pelo amor de Deus e de Maria Santíssima, o senhor não pode fazer isso comigo. O senhor é amigo de nossa família. Minha mãe, d. Teresa, tem a maior consideração pela sua...

— Não posso? Não posso? Quem é o senhor para dizer o que posso ou o que não posso? Pois fique sabendo que posso e vou mandar. O senhor aceita e depois lhe arranjo um cargo público qualquer, como compensação. Caso venha a desobedecer às minhas determinações, o senhor se retira da Demarcação Diamantina amanhã mesmo. Mas saiba que, nesse caso, não posso garantir sua segurança por estes caminhos infestados de salteadores.

— É isso mesmo — interveio Jeremias, que até então se mantinha em silêncio, fazendo força para conter o riso.

Rabello, o rábula, esbugalhou os olhos, que se encheram de lágrimas.

— Você acha, seu Rabello — retomou Hermenegildo, deixando de lado o título de doutor e o chamamento de senhor com os quais até havia pouco se dirigia ao rábula —, que eu o enviei à casa daquele crápula do Genésio Silveira para que me contasse o que ele estava tramando? Acha? Acha mesmo? Para isso não preciso de você. Tenho meus informantes melhor posicionados.

— Não, senhor. Eu pensei... quer dizer, eu não pensei. Eu não penso nada, senhor — tartamudeou o rábula, se submetendo desavergonhadamente aos caprichos do Caldeira Brant.

— Pelo menos nisso você não é tão idiota como parece. Agora preste atenção, Rabello. Ninguém pode saber que eu estou mandando que você se apresente como advogado de defesa dos negros. Tem que parecer espontâneo, fruto de um idealismo. Quero que se associe o mais que puder àquela corja dos Silveira. Se faça passar por liberal. Está me entendendo? Quero que pensem que você renegou suas simpatias conservadoras. Está me entendendo? Pela sua atuação como advogado dos negros, vai nos ajudar a jogar lama nos liberais, a cobri-los de ridículo. Se associando a eles, vai atiçar, contra eles, a antipatia e a ira do povo. Está me entendendo?

Hermenegildo, à medida que expunha os procedimentos, pinçava a coxa do Rabello, apertando o polegar e o indicador logo acima do seu joelho e levando o pobre rábula a esboçar um esgar que parecia um sorriso. Terminadas as explicações, convidou-o para passar à mesa onde a ceia os esperava.

— Vamos agora comer alguma coisa. O advogado precisa se fortalecer, tem trabalho árduo pela frente — disse o Perna de Kyrie Eleison com escárnio, levantando-se da cadeira.

Jeremias passou a mão por cima dos ombros do Rabello, o rábula, com intimidade desrespeitosa e indecente. O jovem se deixou conduzir, curvado e com passos miúdos, pelos corredores do casarão.

— Coma mais, sr. Rabello — dizia a todo instante d. Augusta diante da inapetência ansiosa do rábula, que engolia a gororoba que ela lhe jogava no prato. — O senhor é jovem e na sua idade se gasta muita energia.

Terminada a ceia, Hermenegildo encerrou a conversa:

— Eu sei que o senhor está cansado e tem muito trabalho ainda para fazer, de modo que não vou mais retê-lo em minha casa. O senhor já tem minhas instruções. Daqui em diante, se necessitar de alguma coisa, procure o Manuel Domingues Macua. Espero que tenha apreciado nosso modesto jantar. Então, muito boa noite, dr. Rabello.

O rábula gelou quando ouviu a menção ao nome do mulato negreiro. Ainda trêmulo, estendeu a mão para os irmãos Caldeira Brant. Em vez de estender a sua, Jeremias pôs novamente os braços nos ombros de Rabello e o conduziu até a soleira da porta.

— Boa noite, sr. Jeremias. Boa noite, sr. Hermenegildo. Transmitam minhas recomendações à sra. Augusta Gonçalves e agradeçam-lhe o jantar.

A porta do casarão se fechou antes mesmo que ele tivesse terminado a frase. Na solidão da rua vazia, o rábula desatou num choro de criança, o qual tentava estancar passando a manga da casaca no nariz que escorria. Desceu bamboleando-se pelas pedras do calçamento, até que parou diante de um chafariz onde mergulhou o rosto. Depois, dirigiu-se a uma venda e começou a se embriagar. Antes que o dono fechasse o estabelecimento, providenciou um frasco de aguardente de cana e saiu trocando as pernas pelas vielas desertas, murmurando:

— Isto não deve estar acontecendo. É só um pesadelo.

Rabello tropeçou numa pedra do calçamento mal alinhado e deixou cair o frasco, que se espatifou no chão. Recomeçou a chorar. Errou pelas ruas, sem querer ir para casa. Decidiu então, se a coragem não lhe faltasse, se afogar no riacho do Peixe. Desceu os becos e embrenhou-se por uma trilha que o distanciava do Arraial, até que chegou a um filete de água. Tirou as botinas de couro de veado e, deitado na areia da prainha do córrego, mergulhou os pés na água gelada. Sua cabeça rodava. Levantou-se, ajoelhou-se na beira do riacho e vomitou o que havia comido na casa do Hermenegildo. Aquilo lhe trouxe alívio. Voltou a respirar folgado; deitou-se de novo na areia úmida, onde ficou a olhar com desalento as estrelas do céu, até que começou a se enregelar e a tremer de frio. Pôs-se de pé e, apesar de a embriaguez ter se amainado sob o efeito da água fria, ainda se sentia meio tonto. Procurou pelas botinas no escuro e, quando as encontrou, teve dificuldade para calçá-las. Decidiu então voltar para casa. O Arraial, àquela hora, estava escuro e apagado do mundo. Ao passar por uma chácara onde bruxuleavam luzes de lamparinas, viu a porta da casa se abrir devagar. Escondeu-se instintivamente num bambuzal e apertou os olhos para enxergar melhor. Reconheceu o Cândido Caldeira Brant acompanhado de uma mulher mais alta que ele. Os dois se beijaram apaixonadamente na soleira da porta.

— Só faltou a presença desse canalha, no jantar de hoje, para me achincalhar melhor. Só não se juntou aos irmãos porque estava fodendo com essa rola. Mas devo admitir que o menino é rápido. Como é que se enredou tão depressa com uma dama desse quilate?

O rábula ficou observando o caçula Caldeira Brant se retirar. A Moça dos Babados ainda correu ao encalço do menino. Abraçou-o por trás e ele, sem se virar, deixou que ela lhe beijasse a nuca. Rabello então assistiu a uma cena de uma indecência indescritível entre Cândido e a Moça, na solidão enluarada do mato. Finalmente, a Moça, saciada, o deixou ir. A porta da chácara se fechou, as lamparinas se apagaram e Rabello pôde abandonar seu esconderijo. Acordou tarde no dia seguinte. Queria acreditar que tudo que tinha vivido e visto na noite anterior não passara de um sonho ruim.

## 7. O rábula negreiro

Bernardo Rabello encerrou-se em casa por três dias. Dedicou-se a ler, escrever e aconselhar-se com a matriarca dos Rabello. Passada a reclusão e instado pela mãe, foi conhecer pessoalmente os acusados do crime da cachoeira da Sentinela.

— Nunca vi tanta gente se interessar por esses negros — resmungou o carcereiro.

No porão, Rabello, o rábula, tapou o nariz com o lenço que a mãe, precavida, havia encharcado de lavanda. Estava curioso para saber como eram os dois brutamontes africanos. No lugar de dois sansões de ébano, havia duas crianças ofegantes e doentes, presas em troncos, mergulhadas em fezes e urina. Não pôde esconder nem o nojo nem a decepção diante daqueles fiapinhos de gente. Incapaz de se comunicar com os escravinhos encarcerados, sentiu um ódio imenso do Perna de Kyrie Eleison. Era mais uma humilhação que sofria do patriarca dos Caldeira Brant. Sua carreira de advogado estava prestes a ser irremediavelmente arrastada na lama do descrédito. O rábula ficou paralisado, ao lado do carcereiro. Os negros, presos no tronco, separados por um gradil de madeira, se endireitaram como puderam.

Rabello dirigiu-se com certa pompa ao carcereiro:

— Pronto. Já tenho o que quero. Conheço mais do que gostaria de conhecer. Quero sair logo daqui.

O homem deu de ombros e conduziu o rábula pelos corredores abafados do porão. A luz do Arraial lhe ofuscou as vistas. Antes que o carcereiro tivesse tempo de voltar para a masmorra, o visitante ordenou-lhe:

— Me leve para ver aqueles negros de novo.

O carcereiro coçou a cabeça, fez um muxoxo e o conduziu de volta ao interior da cadeia.

— Para ser advogado desses negros fétidos, a primeira coisa que devo fazer é considerá-los como gente. Caso contrário, não passarei de um advogado inepto. É a isso que aquele filho da puta do Kyrie Eleison quer me reduzir. Ah! Mas não vou lhe permitir — resmungou entre os dentes.

— O que o senhor disse, doutor? — indagou o carcereiro.

— Nada.

— O senhor é quem manda! — retrucou, dando de ombros.

Os negrinhos olharam para aquele sujeito muito branco, ossudo e nervoso, sem nada compreender de suas idas e vindas. Temeram que fosse começar a pancadaria. O rábula respirou fundo e logo se arrependeu: uma catinga invadiu-lhe as narinas. Levou o lenço à boca, retendo um engulho. Permaneceu um tempo em silêncio, segurando o fôlego para não vomitar. Depois, dirigiu-se a eles muito formalmente, fazendo esforço para considerá-los seres humanos:

— Meus caros clientes — não conseguiu conter o riso diante da comédia que ele próprio protagonizava —, estou aqui como advogado designado para defendê-los da acusação de assassínio do sr. Manoel Gonçalves e de seus asseclas, na região denominada de cachoeira da Sentinela da Demarcação Diamantina do Arraial do Tijuco da Comarca do Serro Frio, cujo tribunal tem foro na Vila do Príncipe, Minas Gerais, Império brasileiro.

Os negros continuaram a fixá-lo com seus olhos bestializados, tentando entender alguma coisa. Depois desistiram e voltaram a recostar o corpo na esteira. Rabello sentiu-se tão desdenhado pelos negros como o fora pelo Perna de Kyrie Eleison. O riso que ainda guardava nos lábios amarelou, transformando-se, subitamente, em vontade de chorar. O rábula então perdeu a compostura, a paciência, e explodiu:

— Seus merdas. Seus negrinhos de uma figa. Quem mandou vocês se recostarem quando estou falando com vocês? Seus filhos da puta imprestáveis, vocês são acusados de matar uns homens na cachoeira da Sentinela. Não sei se mataram ou não e isso, na verdade, não me interessa. Descobriram com vocês uma pistola de cabo de prata. Vocês serão julgados pelos parentes e amigos do homem que vocês mataram, vão ser castigados, torturados e dependurados na forca. Eu desejo mesmo é que vocês se ferrem, mas, para infelicidade minha, me mandaram defendê-los. Então, nós três estamos amarrados no mesmo tronco. Eu estou tão ferrado quanto vocês. Nesta enrascada, vocês são a minha salvação e eu sou a salvação de vocês. A única coisa que quero saber é quem são vocês. O resto não me interessa, seus putos.

O carcereiro olhou espantado para o rábula. Já tinha visto muitos negros perderem a razão na prisão, mas aquele doutor era louco de vez.

A explosão despertou os prisioneiros de seu estado de embrutecimento, e a negrinha, chiando e respirando com dificuldades, começou a falar, se ajeitando como podia na esteira, negociando com o tronco que lhe prendia os tornozelos.

— Sou Rosa Xangana, filha do Leão de Tinguá. E ele é meu companheiro, Marcos Maquim.

— O que vocês faziam nestas paragens? De onde fugiram?

— Nós não fugimos — disse a negrinha. — Maquim me encontrou no Tinguá, ele veio ao encalço de seu dono, Medimon, que mora aqui.

Rabello tinha dificuldade em ouvi-la, porque cada pedaço de frase que ela dizia era afogado numa torrente de tosse.

— Por que vocês mataram o sr. Manoel Gonçalves? — inquiriu abruptamente.

— Nós não matamos ninguém. Só matamos gente na guerra do Tinguá e o bugre no registro.

A coisa estava complicada, Rabello não entendia patavina do que ela estava dizendo. Mas a fala da escravinha o acalmou e ele se recompôs.

— Ótimo — disse —, temos a presunção da inocência. Ninguém deve ser considerado culpado antes de provada a culpa. Pertencerá à acusação o ônus da prova. Vamos atacar os princípios medievais herdados da Justiça portuguesa e impor novos princípios que devem reger o Tribunal do Júri, assim como todo ato de justiça, tal como delineado na Carta Magna brasileira.

Os negros voltaram a deitar-se na esteira fedida. Fecharam os olhos, convencidos de que aquela reza do homem de pé diante deles era mais uma maldade dos senhorzinhos. Não bastasse os terem metido no tronco, queriam também lhes tirar o juízo da cabeça. Era o demônio que tinha vindo visitá-los. O advogado fez um sinal para o carcereiro e se retirou, contente.

Quando soube que o rábula fora conhecer os prisioneiros, o intendente Ferraz enviou um mensageiro para informar aos franceses que o dr. Rabello iria defender os negros.

— Que vamos fazer agora, François?

— Essa coisa de tribunal e defesa não vai funcionar. Mas deve ser alguma coisa do coronel. Vamos conversar com a Maria da Lapa. Ela é a única pessoa que pode nos aconselhar.

Maria da Lapa recebeu alegremente o casal. Tocaram logo no assunto. Por todos os cantos, só se falava no tribunal, no julgamento e nas maldades que os dois escravos haviam feito com o sr. Manoel Gonçalves.

— Maria, vale a pena tentar alguma coisa? — indagou-lhe François.

— Tudo isso está muito estranho, mas acho que vocês devem procurar esse Rabello e se informar. Esse negócio de tribunal não tem nada a ver com os negros, é briga entre conservadores e liberais. Eu conheço essas gentes da Demarcação, vão fazer judieiras e depois matar os negros.

Eufrásia retorceu as mãos. Sentiu uma imensa pena de Marica. Maria da Lapa prosseguiu, enigmática:

— Tomem cuidado. Na Demarcação Diamantina, as coisas não são como parecem. Tudo é fugidio. As declarações, as poses, as afirmações, as juras, as indignações, tudo escorrega. Tudo corre pelas águas dos riachos, tudo rola como as pedras. Talvez a melhor coisa que possam fazer pelos negros é permitir que morram sem suplícios. No momento só têm esse rábula. Se agarrem a ele.

No dia seguinte, os franceses foram recebidos pela mãe de Rabello, d. Teresa. Ao seu lado, estava o jovem advogado, que havia deixado crescer uma barba para parecer mais velho e respeitável.

— Dr. Rabello — disse Eufrásia —, eu necessito repouso. Estou esperando um filho e o dr. Simão me recomendou que não me excedesse, mas mesmo assim venho até o Arraial para conferenciar com o senhor sobre um assunto que parece interessar a todos. Não sei exatamente por que o senhor decidiu ajudar esses escravos. Os negros são propriedade de meu marido e ele não solicitou auxílio de ninguém.

O rábula tossiu e engoliu em seco, depois respondeu, vaidoso:

— Sr. Dumont, as pessoas importantes do Arraial do Tijuco querem realizar um julgamento civilizado dos assassinos do sr. Manoel Gonçalves e, para isso, me deram a honra de ser o advogado de defesa deles.

— Quero que saiba, dr. Rabello — interveio François —, que não estamos interessados nas querelas da Demarcação nem na política da Comarca do Serro Frio e que tampouco vamos nos meter nos problemas dos brasileiros. Queremos cuidar de nossa família, que está para crescer, queremos ganhar dinheiro e progredir. Acontece que o escravo que está preso é nosso. Perdemos esse negro e ele reencontrou o caminho de seus donos. Isso não é crime, é virtude.

— Os senhores têm prova disso? Quero dizer, têm prova de que os escravos lhes pertencem e que não são negros fujões?

— Os papéis do negro nós temos, mas os da negra perdemos — adiantou-se Eufrásia, mentindo descaradamente. — Podemos testemunhar que eles não fugiram. Perderam-se em nossa viagem do Rio de Janeiro até o Arraial do Tijuco.

— Isso já é alguma coisa.

— Mas, afinal — perguntou o francês —, qual é a prova que indica que os nossos escravos mataram aquele bando?

— A pistola do cabo de prata, senhor.

— Mas isso não é prova alguma. É muito circunstancial. O senhor tem que perguntar aos negros como a arma foi parar na mão deles. Isso é o começo de tudo.

— Mas os negros não conseguem conversar.

— Eles conversam, sim — interveio Eufrásia. — Se o senhor desejar, eu e meu marido podemos acompanhá-lo até o calabouço. Estou certa de que eles contarão toda a história. Mas para isso quero que o senhor me assegure o direito de levar alguma comida e medicina para aqueles coitados.

O rábula inicialmente desconfiou da proposta da francesa, depois veio a concordar, não porque dela se convencera, mas por não ver outra saída. Depois disso, o casal Dumont e o rábula passaram, com assiduidade, a frequentar a prisão. As visitas trouxeram alívio para os prisioneiros. Com o tempo, Rabello foi deixando de lado a prevenção contra eles, a ponto de desenvolver uma certa consideração pelos desafortunados. Um dia, após uma dessas visitas, não pôde se impedir de externar seus pensamentos.

— Sr. e sra. Dumont, depois de tudo que escutamos dos prisioneiros, os senhores são os únicos, além de mim, que conhecem a verdade. Os negrinhos foram testemunhas da agonia dos homens do Manoel Gonçalves e da esperteza do Chico do Sagrado armada pelo sr. Luiz Sereno. Mas essa verdade não pode ser dita nem revelada, senão a violência vai explodir na Demarcação. E nós, provavelmente, seguiremos o mesmo destino desses dois desgraçados.

— Mas o que vamos fazer? Nós não podemos também deixar dois inocentes irem para a forca.

— Francamente, sr. Dumont, essa seria a melhor solução.

E, há poucas semanas, eu não teria hesitado em deixar os negros morrerem. Negros morrem o tempo todo. Talvez um prejuízo aqui, outro ali. Às vezes temos que fazer algum sacrifício de bens materiais. No fim das contas, isso não faz grande diferença no mundo. E, honestamente, sr. Dumont, seus negros não valem nada. Mas os safados têm me feito pensar. Então, queria pedir-lhes para guardar, custe o que custar, o segredo que eles nos relataram. Meu compromisso será com a justiça e não com a verdade. Vou defender esses negros, vou fazer tudo ao meu alcance para libertá-los, nem que eu insulte a decência das pessoas do Arraial do Tijuco. Hoje, eu tenho minhas razões para defender os negros. — Depois de pronunciar a última frase, o rábula empertigou-se todo e se despediu do casal.

Eufrásia não podia deixar de se comover com aquilo que julgava ser a expressão do bom coração do dr. Rabello, François cismava que o advogado devia ser doido de pedra. A exaltação demasiada e o olhar inquieto do rábula o faziam lembrar-se dos meses, em Paris, que antecederam sua vinda para o Brasil, quando o sogro, em altos e baixos, foi saltitando em direção à loucura que levou para o beleléu a Gerbe D'Or, a família e, por fim, sua própria vida.

— Louco é gente perigosa, que nos enreda em fantasias. No início, as fabulações dessas pessoas são divertidas, depois vão se infiltrando na gente, se enroscam no cotidiano, tomam conta, ficam sérias, despertam e aquecem as ambições de cada um e, finalmente, sem que se perceba, conduzem às tragédias. Meu sogro pensou que se transformaria no maior joalheiro do mundo, depois foi roubado, violentado, assassinado por gente do marquês De Marsan e da condessa De Courcy. Que loucura foi aquela que o levou a se meter com gente que destruiu tudo que ele tanto prezava? Tenho que tomar cuidado com esse dr. Rabello.

— O que você está resmungando, François? — indagou Eufrásia.

— Nada, querida. Nada — respondeu o marido, como se tivesse sido despertado de um sono, levando as mãos à altura dos rins.

## 8. O discurso do rábula

No início de setembro saiu o primeiro número do *Liberal do Serro*. Uma simples página em que, sob o título, figurava o nome do editor, Geraldo Pacheco de Melo. O jornal, além de ser uma proclamação de fé liberal, denunciava a perambulação de lazarentos pelas ruas dos vilarejos e arraiais e exigia a imediata retomada das fogueiras sanitárias. Também dava uma receita, de autoria do dr. Simão, para alívio dos entupimentos hemorroidais.

Hermenegildo estava com três exemplares diante de si, à sua mesa.

— É coisa de maçom. Impossível que tenham conseguido sem apoio externo. Onde arranjaram a prensa?

Pegou uma das folhas e começou a rasgá-la com os dentes.

— Isso vai atrapalhar nossas ações.

— Eu sempre disse que essa história de Tribunal do Júri era uma loucura. Vocês subestimaram esses liberais. Sentaram-se em cima dos louros. Agora vão pagar o preço da soberba — opinou o alferes Quintiliano Caldeira, que presenciava a fúria do Perna de Kyrie Eleison.

— Garanto como tiveram ajuda desses franceses, com suas invencionices e tecnologia estrangeira — acrescentou Cândido, que excepcionalmente estava em casa.

Não distante dali, o casarão dos Silveira era pura festa. Folhas do *Liberal do Serro* impressas no Itambé foram fixadas nas paredes, enfeitando o salão. Geraldo Pacheco de Melo era aclamado o Gutenberg serrano.

— Revertemos a situação. Mostramos do que somos capazes! — exclamava Genésio. — Vamos eleger os nossos na futura Câmara!

As divisões que separavam os liberais entre exaltados, moderados e amigos unidos se apagaram diante do sucesso do jornal. No solar dos Silveira, não parava de entrar gente. A porta mais uma vez se abriu. Por ela passou a figura grave de um jovem, barba negra, sobrancelhas arqueadas, torso bombeado, ladeada por um alferes mais velho, com ar menos grave. Foi difícil reconhecê-lo. Era Rabello, o rábula. Havia algo estranho na sua aparência, uma esquisitice nos seus olhos.

— Junte-se a nós, Rabello — gritou o padre Chaves. — O nosso Senhor Jesus Cristo tem alegria em receber ovelhas desgarradas.

Sem dar atenção aos gracejos do clérigo, o rapaz deslizou os olhos pelos convivas, indo diretamente ao encontro do dono da casa.

— Me permitiria dizer algumas palavras aos nossos amigos, sr. Genésio?

O chefe aquiesceu, intrigado. Rabello agradeceu discretamente. Em seguida, para espanto de todos, estendeu a mão espalmada diante de si e inundou o salão com sua voz alterada:

— Senhores, peço um minuto de vossa atenção. Quero aproveitar o ensejo desta augusta celebração para vos dizer algumas palavras. Errei longo tempo, perdido por vielas e desertos. Tenho perambulado sem convicções fixas. Vivi no luxo das casas de reis, mas tenho, ultimamente, recebido sinais cujo significado acredito compreender. Possivelmente não verei a Terra Prometida, porque durante muito tempo adorei bezerros de ouro, mas tentarei modestamente mostrar ao povo, nos umbrais das muralhas da nova Jericó e aos pés destes cerros, o valor da lei.

— Ai, ai, ai — lamentou-se Genésio Silveira. — Que que é isso, agora?

— Se dependesse de mim, poria esse Moisés de araque porta afora a pontapés na bunda — cochichou-lhe Luiz Sereno.

O rábula continuou o aranzel. As pessoas reunidas no salão se entreolhavam, constrangidas.

— O que tenho a declarar é de extrema importância e espero não abusar excessivamente da bondade dos senhores. Solicito apenas um pouco de vossa paciência. Estamos à beira de uma convulsão. Duvido que nosso imperador consiga segurar-se no trono por muito tempo. E, sinceramente, espero que não. O povo brasileiro está farto de mandonismo e de opressão. Se fosse liberal e progressista, teria Sua Majestade sido amada apaixonadamente pelos brasileiros. Mas o homem está com os pés em canoas diferentes, Portugal e Brasil, sem saber se se interessa pela sucessão lá ou por seu sucesso cá. E quem assim fica termina com o traseiro dentro d'água. Os caminhos que se abrem à nossa frente são tantos que, se não nos organizarmos, ficaremos como galinhas assustadas, correndo de um lado para outro. Teremos eleições e mudanças no sistema representativo, temos uma imprensa da qual devemos tirar todo o proveito. A Demarcação Diamantina, obediente a ordens centrais, está no seu fim. E agora, senhores, temos um julgamento no âmbito de um Tribunal do Júri. Não vamos nos dispersar. Devemos entender que todos esses elementos não passam de peças de um mesmo e único mecanismo clamando por uma ação liberal.

Rabello fez uma pausa e respirou fundo. Cravou os olhos num horizonte que só existia em sua imaginação doentia e prosseguiu:

— Apresentei-me como advogado de defesa dos negros acusados de assassínio do sr. Manoel Gonçalves. Sei que isso pode causar surpresas, mas minhas razões não estão divorciadas dos princípios que congregam os senhores nesta casa. A culpa ou a inocência dos negros é assunto de menor importância diante da grandeza da instituição que se inaugura. O que vale é a instituição do Tribunal do Júri, porque, nesse âmbito, o povo, representado pelos jurados, é quem decide o julgamento. Isso põe um fim ao arbítrio de juízes que, até hoje, têm sido porta-vozes de príncipes, de potentados locais. O que peço aos senhores, aqui reunidos, é simpatia pelo Tribunal do Júri, mesmo que sua fonte inspiradora tenha sido estranha a nós. Que fiquemos alertas contra quem ousar subverter seus princípios, uma vez que é a sombra seminal de uma instituição que se projeta e lhe condiciona o futuro. Seremos vigilantes guardiães das virtudes basais e originárias desta instituição que aqui se inaugura e, como um deles, convoco o povo do Serro Frio, aqui neste Arraial do Tijuco, para que defenda e imprima sua marca no tribunal que se instala pela primeira vez no Brasil. Não sou advogado dos negros, mas, através deles, advogado do Tribunal do Júri.

Houve algum aplauso. Rabello, com o peito estufado, não se continha de felicidade. Depois de tantas vezes impedido pelo Perna de Kyrie Eleison, havia conseguido, pela primeira vez na vida, fazer um discurso num salão de valia. À breca os negrinhos! Tinha encontrado uma bandeira em cujo mastro iria soerguer sua carreira: o Tribunal do Júri. O padre Chaves levantou os braços para o alto, fazendo escorregar a manga da batina negra e, assim, deixando à mostra os antebraços alvos e gordos; nisso, foi acompanhado pelos gritos do Dino Bibiano:

— Isso mesmo, dr. Rabello. Pode contar conosco. Muito bem.

— Ai, meu Deus. Acho que a vaca vai para o brejo! — exclamou Genésio, desconsolado.

— Esse moço está muito esquisito. Já vi muita gente que começa exatamente desse jeitinho. Sem dar na vista, o sujeito vai perdendo o juízo e ninguém percebe. Um dia tem um acesso, endoidece, comete um desatino e todo mundo se espanta — cochichou d. Maria Rita para seu esposo.

## 9. O julgamento

Inicialmente, alguém sugeriu que se fizesse o julgamento no prédio do teatro. O Perna de Kyrie Eleison não achou conveniente nem decente que evento de tal gravidade tivesse por sede um local de divertimento. Decidiu pelo prédio da Intendência. No dia do julgamento já se via pendendo de sua janela principal uma grande bandeira do Império. Defronte ao edifício todo decorado de verde e amarelo, uma fanfarra desafinada tocava desde manhãzinha, aglutinando o povo. Dentro, só convidados: parentes, comerciantes e mineradores. O juiz e os jurados eram aplaudidos pela multidão à medida que adentravam o prédio. O rábula foi vaiado. Um gaiato, sem nenhum respeito pela mãe que o acompanhava, o insultou chamando-o de fedelho de judas. Os franceses também foram alvo de hostilidade por parte da chusma. Muito aplaudida foi a Moça dos Babados, convidada do sr. Cândido Caldeira Brant. Quando os réus passaram acorrentados pela janela gradeada da escadaria, os guardas tiveram que se abaixar para não serem atingidos pelas pedras atiradas pelo povo.

O juiz do Tribunal do Júri, dr. Francisco de Paula Monteiro de Barros, envolto num halo de circunspecta autoridade, abriu a sessão. Chamou cada um dos jurados pelo nome e sobrenome, explicou-lhes detalhadamente suas funções, direitos e deveres.

Instruiu-os no processo de encaminhamento dos quesitos e os orientou no modo de votar:

— A cada um dos senhores cabe desenvolver a acusação tal como foi estabelecida na formação da culpa, contestá-la e debatê-la, se for o caso, analisar o valor das provas e das circunstâncias agravantes e atenuantes.

Os jurados balançavam juntos a cabeça afirmativamente a cada vez que o dr. Monteiro de Barros lhes lançava:

— Os senhores estão me compreendendo?

Aquilo era um rebanho do Perna de Kyrie Eleison. Não houvera sorteio algum, era uma farsa. Antes de ler o ato acusatório, o juiz Monteiro de Barros discursou. Sua voz reverberou pelo salão. A cada frase que findava, submetia a última palavra a um tremolo que fazia a audiência encolher em seus assentos.

— Senhores, foram-se os tempos das ordálias. A velha Inglaterra instituiu, em remota história, o tribunal do povo. Mas há os que o pensam ainda mais pretérito e percebem a existência do julgamento popular na antiga tradição grega dos *dikastas* e, mais tarde, nos *judices jurati* romanos e, até mesmo, nos *centeni comitês* dos nórdicos bárbaros. Quaisquer que tenham sido seus reais inspiradores, quaisquer que sejam suas formas e denominações, o fato é que no Tribunal do Júri quem julga é o povo, representado por homens de consciência pura, tendo Deus por testemunha. Reunido neste sagrado recinto, o povo serrano, de quem sou humilde servidor, está, pela primeira vez na história de nossa nação brasileira, dando vida ao decreto de Sua Majestade, nosso bem-amado imperador d. Pedro I, que criou o Tribunal dos Juízes de Fato ainda nas primeiras luzes da Independência. A nossa Constituição Imperial, no seu artigo 151, o mais puro legado da inteligência e da bondade de nosso soberano, afigura que o Tribunal do Júri é parte do Poder Judiciário e, como tal, passa a ter competência para julgar as ações cíveis e criminais.

Contudo, a inércia de nossa gente tem deixado em letra morta as bondades que Sua Majestade, em sua magnanimidade, não cessa nem se cansa de derramar sobre nós. Vejo pessoas muitas vezes críticas em relação à autoridade maior, mas indigentes quando se trata de se apropriarem das diretrizes civilizatórias de nosso bem-amado imperador. Não! Não! Não! Não, não nós! Não nós, os homens honrados do Arraial do Tijuco. Não! Não! Não! Não nós, da Demarcação Diamantina. Não! Não! Não! Não nós, da Comarca do Serro Frio. Os homens dignos destas Alterosas escutam o que o imperador lhes sussurra no ouvido e transformam em ações cívicas o que ele dita. Aqui findo, porém não antes de acrescentar que o retardo e a recusa em constituir tribunais do júri no Brasil têm recaído sobre a iniciativa de seus detratores, que proclamam aos quatro ventos o despreparo dos jurados e esparramam dúvidas acerca de sua capacidade de pronunciar punição correta, justa e exemplar aos criminosos.

O juiz olhava agora insistentemente para o grupo liberal do Genésio Silveira, que ocupava metade do lado direito do salão.

— Se é verdade que nossos jurados, homens de consciência pura que aqui se encontram reunidos, ignoram as infinitas dificuldades da lei e as complexidades da ciência jurídica, nem por isso deixarão de julgar com justiça. Aqui estou eu, nesta humilde porém augusta posição, para lhes indicar o caminho do bom procedimento jurídico que somente anos e anos de árduo trabalho, que apenas o desgastante exercício de um cérebro que recebeu as graças do Espírito Santo e tão só o esforço contínuo de armazenamento da imensa cultura do direito tornam possível. De mim emanará a extensão do poder de julgar. E fiquem tranquilos, porque eu não faltarei aos senhores. Que os senhores se pronunciem sobre o fato, que eu aplicarei a lei.

À medida que discursava, com os olhos varrendo a multidão, seu pensamento acompanhava, em segunda voz, suas palavras: "Logo atrás das primeiras filas de cadeiras está o escrevinhador de pasquim. Eu o vi logo que entrei. Sujeitinho à toa. Que coisa mais ridícula, meu Deus! Veja que roupinhas mais amarfanhadas, a tabuinha mambembe apoiada no colo, e ele sujando as calças com os pingos de tinta a cada vez que mergulha a pena no potinho de estanho. E o rábula? Que pobre figura! Nem deu atenção aos réus. Não que esses negrinhos valham qualquer coisa. Mas, pela posição de causídico, deveria fazer de conta que se preocupa com eles. Nunca vai saber nada, nunca vai progredir. Bexiga cheia de vaidade e vento. Não tem jeito para a coisa. O pobre passou o tempo abrindo caminho para a mãe poder se assentar na primeira fila para assistir ao seu desempenho. Não passa de um molecote querendo fazer bonito para a mamãe. Mãe é coisa boa. Mas fazer a sra. Rabello, que é tão distinta, presenciar seu papel de bobo da corte é não ter pena da coitada. Que falta de juízo. Para mim está bom assim. A velha é tão distinta que vai emprestar pompa ao meu tribunal. Eu sei que o safado vai tentar me pressionar com a figura da mãe. Não vai conseguir. Esse fedelho tem ainda que comer muito feijão na vida. E essa Moça dos Babados, de onde surgiu? Isso é coisa do Cândido, ouvi dizer. Meu Deus, que pernas! Dizem que o Cândido Caldeira Brant se enrabichou com a rola. O maldito não tem juízo, mas tem gosto. Esse Genésio! O velho Perna de Kyrie Eleison lhe passou a gambeta direitinho. A cara do Genésio não dá para enganar. Foi obrigado a sustentar o inimigo e está sendo obrigado a incentivar esse maluco do Geraldo Pacheco de Melo e seu jornalzinho. Os franceses estão encolhidos. Parece que a mulher (meu Deus, que seios!) andou querendo fazer intriga. Foi ter com o coronel Da Cruz Machado. Quer recuperar seus escravos; no fundo está em seu direito de não querer perder dinheiro. Mas a belezinha vai ter que se conformar com o veredicto. Vai se refazer da perda, que, aliás, não é grande. O homem não é pobre, deve estar ganhando dinheiro garimpando uns diamantezinhos naquela lavra fajuta e dando para a Maria da Lapa contrabandear. O idiota pensa que eu não sei o que anda fazendo! Os negrinhos não valem muita coisa. O julgamento será rápido, ninguém quer problemas e todo mundo quer ver logo os negrinhos dependurados na corda. Sobretudo depois dessa minha fala. O importante é a minha consagração. O Geraldo Pacheco de Melo vai acabar me sendo de grande valia. Vou levar suas folhas para Ouro Preto e Rio de Janeiro. No Arraial, todo mundo apoia o tribunal e todo mundo quer ver essas duas porcarias condenadas. E esses jurados? O Perna de Kyrie Eleison escolheu esses sábios homens a dedo. O Genésio nem estrilou. Também, para que ele vai querer trazer problema para si? Todo mundo sabe que foi ele que mandou matar o bando do Manoel Gonçalves! Quando os dois miseráveis estiverem balançando na forca, ele poderá respirar aliviado. Quem sabe não faz as pazes com o Perna de Kyrie Eleison? Eram amigos antes, poderão voltar a ser quando a família Caldeira Brant tiver sua vingança e a honra lavada. O Dino Bibiano está lá no fundo. É um homem pacato, não sei o que está acontecendo com ele, está virando um jacobino. Deve ser influência do padre Chaves. Esse padreco é um intrigante e um bêbado. Veja só, está bem ao lado do Dino. Ah! Eu tinha certeza, o padre está virando a cabeça dele. Esse cura vai levar o pobre coitado para o buraco. O safado do padre Justiniano da Cunha Pereira também está lá no fundo. Atrás da negrinha. Deve estar se esfregando na moleca. Aqui na frente está o coronel Da Cruz Machado. Puseram a d. Matriciana ao lado do coronel. Coitado, a velha não fala mais coisa com coisa. Esse coronel é o único homem correto neste ninho de piolhos. O Benedito Ottoni também é um homem direito. Veio lá da Vila do Príncipe. Estão lado a lado, mas os dois não se bicam. Esse também é um bom homem".

O dr. Monteiro de Barros saboreava com íntimo prazer a situação sob seu comando. O público seguia em silêncio sua fala poderosa, que encobria a errância de seus pensamentos. Os únicos ruídos que se ouviam além da reverberação do vozeirão do magistrado eram o tilintar das cadeias do pescoço dos negros e o arranhar da pena do editor do *Liberal do Serro*.

Após o encerramento de sua fala, a plateia, boquiaberta de admiração, pôde ainda ouvir a leitura pomposa do ato de acusação.

Em seguida, o dr. Monteiro de Barros deu a palavra ao jurado de acusação. O homem quis competir em oratória e erudição com o juiz. Não produziu nem uma coisa nem outra. Nada de nada. Só baboseira. Não gastou tempo com os negros. Lutou desesperadamente com as palavras, inutilmente ensaiou tremolos, suou para abocanhar um naco de glória para si.

O dr. Monteiro de Barros fazia cara de paisagem, olhando para o infinito. Seus olhos de novo passeavam pela audiência, acompanhando os volteios de seu pensamento: "Esse jurado de acusação é simples, mas esperto. Não está queimando vela boa com defunto ruim. Para que acusar forte? A sentença já está dada, só falta os jurados se pronunciarem e eu então farei um espetáculo final. Vou deixar que ele fale à vontade. Não quero parecer ganancioso. Sua fala está tão enfadonha que até o Geraldo Pacheco de Melo deixou de tomar nota. O Perna de Kyrie Eleison deve estar feliz porque o promotor está fazendo elogio de sua família. Eu conheci esse Manoel Gonçalves, não valia o que comia. Vivia em companhia desse negreiro mulato, como é mesmo o nome dele? Macua! Isso mesmo, Domingues Macua. Foi caçar confusão e encontrou. Deixou a d. Augusta viúva. Talvez alguém faça proveito, mas acho difícil: a d. Augusta tem umas ventas horrorosas que mais parecem dois frascos de boca larga".

O juiz ainda pôde prestar atenção na parte final da fala do jurado de acusação. Escutou as referências que ele fez às virtudes antigas de Roma e à decadência de seus costumes. Ouviu-o citar Catão. Acompanhou a monótona repetição do auto de acusação e seu pedido aos brados para que a punição fosse exemplar:

— Não a punição dos déspotas! Mas a punição dos novos tempos. A punição justa que emana do povo. A corda da civilização para dobrar a brutalidade da selvageria. A forca justa!

As frases finais tiveram algum efeito. Tiraram a audiência da letargia, despertaram no povo o sentimento de vingança e de revolta. Eufrásia se encolheu no corpo de François, tremendo diante de todos aqueles olhares raivosos dirigidos contra ela. O juiz chamou a defesa. O rábula levantou-se. Havia perdido seu ar empertigado e se aproximou, acanhado e curvo.

— Meritíssimo dr. Francisco de Paula Monteiro de Barros, eu sou um jovem advogado. Talvez até mesmo um pouco menos que isso. Muitos me conhecem como Rabello, o rábula.

— Ai, meu filho! Não diga isso. Nós somos os Rabello e você é o dr. Rabello. Advogado — lhe ralhou em alto e bom som d. Teresa Rabello, sentada elegantemente na primeira fila de cadeiras. Sua voz ecoou até o fundo do salão da Intendência.

A sóbria liturgia do tribunal se desfez em dois segundos, com o público caindo na risada. O juiz pousou seu olhar condescendente sobre a matriarca dos Rabello, inclinou um pouco o rosto de lado e dirigiu-se a ela com uma voz mansa que lhe era rara:

— Sra. Rabello, peço-lhe paciência. Quando este julgamento findar, a senhora poderá dar alguns bolos de palmatória no seu rapaz. Mas no tribunal, d. Teresa, é como na igreja: a senhora não pode falar, muito menos em voz alta.

O advogado se encolheu ainda mais. Olhava como um coelho assustado para a audiência, para a mãe, para o juiz.

— Mas, dr. Monteiro de Barros, o senhor conhece o Bernardinho. Ele é muito mais do que isso. Não sei o que, de repente, deu nesse menino!

O salão veio abaixo, ninguém segurava mais a gargalhada.

— Senhora, por favor! — exortou-a mais uma vez o magistrado, com uma condescendência própria de quem se dirige a uma criança amada e teimosa.

— Me desculpe. Ficarei em silêncio.

— Muito obrigado, d. Teresa Rabello. O advogado de defesa tem a palavra.

— Sim. Como estava dizendo, tenho muito que aprender — retomou o jovem.

— Sim. Provavelmente. Aonde o senhor quer chegar, dr. Rabello?

— Necessito de sua ajuda, meritíssimo. O senhor poderia me instruir sobre um pequeno detalhe que foge ao meu falho conhecimento jurídico?

— Pois não, dr. Rabello. Qual é a sua dúvida?

— O meritíssimo poderia me dizer se é certo e correto considerar que, no Tribunal do Júri, os réus são julgados por seus pares?

— Certamente que sim. Se o doutor tivesse ouvido com atenção meu discurso inicial, não necessitaria fazer a pergunta.

— Muito obrigado, meritíssimo, pelo esclarecimento. Senhores juízes — disse Rabello em tom mais decidido, voltando-se para os jurados. — E assim os chamo: chamo-os de juízes porque os senhores irão julgar este caso. No Tribunal do Júri, os senhores são os juízes de fato. Senhores juízes, permitam-me uma indagação: os senhores se consideram pares desses dois negros acusados de ter cometido um crime? — indagou o rábula, e saltou para a frente, deixando, momentaneamente, para trás a sua modéstia.

— Não. Não. Não! — foram respondendo, um após outro, os vinte e três jurados.

O último, um comerciante amulatado, ainda se atreveu a pronunciar mais do que o interrogado simples:

— O doutor está querendo nos insultar, nos diminuir? Somos pessoas honradas, brancas, não podemos ser comparados com esses negros boçais! Somos comerciantes. Somos gentes.

Rabello virou-se para o juiz, assim que o último jurado terminou a frase:

— Meritíssimo, considero que temos aqui uma anomalia de princípio. Se os réus devem ser julgados por seus pares, como então...

Não pôde concluir a frase. Escaldado e precavido, Monteiro de Barros não deixou passar em brancas nuvens a ingenuidade fingida do rábula, temendo que ela pudesse logo, logo se transformar em insolência. Podou-a no broto.

— Dr. Rabello, cesse já sua tentativa de querer subverter meu tribunal. Caso insista em desqualificá-lo, eu tomarei as devidas providências. Doa a quem doer.

— Me desculpe, meritíssimo. Não desejo desqualificar seu tribunal. Apenas estimei que, no Tribunal do Júri, os réus devessem ser julgados por seus pares.

— Eles são pares desses negros, sim, senhor. Prossiga.

Os jurados sentiram-se ofendidos com as palavras do juiz, mas não estrilaram.

— Senhores — Rabello dirigiu-se aos jurados como se fosse o mais vilão dos pecadores implorando misericórdia ao Senhor Deus no Juízo Final —, se eu os ofendi, peço-lhes perdão. Não era essa minha intenção. Apenas tive a veleidade de querer mostrar-lhes que, no Tribunal do Júri, os jurados não têm cor, nem tamanho, nem dinheiro. Nem sei se são gente. Sei que são anjos! Como são Miguel. Anjos da justiça. E o que são anjos? Os anjos são enviados de Deus que descem à terra para cumprir as missões que o Altíssimo lhes designa. E, para cumpri-las, devem a elas se ater com rigor: são Gabriel veio carinhosamente explicar a Maria a doce missão que o Senhor lhe tinha reservado. E Lúcifer, não esqueçamos, era um anjo. Mais que um anjo, um arcanjo.

Nisso, voltou-se inteiro para o juiz:

— Um arcanjo, na hierarquia dos seres celestes, é aquele que parece ter posição de maior destaque. Mas Lúcifer, o anjo cheio de luz, brilhante, sentado em sua cadeira maior, arcanjo cheio de vaidades, só teve olhos para si, para sua figura resplandecente, e se esqueceu dos princípios básicos da missão que Deus lhe atribuiu. Perdido na própria soberba, o anjo resplandecente caiu na mais sombria das maldições e demônio se tornou. Afogou-se na imagem da própria soberba. Amou a si mesmo vaidosamente. Voltou-se tão inteiramente para sua própria contemplação que perdeu a ligação com Deus e com os outros anjos. Não. Lúcifer não foi um revoltado, mas um vaidoso que pela vaidade se isolou de Deus e dos outros anjos e não mais pôde exercer sua missão divina.

Na plateia, o padre Chaves sorria discretamente, se deleitando com as malcriações do rábula. Fora ele que lhe havia soprado aquele trecho.

— De maneira assemelhada, para serem dignas testemunhas de Deus na realização da justiça, cada um dos senhores deve se ater a dois princípios sagrados, interligados entre si: à razão e ao que é dito corretamente neste tribunal. São apenas esses princípios e nenhum outro que os tornam jurados dignos, juízes que têm Deus por testemunha. O que permite que os senhores se diferenciem dos criminosos é o fato de poderem condená-los baseados na razão e na inteligência. Isso significa que, uma vez claramente julgados, eles poderão ser, à luz da razão e dos argumentos apresentados de modo lógico, considerados culpados. Condenar um inocente pela raça, pela brutalidade de sua origem, pela condição inferior de trabalho, pela emoção do momento, sem basear-se na razão e na inteligência dos argumentos, fará dos senhores pares desses negros, caso sejam eles os reais assassinos. Se esses negros forem de fato os assassinos, condená-los pela emoção fará dos senhores pares desses negros. Um assassino é assassino porque motivado pela ganância, pela maldade, pela emoção primeira ou mando de alguém. E isso os senhores não são. Os senhores são pares de inocentes. Se eles forem de fato os assassinos, os senhores só poderão condená-los baseados na razão e naquilo que se produz aqui no tribunal, e, nesse caso, se distinguirão deles.

— Senhor advogado de defesa — gritou o juiz, furioso por ter sido comparado a Satanás —, pode deixar comigo que eu ensino a eles o que é ser um jurado.

Jeremias e Hermenegildo, na primeira fila de cadeiras, se entreolharam divertidamente. O rábula estava enterrando a faca nas costas dos negrinhos e se aproveitando da ocasião para lambuzar Monteiro de Barros.

— Obrigado, meritíssimo, por me lembrar. Os senhores conheceram o sr. Manoel Gonçalves? — perguntou, de chofre, Rabello. Antes mesmo que alguém pudesse querer responder, disparou outras perguntas: — Quais dos senhores teriam a coragem de enfrentar o sr. Manoel Gonçalves? Quem se oporia a ele, mesmo estando ele desarmado? Talvez alguns poucos. Talvez nenhum. E seria bom não querer procurar rusga com o nosso querido Manoel. Lembro-me ainda hoje de sua figura forte e valente.

Seu olhar se estendia para um horizonte fictício que poderia estar desenhado no fundo do salão.

— Quebrava fácil um homem. Sem dó nem piedade. Destruía um bando sem precisar de auxílio. Enfiava uma faca sem tremer. Podia beber nas vendas sem precisar pagar. Ai do comerciante, do dono de venda que viesse lhe cobrar a caneca de cachaça! Seu Manoel era um homem forte. Sem filhos, é verdade! Digo isso por dizer, porque não me passa pela cabeça que ele não fosse viril. Ao contrário. Bem casado com d. Augusta, uma das mais distintas figuras do Arraial e de toda a nossa região. D. Augusta goza da mais alta consideração de todos e todos lamentamos a dor de sua perda. A infelicidade que ela abriga em silêncio, conformada no manto preto do luto, a todos nos condói. E com razão! Manoel Gonçalves, seu finado esposo, era bravo e valente com muitos. Mas era um bom coração, próximo de seus cunhados, especialmente do jovem Cândido Caldeira Brant.

Hermenegildo mirou o caçula, balançando afirmativamente a cabeça.

— Ah! Sr. Manoel Gonçalves, membro por casamento da velha cepa dos Caldeira Brant. Gente altiva e tradicional de nossa Demarcação.

D. Augusta, sentada ao lado dos irmãos, emocionou-se e, com suas grandes ventas abertas, se pôs a fungar atrás do lenço que retirou da manga do vestido preto.

— Mas me permitam, senhores, uma liberdade de indagação — o rábula desgrudou os olhos de seu horizonte fictício, cruzou os braços e começou a falar como se estivesse pensando sozinho. — É concebível que o sr. Manoel, tão digno e valente, tão forte e corajoso, acompanhado de homens que eu não gostaria de encontrar pelas estradas, tenha sido morto por força física? Ele e seu bando?

Depois da breve cogitação, apontou para os jurados um dedo acusador.

— Só se os senhores o julgarem um fraco! Só se os senhores o julgarem um idiota! Só se os senhores o julgarem um homem que desconhecia sua região e suas gentes! Só se os senhores o julgarem um forasteiro! Senhores, onde o sr. Manoel e seus acompanhantes, que eram muitos, foram encontrados mortos não havia sinal de batalha. Junto a seus corpos foram achadas todas as armas, pólvora e munição, com exceção, é claro, da pistola de cabo de prata. Qual a razão? Qual a razão daquela morte coletiva, sem que nenhum tiro tivesse sido disparado nem nenhuma reação esboçada? A razão me indica, a razão nos indica que foram envenenados.

O público inteiro se mexeu e sussurrou num burburinho contínuo.

— Provavelmente morreram envenenados por cianureto ou cianeto, o que é a mesma coisa. Nas terras da cachoeira do Sentinela afastadas das águas, há boa quantidade de quartzo. Muito provavelmente o sr. Manoel Gonçalves ensejava, se tivesse tido tempo, triturar o quartzo, dissolvê-lo com o cianureto e obter, desse modo, boa quantidade de ouro. É um método revolucionário que poucos conhecem. Se o cianureto é uma dádiva que a ciência colocou nas mãos dos garimpeiros, é também um poderosíssimo veneno!

Um longo "oh!" ecoou em meio à audiência, composta quase toda de mineradores e comerciantes de ouro e pedra, ávidos por conhecer a fórmula revolucionária capaz de extrair ouro do quartzo. O juiz olhou, severo e irritado, para a plateia, que se calou.

— Entendo o espanto! — bradou o rábula, se aproveitando da ocasião. — Muitas vezes o que se nos oculta é o que está mais à vista. Não conseguimos enxergar a ponta do nosso nariz, mesmo quando ele é grande, não porque ela esteja oculta, mas justamente porque está em nossa cara.

A família Caldeira Brant fechou a cara, irritada com a alusão direta ao defeito de d. Augusta. Hermenegildo detestava o apelido de Nariz de Almofariz que o povo havia dado à irmã. Rabello ia desarmando a prevenção do público contra sua defesa.

— O sr. Manoel Gonçalves e seus amigos morreram envenenados por cianeto. Isso lhes parece mais convincente e racional, não é verdade?

O rábula virou-se subitamente para os jurados, fazendo esvoaçar sua capa. D. Teresa levou a mão ao coração, soltando um suspiro emocionado.

— Todavia... todavia, isso não tira a suspeição que paira sobre esses negros — disse baixinho, apontando o braço esticado, o dedo em riste, para os dois negrinhos, e assim ficou, parado e em silêncio, acompanhado pelo recolhimento do público. — Por quê? Porque eles talvez tenham envenenado Manoel Gonçalves e seus companheiros.

Em seguida, bradou:

— Seu José Teixeira, aliás, Zé Tetê!

Cada um dos presentes olhou em torno, para ver se o Zé Tetê, o negro que havia denunciado os assassinos ao sr. Hermenegildo, estava sentado ao seu lado.

— Meritíssimo, eu gostaria de chamar, como testemunha da defesa, o Zé Tetê.

— Ele já veio como testemunha da acusação — retrucou o magistrado.

— Mas, meritíssimo, seu depoimento a esta altura da minha argumentação é imprescindível. Caso contrário, a defesa não terá mais meios para continuar.

O juiz fuzilou o rábula com o olhar. De mau humor, mandou que o oficial convocasse o Zé Tetê. Não foi preciso. O pobre abria caminho no fundo do salão. Vinha tremendo como uma vara de marmelo.

— Como é que você soube dos negrinhos? — indagou-lhe, com ar severo, Rabello.

O negro contou novamente a história de seus negócios, se atendo em relatar o oferecimento que os negrinhos estavam fazendo da pistola de cabo de prata aos garimpeiros da Sentinela.

— Você sabe por que esses miseráveis estavam querendo vender a pistola de cabo de prata?

— Não queriam vender, não, senhor. Queriam trocar por comida. O que no fundo é a mesma coisa. Dinheiro serve para comprar comida e construir uma morada para que a gente possa se proteger do tempo. Às vezes o dinheiro compra um luxo. Mas para quem vive no mato, como esses negrinhos, dinheiro não tem sentido nem valor. Dinheiro só vale para quem vive no mundo. Para quem anda pelo mato que nem bicho, o que tem serventia é o necessário.

— Obrigado.

Zé Tetê fez menção de levantar-se da cadeira e o rábula, embora já de costas para a testemunha, percebeu de rabo de olho seu movimento.

— Não! Não terminei ainda. Tempos depois, você acompanhou o sr. Hermenegildo Caldeira Brant e seu irmão Cândido Caldeira Brant numa expedição, não é verdade?

Jeremias remexeu-se na cadeira. Ficou chateado por não ter sido citado.

— Como é que os negrinhos foram presos?

— Roubando.

Dessa vez Zé Tetê respondeu curto. As lembranças das noites dormidas em companhia do negrão Sebastião lhe minguaram as palavras.

— Roubando o quê?

— O jirau. A comida do jirau.

— Eles tinham com eles a pistola do cabo de prata?

— Tinham, sim, senhor.

— Tinham mais alguma coisa?

— Não, senhor. Os miseráveis não tinham nem roupa. Só uns panos sujos na cintura. Não conseguiam nem andar de tão desprovidos que estavam.

— Muito bem, Zé Tetê, você está dispensado. Pode ir agora.

Antes que a testemunha tivesse saído do tablado, o rábula dirigiu-se não aos jurados, mas à plateia:

— Senhores, por acaso conseguem imaginar esses negrinhos desgraçados, uns gravetos que não valem nada, uns estropiados que nem para a labuta servem mais, que tentam o tempo todo obter alguma comida para continuar capengando pelo mato afora, capazes de trucidar o nosso valente Manoel Gonçalves e todos os seus amigos armados até os dentes? Os senhores podem imaginar esses dois pedaços de gente, que mais parecem uns bichos sarnentos e fedorentos, dispondo de cianeto? Mas vamos nos permitir uma ilação. Vamos imaginar, para que esgotemos todas as hipóteses do caso, que esses negrinhos estivessem de posse de uma substância tão revolucionária e valiosa. Não seria mais razoável que tentassem trocá-la por comida? Qual garimpeiro recusaria tal barganha? Afinal, não foi o que o Zé Tetê nos disse neste tribunal, que eles queriam trocar a pistola de cabo de prata por comida? Por que iriam usar o cianureto? Para roubar a pistola de cabo de prata para depois trocá-la por comida? É muito trabalho para esses negros, que são preguiçosos como todos de sua raça. É muito caminho para quem tem fome! Isso não tem lógica. Se tivessem oferecido ao sr. Manoel Gonçalves, não teria ele aceitado, já que estava lá reunido para procurar ouro? E se o sr. Manoel estivesse lá por outro motivo? Se tivesse recusado a oferta dos miseráveis aqui presentes, ele não teria ficado alertado contra os negrinhos de posse de substância tão poderosa? Teria ele, na sua sapiência, permitido aos negrinhos continuar caminho na posse da coisa? Ele, o sr. Manoel Gonçalves que todos nós conhecemos? Penso, sim. Penso, sim. Penso, sim, que seu Manoel Gonçalves foi envenenado! Mas não por essas duas porcarias que não valem nada. Isso aí não passa de um casal de lazarentos!

As poucas mulheres presentes e muitos dos homens fizeram o sinal da cruz quando Rabello mencionou o mal de são lázaro. Os negrinhos estavam exorbitados. Foram levados de um canto para outro, metiam-lhes e retiravam-lhes os ferros, sem que nada entendessem. Para Maquim, nada havia mudado na ordem do mundo desde que fora aprisionado em sua África. O menino mergulhou num pensamento sombrio: "A vida é assim para os negros. Vão passando de mão em mão e, a cada mão nova, surra velha. No quilombo de Tinguá, o rei, pai de Xangana, tinha uns enfeites na cabeça, um escudo, uma capa de jaguatirica e ostentava um chicote de rabo de burro na mão. O Leão de Tinguá me prendeu, me usou como escravo e me torturou. Este aqui, o rei do tribunal, tem um barrete, uma capa e uma vara vermelha na mão. A diferença é que os senhores brancos falam mais. Tudo no mundo anda igual. Vão falar, falar, depois me levarão para o tronco, o pelourinho, a forca. O rumo do mundo é certo. A história do mundo dá voltas para chegar ao mesmo lugar. Mas aqui, entre os senhores do mundo, pelo menos eu vi Marica e cumpri o meu destino, que era minha palavra dada a ela de eu me entregar ao meu dono, Medimon. Pouco me importa se esse homem de capa, que fala, fala e fala, e que a sra. Madimorê, que me disse que iria nos defender, está agora nos insultando. Nós somos bons para o trabalho e não somos lazarentos".

Maquim de repente se sentiu forte. No meio da areia movediça das falas alheias, a sua palavra tinha permanência. Sabia que sua palavra, estável e plena, toda gorda de sentido, isso ninguém poderia mais lhe tirar. Havia prometido a Marica, quando ainda se curava do veneno da cobra na chácara do Rio de Janeiro, que iria se devolver ao seu dono. Para isso, andou pelo mundo como cachorro. Estava sossegado, tinha cumprido seu destino e realizado seu dito. Maquim olhou para Xangana, que baixou os olhos.

— Ele, nosso grande Manoel Gonçalves, e seus amigos morreram envenenados. Todos eles. Mas ninguém os matou! — exclamou Rabello.

O público se remexeu inteiro. O promotor franziu o cenho. Luiz Sereno e Genésio Silveira sorriram.

— Nunca saberemos que acidente aconteceu. Que infortúnio os matou.

"Que safado!", exclamou para si Monteiro de Barros.

— Nunca saberemos se um cachorro derrubou o cianeto na água que beberam, se houve engano no rancho, se alguém se equivocou e não tomou o devido cuidado com os efeitos terríveis da fórmula revolucionária que a ciência de seu Manoel Gonçalves não devia ignorar. Só isso pode explicar o mistério das mortes na cachoeira da Sentinela. Achar que essas duas porcarias pudessem fazer mal ao sr. Manoel Gonçalves é um insulto à sua memória, é fazer de um valente filho do Tijuco um tolo. É julgá-lo um néscio, senhores jurados. É atentar contra o futuro da memória da nobre família Caldeira Brant.

Rabello tinha os olhos cravados em d. Augusta, fechada em luto.

— Não! O sr. Manoel Gonçalves morreu devido a um infortúnio que atinge a tantos empenhados na sagrada missão de engrandecimento e enriquecimento do Arraial do Tijuco, quando heroicamente lhe procurava novas riquezas. Quando dilatava, aos olhos do Brasil, o prestígio do Arraial do Tijuco da Vila do Príncipe do Serro Frio. Devemos lamentar a perda de tão nobre figura, sem, contudo, empalidecer-lhe a glória. Justiça! — bradou por fim e, mais uma vez rodando a capa no ar, foi sentar-se.

Uma vozaria tomou conta da sala. Os homens conversavam, fazendo sinais afirmativos com a cabeça, e d. Augusta não continha as lágrimas, chorava alto. O juiz correu os olhos pela plateia e, com um gesto, chamou para perto de si o advogado e o jurado de acusação. Com uma voz rascante que lhe saía cochichada por entre os dentes e o rosto vermelho como sua vara, disse-lhes:

— Eu quero uma condenação. Eu quero a condenação desses negros! Estão me entendendo? Não admito que um evento tão grandioso como este, que irá repercutir pelo Brasil afora, tenha um final pífio. O jurado de acusação já fez seu trabalho, não se pode tirar mais nada desse aí. Então, o senhor me arranje uma solução, sr. Rabello, caso contrário pagará muito caro. Fui claro? Está me entendendo?

— Mas, meritíssimo... como vou fazer? — gaguejou o rábula, que agora tremia de verdade, parecendo arrependido de sua astúcia retórica.

— Eu não sei. O senhor que trate de arrumar um meio para consertar o que acabou de estragar. Lance umas dúvidas, refaça seu argumento, invente um contraditório e deixe de se fazer de engraçadinho. Dou-lhe mais alguns minutos.

— Mas, meritíssimo...

— Sem "mas"! Está me entendendo?

— Então me permita chamar mais uma testemunha. Ela vai me ajudar a atrapalhar as coisas. Sem isso, não consigo voltar nos meus argumentos.

O magistrado fez sinal para que o advogado e o jurado de acusação retornassem aos seus lugares e, assumindo uma pose esmorecida, anunciou a todos os presentes:

— Silêncio, por favor. Por solicitação do advogado de defesa, com plena aquiescência da acusação, para cumprir o sagrado dever de justiça, para estabelecer plenamente os direitos dos réus, sejam eles o que forem, para que, em suma, dúvidas não pairem sobre a lisura dos procedimentos, concedo ainda alguns minutos à defesa.

— Muito obrigado pela sua compreensão, meritíssimo — disse o rábula, com ar rendido e melancólico.

— Vamos rápido com isso.

— Chamo minha última testemunha. Uma pessoa que chegou há pouquíssimo tempo ao nosso Arraial, a srta. Joana Rubirosa.

— Eu? — perguntou, do meio da sala, a exuberante dama.

— Uma mulher, advogado? Isso não é possível. Não pode — interveio o juiz.

A maioria das pessoas do Arraial do Tijuco não a conhecia pelo nome, mas apenas pelo apelido, Moça dos Babados. Rabello inclinou o rosto na direção de Monteiro de Barros, pedindo-lhe compreensão:

— É tudo que me resta, meritíssimo!

— Que seja, mas vamos rápido com isso!

A Moça desfilou, atraindo para si o interesse dos homens e a inveja das mulheres, que seguiam de rabo de olho seu molejo ou levantavam ostensivamente as vistas para o teto do salão.

— A senhorita poderia declinar seu nome inteiro, por obséquio? — inquiriu-lhe com voz melosa o juiz.

— Srta. Joana Rubirosa — respondeu a Moça, com uma leve rouquidão que emprestava um colorido sensual à voz profunda, enquanto baixava os olhos e esboçava um tímido sorriso.

— A srta. Rubirosa sabe... bem, quero dizer, tribunais nunca tratam de coisas dóceis. A maldade humana nos faz lidar com as grosserias que grassam pelo mundo. Temo que a sensibilidade feminina, a delicadeza de uma mulher, que só pode ser comparada a uma pétala de flor, seja machucada por uma exposição desta natureza. Assim, se a senhorita não desejar testemunhar...

Enquanto lhe falava, os olhos do magistrado subiam e desciam pelas longas e torneadas pernas da Moça, que se deixavam adivinhar nas marcas do vestido.

— Eu posso testemunhar, senhor juiz. Eu não poderia julgar, isso deve ser muito difícil.

— Isso é verdade. Mulheres não foram feitas para julgar, são melhores para interceder e acolher a aflição alheia. Vejo que a senhorita compreende bem o significado de justiça. Mas, aqui, trata-se de um simples depoimento, uma pequena formalidade, que a senhorita dará de acordo com as perguntas do advogado, que, cavalheiro que é, não a constrangerá com indelicadezas — concluiu Monteiro de Barros, arqueando severamente as sobrancelhas na direção de Rabello.

— Vou responder com prazer.

— Fique bem à vontade. A srta. Rubirosa necessita ou deseja um copo de água?

— Muito obrigada, meritíssimo. O senhor é um grande cavalheiro.

O juiz se derreteu inteiro. Então foi a vez do rábula, que se aproximou da srta. Rubirosa e explicou que lhe faria apenas algumas simples perguntas.

— A senhorita conheceu o sr. Manoel Gonçalves?

Na plateia, d. Augusta engoliu o choro, se aprumou na cadeira, mordeu o interior das bochechas, e ficou remexendo a cabeça e os olhinhos de um lado para outro enquanto mantinha o queixo levantado, exibindo as vastas cavidades de seu nariz, à espera da resposta.

— Não, senhor. Eu não o conheci. Mas me disseram que era um homem muito corajoso.

D. Augusta suspirou aliviada, voltando a chorar baixinho, no sufocado.

— De quem a senhorita ouviu isso?

— De várias pessoas.

— De alguma em particular?

— Sim. Do sr. Cândido.

— Do sr. Cândido Caldeira Brant, cunhado do falecido?

— Sim, senhor.

— Sim. O sr. Cândido tinha muitas afinidades com o sr. Manoel.

— Isso eu não sei. Eu já lhe disse que não conheci o sr. Manoel Gonçalves.

O advogado parecia fracassar no intento de querer produzir algum tipo de laço entre a bela Rubirosa e seu Manoel Gonçalves.

— E o sr. Cândido a senhorita conhece muito bem, não é verdade?

— Sim — disse ela, lançando um olhar mortiço para o caçula dos Caldeira Brant, sentado ao lado dos irmãos na primeira fila.

Cândido, que havia passado o tempo do julgamento inquieto, elevando meia bunda da cadeira para coçar os fundilhos, começou a bater o taco da bota no assoalho, só cessando o barulho nervoso quando Jeremias lhe enfiou a ponta do cotovelo nas costelas. O juiz girava o lóbulo da orelha entre o indicador e o polegar, tentando adivinhar o que o rábula estava aprontando.

— Muito bem, srta. Joana Rubirosa. É só. Muito obrigado. E me desculpe pelo incômodo que porventura eu lhe tenha causado — disse Rabello, encolhendo os ombros, rendido diante do fracasso de suas tentativas.

— Não foi nenhum incômodo, doutor. Eu é que tenho que agradecer sua delicadeza.

O rábula se desconcertou inteiramente diante do movimento suave de ombros com que a Moça dos Babados acompanhou e adornou seu agradecimento.

— Só? Só isso? Mais nada? É tudo? — gritou o juiz.

— Sim, meritíssimo. Não tenho mais nada a perguntar.

A Moça dos Babados levantou-se, heráldica e comprida. Ao passar pelo advogado, ela lhe sorriu faceira e ele, tomado por um acesso de loucura, lançou-se sobre a indefesa e agarrou-lhe o seio esquerdo com um ímpeto que rasgou, de alto a baixo, a gola de seu vestido. Sem largá-lo, enfiou a outra mão no aveludado de suas entrepernas e ajuntou o volume. Sentiu-lhe o macio, cavoucou violentamente suas delicadezas, abriu e fechou os cinco dedos da mão direita como para se apoderar de seu sexo. Apalpou sem dó os gordos lábios e os apertou com força bruta. A Moça soltou um urro rouco.

O público se pôs de pé, alvoroçado, as mulheres desmaiaram. D. Maria Rita, estarrecida, abraçava-se ao seu esposo, tentando se fazer ouvir:

— Eu bem que avisei que esse moço andava esquisito. Ninguém me deu atenção. Agora é tarde, endoideceu de vez!

No salão do júri, os que estavam dentro romperam as portas, tentando sair, e os que estavam fora, principalmente a ralé, a mulatada e a negrada, quiseram entrar. O juiz e os jurados, o intendente, o ouvidor, o capitão-mor, o coronel, todos de pé, gritavam ao mesmo tempo, dando ordens desencontradas, numa confusão em que ninguém se entendia:

— Guardas, guardas, guardas! O rábula enlouqueceu, o homem ficou demente, segurem-no, protejam a moça. Está possuído, foi tomado pelo capeta!

Os guardas, os vereadores e quem quer que fosse de valia forte continuaram fincados no chão, estuporados com a insólita cena que se desenrolava diante de seus olhos. No meio de toda a balbúrdia em que havia se transformado o tribunal, somente d. Teresa Rabello, impávida, permanecia sentada com um discreto sorriso nos lábios. Seu filho, com o olhar esgazeado, firmemente agarrado à moça, que se debatia de modo violento, se pôs a gritar num tom mais elevado que o dos outros berros:

— Ela não é mulher! Não é mulher. É homem. É homem. É homem. Não é Joana nem Rubirosa. É João! É João! É João!

Um dos guardas despertou-se da letargia e desembestou em direção ao centro do tumulto. Deu um pescoção na Moça dos Babados, que, livre das mãos do Rabello, desabou estrado abaixo. Caiu de pernas para o ar, com a saia do vestido rasgada até a cintura, deixando à mostra a indecência de suas nozes viris, que bamboleavam, soltas e avermelhadas, no meio das coxas brancas, marcadas pela força dos dedos do rábula.

O padre Justiniano da Cunha Pereira precipitou-se para a frente para melhor apreciar a cena. Espantou-se com o tamanho descomunal da piroca da Moça. O juiz, que agora estava sentado, escondendo o rosto com as mãos, levantou-se e gritou com toda a força de seus pulmões:

— Ponham-na, ponham-no na cadeira, quero dizer, na cadeia. Metam-lhe os ferros.

Os guardas a muito custo conseguiram conter a Moça dos Babados, que esperneava e se debatia, distribuindo murros e safanões, e a levaram para o calabouço, onde cumpriram ao pé da letra a última ordem do magistrado.

Cândido Caldeira Brant aproveitou-se da confusão e se escafedeu por uma das janelas, logrando livrar-se da sanha do Perna de Kyrie Eleison, que, no meio da multidão, brandia a bengala como um cego e bradava com seu vozeirão:

— Onde ele está? Onde ele está? Onde está o lazarento? Onde se meteu o lazarento? Eu vou matar esse filho da puta desse lazarento que desonrou meu nome!

D. Augusta, recuperada do desfalecimento, chorava inconsolável nos braços de Jeremias. D. Teresa Rabello levantou-se vagarosamente, como se o escândalo propiciado pelo filho não a tivesse abalado, aproximou-se do juiz e, antes de se retirar indignada, lhe lançou:

— Que vergonha, dr. Francisco de Paula Monteiro de Barros! E, ainda por cima, quer condenar os negrinhos! O que irão comentar em Ouro Preto e no Rio de Janeiro?

A coisa demorou para se acalmar. O juiz mandou recolher os jurados a uma sala e expulsar a gentalha que tinha invadido o recinto do tribunal. Os esbirros do dr. Monteiro de Barros, não distinguindo uma ordem da outra, executaram as duas sob o peso de cacetes. Quando, finalmente, tudo foi posto em ordem, o magistrado resolveu por bem acelerar a decisão dos jurados, que, machucados e estropiados pelos golpes de cacete que os guardas distribuíram sem dó, pronunciaram a inocência de Marcos Maquim e Rosa Xangana, livrando-os da acusação de assassinato. Decidiram menos por real convencimento e mais para se vingarem da brutalidade do juiz, que mandara espancá-los.

## 10. A vitória de Davi

O dr. Bernardo Rabello saiu carregado nos braços do povo, festejado pelos liberais. Sua vitória foi tão consagradora que, quando a notícia chegou à Vila do Príncipe, as pessoas se aglutinaram na venda do Batido da Lata e comemoraram até altas horas, insultando os Caldeira Brant e o coronel Da Cruz Machado. A multidão não cessava de cantar uma quadrinha zombando de d. Augusta:

*Quem quiser pilar canela*
*E não tenha almofariz*
*Peça à Brant do Gonçalves*
*Uma venta do nariz.*

Dois ou três dias mais tarde, *O Liberal do Serro* estampava no alto da página: A VITÓRIA DE DAVI CONTRA GOLIAS. Seguia-se o relato das cenas do primeiro Tribunal do Júri no Brasil. O artigo expunha como um pequeno advogado, baseando-se unicamente na força dos argumentos e no poder da razão, havia derrotado a poderosa conjunção de forças conservadoras. Era um sinal dos tempos vindouros. Um sinal de que o Brasil fora feito para a democracia e não para o despotismo, finalizava o texto.

Embaixo do laudatório artigo, liam-se ainda quatro notas informativas. A primeira conclamava o Senado Municipal da Comarca do Serro Frio a proceder à realização das fogueiras sanitárias havia muito esquecidas, uma vez que portadores do mal de são lázaro eram vistos deambulando pelas trilhas e estradas da Demarcação. A segunda nota resumia o resultado do histórico julgamento. De acordo com ela, Marcos Maquim e Rosa Xangana, ambos de nação africana, tinham sido absolvidos do crime de morte do qual eram acusados. Contudo, foram considerados culpados pela posse de arma e condenados a um quarto da pena máxima, cinquenta chibatadas públicas no pelourinho, de acordo com a inspiração advinda da determinação de 8 de abril de 1741. A pena das chibatadas no pelourinho foi adicionada pelo juiz Monteiro de Barros, que estimou legítima a força do uso vigorante. Após os açoites, os negros seriam remetidos aos seus donos. Os escravos citados não poderiam ser alforriados, vendidos, doados ou trocados dentro dos limites da Comarca do Serro Frio nem permanecer na jurisdição da supracitada Comarca. A terceira nota do jornal fornecia uma receita de autoria do dr. Simão destinada ao alívio de encalhos hemorroidários que, como alertava, eram responsáveis pela hidropisia que muito afetava as pessoas.

Por último, o jornal informava que a Moça dos Babados, depois de cumprir pena na cadeia, fora proibida de fazer gênero indecente. Foi expulsa do Arraial do Tijuco, não antes de ser trajada adequadamente como homem, como convinha à sua natureza. João Alarico Rubirosa retomou a contragosto o nome de batismo e, rendido ao seu estado natural, instalou-se nos arredores da Vila do Príncipe. O que o jornal não noticiou foi que Cândido fugiu do Arraial do Tijuco e, tendo renunciado ao sobrenome da família, encontrou abrigo e consolos necessários na casa erigida por João Alarico no lugar que os habitantes da Vila do Príncipe passaram a chamar os Altos dos Paneleiros.

Maquim e Xangana, antes de serem devolvidos aos seus donos, permaneceram reclusos até que foram levados ao pelourinho para cumprir a pena restante. No dia da execução penal, a extensão da praça, apinhada de gente, era vigiada pelo corpo de guardas com ordem para prender qualquer arruaceiro.

Os negros foram conduzidos às imediações da coluna de pedra. Enquanto Rosa Xangana permanecia sentada no chão com o pescoço preso por cadeias de ferro, Marcos Maquim foi amarrado ao pelourinho. Dois escravos desceram-lhe as roupas, deixando exposta sua bunda magra, e empurraram sua barriga contra o poste, onde lhe ataram as pernas e a cintura. Depois, um deles lhe disse:

— Abraça o pelourinho, negro!

O outro prendeu seus pulsos no alto da coluna de pedra. O carrasco, um mulato forte, se aproximou. Sacudiu e balançou o chicote no ar e, depois de fazer um barulho esquisito com a boca, como se assoviasse por entre os dentes, deu a primeira lambada.

Maquim retesou o corpo e berrou:

— Oh, Jesus!

O carrasco era metódico, paciente e diligente. De novo, sacudiu as cordas do chicote, fazendo tilintar suas pontas de ferro, e deu uma segunda vergastada. Com essa, Marcos Maquim apenas inclinou a cabeça de lado e, sem produzir som algum, deixou-se lacerar até o fim. Cada chibatada era como se a cobra lhe picasse o dorso. O povo se afastou um pouco para evitar que os pedaços de carne e o sangue que iam se desprendendo das costas do negro o sujassem. Apenas Marica permaneceu no seu lugar, muda e aspergida pelo chicote que vibrava no ar. Soltos no meio do populacho, os cachorros se puseram a latir e a ganir. Terminado o trabalho com Maquim, aplicaram o mesmo procedimento em Rosa Xangana. Após a sessão de açoites, os dois foram arrastados ao porão da prisão, onde outro negro lhes lavou as carnes expostas do dorso, das pernas e da bunda com uma mistura de vinagre, pimenta-malagueta e sal. Mais mortos que vivos, ambos desfaleceram. Quando recuperaram a consciência, estavam deitados sobre uma esteira de vime, na casa dos Dumont em Guinda, sob o cuidado maternal de Marica e longe do burburinho do Tijuco. O resto se passou em paz.

Pouco antes do dia de Natal, os franceses receberam a visita de um importante amigo que fazia muito não viam, o dr. Bernardo Rabello. A pessoa que entrou pela porta da modesta casa de Guinda quase nada tinha de semelhante com o rapaz ossudo que fora ovacionado e carregado nos braços do povo. Entrou um homem de sobrancelhas arqueadas, peito bombeado para a frente, com uma barba negra e híspida, um topete mal domesticado e passos decididos. Cumprimentou o casal com uma voz grande e pausada, da qual haviam sido apagados os traços da avidez social que tanto marcam as atitudes, o estilo e os trejeitos daqueles que, querendo galgar a qualquer preço a um lugar de relevo na sociedade, se veem, precisamente pela razão que os motiva, repelidos em seu intento.

— François — disse o advogado com intimidade —, eu queria já há tempos ter feito esta visita, não só para desejar um futuro brilhante ao brasileirinho que em breve irá nascer, como para agradecer as informações que você me passou no seu laboratório. Sem aquela história de cianeto eu nunca teria encontrado um ponto de apoio para meus argumentos. Mas as chuvas que têm caído me obrigaram a ficar fechado no Arraial do Tijuco, nem à Vila do Príncipe consegui ir.

— Nós é que temos que lhe agradecer por ter salvado a vida de nossos escravos, dr. Bernardo.

— Faça de tudo para não provocar nossos inimigos, finja-se de morto. No momento eles estão na defensiva, mas em breve irão pôr a cabeça para fora da toca.

Ao despedir-se, o advogado, num tom meio maroto, perguntou:

— Essa história do procedimento de extrair ouro dissolvendo no cianureto o quartzo pilado é mesmo verdadeira, François?

— Mas, doutor, o que você acha que fico fazendo no meu laboratório?

— Ah! Vou aproveitar de sua boa vontade para lhe pedir um favor.

— Pois não, Bernardo.

— Agradeça ao coronel Da Cruz Machado, que com sua mão forte protegeu e desarmou, com discrição, as intrigas contra o tribunal e as ameaças à minha pessoa. Eu gostaria de fazer isso diretamente, mas me encontro em oposição às forças políticas que ele representa na Vila do Príncipe, de modo que me está interditado manifestar pessoalmente o reconhecimento pela sua atitude digna e desinteressada.

— Mas tudo isso são quase águas passadas, dr. Bernardo. Até os Silveira e os Caldeira Brant estão se reconciliando!

— Isso vai acontecer um dia, François, mas não é para já. Você sabe, François, com essa nova lei de outubro foram extintos, em todo o Brasil, os Senados da Câmara. Em breve, teremos eleições por voto direto para as novas Câmaras Municipais instituídas. O Tribunal do Júri inaugurado aqui no Tijuco foi decisivo para a nova política do Império. Ouvi dizer que na Província do Espírito Santo também estabeleceram um julgamento por júri popular. As coisas estão mudando, de forma que vou me apresentar ao sufrágio popular e me encontrar em campo oposto ao do coronel, com quem me baterei. O dr. Monteiro de Barros está indo para o Rio de Janeiro, onde assumirá importantes cargos.

— Pode ficar tranquilo, dr. Bernardo. Quando formos à Vila do Príncipe, não deixaremos de transmitir suas palavras ao nosso amigo.

## 11. O restante da sentença

O Perna de Kyrie Eleison ruminava sua frustração e escondia a vergonha. D. Augusta Gonçalves curtia uma dureza de pau que, antes de lhe enrijecer o corpo, havia lhe endurecido o coração. Jeremias se retirou para sua lavra e pouco visitava o sobrado dos Caldeira Brant. D. Matriciana, perdida nas nuvens acinzentadas da demência, fazia seu olhar zarolho e acusador vagar de rosto em rosto. Às vezes, no meio da noite, se punha a gritar:

— Onde ele está? Onde ele está? O que vocês, amaldiçoados, fizeram com o menino?

O solar não era o mesmo. Sob as ordens curtas de d. Augusta, o quarto de Cândido foi transformado em escritório e seu nome tornou-se impronunciável no casarão. Ela mandou queimar o colchão e os lençóis em que o caçula dormia, ordenou que jogassem no fundo do rio os pratos e talheres com que comia e o penico que usava.

No novo ambiente de uma família que diminuía a olhos vistos, sentado atrás de uma mesa, o Perna de Kyrie Eleison remexia em algumas folhas de papel diante de cinco correligionários que acompanhavam em silêncio seus gestos nervosos. Sem despregar a atenção dos documentos, o patriarca dos Caldeira Brant pendeu de lado na cadeira, repuxou o rosto do lado esquerdo e, cravando os quatro dedos nos fundilhos, coçou-os vigorosamente. Quando terminou, levantou os olhos e balançou na altura do rosto dos correligionários a rama de papel.

— Isto é uma peça de arte! Estava relendo com maior atenção a sentença do nobre amigo Monteiro de Barros. Mandei providenciar esta cópia exata.

— Pode ser uma obra de arte, Hermenegildo, mas nunca mais vamos cair na esparrela de um júri popular. Desde quando o povo pode julgar? O povo estudou para isso? Não! Então, não pode! Quem não tem competência não pode se estabelecer, já dizia meu velho pai, que Deus o tenha. Povo, Hermenegildo, é ajuntamento de coisa nenhuma. É isso o povo! Se o povo soubesse julgar, teria condenado Barrabás e libertado Jesus Cristo — retrucou-lhe o alferes Quintiliano Caldeira.

— Mas o dr. Monteiro de Barros não é nenhum Pilatos, Quintiliano. Não pense que ele lavou as mãos. Longe disso. Ele as mergulhou na melhor lógica, de modo que mesmo na aparente derrota, diante da boçalidade da decisão do povo, ele nos deixou, na trama matemática de sua peça de absolvição, a possibilidade de vitória.

— Vamos recomeçar a luta? — indagou, excitado, o jovem vigário Bernardino de Senna Camargo.

— Hermenegildo, eu sei que todos esses episódios que vivemos nos causaram constrangimento e dor. Mas acho melhor deixar cicatrizar as feridas. No momento, o melhor que temos a fazer é nos retirarmos estrategicamente e cuidar de nossa vida — adiantou-se o alferes, tentando jogar água fria na fervura.

O Perna de Kyrie Eleison se pôs de pé e dirigiu um olhar duro para o alferes, enquanto coçava o traseiro.

— É sua intenção me desacatar?

A frase lhe saiu assoviada por entre os dentes. Os presentes calaram-se, empalidecendo diante do súbito ataque de fúria do patriarca dos Caldeira Brant. O alferes se levantou e, encarando-o, respondeu-lhe num tom aberto e aos solavancos:

— Hermenegildo, eu sou um soldado. Minha intenção não é desacatar ninguém. Como soldado, fui treinado para não desacatar e muito menos ser desacatado. Por favor, não me confunda com nenhum civil.

Nenhum dos outros quatro correligionários teve a ousadia de se intrometer. O silêncio que se seguiu foi rompido pela voz do Perna de Kyrie Eleison, que, num passe de mágica, havia se tornado afável e fina:

— Queira me desculpar, alferes Quintiliano Caldeira. Nós somos amigos e parentes. Vamos sentar e continuar a nossa conversa. Vamos voltar a este documento do nosso amigo comum. Por favor, sente-se, Quintiliano. Vamos fazer uma pausa e tomar um licorzinho que a d. Augusta preparou.

Berrou alguma coisa e minutos depois uma negra entrou, trazendo um frasco cheio de um líquido esverdeado e tacinhas de cristal bisotê.

— Esse licor de figo é uma especialidade de nossa irmã — disse Jeremias, que havia permanecido mudo até aquele momento.

O irmão levantou a tacinha contra a luz, o que lhe desenhou um risco verde no rosto. Os correligionários saborearam a bebida, repetiram e elogiaram. O alferes não se fez de rogado, serviu-se de mais uma dose. Depois voltaram às conversas interrompidas.

— Esse francesinho de merda, encravado nas grimpas de

Guinda — retomou o Perna de Kyrie Eleison —, está zombando de nossas instituições. Esse estrangeiro não passa de um contrabandista! Alferes Quintiliano Caldeira, como soldado, o senhor sabe muito bem que, se alguém vai contra as determinações de nosso imperador e as decisões democráticas, isto é, contra as decisões do povo, está se postando contra as instituições de nosso país, e a função de um soldado é defendê-las.

— Nisso estou em pleno acordo com você, Hermenegildo.

— Eu sei, meu amigo, e sua atitude não poderia ser outra. Ora, o Tribunal do Júri popular ponderou, julgou e decidiu. Decidiu o quê? Que aquele casal de escravos desgraçados não era culpado de crime de morte. Muito bem, que seja assim. Contudo, o tribunal considerou os dois negros culpados dos outros crimes, tais como porte de arma. Foram castigados? Foram? Foram. O tribunal do povo também determinou que fossem expatriados para além das fronteiras da Comarca do Serro Frio. Foram? Foram? Não foram!

— O François está tergiversando — murmurou o vigário Bernardino de Senna Camargo.

— Ele não só deve estar fazendo isso, como também está empurrando com a barriga — interveio Jeremias.

— Na verdade, ele está num beco sem saída — o Perna de Kyrie Eleison ensaiava um raro sorriso na carranca. — Ele não pode vender, nem libertar, nem doar os negros. Também não pode mantê-los escravos dentro dos limites da Comarca do Serro Frio. Também não pode trapacear, porque, se porventura disser que não está mais com os escravos, ele será obrigado a declarar os negros fujões. Se ele fizer isso, pegaremos os negros. Se disser que os negociou, estará obrigado a apresentar ao intendente Ferraz Pinto a prova certificada da venda dos escravos; mas ele só pode vendê-los fora da Comarca do Serro Frio. Terá que se livrar deles em Ouro Preto, em Goiás, Pernambuco ou no raio que o parta. De acordo com o que se pode ler na sentença do nosso nobre amigo Monteiro de Barros, a venda não se poderá realizar por procuração nem por pessoa interposta. Ele tem que realizá-la pessoalmente.

— Mas, Hermenegildo, se o François não pode ficar com os escravos nem alforriá-los, o que ele fará com os negros? Irá matá-los? — perguntou o alferes.

— Aí é que reside a astúcia de nosso grande jurista! Uma obra infernal de lógica. O francês não pode fazer nada. Está de pés e mãos atados; e é por isso que ainda não fez nada. A única coisa que resta aos Dumont de Guinda é vender a lavra e retirar-se da Demarcação. Mas ninguém vai sair de uma lavra por causa de dois pretos. O nosso jurista atirou nos negros para acertar nos europeus; atingindo os franceses, fere essa cambada de liberais.

— Genial! — exclamou o alferes, levantando-se da cadeira. — Vamos brindar a isso com o famoso licor de d. Augusta. Como é que nós não percebemos isso antes?

Jeremias gritou para a escrava trazer mais licor.

— Nós estamos bobeando. Vamos cerrar o tarugo. Cutucar o intendente, o comandante da guarda e quem mais for preciso — interveio o mulato Macua.

— Meus amigos, finalmente estamos nos entendendo. Amanhã vamos exigir do intendente, do comandante da guarda, do ouvidor-geral e de quem mais seja o cumprimento das determinações da Justiça. Quero ver a cara do safado do Genésio e a do dr. Rabello.

Antes que a manhã do dia seguinte findasse, a delegação encabeçada por Hermenegildo atravessou o Arraial do Tijuco.

— Que posso fazer pelos senhores? — indagou o comandante da guarda, sem verdadeiramente olhar para nenhum dos homens.

O Perna de Kyrie Eleison adiantou-se:

— Comandante, nós temos lutado de modo franco, com os meios que nos são possíveis, pelo que consideramos justo de acordo com as leis de nosso país.

— Sei — o comandante murmurou, sem grande convicção.

— Nem sempre alcançamos o sucesso desejado em nossas empreitadas. Mas isso é natural da vida. Às vezes se ganha, às vezes se perde. E, quando perdemos, nos dobramos humildemente às determinações das autoridades constituídas e nos conformamos ao decidido.

— Sei — murmurou de novo o comandante, no mesmo tom.

— Aliás, isso não é virtude nem mérito de nossa parte. É obrigação.

— É verdade. Mas, sr. Hermenegildo, vamos ao que interessa. Em que posso ser útil aos senhores?

— A nós? Em nada! Não queremos nada. Desejamos apenas expressar nossa estupefação diante do fato de que parece que a lei e as decisões da Justiça não têm sido aplicadas de igual maneira para todos.

— O que o senhor está querendo dizer ou insinuar, sr. Hermenegildo? Seja claro! — exclamou o comandante com impaciência.

— Acontece, senhor comandante, que andei relendo a sentença do meritíssimo juiz Monteiro de Barros no que se refere ao julgamento dos acusados do assassínio de meu saudoso cunhado e a cópia dessa sentença se encontra em minhas mãos.

— Sr. Hermenegildo, tenha a santa paciência e, como o senhor bem disse, conforme-se ao determinado. O julgamento foi claro, concluiu pela morte acidental do seu cunhado. Sei que é difícil se compor com as tragédias que nos acometem, Hermenegildo. Nós dois pertencemos à mesma família, nós dois somos Caldeira Brant, de forma que posso avaliar muito bem seus sentimentos pessoais. Mas *Roma dixit*.

— Senhor comandante, eu me resignei. Aquilo com que nós, entretanto, não nos conformamos, aquilo que, com toda a razão, o povo inteiro do Arraial do Tijuco estranha é o fato de que a sentença pronunciada pelo Tribunal do Júri não esteja sendo cumprida.

— O que você está querendo dizer com isso, Hermenegildo? Os negros foram açoitados e libertados conforme as determinações da Justiça. Não há nada mais a fazer.

— Sim, é verdade. Mas isso é apenas uma parte da sentença. Veja bem o senhor mesmo o que a sentença do juiz Monteiro de Barros diz a partir das folhas 3 e 4.

O Perna de Kyrie Eleison estendeu-lhe a papelada. Terminada a leitura, o comandante pousou os papéis na mesa e perguntou:

— Isto está conforme os originais, Hermenegildo?

— Absolutamente, comandante.

— Se for assim, você tem razão. O restante da sentença me escapou totalmente. Mas isso não dá nenhuma alternativa ao sr. Dumont, não é verdade?

— Isso eu não sei nem me interessa — respondeu o outro, enquanto coçava com sofreguidão os fundilhos.

— Você quer mesmo continuar com essas intrigas, Hermenegildo? — murmurou absorto o comandante, ainda com os olhos nos papéis.

— O senhor está chamando a voz da Justiça de intrigante? — exaltou-se o Perna de Kyrie Eleison, que não deixou passar em branco a oportunidade de pressionar o comandante.

— Não, Hermenegildo. Falei sem pensar. Amanhã vou tomar as providências necessárias.

O patriarca dos Caldeira Brant voltou-se para seus correligionários, deixando transparecer, na severidade fingida do olhar, todo o júbilo que a situação lhe proporcionava. Entusiasmado, meteu a mão sem cerimônia nos fundilhos, coçando profundamente a bunda. Depois, estendeu-a ao comandante para se despedir.

O comandante olhou para as pontas dos dedos amareladas da mão do Perna de Kyrie Eleison e, por um momento, hesitou em tomá-la na sua. Depois, vencendo o asco, apertou-a e despediu-se, tranquilizando os presentes:

— Podem ficar sossegados que a justiça será feita.

## 12. O papel cor-de-rosa

Os movimentos do Perna de Kyrie Eleison tiveram o efeito esperado e não demorou para que François recebesse a intimação para cumprir, em prazo estipulado e sem delongas, as determinações da Justiça. Assustado, o francês procurou seus amigos. Primeiro foi ao Dino Bibiano.

— Ninguém vai entrar nessa briga. É um terreno frágil, escolhido de propósito pelo Perna de Kyrie Eleison. É cilada pura. O melhor que você faz é vender os negros fora da Comarca do Serro Frio, trazer os documentos e mostrá-los a todos. Assim você desarma as maldades do safado. Faça isso o mais rápido possível. Será melhor para você.

— Mas logo agora que estou com meu filhinho a caminho! Que maçada!

— Mas essa é a melhor decisão, François. E tome-a o mais rápido possível. Seus escravos, o Marcos Maquim e a Rosa Xangana, estão correndo sérios riscos aqui. Eu não me admiraria se o Perna de Kyrie Eleison estivesse preparando alguma coisa contra eles. Esses molequinhos já sofreram muito na vida.

Não foram diferentes as palavras do coronel Da Cruz Machado, nem as do Genésio Silveira, nem as do dr. Bernardo Rabello. As conversas de François não tardaram em chegar aos ouvidos de Hermenegildo, que convocou bem cedo em sua casa o irmão Jeremias e o mulato Domingues Macua.

— O francesinho de merda está fuxicando de novo. Já foi choramingar no colo do nosso amigo coronel Da Cruz Machado e andou procurando a turma do canalha do Silveira. A coisa está andando bem do nosso lado. Meus espiões me comunicaram que o francês vai tentar se livrar do problema levando os negros para fora da Comarca do Serro Frio. O provável é que vá para Ouro Preto ou Sabará. Não tem para onde escorregar. E é isso que nós não vamos permitir. Eu já falei com o capitão-mor da guarda e com o alferes Quintiliano, que alertaram os registros. Estão de olho!

— Que podemos fazer mais? — indagou Jeremias.

— Você, nada. Mas o Macua pode.

— Que quer que eu faça, Hermenegildo? Pode contar comigo para qualquer coisa.

— Eu quero que você avacalhe os negros. Quero que não os deixe em paz, que os persiga, os assuste, os horrorize.

— Pode deixar que isso me dá gosto de fazer — disse o negreiro.

— Mas não toque nos franceses.

— Pode deixar, Hermenegildo. Eu tenho uns negros que vão se aproximar dos dois escravos.

— Assim, nós atormentaremos o francês. Vamos obrigá-lo a sair e, ao mesmo tempo, vamos impedir que ele saia da Comarca. Ele vai ficar desesperado, acionar seus amigos e produzir alguma porcaria. Temos que provocar uma crise. Se o francês conseguir se safar e tentar passar de contrabando pelo registro, então ele é todo seu, Macua.

— Ah, Hermenegildo, isso é uma tentação!

No sábado, quando o vilarejo de Guinda se preparava para descer inteiro até o Arraial do Tijuco para assistir à missa do domingo, François e Eufrásia aproveitaram e foram à chácara de Maria da Lapa.

— Como vai indo essa criança, Eufrásia?

— Crescendo, Maria. Veja como estou estufada.

— Você precisa evitar aborrecimentos, minha amiga.

— Eu sei.

— Sou eu que estou preocupada.

— Mas por quê, Maria? As coisas estão indo bem e eu nem estou sentindo o peso da gravidez — replicou Eufrásia.

— Não é com você nem com sua gravidez. Estou preocupada com o rumo das coisas no Arraial do Tijuco. Eu conheço isso de longa data. No meu ramo de atividades preciso ficar atenta às mudanças antes que elas aconteçam; estou sentindo aquele ventinho à toa para o qual ninguém liga mas que termina em tempestade. O Perna de Kyrie Eleison anda falando umas bobagens por aí.

— Deixe que fale. Conversa mole não machuca ninguém — interveio François, que, embora insistisse em tranquilizar a esposa, sentiu uma ferroada fina na altura dos rins ao se lembrar do relato do sogro sobre as ameaças de que era objeto por parte do marquês De Marsan e da senhora condessa De Courcy.

— O que esse homem horrível anda falando tem a ver conosco? — a francesa indagou, sobressaltada. — Não me escondam nada, por favor. É pior eu ficar imaginando coisas do que ignorando. Por favor, François, não faça mais isso.

Eufrásia reagiu com aflição e lágrimas às tentativas do marido de poupá-la da verdade, como se estivesse, por uma misteriosa razão, intuindo os pensamentos secretos de François.

— O Perna de Kyrie Eleison está dizendo que vocês estão,

novamente, querendo zombar dele; que vocês pensam que têm costas quentes, mas que não perdem por esperar.

— Está mesmo dizendo isso? Mas por quê? Nós não fizemos nada para esse maldito — retorquiu Eufrásia, olhando fixamente para o marido.

— Está dizendo mais do que isso. Ele e seu bando estão ameaçando arrestar nossos dois negros, o Marcos Maquim e a Rosa Xangana, por descumprimento de determinação judicial. Está espalhando que seremos responsabilizados e julgados por desacato à Justiça.

— Oh, meu Deus! E eles podem mesmo fazer isso?

— Não sei, minha querida. Estou tentando enxergar uma saída. Já conversei com nossos amigos. Eles pouco podem nos ajudar. O problema é que não podemos libertar os negros, não podemos ficar com eles, não podemos vendê-los, não podemos dá-los — explicou François, passando a mão pelos cabelos.

— Nós vamos encontrar uma solução para esse problema — Maria da Lapa tentava consolar Eufrásia, tomada por um visível estado de ansiedade.

— Mas como? Que solução? Você não pode se arriscar a pôr em perigo a sua rede de contrab... de tropeiros para nos ajudar!

Maria da Lapa pediu licença e se retirou por longos minutos. Voltou trazendo consigo uma caixa marchetada.

— Há muito tempo que não mexo nisto aqui — disse, enquanto alisava os florões entalhados na madeira do tampo.

A viúva retirou da caixa uma pasta de couro. Em seguida, foi depositando na mesa uma quantidade de papéis, esboços, mapas e desenhos.

— Aqui está. Gerhard me deixou isso. Não sei se um dia vou ter coragem e vontade para sair da Demarcação, então é melhor que vocês façam uso desses papéis. Não sei se quero ver o fim de mundo onde desapareceu meu marido, é melhor que eu fique por aqui, onde acomodei minha alma e minhas lembranças.

— Do que se trata? — perguntou François.

— Dos mapas das terras e dos lugares de diamante e ouro que meu Gerhard disse que encontrou. Está tudo detalhado aí.

Novamente, o francês levou as mãos às costas e fez uma careta de dor ao apalpar os rins, o que a esposa não percebeu, porque havia tomado as mãos de Maria da Lapa, fazendo-a levantar-se da cadeira.

— Maria, você é muito bondosa, agradecemos muito sua confiança e seu desapego. Oh, meu Deus! É mais do que isso, mas não estou encontrando as palavras. Maria, nós não estamos interessados em explorar novas terras, o que mais desejamos é uma solução para o casal de escravos — disse Eufrásia, enquanto largava as duas mãos da amiga e a apertava contra si num comovido abraço.

Maria da Lapa voltou-se para a caixa.

— Deixe-me ver. É isto que eu estou procurando. Não, não é. Pensei que fosse. A direção. O endereço. Estava aqui. Tem que estar.

A viúva tinha enfurnado a cabeça na caixa e remexia a papelada com dedos ágeis, sem escutar coisa alguma do que lhe diziam.

— O que está procurando, Maria? — indagou Eufrásia.

— O nome. O endereço da mulher. Ele me disse que, se um dia eu precisasse, que a procurasse. Pronto. Achei. Aqui está. Jacinta, Anna. Anna Jacinta é o nome dela. Meu Gerhard me deixou um pedaço de terra por aqueles lados, tudo com registro e título, é coisa para se esquecer. Ninguém vai para aquelas lonjuras. Perdido por perdido, você pode tomar conta daquilo, François.

Maria da Lapa foi desdobrando com cuidado um papel cor-de-rosa. Alisou-o sobre a mesa. Em seguida, mandou que uma escrava lhe trouxesse tinta, pena, papel e pó. Copiou o escrito e o desenho numa grande folha branca de papel espesso.

— Pronto, acho que está igual. Está até melhor.

Estendeu o papel na direção de François, que pouco compreendia daquilo tudo. Depois procurou e achou os documentos que lhe garantiam a posse de um terreno encravado onde judas perdeu as botas. Coisa pequena, que não valia a pena naquele fim de mundo.

— Tome, François, pode ser de serventia.

"A mulher deve estar completamente bêbada", pensou o francês.

— Achei a solução. Você vai vender os escravos para essa senhora. Caso ela não os queira, certamente achará um comprador para eles. Gerhard me disse que essa senhora tudo pode naquele fim de mundo. Manda até chover.

— Maria, eu agradeço muito seu interesse, mas isso não faz sentido. Se for vendê-los, é melhor que eu siga até Sabará ou Ouro Preto. É mais simples e mais perto. Não tem sentido eu me embrenhar por esses fins de mundo infestados de bugraria.

— François, não seja tolo. Em Ouro Preto, o Monteiro de Barros está mandando e desmandando. Foi ele que fez essa sentença e não vê a hora de você aparecer por lá. Quis se vingar pelo fato de o dr. Bernardo Rabello ter zombado dele com a Moça dos Babados. Quis se mostrar machão depois de ter se melado todo pela rola. Mas não creia que este povo daqui tem algum interesse em você. Você não é nada para eles.

— Se não somos nada para eles, por que teimam em nos perseguir? — perguntou Eufrásia entre soluços.

— Vocês são apenas peças miúdas no jogo grande dessa gente. Os liberais e os conservadores estão se batendo. Por ora estão em trégua, mas isso é apenas calmaria. Eu sinto que vai se abrir uma tempestade. Eu conheço essas gentes. O país está um caos. Os liberais conseguiram fechar o Banco do Brasil. Tem moeda falsa jorrando em quantidade pelo país afora. Com tudo isso, muita gente se arruinou. Para a maioria dos brasileiros, as coisas vão muito mal. Quando as coisas ficam desse jeito, a alma das pessoas se enruga e tudo se torna rancoroso. D. Pedro está acuado e por isso incita os conservadores a resistir; os negreiros aproveitam a oportunidade para atacar tanto os ingleses quanto as medidas que coíbem o tráfico de escravos. No Brasil grassa um sentimento antiestrangeiro promovido por gente da laia de Manuel Domingues Macua. Essa gente quer fazer oposição aos ingleses para retomar o tráfico de escravos. Aqui no Arraial do Tijuco, meu caro amigo, você é apenas uma peça útil para os conservadores armarem o bote contra os liberais. E fique sabendo que, se os liberais o defendem, é apenas para espicaçar os conservadores.

— Mas nós somos franceses! — exclamou Eufrásia.

— Ingleses, franceses, holandeses... para eles são todos "eses", tudo farinha do mesmo saco. "Que os ingleses voltem para a Inglaterra e o Brasil será feliz" é o lema deles. Isso anda fazendo a alegria do povo, que repete a frase que nem bobo.

— Mas ninguém dá crédito ao mulato Macua — interveio François.

— É. Pode ser. Mas meus negros que espionam para mim junto aos negros do Macua me contaram que ele anda tramando alguma coisa com o Perna de Kyrie Eleison. François, você é um lambarizinho de nada. Se não vender seus negros longe daqui, será apanhado na peneira.

— Mas meu filho vai nascer. Não posso deixar Eufrásia sozinha — disse o francês, já meio aceitando a proposta de Maria da Lapa.

— Você não tem saída. Quem sabe não tem sorte e acha alguma pedra nas terras de meu marido? Se achar, nós dividimos o ganho. Posso pôr meus contatos em ação rapidamente. Faça prospecções nos lugares indicados pelo meu Gerhard. Ele sempre repetia que no Arraial do Tijuco o povo andava raspando o fundo do tacho, que o futuro estava na fronteira goiana, no Sertão da Farinha Podre. Coragem! — exclamou Maria, diante do ar desalentado do amigo.

— É! Somos o tempo do dinheiro, seguimos na vida pela mão da fortuna. Mas o que vou fazer com Eufrásia? Ela não pode ficar sozinha em seu estado.

François, como se saltasse do poço de desânimo no qual até pouco antes se via mergulhado, entrou subitamente num estado de euforia cuja expressão com muito custo ele reprimiu. Seu pensamento dava voltas: o roubo, o assassinato do sogro e dos cunhados, tudo isso havia se transformado num detalhe sem importância em sua mente alvoroçada. "Estou certo de que aquele danado do Martinet estava prestes a realizar uma grande ação. Deu azar, o coitado. É fato que esse azar acabou batendo de modo torto em sua vida. Mas, se ele tivesse obtido êxito, fosse qual fosse a maranha em que se metera, o seu destino seria outro."

O francês não só pressentia que as coisas na Demarcação estavam prestes a se modificar, como também percebia que a ida para o oeste distante poderia dar novo alento à sua ambição esmorecida. Despertou do devaneio quando com decidida voz de mando Maria lhe respondeu:

— Ela não ficará sozinha. Ela vai se mudar para minha chácara, onde estará mais confortável. Pode ir tranquilo, que eu mesma cuidarei de sua lavra do Poço Seco. Quanto a Eufrásia, aqui tenho tudo de que ela necessita, até parteira. Mas, se precisar, chamo o dr. Simão. Além disso, você tem seu irmão, Victor. Ele pode perfeitamente tomar conta de suas coisas aqui.

— Mas, Maria, nós não podemos aceitar isso — disse Eufrásia.

— Podem e vão aceitar, e você, deixe de bobagens. Nós mostraremos que nós, mulheres, somos tão capazes de resolver problemas quanto eles, homens — replicou Maria da Lapa.

# LIVRO QUARTO

# Rebeliões

# 1. Na Farinha Podre

Maria da Lapa ordenou que seus escravos espiões e seus tropeiros divulgassem que o francês iria para Sabará. François partiu antes do anunciado, rumando na direção oposta. Levou consigo Maquim, Xangana, o mulatão Orando e o Nego da Lapa. A travessia do registro ocorreu sem incidentes, pois o frio de maio começava a se impor, cortante, e os guardas não tinham ânimo para fazer vistoria durante a madrugada. Quando os Caldeira Brant se deram conta, François e seu pequeno grupo já estavam longe das montanhas do Serro Frio. Depois disso, viajaram um mundo.

Na Vila de São Domingos do Araxá o francês seguiu para a igreja matriz, sabedor de que era do vigário do povoado que podia obter informações seguras sobre o lugar. Galgou os poucos degraus que conduziam ao acanhado átrio externo da matriz. Foi atendido pelo sacristão, que o levou rapidamente ao padre, um homem forte, sorridente e com um leve grisalho acima das orelhas, que se mostrou afável.

— Em que lhe posso ser útil, meu filho?

— Antes queria a sua bênção, *mon père*; depois, me informar sobre uma pessoa que necessito encontrar e que deve residir em sua paróquia, a sra. Anna Jacinta de São José.

O sacerdote, que já tinha levantado o braço para abençoá-lo, fechou o punho ameaçadoramente e o pôs para fora de sua igreja.

— Saia já da casa de Deus. Impenitente. Fora daqui, seu filho de Raabe.

O vigário, enquanto vociferava, empurrava o francês, que recuava, desequilibrado, sobre os calcanhares. Só estancou seus ataques no átrio externo, quando Orando e o Nego da Lapa correram em socorro do patrão, e o cachorro de Maquim, acompanhando os negros, arreganhou os dentes para ele.

— Que houve, meu senhor? — indagou Orando.

— Não sei. Não fiz nada. Não compreendo a reação do padre. Só lhe perguntei o endereço da sra. Anna — balbuciou um François trêmulo e pálido.

A alternativa que lhe coube foi chispar da igreja e se dirigir a uma venda abarrotada de tropeiros que iam para Goiás. Era gente bronca em cujos traços mal se distinguiam o paulista, o mineiro, o português, o araxá, o caiapó e o goiano. Com cuidado, ele foi inquirindo da existência da tal sra. Anna de São José. Quando sua questão se precisou, viu-se rodeado por um bando de mal-encarados. Do lado de fora, Orando, Nego da Lapa, Maquim e Xangana assistiam, impotentes, à cena. Os homens em torno de François se empurraram, disputando entre si a honra de fornecer as informações mais exatas e detalhadas sobre o lugarejo onde residia a sra. Anna.

Com o resumo dos dados colhidos não foi difícil localizar,

em Bebedouro, o Retiro do Planalto de São José. Atendeu à porta uma escrava serviçal, ainda menina, vestida de saia longa e blusa de babados, com um turbante meio jogado para trás, tudo de uma brancura sem jaça. Só os adereços de ouro amarelo avermelhado contrastavam com a candura da roupa. A molequinha indicou um telheiro atrás da casa onde ficariam os negros e os animais, e fez sinal para que François a acompanhasse. O francês estranhou que fosse recebido tão cortesmente, uma vez que era apenas um forasteiro.

"Será que aqui também as notícias voam e chegam antes das gentes?", interrogou-se na mudez do pensamento.

A negrinha levou-o a um salão perfumado, aberto para o exterior por grandes janelas de vidro por onde o sol declinante inundava de vermelhidão uma quantidade de móveis, bibelôs, porcelanas de Sèvres, espelhos emoldurados de dourado, quadros, almofadas de brocado, estatuetas e cortinas presas nos cantos por ganchos trabalhados.

A molequinha, que mal atingia a cintura de François, indicou um lugar para que ele se acomodasse e desapareceu pelo corredor. O visitante se deixou cair na marquesa, amoldando-se ao luxo raro. Na contraluz, a sombra escura do corpo fino da menina se estampou inteira na transparência do branco de sua roupa. A despeito do calor intenso, o francês arrepiou-se. A sensação de frio passageiro trouxe consigo a imagem das águas cristalinas e ferruginosas da região do Serro Frio, diferentes das dos rios grandes e quentes do oeste mineiro. François emergiu das águas imaginadas quando diante dele se postou uma velhota enrugada, de aspecto desagradável, que lhe estendeu a mão entortada pelo reumatismo, a qual ele tomou cavalheirescamente na sua.

— O que o senhor deseja? O senhor não é nem de nossa região nem de nosso país, é?

— Estou procurando pela sra. Anna de São José. É a senhora?

A velha soltou uma risada, fazendo chacoalhar os dois únicos dentes perdidos na boca murcha.

— O senhor não a conhece, não é mesmo? Posso lhe perguntar qual o seu interesse pela d. Anna, senhor...

— Dumont, François Dumont. Desculpe-me por não ter me apresentado. Estou desnorteado pela... ainda... pela viagem.

— Eu compreendo, sr. Dumont. O senhor é diferente dos outros que vêm aqui. Qual o seu propósito, sr. Dumont?

— Me desculpe mais uma vez, senhora...

— Hoffmann. Erika Hoffmann, mas as pessoas aqui me chamam de Oma.

— Sra. Hoffmann, eu vim da parte de uma amiga que mora no Arraial do Tijuco da Comarca do Serro Frio, viúva do sr. Gerhard Müller. Venho para fazer negócio com um casal de escravos. A sra. Maria Lage de Vasconcellos sugeriu que eu procurasse pela sra. Anna Jacinta de São José, me informando que ela me seria de grande auxílio.

François tomou a precaução de declinar os nomes por inteiro, temendo algum mal-entendido, como o que havia acontecido com o vigário.

— Oh! — exclamou a mulher, levando as duas mãos ao rosto. — Herr Müller é seu... foi... seu amigo? Queira me desculpar. Pensei que o senhor tivesse vindo para outra coisa, por outro motivo. Por que o senhor não disse logo?

Com lágrimas nos olhos, ela abraçou François. Fungando, tentando reter as lágrimas, bateu palmas. A negrinha que o havia recebido na porta atendeu rápida ao chamado. A sra. Hoffmann cochichou-lhe alguma coisa no ouvido e a escrava saiu correndo, levantando a longa saia até os meios da canela fina. Voltou com mais outras duas. As três se postaram, como três graças de ébano, na frente do francês, que grudou os olhos na velha com receio de que suas vistas se pregassem no corpo das negrinhas através da transparência dos vestidos. Uma sensação de familiaridade novamente o invadiu.

— Sr. Dumont, o senhor tomará um banho para se refrescar, tirará o pó e as pulgas e os carrapatos do corpo. Vou mandar acomodar e alimentar seus negros e mulas. Amanhã, o senhor terá todo o tempo para conversar com a sra. Anna sobre os assuntos que queira tratar, sejam eles quais forem. O senhor não tem onde ficar, não é?

— Não se incomode, posso me arrumar em qualquer lugar. A menos que a senhora tenha um cômodo para me alugar e um lugar para minha tropinha descansar.

— O senhor poderá se acomodar numa outra casa, aqui ao lado. Duzinda ficará à sua disposição, para lhe servir.

Depois, a velha Hoffmann virou-se para uma das três graças de ébano:

— Duzinda, chame o Tião, diga-lhe para trazer o carro de boi e levar os baús do sr. Dumont para a Casa Amarela. *Schnell. Schnell.** Depois vá cuidar dele.

Com a presteza das negrinhas e do Tião, em pouco tempo, numa edificação não muito afastada da casa-grande do Retiro do Planalto, François estava mergulhado numa tina de água quente, esfregado pelas mãos diminutas de Duzinda. A molequinha havia retirado o turbante e a blusa branca de babados, expondo sem se incomodar o torso nu, no qual duas manchinhas negras anunciavam seios que um dia surgiriam. A água da tina molhava a saia da menina, que se colava no corpo delgado, enegrecendo, com traços finos, sua brancura. François fechou os olhos para evitar mirar o corpo da molequinha, mas em seu lugar veio-lhe, no escuro das vistas, a imagem da negrinha do Vau socando a roupa no rio, tão magra e miúda quanto a pequena Duzinda,

* "Rápido. Rápido", em alemão.

com o sexo exposto no folgado dos trapos, molhado, no qual pendiam, cristalinas, as gotículas da água espirrada. Seu sexo enrijeceu. Sem poder controlá-lo, envergonhou-se ao vê-lo aflorar, latejante, na superfície da água embaçada da tina. Escondeu-o com as mãos, encabulado. Duzinda riu, solta, do acanhamento do homem. Trouxe-lhe um lençol. Enrolou seu corpo apertando-se contra ele; enxugou-lhe as costas e esquentou-lhe a pele esfregando o pano com o inteiro de seu corpo leve. O francês sentiu, no desarranjo da toalha, a maciez acetinada da barriga da molequinha contra as costas ao som do tilintar de seus colares. Uma vez enxuto, a menininha trouxe-lhe um camisolão, touca de dormir e chinelas. Numa sala adjacente à alcova, o esperavam, dispostos sobre a mesa, um prato fumegante de sopa, broa de milho, um copo de aguardente com água quente, açúcar e cravo-da-índia e compota de figos. Terminada a refeição, a menina retirou os pratos e voltou com uma bilha de água fresca.

— O sr. Dumont deseja dormir?

François respondeu que sim. Embora o sol mal houvesse se escondido, a dureza da viagem e os inesperados encantos turcos da acolhida lhe amoleceram as fibras. Ágil, a menina foi apagando as velas e lamparinas da casa à medida que o conduzia até a alcova. Tirou-lhe as chinelas dos pés e cobriu-o com lençóis grossos, estendendo sobre ele um mosquiteiro de filó.

— Assim está bem?

O francês apenas aquiesceu com um gesto curto da cabeça. A negrinha então lhe deu boa-noite, rodopiou em torno da cintura a saia, que deslizou aos seus pés, soprou o lume do candeeiro e, passando ligeiro a cabeça por baixo do mosquiteiro, escorregou lisa, se intrometendo nas cobertas da cama.

Na manhã seguinte, os remorsos do mundo tinham caído sobre François. Mal compreendia onde estava e o que havia feito. Talvez tivesse sido um sonho. Sozinho na cama, mirava, de olhos arregalados, o alto do dossel, quando Duzinda, impecavelmente vestida de branco, entrou desenvolta no quarto, carregando uma pequena bacia e uma jarra de água para que ele pudesse se lavar e se arrumar. O francês nem sequer virou o rosto na direção da criança. Continuou duro e estático, olhando fixo para o alto do dossel. Duzinda depositou a bacia e a jarra numa pequena mesa de tampo furado. Depois, voltando o rosto para a alcova, disse com toda a naturalidade do mundo:

— Meu senhor, é hora de se levantar. Minha ama o está esperando na casa-grande para a quitanda.

François mexeu apenas os músculos do pescoço para fazer pequenos gestos de assentimento com a cabeça, sem despregar os olhos fixados no alto do dossel.

— O senhor quer que eu o lave?

Dessa vez, ele usou os músculos do pescoço para assinalar que não. A negrinha então saltou no ar e pousou com os dois joelhos sobre a cama. Arrancou o lençol que cobria o francês e, passando carinhosamente as mãozinhas em seu peito muito branco, mordiscou-lhe a orelha, cochichando:

— Levante, seu preguiçoso. Já é dia.

A molequinha nem sequer reparou em seu membro espetado para o céu como as pedras do Arraial do Tijuco. François não havia sonhado.

Defronte à Casa Amarela, uma charrete o aguardava. Duzinda tomou-lhe as rédeas. A menina, de rabo de olho, observava o francês, sentindo-se feliz com a beleza do estrangeiro. Na casa-grande, a sra. Anna de São José estava à sua espera.

## 2. O encontro com Jacinta

Quando François desceu da charrete, duas negrinhas já se

postavam ao pé do estribo. Duzinda saltou da boleia, lançou um olhar desdenhoso para as duas e disse ao francês:

— Venha comigo que vou conduzi-lo até a minha ama.

Sentada a uma mesa abarrotada de bolos, biscoitos, frutas, chá, leite e café, uma mulher quase da idade de Eufrásia olhava o horizonte através da janela. Quando François se aproximou, ela, sem mover os olhos cravados na paisagem, lhe estendeu molemente o braço. O francês tomou sua mão, beijando-a com cerimônia.

— Bom dia, minha senhora. Permita-me apresentar-me. Meu nome é François Dumont, suponho que a senhora seja d. Anna de São José. Queria lhe agradecer pelo pouso.

— Perfeitamente, François — respondeu a mulher com intimidade. — Sente-se e me faça companhia. Enquanto tomamos o café da manhã, você poderá me contar o que o traz aqui.

O francês narrou, sem subterfúgios, o ocorrido no Arraial do Tijuco, deixando de lado o entrevero com o padre na Vila de São Domingos.

— Essa d. Maria Lage, eu só a conheço de nome. Conheci muito bem o sr. Gerhard Müller. Foi ele que, como um pai, me permitiu sobreviver às perseguições numa época muito difícil de minha vida e me trouxe de volta à Vila de São Domingos. Tenho por ele uma gratidão particular. Infelizmente, a má sorte o levou muito cedo deste mundo. Farei pelo senhor o que não tive oportunidade de fazer para ele, sr. Dumont. — Sua voz macia não deixava de transparecer um ar decidido quando ela pronunciava as palavras.

— D. Anna...

— Muitas pessoas me chamam pelo meu nome, mas os amigos me chamam pelo apelido. Assim, François, me chame de Beja.

— D. Beja.

— Por favor, François, sem o "dona".

— Beja, de acordo com tudo que lhe relatei, preciso vender meus negros. Mas queria que fosse uma venda especial, que a pessoa que os comprasse não os descadeirasse na tarefa bruta.

— Ah, meu caro François. Você não sabe o que é esta região. Este Sertão da Farinha Podre não é lugar de gente; é a última parada antes do fim do mundo. É o lugar onde quem é gente apeia. Daqui para a frente você tem que ir se livrando de sua humanidade a cada passo que dá. No sertão não há controle algum. É terra sem Deus. Além disso, meu caro, você encontrará em São Domingos muita gente parecida com esses Caldeira e Silveira de quem me falou. Aqui também os conservadores e os liberais estão em guerra aberta. Há cheiro de pólvora por toda parte. É tudo seis por meia dúzia.

— Será possível, Beja?

— Minas, se é que se pode chamar esta ponta de terra de terras mineiras, é um país de cabalas, todo tomado por confabulações e conspirações. O povo é dado a rebeliões. Por todos os cantos, maçons, padres, autoridades, poetas, advogados, juízes, sargentos, estão se reunindo, se opondo, se traindo, se ajeitando.

— Mas você acha que posso arrumar gente de confiança que tratará bem meus negros? — insistiu François.

— Isso nós vamos ver. Vamos procurar. Se não achar, fico eu com eles. Só não fico agora porque estou construindo em Vila de São Domingos e o negócio me exige certas economias.

— Muito obrigado, Beja. Gostaria de conhecer o que há neste canto. A d. Maria Lage me confiou uns documentos sobre umas terras, de modo que pretendo permanecer uns vinte dias viajando pela região.

— Faça isso, François. Mas tome cuidado! Há gente e autoridade de olho. E quando deseja partir?

— Tomarei cuidado. Só vou fazer prospecção. Não vou explorar nada, farei apenas estudos do lugar. Penso partir depois de amanhã.

— Está certo. Quando voltar, terá as acomodações da Casa Amarela esperando-o. Infelizmente, vou ter que me ausentar do Retiro por um longo período. Devo visitar umas propriedades distantes daqui e rever umas pessoas. Talvez tenha que viajar para muito longe. Esteja à vontade no Retiro.

Enquanto falavam, surgiu uma jovem ainda em seus onze ou doze anos, vestida como as melhores senhoritas da Vila do Príncipe.

— Venha cá, minha filha. Quero lhe apresentar um amigo de sua mãe, o sr. François Dumont. François, esta é minha filha, Teresa. Ela viajará comigo para visitar uma amiga em São Paulo.

A mocinha dobrou ligeiramente os joelhos, estendendo a mão com um traquejo que só uma intensa convivência social permitiria. François se pôs rapidamente de pé, inclinou-se e beijou-lhe os dedos.

— Devo me retirar — disse Beja. — Minha filha fica aborrecida comigo quando me atraso. Quando você voltar de suas andanças por estas terras, teremos tempo de nos conhecermos melhor. A moleca Duzinda está cuidando bem de você?

— Sim, está, sim — respondeu o francês, enrubescendo como um peru.

Antes de ir, Beja ainda se voltou para ele:

— A propósito, François, o vigário de São Domingos pensa que eu sou uma feiticeira!

— Quem é esse aí, mamãe? — perguntou Teresa, quando se afastavam.

— É um amigo de um grande amigo que já faleceu. Não é como os outros.

A menina se aconchegou à mãe.

François preparou o que julgou necessário para sua viagem

de investigação em torno da região onde Minas termina. Quando partiu, as três graças de ébano lhe deram adeus da eira da casa-grande, cochichando umas com as outras, rindo, pulando e se abraçando. Depois de alguns dias de errância, a tropa do francês chegou às margens do rio Bagagem, num lugar cravado de cada lado por dois pequenos povoados, chamados Cachoeira e Joaquim Antônio. Nas terras que pareciam ser as de Maria da Lapa, os negros armaram um telheiro e construíram uma paliçada para se protegerem de bicho e gente.

As manhãs aconteciam cedo; quando o sol se decidia, ele se dilatava inteiro, ofuscando tudo no sertão do fim do mundo. As noites demoravam a acontecer.

"Que holandês danado esse Gerhard!", exclamou François para si, exultante por dentro, mostrando desânimo por fora para que os escravos não dessem com a língua nos dentes. "Se alguém desconfiasse das possibilidades de riqueza que o rio Bagagem encerra, tudo isto se transformaria num formigueiro de mineradores sem lei. Que o marquês e a condessa que roubaram e mataram meu sogro se danem. Se não fosse pecado pensar o que penso, diria que eles me fizeram um favor." Depois, tomado pelo remorso do pensamento indevido, olhou com tristeza as margens e as matas intocadas que abraçavam o rio. "Isto não vai durar muito!"

No fim dos dias, quando tudo estava feito e ordenado e o sol castigava menos, François nadava nas águas quentes do rio. Havia mais de um mês que estava enterrado nas margens do Bagagem. Certa vez, quando caminhava dentro do rio com a água batendo na altura do pescoço, sentiu um puxão. A correnteza rapou-lhe o pé e o levou rio abaixo. O francês parou numa curva onde se formava uma prainha de areia branca. Ficou recuperando as forças, todo esticado sob o céu azul, com o pensamento solto, até que, tomado por um impulso, cheirou o braço direito, depois o esquerdo, o bigode ruivo, as mãos. Por todos os cantos do corpo, a despeito do banho e do tempo, sentia o cheiro forte da negrinha Duzinda. Seu sexo estufou. Levantou-se e caiu na água. Depois subiu em direção ao rancho. À noite, o cheiro da menina voltou a insistir. Impedido de pegar no sono, foi ter com Orando, que montava guarda ao lado de uma fogueira. O mulato gigante estava triste.

— Que há com você?

— Nada, senhor. É que estas águas grandes me dão medo e tristeza.

— A noite no sertão é triste mesmo, Orando.

— Não, senhor. É a água grande. Foi nela que meu pai morreu.

— Seu pai, Orando? Você se lembra dele? Ele o criou?

— Sr. François, sabe o que aconteceu lá na igreja de São Domingos na Vila de Araxá?

— Orando, acho que o padre é maluco. Acredita em bruxas e feiticeiras.

— Talvez seja, talvez não seja. Meu pai, meu pai de carne e osso, era um padre.

— Um padre, Orando? Você é filho de padre? — François não pôde conter um risinho.

— Sou! — o mulatão respondeu, fazendo um beiço.

Orando então contou a história de sua infância em São Gonçalo do Rio das Pedras, da morte do pai, de sua venda como parte do espólio do padre a um casal de cometas turcos, da morte do turco e do suicídio da turca, que, abusada na viuvez, se jogou da cachoeira do rio das Pedras, e, finalmente, de sua transferência para a chácara do Fernando Murat no Rio de Janeiro. A história de Orando acalmou os ímpetos do francês.

Duas semanas mais tarde, François voltou com sua tropa para o Retiro. Suas descobertas o puseram num estado de excitação que lhe dilatava os pensamentos.

"Como a vida é misteriosa", dizia consigo. "Basta um encontro numa esquina, uma decisão fortuita de ir à sala de leitura de Mme. Baudot, tomar um vinho no Lapin Blanc, retardar-se um pouco pelas ruas de Paris, voltar mais cedo para a Gerbe D'Or, entrar numa taverna onde três homens cochicham, e a vida muda de rumo. Os acasos nos conduzem a lugares que nunca pensaríamos existir ou onde nunca pensaríamos um dia estar, transformando nosso destino, moldando-nos como outras pessoas. Aqui estou eu, diante de uma possibilidade de riqueza que a Comarca do Serro Frio não me ofereceu. Se não fosse o roubo que meu sogro sofreu. Se não fossem as ameaças do marquês De Marsan e da condessa De Courcy. Se não fossem as rinhas entre os Caldeira Brant e os Silveira, eu nunca estaria neste lugar, prestes a alcançar tudo que desejei na vida: fortuna!"

A cada instante que saía de suas divagações, o cheiro da negrinha invadia-lhe as narinas. Cavalgar tornava-se impossível nessas ocasiões. Quando novamente bateu à porta do Retiro do Planalto, Duzinda abriu-lhe um sorriso franco, dando saltinhos de alegria com seus calcanhares nus, chacoalhando as correntinhas de ouro que lhe rodeavam as canelas.

— Entre, senhor. Vou levá-lo daqui a pouco para a Casa Amarela. Minha ama chega amanhã.

Depois, a negrinha saiu correndo na contraluz do corredor.

Bem cedo de manhã, Duzinda cuidava de François, dispondo ruidosamente, na mesa de tampo furado, a jarra de água e a pequena bacia. A negrinha cantarolava com o propósito de acordá-lo. Quando o francês esticou os braços e se espreguiçou, ela rapidamente pulou na cama com os dois joelhos e se pôs a alisar-lhe o peito com ternura, admirando o contraste entre as cores da pele deles.

— Eu estou contente porque minha ama chega hoje. Há quase um mês que a d. Beja está fora. Quando ela fica assim tanto tempo longe, parece que o Retiro do Planalto perde a graça. Mas eu estou triste porque não vou poder cuidar com tanto cuidado do sr. François. A sinhazinha Teresa vem com sua amiga, que também se chama Teresa. Eu tenho que estar por conta delas.

Duzinda saltou de novo para o chão, batendo palmas ruidosamente:

— Levanta, seu preguiçoso!

François ficou sorrindo para a molequinha, que, sem mais, ergueu a saia à altura do umbigo e, não se importando com a exposição de seu sexo glabro e liso à luz do dia, desatou da cintura uma fita larga de algodão e, depois de ter ajeitado a saia, alisando-a com esmero na extensão do corpo miúdo, pulou de volta na cama e enrolou o pano semiencardido no pescoço do francês, mordiscando-lhe a orelha enquanto sussurrava:

— É meu presente para você.

## 3. O mal-estar

Beja chegara de sua longa viagem. A Casa Verde de novo se animava. O sol vermelho coloria a charrete que Duzinda havia enfeitado com hibiscos e pencas de helicônia. Ao firmar o pé no estribo, François sentiu uma leve tontura. Estancou. Para disfarçar seu esforço em recuperar o fôlego, perguntou à negrinha, que, de rédeas na mão, olhava reto para a frente:

— Duzinda, não é melhor que meus negros façam este serviço e que você vá se ocupar das duas senhoritas?

Os olhos de jabuticaba da negrinha turvaram.

— Não! Eu que cuido de você.

Em seguida, voltando-se para o francês, que já se acomodava no banco da charrete, abriu um sorriso iluminado pelas fileiras intactas de seus dentes brancos e completou:

— A não ser que você não queira.

François engoliu em seco.

— Está bem assim. Toque a charrete. Vamos até a sua ama.

Duzinda deixou-o a sós com Beja.

— Amanhã convidarei algumas pessoas para uma pequena reunião na casa-grande do Retiro do Planalto. Há alguém que desejo lhe apresentar, um senhor de terras muito correto que se chama Casimiro de Morais. É o homem adequado para fazer negócio com seus negros.

— Agradeço-lhe bastante, Beja.

— Não tem o que me agradecer. E você? Obteve sucesso em suas excursões, François? — indagou a mulher, sem rodeios.

O francês, que já esperava pela pergunta, recitou o ensaiado:

— Fiquei impressionado com as riquezas da terra e a abundância das águas. São terras férteis, como poucas. São muito diferentes da secura e da dureza da minha região. Com a carência de comida no país, um homem pode ficar rico se se dispuser a trabalhar com energia e método.

— Tudo isso é verdade, François. E tudo isso eu sei. Eu só me interesso por agricultura, pecuária e mineração por vias indiretas: aprecio muito mais os brilhantes do que os diamantes, muito mais as joias do que as pepitas de ouro. Se quiser ter em mim uma amiga, terá que conversar comigo sem subterfúgios. — Beja pronunciou as franquezas com sua voz macia, esboçando um sorriso do qual, segundo François lembrava, apenas as parisienses eram capazes.

— Beja, as terras são fabulosas. As riquezas estão escondidas. Quando as descobrirem, isto vai virar um inferno. Há sinais de ouro. Creio que há gente que já vive de sua catação. Mas o que há escondido são diamantes.

— Então Herr Müller tinha razão! Guarde esse segredo para você, François. Quando eu precisar dele, poderei contar com você.

— Você pode contar com minha discrição.

Beja estendeu a mão a François, que a beijou, selando um pacto.

— Bem, vamos comer, porque estou faminta e cansada. Quero me deitar cedo para me recuperar dessas andanças infernais.

Mal acabou de falar, bateu palmas. Imediatamente apareceram umas escravas gordas.

— Chamem as meninas.

Surgiram duas senhoritas acompanhadas por uma procissão de escravos carregando travessas, vinho e jarras de suco de frutas, longos abanadores de penas de ema e candelabros. As duas, que pareciam da mesma idade, onze ou doze anos, se vestiam com luxo quase excessivo. Portavam chapéus franceses que lhes cobriam metade do rosto. Uma delas, Teresa de Jesus, filha de Beja, era de uma beleza extraordinária, mas os traços da outra Teresa eram arrebatadores. A menina tinha um rosto delicado, enfeitado pela transparência de olhos profundamente verdes. As mocinhas esticaram molemente os braços para François. O sentimento de familiaridade que ele havia experimentado na casa-grande o tomou de assalto. Tudo de súbito ficou estranho. Ele bambeou. Segurou-se no encosto da poltrona onde estivera acomodado, sentiu que seu coração disparava, começou a suar frio.

— Você está bem, François? — disse Beja, alarmada com a palidez do francês. — Sente-se, sente-se, se acomode, por favor, François.

— Deve ser o calor e o cansaço da viagem. Logo vai passar — François respondeu com a boca seca, tentando umedecer os lábios com a língua, que de repente ficara grossa e áspera.

Duzinda, não se sabe de onde, surgiu correndo com um pano úmido e o passou em sua testa.

— Tragam um pouco de vinho para o homem — ordenou Beja.

As duas senhoritas se afastaram, assustadas. François sorveu o cálice num só gole. Muito sem graça, desculpou-se pelo transtorno, depois de seu pequeno mal-estar haver cessado.

— Vamos passar à mesa, você precisa comer alguma coisa imediatamente. Deve estar faminto.

François tinha a cabeça enevoada como se seu cérebro tivesse sido substituído por algodão, as vistas esfumaçadas como se cobertas por uma película de gelatina. Durante o jantar conversou pouco.

— Tenho a impressão de que a srta. Teresa me é, por algum motivo, familiar. A senhorita nunca esteve na Comarca do Serro Frio? — balbuciou, tentando se recobrar.

— Não, senhor. Nunca estive. Viajei algumas poucas vezes para o Rio de Janeiro e para Bebedouro. Eu sou de São Paulo. Se eu tivesse me encontrado com o senhor, certamente iria me recordar, porque o senhor é francês. O senhor tem um sotaque bem característico, não é?

O ar da menina era quase insolente.

— Sim. Eu sou francês. Mas a senhorita me parece familiar.

— Pode ser alguma confusão de sua parte, depois do mal-estar. Quem sabe? O senhor por acaso sofre do grande mal, o senhor é epilético?

— Não, senhorita, não sou. Gozo de perfeita saúde. Estou apenas cansado.

— Minha mãe me disse que os criminosos e os judeus são epiléticos. Mas o senhor não é judeu, não é mesmo? O senhor é francês.

— Sim, eu sou francês. Confesso que já vi muitos criminosos na minha vida, mas nunca conheci um que sofresse dessa doença, senhorita.

— Teresa de Jarinu é filha de dois grandes amigos meus. O barão e a baronesa Eduardo Francisco Augusto Teixeira Melo de Jarinu moram em São Paulo. Você talvez os conheça, François — disse Beja.

— Não, não os conheço. Minha vida é trancada dentro das montanhas de Minas. Não conheço o sul do país, Beja.

Terminada a ceia, Beja chamou Duzinda.

— Leve o sr. François para a Casa Amarela e sirva-o no que for necessário, depois volte para cá.

Antes que François se deitasse, Duzinda esfregou-lhe o corpo com um pano úmido. Depois o ajudou a vestir a camisola. Ao ajeitar-lhe a touca de dormir, enfiou no alto de sua orelha um raminho de arruda.

— É contra mau-olhado e quebranto.

## 4. A ceia de gala

François acordou com o braço esquerdo dolorido. No fim do dia, a escravinha apareceu trazendo consigo um negro magro, de barrete vermelho, que carregava toalhas e uma caixa de madeira.

— O negro Ganzé vai barbear o senhor, porque hoje o senhor vai se arrumar e ficar mais bonito do que é. Hoje tem ceia de gala na casa-grande do Retiro do Planalto.

O negro Ganzé retirou da caixa navalhas, pós, sabões do Reino, tesouras, couro de afiar. Enrolou no rosto do francês um pano encardido que havia mergulhado na água quente e gordurosa da cozinha, depois lhe enfiou na boca um ovo de madeira que lhe estufou a bochecha. Passou a navalha pelo rosto, desenhando-lhe a barba, aparando os fios rebeldes do cabelo e da face. Lixou as unhas, removendo o negrume de barro e carvão de suas entranhas. Barbeado, vestido com sua melhor roupa, François dirigiu-se à casa-grande do Retiro do Planalto. Duzinda, ao abrir-lhe a porta do salão, ficou envaidecida com tanta beleza.

Beja veio recebê-lo. No salão iluminado por um sem-número de velas, seis senhoras, jovens e belas, conversavam animadas junto a cinco homens de idades diversas que, fazendo questão de exibir sinais de riqueza e poder, se derretiam em simpatias e gracejos. Entre eles circulava, vigilante, a velha sra. Erika Hoffmann.

Duas negrinhas, às quais se juntou Duzinda, iam e vinham trazendo bandejas de vinho, licores, cerveja Porter e quitutes. Beja tomou François pelo braço e o conduziu ao interior do salão. De repente, tudo o que o francês tinha visto e experimentado na vida lhe pareceu miserável diante do luxo, do perfume e da luz quente que envolviam aquele ambiente de puro encanto.

— Quero lhe apresentar o sr. Casimiro de Morais. Sr. Casimiro, este é meu amigo François Dumont, de quem lhe falei. François veio até São Domingos para me visitar porque fazia muito tempo que não nos víamos. Trouxe consigo um casal de escravos muito bons que deseja vender. Eu mandei examiná-los, posso garantir que são de grande qualidade. A fêmea é jovem e está prenha.

— Xangana está grávida? — François exclamou assustado, para assombro de Casimiro, que não compreendia como alguém pudesse tratar tão familiarmente uma negra escrava.

Passado o estranhamento, Casimiro voltou-se para Beja:

— Se você viu a negra, posso então comprá-la de olhos fechados. Quando Beja — voltando-se para François — me contou que havia um estrangeiro querendo vender um casal de escravos, confesso que me inquietei, mas agora lhe compreendo as razões. Nossas esposas detestam essas xumbregações com negras e, quando isso fica evidente no embuchamento, a melhor maneira de lhes poupar a vida é nos livrarmos das coitadas, embora sempre nos cause pesar. E o senhor, tão louro e branco, ficaria difícil esconder se o moleque nascesse clarinho, não é?

O francês livrou-se da impertinência de Casimiro quando Duzinda lhe ofereceu uma taça de vinho, que ele imediatamente enfiou na boca.

— Mas, sr. Dumont — retomou o outro —, só posso ficar com a fêmea. Não precisa se inquietar, vou colocá-la no serviço de casa. Amanhã, o senhor poderá me procurar para estabelecer a escritura da negra.

François descobriu, à medida que ia sendo apresentado aos demais convivas, que três das jovens senhoras eram alemãs. Uma delas falava razoavelmente francês. A noite foi se tornando cada vez mais alegre.

"Como é que eu tive que chegar a este fim de mundo do Sertão da Farinha Podre para partilhar de um luxo europeu ao qual nunca tive acesso?" A pergunta insistia na cabeça de François cada vez que, maravilhado, sorvia as delícias perfumadas do salão do Retiro do Planalto. As falas se tornaram fáceis, as risadas, soltas, quando uma das três graças de ébano cochichou alguma coisa no ouvido da sra. Hoffmann. Logo Duzinda atravessou o salão acompanhando um novo conviva. Novamente a sensação de familiaridade invadiu o francês. Ele agarrou outra taça de vinho, pondo-se a conversar com duas das alemãs. Beja foi ao encontro do visitante, enlaçando-lhe o braço como antes fizera com François. O homem pesadão era despachado. As alemãs subitamente ficaram sérias. Passaram a conversar entre si em sua língua natal.

— *Halt! Halt! Der Mann ist ein Krank.** 

A outra alemãzinha alsaciana, que estava mais adiante, levantou o rosto como se este fosse as orelhas de um cão.

— *Ein Krank?*

— *Ja, ja, der Mann ist ein Krank.*** 

— *Ein Krank!* Encrenca! Ele é encrenca — traduziu a alemãzinha para a brasileira ao seu lado.

Beja foi fazendo as apresentações. Quando chegou diante de François, o homem se antecipou:

— O senhor não me é estranho. Acho que já nos conhecemos. Já nos encontramos aqui? Porque eu nunca me esqueço de uma fisionomia.

— Não, não creio que o conheça.

— Este é um amigo particular meu, o sr. François Dumont. E este é um paulista que sempre que se aventura por estes lados do Sertão da Farinha Podre vem me fazer uma visita, o sr. Caio Falcão Amador.

— Engenheiro!

— Como? — perguntou François.

— Engenheiro! Sim, sim, sim! O senhor é o engenheiro que acompanhava o sr. Fernando Murat no curral do Mamede Fonseca em Cunha. Isso faz, deixe-me ver, uns quatro ou cinco anos. O senhor acabava de chegar ao Brasil. Estava com seu irmão mais novo. Agora eu o reconheço, embora faça muito tempo. — O homem falava alto e balançava o dedo indicador na frente do rosto do francês.

— Sim. Tudo o que o senhor está me dizendo é exato, mas sinceramente não me lembro de tê-lo conhecido.

— Fomos apresentados muito rapidamente. Mas eu me

* "Cuidado! Cuidado! O homem é um doente", em alemão.

** "Sim, sim, o homem é um doente", em alemão.

lembro perfeitamente de sua figura. O senhor mudou pouco. O que anda fazendo por estas bandas distantes, sr. Dumont?

— Vim visitar minha amiga Beja e tomar posse de algumas terras.

— Posse de terras, sr. Dumont? — indagou Caio Falcão, com um sorriso irônico no rosto vincado pelo sol. — Estas terras não têm dono, sr. Dumont.

— Sim. Elas não têm dono, mas têm ouro. Não me interesso por isso, mas onde há ouro falta comida. E estas terras são férteis. E o senhor, o que faz aqui?

— Ah, sr. Dumont, é uma longa história. Com o fim da guerra contra a Argentina, o sr. Mamede fechou seu curral de mulas e eu me tornei sócio do Mr. Norman Dresden Lewis num negócio de comércio de pedras. Agora ando atrás de pedras por esses sertões afora.

— Há pedras que valem a pena por aqui, sr. Caio Falcão?

— Ah! Isso eu não sei, sr. Dumont, o engenheiro é o senhor. Prazer em vê-lo. Nas próximas vezes que nos encontrarmos pelo sertão afora, não vá se esquecer de mim novamente! Mande minhas recomendações ao Fernando Murat. Nós fizemos boas guerras juntos.

Não distante dos dois homens, a velha Hoffmann ralhava com uma das senhoras, que balançava a cabeça em negativas.

"Que mundo grande e perigoso", dizia François consigo mesmo. "Como é que pude encontrar esse sujeito? Não me lembro dele, mas o que ele diz é verdade. Pelo menos, essa sensação de familiaridade que me toma desde que cheguei aqui não é coisa de doido."

Como se se tratasse de um raio atravessando um céu sem nuvens, uma figura se formou nítida em sua mente. Lembrava-se, sim. O homem pesadão fora a primeira pessoa no Rio de Janeiro a se apresentar como contato da rede de contrabandistas que obedecia ao velho pernambucano Tobias Martins. O danado do judeu tinha seus contatos, cometas e agentes rasgando os caminhos pelo Brasil afora. A presença do homem naquele fim de mundo confirmava as suspeitas de François sobre as riquezas guardadas naquelas terras. Beja sabia mais do que dizia.

Com a noite já avançada, Beja se aproximou dele e o tomou pelo braço, conduzindo-o a uma marquesa.

— François, escolha uma das minhas moças, a que você quiser, para que você guarde a melhor lembrança de nosso conhecimento.

— Mas, Beja! — balbuciou o francês.

Vendo o seu desajeito, a mulher pousou a mão sobre a dele.

— Deixe que eu escolho para você. A melhor. Assim fazendo, não firo a suscetibilidade dos outros amigos, que poderiam ficar enciumados. Vou escolher a Elisa. Ela é, de longe, a melhor das moças. A mais disputada.

Fez um discreto sinal com a cabeça. Uma das jovens senhoras, delicada e branca como um anjo, se aproximou. Conversaram os três até que Beja se afastou, deixando-os a sós. O francês e a alemãzinha permaneceram longo tempo trocando confidências sem pé nem cabeça. A certa altura Elisa encostou delicadamente o rosto no ombro de François, sussurrando-lhe:

— Vamos sair discretamente e nos dirigir à Casa Amarela. Vou chamar uma das negrinhas para que nos conduza.

— Não — disse abruptamente o francês —, deixe que eu mesmo a leve, quero conduzir a charrete.

Quando saíam, François ainda viu Caio Falcão desaparecer no fundo do corredor, arrastando pelo cotovelo a jovem com quem a velha Hoffmann havia ralhado e que, sacudida em prantos, tentava inutilmente lhe resistir. Elisa era toda encanto e beleza. Na charrete, ela e o francês se beijaram quase com paixão. Ao chegarem à Casa Amarela, se enfiaram, sem tardar, entre os lençóis. A placidez lânguida que se adivinhava nos olhos azuis e nos cabelos dourados de Elisa foi rapidamente desmentida pela fúria de sua juventude. A moça subia e descia pelo corpo de François, virava-o e o revirava. Mordia-o e o lambia. Acariciava-o, ria e chorava. Saracoteava-se. Quando ele a penetrou, ela curvou-se inteira, como se estivesse a vida toda esperando por aquilo. Agarrou com sofreguidão suas barbas, querendo lhe arranhar o rosto como se fosse um cachorro cavando um buraco no chão do sertão. A despeito dos ímpetos de Elisa ou até mesmo devido a eles, o corpo do francês começou a esmorecer. Começaram a falhar-lhe as forças exatamente no momento em que ela o cavalgava, furiosa. François então a virou, jogou-a contra o colchão, tornando a penetrá-la. De novo, ela curvou-se, arqueando o ventre para cima. Em seguida, aos gritos, inverteu o desenho do corpo e afundou o rosto no ombro dele, arranhando-lhe as costas, mordendo-lhe o pescoço. Novamente, o corpo de François parecia querer esmorecer. Então, ele deslizou a mão para debaixo do travesseiro, de onde retirou, sorrateiro, a cinta encardida que Duzinda lhe dera. Amarrotou-a e a levou ao nariz, sorvendo, com o desespero de um afogado, o cheiro da negrinha. Embriagou-se. Voltou-lhe toda a rigidez do corpo. Como um possesso solto das amarras, derramou-se uma, duas e três vezes dentro da moça, que, exaurida, só tinha forças para levantar molemente o braço na sua direção e dizer-lhe com um sorriso de moribunda:

— Ah! *Meine Liebe.** Pare. Pare. Por favor, pare. Ai! Pare, pelo amor de Deus.

Duzinda veio de manhã avisar que sua ama gostaria de tomar o café da manhã com François, a sós, na Casa Verde. Quan-

* "Meu amor", em alemão.

do a negrinha se retirou, Elisa pulou no pescoço do francês, cobrindo-o de beijos.

— Como você é diferente dos outros homens! Ninguém nunca me amou assim tão forte. Você parece muito gentil, diferente desses broncos, mas é um selvagem na cama. E fez uma ridícula imitação de onça.

François beijou-a de volta.

— De onde você é, Elisa?

— Da Polônia.

— Da Polônia? E você fala alemão? Uma vez eu conheci uma linda mulher que era da Polônia...

A moça deu-lhe uma bofetada raivosa. Depois cobriu o lugar de beijos com a ponta dos lábios.

— Desculpe-me, desculpe-me. Não. Eu não quero que me fale das outras mulheres. Você logo vai embora e eu quero pensar que você foi só meu.

— Não, minha tolinha. A mulher que conheci era apenas uma amiga, a esposa de um amigo meu que morreu. Era de uma região cujo nome eu não lembro. Um nome esquisito, com certeza. Pome... Pome...

— Pomerânia! Eu sou de Danzig, Pomerânia — disse Elisa aos gritinhos, pulando novamente no seu pescoço, envolvendo-lhe a cintura com as pernas finas e longas.

A polonesa só o soltou quando a charrete parou na frente da Casa Verde.

— Vai você primeiro. D. Beja deseja lhe falar, na Casa Verde. Depois eu subo para a casa-grande. Ainda tenho que me vestir, me perfumar. Espero que você me deixe uma bela lembrança, para que eu possa sempre pensar em você, *meine Liebe*.

— Eu lhe deixarei uma bela recordação antes de partir, Elisa.

François reencontrou Beja sentada à mesma mesa em que a vira na primeira vez.

— François, espero que tenha passado uma boa noite.

— Beja, o que tenho vivido aqui nestes poucos dias deve valer pelo restante da minha vida.

— Fico feliz que tenha encontrado no Planalto paz e memória, que são, com a saúde e o amor, as únicas coisas que interessam na vida. Não há paz sem saúde, nem amor sem memória. Mas vamos ao que interessa, François, porque eu ainda tenho um grande problema para resolver hoje. O sr. Casimiro de Morais decidiu ficar com a sua escrava Rosa. Ele a viu hoje de manhã. Para seu escravo Marcos arranjei outro comprador, o sr. Leonel Angorá. Foi tudo que pude fazer. Você poderá partir hoje para São Domingos para regularizar a venda.

— Mais uma vez lhe agradeço, Beja.

Em São Domingos, François obteve a certificação de venda dos escravos. Antes de entregá-los aos novos donos, sentou-se com eles debaixo de uma mangueira carregada de mangas maduras.

— Xangana, você está prenhe?

Maquim tomou a dianteira, dizendo que sim.

— Vai ser a primeira coisa que eu direi a Marica, Maquim. Vocês terão um filho ou uma filha de grande beleza.

Maquim e Xangana sorriram abertos, balançando afirmativamente a cabeça.

— Vocês sabem que eu tive que vendê-los, não é?

— Sabemos, sim, senhor — responderam os dois em uníssono.

— Meu desejo profundo era alforriá-los, mas fui impedido. Quando eu tiver oportunidade, voltarei. Comprarei vocês de volta e os libertarei. É esse o trato que faço com vocês, é esse o trato que faço comigo. Cuide bem de seu filho, Maquim.

— Sr. Dumont, acha que posso guardar comigo meu cachorro? — foi tudo que Maquim disse.

François entregou os escravos, guardou a documentação, fez compras miúdas. Ao voltar para Bebedouro, foi ter com Elisa. Presenteou-a com um lenço de seda no qual havia enrolado um punhado de libras.

— Guarde essa importância com você, Elisa. É dinheiro inglês. No futuro, no dia em que você precisar, poderá usar. Ele não perde o valor.

— Eu sei, seu tolinho. Eu sei o que são libras. — Elisa ainda o beijou, envolvendo-o em seus braços.

François fez o mesmo com Duzinda. A moleca abriu o pacote e lhe devolveu as notas.

— Eu não quero dinheiro de você. Só quero isso. — A negrinha guardou o lenço na dobra da saia.

A tropa partiu de madrugada. O Retiro do Planalto inteiro dormia, com exceção da negrinha Duzinda, que, com um candeeiro na mão esquerda, sacudia com a direita o lenço de seda, tiritando de frio na eira da Casa Verde. François ainda olhou para trás. No meio do azul-escuro do arredondado da noite, despediu-se, com as vistas alongadas, do verde e do amarelo que ladeavam a casa-grande do Retiro do Planalto de São José. Não sabia como agradecer ao Perna de Kyrie Eleison por tê-lo empurrado para aquele paraíso.

## 5. A tronqueira

François aproximou-se da Comarca do Serro Frio. No ziguezaguear dos cerros desorganizados da Vila do Príncipe, esbarrou na tropa de um homem, uns cinco anos mais novo, que voltava do Rio de Janeiro. Era um dos Ottoni. Trazia no lombo das bestas uma prensa moderna com a qual dizia que iria incendiar o Brasil. O sujeito tinha um lume de fanático nos olhos e uma caturrice como nunca vira em homem algum. François retraiu sua presença e seus dizeres diante do Ottoni, que nem sequer lhe notou o encolhimento. Só numa das arrancadas morro acima, chegou a falar por seis horas sem se interromper nem mesmo para beber água. O francês sabia que aquilo era encrenca na certa. "Encrenca" era a palavra que havia aprendido com Elisa.

As notícias da chegada de Teófilo Ottoni acobertaram as da sua, de modo que ninguém se deu conta nem aviso da presença de François. Na Vila do Príncipe do Serro Frio ele reencontrou o coronel Da Cruz Machado e esposa, cujo filho havia crescido em tamanho e opinião, e a filha, em feiura. Seguiu em frente temeroso, a despeito da garantia do coronel de que a Comarca do Serro Frio estava pacificada. Respirou aliviado quando atravessou sem problemas a praça de Três Barras e o registro de Milho Verde.

No Vau, apalpou as costas, onde escondera a cinta de algodão de Duzinda. Levou as mãos às narinas e seus olhos, como uma língua de cobra, procuraram inutilmente pela negrinha que tinha visto quatro ou cinco anos antes, ao passar pela primeira vez por aquele sítio. No rio, só encontrou um bando de mulheres envelhecidas e cheias de varizes socando roupas na pedra. Talvez a negrinha já fosse uma delas. A outra, do corpo adiamantado, ficara na memória, intacta, lhe aferroando a consciência a cada batida imaginária da roupa na pedra. Mais acima do rio, onde antes havia uma cata de diamantes, só restavam uns paus fincados e abandonados. François sentou-se numa pedra e se pôs a mirar a desolação do lugar e a devastação que a correnteza do tempo trazia consigo. Uma tristeza indefinida lhe foi inundando a alma, se misturando com uma súbita ânsia de chegar em casa e se aconchegar nos braços de Eufrásia.

Levantou-se rápido, bateu a poeira das calças. Saltou sobre sua besta chamando Orando e o Nego da Lapa, que haviam se embrenhado mato adentro. Respondendo aos gritos do patrão, o gigante, seguido do outro negro, chegou correndo, arrumando as calças com um sorriso feliz na carranca. Os três puseram-se a caminho e venceram o último trecho que os separava do Arraial do Tijuco. François primeiro procurou Victor, que lhe deu todas as boas notícias do filhinho que ainda não conhecia e do andamento dos negócios. Seu irmão caçula virara um homem inteiro e exibia duas entradas na testa. Depois foi ter com o Dino Bibiano, mas se desencontrou do amigo. Ele e o padre Chaves tinham ido para a Vila do Príncipe.

— François, não sei como você não cruzou com eles no caminho! Não faz muito tempo que meu marido saiu daqui. Ele e o padre partiram correndo quando souberam da chegada do Teófilo! — exclamou, simpática, d. Margarida.

O francês esteve ainda com Genésio, que examinou os registros de venda dos escravos.

— Muito bem, Dumont, está tudo certo. Agora o Perna de Kyrie Eleison não poderá mais usá-lo contra nós. Ele vai deixá-lo tranquilo. Tiramos uma pedra do caminho. Vamos ver o que ele agora se põe a inventar. Mostre o documento ao intendente Ferraz, para que tudo fique normalizado.

François seguiu, em companhia de Victor, para Guinda, cada vez mais invadido pela ânsia de rever Eufrásia. Na chácara de Maria da Lapa, não esperou sua montaria estancar para saltar à terra. A esposa balançava no colo um bebezinho todo enrolado em panos.

— Pedro, este é seu papai! — Eufrásia disse antes de tudo.

A criança, o pai e a mãe choravam ao mesmo tempo. Só cessaram ao ouvir a choradeira alta, fungada, escandalosa, de Orando, que sacudia em soluços seu imenso corpanzil atrás de François.

— Saia já daqui que você está assustando a criança — disse Marica, e, depois de empurrar o mulatão escada abaixo, tomou a criancinha no colo para que Eufrásia pudesse abraçar o marido.

Ao lado do casal, Marica embalava o bebê, até que, sem esperar que os dois terminassem seus afagos, interrompeu-os e, sem jeito e meio acanhada, perguntou:

— Sr. Dumont, Maquim vai ficar bem?

François voltou-se para a negra miúda sem se incomodar com seu atrevimento:

— Marica, Maquim está muito bem. Não poderia estar melhor, o lugar é farto de comida e sossegado. Ele vai trabalhar para um homem muito bom. Xangana também, só que ela vai ficar com outro dono. Infelizmente, não consegui fazer negócio que pudesse manter os dois juntos na mesma propriedade. Mas vão ficar perto um do outro. No Sertão da Farinha Podre os negros vivem soltos, ninguém usa corrente. Vão trabalhar nas casas-grandes, nada de roça nem garimpo. E tem uma coisa mais, Marica, que Maquim pediu para lhe dizer: Xangana está prenhe.

Marica começou a enxugar os olhos com a blusa e a balançar a criança com velocidade.

— Vou tirar o Pedrinho daqui, que está muito quente. — A negra se afastou, segurando os soluços no peito.

Maria da Lapa, ao saber da chegada de François, foi ter imediatamente com ele.

— Mandei matar um leitãozinho para hoje à noite — chegou falando alto, risonha e aflita para tomar ciência das novidades.

Conversaram amenidades. Maria da Lapa descreveu a cara impagável do Perna de Kyrie Eleison ao se dar conta de que a tropa do francês tinha atravessado o registro. Domingues Macua ainda tentou ir em seu alcance, mas voltou de mão vazia. Parece que o Hermenegildo deu um chute tão forte na canela do alferes Quintiliano Caldeira, por sua incompetência, que quase lhe partiu a perna. Maria fez também o relato da produção minguada do Poço Seco. François, por sua vez, contou-lhe das possibilidades extraordinárias do Sertão da Farinha Podre, do fantástico da viagem. No fim da conversa mal conseguia manter a atenção, estava exausto. Aproveitou a pausa na falação para se retirar e mergulhar numa longa soneca. Quando acordou, se lavou no riacho atrás da casa. Victor voltou para o Arraial do Tijuco. Da propriedade de Maria da Lapa chegaram o leitão e vinho português, e o colóquio adentrou pela noite.

— Então, como é a d. Anna Jacinta? Sempre tive muita curiosidade em saber. Sei que foi perseguida, que esteve exilada da Vila de São Domingos. Na ocasião, meu Gerhard emprestou-lhe mão firme.

— Ela nada me contou de sua vida. Mas, de fato, ela devota um reconhecimento filial ao seu Gerhard. Foi só citar-lhe o nome que ela fez por mim o que poucas pessoas no mundo seriam capazes de fazer.

Maria da Lapa tomou um comprido gole de vinho.

— Havia com ela uma velha senhora alemã?

— Encontrei, sim, essa senhora. D. Erika Hoffmann.

— Acho que é esse mesmo o nome do qual meu Gerhard me falava. A pobre ficou viúva e abandonada nestes sertões, onde já é difícil um homem sobreviver, imagine então uma mulher! Parece que seu marido era um engenheiro que andava pelos lados do Mucuri. Morreu de impaludismo, ou então foram os botocudos que o mataram. Isso eu não sei ao certo. Sei que era uma senhora distinta. Mas, quando se viu viúva, um homem a tomou e fez dela o que bem entendeu. A mulher, que pouco falava nossa língua, se desgraçou inteira. Meu Gerhard a salvou quando ela ia se jogar de uns despenhadeiros. O homem que havia feito dela um cachorro, uma cadela para seus serviços, não se conformou com a atenção que ele deu à pobre. Veio correndo em direção ao meu Gerhard. Chegou quando meu marido ainda conversava em suas línguas com a mulher.

— Sra. Hoffmann. Erika Hoffmann é o nome dela.

— Isso. Então o homem partiu para cima do meu Gerhard. Lutaram. Ele, finalmente, o jogou no precipício. No mesmo do qual tinha salvado a viúva. Ele me contou que a mulher se aproximou da beira do abismo, olhou para o homem esborrachado nas pedras e cuspiu na direção do precipitado. Os dois tiveram que fugir, porque as pessoas do lugar, que não sei onde é, começaram a desconfiar do acidente. Gerhard me disse que depois arranjou um lugar para ela trabalhar junto com a d. Anna.

Àquela altura, já alterada pelo vinho, Maria da Lapa falava aos solavancos, no cortadinho das frases.

— É verdade. Essa senhora organiza toda a vida do Retiro do Planalto de São José, que é a fazenda de Bej... de d. Anna Jacinta de São José.

Maria se entristeceu com a conversa, mas dois copos grandes de vinho a fizeram retomar a fala, animada.

— E os mapas e as indicações do meu Gerhard? Foram de valia?

François quis mentir. Mas veio-lhe a cena triste da conversa com Maquim e Xangana debaixo da mangueira em São Domingos. Aqueles dois seres que entregavam o corpo e a alma aos homens para terem para si a palavra preservada tinham modificado um pouco sua vida.

— Maria, é tudo preciso. Ali debaixo dos pés daquela gente deve haver diamantes. Sua gleba de terra é atravessada por um riacho rico, num par de povoados próximos de São Domingos. Mas naquele fim de mundo os documentos têm pouco valor.

A conversa continuou quando passaram à mesa. François devorava o leitão e Maria da Lapa entornava o vinho. Eufrásia só molhou os lábios: "Para aumentar o leite", dizia.

— À nossa saúde! — Maria brindava com uma voz que ia ficando, a cada copo de vinho, mais pastosa.

Animado, o francês começou a relatar outros detalhes da viagem.

— Naquele fim de mundo do Sertão da Farinha Podre, quando visitava as terras e vendia os escravos, se aproximou de mim um sujeito que disse ter me conhecido no Rio de Janeiro. Fiquei desconfiado. Depois percebi que o sujeito falava justo. Tinha todas as referências do Murat, da compra das mulas em Cunha. Não me lembrava dele; de repente, do nada, lembrei que esse tal de Caio Falcão, eu o havia encontrado uma vez. Acho que estou ficando ruim da cabeça. Como este mundo é estranho!

— A gente tem que tomar cuidado com desconhecidos, François. Sobretudo com essa gente perdida pelos sertões afora. É tudo gente ruim. Escutam umas conversas aqui, outras lá, alinhavam os pedaços e se aproximam da gente contando histórias que às vezes são tão certas no resumo que a gente acredita — Maria da Lapa falava tropeçando nas palavras.

François voltou o pensamento para a partida do *Le Diamant* no porto do Havre, para os dois filhinhos de Helena e de Joseph Jaräzeski. Não se lembrava mais de seus nomes. Viu surgir na sua frente a figura do oficial De Brissac. Desenhou para si o tempo na chácara dos Murat, a viagem para Minas, o velho Nazareno, a fazenda Iluminação, o Hermógenes. Em seguida, o pensamento o conduziu ao padre devasso que tinha uma fazenda moderna perto de Vila Rica. Como era mesmo o nome do padre? O tempo havia filtrado suas memórias. Nada do que tinha sido dor, aflição, angústia lhe chegava às recordações. Tudo coado. Sentiu saudades do tempo passado, mas eram só saudades. Se o real do tempo se apresentasse de novo, no vivo da vida presente, ele iria recuar, com horror, diante da possibilidade concreta de vivê-lo. Talvez entendesse que o anseio dolorido da saudade só tem sentido porque o tempo real se perde irremediavelmente.

— Eufrásia, como se chamava aquele padre esquisito que tinha aquela fazenda toda mecanizada com pilões hidráulicos perto de Vila Rica, na qual paramos na nossa vinda para cá? — perguntou, absorto.

Eufrásia franziu a testa. Não entendia a pergunta. Não compreendia como François podia ter se esquecido do padre Custódio.

— Padre Custódio! Como você pode não se lembrar, François?

O francês se pôs a rir. Havia formado uma quadrinha imunda na cabeça:

*Custódio, Custódio*
*Que nome triste tens tu*
*Termina com ódio*
*E começa com cu.*

"Só posso estar bêbado", disse consigo. Repetia mentalmente os versos e ria.

— Vamos parar de beber e vamos dormir — sugeriu Eufrásia, rindo da cara de François e de Maria da Lapa, que, já meio entortada pelo vinho, levantava seu copo para o vigésimo brinde.

— Meu Deus! É isso! É isso! O padre Custódio! Foi esse o sentimento de familiaridade que me tomou na casa-grande do Retiro do Planalto. Como é que pude me lembrar só agora? Como é que só na minha chegada aqui fui me lembrar das coisas de lá? Quando entrei naquele suntuoso salão do Planalto, era o mesmo ambiente de luxúria e devassidão camufladas da casa da fazenda do Cocho d'Água, do padre Custódio. Só que a cabeça não lembrou. Foi só sensação. Quando chegaram as três graças de ébano, tive de novo o mesmo sentimento esquisito. Uma sensação tão densa que podia quase que pegá-la na mão diante de mim. Era o padre com seus querubins de carvão, que tudo conduzia com o cerimonial dos gestos. Foram os versinhos que me fizeram lembrar. Mas como pude me esquecer desse Caio Falcão Amador? Eu o vi só uma vez. Foi, sim. Só uma vez. Como ele mesmo disse, no pé da serra de Cunha, no curral do Mamede Fonseca de Abreu e do Mr. Norman Dresden. Ele era aquele paulista pesadão que me cumprimentou do alto do cavalo. Dele, o Fernando Murat havia dito que era um sádico boçal. Será que foi isso mesmo? Sei lá. Foi mais ou menos o que disse. Foi ele a única pessoa que me deu notícias do oficial De Brissac. Isso mesmo, o oficial De Brissac. Jean-Loup de Brissac! Foi ele que se apresentou em código, referindo-se a um holandês, tal como me indicara o velho Tobias Martins em Pernambuco. Meu Deus, como tudo se encaixa de repente? E com esse vinho, no relaxado, me vêm os nomes, as datas e os números. Tudo colorido na lousa negra. E era ela! Era ela! Não. E a Maria da Lapa, a Beja, a sra. Hoffmann com essa história de holandês? Não posso estar metido como uma mosca boba numa grande teia de aranha! Isso não pode ser. Isso não faz sentido. As informações não se encaixam. Teresa, Teresa, Teresa Jaräzeski. Teresa de Jarinu. Não posso me enganar. Aqueles olhos verdes, a cabeça arredondada, os cabelos, boca e traços. Meu Deus, será? Mas estava tão escondida dentro do chapéu, ficou pouco tempo. Não. Isso não! Eu devo estar exagerando. Não. Não. Não pode ser unicamente coincidência que a bela Elisa seja da Pomerânia. Que seja polonesa vá lá, mas da Pomerânia? No *Le Diamant*, Helena tinha nos dito que seu pai era negociante de âmbar em Danzig, na Pomerânia. Não. Decididamente, não é coincidência. Teresa de Jarinu é a filha de Joseph e Helena Jaräzeski! A menininha do *Le Diamant*. É isso, a pequena Jaräzeski deve ter hoje a mesma idade que a Teresa de Jarinu. Meu Deus, achei que havia descoberto um leito de diamantes soterrado no rio Bagagem e o que encontrei foi o resumo vivo, em carne e osso, da minha vida passando ao lado de mim, naquele turbilhão do Sertão da Farinha Podre! Como se chamava, Eufrásia?

— Chamava-se o quê, François? François! François! François, você está bem? Você está me assustando, meu amor.

François não respondeu. Ficou olhando fixamente para a parede. Eufrásia o tocou com a ponta dos dedos. Depois buliu mais forte. Sacudiu-o com força pelos ombros. O marido permanecia inerte, apalermado, os olhos vidrados.

— Meu Deus! Vamos levá-lo para o Arraial. Vamos levá-lo ao dr. Simão.

— Como se chamava a filha de Helena? É o único nome de que não me recordo — disse o francês muito devagar, arrastando longamente as sílabas.

— Que filha, François? Que Helena?

— Jaräzeski, Eufrásia.

A frase lhe saiu com dificuldade, como se ele tivesse virado um dos abobados de língua grossa que zanzavam pelas ruas do Arraial do Tijuco jogando pedra em sombra.

— Teresa! Por que, François, por que você vem com essas perguntas agora, falando mole desse jeito? Meu Deus. Marica — gritou a francesa —, traga água fria. Rápido, que ele não está bem.

A negra chegou com uma bilha. Eufrásia foi derramando água no côncavo da palma da mão, molhando a testa do marido, que permanecia ausente. Marica foi buscar um prato fundo com água e arruda macerada. Enfiava a mão na água e a sacudia diante do rosto entortado de François, recitando umas africanices. A negrinha Melissera, surgida não se sabe de onde, se pôs a rezar a ave-maria.

Maria da Lapa, subitamente sóbria, ordenou:

— Veja se ele não está enrolando a língua.

Sem esperar o cumprimento do mando, meteu dois dedos dentro da boca do amigo. François quase vomitou, refugou para trás num tranco e, repentinamente, despertado de seu torpor, disse num tom claro e certo:

— Eu a encontrei, Eufrásia!

— Tem que fechar a tronqueira! — exclamou Marica, pegando sem cerimônia uma garrafa de cachaça, enchendo a bochecha no gargalo e cuspindo o líquido em volta do patrão.

— Encontrou quem? — indagou Eufrásia, chorando.

Aos poucos François foi voltando a si, se restabelecendo. A gelatina que lhe havia encoberto os olhos foi desaparecendo, deixando novamente brilhar seu lume vivo. Ao redor, as mulheres começaram a se aquietar.

— Depois disso, preciso de um gole — murmurou Maria da Lapa, respirando fundo e enchendo até a boca um caneco de vinho. A negrinha Melissera caiu de joelhos, dando graças a Jesus e a Nossa Senhora da Conceição.

— No Retiro de São José eu estive o tempo todo com a filha de Helena Jaräzeski. Mas isso eu só compreendi agora, Eufrásia — François, agora com voz clara, voltou a insistir no assunto.

— Oh, meu Deus! — lastimou-se Eufrásia. — O que eu vou fazer daqui para a frente, sozinha, com um filho nos braços e um marido ruim da cabeça?

Embora aliviadas, as mulheres ainda se entreolhavam com desconfiança. Aos poucos foram se acalmando, ao perceber que o rosto de François recuperava vida à medida que esmaecia seu ar de imbecilidade. Finalmente, ele parecia ter retomado o contato com o pequeno mundo à sua volta.

— Calma, gente, calma. Que está havendo? Calma — repetia o francês, agora totalmente alerta e despertado, sem entender o fuzuê em torno dele.

— Você está bem, François? — Maria da Lapa perguntou-lhe forte, olhando dentro de seus olhos.

— Claro que estou! Por que não estaria? Ora!

— Porque você está falando bobagens — disse Eufrásia, enxugando o pranto.

— Mas que bobagens, meu Deus?

— Está bem. Está bem. Mas, agora, chega de comemorações. Vamos parar de beber.

Eufrásia deu três tapinhas na mão de François. Aconchegou-se a ele. Depois disso, passou a carregar dentro de si uma inquietação que nunca mais a deixou. Seu marido estava endoidecendo.

Externamente, os dias se sucederam, modorrentos. Na redondeza de Vila Diamantina, a produção de diamantes, o achado de pedras, as idas à igreja, o número de confissões e comunhões, as procissões das irmandades, os cantos e músicas nas ruas e no teatro, tudo era aquilatado e contabilizado pela voz do povo. Foram noites e dias longos que se seguiram sem que nada espantasse a monotonia de suas vidas. O Perna de Kyrie Eleison parecia ter se esquecido do francês. Pedro foi batizado, teve catapora, sarampo, coqueluche. Na normalidade da existência, apenas as finanças de François pioravam. Eufrásia pouco se importava, só não queria que seu marido virasse um daqueles que as famílias têm que esconder.

## 6. A revolução serrana

Nada parecia perturbar a modorrenta rotina da vida de François, de forma que, se ele não tivesse conhecido Teófilo

Ottoni, não haveria se interessado pelo fato de o jovem falador ter posto em circulação um novo jornal. O francês achou divertida a divisa do *Sentinela do Serro*: "O fim de toda associação política é a conservação dos direitos naturais e imprescritíveis do homem; esses direitos são a liberdade, a segurança, a propriedade e a resistência à opressão". Coincidia perfeitamente com a ideia que havia feito do Ottoni: encrenca pura!

O jornal da Vila do Príncipe enterrou o pasquim do Geraldo Pacheco de Melo e começou a fazer o Perna de Kyrie Eleison sentir saudades dos embates com Genésio Silveira.

No dia em que François resolveu ir até o Arraial do Tijuco, não pôde deixar de adquirir o segundo número da folha. O *Sentinela* relatava e comentava uma revolução: o rei da França tinha sido derrubado em julho por uma convulsão popular. O povo em armas havia deposto Carlos x.

A revolução do dia 30 de julho, na França, acabou não mudando muita coisa na vida de François, mas impulsionou os liberais no Brasil. Nove meses após a notícia, a Vila do Príncipe pegou em armas. Antes de o Tijuco se sublevar, unindo-se ao movimento serrano, o Perna de Kyrie Eleison tentou insuflar o povo do Arraial contra os subversivos da Vila do Príncipe. Fracassado seu intento, temendo a represália, fugiu para as lavras de Jeremias. O patriarca dos Caldeira Brant saiu tão apressado, levando mulher, escravos, peru, galinha e tudo o mais que pôde juntar, que se esqueceu de d. Augusta. Só se lembrou da irmã quando, nas imediações da lavra de Jeremias, a assustada d. Maria Caldeira Brant largou o rosário e, soltando um gritinho, disse:

— Meu Deus, onde está a Gusta? Deixamos a Gusta para trás. Vamos voltar.

O Perna de Kyrie Eleison deu um tapa na própria testa.

— Que maçada! Como pôde isso acontecer, meu Deus? Onde a Augusta se meteu, onde se escondeu? Como é que ninguém se deu conta de que ela não estava conosco? E minha casaca? Onde está? Sebastião, volte imediatamente, traga a d. Augusta e, com muito cuidado, pegue minha casaca na cristaleira.

D. Augusta, ao retornar da igreja de Nossa Senhora das Mercês, onde havia pedido a Santa Teresa d'Ávila proteção para sua família, deparou-se com o solar dos Caldeira Brant já vazio. De imediato, correu de cômodo em cômodo em busca de sombras de gente, chamou por Hermenegildo e Mariazinha. Depois se deixou cair numa cadeira. Com os olhos secos e ardidos mirando o vazio, balbuciava, fazendo tremular as bordas de suas ventas:

— Ainda bem que Deus levou minha mãezinha, poupando-lhe mais este espetáculo.

A Comarca do Serro Frio havia se transformado numa região autônoma, sob as ordens do secretário dos confederados, o Teófilo Ottoni. Depois de vinte dias de sublevação, os homens já manejavam bem as armas, conseguindo evoluir com facilidade nos exercícios de defesa, ataque e retirada que o jovem Ottoni lhes impunha com ardor de guarda-marinha. Estavam tão adestrados que por pouco não crivaram de chumbo uma figura trôpega que, montada numa mula descadeirada, desceu desabalada pela ladeira de Santa Rita no momento em que, no fim do dia, a luz confunde o certo com o incerto. Primeiro miraram, como tinham aprendido, depois baixaram as armas, estupefatos diante de seus gritos:

— O imperador caiu! O imperador caiu!

Milicianos confederados, crianças, donas de casa acompanharam o estafeta, que, rouco, insistia em continuar a espalhar a notícia que lhe era salvo-conduto no meio da multidão de excitados. A Vila do Príncipe não dormiu. Comemorou a noite inteira a queda de d. Pedro I. Quem não havia aderido aderiu. Gastava-se a munição guardada, atirando para o ar. Os serranos celebravam, certos de que fora a sua revolução no fim do mundo a causa direta da queda do monarca.

— Abaixo o tirano — ouvia-se por todos os becos.

O capitão-mor Manoel Souza liberou a soldadesca sob as palavras de ordem:

— Morte ao tirano português!

De manhã, o povo da Vila do Príncipe cercou o sobrado do coronel Da Cruz Machado:

— Morte ao tirano! Vamos fuzilar os portugueses. Vamos enforcar os caramurus. Vamos acabar com os corcundas. Vamos ao chefe deles!

Ao cair do dia, os confederados acenderam tochas:

— Vamos queimar! Vai arder! Morte ao tirano!

O coronel Da Cruz Machado, com uma garrucha em cada mão e duas outras presas à cintura, reuniu-se com os filhos, a mulher e os escravos.

— Eu vou morrer aqui. Mas vocês devem se salvar.

Antes que tivesse concluído a fala, uma chuva de chumbo e pedras começou a estilhaçar os vidros das janelas. A turba havia perdido o respeito e avançava contra a casa do chefe conservador.

No Arraial do Tijuco, o clima era quase igual, com a diferença de que a pólvora e o chumbo foram substituídos por trovas e cantigas. Sabendo da fuga do Perna de Kyrie Eleison, uma multidão se aglutinou em frente ao solar dos Caldeira Brant e passou a noite se divertindo, bebendo, dançando e cantando a velha modinha:

*Quem quiser pilar canela*
*E não tenha almofariz*
*Peça à Brant do Gonçalves*
*Uma venta do nariz.*

Depois, começaram a inventar outras, confundindo perversamente o Perna de Kyrie Eleison com o Impronunciável, que era como as pessoas se referiam a Cândido Caldeira Brant:

*Valentão de perna aberta*
*De bravo não se faz rogado*
*Mas na hora que o povo aperta*
*Vira Moça de Babado.*

Sozinha no casarão, d. Augusta orava, implorando a Deus que a matasse e abreviasse seus sofrimentos. Rezava com ardor. Largava o terço, tapava os ouvidos para não ouvir a zombaria do povo. Orava em voz alta, quase estridente, para abafar a infâmia que vinha de fora:

— Nada te perturbe. Nada te espante. Tudo passa. A paciência tudo alcança. Que nada me perturbe. Que nada me espante. Tudo passa. A quem tem Deus, nada falta. Só Deus basta.

Mas a plebe insistia. A qualidade das trovinhas, já ruim, piorava. A viúva de seu Manoel Gonçalves não pôde evitar ouvir o solo de um bêbado revolucionário cuja voz ela reconheceu como sendo a do seu escravo Sebastião, que o Perna tinha enviado para resgatá-la.

*No alto da Sentinela*
*Deu-lhe um tiro seu Genésio*
*Canta o padre, rezam os santos*
*Pra alma do homem rijo*

*Que o corpo pelos cantos*
*Solta merda e fede a mijo*
*Embora se veja exposta*
*A sacra roupa do Perna.*

D. Augusta levantou-se do genuflexório, correu ao quarto do Hermenegildo e, munindo-se do cacete dependurado atrás da porta, saiu deambulando pelo salão afora, onde despedaçou furiosamente a prateleira de vidro. Retirou do meio dos cacos a casaca do irmão. Ensandecida, enfiou o indicador no buraco deixado pelo chumbo da arma de Genésio Silveira no duelo da cachoeira da Sentinela e, usando os dentes, rasgou-a de cima a baixo. Depois escancarou uma das janelas que davam para a rua. A primeira coisa que viu foi o padre Justiniano Pereira ladeado por duas negrinhas; a segunda foi o escravo do Perna de Kyrie Eleison montado numa égua bem arreada, cantando alegre e sendo aplaudido pela multidão. D. Augusta, do alto da sacada, lançou os trapos na direção da turba, enquanto exclamava:

— Deixo à sanha de vocês o legado de meu irmão.

Por alguns instantes a turba se calou, mas, recuperada do susto, voltou a cantar, fantasiada nos molambos que um dia cobriram de glória o torso de Hermenegildo. Do outro lado do Arraial, o padre Chaves e Dino Bibiano, à frente de um grupo armado, rendiam o sargento-mor e conclamavam a guarda para aderir à revolução republicana. O dr. Bernardo Rabello era saudado por todos os cantos e vilarejos como o campeão do povo.

O alferes Quintiliano, familiarizado com os segredos do Perna de Kyrie Eleison, foi ao seu alcance nas lavras de Jeremias para lhe emprestar braço forte. Chegou alterado, com os olhos esbugalhados e transpirando em bicas. Parecia embriagado.

— Hermenegildo, o imperador caiu! Caiu!

— Não posso acreditar. Valha-me Deus. Então, essa revolta é para valer, alferes?

— É para valer. A revolução tomou conta do Brasil. Os chimangos e os maçons estão degolando os lusitanos e os caramurus. — O alferes falava baixinho, olhando de lado.

— Vamos nos armar — disse o Perna de Kyrie Eleison, coçando os fundilhos. — De madrugada, quando a chusma for dormir, nós fugiremos para mais longe.

— Não temos como fugir, Hermenegildo. Estamos cercados. Eles já sabem que estamos aqui. Não há mais esperança para nós. O imperador nos abandonou. Ficamos órfãos. Quando eu vinha, vi no mato uns olhos me espiando. Está tudo vigiado, está tudo contaminado. Tudo contaminado. Os maçons espalharam sinais por toda parte. Cada tronco de árvore está marcado por seus triângulos e compassos. Em cada pedra do caminho desenharam olhos que nos espiam. Estamos perdidos. Sua irmã foi estuprada. Rasgaram seu vestido azul e fizeram coisas horríveis com ela. Tudo por trás. Tudo por trás. De nada adiantou sua resistência. Seu irmão caçula, o Cândido, está no comando dos confederados. Ele está se dirigindo ao Arraial, liderando uma tropa de canhemboras rebolantes, vestidos de babados. Quer se vingar e nos impor seus costumes.

Sem muito entender o que o alferes dizia, Jeremias se pôs a chorar, e o Perna de Kyrie Eleison tornou a coçar o traseiro.

— É por isso que eles estão vindo nos pegar, por causa do imperador, que vive coçando a bunda — Quintiliano sussurrou para um escravo que se armava de facão. O negro fez o sinal da cruz e se afastou do militar.

— Não. Eles não vão me pegar! Se me sobrar um chumbo, mato aquele desgraçado do Cândido — perorou Hermenegildo, pela primeira vez voltando a pronunciar o nome do irmão caçula.

O Perna de Kyrie Eleison, sem poder contar com Jeremias, que se encolhera num canto, tremendo e chorando, chamou a si a responsabilidade. Primeiro armou a escravaria, depois verificou o travamento das portas e janelas, reforçando o que era frágil. Estava no comando dessas atividades quando ouviu um barulho de gente na eira da casa. O patriarca não teve dúvida.

Entreabriu a porta e abriu fogo com as duas garruchas que sacou da faixa da cintura. Um vulto caiu, gemendo. Ficou estrebuchando, se arrastando, até que se aquietou. Do lado de fora, o silêncio da noite coalhada de estrelas só era perturbado pelo coaxar contínuo dos sapos e pelo piado agourento das corujas, e, dentro da casa, pela gritaria do alferes, que, ainda com os olhos esbugalhados, esgoelava sem parar:

— Estão vendo, estão escutando? Eles estão vindo! Agora estão aqui no porão. Estão todos amontoados, estão subindo as escadas. Vêm nos fazer aquelas coisas horríveis que fizeram com d. Augusta. Escutem como já estão gemendo. Estão fingindo que é de dor, mas é de outra coisa que gemem!

Só então o Perna de Kyrie Eleison compreendeu que o alferes Quintiliano Caldeira enlouquecera. Deixou o maluco berrando e saiu para ver o que havia acontecido na eira da casa. Quando levantou o lampião, percebeu que tinha baleado o Manuel Domingues Macua. Antes de expirar, o mulato ainda pôde lhe balbuciar:

— Derrubaram o imperador, agora só falta eles libertarem os escravos. Nosso mundo está acabando, Hermenegildo.

Como o alferes não parava de gritar, o Perna de Kyrie Eleison deu ordens para amarrá-lo e amordaçá-lo. Na Vila do Príncipe, o povo já ensaiava derrubar a porta do sobrado do coronel Da Cruz Machado quando o jovem Ottoni se interpôs. Sacudindo um lencinho branco na mão, fez o que mais gostava de fazer: discursou para a multidão.

— Povo serrano, povo revolucionário, que ecoe sua mortífera voz somente contra o tirano que ocupava indignamente o trono brasileiro. Que se levante sua mão somente para ferir o déspota real. Não manche as mãos com o sangue dos brasileiros, não suje sua vitória.

A multidão desatinada estacou. Sem saber o que fazer, aplaudiu o jovem e foi beber no Batido da Lata aos gritos de "Viva Teófilo Ottoni!".

— Viva O *Liberal do Serro*!

— Viva o dr. Bernardo Rabello!

No fim da revolução, os escravos do mercado do Macua, ao saber da morte do mulato, deram vivas ao imperador d. Pedro I, cantaram e dançaram até que tiveram a ideia de fugir. A notícia da fuga encheu de pânico os habitantes da Comarca. Genésio Silveira salvou a situação ao propor uma trégua, a qual permitiu que, com a ajuda de alguns conservadores, se improvisasse às pressas uma força para reprimir o levante da negrada. Recuperaram quase todos. Aproveitaram para prender alguns alforriados. Mais tarde, os negros recapturados foram leiloados em hasta pública. Entre eles estava o escravo Sebastião, que foi vendido junto com a égua e o burro de Hermenegildo. Acusado da morte de Domingues Macua e de contrarrevolucionário, o Perna de Kyrie Eleison sumiu. Escondeu-se em algum canto para escapar da mão da Justiça, ávida por arrastá-lo à barra do Tribunal do Júri que ele tinha inventado. Como o patriarca dos Caldeira Brant e sua mulher não se mostravam, Jeremias achou por bem ocupar o casarão familiar depois de implorar o perdão da irmã.

— Perdoo, mas não esqueço — disse d. Augusta Gonçalves. Depois disso, se fechou num silêncio amortalhado.

Jeremias levou mulher, filhos e escravos para o solar dos Caldeira Brant, enchendo-o de barulho e movimento, se apossando, sem cerimônias, das propriedades do irmão mais velho. Com o tempo, se aproximou de Genésio Silveira, com quem finalmente selou as pazes. Como era necessária uma redistribuição dos lugares no sobrado para acomodar os novos habitantes, mandou transformar o quarto do irmão em escritório e mudou d. Augusta para outro cômodo. A decisão de Jeremias de removê-la de seu cantinho foi a gota d'água que fez transbordar a sua cabaça de amarguras. D. Augusta não esqueceu nem perdoou as humilhações que lhe impuseram o povo e a família. Um dia, abandonou o casarão dos Caldeira Brant, deixando para trás armas, cuias e o nome. O que tinha de material passou nos cobres. Não era pouco. Eram terras, lavras, casas, animais, charretes, joias que compunham o rico lote de suas heranças. Poderia ter conseguido coisa maior, mas, como tinha pressa no coração, liquidou seu patrimônio na bacia das almas, sendo à salvação delas que decidiu dedicar a vida ao trocar o Arraial do Tijuco pela Vila de Itu da Província de São Paulo.

Apesar do aparente desatino, o que amealhou com a venda do patrimônio foi tanto que, quando se prontificou a oferecer seu dote ao Mosteiro de Nossa Senhora das Mercês da fidelíssima Vila de Itu, o arcebispo abreviou-lhe o noviciado. D. Augusta Caldeira Brant Gonçalves pôde, em excepcional tempo, assumir, no claustro, o nome de madre Joana do Santo Lenho. O prelado liberou-a, com igual compreensão, das tarefas junto às educandas, menos porque d. Augusta lia com dificuldades e mais para que se dedicasse inteira, no exercício da oração, à realização de sua intenção de viver debaixo de uma regra. Na nova casa de madre Joana, a vida movia-se em silêncio, quebrado apenas pelo murmúrio das orações, pelas visitas do padre Elias do Monte Carmelo e, à noite, pelos chamados de vozes das visões que só a ela se dignavam manifestar-se. Madre Joana do Santo Lenho viveu, protegida das cidades dos homens, na feliz companhia das irmãzinhas de convento, a quem passou a propiciar conforto de alma e felicidade de corpo.

Na Comarca do Serro Frio, o *Sentinela do Serro* dava notícias mais precisas dos acontecimentos do Rio de Janeiro. O imperador fugira do Brasil num barco inglês e deixara, para resolver os problemas do país, seu filho de cinco anos. Até a maioridade do pirralho, o Brasil seria governado por uma Regência eleita entre os melhores homens da nação. D. Pedro I tinha aproveitado para raspar os cofres públicos, deixando o país e o filho à míngua, comentava Teófilo Ottoni em sua tribuna de papel.

## 7. Depois da revolução

Os broches com a inscrição "Liberal" que as senhoras e senhoritas traziam presos aos seus vestidos estavam relegados e esquecidos no fundo das caixinhas. Tudo se alterava. Passados os gloriosos dias que abalaram a Comarca do Serro Frio e as efervescentes semanas que antecederam a queda do imperador, eram outras as composições e os acertos entre os homens. Menos de um ano depois, não havia no norte de Minas, com exceção do coronel Da Cruz Machado, homens de expressão que não fossem liberais. Na falta de a quem se oporem, os chimangos começaram a digladiar. No comando da facção exaltada dos liberais pontificavam o padre Chaves e o Dino Bibiano, que consideravam traidor quem não fosse abertamente republicano. Na outra ponta do espectro liberal, Genésio Silveira e Jeremias Caldeira Brant, reconciliados, faziam a dobradinha Gê-Jê, que granjeava a simpatia da maioria do povo e do clero. Eram os reles "conservalais", como dizia o padre Chaves, que se deleitava em fundir numa mesma designação conservadores e liberais. Entre os dois, Teófilo Ottoni refreava, a duras penas, sua simpatia pelos exaltados e via com aflição o acirramento do ódio entre as diversas facções liberais.

As intrigas políticas dificilmente chegavam a Guinda. A coisa se filtrava no pequeno espaço de estrada que separava o vilarejo do Arraial do Tijuco. François dormia quando se sobressaltou com a explosão de um foguetório e com o silvado de roquetas vindos do Arraial. Não tardou muito para que um grupo de exaltados, cavalgando em disparada, entrasse em Guinda:

— Viva, viva, viva! Não há mais Arraial do Tijuco. Conseguimos a autonomia. Vamos rasgar o Livro da Capa Verde. Não há mais Arraial do Tijuco, somos a Vila Diamantina. Viva Diamantina!

O povo do Tijuco comemorava a elevação do arraial a vila. Os casarões de Genésio e Jeremias se abarrotaram de gente que trançava de um ponto para outro. Poetas declamavam nas ruas, os sinos repicavam nas igrejas, coros e bandas espalhavam-se em cantorias pela Vila Diamantina. O dr. Bernardo Rabello discursava para o povo. Em Guinda, François mostrava-se preocupado.

— Mas, François, você acha que essa autonomia representa alguma coisa de realmente importante para nós? — indagou Eufrásia.

— Representa. Representa menos burocracia e mais interesse local. E burocracia é poder! A Demarcação Diamantina e o Livro da Capa Verde vão acabar de fato. Haverá câmara e juízes. As coisas se descomplicando atrairão dinheiro e melhoramentos, grandes companhias virão.

— E em que isso pode nos favorecer, François?

— Mas é isto! Meu Deus, que espertalhão! — exclamou o francês, batendo com a palma da mão na testa, sem prestar atenção na pergunta da esposa.

— Quem é espertalhão?

— Mr. Dresden! Acabei de compreender o que o Caio Falcão estava fazendo no Sertão da Farinha Podre. Disse que estava atrás de pedras, que havia feito uma sociedade com Mr. Dresden. O safado do inglês já sabia o que iria acontecer. Saiu na frente. Eufrásia, esse povo ainda não sabe, mas eu deduzo que em pouco tempo as grandes companhias inglesas de minas entrarão em todas as regiões do Brasil onde houver ouro e diamantes. Pensei que fosse contrabando, mas a questão é outra. Mas, se o homem estava andando pelos lados do Sertão da Farinha Podre, é porque talvez o futuro esteja naqueles lados — concluiu.

Eufrásia se encolheu, aflita com a birutice do marido.

"Lá vem ele outra vez a delirar, confundindo o passado e o presente. Como posso ficar neste mundo com dois filhos no braço e um marido ruim da cabeça?" Para apartá-lo dos vapores da loucura, pensou em sugerir-lhe uma ida ao Tijuco. "Isso poderá acalmá-lo desse estado de excitação em que se põe a juntar os cacos das lembranças dos primeiros dias de nossa chegada a esta terra. Diante do presente miserável, fica que nem um mendigo, estendendo a mão faminta para o passado. Naquela época, ele era cheio da esperança que o tempo foi esfarinhando", suspirou.

— François, por que você não dá um pulinho amanhã no Arraial do Tijuco para saber com mais detalhe das novidades? É no miudinho das coisas que a gente acerta o passo.

— Eufrásia, o Arraial do Tijuco não existe mais, agora é Diamantina, Vila Diamantina. É bom que se acostume, caso contrário vão nos acusar de nostálgicos da velha ordem. Mas vou, sim. Amanhã vou conversar com o Dino.

— Vai. Vai, sim, meu bem. Vai a Diamantina, vai. Vai lhe fazer bem sair um pouco daqui.

Em Diamantina, a casa do Dino Bibiano estava apinhada de gente.

— Entre, meu amigo, não há hora imprópria para os amantes da liberdade! — Dino, meio sem graça, lançou-lhe do alto da varanda quando o viu apeando de sua égua.

— Não quero atrapalhar.

— Não atrapalha, não. Venha cá, francês. Estamos aqui reunidos para fundar a SPBP, a Sociedade Protetora do Bem Público. Suba aqui, tome um café conosco. E como vai d. Eufrásia?

— Dino, vou entrar um minutinho. Na verdade, tenho que visitar meu irmão e, passando por aqui, não podia deixar de vir cumprimentar o amigo, congratulá-lo pelo êxito na luta pela autonomia, e trazer saudações de Eufrásia a d. Margarida, bem como a suas irmãs, d. Luísa e d. Virgínia.

Quando François se retirou, o padre Chaves puxou o Dino de lado.

— Acha que o francês veio espionar para o coronel Da Cruz Machado? O coronel está conspirando para a volta do imperador e, muito provavelmente, vai querer reintegrar nossa bela Vila Diamantina à Vila do Príncipe. Temos que tomar cuidado com essas pessoas que vão na contracorrente da revolução, esses amantes do passado, esses elementos recalcitrantes.

— Não. O francês é meu amigo. Nem ele nem seu irmão se interessam por política. Eles só querem ganhar dinheiro. O irmão está se saindo bem com sua sociedade com os Miranda.

François retornou a Guinda sem acrescentar nada ao que já se sabia. Trazia apenas a notícia de que dali a um mês chegaria à Vila Diamantina um engenheiro pernambucano da Gold Mining Corporation. Eufrásia teria dado pouca importância à informação se não estivesse convencida de que uma vida social mais participativa contribuiria para que o marido voltasse a ser o homem que fora. O que lhe importava era que as idas do marido a Diamantina afastavam as brumas da sua cabeça. Passado um mês, ela viu como uma grande oportunidade o convite feito por Jeremias para um sarau no solar dos Caldeira Brant. O motivo era a apresentação do engenheiro da Gold Mining Corporation à sociedade diamantinense.

No dia, o casarão se iluminou como nos tempos do Perna de Kyrie Eleison. Sem os traços da presença lúgubre de d. Augusta, o sarau irradiava alegria. Logo as atenções dispersas nos fuxicos do salão recairiam sobre um senhor, pouco mais velho que

François, cujos cabelos muito escuros faziam uma meia-lua em torno de uma careca reluzente. O engenheiro chegou conduzido por escravo de libré e cartola enfeitada de renda branca. A madureza de seus prováveis trinta anos, as suíças bem cuidadas e os profundos olhos tristes produziram intermitentes embalos no coração das senhoritas. Jeremias, ladeado pela esposa, estava orgulhoso de poder apresentar a toda a sociedade diamantinense o sr. Gilberto Pires, diretor da Gold Mining Corporation.

— O senhor tem um curioso ar familiar — disse-lhe de maneira muito simpática Eufrásia, ao ser apresentada ao engenheiro.

— Acho que, frequentemente, causo essa impressão nas pessoas. Devo ter uma feição bastante banal — retrucou em tom de gracejo, levantando para ela seus melancólicos olhos negros. — Vocês são, então, os Dumont que habitam no povoado de Guinda, não é?

François conversava animado com o engenheiro quando agarrou o braço da esposa. Havia sentido uma dor aguda que o aferroou logo abaixo do queixo e se irradiou para o ombro esquerdo.

— Preciso me sentar — cochichou para Eufrásia.

— Que foi, está passando mal? — perguntou-lhe, fazendo-o recostar-se numa marquesa.

— Estou com uma sensação esquisita.

A esposa de Jeremias mandou imediatamente que viesse um negro abanador para dar um pouco de ar ao francês, que logo se recompôs. Eufrásia pressentia que a maluquice o estava atacando de novo. Como François se recuperou rapidamente, pôs a coisa na conta de um mal-estar passageiro.

Nas semanas seguintes, Gilberto Pires desempenhou uma intensa atividade em Diamantina. Quando acertou o mínimo do que julgava necessário, subiu ao vilarejo de Guinda para visitar François e Maria da Lapa. O pernambucano chegou anunciando, sem cerimônias, que desejava comprar as lavras de Guinda.

— Como vocês sabem — disse de maneira brusca —, represento uma companhia inglesa que deseja investir nesta região.

— Aqui é o paraíso dos diamantes — interrompeu-o logo na primeira frase Maria da Lapa.

— O diamante é de fato muito importante. Na minha estimativa, sua produção ainda se manterá alta por umas três décadas, depois vai começar a decair, mas então, minha senhora, nós todos já estaremos prestes a encontrar o Pai Eterno. Espero que ganhemos bastante dinheiro com as pedras para fazer a última viagem confortavelmente. Mas minha companhia, cuja vida e interesses transcendem aos de seus funcionários e acionistas, está voltada para outras pedras e minérios que acredita serem estratégicos para o futuro, de forma que ela tem, vamos dizer, um interesse particular pela lavra do Poço Seco do sr. Dumont e pelas lavras da Lapa do Alvarenga, que lhe pertencem. Atualmente a Gold Mining olha com bastante simpatia para essa região e eu estou, em seu nome, autorizado a fazer uma oferta que pode ser muito compensadora para ambos. Talvez vocês possam se beneficiar do atual bom humor e entusiasmo da Gold Mining. A nossa empresa acredita que, para que a extração seja rentável, serão necessárias novas tecnologias capazes de escavar profundamente a terra; o uso de tecnologias avançadas depende das mudanças políticas e das novas legislações que deverão ser adotadas em breve. A Gold Mining acredita que a Real Extração dos Diamantes, como monopólio estatal, não tem mais condições de explorar os diamantes no estado profundo em que eles se encontram. A Real Extração não tem como investir em tecnologia moderna, ela está enredada numa trama de interesses que a paralisa. Nos dois últimos séculos, rasparam a pele da terra e esgotaram sua superfície, agora o que há de ser encontrado está adormecido em leitos mais internos, que só podem ser alcançados com tecnologia avançada, portanto em breve. Por tudo isso, a Gold Mining acredita que os empecilhos jurídicos e ordenações que controlam ainda a Demarcação irão dar lugar a incentivos para investimentos modernizadores. Além do mais, a rede de contrabando fez das regulações inibidoras uma verdadeira peneira por onde tudo se escoa sem que o Estado aufira o que lhe é devido. Hoje, a Real Extração dos Diamantes quase se tornou uma fonte de prejuízo, abrigando uma chusma de apaniguados que se transformaram em funcionários reais e alimentando uma turma de preguiçosos cuja atividade de ganho se resume em alugar escravos garimpadores para a estatal.

Gilberto Pires falava da Gold Mining Corporation como se ela fosse uma entidade humana, uma pessoa dotada de alma, emoções, humores e boa vontade, cuja vida se prolongaria por séculos infinitos.

Antes que Maria da Lapa ou François respondesse, Eufrásia tomou a palavra:

— Sr. Gilberto Pires, vejo que o senhor é um homem franco e a franqueza é uma virtude que eu aprecio. Quando nós viemos para este país, há sete anos, pensávamos fazer fortuna e voltar para nossa pátria. Apesar de não termos alcançado o que havíamos sonhado, não podemos nos queixar. Vivemos com dignidade e certo conforto. Como as videiras de meu país, fomos criando raízes nesta região, que se fortaleceram e se aprofundaram à medida que tivemos que enfrentar as duras penas da vida. Temos hoje um filho e outro está a caminho. Meu marido continua sonhando em fazer fortuna. De algum modo, ainda existe dentro dele um moço de vinte anos; eu não tenho mais essa esperança. Minha fortuna eu espero encontrar na criação de minha família, de forma que, independentemente da oferta que o senhor irá fazer, quero lhe adiantar que nós não temos interesse em vender o Poço Seco.

— Eu compreendo seu ponto de vista. A vida para nenhum

de nós é fácil. Eu nasci em Portugal, mas sou pernambucano. Entendo perfeitamente suas palavras, sra. Dumont. Temos a mesma experiência neste país. Também vim para cá no mesmo tempo e nas exatas condições que a senhora acabou de descrever. Uma parte de meus filhos é nativa desta terra. E a senhora tem a mesma opinião? — perguntou, voltando-se para Maria da Lapa, que, ao seu lado, bebericava uma cachaça.

— Sr. Gilberto, faça-me uma oferta que pensarei a respeito. Eu conheço o valor de minhas propriedades. Talvez seja o momento de uma velha senhora começar a querer descansar os ossos. Como o senhor tem dito, novas políticas e novas legislações estão prestes a ser adotadas. Eu sofri muito com o clima pesado de interdições que durante muito tempo grassou no Distrito Diamantino; mas fiz das proibições meu meio de vida, encontrando as brechas por onde escapar e ganhar. Vejo que o meu mundo está desaparecendo e não sei se saberei viver naquele que está despontando.

— Se a senhora me permitir realizar algumas prospecções no seu terreno, em uma semana lhe farei uma proposta muito correta.

— Está certo assim.

— Não vou me deter muito na região do Serro Frio, porque depois tenho um pedaço ingrato de terra a percorrer. Antes de voltar para o Rio de Janeiro, devo visitar dois grandes pedações do país.

— Posso saber quais? — indagou o francês.

— Não há segredo, François — respondeu o engenheiro sorrindo, com seus olhos tristes. — Vou ao Sertão da Farinha Podre e à região do Rio Doce. No primeiro, farei as mesmas coisas que estou fazendo aqui e, no segundo, verificarei a possibilidade de estabelecer fornos de fundição de ferro e navegação a vapor.

— Ao Sertão da Farinha Podre! — exclamaram François e Maria da Lapa, em uníssono.

— A vapor? — surpreendeu-se Eufrásia, retendo uma pontada que ameaçava desembalar seu coração.

— Sim. Qual a surpresa?

— É... é... é... é que devo ir para lá em breve. Tenho alguns negócios na região — François improvisou uma resposta na qual Gilberto não depositou nenhuma credibilidade.

Subitamente lhe apareceu o rosto sorridente e travesso da escravinha Duzinda. O corpo sedoso e azedo da polaquinha Elisa dançou diante de seus olhos. Viu-se vivendo em paz no meio do luxo sofisticado da chácara do Planalto em Bebedouro.

— Que coincidência, sr. Dumont! Talvez possamos fazer caminho juntos! Tenho muitas esperanças no progresso daqueles planaltos. Quando penso naquele fim de mundo, vejo o futuro do país.

— Pode ser. Pode ser.

Para inquietação de Eufrásia, em poucos dias a pequena mentira de François transformou-se numa quase verdade e logo depois numa verdade inteira.

Eufrásia começou a devotar ao engenheiro um misto de antipatia e melancólica ternura. Irritavam-na seus modos bruscos de negociar, sua eficiência e frieza. Mas seus olhos tristes faziam-na saudosa de alguma coisa que se mantinha indefinida no passado.

O Nego da Lapa acompanhou Gilberto a todos os cantos. O homem de aparência frágil era infatigável. Pulava grotas, subia montanhas, descia em rios, se metia onde fosse preciso. Após frenéticas andanças, fez a Maria da Lapa uma oferta de compra superior à que ela própria estimava.

A partir daquele dia, a velha amiga dos Dumont, quase sempre embriagada, passou a estender os olhos entorpecidos para as terras que em breve não seriam mais suas. Despedia-se melancólica do pedaço de chão que havia sido seu quartel e suas muralhas contra o povinho enlameado do Tijuco e da Vila do Príncipe. Maria da Lapa já sentia saudades das terras que nas noites vazias manifestavam, no burburinho das suas águas, a presença impávida e sonora da alma de seu amado Gerhard. O inverno aprofundava sua melancolia. Gilberto Pires, por seu lado, não via a hora de voltar para o calor de Pernambuco. Em Diamantina, o frio e o vento enregelavam as águas e as pedras, o ar tornava-se transparente e cortante. Somente a escravaria seminua, condenada a ficar mergulhada nas águas dos córregos e riachos gelados, queixava-se mais do frio do que o engenheiro. Somente Maria da Lapa bebia mais que a pretaria. A mulher aquecia a alma com cachaça, e a negrada, o corpo. Sentia raiva do Gilberto Pires por ter lhe feito uma proposta tão boa. E bebia. Houve apenas uma ocasião em que saiu de sua pasmaceira: quando os sinos da igreja de São José em Guinda e, algum tempo mais tarde, os de Santo Antônio em Vila Diamantina repicaram anunciando o nascimento do segundo varão Dumont.

## 8. A sedição caramuru

François havia recebido carta de seu amigo Fernando Murat na qual este lhe transmitia novidades da corte e da Europa, trazidas pelo último brigue que aportara no Rio de Janeiro. Queixava-se da situação econômica do país, agradecia-lhe emocionado a honra de ter sido escolhido para padrinho do bebê que iria nascer. Murat gastava muita tinta e papel se desculpando por não poder estar presente no batizado da criança. Entre os diversos obstáculos que se intrometiam em seu caminho estava, sobretudo, a debilidade da saúde da esposa, que muito o angustiava. Insinuava que se sentiria muito bem representado por Victor, de quem todos na chácara guardavam boas lembranças. Por fim, enviava suas bênçãos ao futuro Dumont.

Na friorenta e clara manhã do dia 30 de julho de 1832, na Freguesia de Santo Antônio da Vila Diamantina, o padre Sebastião José de Almeida pôs os santos óleos ao filhinho de Eufrásia e François, que recebeu o nome de Henrique, e o batizou. A madrinha Maria Lage de Vasconcellos, emocionada, chorava mais que a criança quando o sacerdote, tomando o rebento dos braços de Melissera, derramou-lhe água gelada na cabeça e enfiou-lhe sal na boca. Victor Dumont, representando Fernando Murat no batizado, teve logo em seguida seu momento de protagonista ao casar-se, na mesma igreja e assistido pelo mesmo padre, com Policena Adelaide de Miranda.

Quando Henrique completou um ano, foi a vez de Policena de Miranda Dumont dar à luz uma menina que recebeu, na pia batismal da mesma freguesia, o nome de Eufrosina, em homenagem à cunhada. Desse modo, a família Dumont expandia-se em solo brasileiro, com seus rebentos crescendo bem, adquirindo todas as doenças da infância e delas sarando. A cada uma delas, Eufrásia e Marica respiravam aliviadas.

— Mais uma que ele não pega. Desta estamos livres — dizia a negra miúda.

Victor ia se abrasileirando a olhos vistos, tornando-se a cada dia mais Miranda e menos Dumont. Feliz com sua Policena e com o sucesso de sua casa comercial, não deixava de censurar o irmão pela maneira incerta como conduzia sua vida. Nada lhe era mais consolador do que a estabilidade, a quieta existência de comerciante e o reconhecimento da importância de sua família pela sociedade de Vila Diamantina. A família Miranda, por sua vez, envaidecia-se de ver agregado ao seu ramo um florão francês. Os Miranda, por incorporar um Dumont, sentiam uma orgulhosa proximidade com os Dayrell da Vila do Príncipe, que se diziam descendentes de ingleses. Um pequeno nome que em tudo fazia a diferença do comum dos brasileiros. Davam graças a Deus pelo fato de Victor ser um homem sensato, que progredia passo a passo, e não um aventureiro como o irmão, que a cada invencionice se afundava em dívidas, dilapidando visivelmente seu capital.

No último domingo do mês de julho, se protegendo do frio intenso, François e toda a família, acompanhados dos serviçais e escravaria emplumados, subiram no carro de boi para ir assistir à missa e visitar Victor e a esposa, que ainda se recuperava das dificuldades do parto. No resguardo, Policena, com o leite ralo, havia alugado uma escrava para servir de mãe de leite à pequena Eufrosina.

Policena de tudo reclamava, porque tudo lhe doía. Os ruídos pequenos lhe pareciam trovões, de modo que, quando o menino Henrique começou a chorar, ela desejou que ele morresse. Arrependeu-se imediatamente. Tomada pelo remorso, foi até a sala da casa, apoiando-se no ombro de uma escrava, para beijar as bochechas do sobrinho, que limpou desajeitadamente o rosto. Ainda na sala, sua cabeça pareceu estourar quando um cavaleiro vindo das bandas do vilarejo de Três Barras passou a todo o galope diante da casa. O barulho dos cascos da besta soou dentro de sua cabeça como duras marteladas em folhas de flandres. Logo, era toda a Vila Diamantina que se agitava. O cavaleiro, que tanto tormento havia causado à pobre Policena, trouxera a notícia de uma sedição caramuru em Vila Rica, a capital da Província.

— Ai, ai, ai, ai, ai! Victor! — exclamou François. — Esta porcaria de lugar não tem jeito. Vai começar tudo de novo.

— Eles que se entendam, François. Eu não tenho nada com isso. Toda crise, quando passageira, é boa para os negócios. Quem tem dinheiro corre até minha loja, compra tudo o que pode para armazenar. Quando a crise termina, vem mais gente e compra o resto, para remendar os estragos.

— A crise é boa para você, que vive no conforto do comércio. Para nós, que corremos atrás de ouro, tudo isso é inferno e prejuízo — François retrucou de mau humor.

— Mas quem são esses caramurus? — gemeu Policena, diante da menção do nome que surgia frequente em meio às notícias desencontradas.

— Caramuru é o apelido que os chimangos deram aos conservadores — respondeu Victor, pouco se importando em explicar que os chimangos eram os liberais.

— E o que vai acontecer agora?

— Sei lá. Se for verdade que os caramurus tomaram Vila Rica, a coisa vai ficar preta. Esses paspalhos querem a volta de d. Pedro I. Uma coisa é uma revolta numa vila perdida, outra coisa é uma sedição na capital da Província.

— Vou até a casa de meu amigo Dino Bibiano para saber das novidades! — exclamou François, valendo-se da circunstância favorável para se afastar dos queixumes da cunhada, da felicidade do irmão e de seu enfronhamento nas coisas da terra.

Tempos mais tarde, François voltou, desenxabido.

— Parece que a coisa é séria e preta. É melhor nos prepararmos. Os conservadores tomaram a capital. O dr. Manuel de Melo e Souza e o dr. Vasconcelos foram presos. Sabará se juntou aos sublevados. Eu só peço a Deus que o coronel Da Cruz Machado não esteja metido nessa trapalhada e que a sedição caramuru não se espalhe pelo país.

— É! Se o presidente da Província e seu vice estão na gaiola, então a coisa é mais séria do que pensávamos! — exclamou Victor.

Eufrásia surgiu na sala, branca como um círio.

— Que está acontecendo? Que houve com o coronel?

— Nada, minha cunhada. Está havendo uma revolução em Vila Rica e Sabará. São os amigos do coronel. — Policena respondeu como se Eufrásia tivesse alguma culpa nas confusões mineiras, aproveitando-se da ocasião para espicaçá-la.

— Oh, meu Deus. Só faltava isso. Será que ele está em perigo lá na Vila do Príncipe, François? — perguntou, aflita.

— Não haverá problema. Conhecendo o coronel, eu duvido que ele esteja metido nessa loucura. De qualquer modo, o dr. Rabello, que agora anda pelos lados da Vila do Príncipe, saberá protegê-lo às escondidas — o marido replicou, esforçando-se para acalmá-la.

Diante da agitação que havia tomado conta da Vila Diamantina, François ponderara que seria melhor voltar para Guinda. E bem o fez. Em menos de dois dias, toda a região da Comarca do Serro Frio estava sendo percorrida por grupos de cavalarianos armados. As estradas ficaram inseguras. Teófilo Ottoni, o padre Chaves e Dino Bibiano agitavam-se nas vilas Diamantina e do Príncipe, arregimentando gente, organizando batalhões, arengando o povo. O comércio de pedras estagnou de vez. A penúria material de François aumentava e ele, aterrorizado, afugentava a ideia de um dia necessitar contar com o auxílio do irmão mais novo, cuja casa comercial prosperava a olhos vistos.

Com as atividades de Guinda paralisadas e o isolamento crescente da Vila Diamantina, o humor do francês começou a se deteriorar.

— Eufrásia, não posso mais continuar deste jeito, nossas economias se evaporando, se perdendo pelo córrego afora. Não sei mais o que fazer, me mato nas lavras e nada! Esta terra é uma terra de revoluções. A cada momento que penso em voar como um pássaro, acontece uma revolta, uma perseguição, um conflito que me abate como uma flecha certeira. O que ganho é o que escoa com a Maria da Lapa e nesta situação está tudo parado. Mesmo o comércio oficial de ouro está paralisado, nada sai, nada entra.

Eufrásia escutava seu marido torcendo um pano na mão, cheia de aflição.

— François, faça o que seu coração manda.

Nas intermitências do coração, o francês ensimesmava-se. Gilberto, ao visitá-lo por ocasião da conclusão do negócio com Maria da Lapa, encontrou-o acabrunhado.

— François, que história é essa? Será que essa gente não toma juízo? Quando é que vão parar de brigar e começar a trabalhar? Não sei quanto tempo esta situação vai durar. Se eu permanecer aqui, todo o meu empreendimento irá por água abaixo. A Gold Mining Corporation deve estar inquieta com todos esses acontecimentos e eu tenho ainda muito serviço a fazer por essas Minas afora. O futuro não está aqui. Isto aqui vai piorar. Nada nesta região é bom e, como se não bastasse, detesto o frio destes ventos cortantes.

François apenas aquiescia com sinais de cabeça, concordando com a choramingação do pernambucano.

— François, é verdade o que você me disse a respeito do Sertão da Farinha Podre? Você tem realmente planos de ir até lá?

— Ter eu tenho, Gilberto. Mas como é que vamos sair daqui, com Minas em revolução?

— Bem, François, eu tenho uma ideia. A situação se agravou rapidamente em Minas. A Regência despachou o general Pinto Peixoto e meia dúzia de oficiais ajudantes de ordens do Rio de Janeiro para organizar um contra-ataque aos caramurus, e aqui, na Comarca do Serro Frio, estão se formando batalhões para lutar em Vila Rica e Sabará.

— Se a situação está desse jeito, aí é que nós não podemos fazer nada mesmo, Gilberto!

— Não, François. Ao contrário. Vamos partir com eles. Desceremos até Sabará e, de lá, subiremos, de novo, na direção do Sertão da Farinha Podre. Não é o melhor caminho, mas é o que de melhor há para fazer. Eu teria primeiro que ir ao Mucuri, mas, diante desta situação conturbada, inverto o plano de minhas andanças.

— Você ficou maluco, Gilberto?

— Maluco? Nem um pouco. Protegidos pelos batalhões, nós faremos uma viagem segura.

Contrariando todos os rogos e rezas, Gilberto Pires não teve muito trabalho para persuadir François a partir com os batalhões serranos. Eufrásia detestou o pernambucano com todas as suas forças. Sabia que as loucuras do marido tinham começado quando ele voltara da Farinha Podre. Alguma coisa, na viagem, havia se introduzido na sua cabeça e misturara o passado com o presente. Por fim, rendeu-se.

— Que vá! — decidiu-se. — Já que aqui não tem jeito, talvez indo até lá reencontre o juízo onde o perdeu.

François convenceu-se de levar consigo Orando, Marica e o Nego da Lapa. Fora a condição imposta por Eufrásia ao se render: os três tomariam conta do marido!

O francês foi ajeitando as ideias: tentaria a sorte na Farinha Podre e, se desse certo, voltaria para pegar o restante da família: Eufrásia, Pedro e Henrique. Deixaria para trás as intrigas diamantinenses, a existência minúscula encerrada nas montanhas, nos horizontes curtos. Começaria novamente a vida na amplitude quente dos planaltos do Sertão da Farinha Podre, onde os olhos não esbarram em cercas nem em pedras e se perdem onde o sol morre no encontro avermelhado do céu com a terra.

François, diante dos olhos rendidos de Eufrásia, desencavou uma das pequenas canastras com as quais a havia presenteado, no Rio de Janeiro, para carregar seus pertences e miudezas. Com o tempo e o abandono, as tachinhas que formavam as iniciais EFHD tinham enferrujado.

— Marica, leve esta canastra com você. Cuide dela como se fosse sua vida — disse-lhe François, antes de se apresentar com seu amigo Gilberto Pires às forças militares de Vila Diamantina. Dino Bibiano estava orgulhoso pelo fato de haver angariado a simpatia de alguém tão neutro como o francês.

François passou a se recordar de quando chegara ao Arraial do Tijuco, das desventuras da viagem, das gentes que encontrara no caminho, da fazenda Iluminação. Seu devaneio o levou como sempre às imagens obsessivas do massacre de seu sogro, do roubo perpetrado pelo marquês e pela condessa. Sentiu uma fisgada nos rins que o despertou do sonho que sonhava de olhos abertos.

## 9. Os espiões caramurus

A meio caminho de Vila Rica, às margens de um rio, os batalhões pararam. Os homens estavam exaustos, e o frio, que ainda se fazia intenso naquela época do ano, os impelia a se embuçarem. Por todo o acampamento se espalhavam pequenas fogueiras rodeadas por grupos que fumavam, conversavam e bebiam. No seu canto, François e Gilberto Pires comiam um mingau de milho que Marica lhes havia preparado. Orando roncava aconchegado ao Nego da Lapa.

— Venham juntar-se a nós — gritou-lhes Dino, que, mais distante, formava uma roda com padre Chaves, Genésio e Jeremias.

— Vamos lá — disse François a Gilberto, batendo-lhe a mão na bota.

— Não. Vá você. Estou cansado, vou tratar de dormir um

pouco — respondeu-lhe o engenheiro, já se enrolando num couro de boi.

O francês se acomodou entre os chimangos de Diamantina. Procurou um assunto que pudesse interessar ao grupo, enquanto bebia uns goles da cachaça que o prelado havia lhe estendido numa caneca de flandres:

— Essa sedição caramuru é realmente séria?

Foi o padre Chaves que respondeu à pergunta:

— Seriíssima. Não é a primeira vez que os conservadores tentam dar um golpe. Já tentaram isso na capital do Império e fracassaram. Agora obtiveram sucesso ao ousarem tomar a capital da Província mineira. As duas principais cidades de Minas caíram. A coisa é seriíssima.

— Mas, padre, como isso veio a acontecer? Minas é quase toda liberal. Eles aqui são uma minoria! — retrucou o francês, incentivado pela cachaça.

— Precisamente por isso — interveio Dino Bibiano. — Eles são um perigo porque são minoria. Estão acuados.

— Eu ainda não consigo compreender...

O padre Chaves retomou a palavra depois de sorver um longo trago, se arrepiando e tremendo o corpo quando a aguardente lhe desceu em queimação goela abaixo.

— Lembro que, no monastério do Caraça, contava-se uma história de um padre que deixou um gato preso num quarto sem comer nem beber dias a fio. Só de maldade.

— Mas os santos padres são capazes de maldades? — provocou Dino.

— Só os bons. Só os bons, Dino. Os maus fazem coisas que até Deus duvida. Mas deixe que eu continue com minha história. Estava dizendo que o padre deixou o gato trancado e foi viajar. Um dia o homem de Deus voltou, abriu a porta do quarto, desprevenido e risonho. O gato estava seco, sem pelos, só tinha alguns tufos no couro e os olhos esbugalhados, nem miava, mas havia guardado um resto de forças para pular no pescoço do padre e matá-lo. Esses caramurus são como o gato que matou o padre. Estão há muito tempo só vivendo de pão e água e louquinhos para pular no pescoço da Pátria. Temos que matá-los a pau, não há coisa pior do que gente acuada. Gente acuada fica valente.

A conversa foi interrompida pelo alerta de uma sentinela:

— Quem vem lá?

O homem nem sequer esperou pela resposta: deu um tiro na direção do escuro. Houve um corre-corre no acampamento, de gente que se levantava insone, sem saber onde estava, de gente que agarrava garrucha e atirava para cima, para baixo e para os lados. Atiravam chumbos e corriam para todos os cantos. Uma parte dos batalhões recuou para a margem do rio.

Um dos guardas que se adentraram no cerrado voltava fazendo gestos para cessar a fuzilaria quando levou um tiro no dedão do pé e berrou com todas as forças dos bofes:

— Vão tomar no cu!

Ao que seus companheiros se puseram a gritar:

— São caramurus! São caramurus!

O batalhão do Serro misturou-se ao de Diamantina. O de Milho Verde, mais organizado, postou-se em linha. O do Rio Vermelho debandou pulando n'água e foi carregado rio abaixo. A fuzilaria não esmorecia, até que Genésio soltou um urro que lhe veio do fundo dos pulmões:

— Cessem o fogo, cessem o fogo! É isto que eles querem. Querem que gastemos nossa pólvora.

Seguiu-se um silêncio quebrado apenas pela queda de um ou outro galho no escuro da mata e pelo gemido do miliciano que havia perdido a ponta do dedão do pé.

— Só atirem se eu der ordens — gritou Genésio, assumindo o comando em chefe.

Por entre as árvores torcidas e o mato ralo, alumiou uma tocha. O fogo veio balançando em mão trêmula que mal esclarecia um pano branco fincado num galho torto.

— Somos chimangos. Viemos nos juntar a Teófilo Ottoni.

— Se aproximem com cuidado, nada de movimento brusco, senão morrem! Temos trezentas armas apontadas na direção de vocês.

Dois homens bem-apessoados, trajados para a guerra, se aproximaram do acampamento do batalhão do Serro Frio. Tremiam de medo. Um era alto e magro, peito estreito, rosto comprido; o outro, atarracado.

— Quem são vocês? — indagou Teófilo.

— Somos uma brigada de Vila Rica. O general Pinto Peixoto nos enviou. Somos os alferes Honório Azeredo Coutinho e José da Câmara — disse o atarracado.

— O que vocês querem?

— Vila Rica se rendeu. O povo de Queluz arrancou o vice-presidente da mão das tropas caramurus quando atravessavam a cidade e pôs a corja para correr. O povo ainda matou uma meia dúzia dessa corja que havia se refugiado na igreja. De lá, o dr. Vasconcelos rumou para a Vila de São João del Rey, onde reorganizou o governo. O general Pinto Peixoto não teve dificuldades em cercar Vila Rica. Bastaram alguns tiros de canhão para que a chusma sublevada se borrasse inteira. Sabará também se rendeu, mas uma parte dos caramurus conseguiu refluir a Caeté, onde se juntou com seus comparsas que ainda resistem. O general deu ordens para que vocês se dirijam a Caeté para liquidar o reduto dos elementos recalcitrantes.

Ao ouvirem as notícias, os milicianos dos batalhões do Serro deram vivas e tiros para o céu, respondendo ao lencinho branco que Teófilo balançava na mão. O padre Chaves, que se aproximara, acompanhado de seus ordenanças, perguntou aos dois homens:

— Quantos vocês são?

— Sete.

— Então digam aos outros para se juntarem a nós.

Quando eles se prontificaram a voltar para o mato, novamente o religioso os interpelou:

— Não. Vai só um. O outro fica.

Os dois se entreolharam.

— Vai você — disse o mais alto.

O atarracado desapareceu no mato escuro. Voltou logo em seguida, acompanhado de mais cinco. Tão logo chegaram ao acampamento, o padre Chaves os desarmou, dando-lhes voz de prisão:

— Deixem imediatamente cair as armas. Qualquer movimento brusco, meus homens têm ordens para lhes passar fogo.

O mais alto gaguejou:

— Ma... ma... mas, padre!

— Pa... pa... padre po... po... porra nenhuma — o clérigo também gaguejou, para debochar do grandalhão. — Vou mandar uma vanguarda até Vila Rica para me certificar da veracidade do que vocês estão anunciando. Se a vanguarda cair em alguma emboscada ou se suas informações não forem verídicas, eu mesmo tratarei de fuzilá-los. Se vocês estiverem tentando alguma manobra diversionista para nos afastar de nossos objetivos cívicos, fiquem certos de que serão justiçados. Se o que estiverem dizendo for verdadeiro e justo, vocês, como militares, compreenderão minha atitude.

Jeremias quis intervir:

— Padre, será que isso é necessário?

— É necessário, sim, Jeremias — Teófilo cortou-lhe o argumento de modo incisivo. — Não podemos correr riscos à toa. Só podemos progredir na ordem.

## 10. O fuzilamento

O padre Chaves enviou três cavaleiros a Vila Rica. Os batalhões serranos avançariam lenta e cuidadosamente em direção à capital da Província, nas pegadas dos batedores. À medida que progrediam no rumo, os pobres prisioneiros amargavam a pior das angústias. O tempo passava e a vanguarda batedora não voltava. Os outros comandantes, que haviam considerado que o prelado exagerara nas precauções, começavam a olhar com sustentada suspeição para os sete aprisionados. Decorrido o prazo estipulado, padre Chaves e Dino Bibiano se reuniram com os demais chefes.

— O tempo se esgotou. Os nossos não voltaram, devem ter sido presos ou liquidados. Não restam dúvidas, esses sete elementos provocadores pertencem à contrainteligência caramuru. Vamos instaurar uma comissão militar e executá-los ou vamos executá-los sumariamente? — o padre indagou, à guisa de conclusão.

— Devemos esperar. A vida de um homem é sagrada — respondeu Genésio.

— Senhores, estamos numa guerra. Com todo o respeito, mas alguns de vocês não entendem a gravidade da situação. Comportam-se como pele de pica, que, no vaivém, não entra nem fica. Basta. Chega de ficar em cima da cerca.

— A expressão não cabe bem na boca de um sacerdote, mas o pensamento é exato — interveio com circunspecção Teófilo. — Está bem, vamos executá-los na madrugada, na frente de todos os milicianos. Será uma cerimônia cívica que, tenho certeza, ficará marcada na história de nossas lutas pelo bem comum.

— Eu ainda acho que não devemos nos precipitar — ponderou uma última vez Genésio —, mas parece que sou minoria.

Um pouco antes que a luz do dia surgisse e os mosquitos começassem a azucrinar os milicianos, o acampamento foi acordado por uma bateção de martelos e machados. Uma dúzia de homens comandados pelo padre Chaves cravava na terra uma fileira de sete troncos. Da jaula de madeira onde passavam a noite, os sete espiões estavam exorbitados. Os dois que primeiro apareceram no acampamento dos serranos, o Coutinho e o Câmara, rezavam. Três mulatos choravam abraçados uns aos outros e os dois negros balançavam-se solitários para a frente e para trás, produzindo uns murmúrios de bicho. Um dos alferes interrompeu a reza do outro:

— Fiquem tranquilos, ninguém vai executar ninguém. Isto é só para nos assustar e dar algum trabalho para esses coiós.

Quando o sol já estava todo inteiro, trazendo um pouco de calor para o corpo enregelado dos milicianos, os sete espiões foram trazidos um por um e amarrados aos postes.

— Vamos mandar atirar em todos ao mesmo tempo ou executar cada um na ordem? — indagou Dino.

— Na ordem — disse padre Chaves. — Ordem é progresso.

— Primeiro morrerão os chefes ou os borra-botas?

— Os chefes por último, senão a coisa perde o sentido.

Com os espiões atados aos postes de execução, um pelotão se colocou em posição. O padre, com os olhos brilhantes, ergueu sua espada. Num gesto rápido, baixou-a, esgoelando:

— Fogo!

O pelotão, postado a quatro passadas de distância, abriu fogo contra o corpo do primeiro negro, que despencou nas cordas. Os outros prisioneiros se puseram a gritar e a chorar ao mesmo tempo.

— Meu Deus, me perdoe. Meu Deus, isto não pode estar acontecendo! Parem! Nós confessamos, nós somos caramurus. Nós somos espiões — berrou o alferes que pouco antes imaginava que aquilo tudo fosse encenação.

Imperturbável, o padre Chaves reteve um sorriso de satisfação.

— Pelotão número dois, substitua o número um!

Houve uma certa confusão na troca de guarda, porque havia gente que, sem pertencer ao pelotão de execução, queria participar da matança, de modo que se metia no meio dos designados. Finalmente, a coisa entrou na ordem. O clérigo novamente levantou a espada, saboreando cada segundo do gesto, que condensava a inteireza do orgulho cívico no qual, em seu entender, se irmanavam os homens dos batalhões serranos. Quando se preparava para baixar o gládio que, como a lâmina da guilhotina jacobina, iria findar as iniquidades do mundo, três homens chegaram a galope:

— Viva! Viva! Viva! Os caramurus foram derrotados em Vila Rica!

Eram os cavaleiros da vanguarda batedora que voltavam depois de terem se perdido no caminho. O acampamento chimango parou. Os futuros combatentes correram em direção aos heroicos companheiros. O padre Chaves, que olhava ora para os prisioneiros ora para o fuzuê, levantou rapidamente a espada e ainda gritou:

— Fogo!

Não houve execução, porque não havia mais ninguém no pelotão de fuzilamento. Estavam todos pulando e dando tiros para o alto ao redor dos três guardas.

A manhã avançava alta e os chimangos ainda comemoravam a volta da vanguarda batedora. Entre os chefes, o clima era de consternação.

— Que vamos fazer agora? — perguntou Dino Bibiano.

Genésio e Jeremias estavam furiosos.

— Quase que vocês, no seu açodamento cívico, promovem uma tragédia. Nossa sorte foi que morreu apenas um negro sem importância! Já imaginaram se tivéssemos começado pelos alferes?

— Erramos — interveio, solene, Teófilo. — Mas erra quem faz. Numa batalha, podemos cometer erros imperdoáveis e erros perdoáveis. Erramos porque agimos equivocadamente, porém com intenção correta e boa. Agora, senhores, devemos pedir desculpas aos alferes, que, como militares, entenderão nossa posição. Depois, vamos convidá-los a participar de nossa empreitada. Escreverei uma carta ao general Pinto Peixoto relatando o comportamento heroico que tiveram.

— Mas, Teófilo, como vamos explicar o tipo de comportamento heroico que tiveram? Os homens não pararam de chorar e se borrar!

— Não precisamos entrar em minúcias. Creio que nem os sete, quero dizer, os seis desejarão que explicitemos os detalhes.

No seu canto, Gilberto Pires chamou François de lado:

— Devemos aproveitar a ocasião. A sorte só passa uma vez na porta de nossa casa.

— Eu não estou compreendendo nada.

— Venha comigo. Vamos conversar com seus amigos Genésio e Dino Bibiano. Deixe que eu fale.

O francês seguiu o pernambucano. Os chefes chimangos estavam com pouca disposição.

— Comandantes — disse Gilberto com seu sotaque português amaciado —, nós os acompanhamos nesta sagrada missão cívica. Mas estamos vendo que a sedição caramuru foi debelada em Vila Rica e que, agora, só restam uns gatos-pingados agarrados às montanhas de Caeté. De sorte que vimos para solicitar desligamento dos batalhões serranos.

Antes que o engenheiro tivesse terminado o longo discurso que havia ensaiado, o padre Chaves, um pouco embriagado, virou-se para os dois e, com voz pastosa, dispensou-os, atropelando a decisão do conjunto do comando.

— Podem ir, podem ir. Já tivemos muito dissabor por hoje.

Sem hesitar, Gilberto agradeceu e, imediatamente, puxou François para fora do telheiro. Eles ainda não tinham saído quando o prelado os chamou de volta.

— Mas amanhã faremos uma cerimônia de desligamento, para que os guardas não pensem que estão desertando ou abandonando o barco. Trata-se de uma liturgia.

— Será uma honra — respondeu o pernambucano.

Durante a cerimônia, Teófilo discursou por mais de uma hora, ressaltando a coragem dos que "lutaram, lutam e lutarão pelo bem público". Agradeceu o empenho de todos, disse compreender que "alguns, julgando a batalha ganha, decidam abaixar os braços no campo de Marte para soerguê-los nos campos de Hermes". Mas tinha certeza de que, nas batalhas futuras, poderia contar com eles. O alferes Câmara, mal recuperado, fuzilava o tribuno serrano com seus olhos injetados de ódio. Depois de todo o falatório, o francês e o pernambucano foram dispensados com pompas militares e salvas de tiros.

## 11. O cerco de Caeté

Os caminhos de Gilberto e François e dos batalhões serranos se bifurcaram. Os combatentes da Comarca do Serro Frio e da Vila Diamantina chegaram ao destino rapidamente, sob o comando do ex-guarda-marinha Teófilo. Mas Caeté era inexpugnável. Os caramurus haviam transformado o topo do penhasco da Piedade numa fortaleza que só podia ser alcançada escalando-se íngremes chapadões de pedra voltados para o abismo. Genésio ouviu dizer que eram instruídos por um misterioso estrategista, talvez um general francês.

---

Padre Chaves arreganhava as narinas para sentir, por antecipação, o cheiro de pólvora prestes a explodir por toda parte. Com o olhar esgazeado, mirava aqueles campos onde, cerca de um século e meio antes, o chão havia tremido com a primeira guerra civil das Américas. Sentia-se irmanado em comunhão com seus ancestrais, que tinham liquidado os emboabas num capão não longe dali.

— Dino, você não sente nestas matas e capões a presença dos luminares da guerra? Nossos antepassados estão conosco; eu os percebo nos conduzindo à glória das grandes batalhas.

— Mas, padre, o senhor acredita na manifestação dos espíritos dos mortos? Isso não é contra os ensinamentos da Igreja?

— Eu acredito, sim, Dino. E você tem razão, isso é contra os ensinamentos da Igreja.

— Padre, você tem razão, eu também sinto um frio no corpo. Só não sabia que era uma presença.

Genésio e Jeremias davam ordens para que os homens sob suas ordens se distribuíssem ao longo do pé do morro.

— O que vocês estão fazendo aí? — perguntou Teófilo, que se aproximou a galope, fazendo a besta estancar com um violento puxão no freio.

Genésio Silveira se recusou a responder, ante a insolência do questionamento, mas Jeremias Caldeira Brant explicou:

— Estamos cercando o inimigo. Essa é a primeira regra da guerra.

— Temos que atacar — retrucou Teófilo.

— Atacar lá em cima? Só se for voando. Mas homem voa?

Teófilo deu-lhes as costas, recusando-se dali em diante a entrar em entendimento com a coluna dos reles "conservalais". Voltou para a companhia dos guardas do padre Chaves e Dino, que se preparavam para tomar o cume.

— Vamos subir! No meio do caminho há uma fazenda onde

estabeleceremos nosso posto avançado. Em seguida, galgaremos o penhasco com cuidado e tomaremos de assalto a praça dos caramurus.

Os batalhões que subiram se organizaram na fazenda do sr. Antônio Lopes e, de lá, começaram a escalar o penhasco. Progrediam sem dificuldades, agarrados nos paredões, até que foram surpreendidos por uma avalanche de pedras que inutilizou meia dúzia de bravos. O resto da tropa retrocedeu como podia, se soltando no abismo ou esfolando a bunda no escarpado das rochas. Os homens que puderam refluíram à fazenda de Antônio Lopes. Genésio e Jeremias, temendo que seus companheiros fossem derrotados pelos caramurus, foram juntar-se ao posto avançado da fazenda.

— Não há como expugnar o rochedo — disse Genésio. — Vocês testemunharam isso à custa de uma dúzia de aleijados.

— Mas não podemos deixá-los lá em cima. O plano deles é esse. Manter um foco de resistência e atrair, pelo exemplo, a simpatia e a solidariedade dos conservadores do Brasil. Terão uma vitória política se mantiverem o posto. As vitórias políticas não são feitas de êxitos militares, mas de exemplos de heroísmo — replicou o padre Chaves.

— Não devem ter água lá em cima, vamos desesperá-los — interpôs-se Jeremias.

— Desesperá-los? São eles que estão a nos desesperar!

— Meu plano é o seguinte: vamos pôr os homens para amontoar todo o mato e canelas-de-ema que conseguirem. Vamos ardê-las aqui embaixo, dia após dia.

— Isso é uma tolice — retrucou rispidamente Teófilo, e se pôs a falar como um papagaio.

O jovem discursou sem parar durante mais de duas horas. Quando terminou, Genésio interveio:

— Mas não custa fazer o que o Jeremias propôs. Se não der certo, pelo menos teremos tempo de pensar em como proceder.

Ninguém arredava pé e a discussão se alongava, até que o alferes Azeredo Coutinho, ainda abalado pela experiência de quase fuzilamento, apoiou, com raciocínio militar, as ponderações de Genésio Silveira e Jeremias Caldeira Brant. Os outros, então, aquiesceram, menos por convicção e mais como uma maneira de se desculparem pelo erro cometido em relação ao alferes. Além disso, não tinham proposta alternativa. Venceram o cansaço e o sentimento de culpa.

Durante três dias, os homens recolheram em volta do morro da Piedade tudo que podia arder. Capim, palha, sapé, canelas-de-ema, pedaços de cupim, troncos, gravetos, estrume de gado, fragmentos de cerca. Num sobe e desce sofrido, foram transportando o amontoado para um lugar logo acima da fazenda do sr. Antônio Lopes. Tocaram fogo. Durante três dias e três noites, uma densa fumaça ardida subiu, como uma serpente branca e cinza, pelas pedras do penhasco. No meio da tarde do terceiro dia, viram um homem com um pano amarrado na ponta de uma vara, tossindo e escarrando a cada escorregão pedra abaixo.

— Nossos chefes desejam se render, mas querem se entregar aos chefes serranos.

— Somos todos do Serro Frio — respondeu Teófilo. — Aceitamos a rendição, mas antes deponham as armas. Um grupo de meus homens subirá para tomar conta das armas e munições. Depois, vocês poderão descer. Vocês terão a vida preservada e a segurança garantida.

Os chefes desceriam primeiro e entregariam as espadas. No meio da fumaceira, os chimangos postados na fazenda de Antônio Lopes perceberam as figuras de meia dúzia de homens deslizando pelas encostas, tossindo feito desesperados. À medida que suas fisionomias foram se delineando e seus olhos fundos e avermelhados se definindo nas faces cavadas, os liberais se espantaram. Os que mais se assustaram foram Genésio Silveira e Jeremias Caldeira Brant. Entre os irmãos De Sá Bettencourt e o dr. Jacinto Pereira Reis vinha, mais baixo do que todos, trôpego, coçando a bunda, o Perna de Kyrie Eleison. Padre Chaves e Dino Bibiano tiveram um acesso de riso, sendo imediatamente repreendidos por Teófilo.

— Vamos deixar que ele se renda ao irmão e ao Genésio — sugeriu o padre, por pura maldade.

Enquanto o coronel José de Sá Bettencourt e o dr. Jacinto Reis se entregavam aos demais chefes chimangos, o Perna de Kyrie Eleison se humilhava diante de Jeremias e Genésio. Com o último reduto caramuru eliminado na fumaça da fogueira cívica, os batalhões serranos voltaram para sua Comarca com a consciência satisfeita por haverem cumprido o dever que os chamara às armas.

Jeremias, na condição de chefe de um dos batalhões, impôs ao irmão pesadas exigências, entre elas a de que passasse oficialmente para seu nome o conjunto de suas propriedades e bens e se mudasse para o Vau, onde poderia, junto com a esposa, se dedicar a cuidar de uma roça de mandioca. Genésio o fez assinar um documento em que o velho Perna se comprometia a renunciar, para o restante de sua vida, à mania de duelos e a relar em arma de fogo.

# LIVRO QUINTO

# Passim

## 1. A volta ao Planalto

Para além das Minas, na direção das Gerais, François e Gilberto Pires seguiram viagem. Distanciaram-se dos furores cívicos dos batalhões serranos até que foram entrando pelas irrelevâncias geográficas do Sertão da Farinha Podre. São Domingos surgiu ao longe. O coração do francês disparou quando suas narinas se encheram do cheiro esquisito de Duzinda. Marica sentiu um apertão no peito. Sua pele arrepiou-se com a antecipação do calor do abraço do seu menino. Gilberto se indagava a respeito do tipo de riqueza que as grandes águas que corriam pelo sertão poderiam esconder. François e Orando rumavam certos, guiados pela memória do lugar. Nego da Lapa ia vigilante.

Nada fora alterado na aparência física da chácara do Planalto em Bebedouro, mas François sentia a ausência do encanto que o havia enfeitiçado quando a vira pela primeira vez e, no íntimo, se envergonhava diante de Gilberto Pires, como se o pernambucano pudesse adivinhar que a paisagem externa não se conformava mais ao sentimento que ele tinha do local.

A porta da casa-grande da chácara se abriu. No lugar de uma moleca sapeca, surgiu na soleira uma adolescente quase toda batida em corpo de mulher. O rosto de François se enrubesceu. Duzinda passeou seus olhos interrogativos pela generalidade da pequena tropa, depois os enfiou dentro do azul-escuro dos olhos do francês, esboçando um sorriso sem surpresas.

— Como vai, sr. Dumont? Há tempos que não o vemos mais por estas bandas. Quase não o reconheci. Está de passagem ou vai ficar algum tempo?

François sentiu um ódio lhe subir às faces por estar sendo tratado de modo corriqueiro pela negra.

— Desejo permanecer algum tempo. Tenho coisas importantes a tratar com sua senhora. Quero saber se ela teria um lugar onde pudesse abrigar e alimentar meus animais e meus negros e se haveria um pouso adequado para mim e para meu amigo, o sr. Gilberto Pires — respondeu, erguendo o queixo, mostrando no gesto o francês que era.

Duzinda nem sequer se dignou olhar para o companheiro de François. Sem se intimidar, disse com insolência, como se fosse ela a senhora do lugar:

— De fato não sei. As pessoas chegam à chácara do Planalto sem avisar, de maneira que nem sempre podemos honrá-las com nossa hospitalidade.

— E como posso ficar sabendo? — retrucou o francês, incisivo.

— Vou perguntar a d. Oma. Minha senhora viajou, só volta no mês que vem. Vou ver se a d. Oma tem algum lugar para os senhores. Enquanto isso, seus animais e negros poderão ficar nos fundos da casa, onde há espaço para descansar. Os senhores façam o favor de entrar e se acomodar no salão.

O francês percebeu com satisfação o espanto que o luxo turco da casa do Planalto provocava em Gilberto, como se fosse ele, François, o responsável por aquela atmosfera de encanto e cheiros. Duzinda esperou que os dois homens se esparramassem nas almofadas, depois se virou e sumiu no fundo do corredor. François espichou os olhos para capturar-lhe as transparências, mas o que viu foi o opaco de seu remelexo de cadeiras num andar pausado e deslizante.

Uma negra trouxe-lhes refresco de pequi e uma tigela de figos. O francês passou a mão sobre a carne rosa avermelhada de um figo que de tão maduro se abrira sozinho, e sentiu na ponta dos dedos o úmido apaziguador do fruto. Abocanhou-o e ficou mexendo com sua maciez dentro da boca. Algum tempo depois surgiu d. Oma, com passinhos ligeiros, os cotovelos travados pelo reumatismo e seus olhos aflitos. A velha chorava de alegria, balbuciando as frases presas na garganta:

— Oh, sr. Dumont, que prazer revê-lo. Depois de tanto tempo. Vou acomodar o senhor e o seu amigo na Casa Amarela. Desculpe-me tê-los feito esperar. Como foi a viagem?

D. Oma disparava uma saraivada de perguntas sem que o francês tivesse tempo de responder a elas. Depois de encher-lhe os ouvidos, disse aos visitantes:

— Pronto, a carroça chegou. O negro vai conduzi-los até a Casa Amarela. O senhor conhece o lugar, não é, sr. Dumont? Vou mandar logo uma das meninas para acomodá-los. Nada mudou.

O coração de François desembalou e uma tristeza lhe invadiu a alma. Deu-se conta de que Duzinda havia crescido. Se quisesse alguma coisa com a negrinha, teria que lhe solicitar os favores dos quais, lhe parecia naquele instante, dependia a salvação de sua alma seca de amores. Se ela fosse à sua alcova, ele estaria disposto a ouvir suas malcriações; então, ele a compraria, a alforriaria com o dinheiro que estava esperando por ele nas entranhas da Farinha Podre. Não lhe estaria fazendo nenhum favor. Não foi, por acaso, a doce Duzinda que lhe devolveu todas as libras com as quais ele, no passado, quisera presenteá-la, guardando para si tão somente o lenço de seda? Isso não é amor, puro amor? François apartou da mente os pensamentos desbaratados que lhe ocorriam involuntários devido ao esgotamento físico e mental ocasionado pela viagem.

Na porta da frente da casa do Planalto, ao lado da carroça que os aguardava, depararam-se com Marica, agarrada à pequena canastra como se esta fosse sua alma.

— Ponha a canastra na carroça e nos acompanhe. Não é longe — François ordenou-lhe.

Marica seguiu correndo atrás do sacolejo da carroça, de olhos fixos na pequena canastra, que balançava de um lado para outro sob os pés do patrão. Muito atrás, um carro de boi, gemendo, trazia o restante das tralhas. Junto vinha uma negra jovem, cadeiruda, com o rosto pipocado por marcas de bexiga. François demorou a reconhecer nela uma das três graças de ébano do grupo de molecas do qual Duzinda fazia parte. O francês indicou onde a negra deveria acomodar as coisas, pondo-a para fora tão logo terminado o serviço. Topou com Marica postada na eira da casa.

— Que está fazendo aí na frente como uma idiota? Vá se juntar a Orando, que eu não preciso de você zanzando na minha porta.

— Mas nós não vamos ver Maquim, sr. François?

— Amanhã, amanhã de manhã — respondeu ele de mau humor, batendo a porta e fazendo girar a tramela.

François dormiu mal. No meio da noite sentiu vontade de urinar. Abriu a janela, levantou a camisola à altura do peito e começou a urinar, quando um cachorro latiu, avançando sobre o batente. O francês recuou assustado, molhando o camisolão.

Imprecou qualquer coisa, depois voltou para a cama e tentou inutilmente dormir. O sono só lhe veio quando já era o momento de acordar. De manhã, ele arrastou seu mutismo estouvado pela casa, esperando em vão que alguma negra viesse lhes servir água ou coisa parecida. Ao abrir a porta, Marica praticamente lhe pulou em cima com a boca arreganhada. François recuou, assustado.

— É agora que vamos ver Maquim?

O francês empurrou a negra, que se desequilibrou.

— Como se atreve a me assustar assim de manhã, sua negrinha imunda? Não vou ver Maquim porra nenhuma. E fique sabendo mais: nem você vai ver Maquim. Você vai voltar para Diamantina sem ver o desgraçado do negro só para deixar de ser impertinente, sua negra de uma figa. Saia da minha frente já. Você me fez derrubar toda essa água na roupa. Me molhou todo — gritou, arremessando longe a cuia que trazia na mão.

— Pelo amor de tudo que é mais sagrado, sr. François. Me desculpe. Não faça isso comigo. Eu faço tudo o que o senhor quiser, mas deixe-me ver meu moleque — a negra soluçava, sem ousar levantar-se do chão.

— Saia da minha frente.

Marica engatinhou ligeira até os pés do patrão, abraçando-lhe as botas. Gilberto Pires, logo atrás, olhava com espanto a cena. Furioso, François levantou a escrava pelos tufos da carapinha que lhe saíam de cada lado do pano enrolado na cabeça.

— Você quer ver o negrinho, não é? Pois não vai ver! — sussurrou, cheio de ódio, no seu ouvido, fazendo zunir entre os dentes cada sílaba das frases.

— Eu faço tudo o que o senhor quiser. Mas me leve ao meu moleque, senhor — a negra implorava, pouco se importando com o fato de François estar lhe arrancando os cabelos.

— Mas você já faz tudo que eu quero, negra burra. Faz e

tem que fazer. O que mais eu ia querer de você? Me diga. Me diga! É para isso que você existe, para fazer as coisas que eu ordeno. Eu mando e você faz. Ah! Então, você fará tudo que eu quiser, não é? Está bem! Você me vende sua alma em troca do seu negrinho? Você me dá sua alma quando eu lhe pedir?

— Dou. Dou. Dou, sr. François.

— Jura?

— Juro.

— Está bem, então vamos ver Maquim.

O francês soltou os cabelos da negra, que desabou a seus pés.

— Levante-se, vamos ver Maquim. Mande trazer a carroça que nós vamos ver seu moleque.

Marica disparou ladeira acima. François enxugou a testa com um lenço grande.

— Desculpe-me, Gilberto. Estou muito cansado. Não deveria ter tratado a pobre negrinha daquele jeito. Me acompanhe, que eu quero que você conheça meus amigos. São pessoas influentes aqui. Vamos primeiro à casa do Leonel Angorá.

Orando conduzia a carroça que d. Oma havia posto à disposição de François. Marica ia encolhida num canto. Quando chegaram às terras de Leonel Angorá, a escrava mal se conteve; por pouco não pulou da carroça para farejar, fuçar e encontrar seu menino.

— Marica, eu vou falar com o sr. Leonel, vou pedir-lhe para trazer Maquim. Enquanto isso, fique sossegada junto à carroça. Não vá aprontar quizumba — advertiu-lhe mansamente François, na tentativa de se desculpar pela violência que havia despejado sobre a negra.

François alugou Maquim por uma semana. Leonel Angorá choramingou, queixou-se da falta de braços, lastimou a mediocridade da produção, exaltou a importância de Maquim, até conseguir extrair do bolso do francês uma quantia quase extorsiva pelo aluguel do escravo.

— Mas, se o senhor não se importar com minha curiosidade, sr. Dumont, para que mesmo o senhor precisa alugar um negro? — Leonel Angorá inquiriu, desconfiado.

— Só trouxe uma negrinha, a pobre não dá conta do recado. O negro grandalhão não é negro de lida, é alforriado e contador. Maquim já me serviu, conhece meu jeito. Quero também experimentá-lo para outros serviços. Se tiver serventia e caso o senhor queira vendê-lo, gostaria de recomprá-lo.

— François, infelizmente está havendo falta de braços negros na Farinha Podre, de forma que no momento não pretendo fazer negócio com o negro. Mas, em nome de nossa amizade, poderei dilatar o aluguel por uns quatro meses. Nesse caso posso até fazer um precinho melhor — concluiu Leonel, debaixo de um sorriso velhaco.

François e Gilberto não permaneceram muito tempo na casa de Leonel Angorá. O homem nem sequer lhes ofereceu um chá ou café. Nem um fuminho para pitar. Até a conversa dele foi miúda e econômica. François mandou que Orando tocasse para as propriedades de Casimiro de Morais. Na carroça, Marica se espremia feliz entre o gigantão Orando e Maquim, todo batido em homem. Como uma cega, a negra não cessava de passar as mãozinhas diminutas no dorso de Maquim, tamborilando com a ponta dos dedos sobre os veios duros que as vergastadas construíram no seu couro. O sr. Dumont havia dito o correto, Maquim tinha vida larga no Sertão da Farinha Podre.

— Maquim, nós vamos ver Rosa Xangana, mas não tome liberdades. Tudo que eu não preciso é de problemas com essa gente.

— Pode deixar, patrão. Estou acostumado. Eu sempre vejo minha Rosa e meu Miguelzinho.

— Miguel? Seu filhinho, Maquim? O moleque já foi batizado?

— Já foi, sim, senhor.

François e Gilberto Pires foram recebidos pelo sr. Casimiro de Morais com simpatia. Casimiro impediu que eles se retirassem antes de cear. Sua esposa inicialmente hostilizou os dois pelo fato de estarem hospedados na chácara do Retiro do Planalto, depois foi amolecendo as fibras à medida que aquilatava a fineza dos visitantes. No fim, estava encantada tanto com o pernambucano quanto com o francês.

— Eu queria lhe pedir um favor, Casimiro. Sei que não se deve falar de negócios à mesa, mas não se trata propriamente de negócios.

— Será um prazer poder atendê-lo, se o que desejar estiver ao meu alcance.

— Trata-se da escrava que lhe vendi.

— Sim. Rosa Xangana. Quer comprá-la de volta?

— Gostaria que você concedesse algum tempo para que ela pudesse mostrar sua cria, acho que se chama Miguel ou coisa parecida. Eu trouxe a avó comigo.

— Mas que bobagem. Vou fazer mais. Vou pôr Rosa a seu serviço enquanto estiver aqui em São Domingos. Não estou precisando dela no momento. Há um excesso de escravos em minha propriedade. Quem sabe não volta prenhe de outro negrinho, de modo que possa aumentar meu plantel? Fique com ela a semana inteira.

François agradeceu sorrindo a generosidade do amigo. Mais tarde os visitantes retornaram à Casa Amarela do Planalto. No caminho, Marica ora balançava o pequeno Miguel no colo ora procurava piolhos na sua carapinha rala. O molequinho se contorcia, mexia e estendia os bracinhos para Rosa, tentando salvar-se dos apertões de Marica. A negra, cercada por Marcos Maquim, Rosa Xangana e o Miguelzinho, franzia a testa enquanto pensava que por aquele pedaço raro de felicidade tinha valido ter vendido a alma ao patrão.

À noite, François ficou confabulando com Gilberto na varanda da Casa Amarela, iluminada por uma lua grande e vermelha que lhe enchia a alma de solidão e tristeza. Após três dias de pasmaceira e melancolia, o francês decidiu que o melhor que tinha a fazer era se instalar por um bom tempo no Sertão da Farinha Podre. Passou o resto da semana se agitando. Comprou um carro de boi com seis parelhas, alugou meia dúzia de escravos, estendeu o contrato de Marcos Maquim com Leonel Angorá e rumou para as margens do rio Bagagem. Montou um rancho não muito longe dos vilarejos de Joaquim Antônio e da Cachoeira, onde começou a organizar sua lavra nos moldes do Poço Seco. François ainda convidou o pernambucano para acompanhá-lo, mas Gilberto Pires recusou.

— Meu caro amigo, não vou acompanhá-lo. Sou um empresário de minas e de navegação. Só iria atrapalhá-lo me metendo em coisas que desconheço. Não sou homem mateiro, preciso de pelo menos uma cama para dormir, refeições, mesa para trabalhar e pote para mijar à noite.

— Mas por que, então, não fica na Casa Amarela?

— Não fica bem para minha reputação. Se quiser ter algum sucesso em alguma empreitada nesta região, não posso ferir as suscetibilidades das esposas dos maridos com quem farei negócio. Elas podem não mandar, mas podem atrapalhar. Você não viu a dificuldade que tivemos para contornar o mau humor da esposa do Casimiro de Morais?

## 2. Pedras mortas

François havia conseguido apenas uma ou outra pepita, três

ou quatro pedrinhas. Nada de expressivo, nada que valesse a pena. No término do quarto mês, voltou a São Domingos.

— Meu caro amigo, você está parecendo um mouro. Todo tostado pelo sol. Auferiu muita coisa? — perguntou Gilberto Pires ao abraçá-lo.

— Por enquanto, pura merda. Mas pressinto que estou perto de algo importante.

— E o que pretende fazer agora?

— Agora? Quase nada, preciso de alguma ajuda. Vou ter que contar com o auxílio forte de Anna Jacinta. Ouvi dizer no vilarejo de Joaquim Antônio do Bagagem que ela está de retorno. Tem alguma notícia disso?

— D. Anna Jacinta de São José está de volta: só se fala nisso em São Domingos! Estou ansioso para conhecer a criatura. As mulheres falam dela como se fosse uma feiticeira.

— Ela é mais que uma feiticeira, Gilberto. Beja é absolutamente encantadora. No pouco tempo que passei aqui, pude tê-la como a mais fiel das pessoas.

— Hum-hum! — o amigo murmurou uma concordância de ponta de beiço.

O pernambucano gostava do francês, sem, contudo, levá-lo muito a sério. Se não fosse pela amizade que se havia tecido entre eles, o consideraria um maria vai com as outras. Achava-o crédulo em demasia, pronto para embarcar em qualquer aventura sem valor. Para ele, François era como os homens simpáticos, cheios de sonhos e de iniciativas que, como o inverso de Midas, quando tocavam em ouro o metal virava pó de pirita.

Em São Domingos, François aproveitou o tempo para comprar tudo de que já carecia na lavra do Bagagem e, em seguida, arrastou consigo Gilberto Pires para conhecer a feiticeira. Beja recebeu de braços abertos os dois homens.

— Este senhor é seu amigo Gilberto Pires, com toda a certeza. A velha d. Oma é muito precisa em suas descrições. E você,

François, que tristeza, que decepção! Eu, que sempre o tive como amigo próximo! — dirigiu-se ao francês estendendo o braço.

— Mas, Beja, como posso ter eu causado qualquer tristeza? — François respondeu, ao beijar-lhe a mão.

— Como? Ora, partindo para o mato, se metendo com os araxás, sem se preocupar em me esperar ou visitar. Deixando que seu amigo se enterrasse naquela aborrecida vida de São Domingos em vez de aproveitar o conforto do Planalto!

— Mas, Beja, não poderia fazer de outro jeito. Estou seriamente pensando em me estabelecer neste fim de mundo. Mas preciso ter uma conversa longa com você — François retribuía, cheio de charme, as palavras envoltas de sedução com as quais Beja os recebia.

— Mas é claro. É a respeito da moleca, não é? — Beja indagou com ar maroto. — Sabe, o senhor deixou boas recordações. Nossa jovem amiga, a polaquinha Elisa, antes de se mudar para São Paulo, só suspirava pelo seu francesinho, como ela o chamava. Mas agora gostaria que você me apresentasse mais corretamente o seu amigo.

François, que havia ficado vermelho da cabeça aos pés diante das indiscrições de Beja, respirou aliviado quando ela lhe deu ocasião para mudar de assunto.

— Me desculpe, Beja. Estou sendo muito indelicado. O meu amigo Gilberto Pires é um dos importantes engenheiros da Gold Mining Corporation, além de ser um homem de grande caráter. É um velho companheiro de viagens.

Beja bateu palmas. Um escravo de calças listradas pega-frango, trajando meia casaca e uma cartola enfeitada de rendas, chegou trazendo cerveja Porter. Em seguida, duas moças muito louras se aproximaram, falando um português gutural. A feiticeira apresentou-as aos visitantes. No início da noite, alegando cansaço, os dois homens se despediram. Antes de saírem, Beja lhes falou.

— Sr. Gilberto, se o senhor quiser fazer qualquer negócio aqui na Farinha Podre, terá que conversar com o sr. Leonel Angorá. Eu sei que tentou contato com ele. O homem é turrão, avesso a encontros, mas vou providenciar para que, amanhã no meio da tarde, ele o receba com maior disposição e mais simpatia. E você, François, deixe seu amigo trabalhar em paz e venha me ver para que possamos nos distrair um pouco da chatice de vida de São Domingos.

Após o almoço do dia seguinte, um escravo trouxe uma mensagem de Leonel Angorá. O muquirana dizia sentir-se muito honrado em poder receber o sr. Gilberto Pires em sua roça, caso não lhe fosse incômodo fazer uma pequena viagem. O pernambucano mal podia acreditar no que ouvia. Depois da secura e frieza com que fora acolhido pelo sr. Angorá, bastou apenas que Beja estalasse os dedos para que o mais importante homem da Farinha Podre se dispusesse a abrir-lhe as portas de sua casa!

À tardinha, o negro Tião apareceu na Casa Amarela com um convite para que François fosse ver Beja. Através da bruma seca da tarde, alguns poucos escravos observavam, bestializados, o movimento incomum para aquela hora pachorrenta. O francês subiu na caleche que havia parado diante da Casa Amarela. O grande chapéu quase caiu de seu colo quando o carro se moveu e uma das rodas passou por cima de um grosso galho que se partira e desabara da árvore que sombreava a eira. Marica ousou acenar para o patrão, com uma tristeza que se estampava rara no seu rosto emburrado.

— Ai, meu Deus, estou sentindo um aperto no coração! — exclamou a negra miúda, ao mesmo tempo em que levava um pano encardido à boca para abafar o desassossego no semblante aflito.

François, já se balançando na caleche, apalpou as costas. Em seguida, esticou as pernas, acomodando-se melhor no banco. Ignorando a presença da negra Duzinda na boleia, cerrou os olhos e passou a desenhar no escuro opaco das vistas os traços e contornos do esboço do enredo que, nos últimos oito anos, havia tanto e tantas vezes imaginado ser capaz de fazer dele um homem rico.

Diante de xícaras de chá, travessas de biscoitos e figos, defronte à mesma mesa em que François a vira pela primeira vez havia anos, Beja olhava para o horizonte, indiferente ao movimento dos negros abanadores. Ao sentir sua aproximação, a feiticeira lhe estendeu languidamente o braço. Quando ele o tomou, Beja se virou inteira em sua direção. O amigo estava escurecido pelo sol do sertão, o que levava seus olhos azuis e sua barba alourada a torná-lo ainda mais bonito do que era. Suas roupas um pouco antigas e o corpo ainda cheio de juventude provocavam um sentimento de ternura em Beja.

— Mas que cara é essa, François? Parece acabrunhado. Vamos logo colocar um sorriso nesse rostinho — disse-lhe, beliscando seu queixo.

— Eu tenho algo a lhe revelar, Beja. Talvez a distância das intrigas diamantinenses, a confiança que tenho em você e o alcance de seus poderosos contatos me levem a contar com você como nunca pude contar com ninguém — François disse abruptamente, sem intervalo nem preparativo, açodado por um assunto que, havia muito tempo, estava preso em seu peito.

— É a polaquinha Elisa, não é?

O francês balançou negativamente a cabeça, esboçando um sorriso.

— Nada disso, Beja.

— Ainda bem! Há homens que se perdem e depositam aos pés de minhas amigas tudo que amealharam durante a vida. Riquezas, paz de espírito e até mesmo a honra.

— O que tenho para lhe propor é outra coisa. Beja, será que

você poderia se livrar por um momento da presença dos escravos para que eu possa conversar a sós com você?

Beja endireitou-se, estranhando a solicitação do francês. Com presteza fez gestos para que os abanadores se retirassem. François levantou-se e, com uma careta de dor, levou as mãos às costas e apalpou os rins.

"Meu Deus, o homem ficou quatro meses no rio Bagagem e já se descadeirou todo", pensou. "Está certo que ele é bonito como um deus, está certo que ele é diferente desses broncos da Farinha Podre acostumados aos araxás, mas, no fundo, não passa de um aventureiro perdido nas margens barrentas do Bagagem atrás de alguma canga e ouro que o resgatem da miséria da vida dura."

Enquanto Beja conjecturava, François deslizava a mão pelas costas como se quisesse retirar dali algo que se colara aos seus rins. Remexia-se. Subitamente, se pôs a puxar a fralda da camisa de dentro da calça, livrar-se da jaqueta de cotelão, desabotoar-se, com um olhar esgueirado que varria a sala.

"Ai, ai, ai!", Beja disse consigo. "Pronto, o homem endoideceu de vez. Pronto! Já começou a tirar o excesso de roupa! Vai pular em cima de mim. Vai se ajoelhar aos meus pés, declarar seu amor, dizer que não pode viver sem meus favores. Ai! Ai! Ai! Mais um! Por que esses homens são todos iguais? No início parecem diferentes uns dos outros, mas recaem sempre na mesma monótona loucura. Agem e sofrem como se fossem únicos! Agora vai querer coisa comigo; devia ter se interessado pela polaquinha."

Beja se preparava para se levantar e repelir os amores de François, quando ele indecentemente ergueu a fralda da camisa. Desamarrou da cintura uma cinta encardida que a cingia. Meio desbragado, jogou com ruído o pano sobre a mesa e se ajoelhou. Sem olhar para nada em volta de si, se pôs a abrir a costura da coisa, com uma excitação de tatu. Enfiou os dedos por entre as costuras das abas da bainha da cinta e, com força, a escancarou. No meio das manchas amarelas de suor impregnadas no tecido mole, surgiram quatro pedras, uma maior do que a outra, sendo que dentre elas uma se destacava por seu quilate, brilho e cor. Nenhuma delas com menos de trezentos quilates. François, sem olhar para a feiticeira, passava a ponta dos dedos pelo resvaladouro de uma das pedras, arrepiando-se com a frieza desta. Quatro cangas como nem Beja nem ninguém neste mundo de Deus jamais tinham visto! Exaurido por um imenso esforço físico, o francês mal conseguia se pôr de pé ou sentar-se na cadeira em frente à mesa iluminada pela luz quente das pedras, que projetavam no rosto de Beja um leve matiz marrom-rosado. Os seios da mulher arfavam aceleradamente.

— Pronto! Veja o que tenho. Uma fortuna perigosa. Um tesouro que causaria inveja e cobiça aos mais afortunados do Império. Aqui, no segredo do Sertão da Farinha Podre, posso dividir cada uma das cangas em dez pedaços, o que me deixaria muito, muito rico. Pensei em fazer isso na Demarcação Diamantina, mas percebi que seria impossível. Por aquelas bandas tudo é controlado, investigado e esmiuçado. Mas, se puder manter essas cangas inteiras, sei que poderei ganhar até oito ou dez vezes mais.

— Onde você conseguiu isso, François? — quase gritou Beja, levando um lenço à boca. — No Bagagem? Em Joaquim Antônio? Em Cachoeira? Onde? Onde?

— Beja, vou lhe contar tudo. Quero que me escute com paciência. Mais do que isso, quero que se torne minha parceira, para que possamos dar vida a esses diamantes. No momento, essas grandezas diante de seus olhos não passam de pedras mortas.

— Pedras mortas? Pedras mortas? — Beja se pôs a rir sem controle.

— Você vai compreender logo, logo. São pedras mortas. Pedras mudas, sem voz nem vida.

— François, nós temos que manter segredo sobre isso, senão nossa vida não valerá nada. Neste sertão tem gente que mata e tortura por muito menos que isso.

A feiticeira, extasiada, havia se aproximado das pedras para melhor verificar sua realidade.

— É por isso que eu preciso de você.

— Onde foi? Em que parte do rio Bagagem você as encontrou, François? — Beja voltou a insistir.

— Não foi no rio Bagagem.

— Não? Onde foi? É longe daqui? Foi num ribeirão? Onde? Qual?

— Muito, muito longe! — exclamou François, continuando com sua maneira irritante de não responder às perguntas, de embrulhar as respostas num mistério de beira de trilha.

— No Distrito Diamantino! E, finalmente, com toda aquela confusão que embaralhou a região, você conseguiu contrabandeá-las!

— Não!

— François, o que você quer dizer? Às vezes não o compreendo.

— Beja, eu não encontrei essas pedras em lugar algum. Eu sempre as tive. Sempre as carreguei comigo, atadas às minhas costas. Elas fazem parte de mim como meus rins. Veja! — François virou-se, expondo as marcas de cicatrizes.

Subitamente Beja se afastou e acostou-se numa marquesa, engolindo toda a excitação que havia pouco lhe tomava o corpo e a alma. Fingiu uma pequena tosse, olhou fundo nos olhos do francês.

— François, do modo como eu tenho levado minha vida... eu quero dizer, do modo como a vida tem me conduzido, por seus caminhos retos e tortos, acabo atraindo confissões de tudo quanto é tipo e gênero. Homens e mulheres, pagãos e cristãos, se aproximam de mim contando coisas que às vezes não dizem nem para si. Desconfio que o padre da paróquia de São Domingos não me aprecia porque sou mais procurada do que ele para as confissões e, com certeza, para outras coisas. As pessoas, principalmente os homens, se aproximam de mim cheios de maneiras e formalidades, mas não demora muito para que comecem a falar sem compostura. Eu só os escuto. Ao contrário do padre, não os castigo nem peço que se arrependam. Eles chegam a suplicar que eu ouça seus desejos, seus crimes, suas infelicidades, a vida mirrada de suas mulheres, seus desencantos e encantos, seus pequenos e miseráveis segredos. Acontece que depois eles criam aversão a mim, passam a me tratar de um jeito raivoso e desconfiado, e chegam às vezes a sentir ódio e ojeriza por mim. Esses pobres-diabos nem sabem que não é a mim que odeiam. O que eles detestam são suas próprias misérias, pouco importando seu tamanho ou quilate, que eles derramam dentro de mim na hora da bebedeira, do inconsolável desamparo, do amor implorado, do fracasso do corpo. Depois que se livram delas, me odeiam porque as recebi. Não é muito agradável ficar com todas essas histórias, todos esses sigilos e segredos se amontoando. Tudo isso é muito solitário. Mas você, François, pode me contar seus segredos, porque eu sei que, com você, a conversa não é como um rio que corre numa direção e nunca volta.

— É isso. É assim que eu quero falar com você.

— Tente. Fique à vontade, François. Diga o que quiser.

Beja se estendeu molemente na marquesa. Deixou uma das sapatilhas se desprender do calcanhar e ficou a balançá-la na ponta do dedão do pé.

— O pior, Beja, é que nesta história toda, cuja gravidade e alcance você irá logo perceber, nunca houve remorso de minha parte. O único pesar que tive foi quando por três vezes senti a agonia de Eufrásia. O remorso que existiu veio pelo sofrimento da pobre, que eu teria, se pudesse, evitado a todo custo.

— Eufrásia é sua esposa, não é?

— É.

— François, uma das moças que conheci, das terras italianas, que se chamava Natalia, dizia que, depois de uma certa idade, o remorso é como uma broinha de fubá, que de manhã se encharca na xícara de café e em seguida se engole.

## 3. As estranhas visitas

François olhou para Beja, que se espreguiçava na marquesa. Pôs-se a garimpar as palavras para abordar um assunto que nunca havia conseguido compartilhar com ninguém. Sentia que o segredo bem guardado tinha se perdido em algum canto escuro do corpo e a fala, ao procurá-lo, se pusesse, indecisa, a tatear os desvãos da alma. Mas foi só começar que rompeu num falatório desabalado, tangendo o assunto que lhe parecia vir num fôlego só.

— A primeira vez que vi Eufrásia eu era muito jovem. Aconteceu de meu patrão me encarregar de fazer a entrega de uma partida de vinhos ao pai dela. Eles residiam em Bordeaux e em Paris. Então, como eu dizia, quando vi a filha do sr. Martinet pela primeira vez, eu a olhei sem interesse, até porque não passava pela minha cabeça que uma jovem de sua posição social pudesse ter qualquer tipo de curiosidade por mim. Naquela época, eu, que já era órfão de mãe, tinha acabado de perder meu pai, espetado por uma baioneta. Eu e Victor éramos o que havia sobrado de nossa família. Com o fim das guerras, os bordelenses cessaram o contrabando de vinho para a Inglaterra. As pessoas começaram a ganhar dinheiro de maneira menos arriscada. Meu futuro sogro, a quem eu passara a entregar remessas regulares de vinho, me ofereceu um trabalho em sua oficina de joias, de modo que pude me fixar em Paris e melhorar de vida. Com a Restauração, a Gerbe D'Or estava em plena expansão. Tudo era motivo de alegria para os joalheiros. Os nobres rotos que voltaram à França depois de um longo exílio vendiam seus brincos e tiaras por uma bagatela; os ex-oficiais e ex-altos funcionários de Napoleão, perseguidos pelos novos donos do poder, tentavam trocar no afogadilho os tesouros saqueados pela Europa afora. Em Paris se compravam pedrarias e ouro por quase nada e se vendiam joias, moldadas ao gosto da velha nobreza que assumira o poder, por uma fábula. O segredo do negócio era simples: comprar por um preço baixo, vender por um preço alto e ter bons contatos com a nobreza restaurada. Meu novo patrão havia aumentado consideravelmente seu ateliê, contratando um grande número de pessoas. A Gerbe D'Or, inverno ou verão, abria as portas das seis horas às onze e trinta e quatro, quando se encerravam os trabalhos da manhã. À tarde, a loja voltava a abrir as portas às doze e quarenta e dois, fechando-as às dezessete e cinquenta e três. Eu digo isso, Beja, para lhe mostrar como meu sogro era minucioso. Foi na Gerbe D'Or, em Paris, que reencontrei sua filha e aconteceu que nos enamoramos. O sr. Martinet, quando se deu pela coisa, ameaçou me despedir; os irmãos dela tentaram me intimidar; mas, diante da firme posição de Eufrásia, o velho cedeu. Depois do nosso casamento, minha vida melhorou muito, Beja. Em pouco tempo pude adquirir um apartamento modesto, nas imediações da Pont au Change, não muito longe de meu trabalho.

François interrompeu seu relato quando Duzinda entrou na sala trazendo uma jarra de barro com suco de mangaba e uma travessa de figos. Imediatamente, puxou um lenço de seda da manga da camisa e jogou-o sobre as pedras descuidadamente expostas na mesa. Beja não deixou de observar a impertinência do olhar interrogativo da negra, pousado no lenço. A conversa foi retomada quando a escrava se retirou.

— Embora tivesse melhorado consideravelmente de vida, na Gerbe D'Or eu não passava de um reles funcionário. Meu sogro nunca deixou de me ver como um aproveitador. O velho me olhava com desconfiança e meus cunhados não escondiam o desdém que tinham por mim. Ficavam à espreita para me encher de desaforos ou, no melhor dos casos, me humilhar com chacotas. O pior de tudo era que os porcarias não valiam grande coisa. Eram duas bexigas de carneiro cheias de vaidade. Mas eu estava mais que satisfeito com minha situação. Passava por cima desses aborrecimentos sem verdadeiramente dar importância a eles. Afinal, tinha uma esposa a quem aprendera a amar e ganhava o suficiente para ajudar meu irmão. Para um pobre órfão como eu, jogado de um lado para outro pelas brutalidades da vida, eu havia galgado a um lugar muito mais alto do que poderia imaginar. Dera adeus às viagens e aos pesadelos das estradas entre Paris e Bordeaux, comia bem e me vestia com elegância. Tudo corria liso na minha vida amansada, até que um acontecimento extraordinário veio transformar nossas existências, inclusive a sua, Beja!

O francês tinha levantado o tom da voz ao pronunciar a última frase. Beja franziu deliciosamente as sobrancelhas. Depois, espreguiçou-se toda, deixando cair a sapatilha que balançava na ponta do pé.

— A minha? Minha vida? — Beja sorriu. — Estou intrigada e curiosa para saber, François, como é que um acontecimento ocorrido há uns oito anos, em sua distante terra natal, veio, sem que eu ficasse sabendo e sem que nós nos conhecêssemos, transformar minha vida, aqui, no Sertão da Farinha Podre. Ah, meu querido — suspirou, enquanto passava os olhos ao longo de seu próprio braço —, acho que nada transformou minha vida nesses últimos tempos, apenas me tornei um pouco mais velha e minha pele não está tão viçosa como antes!

François se levantou e recolocou a sapatilha no pé de Beja, dando continuidade ao seu relato:

— Meu sogro era um homem de manias. Entre elas, havia a obsessão por horários, que se materializava no fascínio dele pelo pêndulo que, na cadência do balanço de seu peso de âmbar, regulava a vida dos funcionários da Gerbe D'Or. Era uma friorenta terça-feira de fevereiro quando soou a badalada das onze e meia anunciando que dali a quatro minutos se encerraria o turno da manhã. Todos, como de costume, deixaram a oficina. Eu, desobedecendo pela primeira vez na vida às rígidas regras de meu sogro, permaneci no segundo andar, pondo em dia as contabilidades atrasadas. Foi um erro. Deveria ter saído com os outros, sobretudo porque Thierry havia me incumbido de fazer a entrega de um par de brincos a uma das amantes de um general. Mas o velho nem se deu conta de minha presença no interior da oficina. Eu, apavorado, trabalhava em silêncio para não despertar nem sua atenção nem sua ira, quando ouvi alguém batendo com insistência na porta da Gerbe D'Or. Então, me esgueirei até a beirada da pequena janela do segundo andar, de onde pude ver uma senhora muito elegante, acompanhada de uma aia. Meu sogro a convidou a entrar. Fez exceção provavelmente porque se tratava de uma condessa, mas a impressão que tive foi que ele, por algum motivo, estava esperando por aquela visita. Eu nada pude ouvir da conversa deles, mas não pude deixar de perceber que a mulher, muito nervosa, sussurrava alguma confidência. O cochicho instigou minha curiosidade estúpida. Como um idiota, fui, pé ante pé, espiar por uma fenda do assoalho o que se passava no andar inferior. Coloquei o olho no buraco exatamente quando Thierry retirava um embrulho de veludo de uma caixa que a condessa havia lhe estendido. Ao abri-lo, expôs, debaixo de meus olhos, os maiores diamantes que poderiam existir no mundo.

— São essas pedras que estão na mesa, François? — Beja indagou, piscando umas cinco vezes, melhor acomodando suas costas numa almofada de penas de pato.

François assentiu com a cabeça.

— Novamente bateram à porta. Aquilo era totalmente contrário aos hábitos do meu sogro. Diante da porta, impaciente, estava um nobre que eu já vira na Gerbe D'Or e a quem todos conheciam como o marquês De Marsan. Thierry, não sem antes devolver as pedras à condessa, que as escondeu nas dobras de sua roupa, abriu-lhe a porta. Aquele aristocrata era uma figura todo-poderosa no meu país. Tudo era inusitado naquele dia. O velho nunca recebia ninguém quando a oficina já tinha fechado. De repente, havia quase uma multidão na oficina! Eu, que nunca deveria estar lá dentro, testemunhava tudo em segredo!

— Como um ouvidor? — perguntou Beja, lançando um olhar vago pela sala.

— Quem? Que tem o ouvidor?

— O marquês! Era uma figura tão poderosa como um ouvidor?

— Sim! Como um ouvidor. Talvez até um pouco mais poderoso, Beja — o francês respondeu, e continuou a falar como se não tivesse sido interrompido. — Thierry conduziu o marquês a uma saleta enquanto eu, do meu esconderijo, fiquei vigiando a condessa De Courcy. Embora já envelhecida, a condessa tinha belos seios. Lembro-me disso porque ela arquejava e seus melõezinhos pulsavam, enchendo-se e esvaziando-se dentro do vestido. Algum tempo mais tarde, meu sogro e o marquês saíram da saleta. O homem logo deixou a loja. A condessa recolocou as pedras nas mãos de Thierry, sussurrou-lhe algumas palavras e também se retirou. Vi meu sogro guardando no cofre os diamantes enrolados no pano de veludo. O velho estava terrivelmente perturbado. Foi então que tive a curiosidade de seguir pela pequena janela do segundo andar os passos da condessa, mas ela já desaparecera. Como a rua da Gerbe D'Or é muito estreita, pude observar a carruagem do marquês De Marsan um pouco mais distante, parada na Rue de la Calande. Percebi que meu sogro fora até a sala onde havia se reunido com o marquês para fazer a mesma coisa que eu fazia: espiar. Aproveitei a oportunidade e desci as escadas sem fazer barulho. Abri a porta principal e, sem sair do recinto da oficina, a fechei com grande ruído, como se estivesse entrando. Fiz isso de puro medo, de pura covardia, para disfarçar minha bisbilhotice.

— Mas ele não percebeu que você estava na oficina? — indagou Beja, apenas para que François retomasse rapidamente seu relato.

— Não. Quando bati a porta, ele surgiu assustado da saleta e, ao me ver, disse de modo ríspido: "O que você veio fazer aqui? Como entrou? Não vê que não são ainda doze e quarenta e dois? Não conhece nossas regras, sr. Dumont? Não quero ninguém zanzando pela oficina no intervalo dos turnos. Isto é um negócio sério! A oficina só tem sucesso porque obedece a regras. Quem lhe deu o direito de perturbar as normas? Está vendo aquele pêndulo? Está vendo? Me responda!". Eu disse que sim, que estava vendo, e ele me perguntou que horas o relógio marcava. "Doze e trinta e cinco", respondi. "Isso mesmo, sr. François Felix Dumont! São doze e trinta e cinco! Fique sabendo que doze e trinta e cinco são doze e trinta e cinco e não doze e quarenta e dois. Entre o horário da Gerbe D'Or e o seu horário existem sete minutos de diferença." Expliquei que quisera aproveitar o intervalo do dia para entregar a encomenda do general. Disse que havia ficado em dúvida, sem saber se devia levar os brincos à casa dele ou entregá-los à sua amante, e que, para evitar constrangimentos, tinha voltado para me certificar da recomendação deixada pelo general. Ia bater à porta, mas vi que ela não estava trancada. "Não estava trancada?", meu sogro perguntou. Espantou-se, sem, todavia, dar importância ao fato. Chamou-me de néscio e, irritado, disse que era para entregar a encomenda à amante. "Pegue a maldita encomenda e tome cuidado para não errar o destinatário. Vá num pé e volte no outro, porque de toda maneira não conseguirá mesmo chegar aqui às doze e quarenta e dois. Você só dá maus exemplos na oficina", reclamou. Então subi ao segundo andar e fingi que procurava um papel qualquer. Peguei os brincos e fui à casa da amante do general.

— E o que aconteceu então? — Beja estava impaciente, querendo passar por cima das minúcias do relato.

— Nada! Eu entreguei os brincos. Voltei à oficina. Fiquei trabalhando o restante do expediente. Já estava escuro às dezessete e cinquenta e três, quando meu sogro se postou diante do pêndulo e, como habitualmente fazia, recolheu da mão de cada um dos funcionários os relatórios dos trabalhos do dia, que ele leria e conferiria antes de ir para casa. Eu me despedi, como todos os outros, e fui embora carregando dentro de mim o remorso e o sentimento criminoso de ter sido testemunha involuntária da transação entre ele e a condessa De Courcy.

## 4. Eu era o jovem francês

— Antes de ir para casa, procurei me acalmar passando no

clube de leitura, onde aluguei um livro. Estava tão inquieto e perturbado que não consegui ler uma frase sequer. Sem saber o que fazer, decidi beber um caneco de vinho no Lapin Blanc, uma espécie de venda e pouso que existe na minha terra, Beja.

— Mas você não fez nada de errado! Inquieto por quê?

— Por quê? Porque aquelas pedras iriam mudar tudo na nossa vida. Iriam mudar completamente a Gerbe D'Or. — François sussurrava, como se alguém, além de Beja, pudesse ouvi-lo. — Minha intenção era me acalmar com um pouco de vinho. Como todas as terças-feiras, o Lapin Blanc estava vazio àquela hora, a não ser por um serviçal caolho, meio lerdo de espírito, que abria a estalagem nas horas mortas. Mal tinha me acomodado no banco a uma mesa num canto do salão, notei que não estava sozinho. Ouvi uns sussurros vindos de uma espécie de sala reservada, na verdade apenas um cubículo separado por umas paredes de madeira e um cortinado roto. Não prestei muita atenção, eu havia tido surpresas suficientes para um só dia, e me pus a folhear o livro, até perceber que já o lera. Resolvi terminar logo o vinho e trocar de livro. Quando dei o primeiro gole, escutei nitidamente uma voz perguntar: "E o senhor quer isto para quando?". Quem respondeu foi um homem com um afetado sotaque aristocrático: "É para sexta-feira! Não pode passar de sexta-feira à noite!". A pergunta não teria despertado de modo nenhum minha curiosidade, se eu não tivesse reconhecido a voz de quem a fizera.

— A tal da condessa! — exclamou Beja.

— De jeito algum. O Lapin Blanc, embora fosse um lugar honesto, não era um ambiente para senhoras distintas.

— De quem era a voz, então?

— Hubert! Era a voz de Hubert.

— Quem?

— Hubert, Hubert Martinet!

— E que raios de homem é esse?

— Meu cunhado.

— E daí? — perguntou Beja, impaciente.

— O inquietante foi o que descobri quando preguei os ouvidos na divisão de madeira. Compreendi que havia três pessoas reunidas naquele cubículo: meus dois cunhados, Louis e Hubert, e o homem de voz afetada. Juntando as palavras soltas que ouvi, não foi difícil concluir que ambos estavam, em conluio com o terceiro homem, tramando contra o pai. O sujeito sabia das pedras que meu sogro tinha recebido e planejava roubá-las com a ajuda de seus próprios filhos! Escutei bem um trecho da conversa. "Hoje fui visitá-lo para encomendar-lhe uma cruz de esmeralda e percebi que a janela da frente é trancada apenas por um ferrolho. Vocês conhecem a Gerbe D'Or melhor do que eu. Aquilo é a casa de vocês. Entrem pela janela. Depois, quando saírem, provoquem um pequeno arrombamento", concluiu o homem, cuja voz eu então já reconhecera como sendo a do marquês De Marsan. O caneco de vinho tremia na minha mão. Não era somente um atentado contra o pai, contra a Gerbe D'Or, que aqueles dois celerados estavam maquinando na companhia do que havia de pior e mais maldoso na França, a Congregação. Era, sobretudo, a mim, a Eufrásia, a meus futuros filhos que eles apontavam o ferro da traição e da cobiça. Preparavam-se para roubar minha parte da herança! Meu primeiro ímpeto foi o de pôr meu sogro a par do que se estava arquitetando. Mas Deus me ajudou e pude me dar conta da insensatez de meu gesto.

— Insensatez? Mas por quê? Seria uma boa ocasião para desmascarar os ingratos.

— Foi o que pensei. Mas você não conheceu meu sogro, Beja, e menos ainda meus cunhados. Thierry teria me posto porta afora, a pontapés no traseiro. Teria, ainda por cima, me acusado de todas as vilanias. Você não pode imaginar o amor enfermiço que o velho nutria pelos dois filhos.

— E que foi que você fez, François? Fugiu?

— Era isso que eu gostaria de ter feito. Fugir dali, ignorar tudo. Ser cego e surdo. Fui castigado pela minha curiosidade besta.

— Já que você não fugiu nem delatou o roubo ao seu sogro, que foi que você fez, François?

— Eu estava aflito, mergulhado num estado de paralisia geral. Uma coisa que não sei explicar então me arrebatou. Foi assim de repente, sem nenhum pensamento nem explicação. A coisa surgiu soprada pelo demônio. Levantei-me para deixar o Lapin Blanc, para não ficar sabendo de mais nada além do que já sabia. Quando agarrei o livro que pouco antes folheava, meus olhos se fixaram no seu título: *Les Aventures d'un jeune français.** De súbito, parecia que havia um bicho dentro de minha cabeça. Um plano, então, se aninhou em minha mente. Não era um plano de verdade, apenas umas ideias meio bambas e manquitolas: era eu o jovem francês!

Duzinda entrou novamente na sala, movida por um pretexto qualquer, e levou consigo a bilha de suco.

— Essa negrinha está enfeitiçada, François — sussurrou Beja, com um sorriso maroto.

O francês fingiu que não ouviu, retomando rapidamente sua história:

— Fui para casa.

— Mas seus cunhados não perceberam sua presença naquela venda, François?

— Não, não perceberam. Nem eu teria percebido a presença deles se não estivessem confabulando. Só o taverneiro, o velho Ramponneau, que nos conhecia bem, é que teria podido dizer alguma coisa a respeito de minha presença, mas ele ainda

* "As aventuras de um jovem francês", em francês.

não havia chegado para trabalhar. Como eu disse, quem servia naquela terça-feira era um ajudante de cozinha, lerdo, caolho e ruim da cabeça. Em casa, na cama, mal preguei os olhos. Fiquei pensando a noite inteira, chocando as ideias, me perguntando se devia ou não devia relatar, pelo menos a Eufrásia, o ocorrido. Decidi que não.

— Por que não?

— Porque, se contasse, ela iria imediatamente falar com seu pai. No dia seguinte, uma quarta-feira, me comportei de modo normal. Mas meu sogro parecia muito excitado. Eu havia arquitetado um plano às pressas. No fim do expediente, quando todos do segundo andar saíram, aproveitei para azeitar os gonzos da janela e forrar seu ferrolho com palha, e, às dezessete e cinquenta e três, depois de entregar o relatório de minhas atividades ao meu sogro, me despedi, desejando-lhe boa noite. Fui diretamente para o Lapin Blanc, que, no meio da semana, já estava menos morto. Uns três funcionários da Gerbe D'Or me acompanharam. Quando entramos, o velho taverneiro já gritava para que servissem vinho aos fregueses. Pedi um caneco de três centavos e meio. Quase sem tocá-lo, me retirei, alegando que teria que ir ao gabinete de leitura para trocar o livro que trazia comigo. Uma vez fora do Lapin Blanc, me esgueirei por umas ruelas laterais. Fiquei escondido num cantinho de uma viela, com meu chapéu alto enfiado fundo na cabeça e a gola do casaco levantada. Enquanto me ocultava, tomei nas mãos várias bolas de estrume de cavalo, enrolei-as num lenço e as guardei no bolso do casaco. Beja, não sei por que razão, mas fiz essa coisa completamente sem sentido. Acho que foi o diabo que quis me ajudar. Foi o sopro do diabo.

Beja deu uma sonora gargalhada e sentou-se na marquesa:

— Eu também fiz isso uma vez, François. Não precisa se envergonhar.

— É. Foi uma coisa sem sentido, maluca. Mas, como dizia, deslizei pelas ruas. Cheguei aos fundos da oficina e subi como um gato até a janela da água-furtada. Estava com tanto medo que mordi o lábio inferior até sangrar. A janela deixou-se abrir sem barulho. No silêncio da noite, pude saltar para a sobreloja, depois de ter descalçado as botas, que levava nas mãos. Uma vez lá, livrei-me da palha com que tinha impedido o travamento do ferrolho da janela e a tranquei por dentro com todo o cuidado. Mergulhado na escuridão do imóvel, percorri-o sem hesitação, descendo a pequena escada que conduzia ao andar de baixo. Abri a portinhola do pêndulo. Havia trazido comigo um relógio que acertei exatamente conforme as horas e minutos marcados pelo pêndulo. Parei o balanço do braço do pêndulo e retirei a bela esfera de âmbar que lhe servia de peso. Essa esfera parecia na verdade um prato abaulado, constituído de duas metades justapostas mantidas por um encaixe. Girei as duas metades, cada uma num sentido, abrindo-as, e do interior secreto do âmbar tirei duas chaves grandes. Em seguida me dirigi ao cofre, uma peça pesada, com dupla tranca, coberta por trapos que lhe disfarçavam a presença. Com as chaves destravei, um a um, os mecanismos que impediam sua abertura. Retirei do cofre o embrulho de veludo, balancei-o nas mãos para me certificar de seu peso e tateei o conteúdo com a ponta dos dedos, para sentir-lhe o frio. Eram quatro calhaus, um deles enorme, dois médios e um pequeno. Então, Beja, fiz uma coisa... talvez tenha sido a única coisa da qual sinto remorso, porque fiz essa coisa com prazer e por maldade. Desenrolei o lenço que trazia no bolso da casaca, apanhei as bolas de estrume de cavalo, ainda úmidas, e as embrulhei com cuidado no veludo. Deixei quatro pedaços de bosta no lugar dos diamantes. Naquele momento, sentia mais prazer na maldade do que no furto do tesouro. Depois disso, retranquei o cofre enumerando, uma por uma, as voltas das chaves. Retornei ao pêndulo e devolvi as chaves ao esconderijo que, na imaginação de Thierry, ninguém conhecia. Acertei o horário do pêndulo de acordo com o relógio que tinha trazido comigo. Tudo foi feito com rapidez e cálculo, de forma que não demorou muito para que eu saísse do imóvel usando a janela da frente da sala do andar de baixo. Era naquela saleta que meu sogro e meus cunhados se reuniam para negociar, dirigir e confabular. Fora ali mesmo que Thierry havia se trancado com o marquês De Marsan enquanto a condessa De Courcy o aguardava no salão. Já na rua, usei um punhal para fazer o ferrolho correr. Ao trancar a janela pelo lado de fora, a lâmina se partiu. Enrolei no lenço sujo de estrume o que restou do punhal. Embora àquela hora a rua estivesse deserta, tomei a precaução de olhar para os lados para verificar se ninguém fora despertado pelo ruído do metal se partindo. Cobri-me com o chapéu e me escondi depressa quando um lume de vela bruxuleou na janela do terceiro andar do prédio em frente, onde morava a gorda Mme. Nicole. Apalpei as costas e confirmei que as quatro pedras estavam bem guardadas na fita de pano presa à minha cintura. Limpei as mãos num resto de neve. Sem perder tempo, segui para o gabinete de leitura. A Mme. Baudot, disse que não sabia onde estava com a cabeça: que no dia anterior, ao dar uma olhada no livro, constatara que já o havia lido. "Mas, meu caro François", respondeu-me maternalmente Mme. Baudot, "pensei que o senhor quisesse relê-lo. Eu tenho outros que sei que o senhor vai apreciar. Modernos, científicos, bem ao seu feitio." Ainda pude dizer à velha senhora que minha memória estava se corroendo, que, depois de ficar tanto tempo sentado, debruçado no trabalho sobre a mesa, me sentia como um velho. "Meu pobre pequeno François. Pronto, vou lhe emprestar outro. Deste o senhor vai gostar muito." Mme. Baudot fez um leve muxoxo e me entregou um volume intitulado *L'Artiste et le soldat*. "Esse o senhor ainda não leu. Garanto que vai gostar. Leve este outro também. Se não conseguir ler a tempo, não precisará me pagar pelo aluguel", disse, e jogou em minhas mãos um volume dos *Archives du magnétisme*. Após a troca dos livros, me despedi da senhora. Voltei rapidamente ao Lapin Blanc. Meus três colegas ainda estavam diante de seus canecos de vinho. Fiz alguns comentários a respeito dos livros e pedi ao taverneiro Ramponneau alguma coisa para comer. Beja, lembro-me de todos esses detalhes como se os fatos que estou narrando tivessem ocorrido ontem. Quando terminamos o vinho e os bocados, fomos embora. Percorremos ainda um caminho juntos e nos separamos na Pont au Change. Quando me vi sozinho, atirei o punhal com a lâmina partida nas águas do Sena. Em casa, relatei a Eufrásia meu dia, ocultando-lhe tudo o que acontecera de importante. Queixei-me do trabalho cansativo, da sala de leitura, do equívoco com os livros. Achava que, para todos os efeitos, tinha um álibi perfeito.

— E o que você fez com as pedras? — perguntou Beja.

— Até aquele momento estava com os diamantes presos às costas.

Duzinda novamente entrou na sala.

— Negrinha Duzinda, vai caçar coisa para fazer — ralhou-lhe Beja. — Você tanto entra e sai que vai acabar encontrando consigo mesma no meio da sala. Chispa, suma daqui, só apareça quando eu chamar.

Duzinda rodopiou sobre os calcanhares, deixando que a saia branca esvoaçasse e mostrasse o alto de suas coxas roliças e lustrosas. François suspirou fundo.

— Eu me deixara levar por um ato insensato, e agora estava com um tesouro incalculável na mão. Eu, um pobre órfão, havia me tornado inutilmente um dos homens mais ricos de Paris. Meu plano era fazer os diamantes voltarem às mãos de meu sogro, mas eu não sabia como. Queria somente frustrar os planos sórdidos de meus cunhados. Decidi esperar, mas na espera tudo se precipitou. Tudo ficou confuso. Misteriosas coincidências começaram a ocorrer.

## 5. O roubo

— Coincidências, François?

— A primeira delas foi um sonho de Eufrásia. Antes mesmo que eu tivesse vestido a camisola, minha esposa já havia caído num sono profundo. Pouco tempo depois, ela se sobressaltou com um pesadelo. Contou-me mais tarde que tinha sonhado que estava no meio de uma tempestade e que um raio caiu sobre uma árvore, rachando-a ao meio. Um dos galhos penetrou-lhe o peito, atingindo o coração. Ela continuava viva, com a estaca fincada no corpo, vagando como um fantasma pela Rue Royale. O pesadelo foi interrompido pelo seu próprio grito. Foi aí que começaram as coisas misteriosas das quais lhe falei, Beja. Eu me assustei com seu grito. Corri para o quarto com uma vela na mão. Pude tranquilizá-la. Disse-lhe que ela havia se sobressaltado com o barulho causado por mim ao deixar cair o livro que estava folheando.

— Mas que tem a ver esse sonho com tudo o que você me relatou?

Beja levou a mão à boca para encobrir um bocejo. Em seguida, bateu palmas.

— Traga mais daquele suco, negrinha Duzinda! Não. Traga chá.

— O ruído que havia perturbado Eufrásia no seu sono foi produzido quando eu levantei um recorte de uma tábua do assoalho, onde queria esconder as pedras. A tábua rangeu. Ao ceder, provocou um estampido seco, que assustou minha esposa. Ainda pude acalmá-la, embora eu mesmo estivesse com o coração na boca. Depois disso, voltei à sala, retirei as pedras atadas às minhas costas, depositei-as no buraco do chão e fui dormir. No dia seguinte, uma quinta-feira, fui trabalhar como de costume. Nada em meu sogro parecia alterado. O velho apenas mordiscava a falange do indicador, que era um hábito seu quando tentava ocultar alguma nervosidade ansiosa. Antes que eu dispusesse meu material de trabalho sobre a mesa, Thierry me chamou. "François, leve esta carta a este endereço. Entregue-a, pessoalmente, à senhora condessa De Courcy", disse, me estendendo um papel lacrado. Beja, fiz o que meu sogro mandou, como se não soubesse de coisa alguma. A aia encarquilhada que tinha acompanhado Mme. de Courcy à Gerbe D'Or me abriu a porta. Não tive que esperar muito no vestíbulo: logo a condessa apareceu e lhe entreguei o papel lacrado. Ela o abriu ali mesmo, na minha frente. Enquanto ela lia a carta, eu tentava desviar meus olhos de seus seios. Não daqueles que ela agora exibia no volume da roupa, mas dos que eu vira pulsar quando espiava pelo buraco do assoalho do segundo andar. Acho que ela percebeu alguma coisa, porque me sorriu. Só os aristocratas fazem isso. A plebe ri, mas não sorri. Ela me pediu que aguardasse e se retirou. Quando voltou, me entregou uma carta igualmente lacrada para que eu levasse ao meu sogro. Beja, todo aquele vaivém de cartas me queimava de curiosidade. Jogava-se um jogo no qual todos pensavam que eu fosse um peão sem a menor importância, quando, na verdade, eu era o único que detinha as regras. Quanto mais longe eu ficasse dos jogadores, mais segura seria minha posição. Decidi passear por Paris antes de entregar a resposta da condessa ao meu sogro. Quando retornei à oficina, me deparei com um homem completamente transtornado. Meu sogro estava gago, com os cabelos desgrenhados. Em vez de mordiscar a falange, enfiava a mão inteira na boca. Mal abri a porta, ele me puxou para dentro, me segurando pelas abas da casaca. "Fui roubado! Roubado! Você me entende? Roubado! Estou acabado", gritou. Por um átimo, Beja, pensei em lhe revelar toda a trama, mas o velho estava tão enlouquecido que resolvi adiar a coisa. Acho que também queria me vingar de todos os maus-tratos que ele tinha me infligido, fazendo-o sofrer um pouco. Fiz cara de surpreso e perguntei: "Roubado de quê? Quando? Onde?". Ele continuava transtornado. "O cofre, imbecil! Abriram o cofre da Gerbe D'Or." Retruquei que isso era impossível. "Saia da minha frente, idiota!", foi tudo que ele disse, me empurrando para um lado. O velho dava voltas pela grande sala, corria até o cofre aberto, remexia as mãos lá dentro. Depois voltava até o lugar onde eu estava, me abraçava, me empurrava de novo. Fiquei plantado no meio do salão da oficina, paralisado como todos os outros funcionários, sem saber o que fazer. Olhava com pena para aquele espetáculo de pura loucura. Numa de suas idas e vindas, Thierry me empurrou com tamanha força que quase me derrubou. Quando estava tentando me recompor, meus dois cunhados apareceram. O velho se precipitou em direção a eles aos gritos: "Louis, Hubert, meus queridos filhos, fui roubado. Estou arruinado. Estou morto". Hubert, que era o mais velho, virou-se para mim aos berros: "Em nome de Deus, que está acontecendo aqui?". Eu levantei os ombros, procurando explicar o pouco que podia. Contei que até algumas horas antes estava tudo normal. "Não sei o que aconteceu. Eu saí para entregar uma correspondência. Estava tudo calmo. Quando voltei, encontrei tudo de pernas para o ar." Furioso, ele me chamou de palerma e imprestável. Nisso, Thierry se precipitou contra mim. Agarrou-me mais uma vez pela lapela, como se tivesse se lembrado de alguma coisa, e perguntou: "Onde ela está? O que ela disse?". Por um segundo, acreditei que se referia às pedras e indaguei, assustado: "Ela o quê?". Entendi então que ele falava da condessa. Aliviado, retirei da algibeira o papel lacrado. Antes que o estendesse a ele, arrancou-o da minha mão e, trêmulo, puxou os filhos para dentro da saleta. A Gerbe D'Or inteira estava encolhida. Todo mundo se interrogava sobre o que estava acontecendo. Fiquei esperando diante da porta da saleta. Sem saber que atitude tomar, perguntei a um empregado que na noite anterior havia me acompanhado ao Lapin Blanc o que tinha ocorrido na minha ausência. Ele respondeu que não sabia, e relatou: "Todo mundo estava trabalhando normalmente, nada estava fora do lugar. De repente, o velho Thierry começou a gritar, a andar de um lado para outro, a correr em círculo, a esvaziar o cofre como um cachorro cava um buraco no chão. François, acho que seu sogro enlouqueceu".

Beja recostou-se na marquesa e se pôs a balançar a sapatilha na ponta dos dedos do pé. François ajeitou o lenço de seda com que havia coberto as pedras e retomou seu relato:

— Pela porta grossa de madeira podiam se ouvir gritos e choro, até que as coisas se acalmaram. Meus dois cunhados saíram da sala desembestados, deixando o pai sozinho lá dentro. "Foram procurar um médico?", indagou alguém ao meu lado. Apenas encolhi os ombros e entrei na saleta pela porta entreaberta. Lá no fundo, me deparei com um velho desgrenhado, o olhar perdido e a carta da condessa De Courcy amassada na mão trêmula. Pedi que trouxessem água e mandei chamar minha sogra e minha esposa. Depois disso, dispensamos os funcionários, fechamos a Gerbe D'Or e levamos meu sogro para casa.

— E depois? Que aconteceu?

— A Gerbe D'Or, que funcionava como um relógio de pêndulo, desarranjou-se. Foi tomada por um vendaval que, nas semanas que se seguiram, varreu tudo o que havia de ordem, exatidão e sensatez, Beja. Meus cunhados, que se achavam espertos, foram passados para trás por alguém que roubou as pedras antes deles. Os dois, nada podendo compreender do que tinha ocorrido, construíram certezas. Imaginaram que o marquês De Marsan os enganara. O mais velho, mais inteligente, ainda aventou a ideia de que o pai estava se fingindo de louco para roubar a condessa De Courcy. Por sua vez, o marquês deu por certo que fora traído pelos dois irmãos, em conluio com o pai. A condessa, se sabendo roubada e ignorando as tramoias do marquês, procurou justamente aquele nobre para socorrê-la. O apelo da condessa deixou o marquês completamente à vontade para impor à família Martinet as mais terríveis ameaças.

— Eles o ameaçaram também, François? Foi por isso que você fugiu para o Brasil? — Beja arregalou os olhos assustados.

— Não. A mim, ninguém ameaçou. Todos sabiam que eu não tinha valia nem contava para muita coisa. O marquês ameaçou Thierry dizendo-lhe que iria fazer mal à sua filha. Com isso meu sogro entrou em pânico. Passadas duas semanas, fui convocado para uma reunião na saleta da Gerbe D'Or. Estavam os três sentados em torno de uma mesa diante da qual havia uma cadeira vazia. Foi Hubert quem tomou a palavra. O fato de ter que me pedir um favor o deixava furioso e ainda mais insolente do que era.

— Os arrogantes são assim, François. Quando têm que tratar alguém de igual para igual, se sentem inferiorizados e suas almas pequenas reagem tornando-se raivosas. Você nunca reparou como falam alto quando, nessas ocasiões, podem falar num tom normal? São sapos que se enchem de ar para não parecer girinos — filosofou Beja, acostumada às intrigas da vida.

— Hubert foi o primeiro a falar. "François, nosso pai acredita que furtaram algumas pedras de seu cofre, embora não haja sinal de arrombamento nem de violência no prédio. Nesse caso, só poderia ser gente da casa. Divulgamos para nossos empregados a notícia de que foram roubados alguns papéis importantes, sem entrar em detalhes. Nada mais." Beja, meu coração veio à boca. Por certo, haviam descoberto tudo ou começavam a suspeitar de mim.

— O que você respondeu a eles, François? Estou ficando aflita com essa longa história. — Beja levou as duas mãos ao colo do pescoço.

— "É bem provável", aquiesci. "Só pode ser gente da casa, mas quem conhece o segredo do cofre? A não ser que o sr. Martinet o tivesse esquecido aberto", eu disse. "Na terça-feira passada, voltei um pouco mais cedo, antes do início do segundo turno, e a porta da Gerbe D'Or não estava trancada. O senhor se lembra disso, meu sogro?", questionei. O velho, prostrado, balançou afirmativamente a cabeça. "De toda maneira", continuei, "ninguém tem acesso à saleta do cofre a não ser vocês três. Além do mais, todos nós saímos às dezessete e cinquenta e três em ponto e chegamos no dia seguinte às seis horas, e entramos todos juntos na oficina. Não faltava ninguém", enfatizei. "Eu sei, eu sei", fungou Thierry. Ele se lembrava bem: "Antes de eu ir dormir, as pedras estavam lá, foi no meio da manhã que me dei conta de que elas haviam desaparecido. Não sei como abriram o cofre. Só eu tenho as chaves e meu segredo não foi quebrado. O pêndulo está marcando as horas exatas. Se alguém tivesse mexido no meu esconderijo, o horário estaria alterado", disse meu sogro, revelando o que julgava que ninguém sabia. Olhei para meus cunhados como se não estivesse entendendo nada do que o velho dizia. Como eles ignoraram meu olhar, indaguei se já tinham chamado a polícia. "Não podemos chamar a polícia. Há muita gente importante envolvida com essas pedras", respondeu Hubert. "Mas elas são tão valiosas assim?", perguntei, fingindo inocência. "Eram, meu filho. Eram. Eram muito valiosas. Agora estão mortas", disse Thierry. Eu me espantei, Beja. Pela primeira vez na vida ouvi de meu sogro uma frase que não era azeda. Pela primeira vez eu o ouvi me chamar de "meu filho". Meus olhos se encheram de lágrimas. Abri a boca para revelar-lhes o real acontecido, quando Louis interrompeu o velho: "Isso pouco pode lhe interessar, François. Pouco deve lhe importar quanto valem as pedras. Isso não é de sua alçada", disse. Fiquei calado, de boca aberta, segurando na saída da garganta a primeira sílaba de minha confissão, Beja. Louis explicou que o pai temia por Eufrásia. "Mais do que isso", continuou, "ele acha que você e só você, como membro de nossa família Martinet, legítimo herdeiro de nosso nome e de nosso patrimônio, tem condições de nos salvar da situação em que nossa família se encontra." Respondi imediatamente. "Em que posso ser útil? Digam o que desejam, que farei tudo o que estiver ao meu alcance", ofereci. "Brasil!", gritaram. "Quem?", perguntei, sem entender o que queriam. Eles repetiram o nome e eu continuei: "Não, não conheço ninguém com esse nome. É ele o suspeito?", indaguei. "Não. Brasil é um país. No mundo existem dois países onde se encontram diamantes: Índia e Brasil. Nosso pai tem um amigo, na verdade o sobrinho de um amigo, Ferdinand Murat", afirmaram. "O general?", questionei. "Isso não importa, François. O que importa é que você terá a honra de ser nosso representante comercial no exterior." Respondi na mesma hora: "Não posso. Devo declinar a honra. Eu tenho meu irmão, Victor, e Eufrásia. Não posso abandoná-los", argumentei. "Você não os abandonará", disse Thierry. "Eles irão com você. Mas, por favor, não revele a nenhum deles, em momento algum, a verdadeira razão da viagem." Respondi que ia pensar. "Mas desde já minha decisão é não!", acrescentei. "Vá, meu filho, pense. Pense e, enquanto pensa, vá se preparando para a viagem", disse Thierry. Nesse dia, fui mais cedo para casa. De súbito, tudo ficou claro na minha mente: traria os diamantes para o Brasil e os cortaria em pedaços. Fingiria tê-los encontrado numa das jazidas mineiras. Havia uma chance para que eu pudesse me tornar insuspeitamente rico, dono de minha legítima herança. Estaria em condições de ressarcir meu sogro, que, sem desconfiar do destino das pedras, poderia negociar com a condessa e compensá-la, em parte, dos prejuízos pelos quais se responsabilizava.

— François, o que foi que não deu certo no seu plano? Por que os diamantes estão todos eles inteiros na minha mesa?

— Porque, movido pela ganância e pela violência, o marquês De Marsan e seus asseclas da Congregação assassinaram meu sogro e meus cunhados.

— Oh, meu Deus! — exclamou Beja. — Espero que essas pedras não sejam amaldiçoadas.

— Elas serão amaldiçoadas se nós não conseguirmos vendê-las, Beja. Conto com você para colocá-las no mercado. Por enquanto são pedras mortas!

Beja estendeu os olhos para longe, através da janela.

## 6. Os ciúmes de Duzinda

Embora fosse cedo para visitas de homens na casa-grande da chácara do Planalto, Beja mandou que chamassem François. A surpresa estampada no rosto das negras se acentuou, porque ela havia saído da alcova já vestida, penteada e perfumada como se fosse fim de dia.

— É para já! — prontificou-se Duzinda com uma voz estridente, pouco se importando com a alteração da ordem das coisas.

A negra abriu estouvadamente caminho em meio à escravaria para se postar diante de sua dona como se a ordem tivesse sido endereçada a ela, até porque, na afoiteza do mando, a senhora não havia se dirigido a ninguém em particular.

Duzinda estacionou a charrete em frente à Casa Amarela e, fingindo indiferença, ficou sentada na boleia, esperando que François se vestisse. Algum tempo depois, o francês surgiu despreocupado na soleira da porta. Espreguiçou-se todo antes de saltar para dentro da charrete. A negra reteve o animal, juntou os freios do arreio na mão esquerda e, com um movimento estranho, enfiou a outra mão dentro de sua saia branca, de onde retirou um pano colorido e sujo que trazia preso à cintura, e jogou-o para trás na direção de François.

— Pode ficar com ele. Você dá lenços de seda para todas.

François ruborizou. Teve ímpeto de pegar o rebenque para açoitá-la ali mesmo, na boleia da charrete, mas se limitou a curvar-se e agarrar o pano esgarçado que havia pousado leve aos seus pés. Ele reconheceu o lenço de seda com que presenteara Duzinda quando ela não passava de uma moleca. Levou-o ao nariz e sorveu como um bêbado o cheiro da escrava. Em seguida, estendeu a seda encardida por detrás dos ombros da negra:

— Este é seu.

Duzinda empinou o nariz. Desdenhosamente, levantou os ombros, recusando a oferta.

— Eu vi um igual a esse em cima da mesa, antes de ontem, quando você estava com ela.

— Quê? — espantou-se o francês.

— Isso mesmo que você ouviu. Quando você conversava com ela, no salão.

— Você é muito enxerida. Vê coisas que não existem. Em primeiro lugar, não é "ela". É "dona"! Fique sabendo. D. Beja ou d. Anna Jacinta. É bom que você dobre a língua quando se referir à sua dona. Em segundo lugar, fique também sabendo que eu apenas pus o lenço em cima de uma coisa para escondê-la. Uma coisa que não interessa a ninguém, muito menos a você. Nada disso é de sua alçada.

François sentiu o coração encher-se a ponto de querer rebentar. Desde que chegara à chácara do Planalto, quase não havia escutado o som da voz da negra, tinha apenas ouvido frases informativas ditas num tom distante. O acesso de fúria que borbulhava nas palavras da escrava trazia às suas narinas o cheiro daquele corpo fino, fazia aportar na pele o veludo da barriga macia empurrada para a frente pela lordose, transportava ao seu peito o enjoo do marejamento do remelexo desajeitado de menina e acrescentava à sua mente o espinho da insolência de Duzinda. A intensidade do prazer causado pela voz viva da preta lhe repercutiu no corpo: sentiu um ardor embaixo do queixo que se estendeu ao longo do braço esquerdo.

Duzinda então tomou o lenço de volta, enfiando-o pela cintura abaixo. Sem tardar, tocou a charrete em direção à casa do Planalto, mal se contendo de felicidade. François apeou, indo ao encontro de Beja.

— Meu caro François — disse a feiticeira, estendendo-lhe a mão para que ele a beijasse. — Sente-se que temos muito que conversar. Venha! Se acomode. Tome um chá comigo, os quebra-queixos estão deliciosos, acabaram de sair da fornalha.

O francês fez menção de sentar-se em frente a ela. Beja interrompeu seu movimento, chamando-o para perto de si:

— Não! Acomode-se nesta cadeira, ao meu lado.

Em seguida dispensou as escravas, dizendo-lhes que não queria ser perturbada.

— Tenho um plano que ajudará a todos nós — engatou, antes mesmo que o amigo tivesse trincado o biscoitinho.

— Eu estou pronto para escutá-la — disse François, tentando pôr ordem na desarrumação que Duzinda havia ocasionado na sua alma.

— Você talvez não se recorde de um homem que lhe foi apresentado na primeira vez que você apareceu aqui no Sertão da Farinha Podre. Ele estava na pequena recepção onde você encontrou a polaquinha, a Elisa.

Meio abobado, François balançou afirmativamente a cabeça, que, no sacolejo, se encheu das imagens de Duzinda, ainda menina, se escorregando para debaixo do mosquiteiro, se metendo entre suas pernas. Perdido no colorido das lembranças da primeira visita que havia feito ao Sertão da Farinha Podre, o francês se assustou quando Duzinda apareceu na sala, como se tivesse saltado inteira de dentro de sua cabeça e se materializado na sua frente. A negra trazia uma tigela cheia de figos e uma bilha de água e chá. François bebeu um copo de um só gole. A água fria destravou-lhe a goela e aliviou seu coração.

— Deixe os figos, os quitutes e o chá em cima da mesa e não volte mais para cá, que eu já avisei que não quero ser incomodada nem interrompida. — Beja repetiu suas ordens.

Depois de a negra deixar a saleta, Beja ficou mirando François à espera de uma resposta. O francês se deu conta do silêncio. Espantou-se diante do olhar sustentado da amiga:

— Como disse? — perguntou, como se quisesse se situar.

— O sr. Caio Falcão Amador! — a feiticeira repetiu o nome do homem.

— Sim. Não gosto muito dele. Disse que me conhecia, demorei um tempo para lembrar. Sim, eu realmente estive com ele quando cheguei ao Rio de Janeiro, por alguns minutos apenas...

— Exatamente! — exclamou Beja, interrompendo-o. — Ele trabalha, no Rio de Janeiro, para um inglês chamado Dresden. Esse homem é uma das pessoas que poderão colocar as pedras na Europa.

— Eu conheço o inglês. Foi dele que comprei as mulas para minha viagem, quando cheguei ao Brasil. Lembro-me de que as autoridades não o tinham em grande estima. E como chegaremos até ele? E se a polícia apreender as pedras? E se levantarem suspeitas? Não sei se esse Caio Amador é confiável; você confia nele? — perguntou François, que já se fazia mais presente e alerta.

— Será tudo legal, cercado das garantias possíveis. Atualmente, o sr. Dresden é um dos mais respeitáveis e estimados figurões do Império.

— Mas como, Beja? Essas pedras são... são... foram... roubadas!

— Foram, François! Foram! Vamos batizá-las, depois elas ficarão livres de todo pecado. Vamos reencontrá-las na pureza das águas do rio Bagagem. A questão é onde, em que altura do rio deveremos encontrar essas pedras!

— Mas como, Beja? São diamantes enormes. Como vamos encontrar essas cangas num lugar onde só se acham miudezas?

— Vamos encontrá-las no Bagagem. Nós, não. Uns escravos de confiança vão encontrá-las, como por acaso, numa grupiara abandonada às margens do rio Bagagem. Isso produzirá lendas e ambições. Enquanto o povo estiver se encantando com elas, nós estaremos ricos.

— Você está pensando na negra Duzinda? Ela é que encontrará as pedras?

Beja arqueou as sobrancelhas, divertindo-se com a curiosidade de François. Antes que pudesse responder, foi interrompida pelo negro Tião, que lhe anunciou a visita do sr. Casimiro de Morais.

— Oh, meu Deus, esqueci completamente. Queira me perdoar, meu doce François, mas tinha marcado um compromisso com um senhor de São Domingos. Estou comprando um terreno para construir uma casa na Vila. A duras custas consegui convencê-lo a fazer o negócio. Se eu não o atender, ele irá desistir da venda. Você me perdoa? Vou pedir à negra Duzinda que o conduza de volta à Casa Amarela. Oh, meu querido, como pude ser tão atrapalhada?

— Não tem importância. Eu entendo. Essas coisas acontecem — disse François, feliz e afoito para ser conduzido de volta pelas mãos da negrinha, sem atinar com o fato de que havia muita movimentação na casa-grande do Planalto para aquela hora do dia. Teria tempo para pensar nos planos de Beja, que lhe pareciam arriscados.

Guiado por Duzinda, o francês saiu pela porta lateral, de modo que não encontrou Casimiro de Morais, que esperava impaciente no vestíbulo, abanando-se com seu chapéu de abas largas. Ao chegar à Casa Amarela, saltou como um gato para o chão.

— Me prepare um banho. Arrume a casa, que está uma bagunça.

Duzinda riu, faceira. Sem descer da charrete, lançou-lhe uma frase cheia de pesares:

— Hoje não posso, seu danadinho. D. Beja está me esperando para servir o chá para seu convidado. Vou chamar alguém para ajudá-lo.

A negra, sem prolongar a conversa, chicoteou a mula e saiu balançando-se morro acima na charrete, deixando François furioso na eira da casa. Não tardou para que duas escravas marcadas por bexigas viessem preparar um banho e arrumar a casa para ele.

— O senhor deseja tomar um banho, sr. Dumont? Não é muito cedo? — perguntou a mais jovem.

— Não! — respondeu o francês, ríspido. — Não desejo banho algum. Quero só um cavalo. Diga ao negro Orando para arrear um cavalo e trazê-lo aqui o mais rápido possível.

— E o banho? — insistiu a negra.

— Não quero banho coisa nenhuma — berrou François, assustando as escravas, que saíram em disparada porta afora.

Orando demorou a chegar, o que apenas aumentou o mau humor do francês.

— Arranje mais um burro porque você vai me acompanhar até a Vila de São Domingos — ordenou-lhe François, carrancudo.

Na casa-grande, Beja conversava com Casimiro de Morais, que se derretia inteiro diante do perfume que exalava não sabia se do ambiente ou do corpo da feiticeira. O homem sorvia sem muita discrição o cheiro noturno na manhã do Planalto. Quando Duzinda entrou, para lhes trazer um café recém-coado, ainda pôde fisgar um pedaço da conversa:

— Acho que não haverá dificuldades. Vou convencê-la com um argumento irrecusável: a liberdade. É o que ganhará — dizia Casimiro.

— Mas isso não significará nada se seu macho também não lograr a dele.

— Aí vai ficar mais difícil. Você conhece o dono, o Leonel Angorá. O homem é um osso duro de roer. Além do mais, tem uma antipatia que não sei de onde vem pelo francesinho e por seu amigo pernambucano.

— Pode deixar comigo. Arranjarei um jeito. Provavelmente, a sua negra Marica vai servir de leva e traz — respondeu-lhe Beja.

Casimiro de Morais se retirou sem que tivessem abordado nenhum assunto relativo ao pretenso terreno na Vila de São Domingos onde Beja construiria uma casa. Duzinda ficou a matutar quem seria a negra a ser posta em liberdade. "Que será que esse povo que desde manhã zanza pela casa-grande como se fosse noite está tramando? Em que meu senhorzinho Dumont está se metendo? Por que a negra Marica vai servir de moleque de recado?" — se perguntou a enxerida.

O sol esquentara e se abrira no devagar do sertão quando François e Orando voltaram da Vila de São Domingos. O francês tinha conversado longamente com seu amigo Gilberto Pires. Vinha sisudo, com uma ruga gorda de preocupação que lhe atravessava as sobrancelhas. O suor escorria pelo rosto avermelhado. Seu mau humor virara inquietação. Abriu a porta da casa, oprimido pela imensidão do céu do oeste, e quase caiu de costas. As janelas fechadas da Casa Amarela, que haviam impedido o calor de entrar e tomar conta dos cômodos, prendiam no recinto um ar morno, úmido e adocicado. Seus olhos intoxicados pela luz intensa do sertão, pouco acostumados à penumbra, distinguiram com dificuldade um corpo negro e esguio movendo-se nas sombras.

— Eu vim preparar o seu banho, porque você não quis as outras.

Antes que François pudesse dizer ou fazer qualquer coisa, dedos finos e compridos foram desembaraçando-o das roupas. Como um animal amansado, ele se deixou levar pela destreza das mãos que o mergulharam numa tina cheia d'água sobre a qual flutuava uma lâmina de azeite perfumado. As mãos esfregaram-lhe o peito, as costas, as coxas e a barriga. Seu corpo era vez ou outra espetado pelas pontas de seios duros. O francês respirava fundo, sorvendo o ar trancado da Casa Amarela.

Depois de ser enxaguado, foi enrolado num lençol. Saiu da tina com a água escorrendo pelo corpo. Sentiu o chão de terra socada derreter-se sob seus pés úmidos. Duzinda abriu o lençol e se achegou ao francês, beijando-lhe um dos mamilos. Em seguida cerrou o grande pano em torno de seus corpos e rodopiou na frente de François, que a abraçou por trás. A negra desvencilhou uma das mãos presas nas dobras do lençol e escorregou o braço fino ao longo do corpo dele. Conduziu seu sexo a um lugar no qual François nunca ousara pensar. Ele tinha ouvido, em Bordeaux, histórias sujas sobre os costumes de algumas inglesas que apreciavam aquilo; mas esses relatos de atos contra a natureza nunca lhe haviam despertado curiosidade. O visgo do azeite perfumado do banho ainda aderido ao seu corpo permitiu que ele se deslizasse vagarosamente para dentro da escrava. Vencidas as resistências do corpo, ela passou a apertá-lo como se fosse estrangulá-lo com pulsações ritmadas. O calor da negra derretia-lhe o corpo, fazendo-o sentir o que nunca tinha provado na vida. Afoito, se agitou em cima da preta, que se curvou apoiando as duas mãos na parede do cômodo para firmar o tronco. O francês, para se contrapor aos movimentos dela, encostou-se na beirada da tina, que emborcou, inundando de água morna o quarto e formando sob seus pés uma lama gosmenta, que os fazia deslizar em círculos, ameaçando-lhes roubar o equilíbrio. Faltou ar a François, que escancarou a boca e gritou. Os dois caíram no chão enlameado, exauridos. O francês tremia, tentando se agarrar em Duzinda para não se perder no nada. Ela o envolveu, cobrindo-o com o lençol barrento e molhado, onde ficou jogado, adormecido, por longos momentos. Foi despertado pela escrava, arrepiado de frio. Enquanto ele jazia desfalecido com sua pele branca brilhando no barro, a negra havia lhe preparado uma nova tina de água para outro banho. Limpou-o com carinho e o meteu na camisola. Tendo-o conduzido à alcova, esperou que ele adormecesse. Então o beijou atrás da orelha e disse-lhe:

— Hoje não posso ficar com você.

François apenas resmungou alguma coisa e se virou de lado. Acordou faminto, perdera a hora. Havia comido algo pela manhã, e só. Tinha fome de doce. Estava febril, com dores pelo corpo inteiro. Levantou-se com dificuldades, arrastando as chinelas, sentindo frio no calorão da Farinha Podre. Duzinda apareceu novamente, com um recado de Beja. A escrava estava saltitante, feliz da vida, diante de um François confuso.

— Cada vez que você vem aqui, alguém lhe põe uns olhos

gordos. Vá conversar primeiro com minha dona, depois vou chamar uma benzedeira que vai lhe fechar o corpo. Se bem que, depois de hoje, toda a sua má sorte vai desaparecer.

François assentiu com um vagaroso gesto de cabeça, sem compreender quase nada do que a negra maluca lhe dizia.

## 7. O plano

— Veja o estado lastimável em que você se encontra, meu querido! Hoje de manhã parecia tão bem-disposto. Que foi que lhe aconteceu, meu Deus? Traga um chá de folhas de figo para esse moço, imediatamente — ordenou Beja a uma escrava postada atrás da marquesa onde estava recostada. — Deseja comer alguma coisa, meu caro?

— Só algumas frutas, se não for incômodo — disse François, pigarreando.

Trouxeram-lhe bananas, figos e também carás envoltos em melaço, que o francês devorou em poucos minutos. Enquanto ele comia, Beja, com olhos de mosca gorda, lançou-lhe, quase sussurrando:

— François, queria retomar a conversa desta manhã. Aproveitei a transação do terreno e abordei, com cuidado, o negócio das pedras. O sr. Casimiro poderá ser nosso aliado e sócio na empreitada. O plano que tenho em mente é o seguinte: depois que você se recuperar dessa perrenguice, será importante que retorne ao rio Bagagem. Volte e permaneça por lá, fazendo alarde por mais um período. Mostre ao povo do vilarejo de Joaquim Antônio sua presença. Leve consigo um lote suplementar de negros. Pode deixar isso comigo, que vou providenciar a escravaria.

— Você colocaria Duzinda nesse lote, Beja? — perguntou François com olhos vitrosos, que menos indagavam e mais imploravam.

— Meu querido francês — respondeu a feiticeira com sorriso breve —, deixe essa negrinha aqui. Pretendo arrumar, com Leonel Angorá e Casimiro de Morais, o dilatamento do empréstimo de Marcos Maquim e Rosa Xangana. Além disso, vou lhe arranjar uns doze escravos meus.

— Para que tanta gente, Beja?

— Para fazer barulho, dar nas vistas. Fique mais uns três meses. Se o plano der certo, teremos dinheiro de sobra por várias gerações. Aqui na Farinha Podre tenho que contatar o Caio Falcão, que é pau-mandado do Mr. Dresden. O Casimiro de Morais será sócio no nosso negócio. Tenho que dobrar o Leonel Angorá. Não confio no Angorá, mas não posso evitá-lo. Não há assunto de importância na Farinha Podre que não passe por ele. O único problema, François, é...

O francês sobressaltou-se.

— Problema, Beja? Que tipo de problema?

— O problema é justamente o modo como as pedras aparecerão. Se você as "descobrir" no seu garimpo em Cachoeira, em menos de dois dias a região estará infestada de gente que, na ausência de resultados positivos, fará uma revolução. Além do mais, terá que arranjar um jeito de oficializá-las. Não bastasse a presença do governo aqui, a Farinha Podre começa a ficar cheia de desclassificados do ouro que se organizam em congressos de desocupados. Em todo caso, você ficará no centro do redemoinho. Isso não interessa nem a você nem a mim. Sejam quais forem as circunstâncias, não podemos dar pistas que possam deixar nosso plano a descoberto.

— Mas como vou batizar as pedras no garimpo sem chamar atenção, Beja? Isso não faz sentido.

— Esse é o ponto nervoso do negócio, François. Você vai revolver as terras, o barro e as pedras como ninguém. Como se se tratasse de um grande negócio. Leve seu amigo Gilberto Pires para dar mais credibilidade à empreitada. Mas não se iluda, você não achará quase nada. Já andei fuçando por lá, há algum ouro e, sobretudo, pedras, mas coisa pequena. É muito importante que haja bastantes negros trabalhando ali. Eu também vou ter que lutar contra o tempo. Devo ir até São Paulo para acertar as coisas. Com o Caio Falcão não haverá dificuldades, ele ainda zanza pelo sertão. É só mandar uns caiapós para o mato que eles o encontram.

— Espere um pouco, Beja; eu não estou entendendo nada e nem sei aonde você quer chegar! — exclamou abruptamente François, irritado com o jeito como Beja ia, segundo sua vontade, dispondo das coisas.

A feiticeira, fingindo ignorar o humor do francês, continuou a discorrer como um general romano antes da batalha.

— Mais tarde, no momento propício, você mandará seu casal de negros achar as pedras no restolho do Bagagem.

— Maquim e Xangana?

— É. Então, o Casimiro fará a festa para a negra Rosa. Vai comprar-lhe roupas e lhe dará alforria. Com o dinheiro que receberá de Casimiro, ela poderá comprar a liberdade de seu macho, o Marcos Maquim. Casimiro, como legítimo proprietário das pedras, poderá negociá-las legalmente. Em pouco tempo, os diamantes estarão em Londres e Paris, provocando admiração, e nós, gozando da boa vida que merecemos. Os negros não podem dar com a língua nos dentes.

— Podemos confiar no Casimiro a esse ponto, Beja? Qual a garantia que temos?

— Podemos confiar totalmente nele. Ele não pode me escapar. Além do mais, você não correrá risco algum, porque, antes mesmo de ele estar de posse das pedras, você estará longe daqui, com sua parte em dinheiro nas mãos. Tudo liso.

— E no Leonel Angorá? Não foi nele que você disse não confiar o bastante?

— Ele não fará parte de nossos negócios. Será tão ludibriado quanto qualquer outro que acreditar que os diamantes foram achados no Bagagem.

François ficou olhando fixo para Beja, com a boca semiaberta, até que piscou com a lentidão do pouso de uma mosca gorda. Quando ele se preparava para despedir-se, a feiticeira o reteve pelo braço.

— Meu amigo, eu sei que, na solidão destes sertões, onde a vida é mais do que dura, os homens necessitam de algum consolo. Sou uma mulher que conhece os homens e as mulheres. Quantos homens nestes ermos não dariam uma ou mais de uma vida pelo amor de Elisa. Entretanto, ela não fez chispar nenhuma faísca em seus olhos. Você, meu querido, nem sequer tentou se aproximar de mim. Quanto à negrinha Duzinda, essa é outra história. É o feitiço dos trópicos entre raças que não lhe pertencem, é o pulo das idades cheio de dor e nostalgias. Acho que você ama sua Eufrásia mais do que imagina.

O francês sobressaltou-se ao ouvi-la mencionar sua esposa.

— Eu nunca soube exatamente disso. Uma época achei que havia aprendido a gostar muito dela. Nesses meses no Bagagem, descobri que sempre a amei. Meu amor foi todo esse tempo encoberto, de modo que não podia vê-lo nem senti-lo enquanto não me livrasse das assombrações que me perseguiram a vida inteira.

— Assombrações?

— Sim, assombrações de derrotas, de pobreza, de...

Beja colocou dois dedos sobre os lábios do amigo, fazendo-o calar-se.

— Ninguém sabe melhor disso do que eu, François — disse, surpreendendo-o com um longo e terno abraço.

Duzinda, que ia entrando na sala com uma travessa de torresmo e licor, recuou. Ficou por alguns segundos observando Beja abraçada a François. Afastou-se ao ver a senhora alisando os cabelos do francês e arrumando uma mecha solta atrás de sua orelha enquanto lhe sussurrava:

— A negra Marica é que será a leva e traz entre nós!

Duzinda sumiu para dentro da cozinha. Deixou a travessa sobre uma banqueta e saiu correndo pelo quintal afora. François passou o resto do dia na varanda da Casa Amarela a balançar-se numa rede, olhando longe a solidão triste e imensa do sertão. Estava prestes a pôr o pé no outro mundo, no mundo que sempre sonhara, que sempre invejara. Um calafrio lhe atravessou o corpo, espantando as imagens de sua infância, de Paris, de seu pai, Pierre, tão fiel ao imperador a ponto de por ele abandonar a família e a vida, afugentando a figura de Thierry Martinet, a quem quisera como a um segundo pai, empurrando para o inefável a lembrança da travessia do oceano, da morte do polonês e dos encantos de Helena, apagando os desenhos do Rio de Janeiro, as intrigas diamantinenses, a polaquinha Elisa. Antes que se engolfasse na nostalgia, levantou-se, inspirou todo o ar que podia, ergueu o punho em direção ao horizonte do sertão, onde o sol imenso se avermelhava, deu um soco no ar e gritou:

— Eu venci!

Alguns papagaios voaram assustados com seu grito. No dia seguinte, Marica lhe trouxe bananas e figos. Coou um café que encheu a Casa Amarela de um cheiro vigoroso. François tinha se lavado, assoviando uma musiqueta de soldado francês.

— Venha cá — disse ele, chamando por Marica.

— Sim, senhor. — A negra se aproximou, meio retraída.

— Você quer Maquim alforriado?

Os olhos da escrava inundaram-se de brilho. Sem esboçar palavra alguma, ela ficou a fitar o francês, à espera do que viria.

— Então, Marica, quer ou não quer? — insistiu François.

— Sozinho?

— Não! Todo mundo junto: Marcos Maquim, Rosa Xangana e o Miguelzinho. A tropinha inteira. Você poderá morar com eles onde quiser. Aqui, no Serro Frio ou no Rio de Janeiro. Onde quiser.

A negra miúda caiu aos pés do seu dono, abraçando-lhe as pernas.

— Oh, meu senhor, o que está me contando? Não brinque comigo, pelo amor de Deus. Eu nunca pensei que ia escutar uma coisa dessas no destino de minha vida. Mas, pelo amor de Deus, não brinque comigo, meu senhorzinho.

— Fique de pé, Marica! E pare com essa choramingação, senão vai atrair a atenção de todos. E o que eu preciso é da maior discrição para que meu plano dê certo. Se continuar assim, vai pôr tudo a perder. E eu necessito de sua ajuda.

— De minha ajuda, sr. Dumont? Diga, diga logo o que preciso fazer. Eu já lhe dei minha alma e minha vida vale pouco.

— Vou devolver sua alma, vou devolver seu corpo, vou devolver sua vida.

— Então me diga, sr. Dumont, o que eu tenho que fazer.

— Quase nada. Tenho que conversar em segredo com Maquim e Xangana. Você vai me ajudar nessa conversa. Se estiverem de acordo, então lhes direi meu plano. Mas bico calado, não toque nesse assunto nem com Nossa Senhora da Conceição. Agora, pode ir embora.

A negra se retirou com passos miúdos, sem saber se andava devagar para não levantar suspeita ou se saía correndo para extravasar sua alegria. François continuou a assoviar a marchinha militar, depois mandou chamar o negro Ganzé para que o barbeasse. Procurou por Duzinda inutilmente, ninguém sabia onde a escrava havia se enfiado. Não insistiu. Tinha muito que fazer na Vila de São Domingos.

Na Vila, abasteceu-se para passar mais de quatro meses no Bagagem. Durante a semana inteira o povo do lugar comentou suas compras. A maioria punha a extravagância na conta da esquisitice dos estrangeiros, o restante dividia-se entre os que o achavam um sábio explorador da flora e da fauna do Sertão da Farinha Podre e uma minoria que, ressabiada, imaginava que o homem havia descoberto alguma jazida.

Ao voltar à chácara do Planalto, François mandou chamar Duzinda para lhe preparar um banho. Disseram-lhe que a negra estava no castigo. Havia recebido uns bolos de palmatória por ter andado ninguém sabia onde.

À noite, foi novamente convidado por Beja para jantar. A senhora pediu-lhe que trouxesse consigo uma das pedras. Ao chegar à casa-grande, encontrou Casimiro de Morais conversando com a feiticeira, cheio de salamaleques. Os três jantaram juntos. Terminada a refeição, Beja solicitou a François que mostrasse o diamante ao outro convidado. Este, ao vê-lo, perdeu a fala por alguns minutos. Quando se recuperou, puderam estabelecer os detalhes do plano em que quase tudo parecia acertado. O francês estava cansado e Casimiro ainda tinha um bom caminho a percorrer até a Vila de São Domingos, de modo que não se atardaram. Ao saírem, Casimiro, ainda perturbado pela visão da pedra, voltou-se para François e lhe segredou a meia-voz:

— Meu amigo, o senhor tem sorte de tê-la em suas mãos. É a coisa mais encantadora que já vi em minha vida.

— Ah, meu caro Casimiro, você não imagina quantos sacrifícios eu fiz, quantos sofrimentos suportei para mantê-la junto a mim. Somente hoje começo a ter a sensação de estar prestes a poder usufruir de seus encantados poderes. Somente agora me sinto como seu legítimo senhor.

Duzinda, de mãos inchadas, escondida num canto escuro da eira, faiscava de ódio:

— "Usufruir de seus encantados poderes"! — sussurrou a negra. — "Mantê-la junto a mim"! "Legítimo senhor". Isso é o que você não vai ser nem fazer, nem que eu o enfeitice. Você vai conhecer o poder e os encantos do feitiço, isso sim!

Em menos de duas semanas, François retornava às margens do rio Bagagem. Gilberto considerava que tinha terminado seu trabalho no Sertão da Farinha Podre. Partiria para o Mucuri, onde prospectaria a possibilidade de estabelecer um sistema de navegação fluvial a vapor. Em seguida, estaria de volta ao seio da família, de onde se afastara havia quase um ano. Os dois amigos se despediram: provavelmente não mais se encontrariam neste mundo.

## 8. A descoberta

Às margens do Bagagem, logo abaixo dos vilarejos de Cachoeira e Joaquim Antônio, François reorganizou o território. Refez com grande alarde a segurança interna e externa do terreno, pondo a escravaria para trabalhar zelosa, sob a vigilância de Orando e Nego da Lapa. Após dois meses tinha uma lavra exemplar para a região, com pilões hidráulicos e peneiras automáticas. No início apareceram uns curiosos, uns araxás que, rechaçados, atiçaram a curiosidade da população rala da região.

Quando François obteve algumas pedras, coisa mirrada, fez questão de comercializá-las em Joaquim Antônio, dizendo que era dinheiro para as miudezas. Gastou-as nas vendas, como se fossem moeda corrente. Em pouco tempo, aqui e ali começaram a se instalar garimpeiros, esparsos, nas margens do Bagagem. O francês fingia não se angustiar com a falta de notícias da chácara do Planalto. Aquietou-se quando, dois meses mais tarde, recebeu um mensageiro de Beja. Ela voltara de São Paulo e lhe solicitava que fosse vê-la e trouxesse consigo o negro Maquim. Ansioso, François rumou para Bebedouro o mais rápido que pôde.

Duzinda abriu-lhe a porta, sem insolência nem matreirice; lançou-lhe apenas um olhar cujo ódio tentou esconder no esquivo das pálpebras. François estava aflito demais para dar atenção aos sentimentos da negra. Passou, afoito, direto por ela. Suspirou aliviado quando seus olhos pousaram na beleza de Beja, que o esperava no meio do salão, encantadoramente vestida com trajes novos, modernos, que ressaltavam e expunham o fascínio de sua cintura e seios.

— Meu amigo — disse-lhe sem rodeio —, vá tomar um banho, descansar um pouco. Venha me ver à noite, que tenho notícias extraordinárias para você. Vou mandar o negro Ganzé barbeá-lo para lhe dar uma aparência de gente.

Duzinda conduziu François à Casa Amarela, onde lhe preparou um banho. Ao sair da tina, o francês tinha seu sexo espetado para o céu. A negra o envolveu num lençol e o enxugou, friccionando com rapidez.

— Por que você voltou correndo para a chácara do Planalto? — a escrava indagou com uma voz rouca que lhe saía com dificuldade da garganta.

— Para me casar com Beja. Por que mais eu voltaria? — respondeu o francês em tom de gracejo, cingindo sua cintura com os braços amorenados pelo sol do Bagagem.

Duzinda se deixou ser beijada e penetrada, obedecendo molemente e em silêncio aos rogos e ordens. Depois de quatro meses vivendo como bicho, François ansiava pelo corpo da negrinha.

À noite desabou um aguaceiro. François chegou à casa-grande com a barra da calça enlameada. Sedento, saboreou vários frascos de cerveja Porter, estalando a língua a cada gole. Beja deu ordens para que não os interrompessem. Ao ver o casal se retirar para um recanto do salão, Duzinda se esgueirou furtivamente pelo lado de fora da casa. De seu esconderijo tentou captar-lhes as vozes, que eram abafadas pelo barulho da água da chuva que caía sobre ela.

— Meu querido e velho amigo! — exclamou Beja, apoiando sua mão sobre a de François.

O francês sorriu, se dando conta de que, de fato, era um velho amigo da feiticeira.

— Tenho — continuou Beja — as melhores notícias para você. Está tudo acertado para a colocação das pedras na Europa. Contudo, não consegui dinheiro suficiente para as quatro, mas apenas para duas, a maior e a menor. Ninguém dispõe de tanto dinheiro para adquirir todas. As outras, François sortudo, você terá que esperar mais alguns anos, cinco, dez, quinze anos, para vender ou achar. Mas com o dinheiro das duas viverá como um dos mais ricos fidalgos do Império, provavelmente como um dos homens mais ricos do mundo. Tudo vai depender da sua concordância com o que vou lhe propor. Caso contrário, você poderá dividir suas pedras em várias menores. Nesse caso, ficará apenas muito rico, e não milionário.

— Me diga, Beja, quais são as condições? Veremos se desejo ficar rico ou milionário!

— Você ficará com trinta e cinco por cento do valor líquido estimado das pedras. Em compensação, receberá o dinheiro desde já. Terá assegurado seus valores antes mesmo que as pedras saiam de São Domingos. Há maior segurança que isso? Não quero que fique sob pressão, meu amigo. Agora, vamos conversar sobre coisas mais amenas. Amanhã, depois de você haver refletido, retomaremos nossos negócios.

— Beja, antes que concordemos sobre os valores, me diga uma coisa. Por que é que alguém iria confiar em mim a ponto de avançar em puro risco uma quantia enorme, sem nem mesmo saber se as pedras existem ou se são verdadeiras?

— Esse era o único ponto fraco do nosso negócio, François. Mas um milagre, quase que um milagre, aconteceu. No começo, o barão Eduardo Teixeira Melo de Jarinu, com quem estive em São Paulo, recusou a transação, considerando que era história para boi dormir. Mas, depois que detalhei meu relato à baronesa, ela convenceu o esposo a se arriscar.

— Milagre, Beja? Milagres não existem. Uma vez você me disse que a confiança entre amigos deveria ser integral. Eu, pela primeira vez na vida, decidi me arriscar a confiar plenamente em alguém. Em você! Descobri que o sentimento de confiança, no amor e nos negócios, é inicialmente gratuito, só depois vêm as garantias.

A chuva tinha cessado repentinamente e, em meio ao coaxar dos sapos, Duzinda, com a orelha colada na janela, pôde ouvir pedaços das últimas frases: "confiar... em você... sentimento de confiança... no amor... as garantias".

— Quem são esse barão e essa baronesa, Beja?

— Confiança não implica deixar os outros a descoberto, François. Mas agora posso lhe contar, porque tudo diz respeito a você. A baronesa é sua velha amiga.

— Helena Jaräzeski! — exclamou François.

— Não!

— Não?

— Baronesa Helena de Jarinu. Nunca, nunca pronuncie seu nome polonês, se quiser continuar gozando de sua estima, François. Ela é muito influente em São Paulo e na corte. E é uma grande amiga sua, François. Helena sabe perfeitamente quem é você. Quando lhe falei das pedras e disse seu nome, ela, que é tão... fria e racional, caiu em prantos. Indagou sobre sua esposa. Contou-me que teve um trabalhão para que o imperador desse as ordens que lhe permitiram sair do Rio de Janeiro e seguir para a Demarcação Diamantina. Ficou contente quando soube que você havia obtido sucesso. Não lhe revelei a origem das pedras, nem ela me perguntou. Foi por causa dela, de seu empenho pessoal, que as pessoas interessadas em ganhar algum dinheiro decidiram aceitar a verdade de minhas afirmações sobre os diamantes.

— Você ficou sabendo de alguma coisa sobre um francês que estava com ela? Um oficial da Marinha, De Brissac?

— Parece que foi seu segundo marido. O primeiro faleceu no Recife, ao chegar. O oficial francês não suportou o sucesso da mulher na Província de São Paulo e embarcou numa missão militar para lutar contra os castelhanos no sul do país, onde morreu em batalha. Eu a ajudei num período difícil de sua vida. Hoje é ela, com toda a influência que tem na Província de São Paulo, quem me estende mão firme quando necessito.

François não corrigiu a parte da história que conhecia e entendeu que o restante devia estar também distorcido.

— A Teresa que eu vi na minha primeira visita é filha dela, não é? E o pequeno Nicolas?

Beja, sem responder mais às perguntas do amigo, lhe indagou:

— Diga-me: quando descobriu que Helena era sua conhecida?

— Acho que tive uma percepção quando vi a pequena Teresa aqui, mas só tomei consciência mais tarde, em Guinda.

— Ah, meu querido amigo. Como você é abençoado pelas mulheres!

Beja se levantara e fora até a janela sentir o cheiro noturno de terra e de mato molhado. Duzinda se abaixou para não ser vista, ao mesmo tempo em que resmungava as palavras de Beja que lhe feriram os ouvidos:

— Abençoado pelas mulheres é o que você pensa. Porque por mim será amaldiçoado!

Beja virou-se para François e lhe acariciou os cabelos louros compridos. Duzinda tinha voltado a colar o rosto no vidro.

— François, não encontro mais a danada da negra Duzinda. Você não lhe fez nenhuma maldade, fez?

O francês apenas sorriu, balançando negativamente a cabeça. A negra sussurrou:

— Mais do que maldade, você me fez. Matou meu coração.

Em seguida, soltou uma cusparada no vidro.

— Parece que a chuva vai voltar — disse Beja — e você está muito cansado. Vou mandar o negro Tião acompanhá-lo. Amanhã nos falaremos de novo, meu caro amigo. Temos muitas providências a tomar até a grande data.

A última frase pronunciada por Beja gelou o coração de Duzinda. Na manhã seguinte, François acordou com a gritaria da negra bexiguenta, que tinha vindo lhe preparar os confortos.

— Que foi? Que foi? — indagava o francês, assustado.

— Maldição! Maldição! — repetia a negra, apontando para um pacote escuro na saleta da Casa Amarela.

Era um sapo gordo, de barriga para cima, com a boca estufada e arreganhada por um trapo que lhe haviam enfiado goela adentro. François reconheceu o trapo como sendo o lenço de seda de Duzinda. O ventre esbranquiçado do sapo estava marcado por um risco de carvão que ia do pescoço papudo até quase alcançar as coxas esparramadas. O francês pegou o bicho e o jogou pela janela. Um cachorro veio correndo em direção ao sapo, cheirou-o e fugiu ganindo.

François perdeu o ânimo de sair. Só deixou a Casa Amarela à noite, para ir ter com Beja, que o recebeu com seu sorriso mais aberto. Depois da refeição, voltaram a falar de negócios.

— Beja, trinta e cinco por cento é pouco. Esperava obter um pouco mais.

— Impossível, François. Queriam pagar menos, foi o máximo que consegui obter. E você sabe que essa porcentagem é mais do que na verdade você esperava. Não temos tempo para negociar mais nada. É pegar ou largar.

— Está bem, Beja. Não tenho alternativa. Aceito a proposta se for nas condições de que você me falou ontem. Estou comprando segurança.

— Você fará um ótimo negócio. Se essas pedras lhe tivessem sido passadas legitimamente, teria que dividi-las com seu sogro e seus cunhados. Portanto, trinta e cinco por cento é mais do que você teria direito de receber. Se quebrar as cangas em pedras menores, ainda assim terá que dividir seu ganho com seus sócios e intermediários. Aqui você tem trinta e cinco limpos de duas cangas cujo valor é fabuloso.

— Aceito, minha amiga — repetiu François.

— Oh, meu querido amigo — disse Beja, levantando-se e abraçando-o efusivamente. — Vamos comemorar nosso sucesso.

Bateu palmas e apareceram quatro escravas.

— Tragam-me vinho!

Os dois brindaram e beberam o vinho forte de Portugal.

— Antes que fiquemos tontos, François, vamos acertar os negócios. — Beja misturava o amarelo-esverdeado de seus olhos com o azul profundo dos olhos de François. — Nossos amigos estão de acordo em pagar-lhe da seguinte maneira: um quarto do montante será em dinheiro e três quartos em letras de câmbio que lhe serão entregues aqui mesmo, em São Domingos. As letras, com vencimentos bianuais, são afiançadas por empresas de pedras preciosas parisienses. A nossa amiga baronesa já tem o compromisso dos representantes da Halphen and Associates e da Maison Picard de Paris. O governo brasileiro acabou de dar a essas duas firmas a concessão do comércio internacional de todos os diamantes encontrados fora da Demarcação Diamantina. Se você estiver de acordo, tudo estará em suas mãos em quarenta e cinco dias.

— Não preciso pensar mais, Beja.

— Se for assim, podemos pôr nosso plano em marcha. Amanhã você devolve o Marcos Maquim ao seu dono. Diga qualquer coisa ao Leonel Angorá, que o negro não presta. Invente qualquer coisa. Enterre-se mais um mês no Bagagem, depois volte para cá se queixando da miséria do lugar. Venda o que puder na bacia das almas. Nesse momento você estará de posse do dinheiro e das letras de câmbio. Volte para sua terra como se tivesse fracassado, deixando ao deus-dará suas lavras no Bagagem.

— Beja, e as pedras?

— Você as deixará comigo. Vou mandar a Rosa Xangana fazer de conta que as achou nos cascalhos abandonados na sua lavra. Ela as levará, como negra obediente e devotada, ao seu dono, o Casimiro de Morais, que a recompensará conforme as larguezas do costume: dinheiro, roupa nova, procissão e liberdade.

François dormiu, embalado pelo vinho. Estava feliz como poucas vezes havia estado em sua vida.

No dia seguinte, marcou um encontro com Leonel Angorá em São Domingos. O homem disfarçava mal a antipatia pelo francês. Durante todo o encontro não cessou de coçar, impacientemente, a barba hirsuta com seus dedos curvos.

— Então, francês, ficou rico?

— Estou tentando. Por enquanto só encontrei dificuldades, mas espero achar alguma coisa que valha a pena.

— Vai tentando, vai tentando, François. Quem persiste sempre encontra — disse Leonel, em tom zombeteiro.

— Mas, Leonel, vim até aqui por outro motivo.

— Qual? Está precisando de alguma coisa? De dinheiro?

— Não. Queria é devolver-lhe o escravo Marcos.

— Mas por quê? Você pagou por ele; tem direito a usufruir do negro até o fim do aluguel.

— Não. Não o quero mais.

— Ele o roubou, François? Se esse maldito negro o roubou, vou mandar puni-lo imediatamente.

— Não, ele não me roubou. É mesmo um negro muito bom. A questão não é ele. É a negra Rosa Xangana. A maluca não deixa o negro em paz, fica o tempo todo em xumbregação. E, como tenho muitos braços de machos e poucos de fêmeas, preciso mais dela do que dele.

— Está bem. Se é assim, aceito o negro de volta.

François retornou para a lavra no Bagagem. Contrariamente aos seus hábitos, deixou a escravaria folgando. Sua pequena produção reduziu-se a ponto de só raramente ele trocar algumas pedrinhas ou pepitas nos vilarejos de Cachoeira ou Joaquim Antônio. Num certo dia, mostrando-se desanimado, reuniu Nego da Lapa, Orando, Marica e Rosa Xangana.

— Amanhã vamos começar a desmontar a lavra. Vou até Joaquim Antônio vender o material aproveitável. Tem muita coisa boa aqui. Vou deixar Orando tomando conta do restante. Nego da Lapa vem comigo, Orando e Rosa ficam. Chega! Essa porcaria de rio não dá nada. Vamos voltar para Bebedouro e São Domingos. Nunca mais ponho meus pés neste sertão. Vou voltar para minha terra, aqui só dá saúva e mosquito!

Durante uma semana, François desfez o que levara meses para construir. A notícia do seu fracasso chegou a São Domingos muito antes dele. Uns se deleitavam com sua desdita, ridicularizando-lhe a fraqueza.

— Saúva e mosquito! Isto não é terra para qualquer um! — repetia o povo, zombando da frouxidão do francês.

Quem se sentia ofendido completava:

— Saúva e mosquito! Sei! Que volte para sua terra, que deve ser melhor do que a nossa!

Caio Falcão havia chegado a São Domingos escoltado por um bando de caiapós, trazendo consigo importantes documentos para Beja.

— O que esse homem vem fazer aqui de novo, acompanhado de toda essa tropa e bugraria? — indagou Duzinda ao negro Tião.

— Não sei nem é da minha conta. Mas é coisa importante para d. Beja.

— Eu sei — disse a negra. — Eu sei! Eles vão se casar.

— Quem?

— Beja e o francês.

Negro Tião arregalou os olhos, caindo em seguida na gargalhada. Duzinda deu de ombros.

— Você não passa de um negro ignorante. Não sabe das coisas.

— Você é que não deveria estar aqui falando bobagens. Vai caçar serviço. Está todo mundo se preparando para a festa de despedida do sr. François, e você aqui, falando o que não devia. Você é uma negra muito malmandada.

A negra cuspiu no chão.

Para a despedida do francês, Beja reuniu a melhor sociedade de São Domingos.

Caio Falcão se aproximou de François.

— Tudo ficou bem acertado?

— Absolutamente, sr. Falcão. Absolutamente.

— Mas não deixei de observar que o senhor hesitou diante das letras de câmbio de uma das firmas francesas.

— É que outrora eu conheci seu proprietário. Apenas me recordei de alguns eventos.

Beja interrompeu a conversa dos dois. Tomou o francês pelo braço, conduzindo-o a uma marquesa onde Casimiro de Morais saboreava uma taça de vinho.

— François, está tudo correndo como combinado. Depois que o senhor partir, a negra Rosa Xangana achará...

Como Duzinda se aproximava com uma bandeja de bebidas, Casimiro mudou seus termos com uma piscadela de olho para François.

— Os anéis!

## 9. A delação de Duzinda

François Dumont deixou para sempre o Sertão da Farinha Podre. Após sua partida, a negra Duzinda apareceu nas propriedades de Leonel Angorá. Insistia em querer falar com o sr. Leonel, para lhe segredar umas importâncias. O homem mediu-a de cima a baixo com um olhar mortiço, examinando as curvas de seu corpo. Depois de silenciosa hesitação seguida de duas longas e preguiçosas fungadas que lhe escancararam as narinas, permitiu que ela lhe falasse. Duzinda contou-lhe uma história comprida e desencontrada que Leonel Angorá escutou com paciência, esfregando o queixo com os dedos encurvados que mexiam como patas de aranha no emaranhado da barba, enquanto com a outra mão bulia no bico dos seios da negrinha.

Angorá se aprumou, despertando de sua semiletargia, quando a negra lhe informou que fora Marcos Maquim que havia encontrado uma grande canga no restolho de cascalho que François abandonara nas margens do Bagagem.

— Eu não sei o lugar exato onde o negro encontrou a canga. Foi seu negro que achou, passando depois a canga para a Rosa do sr. Casimiro. Sei que Maquim e Xangana conhecem um poço onde há muito mais coisa. Eles estão passando as cangas, em segredo, para Beja! É tudo que sei — finalizou a negrinha, diante da insistência inquisidora de Leonel Angorá.

A escrava voltou para a chácara do Planalto. No caminho, com olhos arregalados, repetia para si: "Pronto! Agora, o sr. Angorá não vai deixar que Beja saia daqui e se case com ele!".

A história de Duzinda era tudo de que Angorá precisava. Depois da partida de François, notícias de cangas no Bagagem começaram a circular em São Domingos. Leonel já tinha enviado uma tropa para vasculhar o terreno abandonado pelo francês. Não havia achado nada. Parecia conversa para boi dormir, mas Casimiro de Morais dera sinais certos de que encontrara algo de muito valor. A história da existência de um poço era mais crível do que a lenda de monte de cascalho. Se fora seu negro que tinha achado as pedras, então elas lhe pertenciam por direito. Leonel Angorá deu ordens para lhe trazerem Marcos Maquim imediatamente.

— Prendam o negro. Levem-no ao paiol. Não o tragam ao porão. Não quero escutar berreiro de negro debaixo da casa onde vive minha família.

O capataz, acompanhado de três escravos parrudos, voltou depois de algum tempo limpando o suor do rosto, brigando aflito com o fôlego curto.

— Pronto, sr. Angorá. O negro já está preparado. Do jeito que o senhor mandou.

— Vamos lá, que eu não tenho tempo para perder. Esse sem-vergonha vai acabar nos dando trabalho. Ah! Se arrependimento matasse! Ah! Se arrependimento matasse! — repetiu a lamúria. — Ele vai ter que confessar que foi ele que achou, vai ter que relatar onde achou e como achou. Depois levo a questão para os tribunais. Traidor. Eu nunca deveria ter comprado essa porcaria do francesinho. Mas que fazer? Beja insistiu! E o que ela sugere eu faço! Não consigo lhe negar nada. O que eu não faria por ela? — Angorá suspirou enternecido, enlevado, passeando seus olhos delicadamente pela paisagem vasta e melancólica do Sertão da Farinha Podre.

O paiol, batido em sentido oposto à senzala, erguido três palmos acima do chão, não era longe da casa-grande. O capataz empurrou a porta, que rangeu. Angorá pôde ver, na fina luz da lamparina de azeite, o corpo lustroso de Marcos Maquim jogado num canto entre as palhas de milho. Três outros negros, de cócoras, olhavam-no com indiferença e tédio. Maquim tinha as mãos atadas aos tornozelos, e entre seus braços e pernas curvados passava um grosso pau roliço que o impedia de se debater. Haviam lhe posto uma máscara de flandres. Leonel Angorá fez um sinal de cabeça. O capataz arqueou as sobrancelhas na direção dos três negros, que ergueram Maquim do chão. Quando o escravo foi içado de cabeça para baixo à altura de seu rosto, Leonel Angorá, ainda vestido com sua jaqueta, desferiu-lhe um pesado sopapo no pescoço.

— Onde você conseguiu as cangas, seu filho da puta? Onde desencavou as pedras? Onde achou os diamantes?

Diante do silêncio de Maquim, virou-se para o capataz:

— Mande largar.

Os negros soltaram Maquim, que bateu seco no chão.

— Tirem a máscara e a mordaça desse boçal, que quero que ele fale e me conte onde achou as pedras. Soltem esse lazarento. Dependurem-no aqui na minha frente — disse, apontando para a tesoura do telhado.

O capataz puxou com destreza e velocidade o pau roliço que imobilizava braços e pernas de Maquim, esfolando sua pele e queimando as dobras de suas carnes. Em seguida, tomou de uma torquês e arrancou um longo cravo que mantinha a máscara de flandres ajustada ao rosto do negro. As partes da máscara giraram sobre seus gonzos, expondo a cara desesperada do escravo. O capataz juntou a máscara e a torquês, encostando-as na parede de barro. Procurou, sem sucesso, pelo ferrolho que havia deixado cair no meio da palha que cobria, rala, o chão de terra. Maquim puxou o ar para os pulmões e tossiu.

— O que você está procurando? Anda logo, que eu não tenho tempo — reclamou, impaciente, Leonel Angorá.

— O ferrolho da máscara, meu senhor. Não consigo achá-lo.

— Deixa para lá por enquanto, depois você procura e acha. Ele está aí no chão, em algum lugar. Prego não tem pé e não vai fugir. Vamos logo com esse negro safado.

O escravo, mole como um embornal vazio, foi erguido a poucos palmos do chão por uma corda que lhe passava pelas axilas. Do lado em que Leonel Angorá lhe bateu havia crescido um calombo arroxeado, que pulsava como papo de sapo.

— Onde você achou os diamantes, onde encontrou as cangas? — Leonel Angorá assoviou espaçadamente cada sílaba entre os dentes.

Maquim respondeu com um fiapo de voz:

— Eu não achei. Foi Rosa. No cascalho do Bagagem.

— O que ele disse? Será que eu escutei o que esse lazarento disse? O que você disse? Repete, filho da puta. Onde? Quem?

— Rosa. No cascalho do rio Bagagem.

— Espanque esse negro safado, mentiroso e ladrão. Eu detesto gente mentirosa!

Leonel apertou o queixo de Maquim entre o indicador e o polegar, balançou levemente seu rosto de um lado para outro, aproximou os olhos dos do escravo como se este fosse gente de consideração e, num outro tom de voz, sussurrou-lhe com doçura:

— Se você mente para mim, como é que eu posso confiar em você? É muito feio gente mentirosa.

Depois lhe deu um impulso, deixando-o rodopiar no ar.

— É a última vez que pergunto: onde foi que você achou as pedras? Quantas você achou? Por que deu as pedras para sua fêmea lazarenta? A mando de quem? Pensa que eu acredito em negro? Já mandei uns homens revirarem as grupiaras e as margens do Bagagem, não tem nada por lá. Então pode começar a falar, antes que seja tarde.

Leonel, vermelho de raiva, chutou um vira-mundo, arremessando-o na direção de um dos escravos, que ria baixinho. Ainda alterado, voltou-se para o capataz:

— Dê uma surra nesse negro, uma de criar bicho, depois salgue. Eu vou para a casa-grande, vou me refrescar um pouco. Não estou com apetite de judiar de negro no momento. Quando eu voltar, se ele ainda não tiver aberto a boca, então pode deixar por minha conta. Só não o deixe morrer, o resto pode fazer de tudo.

Leonel deixou o paiol. Nem sequer entrou em casa, ficou na varanda, respirando o ar mais fresco. Esparramou-se com as pernas estendidas num banco onde, sem esperar pelas suas ordens, uma negrinha retirou-lhe as botas. Livre dos calçados, o homem se arrastou até uma rede. Uma segunda negrinha veio correndo, com um abanador de penas de ema nas mãos para espantar as moscas e refrescar-lhe o corpo. Leonel ainda buliu nos brotos dos peitos da molequinha, que estavam ao alcance fácil da mão, antes de suavemente adormecer.

## 10. O naufrágio

Longe do Sertão da Farinha Podre, as terras se tornavam menos lisas. François, Orando, Nego da Lapa e Marica, carregando o pequeno Miguel, bateram num vilarejozinho miserável diante do qual um rio se abria em largueza e se estendia em comprimento serpenteado. O francês alugou um barqueiro para levá-los às proximidades de Sabará, de onde subiriam em lombo de burro até a Comarca do Serro Frio.

— Orando, tome conta dessa canastra como se fosse sua vida. Na negra Marica não posso mais confiar. Não tem mais cabeça. Só tem olhos para o Miguelzinho.

— Sr. Dumont, posso saber por que esse bauzinho, que o senhor traz consigo desde que o conheço na vida, é tão importante?

Antes que François abrisse a boca, Marica, com o Miguelzinho enforquilhado em suas cadeiras, avançou, pequena e miúda, na direção do gigantão:

— Seu enxerido. O que você tem que perguntar as coisas? Vai cuidar de sua vida e de sua obrigação calado.

François sorriu ao ver o mulatão se encolhendo diante da negra, que lhe alcançava o umbigo. Orando olhou de esguelha em volta de si, acanhado. No movimento, seus olhos se encontraram no acobertado das pálpebras com os olhos do Nego da Lapa. Surpreendeu, sem poder desviar o olhar, uma tristeza imensa nas vistas do jovem parrudo, como se este, que lhe esquentava a alma na solidão dos sertões e no agitado das minas, estivesse se despedindo, sorrateiro. Veio-lhe a imagem da turca desamparada no mundo se jogando no abismo da cachoeira de São Gonçalo do Rio das Pedras. O gigante afastou a imagem, batendo com sua mãozorra no ar diante dos olhos como se estivesse espantando moscas.

A embarcação saiu cedo, assim que a luz opaca da madrugada permitiu a distinção da margem e da água. O barco deslizou manso, abrindo caminho em meio à bruma morna que flutuava sobre a lâmina do rio, carregando os quatro adultos, os dois pilotos e o Miguelzinho, que logo dormia, embalado pelo balanço das águas. O ar era pesado, e o céu, cinza. Quando o dia avançou, a situação não melhorou. Não havia brisa que trouxesse alívio ao calorão. No meio da manhã, a fumaça úmida tinha se dispersado, sendo substituída por uma nuvem de mosquitos. Orando, indiferente às picadas, ajeitou a canastra sob suas coxas.

No meio do rio, a correnteza empurrava forte o barco, que se pôs a balançar sem ritmo quando um vento encrespou as águas. O céu empretejou de vez e uma chuva grossa começou a cair. O rio rapidamente cresceu. Os pilotos pediram que ninguém se mexesse, que se aquietassem no centro da grande canoa. Os dois desdobraram-se em força para levá-la até a margem. A embarcação resistia. Como um burro bravo, corcoveava no meio das águas. Miguelzinho chorava a plenos pulmões. Orando vomitou em cima da canastra. Pouco a pouco, a embarcação foi se deixando domar. Aproximou-se das águas amansadas da beira do rio e os ânimos também se acalmaram. A poucos metros da margem firme, quando já estavam abrigados do furor das águas, um tronco de árvore trazido pela correnteza veio a toda a velocidade ao encontro do barco. François arregalou os olhos, tendo apenas o tempo de bradar:

— Marica! Segure o Miguelzinho!

Ouviu-se um estrondo e um tremor desmantelou o toldo da embarcação. François afundava e emergia, puxado para o fundo pelo peso das botas. Quando emergiu pela terceira vez, conseguiu abraçar o tronco de árvore que pouco antes tinha investido contra a chalana e girava agora enlouquecido entre o remanso e a correnteza das águas grandes. Marica se debatia na água turva, abraçada ao Miguelzinho. Orando agarrou a negra pela carapinha, levando-a até a altura de um cipó que pendia de um longo galho lançado sobre as margens do rio. Enrolou o cipó no pulso, conduzindo os dois ao remanso.

— Não largue o moleque. Estamos quase lá — disse-lhe com voz calma.

O mulatão nadou até que sentiu que podia tocar a ponta dos pés no barro mole do fundo do rio. Estava empurrando Marica e o moleque para a margem quando um risco escuro e gordo passou ziguezagueando ao lado dos três. Miguelzinho estendeu o bracinho e acariciou o corpo da víbora, que nem sequer mudou seu rumo.

Depois de alcançarem a margem do rio, Orando jogou Miguelzinho sobre um barranco e ergueu Marica terra acima, acomodando os dois num capinzal. O negro, sem se recuperar do fôlego exaurido, mergulhou de novo nas águas. Sumiu no rio. Muito abaixo, encostada numa pedra, viu a chalana vazia, pelada e semiemborcada. Nadou com grandes braçadas em sua direção. O barco, com um rombo de lado, parecia em condição de navegar. Com a ajuda da força das águas avolumadas, o gigante revirou a embarcação. Pulou para dentro dela, que bamboleou e rodopiou, sem leme nem governança. Ao passar a toda a velocidade rio abaixo, Orando divisou a pequena canastra metida numa touceira. Respirou aliviado, marcando com as vistas o rumo do lugar. Deixou-se levar, abandonando ao capricho das águas a resolução de seu destino. Sentia doer os músculos, mesmo estando adormecidos pelo cansaço. Subitamente estremeceu. Longe, entre duas pedras, divisou o tronco que havia marrado e fendido a chalana. O grosso pau de árvore estava atravessado, barrado pelas pedras que afloravam no meio do rio. Uma coisa dependurava-se nele: uma figura murcha meio viva, enviesada de cabeça para baixo, que empregava suas últimas forças para manter meio corpo fora d'água. A chalana ia na mesma direção do tronco inerte, como se quisesse se vingar ou descontar o desaforo da injúria que lhe aniquilara a borda. Orando se pôs a gritar com voz inútil, um nada no estrondo das águas. Ajoelhado no meio da canoa, agitava os braços como se pudesse, no gesto ou na voz, afastar o tronco ou despertar o homem que, mole, se deixava balançar nas águas. A canoa se aproximou rapidamente, e François, com os olhos pouco acima das águas, viu um monstro de madeira avançando em sua direção.

— Meu Deus! — exclamou, no borbulho da boca. — Por que isso me persegue?

A canoa virou de lado, batendo em cheio no tronco. O corpo de François entrou pela fenda lateral da chalana. Orando o agarrou pelas axilas e puxou o fardo, mole e resistente, inteiro para dentro do barco. O francês, depois de vomitar um líquido ralo e abundante, pôde puxar algum ar para os pulmões. Tossiu e voltou a vomitar. O mulato o acomodou no fundo estreito da embarcação, sem dar importância ao vergão que serpenteava por seu dorso branco, babando sangue. A madeira da canoa havia lhe injuriado a pele, formando um veio gordo que ia do pescoço à virilha. Embora ferido, François tinha escapado da gulodice do rio. Orando empurrou a chalana, pressionando seus grandes pés contra o tronco de árvore, até que se livrou dela, deixando-a correr desembestada rio abaixo. As águas repentinamente se alargaram e, embora ainda vigorosas, amansaram-se. O gigantão conseguiu, com a ajuda de um galho, conduzir o barco para um fundo barroso de areia. Pulou n'água, sentiu o mole do chão do rio sob os pés e, lutando como um boi agonizante, foi levando, como podia, para a margem o que restara da embarcação.

A chalana encalhou a poucos metros da margem, num emaranhado esquisito. Era o toldo de couro da canoa, que havia parado onde o rio se fazia largo e raso. Orando mal começou a abrir o fardo para recuperar algumas cordas que lhe serviriam de amarras para puxar o barco, quando recuou, tapando a boca com a mãozorra, até que caiu de bunda na água. Seus olhos não conseguiam desgrudar dos corpos do Nego da Lapa e dos dois pilotos enrolados no emaranhado dos fios. Os olhos do Nego da Lapa estavam esbranquiçados, desnudados da tristeza que Orando tinha visto refletida nos seus. O gigantão ficou sentado n'água, chorando baixinho, balançando o corpanzil como o filho macaco de Zé Vintém no Vau, que ficava no mesmo balanço e só parava para gritar um incompreensível e para se morder e bater a cabeça no chão de terra. Ficou sentado no leito barrento, com a água até o meio da barriga, jogando, como um monjolo, o corpo para a frente e para trás num tempo que parecia uma vida inteira. Quando começou a tremer de frio, se levantou, com a água que carregava consigo as lágrimas dos olhos e o ranho do nariz escorrendo pelo corpo. Como um boneco sem vontade, retirou do emaranhado os corpos frios dos barqueiros e os empurrou para o meio d'água, na correnteza do rio. Depois, com delicadeza, foi tirando, uma por uma, as sujeiras que tinham se depositado em torno do corpo do Nego da Lapa e o arrastou para a margem. Carregou o corpo endurecido para o alto de um barranco e foi cobrindo-o de pedras. Orando via-se envolto num sonho brumoso e sufocante. O corpo vibrante e quente do Nego da Lapa, que tantas vezes sentira confundido com o seu, havia se tornado duro e gelado como as pedras que agora o cobriam no ermo do mundo. A tristeza daquela morte era uma gota de azeite de mamona que, pingada na água, se esparramava num reluzente arredondado, espalhando-se pelo envolto da vida de Orando, pelo desolado do rio triste, da mata melancólica que se estendia escura diante dele. Quando acabou de trazer as pedras da margem, deitou-se sobre o amontoado pedregoso, onde se deixou sacudir por um choro sem consolo. Sem se importar com o francês jacente na canoa fendida, adormeceu. Acordou com a luz do dia se retirando. Foi então que se lembrou do sr. Dumont e da canastra. Correu esbaforido para dentro d'água, em direção à chalana em cujo assoalho François fungava manso. Sua carne estava tão fria como a do Nego da Lapa, mas os pulmões respiravam um fiapo de ar. O escravo o levou para o barranco, pousando-o atrás do monte de pedras. Cobriu-o com os pedaços de couro do toldo da embarcação. O gigante despertou no dia seguinte sob um céu azul e o sol quente. Abriu os pedaços do toldo úmido e levou o francês, que continuava perdido na inconsciência, para o calor do sol. O rasgão que a madeira da chalana fizera em seu peito virara um vergão rajado, rubro-azulado. O mulatão pôs a mão delicadamente sobre o ferimento e o sentiu quente. François estremeceu, entreabriu os olhos e gemeu baixinho.

Orando sumiu no mato. Voltou trazendo um maço de folhas e raízes, que lavou na água do rio. Macerou na boca, depois foi pondo com cuidado a pasta babenta sobre o vergão que corria como um corisco pelo tronco de François. Em seguida, montou como pôde um estrado tosco, levantado do chão, onde acomodou o francês, ajeitando ao seu lado uma cabaça de água e umas frutas do mato. Desapareceu rio acima entre a margem e a mata.

## 11. O ganido do cachorro

Leonel Angorá acordou da sesta. Meio tonto pelo calor, com a boca amarga, enxotou a negrinha, que não cessara de abaná-lo. Seguiu apressado em direção ao paiol.

— E então, esse negro já contou onde encontrou as pedras?

— Não, senhor, continua com a mesma arenga. Sem tirar nem pôr.

— Deixe-o comigo. Passe-me a navalha. Ponha esse negro dependurado pelos pés. Vou ver se agora ele continua mentindo. Esquente uns ferros.

Então, Marcos Maquim murmurou algo. Pelo fio do semicerrado dos olhos inchados, logrou distinguir umas figuras foscas que se aproximaram de seu rosto. Sentiu um cheiro azedo de fumo mascado e sarro. Deixou despencar os braços rumo ao chão, como se quisesse varrer com a ponta dos dedos as palhas respingadas do sangue que lhe escorria por todos os buracos do corpo. Veio-lhe a imagem de Marica murmurando-lhe as palavras desconhecidas no entreposto na África, envolvendo seu corpo nos braços pequenos, cheios de cuidados. Lembrou-se, em figura, da negra falando uma língua que não era dele mas que era dela, que virou sua mãe.

— Quê? Onde? — insistiam os vultos, em torno da escuridão que a dor e as lanhadas haviam produzido na sua cabeça.

— *Fuene mu bika zimpassi zi lu ti di!**

Os três escravos, encharcados de suor de tanto bater no negro, recuaram, arregalando os olhos.

— Que foi? — perguntou Leonel Angorá, aflito. — O que o negro disse? — dirigiu-se ao capataz.

Antes que o capataz os interrogasse, um deles exclamou:

— Fiote! Esse negro mahii fala fiote! Fala nossa fala! É a encarnação!

— E o que ele está dizendo? Está contando onde achou as pedras? Digam-me direitinho o que o desgramado está revelando, senão serão vocês que irão para a chibata — ameaçou Angorá.

Um dos escravos se aproximou de Maquim. Tomou-lhe a cabeça com alguma ternura, soerguendo-a ligeiramente, e soprou-lhe no ouvido:

— Pelo amor de Deus e de Nossa Senhora, *kwini ydy maluboi? Tuba mumanissa biau.***

— O que esse negro está conversando com o lazarento? — indagou, desesperado, Leonel Angorá, enquanto levantava amea-

* "Eu desisto de querer continuar a viver sofrendo desse jeito", em fiote, versão kiombe, língua falada em Cabinda, Angola e no Congo.

** "Onde está a pedra grande de diamante? Fale logo para acabar com isso", em fiote.

çadoramente o rebenque. — Se estiverem me enganando, eu mato todos.

— Ele está pedindo ao Marcos que diga onde encontrou as pedras e acabe de vez com esse sofrimento — respondeu o capataz.

O negro que segurava a cabeça de Maquim repetia suas africanices, tentando amarrar dentro do peito a agonia que sentia diante daquele trapo humano que subitamente se pusera a falar sua língua. Marcos Maquim então abriu os olhos o máximo que lhe era possível. Olhou para Leonel Angorá e riu, mostrando os dentes partidos de tanto apanhar. A cobra mexeu dentro de sua cabeça. Ele então puxou o ar que pôde para os bofes e, numa golfada de palavras e sangue, gritou o dito antes murmurado:

— *Fuene meu bika zimpassi zi lu ti di!*

O escravo que lhe retinha a cabeça a soltou tão rapidamente que se desequilibrou e caiu de bunda no chão. Maquim, balançando de cabeça para baixo, catou algo no meio das palhas do chão, ergueu o braço e rasgou a própria goela com o ferrolho que pouco antes lhe travava a cara dentro da máscara de flandres. O sangue esguichou para todos os lados à medida que seu corpo girava dependurado no ar, tomado por solavancos.

— Que está acontecendo? Não permita que o negro se mate, não deixe que ele morra. Esse filho da puta vai me arruinar se morrer. Pelo amor de Deus, essa desgraça não pode acontecer sem que ele me diga que foi ele que achou as cangas — gritava, exorbitado, Leonel Angorá.

Os dois escravos romperam porta afora numa correria enlouquecida, quebrando cerca, pisando em roça de mandioca. O terceiro não teve tempo: mal se levantou, Angorá o reteve pela carapinha, passando a moê-lo com pancadas. O capataz pulou na goela de Maquim, tentando desesperadamente estancar com seus dedos grossos o jato de sangue claro e vivo.

— Foi você, seu filho da puta. Foi você que lhe entregou a navalha para que ele abrisse a goela e fosse arder no inferno. E não esconda o rosto quando o estou castigando! — bradava Leonel Angorá para o negro que havia pouco conversava com Maquim.

— Não fiz nada, senhor. Ele achou o prego no chão.

— Mentiroso, ordinário — berrava Leonel, sem parar de espancar o negro. Depois o jogou nas mãos untadas de sangue do capataz.

— Ponha esse aí no tronco.

Rosa Xangana soube por uma escrava do ocorrido com seu companheiro.

— Ainda bem que o Miguelzinho está com Marica. Não sei se o mundo será melhor para nossa raça, mas pelo menos o meu molequinho está em boas mãos — foi tudo que disse.

Depois, num desatino, apanhou um diamante que François havia lhe dado para que alforriasse Maquim, o enfurnou em seus muafos e partiu em direção a um terreno onde se enterravam os escravos da irmandade. A pedra já não tinha lugar no mundo. Morta. Apagada tal como a vida de Maquim. Derrotada. Os dois não mais pertenciam ao mundo barulhento varrido pelo vento, mas ao oco da terra. Na encosta do cemitério divisou uma grota escondida por uma figueira onde mal se aprumava uma imagem tosca de Nossa Senhora da Conceição. Tudo era de uma aridez e tristeza inconsoláveis.

Rosa sentou-se ao pé da figueira, enfiou a mão nos panos, retirou dali o diamante e o levou à altura dos olhos. Dentro da luz da pedra havia mais que o necessário para obter a vida livre e rica de negros alforriados. Rosa Xangana, pela última vez, mirou a canga na contraluz. Viu através da pedra o rosto confuso da Nossa Senhora da Conceição, todo acinzentado, lavado de suas cores, se mostrando na madeira como se fosse Maquim olhando-a triste e apiedado. Apertou a pedra na palma da mão quando percebeu uma cobra deslizando em sua direção. O réptil se imobilizou, sondou o ar com a língua por alguns instantes, como se assuntasse um norte; depois, se contorcendo, retomou seu rastejamento até resvalar para o interior de um buraco redondo cavado entre as raízes da figueira. Xangana levantou-se e seguiu os rastros da serpente. Abaixou-se no sombreado da árvore e, como que magnetizada, enfiou a mão no buraco. Manteve-a dentro da barriga da terra. Após um longo tempo, soltou o diamante. Esperou ainda um momento, até que sentiu uma fisgada aguda. Depois, uma segunda fisgada. Então retirou a mão do fundo da terra e, com os olhos obscurecidos, ficou a fitar a Virgem. No lugar de Nossa Senhora, apareceu-lhe Maquim sorrindo. Seu negro lhe mostrava a língua travessa, piscando-lhe com olhos sapecas. Antes que as imagens se embaçassem definitivamente, ainda pôde vislumbrar uma serpente velha como o tempo que saía, ziguezagueando, da boca sorridente de seu negro. Rosa, então, desabou no chão.

Muito longe dali, Miguelzinho, atado às ancas de Marica, brincava de lhe agarrar a orelha, se atrapalhando no gesto à medida que o burrico marcava seu passo nas pedras duras das redondezas da Comarca do Serro Frio. François havia passado a noite delirando numa pousada miserável no alto da serra do Espinhaço. O vergão que serpenteava no seu peito fabricava uma gosma fedorenta. No meio da noite ainda pôde se levantar e escrever um bilhete para Eufrásia:

*Minha doce e querida esposa*

*Perdoe-me a letra incerta e a carta curta. É o máximo que posso fazer nos poucos instantes em que a consciência me vem por lampejos. Despejei todo o sentido de minha existência nestas terras duras, tentando fazer valer nelas nossa vida e nosso amor. Na extrema curva do caminho que tenho percorrido sem parar, olhando para trás, deparo-me com minha vida. Encontrei-a no momento em que estou prestes a perdê-la. Carreguei pelos caminhos deste fim de mundo pedaços de estrelas que julguei que iluminariam nossa vida. Perdoe-me por não ter ficado rico a tempo de fazê-la feliz. Nunca pude lhe explicar muita coisa da aventura que partilhei com você. Mas, em breve, quando eu for embora deste mundo, tudo desaparecerá. Tudo será mistério e cinza, a menos que o velho doido do Nazareno da Iluminação não seja tão doido e eu possa, do fundo de alguma estrela, contar minha história a alguém. Mas quanto tempo leva uma estrela para se transformar em restos do mundo? Quanto tempo leva uma história para ser sonhada? No fundo falso da canastra você encontrará dois diamantes que garimpei no rio Bagagem. Como bem percebe, me tornei um contrabandista às avessas, fazendo entrar em Diamantina o que os outros querem fazer sair. Guarde uma das pedras com você, para o futuro, a outra entregue à nossa amiga Maria da Lapa. Há igualmente uma quantia muito importante em dinheiro vivo e letras de câmbio afiançadas em Paris pela Halphen and Associates e pela Maison Picard, que você tão bem conhece. Tudo fruto de comércio de outras pedras. O todo dará a você uma vida isenta de agruras, que se estenderá em conforto aos nossos filhos e netos. O resto é silêncio das coisas. Beijo-a com todo o amor. A saudade do futuro, na qual estão incluídos nossos filhos, que só você verá, me dói mais que as dores do meu corpo. Cuide de nossos filhos. Beije por mim o Pedrinho e o Henrique.*

*François*

François pousou a pena. Chamou Orando, entregou-lhe o bilhete e ainda lhe sussurrou instruções. Alguns minutos mais tarde, soçobrou numa semi-inconsciência em que lhe apareceu o negro travestido do batuque, que mostrava a língua para ele e o fixava, querendo fasciná-lo, com dois grandes olhos: um, preto-carvão; outro, vermelho-brasa.

— Meu Deus! Quanta gente eu conheci nestes tempos! Quantos nomes correram pelos meus lábios! Fiquei menos tempo nestas terras do que imaginava — balbuciava em seu delírio.

As figuras montadas que atravessaram a noite vencendo o frio, o barro e os desfiladeiros tinham algo de tenebroso e desarmônico. À frente, Orando curvado, de ombros caídos debaixo de uma capa de lona que cobria, além dele, a pequena canastra e quase toda a besta, puxava a montaria de François. O corpo do francês, endurecido, atado ao pescoço do animal, balançava de um lado para outro. Por último, ia Marica, que, embalada pelos solavancos do burrico, cobria Miguelzinho com seus braços fininhos, protegendo-o da intempérie. Orando às vezes se aprumava, picando a besta quando ela se assustava com o movimento de um arbusto açoitado pelo vento, para instá-la a avançar. O caminho que os conduzia ao vilarejo de Guinda era traiçoeiro. De um lado erguiam-se paredões de terra e pedra que se desfaziam sob a chuva; do outro, um desfiladeiro cujas bordas se desbarrancavam sob as patas dos animais. No fundo, o córrego do Onça corria grosso. Quando chegaram ao topo definitivo, a escuridão envolvia tudo. Orando soltou as rédeas, deixando a sabedoria das mulas adivinhar os perigos do caminho. Seguiram, assim, pelas trilhas das montanhas, atravessando pinguelas e vencendo precipícios, até que atingiram um descampado. Orando fez o sinal da cruz, protegendo-se, naqueles chapadões, dos raios que caíam em tudo que se destacava. Quando a paisagem mudou de figura e se moldou em cerros arredondados, François, como um fardo bem atado, tendo já posto os pés nas bordas do outro mundo, não podia mais ouvir o ganido de um cachorro.

# Nota do autor

Percorri um longo caminho até que chegasse a um ponto em que o desenho da ficção histórica, a qual muitas vezes me vi tentado a chamar de mitografia, adquirisse uma forma nítida. Nos altos e baixos, nas desacelerações e retomadas que o trabalho de ficção implica, sempre usufruí de um grande prazer em me recordar sobretudo dos clássicos do século XIX ou de obras, do mesmo período, que caíram no esquecimento social e em fazer referências, mais ou menos implícitas, a eles. Deveria ser consequentemente a esses livros ou a quem me propiciou o seu conhecimento que me caberia, em primeiro lugar, agradecer, caso essa tarefa não fosse enfadonha e, propriamente, impossível.

Além de agradecer a essas imaterialidades, sou reconhecido a um bom número de pessoas que me emprestaram, nos momentos em que rascunhava os capítulos iniciais, a paciência e os ouvidos tão necessários ao prosseguimento da aventura. De maneira mais particular, minha gratidão vai para os meus primeiros leitores, entre eles, meu irmão Luiz Advincula Jr., que retificou os traçados geográficos da história, os quais minha memória afetiva, teimosamente, sempre persistiu em alterar. Foi ele, igualmente, que me forneceu informações preciosas sobre as divertidas histórias do Serro, com as quais pude alimentar a trama e o enredo do romance. Não posso deixar de registrar meu reconhecimento às sugestões da Adriane Castilho e da Sophia Motta-Gallo, às apostas carinhosas do Alberto e da Kika Muylaert, do dr. Rubens Naves, do Mário Capote Valente, aos apontamentos críticos da historiadora Júnia Furtado e ao trabalho minucioso e competente de preparação do texto realizado pela Márcia Copola. Por último, tenho plena convicção de que este romance não teria sido possível se não fosse o entusiasmo com que minha editora, Vanessa Ferrari, o agarrou no ar e o materializou em livro.

ESTA OBRA FOI COMPOSTA PELO GRUPO DE CRIAÇÃO EM ELECTRA E
IMPRESSA PELA RR DONNELLEY EM OFSETE SOBRE PAPEL PÓLEN SOFT
DA SUZANO PAPEL E CELULOSE PARA A EDITORA SCHWARCZ
EM AGOSTO DE 2013